Das Buch

Vor zehn Jahren verschwand Miranda spurlos. Da die junge Frau kurz zuvor Mutter geworden war, geht ihre jüngere Schwester Ella von einem Verbrechen aus. Doch die Polizei glaubt, Miranda sei untergetaucht. Nach zehn Jahren legt die Polizei den Fall zu den Akten und schickt die Unterlagen an Ella, die sich jetzt erst recht in die Nachforschungen stürzt. In ihrem alten Puppenhaus findet sie plötzlich einen Hinweis, einen Namen – an einer Stelle, die nur sie kennen kann. Hat ihre Schwester damals vorausgesehen, dass ihr etwas passieren wird, und für Ella eine Spur gelegt?
Kurz darauf hat Ella das Gefühl, beobachtet zu werden. Da behauptet der inhaftierte Serienmörder Jason Thorne etwas über Mirandas Verschwinden zu wissen. Und er verlangt ein teuflisches Spiel von ihr, das Ella in die Fänge des Mörders führt.

Die Autorin

Claire Kendal unterrichtet Literaturwissenschaft und lebt mit ihrer Familie im Südwesten Englands. Ihr erster Psychothriller *Du bist mein Tod* erschien in fünfundzwanzig Ländern und war ein weltweiter Bestseller.

Von Claire Kendal ist in unserem Hause bereits erschienen:

Du bist mein Tod

Helmut noch nicht gelesen

Claire Kendal

Die zweite Schwester

Thriller

Aus dem Englischen
von Sybille Uplegger

Ullstein

Besuchen Sie uns im Internet:
www.ullstein-buchverlage.de

MIX
Papier aus verantwortungsvollen Quellen
FSC® C083411

Deutsche Erstausgabe im Ullstein Taschenbuch
1. Auflage Dezember 2018
2. Auflage 2018

Titel der englischen Originalausgabe:
The Second Sister (HarperCollins, London)
Umschlaggestaltung: zero-media.net, München,
nach einem Entwurf von © Michaela Alcaino/HarperCollins Publishers Ltd 2017
Titelabbildung: © Roberto Pastrovicchio/Arcangel Images
Satz: Pinkuin Satz und Datentechnik, Berlin
Gesetzt aus der Quadraat Pro und Myriad Pro
Druck und Bindearbeiten: CPI books GmbH, Leck
ISBN 978-3-548-29077-5

Für meine Schwester.
Und für meine Töchter

Es hatte nicht Ruhe und Rast, bis es sich heimlich aufmachte und in die weite Welt ging, seine Brüder irgendwo aufzuspüren und zu befreien, es mochte kosten, was es wollte.

Die Brüder Grimm, *Die sieben Raben*

Ende November

Deine Augen

Kürzlich sagte mir jemand, ich hätte deine Augen. Damit war nicht nur gemeint, dass meine Augen wie deine aussehen, weil sie auch blau sind, sondern dass ich dieselbe Weltsicht habe wie du.

Wenn ich in den Spiegel schaue, blickt mir dein Gesicht entgegen wie das einer einstmals wunderschönen, aber nun unter einem Fluch dahinsiechenden Hexe. Diese allmählich stumpf werdenden Juwelenaugen. Die blasse Haut und die langen schwarzen Haare. Nur die kleine Narbe an der linken Augenbraue fehlt bei mir.

Ich sehe dich überall.

Wenn ich wirklich deine Augen hätte, müsste ich dir die folgende Frage nicht stellen, die du bestimmt hassen wirst. Ich würde die Antwort bereits kennen. Aber hier kommt sie: Was würdest du tun, wenn die Polizei mit dir sprechen wollte? Denn in dieser Sache muss ich mich deiner Führung anvertrauen.

Doch am Ende genügt es, nur die Worte auszusprechen, schon erkenne ich, was zu tun ist. Die Polizisten werden mir ihre Fragen stellen, und ich werde ihnen die Antworten geben, die sie hören wollen. Fast könnten sie einem leidtun, mit ihrer naiven Überzeugung, dich durch ein Formblatt erfassen zu können, auf einer Seite oder höchstens zwei.

Wir wollen die ganze Wahrheit hören, sagen sie. *Sie sind eine Hauptzeugin*, sagen sie. *Es geht uns dabei auch um Ihr Wohl*, sagen sie. *Wir brauchen stichhaltige Beweise*, sagen sie. *Wir werden mit den Informationen, die wir von Ihnen erhalten, angemessen verfahren*, sagen sie. *Sie können uns vertrauen*, sagen sie. *Der Erfolg der Anklage hängt von der Genauigkeit Ihrer Aussage ab*, sagen sie. *Möglicherweise stehen noch weitere Menschenleben auf dem Spiel*, sagen sie.

Soll mich das beeindrucken? Mir schmeicheln? Soll ich ihnen dankbar sein? Angst haben? Mich eingeschüchtert fühlen? Vermutlich von allem etwas. Mir ist das nur recht. Sollen sie ruhig glauben, dass sie die erwünschte Wirkung erzielt haben.

Hinterher werde ich dann *das Geschriebene durchlesen und die Richtigkeit der Angaben bestätigen*. Ich werde mich *kooperativ verhalten*. Ich werde das fertige *Protokoll meiner Zeugenaussage unterzeichnen*. Und ich werde *es datieren* – mit ihrer Unterstützung, denn mein Zeitgefühl lässt neuerdings etwas zu wünschen übrig. Trotzdem fällt es mir leicht, die Scharade mitzumachen. Letzten Endes ist sie vollkommen unwichtig.

Wichtig ist einzig und allein, dass ich nebenher im Geheimen meine eigene Zeugenaussage verfasse, auf meine eigene Weise, Tag für Tag. Nicht auf den Wunsch der Polizei hin, sondern auf deinen. Und dies hier ist das Ergebnis. Ich tue so, als würdest du mir Fragen stellen und als würde ich dir daraufhin erzählen, wie alles gewesen ist. Ich schreibe das auf, was du wissen möchtest. Das, was wirklich passiert ist.

Aber ein Zugeständnis an den offiziellen Polizeijargon muss ich doch noch machen, Miranda: *Beim Folgenden handelt es sich um meine persönlichen Wahrnehmungen und Kenntnisse der Sache. Ich, Ella Allegra Brooke, versichere hiermit, dass die in meiner Zeugenaussage gemachten Angaben der Wahrheit entsprechen.* Dies hier ist deine Geschichte, aber es ist zugleich auch meine. In der Hinsicht bin ich tatsächlich unsere Hauptzeugin. Vielleicht habe ich also doch deine Augen.

Eine allerletzte Sache noch, bevor ich anfange: Mach dir keine Sorgen. Ich habe die Verschwiegenheitsklausel nicht vergessen, und ich werde sie auch nie vergessen. Dafür warst du mir eine zu gute Lehrerin. Was ich hier aufschreibe, bleibt unter uns. Es ist nur für dich bestimmt, für niemanden sonst. Ich bin die Schwester der Schwester, und du bist ein Teil von mir. Wo immer du bist, werde auch ich sein.

Mit all meiner Liebe, Melanie.

Samstag, 29. Oktober

Die zwei Schwestern

Es gibt keinerlei sichtbare Anzeichen dafür, dass etwas nicht stimmt. Aber es liegt etwas Seltsames in der Luft, eine Art Witterung, wenngleich so schwach, dass sie auch Einbildung sein könnte.

»Ich frag mich ...«, sagt Luke.

»Was fragst du dich?« Wachsam suche ich jeden Quadratzentimeter unserer kleinen Lichtung mit Blicken ab.

»Warum gibt es so viele Märchen, die davon handeln, dass Schwestern ihre Brüder retten? In allen Märchen, die du mir letzte Woche erzählt hast, war das so.«

Er hat recht. *Hänsel und Gretel. Die sieben Raben. Die zwölf Brüder.* Unsere Mutter scheint Hunderte solcher Märchen zu kennen.

»Wir sollten mal ein anderes Märchen schreiben«, schlage ich ihm vor.

»Ich will eins, wo eine Schwester ihre Schwester rettet.«

Ich lege ihm die Hand an die Wange. »Ich auch.«

Er marschiert zielstrebig bis zur Mitte der Lichtung und vertreibt dadurch den letzten Rest des fremden Geruchs, der dort vielleicht noch in der Luft gehangen hat. Hier haben du und ich früher in unseren kleinen Häusern aus Baumstämmen Vater–Mutter–Kind gespielt. Hier haben wir uns das Picknick schmecken lassen, das Mum zum Mittagessen nach draußen gebracht hat. Wir haben uns gegenseitig Zöpfe geflochten und einander am Rücken gekitzelt.

Kaum denke ich an deinen Rücken, sehe ich deine milchweiße Haut unter meinen Fingerspitzen und spüre meine Berührungen, so federleicht wie der Kuss eines Schmetterlings. Doch gleich darauf verschwindet das Bild, und an seine Stelle tritt ein anderes: dein Schulterblatt, auf dem eine in Blut gemalte Blume prangt. Ich höre dich schreien. Du sitzt in einem Verschlag unter der Erde, und ich kann nicht zu dir.

Ich blinzle ein paarmal in der fahlen Herbstsonne, um mich wieder darauf zu besinnen, wo ich bin, wer bei mir ist und dass ich nicht wissen kann, was damals passiert ist.

Ich höre deine Stimme. Selbst nach zehn Jahren ist sie noch nicht verstummt. *Such dir ein anderes Bild*, sagst du. *Denk an was Wirkliches.* Das hast du mir früher immer geraten, wenn ich Angst hatte, ein Monster könnte unter meinem Bett lauern.

Ich schaue mich auf unserer Lichtung um. *Das hier*, sage ich mir, *das hier ist wirklich.* Hier haben Ted und ich als Kinder an Sommertagen Hand in Hand auf dem weichen Grasteppich gelegen und durch das Blätterdach der Baumkronen geschaut. Wir haben Schnipsel von blauem Himmel und weißen Wolken und einen rosa Schnee aus Kirschblüten gesehen.

Aber das Wirklichste von allem ist dein Sohn. Er bückt sich, um einen kleinen Haufen papierdünnes Laub aufzuheben. »Hand auf«, befiehlt er mir. Ich gehorche, und er lässt tiefrote Blätter in meine Handfläche rieseln. »Feuerblätter«, sagt er.

Ich verdränge das Bild der blutigen Blume und ringe mir ein Lächeln ab.

Als Nächstes rafft er eine Handvoll Laub in Hellorange zusammen. »Sonnenblätter«, sagt er und wirft sie hoch in die Luft, sodass sie auf uns herabregnen.

Er findet sogar noch ein paar grüne Blätter. »Frühlingsblätter«, sagt er.

Ich bücke mich und sammle einige gelbe Blätter von unserem Kirschbaum auf, die ich Luke hinhalte. »Und was sind das für welche?«

»Sommerblätter.« Im nächsten Moment platzt es aus ihm heraus: »Ich will bei dir wohnen, Tante Ella.«

Ich blicke in Lukes klare blaue Augen, die deinen so ähnlich sind. Wenn ich alles andere ausblende, kann ich fast glauben, dass du es bist, die mir hier gegenübersteht. Schon wieder überrumpelt mich ein Bild. Ich sehe deine Augen, vor Schmerz und Angst weit aufgerissen, die Wimpern nass von Tränen.

In den letzten Jahren sind diese schrecklichen Wachträume immer seltener geworden. Ich habe lange gebraucht, um ihrer Herr zu werden, aber die Schlagzeilen von letzter Woche haben meine mühsam errichteten Schutzwälle zum Einsturz gebracht.

Ungelöster Fall – neue Verbindung zwischen Mehrfachmörder Jason Thorne und vermisster Miranda B. aufgetaucht.

Schon vor acht Jahren, als Thorne verhaftet wurde, nachdem er drei Frauen brutal gefoltert und ermordet hatte, gab es Spekulationen, du könntest zu seinen Opfern zählen. Wir haben die Polizei damals bekniet, uns mehr zu sagen, doch man wollte die Gerüchte weder bestätigen noch dementieren. Ebenso weigerte man sich, irgendeinen Kommentar dazu abzugeben, ob die Berichte über das, was Thorne seinen Opfern angeblich angetan hatte, der Wahrheit entsprachen oder nicht. Vielleicht haben wir das allzu bereitwillig als Beweis dafür interpretiert, dass die Geschichten aus der Luft gegriffen waren. Natürlich wollten wir unbedingt wissen, was dir zugestoßen war. Aber Jason Thorne – *das* wollten wir nicht.

Vor einigen Tagen hat Dad, veranlasst durch die jüngsten Schlagzeilen, erneut mit der Polizei gesprochen. Und wieder wurde weder etwas bestätigt noch abgestritten. Wieder greifen Mum und er nach jedem Strohhalm, um auch weiterhin glauben zu können, dass es nie eine Verbindung zwischen dir und Thorne gegeben hat. Ich habe den Verdacht, dass sie es vor allem mir zuliebe tun, weil sie mich nicht verunsichern wollen. Aber ihre Strategie geht nicht auf.

Die Möglichkeit, dass Thorne dich entführt haben könnte, erscheint mir heute wesentlich plausibler als damals. In der Presse wird behauptet, es lägen konkrete Beweise dafür vor, dass ihr miteinander telefoniert habt. Weiter heißt es, Thorne habe zu all seinen Opfern zuerst den persönlichen Kontakt gesucht, ehe er ihnen nachstellte und sie schließlich verschleppte. Wenn das stimmt, muss die Polizei die ganze Zeit davon gewusst haben. Und doch hat sie es uns gegenüber nie zugegeben.

»Willst du mich nicht bei dir haben?«, fragt Luke.

Gedanken an Jason Thorne haben in der Nähe deines Sohnes nichts zu suchen.

»Luke«, setze ich an.

Er hört an meinem Tonfall, dass mich irgendetwas beschäftigt, auch wenn ich mich damit beruhige, dass er unmöglich wissen kann, was es ist. Er läuft im Kreis herum und wirbelt mit den Füßen die Blätter auf. Gestern Mittag hat es geregnet, doch das Laub ist schon wieder trocken. »Du willst mich nicht«, sagt er.

Luke, ermahnst du mich. *Konzentrier dich auf Luke.*

Ich schlucke den Kloß in meinem Hals herunter. »Natürlich will ich dich. Ich wollte dich von Anfang an.«

Denk nicht an meine Augen, sagst du.

Aber alles ist ein Auslöser. Ich brauche nur Lukes dunkles Haar zu sehen, das unserem von der Farbe her so ähnlich ist, und schon stelle ich mir vor, wie Thorne deine Haare anfasst, wie er sich eine schwarze, seidige Strähne um den Finger wickelt.

Wie oft muss ich dir noch sagen, dass du dir ein anderes Bild suchen sollst?

Ich gebe mir wirklich Mühe, aber an Luke gibt es fast nichts, was keine Erinnerungen an dich weckt. Dann mustere ich sein Gesicht, und mir fällt sein honiggoldener Teint auf. Luke wird in der Sonne tatsächlich braun. Bei dir, Mum, Dad und mir wird die Haut immer nur krebsrot, bevor sie sich abschält.

Das muss das Erbe des *Geheimnisvollen Fremden* sein. So habe ich Lukes Vater einmal genannt, weil ich dich ärgern wollte. Ich wollte dich provozieren, damit du endlich etwas über ihn preisgibst. Aber deine einzige Reaktion darauf war ein Blick, bei dem ich das Gefühl hatte, an Ort und Stelle verdampfen zu müssen.

»Granny, Grandpa und ich teilen dich gern. Das war immer schon so«, sage ich. »Und so hat es deine Mummy auch gewollt, das weißt du. Sie hat es sogar in ihrem Testament festgehalten, weil sie sicherstellen wollte, dass du bei uns bleiben kannst. Sie hat alles ganz genau geregelt, als du noch in ihrem Bauch warst.«

Luke rümpft die Nase, um seine Verachtung zum Ausdruck zu bringen. »In ihrem Bauch? Ich bin zehn, nicht zwei, Tante Ella.«

»Entschuldige. Als sie mit dir schwanger war.«

Aber wieso? Es ist nicht das erste Mal, dass ich mir diese Frage stelle. *Was hat dich dazu bewogen, ausgerechnet zu dem Zeitpunkt dein Testament zu machen?* Wolltest du einfach nur verantwortungsbewusst sein? Ist das ganz normal, wenn man ein Kind erwartet? Oder steckte mehr dahinter? Hattest du Angst, du könntest die Geburt nicht überleben, selbst wenn die Müttersterblichkeit in diesem Land noch so gering sein mag? Nein, das hättest du mir erzählt. Es muss noch einen anderen Grund für dein plötzlich gestiegenes Sicherheitsbedürfnis gegeben haben. Jason Thorne ist nicht die einzig mögliche Antwort auf die Frage, was damals in deinem Leben vorging.

Luke wedelt mit der Hand vor meinem Gesicht herum und schnipst mit den Fingern. »Hallo, hallo. Jemand zu Hause?«

Offene Fragen hin oder her – ich sage ihm etwas, wovon ich mit absoluter Sicherheit weiß, dass es wahr ist. »Das war nur eins von den vielen Dingen, die zeigen, wie sehr sie dich geliebt hat und wie wichtig es ihr war, dass es dir gut geht. Aber was die Frage deines Wohnorts betrifft – das ist kompliziert. So eine Entscheidung können wir beide nicht allein treffen.«

Ich sage ihm nicht, wie schmerzlich unsere Eltern ihn vermissen würden. *Er muss nicht alles wissen*, höre ich dich murmeln.

Er grinst auf eine Art, die mir signalisieren soll, dass er glaubt, die Diskussion mit dem nächsten Argument gewinnen zu können – und dass er sich diebisch auf den Moment freut, in dem mir genau das klar werden wird. »Wenn ihr mich sowieso teilt, dann macht es doch eigentlich gar keinen Unterschied, wenn ich offiziell bei dir wohne statt bei Granny und Grandpa.«

»Stimmt.« Dazu fällt mir wirklich nichts mehr ein – vor allem, weil ich es wundervoll fände, ihn immer um mich zu haben. Ich lächle und füge noch hinzu: »Du wirst sicher später mal Anwalt.«

»Auf keinen Fall. Polizist. So wie Ted.« Er tritt jetzt energischer nach den Blättern. Feuer und Sonne und Frühling und Sommer wirbeln wild durcheinander. Von seinem eingeschlagenen Kurs bringt ihn das allerdings nicht ab. »Ich hab Granny und Grandpa schon gesagt, dass ich es so will. Sie haben gemeint, sie würden mit dir darüber reden. Sie haben auch gemeint, dass sie sich vielleicht vorstellen könnten, die Regelung zu ändern. Sie sind ja auch nicht mehr ganz jung, weißt du? Und Grandpa könnte wieder krank werden ...«

»Dein Grandpa hält den Rekord für die längste Remission in der Geschichte der Menschheit.«

»Okay.«

»Und Granny hat ruhig dagesessen und sich das alles angehört?«

»Kann sein, dass sie ein bisschen geweint hat.«

»Kann sein?«

»Also gut: Sie *hat* geweint. Sie wollte nur nicht, dass ich es mitkriege. Aber Grandpa fand, es wäre vielleicht wirklich besser, wenn ich bei jemandem aufwachse, der etwas jünger ist.«

Mit der Bemerkung wird Dad sich bei unserer Mutter so richtig in die Nesseln gesetzt haben. Ich wette, danach hat sie stundenlang kein Wort mehr mit ihm geredet. Sie ist schon an guten Tagen nicht in der Lage, offen und direkt zu kommunizieren, und bei einem solchen Thema will sie sich mit Sicherheit gar nicht erst auf eine Diskussion einlassen. Bestimmt hat sie darauf spekuliert, dass sich das Problem früher oder später in Luft auflöst, wenn sie es mir gegenüber nicht erwähnt.

»Wenn das so ist, dann machen wir es natürlich«, sage ich. »Wir reden darüber.« Er sieht mich nicht an. »Könntest du bitte mal kurz stehen bleiben, Luke?«

Ich höre ein Rascheln zwischen den Bäumen am Waldrand, gefolgt von einem leichten Windstoß, der mir die Haare erst aus dem Gesicht weht, um sie dann ganz sanft wieder auf meine Schultern sinken zu lassen.

Luke hat nichts bemerkt, deshalb kommen mir Zweifel an meinem Bauchgefühl, das mir sagt, dass wir nicht allein sind. Seit ich dich verloren habe, stelle ich mir oft vor, irgendwo könnte ein Mann lauern, der Luke und mich aus dem Verborgenen heraus beobachtet. Wenigstens kann es nicht Jason Thorne sein. Der sitzt im Maßregelvollzug in einer Klinik für forensische Psychiatrie.

Ich halte mich dicht in Lukes Nähe, nur für den Fall, dass wirklich jemand hier herumschleicht. Als das Rascheln zwischen den Bäumen lauter wird, dreht Luke sich danach um. Jetzt weiß ich, dass ich wirklich etwas gehört habe. Ich lege ihm eine Hand auf die Schulter und stelle mich, das Gewicht gleichmäßig auf beide Füße verteilt, breitbeinig hin.

Ein Reh steckt den Kopf aus dem Unterholz, reckt seinen weißen Hals und betrachtet uns mit aufgestellten Ohren. Es scheint zu überlegen, ob es lieber den Rückzug antreten soll. Dann trifft es eine Entscheidung und springt mit zwei langen, fast fliegenden Sätzen an uns vorbei über die Lichtung, ehe es auf der anderen Seite wieder zwischen den Bäumen verschwindet.

»Wow«, haucht Luke.

»Was für ein schönes Tier. Granny würde sagen, dass es

ein Segensgruß war. Ein Augenblick der Gnade – so würde sie es ausdrücken.«

»Das muss ich unbedingt Grandpa erzählen«, sagt Luke.

Ich streiche ihm die Haare glatt. »Bist du jetzt zufriedener?« Er nickt. »Und magst du mir auch sagen, weshalb du plötzlich darüber nachdenkst, bei wem du leben möchtest?«

»Ich will nächstes Jahr in Bath aufs Gymnasium gehen. Warum war Granny überhaupt mit mir beim Tag der offenen Tür, wenn sie mir nicht erlauben will, die Schule zu wechseln? Sie hat gesagt, dass meine Meinung auch zählt, aber ich kriege nur einen Platz, wenn sie deine Adresse als meinen Wohnsitz angibt.«

»Ist am Montag nicht Bewerbungsschluss?«

»Ja. Und Granny sagt die ganze Zeit, sie würde noch darüber nachdenken. Ich finde, ich sollte das selber bestimmen dürfen.«

»Richtig, aber zusammen mit uns, Luke. Alles andere wäre auch zu viel von dir verlangt – so eine Entscheidung bedeutet eine große Verantwortung, das kannst du noch nicht allein. Es ist sonst nicht Grannys Art, die Dinge bis zur letzten Minute aufzuschieben. Wenn sie es also tut, liegt das vermutlich daran, dass sie sich die Sache vorher noch einmal ganz gründlich durch den Kopf gehen lassen will. Ich spreche gleich nach dem Frühstück mit den beiden – ich sehe ja ein, dass die Zeit drängt.«

»Es geht hier schließlich um mein Leben.«

»Ist das der Grund, weshalb du den Spaziergang machen wolltest, bevor Granny und Grandpa aufstehen? Um mit mir darüber zu reden?«

»Ja.« Wieder tritt er in die Blätterhaufen. »Und bevor du was sagst: Es macht mir nichts aus, dass keiner meiner

Freunde auf dieselbe Schule geht, auch wenn Granny das die ganze Zeit behauptet.«

Die Schule wäre in der Tat perfekt für Luke. Sie ist leistungsorientiert und liegt direkt neben dem Park, den wir seit seinem fünften Lebensjahr regelmäßig besuchen. Außerdem ist sie nur einen kurzen Fußmarsch von einem unserer Lieblingsspazierwege entfernt, der an den Klippen oberhalb der Stadt entlangführt. Solche Kriterien nimmt Luke sehr wichtig.

»Ich will bei dir in Bath wohnen«, bekräftigt er noch einmal. »Von hier aus ist alles viel zu weit weg.«

»Stinkendes kleines Kuhkaff«, sage ich.

Er sieht mich verdutzt an.

»Das hat deine Mummy immer gesagt.«

Würdest du dich freuen, wenn du wüsstest, wie sehr ich mich darum bemühe, dich in seiner Erinnerung lebendig zu erhalten? Wie sehr wir alle uns darum bemühen?

Ich nehme seine Hand. »So groß ist die Entfernung von Grannys und Grandpas Haus bis zur Schule nun auch wieder nicht. Mit dem Auto wären es nur fünfundzwanzig Minuten. Vielleicht könntest du ja die Hälfte der Woche bei mir wohnen und die andere Hälfte bei ihnen. Bestimmt finden wir eine Lösung, mit der alle einverstanden sind.«

Als ich endlich die Hypothek für ein kleines Häuschen aufgenommen hatte und von daheim ausgezogen war, musste ich Luke versprechen, dass er bei mir immer ein eigenes Zimmer haben würde. Damals war er fünf, und um ein Haar hätte ich den Schritt in die eigenen vier Wände gar nicht gewagt. Unsere Mutter musste mich praktisch dazu zwingen. »Du brauchst ein neues Umfeld«, sagte sie und straffte ihre Ballerina-Schultern. »Deine Schwester würde auch wollen, dass du dein eigenes Leben lebst. Miranda hält nichts von Selbstaufopferung.«

Was das betrifft, konnte ich unserer Mutter nur recht geben. Von Selbstaufopferung hieltest – *hältst* – du wirklich nichts.

Luke wendet sich in Richtung Waldrand. »Tante Ella, hast du das gehört? Als hätte jemand gehustet und versucht, es zu unterdrücken. Das klang nicht nach unserem Reh.«

Ich denke an das Zeitungsinterview, das ich vor einigen Monaten gegeben habe. Bis dahin hatten meine Eltern und ich uns stets geweigert, mit der Presse zu sprechen, aber dieses Interview war nur für ein Lokalblatt und bot außerdem eine gute Gelegenheit, Werbung für unsere Stiftung zu machen. Kurz vor dem zehnten Jahrestag deines Verschwindens war uns das ein besonderes Anliegen. Ich sprach ausschließlich über meine Arbeit: die Sicherheitstrainings, die ich anbiete, die Gesprächsgruppe für Angehörige von Gewaltbetroffenen, meine Hausbesuche bei gefährdeten Frauen und meine Sprechstunden zur Risikoanalyse.

Dich habe ich mit keinem Wort erwähnt. Trotzdem machten sich Mum und Dad Sorgen wegen der Bildunterschrift unter meinem Foto: *Ella Brooke – voller Einsatz für Opfer.* Auf dem Foto habe ich die Arme vor der Brust verschränkt und mache ein ernstes Gesicht. Mein Kopf ist leicht zur Seite geneigt, aber mein Blick geht geradeaus und scheint den Fotografen regelrecht aufzuspießen. Ich sehe aus wie du – bis auf den strengen Pferdeschwanz und die Kluft aus schwarzem T-Shirt und schwarzer Leggings, die den Eindruck vermittelt, dass ich jemand bin, mit dem nicht zu spaßen ist.

Könnte dieses Foto etwas losgetreten, jemanden aus der Deckung gelockt haben? Womöglich habe ich genau darauf spekuliert und überhaupt nur deshalb eingewilligt, dass man es abdruckt.

Erneut greife ich nach Lukes Hand und ziehe ihn an mich. »Wahrscheinlich bloß ein Spaziergänger. Es ist morgens, helllichter Tag. Wir haben nichts zu befürchten.«

»Dann glaubst du also nicht, dass es ein Axtmörder ist?« Er sagt das genüsslich, geradezu hoffnungsvoll.

»Heute nicht. Tut mir leid.«

»Aber *wenn* es einer wäre, dann würdest du ihm den Arsch versohlen.«

»Lass das bloß Granny nicht hören.« Die Sonne scheint mir auf den Kopf. Es ist ein Gefühl von Wärme und Schmerz zugleich, und ich kneife einige Sekunden lang geblendet die Augen zu, während ich gegen meine Angst ankämpfe, dass uns tatsächlich jemand belauern könnte. Wieder einmal versuche ich erfolglos, mir nicht auszumalen, wie du gelitten haben musst, falls Thorne hinter deinem Verschwinden steckt.

»Hast du Kopfschmerzen, Tante Ella?«

Luke merkt gar nicht, dass er »Kopfschmerz« immer wie »Kopfscherz« ausspricht. Ich finde das niedlich, mache mir aber Gedanken, ob andere ihn deswegen hänseln könnten. Soll ich ihn auf den Versprecher aufmerksam machen? Ich hätte mir nicht träumen lassen, dass ich mir mit gerade einmal zwanzig Jahren einen Stapel Erziehungsratgeber zulegen und dieser das nächste Jahrzehnt lang meine Bettlektüre darstellen würde. Normalerweise finde ich in den Büchern keine Antworten auf meine Fragen.

»Nein, keine Kopfschmerzen. Aber lieb von dir, dass du fragst.« Ich lächle, um ihm zu zeigen, dass ich die Wahrheit gesagt habe.

»Ich glaube, Mummy würde es auch gut finden, wenn ich bei dir einziehe.«

Ich liebe es, dass er dich immer noch Mummy nennt. Mum, Dad und ich nennen dich in seiner Gegenwart auch immer so. Ich frage mich, ob wir bei »Mummy« stehengeblieben sind, weil du nie Gelegenheit hattest, dieser Bezeichnung zu entwachsen. Babys und Kleinkinder sagen »Mummy«, und dir war es nie vergönnt, zu einer »Mum« zu werden. Oder zu einer »Mutter«, obwohl das für meinen Geschmack immer sehr förmlich und unterschwellig aggressiv klingt.

»Wenn ich zeitweilig bei dir wohne, können wir dann mehr von ihren Sachen in mein Zimmer räumen?«

»An was für Sachen hast du denn gedacht?«

»Granny hat ihr Puppenhaus auf den Speicher gestellt.«

»Weil es ihr wehtut, es die ganze Zeit vor Augen zu haben, Luke.«

Er runzelt die Stirn. »Es soll aber nicht oben auf dem Dachboden verstauben. Hol es wieder runter.« Der letzte Satz hätte auch von dir stammen können: ein Befehl, der umgehend und ohne Widerrede befolgt werden muss.

Dann sagt er betont beiläufig und ohne mich anzusehen: »Kannst du Granny bitten, dass sie dir den neuen Karton mit Mummys Sachen gibt?«

Ich spüre ein seltsames kleines Ziehen im Magen. Ich weiß nicht genau, ob ich ihn richtig verstanden habe. »Was denn für Sachen?«

»Keine Ahnung. Zeug, das die Polizei ihr vor zwei Wochen zurückgegeben hat.«

»Davon hat sie mir nichts erzählt. Woher weißt du das?«

»Ich bin halt ein guter Spion. So wie du. Ich hab gehört, wie sie mit Grandpa darüber gesprochen hat.«

»Hat Granny den Karton aufgemacht? Hat sie reingeschaut?«

»Davon hat sie nichts gesagt, während ich gelauscht hab.«

»Hat sie denn erwähnt, warum die Polizei Mummys Sachen ausgerechnet jetzt zurückgibt, nach so langer Zeit?«

»Nee. Aber besorg dir den Karton. Sag Granny, dass sie ihn dir geben muss.«

Genau das habe ich vor. Ich will diesen Karton nämlich auch unbedingt haben. »In Ordnung«, verspreche ich ihm, auch wenn ich mir im Klaren darüber bin, dass es eine schwierige Angelegenheit wird, unserer Mutter zu sagen, sie *müsse* irgendetwas tun. Unsere Mutter erteilt Befehle. Sie nimmt keine entgegen.

»Tante Ella?«

»Ja.«

»Sie wäre doch zu mir zurückgekommen, wenn sie gekonnt hätte, oder?«

Ich muss an eine der Schlagzeilen kurz nach deinem Verschwinden denken, in der behauptet wurde, du seist weggelaufen. Ich nehme Luke ganz fest in die Arme. Wir haben immer versucht, solche Geschichten von ihm fernzuhalten. Seit der Flut neuer Schlagzeilen über dich und Thorne in der letzten Woche überwachen wir seine Internetnutzung noch strenger als zuvor.

Ich gebe ihm einen Kuss aufs Haar.

»Natürlich wäre sie zu dir zurückgekommen.« Es regnet nicht, aber meine Wangen sind trotzdem feucht.

Luke schlängelt sich aus meiner Umarmung. Auch er muss sich die Tränen wegwischen. »Bist du ganz sicher?«

»Hundertprozentig. Nichts hätte sie jemals von dir trennen können, wenn sie eine Wahl gehabt hätte.«

Er beißt sich auf die Unterlippe, blickt zu Boden und bohrt sich die Fäuste in die Augen.

War es richtig, ihm diese beiden Wahrheiten anzuvertrauen – eine wunderbare und eine, die so schlimm ist, dass man den bloßen Gedanken daran kaum aushalten kann? Dass du beseelt warst von deiner Liebe zu ihm und dass dir etwas unvorstellbar Schreckliches zugestoßen sein muss?

Ein weiterer Gedanke schleicht sich in meinen Kopf, und mit ihm kommt das Schuldbewusstsein. Ist es am Ende leichter für mich, mir vorzustellen, dass du eines grausamen Todes gestorben bist, als die Möglichkeit in Betracht zu ziehen, du könntest untergetaucht sein und irgendwo ein neues Leben begonnen haben, so wie die Polizei es mehrfach angedeutet hat? Ich denke an Thorne, und es überläuft mich kalt. Nein. Die Antwort darauf lautet eindeutig *Nein*. »Sie hat sich so auf dich gefreut.« Es fällt mir unsagbar schwer, diese Worte über die Lippen zu bringen, aber irgendwie gelingt es mir, selbst wenn meine Stimme dabei wie ein heiseres Krächzen klingt.

»Ist ja schon gut, Tante Ella.« Dein Sohn ist so tapfer. Er nimmt die Fäuste von den Augen und tröstet mich, obwohl es doch eigentlich meine Aufgabe wäre, ihn zu trösten. Er wartet, bis mein Atem wieder etwas ruhiger geht. »Ich hab ein Foto gefunden, wo sie mich auf dem Arm hält«, sagt er. »Das kannte ich vorher noch gar nicht. Zuerst dachte ich, du bist das. Du siehst ihr so ähnlich.«

»Vielleicht trifft das heute noch mehr zu als früher.«

»Weil du jetzt dreißig bist.«

»Danke, dass du mich daran erinnerst.«

»Ich weiß. Voll alt.« Ich tue so, als müsste ich ein Schluchzen unterdrücken.

»Sorry«, sagt er.

»Alles klar. Du siehst total zerknirscht aus.«

»Ich meinte damit, dass du jetzt genauso alt bist wie sie damals. Deshalb ist die Ähnlichkeit noch größer. Auf dem Foto in der Zeitung sieht man das auch.« Er räuspert sich. »Hast du wirklich alles versucht, um sie zu finden?«

Habe ich das? In der ersten Zeit danach konnten wir kaum unseren Alltag bewältigen. Mum lag die ganze Zeit nur im Bett, während Dad wie ein Schlafwandler durchs Haus ging und sich bemühte, alles am Laufen zu halten. Er hat gekocht, geputzt, eingekauft und versucht, Mum zum Essen zu bewegen. Ich selbst hatte ein zweieinhalb Monate altes Baby zu versorgen und fühlte mich wie ein Zombie. Größtenteils haben wir wohl einfach nur reagiert: Wir haben die Fragen der Polizei beantwortet und ihr den Zugang zu deinen persönlichen Sachen ermöglicht. Aber wir haben auch herumtelefoniert, haben jeden kontaktiert, der uns einfiel. Wir haben Aufrufe gestartet. Ich habe Zettel mit Bildern von dir an Laternenpfähle geklebt, zwischen Plakate vermisster Hunde und Katzen. Einer dieser Zettel blieb ein ganzes Jahr lang hängen. Regen, Wind und Schnee ließen ihn mit der Zeit verwittern, und an einer Ecke löste sich der Klebefilm, und doch fiel er wie durch ein Wunder nicht ab.

Behutsam erzähle ich Luke so viel wie möglich davon, aber er schüttelt den Kopf.

»Du musst es noch mal versuchen«, sagt er. »Es ist wichtig. Ich muss Bescheid wissen. Auch wenn es was ganz Schlimmes ist. Ich *muss* es einfach wissen.« Seine Stimme wird mit jedem Satz ein bisschen höher.

Ich hole eine Flasche Wasser aus meiner Jackentasche und reiche sie ihm. Mit tiefen Schlucken trinkt er sie zur Hälfte leer.

»Ist das der Grund, weshalb ich mir von Granny die Sachen geben lassen soll?«

»Ja.« Er wischt sich mit dem Handrücken über den Mund. »Du musst es machen. Versprich es mir. Du musst dir alles ganz genau ansehen.«

»Das hat die Polizei doch längst getan.«

»Nein, hat sie nicht. Wenn ich abends im Bett liege, kriege ich viel mehr mit, als du denkst. Ich hab gehört, wie ihr gesagt habt, dass die bei der Polizei total unfähig sind. Außer Ted natürlich.«

Ich atme einmal langsam ein und wieder aus. »Also gut.«

»Du machst es?«

Ich nicke. »Ich mach's.« Der Magen sackt mir bis in die Kniekehlen, als wäre ich gerannt und urplötzlich hätte sich vor mir ein Abgrund aufgetan. Denn es gibt tatsächlich etwas, was ich tun könnte. Etwas, was wir bisher noch nicht versucht haben. Ich könnte einen Besuch bei Jason Thorne beantragen. Ich greife nach Lukes Hand. »Aber nur unter einer Bedingung.«

»Welcher?«

»Ich entscheide, was ich dir sage und was nicht. Du musst mir vertrauen.«

»Wenn du meinst, dass ich vielleicht ein paar Jahre warten muss, bis du es mir sagst, okay. Aber du darfst es mir nicht *nie* sagen.«

Der Gedanke an Jason Thorne schnürt mir die Kehle zu. Die Vorstellung, Luke könnte von ihm erfahren, ist mir beinahe unerträglich. Immerhin gelingt es mir diesmal, die Bilder aus meinem Kopf fernzuhalten. »Ich werde das tun, was meiner Einschätzung nach für dich das Beste ist, Luke. Und das wiederum hängt davon ab, was genau ich rausfinde.

Vielleicht finde ich auch gar nichts raus – auf die Möglichkeit solltest du dich einstellen. Das halte ich sogar für am wahrscheinlichsten.«

»Eine bessere Abmachung ist für mich wohl nicht drin, schätze ich.«

»Da schätzt du richtig.«

Er legt die Stirn in Falten. »Da ist noch was anderes, was mich beschäftigt«, sagt er.

Mir ist übel, und ich frage mich, ob ich mich womöglich gleich übergeben muss. »Schieß los.« Mir wird bewusst, dass ich den Atem anhalte.

»Granny sagt, du hast deine Prüfungen verhauen, weil du danach nicht zurück an die Uni gegangen bist.«

Danach. Er sagt nie »nachdem Mummy verschwunden ist«. Es gibt ein Davor und ein Danach. Alles andere ist zu groß, als dass er es benennen könnte.

Wenigstens macht er sich keine Gedanken über Jason Thorne. Im Vergleich dazu ist diese Frage vollkommen unproblematisch. »Ich *bin* zurück an die Uni gegangen«, antworte ich. »Man hat für mich eine spezielle Regelung geschaffen, damit ich meinen Abschluss per Fernstudium machen konnte. So konnte ich Granny und Grandpa weiterhin dabei helfen, sich um dich zu kümmern.«

»Aber Granny sagt, du hättest besser abschneiden können. Sie meinte, du wolltest eigentlich Wissenschaftlerin werden. Irgendwann hab ich allerdings auch mal gehört, wie sie zu Grandpa gesagt hat, Ted hätte dich davor auch schon vom Studium abgelenkt. Es ist doch nicht wirklich Teds Schuld, oder?«

»Es ist niemandes Schuld. Außerdem wollte ich Biologielehrerin werden, nicht Wissenschaftlerin. Und inzwischen hat sich das ohnehin längst geändert. Meine Arbeit bei der Stiftung ist wichtig – sie bedeutet mir sehr viel.« Erneut streiche ich ihm über die Haare, die seidig glatt sind, so wie deine und meine. Diesmal werde ich nicht hinterrücks von einer Vision überrumpelt, wie Thorne dich bei deiner schwarzen Mähne packt.

»Es war meine Schuld«, stellt Luke fest. »Wenn ich nicht gewesen wäre, hättest du deinen Abschluss nicht verhauen.«

»Luke«, sage ich. »Sieh mich an.« Ich hebe sein Gesicht an. »Ich bin deine Tante, und was Schöneres hätte mir im Leben überhaupt nicht passieren können. *Das* ist definitiv deine Schuld.«

»Und Mummys«, fügt er hinzu.

»Ja. Und Mummys. Sie fehlt mir wirklich sehr, und du bist das Einzige, was mir über den Verlust hinweghilft. Für dich da sein zu dürfen hat mir unendlich viel mehr gegeben als jede Vorlesung und jedes Seminar. Ich hätte es gar nicht anders haben wollen. Es war meine freie Entscheidung.«

Sein Kopf schnellt herum. »Da ist schon wieder dieses Husten.« Wir horchen angestrengt. »Und noch ein anderes Geräusch. Als wäre jemand im Laub ausgerutscht.«

»Wahrscheinlich macht da jemand seinen Morgenspaziergang. Ein Tollpatsch mit Erkältung.«

»Sollen wir nachschauen gehen?«

»Bis wir dort sind, ist er bestimmt längst weg.« Ich nehme seine Hand. »Wenn es ein Spion ist, dann kein besonders guter, was?«

»Nicht so gut wie ich. Außerdem hat er keine Ahnung, mit wem er sich anlegt.«

»Komm, lass uns wieder reingehen. Granny hat versprochen, zum Frühstück Pfannkuchen zu machen.«

»Ich glaube, ich sage Granny und Grandpa lieber, was wir gehört haben.«

»Wir können es ihnen gemeinsam sagen. Und du weißt ja, falls sich irgendjemand dem Haus nähert, nehmen die Kameras ihn auf. Bevor ich fahre, schaue ich mir noch mal die Aufzeichnungen an. Du musst dir wirklich keine Sorgen machen.«

Er nickt weise. »Kannst du noch bis heute Nachmittag bleiben und mich zum Karate fahren?«

»Das würde ich sehr gerne, aber ich muss sofort nach dem Essen los. Ich habe Sadie versprochen, auf ihrer Einweihungsparty vorbeizuschauen. Sie und ihr neuer Freund sind zusammengezogen.«

Luke zieht die Nase kraus. »Ted hat gesagt, Mummy konnte Sadie nicht leiden.«

Sie denkt, alle Welt will ihr schaden – sie ist der verbittertste Mensch, der je geboren wurde.

Sie lästert permanent über andere. Es ist nur eine Frage der Zeit, bis sie auch dir in den Rücken fällt.

Sie sieht sich immer in der Opferrolle, dabei ist sie in Wahrheit der Aggressor.

Das waren nur einige deiner Standardwarnungen in puncto Sadie. Du hast dein Urteil über sie gefällt, als sie vier war, und seitdem keine Veranlassung gesehen, es zu revidieren.

Tatsächlich hat meine Freundschaft mit Sadie ihre natürliche Lebensdauer längst überschritten. Ich versuche es Luke zu erklären. »Ich kenne sie seit meinem ersten Tag in der Vorschule.«

»So wie Ted.«

»Ja. Aber sie hat sonst nicht viele Freunde. Sie wird schnell wütend und stößt die Menschen vor den Kopf.«

»Hast du Mitleid mit ihr, oder was?«

»Ein bisschen. Ich glaube, das war von Anfang an so.«

»Was, wenn sie irgendwann mal auf dich wütend wird?«

»Vermutlich wird es früher oder später dazu kommen. Aber ich habe ziemlich viel zu tun und sehe sie nicht so oft – deshalb hat sie nur selten Gelegenheit, sich über mich aufzuregen.«

»Dann geh doch nicht hin. Bleib lieber hier bei mir und Granny und Grandpa.«

»Das klingt wirklich sehr verlockend. Aber sie ist ziemlich nervös wegen der Party. Sie hat fast keinen ihrer eigenen Bekannten eingeladen und fürchtet, Brian könnte das irgendwie komisch finden. Es kommen fast nur seine Freunde, und die sind alle Ärzte.«

»Das wird ja lustig«, sagt er. »Oder auch nicht.«

»Mit Sicherheit nicht so lustig wie deine Karatestunde.«

»Du dürftest bestimmt zuschauen. Ich werde immer besser. Du wärst stolz auf mich.«

»Ich bin sowieso schon stolz auf dich. Dürfte ich denn auch mitmachen?«

Er schüttelte ernst den Kopf. Einerseits möchte er meine Gefühle nicht verletzen, andererseits wundert er sich über einen derart albernen Vorschlag. »Das Training ist für *Kinder*, Tante Ella. Außerdem müsste ich dann so tun, als würde ich dich nicht kennen, weil du garantiert total angeben würdest. Du würdest einen Flying Spin machen und unseren Trainer mit einem Tritt ins Gesicht auf die Matte schicken.«

»Niemals.«

»Ich glaub dir nicht.«

»Na ja. Vielleicht ein klitzekleiner Handkantenschlag gegen die Rippen.«

Die Kostümparty

Sadie küsst Brian leidenschaftlich auf den Mund und presst dabei ihren Busen gegen seine Brust. Ich stehe vor den beiden in ihrer überfüllten Küche und versuche, kein allzu verdattertes Gesicht zu machen – noch vor wenigen Sekunden haben wir drei höfliche Konversation gemacht.

Im Hintergrund läuft der Song *Autumn in New York*, in dem es darum geht, dass eine neue Liebe immer auch mit Schmerz verbunden ist, und ich muss unwillkürlich an dich denken, während Sadie eine Hand an Brians Wange legt und mit dem Zeigefinger der anderen die Kontur seiner Lippen nachfährt. Sie blickt in sein attraktives Akademikergesicht und zaust ihm die dunklen Haare. »Ich bin besessen von dir«, haucht sie todernst.

»Und ich bin besessen von *dir*.« Sein Tonfall hingegen ist eher neckend. Sie legt die Stirn in Falten, offenbar fragt sie sich, wohin sein Blick zwischenzeitlich immer wieder abdriftet. Ihre Stirnfalten werden tiefer, als sie feststellt, dass er zu mir schaut.

Ich habe noch nie einen Menschen getroffen, der nach außen hin so zuckersüß und im Innern so voller Gift ist wie Sadie. Deine Vorrat an Urteilssprüchen zum Thema Sadie war unerschöpflich.

Sadie ist eins achtzig groß. Vielleicht schätzt sie Brian unter anderem auch wegen seiner beachtlichen Körpergröße. Ich selbst messe nur einen Meter fünfundsechzig. Du hast immer gesagt, was Sadie am meisten an mir möge, sei der Umstand, dass sie buchstäblich auf mich herabschauen könne, und als ich dagegengehalten habe, das sei wohl bei den meisten Menschen der Fall, hast du so getan, als hättest du mich nicht gehört.

Sadie rückt Brians rechteckige Nerdbrille zurecht, die ihm auf der Nase nach unten gerutscht ist. Brian ist Dermatologe, und ich stelle mir vor, wie ihm die Brille herunterfällt, während er sich gerade über das Gesicht eines Patienten beugt. Wie sie besagten Patienten an der Stirn trifft und dort einen schlimmen Bluterguss hervorruft oder ihretwegen womöglich sogar ein wichtiger Eingriff verpatzt wird, weil sie irgendein kompliziertes Gerät in seiner Funktion beeinträchtigt.

Sadie wendet sich von Brian ab, um mich zu taxieren, wobei sie sich allerdings seinen Arm um ihre Taille legt und ihn dort auf eine Art und Weise festhält, bei der ich einen kleinen Stich des Mitleids für sie verspüre.

»Du trägst ja ein Kleid!«, sagt sie. »Ich wusste gar nicht, dass du so was überhaupt besitzt.«

»Es hat Miranda gehört.«

Sie bedeutet mir, mich umzudrehen. Ich bemerke, wie Brian mich mustert, und kann nur hoffen, dass es ihm rechtzeitig gelingen wird, den Blick von mir loszureißen, ehe Sadie ihn erneut ertappt.

Sadie hat sich in den letzten fünf Jahren immer wieder erfolglos an festen Beziehungen versucht. Brian soll jetzt endlich der Richtige sein. Heimlich kauft sie schon Hochzeitsmagazine.

»Ist das Diane von Furstenberg?« Sie kratzt mich mit ihrem Fingernagel, als sie in meinem Nacken nach dem Etikett des Kleides fischt. »Du liebe Zeit, Ella«, sagt sie. »So ein Teil kostet schlappe fünfhundert Pfund, wenn es aus Seide ist.«

Wie konntest du dir das leisten? Von einem Krankenschwesterngehalt? Das ist für mich ein immer wiederkehrendes Rätsel. Die Polizei hat sich auch darüber gewundert. Doch wie so viele Fragen blieb auch diese unbeantwortet.

»Miranda hatte auch noch eins in Rot«, sage ich. »Aber Rot ist nicht meine Farbe.«

Ich stelle mir vor, wie stinksauer du wärst, weil ich eins deiner Shoppinggeheimnisse mit Sadie teile. Es war schon schlimm genug, dass ich es der Polizei verraten habe. *Aber du hast die Verschwiegenheitsklausel unterschrieben, Melanie. Die Verschwiegenheitsklausel gilt für immer.*

Nur du durftest Melanie zu mir sagen. Als wolltest du, dass ich ganz dir gehöre. Jemandem einen Namen zu geben ist eine bedeutungsschwere Geste, und du mochtest bedeutungsschwere Gesten. Du hast aus der Mitte meines Namens das »Ela« herausgelöst und ein zweites l hinzugefügt. Alle anderen mussten mich Ella nennen. Sogar Mum und Dad haben dir gehorcht – sie gehorchen dir immer noch. Taten sie es aus Schuldgefühl, weil sie so unvorsichtig gewesen waren, deiner zehn Jahre währenden Herrschaft als Einzelkind mit der Ankunft einer kleinen Schwester ein Ende zu bereiten?

»Ich weiß nicht, ob man das so sagen kann – dass Rot nicht deine Farbe ist«, meint Brian.

Mein Magen zieht sich zusammen, aber Sadie reagiert nicht auf seine Bemerkung.

»Diese Wickelkleider kommen nie aus der Mode«, befindet sie. »Das sind Klassiker.«

»Dies hier ist ein Trostpreis, den habe ich von meiner Mutter bekommen.«

»Wofür?«, fragt Sadie.

Für den Karton, denke ich im Stillen.

Als ich heute Nachmittag auf den Dachboden steigen wollte, um ihn herunterzuholen, hielt meine Mutter mich fest. Mit meinem Vorhaben würde ich nur die Aufmerksamkeit fremder Männer auf mich und Luke lenken, sagte sie. Durch meine Weigerung, die Vergangenheit ruhen zu lassen, würde ich ihn in Gefahr bringen, ganz besonders nach dem Zeitungsartikel.

»Alles zu ignorieren und zu verschweigen, *darin* liegt die wahre Gefahr«, entgegnete ich.

Darauf gab sie keine Antwort.

»Die großen Probleme lösen sich nicht dadurch in Luft auf, dass du die Augen vor ihnen verschließt«, beharrte ich.

»Pattsituation« ist eine verklärende Umschreibung für die Lage zwischen uns, als wir uns schließlich trennten. Der Karton blieb oben auf dem Speicher, aber dafür holte unsere Mutter das mitternachtsblaue Kleid aus dem Schrein mit deinen alten Sachen und drückte es mir zusammen mit einem Paar Sandaletten, die du nie getragen hast, in die Hand. Sie war entsetzt von der Vorstellung, ich könnte in Jeans und Pulli auf die Party gehen – in denselben Sachen, die ich bereits den ganzen Tag lang getragen hatte.

Der Rock deines Kleides schwang mir um die Beine, als ich darin zur Tür hinausging. Ich wackelte sogar mit den Hüften, so wie du es früher immer gemacht hast. Damit wollte ich unsere Mutter provozieren. Ich wollte sie aus dem Gleichgewicht bringen. Sie sollte sehen, wie ähnlich ich dir bin, und mir deshalb den Karton geben.

Alles klar. Ich stelle mir vor, wie du mit den Augen rollst. *Als ob das jemals klappen würde.*

Ich quittiere Sadies Frage mit einem Achselzucken, als hätte ich sie nicht verstanden. Dann fasse ich mir in einer unbewussten Geste in den Nacken, genau dorthin, wo sie mich auf der Suche nach dem Etikett gekratzt hat. Ich staune, als ich das Blut an meinem Finger sehe. Wie es scheint, ist Sadie heute noch gemeingefährlicher als sonst. Und wie es scheint, hängt diese Verschärfung ihres Grundzustands mit Brian zusammen.

»Jetzt stell dich nicht so an, Ella, ich habe doch bloß deinen Ausschnitt zurechtgezogen.«

Du folgst mir auf dieser Party wie ein Geist, der mir sarkastische Bemerkungen ins Ohr raunt: *Sadie beherrscht diese »Ich bin ja so hilfsbereit!«-Nummer wirklich wie keine Zweite. Jede gute Tat zugleich ein Messerstich.*

»Ich verwende neuerdings diese superexklusive Nachtcreme aus einer neuen Pflegeserie, die Brian mir empfohlen hat.« Sadie betreibt ein Kosmetikstudio. Sie und Brian haben sich vor einigen Monaten kennengelernt, als er zu ihr kam, um nachzufragen, ob er in ihrem Salon eventuell kleinere Eingriffe anbieten könne – Behandlungen, für die man einen ausgebildeten Dermatologen braucht. »Vielleicht möchte deine Mutter sie ja mal ausprobieren?«

»Das ist nett von dir. Bestimmt gerne«, sage ich.

»Schönen guten Abend, alle zusammen.« Die Stimme klingt glatt und samtig wie die eines Talkmasters und kommt mir vage bekannt vor. Als ich mich umdrehe und das dazugehörige Gesicht sehe, möchte ich am liebsten vor Scham im Boden versinken. Als unsere Mutter mich vor langer Zeit zum Frauenarzt schleppte, um herauszufinden, weshalb seit deinem Verschwinden meine Regelblutung ausgeblieben war, hatte ich das Pech, zu Dr. Blossom zu kommen.

Sadie weiß nichts davon, deshalb fühlt sie sich genötigt, mich und Dr. Blossom einander vorzustellen, und Dr. Blossom wiederum fühlt sich genötigt, so zu tun, als wären wir uns noch nie zuvor begegnet. Als hätte er nicht eingehend meine Geschlechtsorgane studiert und über den Ergebnissen unzähliger Hormontests gebrütet, nur um uns am Ende zu verkünden, dass sich meine Eierstöcke in einem höchst rätselhaften, mittlerweile zehn Jahre andauernden Tiefschlaf befänden. Die Diagnose hätte ich mir auch selbst stellen können.

Sadie ist noch aufgeregter als sonst auf dieser Party voller Ärzte, von denen sie die meisten kaum kennt. Sie macht Scherze auf ihre eigenen Kosten, was sie immer dann tut, wenn sie sich unwohl fühlt. Sie wirft einen Blick unter ihre Achseln und sagt: »Gott, ist das heiß hier drin. Bin ich froh, dass das Kleid keine Ärmel hat.«

Dr. Blossom sagt: »Lassen Sie sich doch von Brian etwas Botox spritzen.« Er deutet auf Sadies Achselhöhlen, nur für den Fall, dass sie nicht weiß, wo das Botox hinsoll. »Das hemmt die Schweißbildung.« Er betastet seine unnatürlich flachsblonde Haarmähne, wie um zu überprüfen, dass sie auch nicht zu platt liegt. »Wobei ich nicht weiß, ob die Kasse so was übernimmt. Ich fürchte fast, Sie werden das privat abrechnen müssen.« Er hält sich für sehr witzig.

Aber Sadie ist noch witziger. »Brian spritzt bei mir sowieso schon privat. Zweimal täglich, morgens und abends.«

Ein Lachen dringt aus meiner Kehle – so plötzlich, dass es sich eher wie ein Schnauben anhört. Ich bin froh, dass Sadie mich daran erinnert hat, wie schlagfertig und komisch sie sein kann. Brian allerdings wird feuerrot, und deshalb beschließe ich, dass es an der Zeit ist, loszugehen und nach Ted zu suchen.

Ich entschuldige mich, und Dr. Blossom nickt verständnisvoll, wobei seine goldschimmernden Locken wippen.

Im Wohnzimmer, zurzeit eher ein Herrenclub für Arme,

ist Ted nicht. Schon nach kurzer Zeit kommt Brian mir nach, dicht gefolgt von Sadie. Sie schneidet ihm den Weg ab und setzt sich neben mich aufs Sofa. Eine Wolke Jasminduft hüllt mich ein.

»Brian findet dich hübsch.« Sadie zieht ihn zu sich aufs Sofa, sodass sie nun zwischen uns sitzt. »Das hat er letzten Monat nach dem Mittagessen gesagt.«

Ich habe keine Ahnung, wie ich reagieren soll, und Brian macht ein Gesicht, als wäre er zum Tode verurteilt. Immerhin habe ich jetzt eine grobe Vorstellung davon, weshalb Sadie heute in einer so miesen Stimmung ist. Sie will Blut sehen.

»Freut dich das, Ella?«, will sie von mir wissen. »Du siehst nämlich definitiv so aus, als würde dich das freuen.«

»Du wolltest bestimmt nur nett sein, Brian«, sage ich zu Brian. »Dein Kleid ist toll«, füge ich, an Sadie gewandt, hinzu. Es ist aus jadegrünem Satin, tief, aber nicht zu tief ausgeschnitten und betont ihre Taille.

»Danke«, sagt sie. »Bitte lenk nicht vom Thema ab.«

»Tue ich gar nicht. Ich wollte dir schon die ganze Zeit sagen, wie elegant du heute aussiehst.« Erneut halte ich, wider besseres Wissen auf Rettung hoffend, nach Ted Ausschau. Doch von seinem dunkelblonden Haarschopf und seinen grünen Augen fehlt jede Spur.

Sadie bemerkt meinen suchenden Blick. »Ted ist nicht hier«, teilt sie mir mit. »Falls du dich das gefragt hast.«

»Habe ich, ja, ein bisschen.«

»Hast du dich jemals allein mit Brian getroffen?« Ihr Blick springt zwischen ihm und mir hin und her.

»Nein«, antworten wir beide im Chor.

Sadie beißt sich auf die Unterlippe. »Seid ihr euch da sicher?«, sagt sie.

»Ja«, sagen wir wie aus einem Mund.

Ich beschließe, mich früher zu verabschieden als ursprünglich geplant. »Vielleicht muss Ted ja arbeiten?«, überlege ich laut und hoffe inständig, dass er nicht kommt, wenn ich bereits weg bin – allein auf dieser Party herumzustehen wäre sicher kein Spaß für ihn.

»Davon hat er nichts erwähnt«, sagt Sadie. »Aber er war ziemlich ausweichend, als ich ihn gefragt habe, warum er nicht kommen kann.«

Ted, wie er auf dem Spielplatz meine Hand hielt, als wir sechs Jahre alt waren. Wie es ihm vollkommen egal war, dass die anderen Jungs ihn deswegen hänselten.

Sie fährt fort: »Ich glaube, er hat eine Neue. Wann genau haben er und seine Frau sich scheiden lassen?«

Ich schnappe nach Luft, als hätte ich einen Tritt in die Magengrube bekommen.

»Vor einem Jahr.« Meine Stimme klingt dumpf und matt, und genauso fühlt sich mein Kopf gerade an.

»Lange hat er es ja nicht alleine ausgehalten, was?«

Wie er mir mit acht in dem hölzernen Spielhaus ganz oben auf dem Klettergerüst im Park einen Kuss gestohlen hat.

»Woraus schließt du das?«

Wie ich mit zehn in deinen Armen geweint habe, weil Ted Blinddarmentzündung hatte und es mir Angst gemacht hat, ihn so krank zu erleben.

»Aus seinem Verhalten, als ich ihn gefragt habe«, antwortet sie. »Er hat total herumgedruckst. Ich hätte ihn gar nicht eingeladen, wenn du mich nicht dazu gezwungen hättest, Ella.«

Ted hat mir einmal erzählt, dass die gegenseitige Antipathie zwischen ihm und Sadie bis ins erste Jahr der Vorschule zurückreicht. Damals war Sadie in ihn verliebt und konnte es nicht verwinden, dass er keinerlei Interesse an ihr, dafür aber umso größeres Interesse an mir zeigte.

»Vielleicht legt er Wert auf seine Privatsphäre«, sagt Brian.

»Eine Frau zu heiraten, um über eine andere Frau hinwegzukommen, so was geht nie gut«, meint Sadie. »Aber du kannst nicht verlangen, dass er bis in alle Ewigkeit auf dich wartet.«

Wie ich mit zwölf beim Telefonieren mit ihm eingeschlafen bin und am nächsten Morgen beim Aufwachen seinen Atem durch den Hörer gehört habe.

»Das erwarte ich ja auch gar nicht.« Das ist eine Lüge. In Wahrheit habe ich genau das erwartet. Seit wir vor einigen Monaten das, was wir beide etwas geheimniskrämerisch als unsere »Freundschaft« bezeichnen, wieder aufgenommen haben, mache ich mir Hoffnungen, dass wir bald wieder ganz zueinanderfinden. Und bis jetzt dachte ich, Ted ginge es ähnlich.

Wie wir mit sechzehn zum ersten Mal miteinander geschlafen haben.

Damals hatten wir Angst vor einer möglichen Schwangerschaft, so wie die meisten Teenager. In den letzten zehn Jahren hätte ich mir solche Sorgen nicht machen müssen.

Dr. Blossom weiß das. Er steht neben dem Kamin und hat sein intelligentes Gesicht aufgesetzt, während er mich mustert und sich dabei über sein markantes Kinn streicht. Jedes einzelne seiner blonden Haare sitzt perfekt. Er sieht aus, als rechne er damit, dass jeden Moment ein Blitzlichtgewitter über ihn hereinbricht. Verfolgt er mich etwa?

Ein Signalton kündigt an, dass auf Brians Handy eine SMS eingegangen ist. Sadie beobachtet ihn beim Lesen der Nachricht. »Ein Kuss?«, sagt sie. »So eine Schlampe. Am liebsten würde ich sie umbringen.«

Hin und wieder verliert Sadie die Kontrolle über sich und dreht in den sozialen Netzwerken durch. Sie ist klug genug, die Sache hinterher herunterzuspielen oder in einer panischen Löschaktion sämtliche Spuren zu beseitigen, trotzdem lebt sie in permanenter Angst, jemand könnte eine ihrer Tiraden gelesen oder sogar einen Screenshot davon gemacht haben.

Mit finsterer Miene wendet sie sich an mich. »Hast du Ted auch Küsschen gesimst, als er noch verheiratet war?«

»In der Zeit hatten wir gar keinen Kontakt.«

Brian spielt mit Sadies honigblondem Haar, doch sein Blick ruht auf mir.

»Richtig«, sagt Sadie, meint aber eindeutig das Gegenteil.

Ich halte es für eine gute Idee zu bekräftigen: »Ich würde niemals etwas mit einem verheirateten Mann anfangen. Oder mit einem Mann, der eine Freundin hat.«

Sadie sagt zu Brian: »Ella und Ted hatten Riesenkrach, weil Ted keinen Bock mehr hatte, einfach nur Ellas guter Kumpel zu sein. Also hat er sich eine andere gesucht, irgendeine Polizeifotografin oder so. Dann hat er sie geheiratet, und Ella hat monatelang geflennt.« Sie dreht sich wieder zu mir. »Insofern: Verschon mich mit deinen Lügenmärchen, du hättest während seiner Ehe nichts mit ihm gehabt.«

Seit wir vier Jahre alt waren, haben Ted und ich uns jeden Tag gesehen oder zumindest miteinander gesprochen – bis mit siebenundzwanzig der Kontakt zwischen uns vollständig abbrach.

»Die letzten drei Jahre herrschte absolute Funkstille zwischen uns«, erkläre ich.

»Aber jetzt redet ihr wieder miteinander, hat Sadie mir erzählt«, sagt Brian.

»Erst seit Kurzem. Ted war diesen Sommer auf dem siebzigsten Geburtstag meines Vaters.«

»Wie kam es dazu?« Ist es normal, dass dieser Mann so neugierig ist? Vielleicht hat Sadie gute Gründe, ihm zu misstrauen.

»Mein Neffe hat ihn eingeladen. Ich wusste gar nichts davon – bis er zur Tür reinspaziert kam.«

Zu dem Zeitpunkt lebte Ted bereits von seiner Frau getrennt. Den Kontakt zu Luke hatte er die ganze Zeit über nicht abreißen lassen, auch nicht während seiner kurzen Ehe. Luke vergöttert ihn.

Sadie kann sich nicht recht entscheiden, wer oder was am dringendsten ihrer Überwachung bedarf. Ihr Blick huscht zu Brians Handy, dann zu mir, dann zu Brian, dann wieder zum Handy, das angesichts der verbotenen SMS, die sich darauf befindet, förmlich zu pulsieren scheint. »Wer ist sie?«, will Sadie von Brian wissen.

»Jemand von der Arbeit. Eine Krankenschwester. Da ist nichts, Sadie.« Er gibt ihr einen Kuss auf die Nasenspitze. »X ist bloß ein Buchstabe im Alphabet. Das hat rein gar nichts zu bedeuten.«

Sadies Hände sind zu Fäusten geballt. »Das ist doch total unprofessionell, jemandem, den man nicht liebt, ein X zu schicken.«

Auf einmal habe ich eine Phantasie, wie ich Brian eine E-Mail mit einer ganzen Reihe XXX zum Abschluss schicke. Dir wäre so etwas zuzutrauen. Aber ich bin nicht der Typ dafür.

»Du ignorierst ihre Nachricht«, befiehlt Sadie. »*Das* ist die einzige Antwort, die sie verdient hat.« Sie streckt die Hand aus. »Keine Geheimnisse«, sagt sie.

Brian zögert, dann reicht er ihr wortlos sein Handy.

Als Erstes geht Sadie seine Kontakte sowie die Anrufliste durch. »Du stehst ja gar nicht drin«, wundert sie sich, an mich gewandt.

»Natürlich stehe ich da nicht drin.«

Brian schüttelt den Kopf. »Sadie. Kannst du bitte damit aufhören?«

Sadie hält sein Handy in die Höhe und löscht demonstrativ die SMS. Ihre ans Wahnhafte grenzende Eifersucht weckt in mir die Erinnerung an eine Schlagzeile über dich.

Sie liebte die Liebe. Die romantischen Obsessionen der vermissten Miranda.

»Ich brauche ein Glas Wasser«, sage ich.

»Was ist los mit dir, Ella? Ganz im Ernst: Was hast du für ein Problem?«

»Gar keins.« Ich klinge brüsk und kühl.

»Ich meine – du gräbst das Kleid deiner Schwester aus? Buchstäblich.«

»Ehrlich, Sadie. Ich habe einfach nur Durst.« Jetzt klinge ich gefährlich.

»Dass ich nicht lache. Fängst du jetzt schon wieder mit Miranda an? Nach all der Zeit? Warum?«

»Das betrifft dich doch überhaupt nicht.« Und jetzt klinge ich wie du, wenn du eisige Ablehnung zum Ausdruck bringen willst. Oder wie Mum.

»Geht es dir um die Aufmerksamkeit? Hast du die so nötig? Jetzt, wo sich das ganze Theater um sie endlich gelegt hat? Hast du deswegen das Interview über eure dämliche Stiftung gegeben und dein Foto in der Zeitung abdrucken lassen?«

»Darauf hast du nicht mal eine Antwort verdient.« Als ich aufstehe, gibt das Sofa ein peinliches Schmatzgeräusch von sich. Luke würde einen Witz darüber machen.

»Wage es ja nicht, jetzt einfach wegzurennen.« Sadie packt mich am Handgelenk. »Das machst du immer, wenn dir meine Fragen nicht passen.«

»Sie möchte sich was zu trinken holen.« Brian löst Sadies Finger von meinem Arm. »Lass sie gehen.«

Die drei Freier

Ich schaffe es bis in den Eingangsflur, bevor ein Mann auf mich zutritt und unangenehm dicht vor mir stehen bleibt. Seine Haut strömt einen derart starken Alkoholdunst aus, dass man beinahe sehen kann, wie er sich mit seinem Schweißgeruch zu einer Wolke vermischt.

Ich mache einen Schritt nach hinten, und er macht einen nach vorn. Ich weiche noch einen Schritt zurück und strecke dabei gleichzeitig den Arm aus, um ihn am Näherkommen zu hindern. Seine silbergrauen Haare sind mit Gel in Form gebracht und reichen ihm bis in den Nacken.

»Ich hole Ihnen einen Drink«, sagt er.

Nicht zu fassen, dass dieser surreale Albtraum einer Party allen Ernstes noch schlimmer werden kann. »Nein, danke.«

»Sind Sie sicher, Schätzchen?« Indiana Jones würde ich es durchgehen lassen, wenn er mich »Schätzchen« nennt. Diesem Mann nicht. Sein Hemd ist aus violetter Seide, und es sind eindeutig zu viele Knöpfe daran offen.

»Ganz sicher.«

Völlig unverhohlen taxiert er mich vom Scheitel bis zu den Zehenspitzen. Irgendwann pendelt sich sein Blick auf Höhe meiner Brüste ein. »Ich hole uns ein Mineralwasser. Wir sollten stets für eine ausreichende Flüssigkeitszufuhr sorgen. Vertrauen Sie mir, ich bin Arzt.«

Ich durchschaue sein verbales Manöver sofort: Er will sich bei mir einschleimen, indem er so tut, als hätten wir etwas gemeinsam. Und dann noch sein dummer Spruch … Ich wende mich zum Gehen, aber der Mann fasst mir an die Taille.

»Nehmen Sie sofort die Hand da weg.« Jeder, der mich kennt, würde hören, dass ich es bitterernst meine. Aber dieser Mann kennt mich nicht. Als er seinen Griff verstärkt und mir noch einen Schritt näherkommt, bringe ich ihn mit einer kleinen, aber wirkungsvollen Bewegung aus dem Gleichgewicht, sodass er genau zwei Möglichkeiten hat: mich loslassen oder umfallen. Er entscheidet sich für Möglichkeit Nummer eins.

»Scheiße, was ist denn mit Ihnen los?« Der Mann schüttelt den Kopf, kneift die Augen zusammen und verzieht den Mund. Dann trollt er sich in den ersten Stock.

Ich wische mir die Hände ab. Einmal. Zweimal. Angelegenheit erledigt.

Allerdings ist diese leichte körperliche Ertüchtigung nicht ohne Folgen geblieben. Erstens hat sich aus dem Knoten in meinem Nacken eine Haarsträhne gelöst. Zweitens ist dabei unbemerkt dein blödes Kleid aufgegangen. Erst als ich an mir herunterschaue, stelle ich fest, dass man meinen knappen schwarzen Slip sehen kann. Das erinnert mich daran, warum ich die von dir geliebten Wickelkleider so hasse.

Im nächsten Moment wird mir bewusst, dass noch ein weiterer Mann den Flur betreten hat. Er hat regungslos im Schatten der Treppe gestanden und alles mit angesehen. Folglich muss er auch einen Blick auf mein auseinanderklaffendes Kleid erhascht haben, bevor ich es wieder zubinden konnte.

Seine dunklen Augen sind leicht zusammengekniffen – vor Belustigung, nehme ich an. Ansonsten ist seine Miene neutral. Er scheint etwa zehn Jahre älter zu sein als ich, genau das Alter, in dem du jetzt wärst. Oder vielleicht – wer weiß? – das Alter, in dem du jetzt *bist*. Sein Gesicht wirkt noch jung, aber seine Haare sind bereits ergraut und nur noch von einzelnen schwarzen Strähnen durchzogen. Er sieht aus wie eins dieser grauhaarigen Models.

»Ich würde Ihnen auch gerne etwas zu trinken anbieten«, sagt er. »Aber wie ich sehe, könnte das gefährlich werden.«

»Da haben Sie nicht ganz unrecht«, entgegne ich. Ich vergewissere mich zweimal, ob meine Finger aufgehört haben zu zittern. Das haben sie.

»Ich bin Adam«, stellt der Mann sich vor.

Statt einer Antwort nicke ich lediglich. Ich bin nicht mit Absicht unhöflich, auch wenn er das vermutlich denkt. Ich muss mich einfach nur kurz sammeln.

»Und Sie sind offenbar die Frau ohne Namen. Ich werde Sie einfach ›die Kickboxerin‹ nennen.«

»Das da eben hatte nichts mit Kickboxen zu tun. Ich habe ihn nur mit sanftem Geschick von seinem Vorhaben abgebracht.«

Er lächelt doch tatsächlich. »Und ebenso geschickt haben Sie es vermieden, mir zu verraten, wie Sie heißen.«

»Ella.«

Er wiederholt den Namen mit leicht fragendem Unterton. Als wäre er zu dem Schluss gekommen, dass er ihm gefällt.

Ich mustere ihn nachdenklich. »Habe ich Sie schon mal irgendwo gesehen?«

»Also, wenn ich Sie schon mal gesehen hätte, würde ich mich daran erinnern«, gibt er zurück.

»Der war gut.« Erneut mache ich Anstalten zu gehen. Diesmal werde ich von Brian aufgehalten, der sich irgendwie von Sadie losgeeist haben muss, um nach mir zu suchen.

»Ich wollte kurz schauen, ob es dir gut geht«, sagt er.

»Alles bestens, danke.«

Brian wirkt verunsichert, nickt dann aber. »Schön, dass du Adam kennengelernt hast.« Sein Stirnrunzeln passt nicht ganz zu seinen Worten. »Dann lasse ich euch beide mal allein.«

Er wirft noch einen Blick über die Schulter, dann verschwindet er, zwei Stufen auf einmal nehmend, nach oben.

»Brian wirkt ein bisschen ...« Adam gerät ins Stocken.

»Eine Party zu geben kann stressig sein«, sage ich.

»Sie haben recht. Und ich schulde Ihnen eine Erklärung.«

»Wofür?«

»Für den Spruch, dass ich mich an Sie erinnern würde, wenn ich Ihnen schon mal begegnet wäre. Der war billig.« Er macht eine kurze Pause. »Aber wahr.«

Ich habe nie wirklich verstanden, weshalb du so süchtig nach männlicher Aufmerksamkeit warst. Deine Gier danach grenzte schon ans Krankhafte. Die Bewunderung dieses Mannes allerdings löst ein sehr angenehmes Gefühl der Wärme in mir aus. Das passiert mir nicht oft.

»Lassen Sie mich raten«, sage ich. »Sie sind Arzt?«

Er lächelt schon wieder. »Sie können offenbar Gedanken lesen.«

»Das hat meine Schwester auch immer gesagt.« Irgendetwas an ihm kommt mir wirklich vertraut vor. Gleich darauf erkenne ich, was es ist: Er ist ein ganz bestimmter Typ Mann.

Dein Typ Mann. Groß, dunkel, attraktiv. Er ist dominant, spielt seine Macht jedoch nicht aus – eine Spannung, die du immer unwiderstehlich fandst. Ich stelle fest, dass sie mich ebenfalls anspricht.

»Ich muss jetzt los«, verkünde ich. »Los« heißt: raus aus Sadies und Brians neuem Liebesnest. »Los« heißt: nach Hause, wo es keine Ärzte gibt, die mich ausquetschen wollen. Oder vermeintliche Freundinnen, die verbale Spitzen gegen mich abfeuern.

»Hoffentlich irgendwohin, wo es interessant ist«, meint er.

Verhält er sich seinen Patienten gegenüber auch so? Gibt er jedem, mit dem er sich unterhält, das Gefühl, die faszinierendste Person zu sein, die er je getroffen hat? Die meisten Männer würden das nicht fertigbringen, ohne schmierig zu wirken, aber dieser Mann bleibt höflich und souverän dabei. Du würdest einen Mann wie ihn bewundern. Und Ted würde ihn hassen. Aber Ted, wie mir einmal mehr schmerzlich bewusst wird, ist nicht hier.

»Freut mich, Sie kennengelernt zu haben«, sage ich.

»Darf ich Sie wiedersehen? Ich habe ein Faible für Kampfkünste.«

»Normalerweise verabrede ich mich nicht mit fremden Männern. Erst recht nicht mit fremden Männern, die sich über mich lustig machen.«

»Ich bin doch nicht fremd. Aber lustig gemacht habe ich mich über Sie, das stimmt. Ich konnte nicht anders. Es tut mir leid.«

»Das war keine aufrichtige Entschuldigung.«

»Mag sein.« Er zückt eine Visitenkarte und hält sie mir hin. Als ich keine Anstalten mache, sie zu nehmen, lässt er sie wieder sinken. »Wir könnten uns auch bei mir auf der Arbeit treffen. In der Pause zwischen meinen Sprechstunden, dann müssen Sie mich nicht allzu lange ertragen, falls ich Sie langweile.« Erneut hebt er den Arm, um mir ein zweites Mal seine Karte anzubieten. »Ich lade nicht oft Frauen auf meine Arbeitsstelle ein.«

»Wie oft ist nicht oft?«

»Bisher noch nie. Wenn Sie vorbeikommen, werden Sie verstehen, weshalb.«

Weißt du was, Ted?, denke ich bei mir. *Leck mich doch. Ich scheiß auf deine Spielchen, und ich scheiß auf deine Distanziertheit, und ich scheiß auf deine Ungeduld.*

Ich mustere Adam eine Zeit lang. Zu meinem eigenen Erstaunen hebe ich die Hand, und irgendwie halte ich gleich darauf seine Visitenkarte zwischen den Fingern. Ich betrachte sie. *Dr. Adam Holderness, Psychiater.* Er arbeitet ausgerechnet in der psychiatrischen Klinik, in der Jason Thorne lebenslang im forensischen Maßregelvollzug sitzt. Auf einer Party voller Ärzte ist es wohl unvermeidbar, dass mindestens einer von ihnen dort tätig ist.

»Ein ausgezeichneter Ort, um sich auf einen Kaffee zu treffen«, sagt er.

Insgeheim lache ich über mich selbst, allerdings auf eine eher traurige, zynische Art und Weise. Heute Morgen während unseres Waldspaziergangs habe ich beschlossen, einen Brief an einen der grausamsten Serienmörder der letzten Jahrzehnte zu schreiben und ihn zu fragen, ob ich ihn besuchen darf. Welche normale Frau würde sich darüber freuen, dass ihre Chancen auf eine persönliche Begegnung mit einem solchen Mann soeben gestiegen sind? Natürlich brauche ich nicht die Hilfe von Adam Holderness, um Zugang zu Thorne zu bekommen – aber schaden kann sie auch nicht.

Mir kommt der Gedanke, dass er wahrscheinlich genau weiß, wer ich bin, und einfach nur zu höflich ist, um mich darauf anzusprechen. Gut möglich, dass Brian oder Sadie ihm von mir erzählt haben. Und wenn er über mich Bescheid weiß, muss er doch auch ahnen, dass meine Bereitschaft, zu ihm in die Klinik zu kommen, noch andere Gründe hat als meine Liebe zu Koffein oder meinen Wunsch, Zeit mit ihm zu verbringen.

»Glauben Sie, dass Ihre berufliche Nähe zu Jason Thorne dabei einen besonderen Anreiz darstellt?«, frage ich.

»Nur für eine extrem kleine Personengruppe. Normalerweise behalte ich dieses Detail für mich.«

In Gedanken sehe ich Luke vor mir, wie er stolz auf mich ist und glücklich, weil ihr endlich wieder vereint seid. Wie er sich dir in die Arme wirft und mich über deine Schulter hinweg anlächelt. Aber schon im nächsten Moment drängt sich mir ein anderes Bild auf: Wie würde er reagieren, wenn die Wahrheit, die ich ans Licht bringe, eine grausame ist? Und ich muss auch daran denken, dass du mir, falls wir dich wie durch ein Wunder tatsächlich noch lebend finden sollten, Luke vielleicht wegnehmen wirst.

Das Überraschendste jedoch ist, dass die schrecklichen Visionen dessen, was Thorne dir angetan haben könnte, aus meinem Kopf verschwunden sind. Seit ich Luke heute Morgen das Versprechen gegeben habe, sind sie wie weggeblasen. Davor war ich völlig machtlos gegen sie. Seit den Schlagzeilen der vergangenen Woche haben sie mich unentwegt verfolgt. Ich wusste nicht mehr, wie ich mich dagegen wehren soll.

»Jetzt wissen Sie, was ich beruflich mache«, sagt Adam. »Was ist mit Ihnen? Oder ist das ein Geheimnis?«

»Kein Geheimnis. Ich bin persönliche Sicherheitsberaterin und Trainerin. Hauptsächlich arbeite ich mit Opfern von Gewaltdelikten, manchmal auch mit Angehörigen.«

»Ach ja«, sagt er, »ich erinnere mich. Brian hat da so was erwähnt. Für eine private Stiftung, die Ihre Familie ins Leben gerufen hat, stimmt's?«

»Ja.«

»Hört sich nach einer sehr wichtigen Arbeit an. Und einer schwierigen.«

»Ich bekomme viel Unterstützung von meiner Mutter. Sie erledigt den Großteil der Verwaltungsarbeit und hört die Nachrichten auf der Hotline ab.«

»Dann muss sie ein großes Organisationstalent sein.«

»Sie wurde gelegentlich schon als ein solches beschrieben, ja.« Du würdest sagen: *Wenn »Organisationstalent« ein anderes Wort für »Kontrollfreak« ist, dann passt der Schuh.* Aber ich habe diesem Mann schon mehr über mich verraten, als ich es normalerweise tue. »Bitte entschuldigen Sie mich. Ich muss jetzt wirklich gehen, Dr. Holderness.« Ich spreche ihn bei seinem Nachnamen samt akademischem Grad an, weil es meine Absicht ist, durch die Förmlichkeit eine gewisse Distanz herzustellen. Stattdessen klingt es so, als würde ich mit ihm flirten.

»Und was ist mit unserem Kaffee?«

»Ich mag Kaffee«, sage ich. Sogar diese Bemerkung wirkt unterschwellig verführerisch. Ich schlage ein Register an, von dem ich bis jetzt gar nicht wusste, dass es mir zur Verfügung steht. Es ist jedenfalls nicht das Register, das ich anschlagen *wollte.* Ich klinge wie du – schon wieder.

»Ich auch. Auf Wiedersehen, Ella.« Mit diesen Worten gibt er mir den Weg frei und verschwindet in der Küche, um mir alle weiteren Mühen eines Abschieds zu ersparen. Adam

Holderness legt in vielen Dingen ein Verhalten an den Tag, das ich an Männern sehr schätze. Die meisten dieser Dinge haben damit zu tun, dass niemand in meine persönliche Schutzblase eindringt.

Der Streit

Erst jetzt bemerke ich, dass Sadie im Durchgang zwischen Flur und Küche steht und mir mit vor der Brust verschränkten Armen bitterböse Blicke zuwirft.

Ich drehe mich zu ihr um und frage: »Warum bist du so wütend? Ich versuche wirklich, Verständnis zu zeigen, aber du überspannst den Bogen.«

»Man kann dir einfach nicht vertrauen.« Sie schluckt schwer.

»Sadie –«

Sie fällt mir ins Wort. »Man weiß nie, was du als Nächstes tun wirst. Wenn du in der Nähe bist, bin ich die ganze Zeit angespannt. Findest du es eigentlich normal, meine Gäste zu verprügeln?«

»Er hatte es nicht anders verdient.«

»Der Bruder meines Freundes hat es nicht anders verdient, als dass du ihn niederschlägst?«

»Ich habe ihn nicht niedergeschlagen. Ich habe lediglich dafür gesorgt, dass er seine Finger von meinem Arsch nimmt. Ich wusste nicht, wer er ist, aber wenn ich es gewusst hätte, hätte das auch keinen Unterschied gemacht.«

»Das war so peinlich. Und genauso peinlich war es, dir dabei zuzusehen, wie du dich an Adam Holderness ranschmeißt. Wenigstens hat er dafür gesorgt, dass du Brian in Ruhe lässt.«

Innerhalb eines Wimpernschlags ist Sadie von widerwilliger Zuneigung auf blanken Hass umgeschwenkt. Ich kenne dieses Verhalten von ihr, allerdings waren bisher immer andere die Zielscheibe.

»Wie viel hast du heute Abend schon getrunken?«, will ich von ihr wissen.

»Zwei Gläser Wein. Ich brauche keinen Alkohol, um zu erkennen, was du für eine bist.«

»Bist du krank?«

»Brian gehört mir. Aber mittlerweile müsste ich ja wissen, wie wenig dir so was bedeutet. Ted hast du ja auch immer weiter belästigt, als er verheiratet war.«

»Das ist gemein. Du weißt genau, dass das nicht stimmt.«

»Wie kannst du es wagen, vor meiner Nase mit meinem Freund zu flirten? Wie kannst du es wagen, dich hinter meinem Rücken mit ihm zu treffen?« Sie macht einen Schritt auf mich zu.

Ich weiche zurück, um den Abstand zwischen uns zu vergrößern – eine Wiederholung meiner Begegnung mit ihrem Beinahe-Schwager. »Das kannst du doch nicht allen Ernstes glauben.«

»Wenn es dir mal ausnahmsweise nicht um deine Schwester geht, dann geht es dir darum, dass jeder Mann im Raum dich anglotzt. Du machst wirklich alles, um Aufmerksamkeit zu bekommen.«

Ich beginne zu zittern. Nicht, weil sie mich so tief getroffen hätte, sondern aus Wut.

»Geh mir aus dem Weg, damit ich von hier verschwinden kann.«

»Schämst du dich eigentlich gar nicht? Weißt du überhaupt, wie krank du bist? Du bist krank. Einfach nur krank.«

»Ich habe gesagt, du sollst mir aus dem Weg gehen«, wiederhole ich. »Ich will dich nicht dazu zwingen müssen.«

»Was denn, willst du deine Selbstverteidigungstricks bei mir anwenden? Oder schlägst du nur Männer?« Sie gibt mir einen so heftigen Stoß, dass ich nach hinten taumle, gegen die Haustür krache und zu Boden gehe. Als ich den Kopf hebe, steht sie direkt über mir. »Geh mir aus den Augen, du kranke Heuchlerin.«

Ein winziger Teil von mir, gewissermaßen mein innerer neutraler Beobachter, ist ganz fasziniert von der Frage, ob ich ausschließlich Männer schlage. Darüber habe ich bisher noch nie nachgedacht. Es besteht kein Zweifel, dass ich Sadie trotz ihrer Körpergröße und ihres Gewichts überwältigen könnte. Aber könnte ich wirklich gegen eine Frau kämpfen? Bei meiner Arbeit dreht sich alles darum, Frauen zu schützen, aber wenn mein Leben auf dem Spiel stünde – oder noch schlimmer: Lukes Leben –, würde ich nicht zögern.

Nun, mit Sadie werde ich das alles garantiert nicht erörtern. Ich beschließe, mich nicht zu wehren, sondern mache ganz einfach dicht. Sie bekommt keine Reaktion mehr. Genau das hat sie verdient.

»Du bist so falsch«, fährt sie fort. »Selbst der Name, bei dem dich alle rufen müssen, ist Fake. Du bist nicht Ella. Du bist Melanie. Melanie, Melanie, Melanie.«

»Du hast nicht das Recht, diesen Namen in den Mund zu nehmen.« In einer geschmeidigen Bewegung erhebe ich mich vom Boden. Unsere Mutter hat uns beigebracht, so aufzustehen, wie sie es in ihrer Ballettschule gelernt hat – damals, bevor sie mit dir schwanger wurde und ihren Traum,

Primaballerina zu werden, aufgeben musste. Ich baue mich vor Sadie auf und schaue ihr unerschrocken in die Augen. Jetzt habe ich die Oberhand.

Ihr habt die Kraft und Zielstrebigkeit von eurer Mutter geerbt. Das hat Dad immer zu uns gesagt. *Deshalb ist eure Liebe auch so stark. Und deshalb fliegen immer die Fetzen, wenn ihr euch streitet.*

Sadie weicht einen Schritt vor mir zurück. Sie sieht tatsächlich verängstigt aus, und ihre Stimme bebt ein wenig, als sie sagt: »Ich weiß so einiges über dich. Ich weiß *alles*. Lass ja deine dreckigen Finger von meinem Freund. Und verpiss dich aus unserem Haus.«

Ich folge ihrem Rat und gehe, ohne noch einmal zurückzuschauen. Hinter mir höre ich die Haustür zuknallen, gefolgt von einem Tritt und einem Wutschrei, der so laut ist, dass man ihn sogar durch das dicke Holz hindurch hört. Dabei wäre diese Zugabe gar nicht nötig gewesen. Ich habe auch so endlich erkannt, wie Sadie wirklich ist. Im Grunde war sie nie anders, ich habe nur den Wald vor lauter Bäumen nicht gesehen.

Ein weiteres deiner Sadie-Urteile hallt in meinem Kopf wider. *Ihre Sorge, was andere Leute über sie denken könnten, nimmt schon pathologische Züge an. Ich wette, sie liegt nachts wach und fragt sich, wer alles ihren wahren Charakter kennt.*

Zehn Sekunden, dann wird sie sich umdrehen, ein zuckersüßes Lächeln aufsetzen und eine Bemerkung darüber machen, wie laut der Wind und der Regen doch sind. Und falls ihre Gäste die wahre Ursache des Lärms erahnt haben sollten, sind sie zu höflich, um etwas zu sagen.

Montag, 31. Oktober

Der Aromagarten

Der Parkwächter wartet am schwarzen Eisentor zum Aromagarten auf uns. Am Tor hängt schon ein Schild mit der Aufschrift *Für Besucher geschlossen.* Ich hänge ein zweites Schild – *Selbstverteidigungskurs läuft* – daneben, weil ich nicht möchte, dass Spaziergänger sich durch die lauten Geräusche beunruhigt fühlen. Der Parkwächter begleitet uns hinein. Ich drehe mich immer wieder um, frage mich, wo Ted bleibt, und schaue zum mittlerweile dritten Mal auf mein Handy, um mich zu vergewissern, dass ich auch wirklich keine SMS von ihm verpasst habe.

Vielleicht kommt er ja gar nicht. Vielleicht ist er mit dieser neuen Frau beschäftigt, von der Sadie gesprochen hat. Obwohl ich seit Samstag unentwegt darüber nachgrüble, ob Sadie eventuell auch gelogen haben könnte.

Reines Wunschdenken, lautet dein Kommentar dazu.

Während ich Bierdosen und Zigarettenkippen aufsammle und zu dem Schluss komme, dass man den Park lieber in »Alkopop-Garten« umbenennen sollte, warten die Frauen in der Herbstsonne, die den Großteil des Regens, der in der Nacht zum Sonntag gefallen ist, bereits hat verdunsten lassen. Eine Frau hockt am Ufer des Teichs und betrachtet die Wasserlilien und Goldfische, als wären sie das Faszinierendste, was sie je gesehen hat.

Gerade als ich mein Handy zurück in die Tasche stecken will, summt es. Eine SMS von Ted, in der er mir mitteilt, dass er am Tor auf mich wartet. Ich höre deine Stimme in meinem Ohr. *Du bist zu nachgiebig mit ihm. Klettest zu sehr. Mach nicht dieselben Fehler wie ich.*

»Mögt ihr euch schon mal drüben auf dem Rasen versammeln?«, sage ich zu den Frauen und deute auf den Kreis aus Handtüchern, die ich im hinteren Bereich des Gartens ausgelegt habe, an einer Stelle am Rand, die vom Tor aus nicht eingesehen werden kann. »Ich gehe schnell nach vorn und begrüße Ted, damit wir kurz besprechen können, was wir heute machen wollen. Wir fangen dann in zehn Minuten an.«

In seinem dunkelblauen Trikot und der kurzen schwarzen Sporthose mit elastischem Bund sieht Ted an diesem Morgen aus wie ein Fußballspieler. Der Look steht ihm. Er trägt das Trikot locker über der Hose, und das gefällt mir, weil es ihm etwas Jungenhaftes verleiht. Zu verbergen hat er definitiv nichts. Sein Bauch ist immer noch so flach wie zu seiner Jugendzeit.

»Ich habe dich am Samstagabend vermisst«, sage ich zur Begrüßung.

Er seufzt. »Sadies Party. Das war bestimmt kein Spaß.«

»Sie hat mit mir Schluss gemacht.«

»Also doch mehr Spaß, als ich vermutet hätte. Ich kann nicht sagen, dass es mir leidtut. Oder dass ich überrascht bin.«

»Sie meinte, du hättest eine neue Freundin und könntest deshalb nicht kommen.«

Er taumelt theatralisch ein paar Schritte zurück, als hätten ihn meine Worte schwer getroffen. »Sadie hat wieder mal ein Urteil über jemanden gefällt, so wie immer. Sie will uns einfach nur Steine in den Weg legen.« Ein winziges Lächeln umspielt seine Mundwinkel. »Aber ich sehe, der Gedanke gefällt dir nicht?«

»Nein«, sage ich leise. Er schenkt mir seinen typischen schmelzenden Blick, und es tut mir in der Seele weh, weil ich weiß, dass ich die schöne Stimmung zwischen uns zerstören muss. Das Versprechen, das ich Luke gegeben habe, ist wichtiger, und lange werde ich Ted heute nicht für mich allein haben – also muss ich die Gelegenheit nutzen. »Erinnerst du dich noch an deinen Freund Mike, den du zu Dads Geburtstagsfeier mitgebracht hast?«

Von jetzt auf gleich verschwindet der schmelzende Blick, und Ted wird argwöhnisch, als spräche er auf der Straße mit einem Drogendealer. Bestimmt kann er sich schon denken, was gleich kommt. »Logisch erinnere ich mich an Mike. Schließlich habe ich ihn mitgebracht.«

»Er hat mir gesagt, wie sehr es ihm für unsere Familie leidtut. Du weißt schon – manchmal wissen die Leute nicht so recht, wie sie reagieren sollen. Aber er war echt nett, kein bisschen gekünstelt.«

»Ja, er ist ein anständiger Kerl.«

»Ich hatte den Eindruck, dass ihn der Fall wirklich interessiert. Vielleicht ist so eine Situation für einen Polizisten besonders schwierig, vor allem wenn er nicht im Dienst ist und versucht, gesellig zu sein.«

»Oh Mann. Genau deshalb setzt man Mike normalerweise in einen Raum voller Computer, statt ihn auf echte Menschen loszulassen.«

»Du hast ihn doch zu der Party mitgenommen.«

»Und ich ärgere mich jetzt darüber.«

»Ich habe ihn gefragt, woher er von Miranda wusste. Er sagte, er hätte in der EDV-Abteilung gearbeitet, als sie verschwunden ist. Da arbeitet er immer noch.«

Ted verschränkt die Arme vor der Brust. »Und das war alles nur höflicher Smalltalk, oder wie?«

»Das hat mich ins Grübeln gebracht. Er muss dann doch auch mit ihrem Laptop zu tun gehabt haben. Die Polizei hat uns endlich einige von Mirandas alten Sachen zurückgegeben. Meine Mutter schwört, sie hätte den Karton noch nicht geöffnet.« Ted gibt ein skeptisches Schnauben von sich. »Ich weiß«, sage ich. »Sie hat Dad gesagt, er solle den Karton auf den Dachboden stellen, und weil er so leicht war, meinte Dad, der Laptop könne auf keinen Fall drin sein. Jetzt frage ich mich, ob du mir vielleicht erklären kannst, warum die Polizei ihn noch einbehalten hat.«

»Keine Ahnung. Ich bin bei der Mordkommission, wie du weißt, Ella, nicht in der EDV. Himmel, ich musste mir sogar von Luke zeigen lassen, wie man ein Smartphone bedient. Und du weißt auch, dass ich wegen meiner persönlichen Beziehung zu deiner Familie nie direkt mit Mirandas Fall zu tun hatte.«

»Mir ist schon klar, dass du *offiziell* nichts weißt. Aber ihr Kollegen redet doch bestimmt untereinander. Ich dachte mir, vielleicht hat Mike was darüber gesagt.«

»Nein, hat er nicht.«

»Hat er wohl. Ich kenne dich, Ted. Ich kann deinen Gesichtsausdruck lesen.«

»Kannst du uns nicht einfach diesen einen gemeinsamen Moment gönnen?«

»Doch, natürlich.«

»Mag sein, dass du glaubst, mein Gesicht lesen zu können. Aber dich selbst kannst du nicht lesen.«

»Ich habe jetzt keine Zeit für so was. Ich muss so schnell wie möglich Bescheid wissen. Sonst habe ich einfach keine Ruhe. Und Luke auch nicht.«

Ted schüttelt derart heftig den Kopf, dass er mich an einen jungen Hund erinnert, der gerade aus dem Wasser kommt. »Hätte ich Mike doch bloß nicht mitgebracht.«

»Hast du aber.« Meine Finger liegen auf der nackten Haut seines Handgelenks. Ich weiß gar nicht, wie sie dorthin gekommen sind. Seine Härchen an der Stelle sind weich und fedrig und goldblond.

»Ich habe gesehen, wie du dich mit ihm unterhalten hast. Da wusste ich schon, dass genau das hier passieren würde. Du solltest zur Verhörspezialistin umschulen.«

»Ich ignoriere einfach mal deinen Ton und betrachte das als Kompliment.«

»Ich war nervös vor der Party, weil wir uns so lange nicht gesehen hatten – das war der Grund, weshalb ich Mike mitgenommen habe.« Er wird rot, trotzdem nehme ich meine Hand nicht weg. »Du kannst einfach nicht zulassen, dass wir Frieden finden. Du schaffst es nicht, die Dinge ruhen zu lassen, damit wie beide endlich eine echte Chance bekommen.«

Meine Finger wandern seinen Arm hinauf und schließen sich um harte Muskeln. »Wie heißt es noch so schön? ›Du hattest mich schon beim Hallo.‹ Genauso war es: In dem Moment, als du auf Dads Feier durch die Tür gekommen bist, war die Sache für mich klar. Aber wir können diese Chance für uns beide – und für Luke – nur dann wirklich nutzen, wenn wir vorher Klarheit haben, was Miranda damals zugestoßen ist. Wenn wir endlich damit abschließen können.«

»Das wird uns nicht helfen. Im Gegenteil, es wird uns kaputt machen.«

»Nicht zu wissen, was passiert ist, hat ja auch nicht gerade Wunder für uns gewirkt, oder?«

»Ich kann das mit dir nicht noch mal durchexerzieren. Wir hatten schon genügend solcher Auseinandersetzungen. Ich dachte, das Thema wäre endgültig vom Tisch.«

»Das habe ich nie auch nur angedeutet.«

»Luke ist zehn Jahre alt, Ella. Er ist ein Kind. Er kann das alles doch noch gar nicht begreifen.«

»Du kennst ihn viel zu gut, um so was über ihn zu sagen. Wie kannst du mir überhaupt noch in die Augen schauen, wenn du weißt, dass du mir wichtige Informationen vorenthältst? Das würde doch immer zwischen uns stehen.«

»Mike hätte den Mund halten sollen. Das gibt sicher eine Dienstaufsichtsbeschwerde. Er kann von Glück reden, wenn er mit einer Abmahnung davonkommt.«

»Ich lasse nicht zu, dass Mike das ausbaden muss.« Ich lege die Hand um seinen Bizeps. Sie bildet einen Ring mit einer sehr großen Lücke zwischen meinem Daumen und den Spitzen der übrigen Finger.

»Lass das.« Er löst meine Hand von seinem Arm, als wäre sie ein Blutegel. »Dir ist doch scheißegal, wie viel du kaputt machst.« Noch nie hat er den Körperkontakt zu mir abgebrochen. Normalerweise bin ich diejenige, die sich ihm entzieht.

Du hast mich immer vor meinem aufbrausenden Temperament gewarnt. *Dein krasses Gefühls-EKG*, wie du es genannt hast, so als könntest du die Ausschläge meiner Emotionen von einem Graphen ablesen. Bei dir sind die Ausschläge genauso heftig, nur die Abstände dazwischen sind kürzer.

Jetzt gerade sind die Spitzen meines emotionalen EKGs wahrscheinlich jenseits von Gut und Böse – eine Folge des Adrenalins, das mich augenblicklich zum Gegenangriff übergehen lässt. »Sag's mir: Wo warst du wirklich am Samstagabend?«

Ted funkelt mich böse an, verweigert jedoch eine Antwort. Im nächsten Moment fällt mir aus heiterem Himmel eine alte Schlagzeile ein. Die Erinnerung trifft mich wie ein Schlag in die Magengrube, und ich muss meine ganze Selbstbeherrschung aufbieten, um mich nicht zusammenzukrümmen.

Tischlermeister Thorne auf unbestimmte Zeit im Maßregelvollzug.

Ich attackiere Ted aus einer anderen Richtung. »Da du ohnehin schon sauer auf mich bist, ist das hier der ideale Zeitpunkt, um dir zu sagen, dass ich Jason Thorne besuchen möchte. Ich habe ihm schon geschrieben. Jetzt muss ich nur noch abwarten, ob er meinem Besuchsantrag entspricht und mich auf seine Liste setzen lässt.«

Örtlicher Schreiner in Horror-Leichenkeller-Fall festgenommen.

»Viel Spaß dabei.«

Ich verschränke die Arme vor der Brust. »Er ist ein Patient, kein Gefangener.«

Schwerer Schlag für Familien der Opfer: Verdächtiger gilt als nicht prozessfähig.

Ted spiegelt meine Abwehrhaltung, indem er ebenfalls die Arme verschränkt. »Das sagen sie über all die Schweine da drinnen. Einen Besuch bei Thorne verkraftest du nicht. Niemals.«

Ich denke an die schlimmste aller Schlagzeilen von vor

acht Jahren, kurz nachdem Thorne der Polizei ins Netz gegangen war.

Phantasien eines Sadisten: Thorne schnitzte Blumen und Ranken in die Körper seiner Opfer.

Als ich diese Schlagzeile las, habe ich hyperventiliert. Dad hat mehrere Stunden gebraucht, um mich zu beruhigen, und Mum musste solange mit Luke nach draußen gehen, damit er nichts von meinem hysterischen Anfall mitbekam.

»Es gibt keinerlei Hinweise auf eine Verbindung zwischen ihr und Thorne, Ella«, sagte mein Vater damals zu mir. »Sonst würde die Polizei es uns doch sagen. Diese Geschichten darüber, wie er ihnen irgendwelche Muster in die Haut geschnitten hat – das ist doch nichts weiter als reißerischer Sensationsjournalismus. Ich weiß nicht mal, ob so was physisch überhaupt möglich ist. Außerdem haben sie ihn gerade erst festgenommen – es wurden noch gar keine Einzelheiten zu seinen Taten preisgegeben.«

»Hörst du mir überhaupt zu, Ella?«, sagt Ted. »Versuch dich doch mal daran zu erinnern, wie sehr du gelitten hast, als Thorne damals verhaftet wurde. Du wärst fast daran zerbrochen.«

»Das ist acht Jahre her«, sage ich. »Ich bin jetzt stärker.«

Was immer dir zugestoßen ist, ich will es nicht verdrängen. Was immer du durchmachen musstest, ich will dasselbe durchmachen. Ich wappne mich für die Bilder. Für deine gellenden Schreie. Doch sie bleiben aus. Seit nunmehr achtundvierzig Stunden habe ich keine Visionen mehr von dir gehabt.

»Dein letzter Zusammenbruch ist aber weniger als acht Jahre her.«

»Ich lasse mich von Angst und Grauen nicht aufhalten, Ted. Das bin ich ihr schuldig.«

»Seit seiner Verhaftung ist Thorne lammfromm. Er benimmt sich absolut mustergültig, aber das ändert nichts daran, dass er dich als Objekt seiner Phantasien missbrauchen wird. Und du willst gar nicht erst darüber nachdenken, was für Phantasien das sind.«

»Damit kann ich leben.«

»Bis jetzt hat er alle Besuchsanträge abgelehnt. Ich wette, deinem wird er zustimmen.«

»Ich hoffe, dass du recht hast.«

»Und ich hoffe, dass ich mich irre. Du wärst nichts weiter als eine unterhaltsame Abwechslung für ihn. Ein Spielzeug.«

»Mir ist vollkommen egal, wie er mich sieht.«

»Was bezweckst du überhaupt damit, dich zum feuchten Traum von Jason Thorne zu machen? Es gab jede Menge Beweise, die Thorne mit diesen drei Frauen in Verbindung gebracht haben, aber keinen einzigen, der einen Zusammenhang zwischen ihm und deiner Schwester hergestellt hätte.«

»Wirklich? Keinen einzigen? In den Artikeln von letzter Woche stand, die beiden hätten mehrmals miteinander telefoniert. Ist das etwa nichts? Die Journalisten waren ziemlich konkret. Telefonate sind auch Beweise.«

»Seit wann glaubst du den Mist, der in der Boulevardpresse steht?«

»Kurz nach seiner Verhaftung gab es Berichte darüber, dass im Zusammenhang mit Miranda gegen Thorne ermittelt wurde. Das weißt du. Damals haben wir die Polizei um Auskunft gebeten, aber man wollte uns nichts sagen. Jetzt kommt die alte Geschichte auf einmal wieder hoch, nur mit mehr Einzelheiten.«

»Sauregurkenzeit.«

»Sie sagen –«

»*Journalisten* sagen, Ella. Nicht die Polizei.«

»Ganz richtig: Die Polizei sagt gar nichts. Die Polizei sagt ja nie irgendwas. Wir erfahren mehr aus irgendwelchen Schmierblättern als von denen.«

»Diese beiden Informationsquellen kann man überhaupt nicht miteinander vergleichen, und das weißt du auch.«

»Ich wette, die Polizei wusste die ganze Zeit, dass sie mit Thorne in Kontakt gestanden hat – vor acht Jahren haben wir sie konkret dazu befragt, und sie wollten uns nichts verraten.«

»Vor acht Jahren warst du völlig am Ende. Vielleicht haben sie es euch ja doch gesagt, aber dein Vater hat es dir verschwiegen. Deine Eltern haben versucht, dich zu schützen. Genau wie ich.«

»Ausgeschlossen. Dad würde mich niemals anlügen.«

Ted überlegt kurz. »Ja, das stimmt wahrscheinlich. Deine Mutter schon, aber dein Vater nicht.«

»Wie dem auch sei, vor ein paar Tagen hat Dad noch mal nachgefragt. Wieder Schweigen. Die werden nie ehrlich zu uns sein.«

»Jetzt bist du unfair.«

»Glaubst du, ich *will*, dass es so ist?«

»Natürlich nicht.«

»Die Zeitungen schreiben, sie hätte Thorne einen Monat vor ihrem Verschwinden von ihrer Festnetznummer aus angerufen. Das ist wesentlich exakter als die Informationen vor acht Jahren. Vor acht Jahren gab es bloß allgemeine Gerüchte. Wenn sie mit Thorne gesprochen hat, wüsste die Polizei dann darüber Bescheid?« Er antwortet nicht. »Sie haben doch die Gesprächsnachweise von der Telefongesellschaft vorliegen, oder nicht?« Wieder keine Antwort. »Weißt du, ob sie mit ihm telefoniert hat?«

»Wie oft soll ich es dir noch erklären, ich habe keine Informationen über den Fall. Ich kann dir nur eins sagen: Was immer auch in den Zeitungen steht, die Polizei verhält sich nicht so, als ob sie eine neue Spur hätte. Wenn die Kollegen wirklich denken würden, dass es in dem Fall eine neue Entwicklung gibt, hätten sie euch doch nicht die Sachen deiner Schwester zurückgegeben. Falls es tatsächlich Beweise dafür gibt, dass sie und Thorne Kontakt miteinander hatten, dann wette ich, dass die Polizei es von Anfang an wusste, aber zu dem Schluss gekommen ist, dass es für den Fall keine Relevanz hat.«

»Aber warum haben sie es uns gegenüber dann nicht einfach zugegeben? Was wäre so schlimm daran gewesen, es uns zu sagen? Warum kommen diese Informationen erst jetzt ans Licht?« Vor lauter Ungeduld ziehe ich an seinem Handgelenk. »Ted! Kannst du mir das bitte mal erklären?«

»Wie denn, wenn ich die Antworten selbst nicht kenne?«

»Glaubst du, ein Journalist könnte die Gesprächsnachweise in die Finger bekommen haben?«

»Unmöglich.«

»Aber irgendjemand muss der Presse doch was gesagt haben. Wer denn, wenn nicht die Polizei?«

»Warum jetzt, Ella? Warum wird ausgerechnet jetzt eine neue Story über den Fall gebracht?«

»Solltest das nicht du und deine Kollegen rausfinden?«

»Ich wohl kaum.«

»Ja, ja, wie du nicht müde wirst zu betonen. Was immer der Grund für die Story war, mir ist dadurch noch was anderes klar geworden. Kurz vor ihrem Verschwinden hat sie mir gesagt, dass sie nach einem Schreiner sucht, der ihr Bücherregale fürs Wohnzimmer baut. Da liegt es doch nahe, dass sie Thorne angerufen hat.« Meine Stimme ist ruhiger als mein Puls.

»Und warum war ihre Leiche dann nicht in seinem Keller bei den anderen?«

»Selbst wenn Thorne sie nicht getötet hat, vielleicht weiß er was. Vielleicht hat jemand ihm gegenüber mit der Tat geprahlt. So sind diese Leute doch.«

»Im Film vielleicht. Er ist schlau. Er verrät nichts, was er nicht verraten will.«

»So schlau nun auch wieder nicht. Die Frauen wurden ja trotzdem gefunden.«

»Also gut. Nehmen wir mal rein hypothetisch an, dass sie tatsächlich mit Thorne geredet hat. Das bedeutet noch lange nicht, dass er ihr Mörder ist. Du darfst keine voreiligen Schlüsse ziehen. Wenn du wirklich rausfinden willst, was ihr zugestoßen ist, musst du unvoreingenommen bleiben.«

»Du hast recht. Vielleicht schlafe ich dann auch besser.«

»Gut.« Er zieht mich in seine Arme. »Geh nicht. Besuch Thorne nicht.«

»Ich muss versuchen, mit ihm zu reden, Ted.«

»Ich möchte aber, dass du dich von ihm fernhältst.« Ich spüre den Druck seines Kinns an meinem Kopf, als er schluckt. »Ich will dich doch nur beschützen. Warum lässt du das nicht zu?«

Meine Wut ist verraucht. Ich löse mich so sanft wie möglich von ihm und berühre ihn leicht an der Wange. »Ich muss mich selbst schützen können, das weißt du.« Obwohl mein Tonfall zärtlich sein soll, sieht Ted mich an, als hätte ich ihn geschlagen.

»Das ist alles, was ich je wollte – dich beschützen. Seit ich dich zum ersten Mal gesehen habe.«

Seine Worte katapultieren mich sechsundzwanzig Jahre zurück in die Vergangenheit. Zurück an den Tag, an dem wir uns begegnet sind.

Damals waren wir vier, und es war unser erster Tag an der Vorschule. Ich verliebte mich in der Pause in Ted, als er einen Jungen schlug, weil der mich wegen des Feuermals an der Unterseite meines Kinns ausgelacht hatte.

Ich stand unter dem Klettergerüst neben meiner nagelneuen Freundin Sadie, die allerdings gerade dabei war, sich unauffällig davonzuschleichen, um die Aufregung aus sicherer Entfernung weiterzuverfolgen. Ich hielt mir die Hand vors Gesicht und blinzelte meine Tränen weg, während der Junge sich zusammen mit ein paar anderen Kindern über mich lustig machte.

»Guck mal, die weint. So ein Baby. Die hat bestimmt noch Windeln an.«

»Lass sie in Ruhe«, sagte Ted. Es war das erste Mal, dass ich seine Stimme hörte. Schon damals war sie ruhig und kraftvoll. Die Stimme eines Polizisten.

Doch der Junge hörte nicht auf ihn. »Die ist eine Hexe«, behauptete er. »Das ist ein Hexenmal.« Rückblickend betrachtet war das eine ziemlich poetische Schmähung für ein kleines Kind. Später erfuhr ich, dass sein Vater Schriftsteller war, vielleicht drückten sie sich zu Hause immer so aus. Damals jedoch konnte ich an seiner Äußerung rein gar nichts Poetisches finden. »Zeig noch mal her.« Der Junge wollte mich schnappen, und ich machte einen Sprung rückwärts, hielt das Mal aber immer noch verdeckt. »Nimm die Hand da weg, du Hexe.«

Erneut griff der Junge nach mir. Das war ein Fehler, denn

kaum hatten seine Finger mein Handgelenk berührt, da packte Ted ihn am Arm und schlug ihn mitten ins Gesicht. Ich habe keine Ahnung, ob der mit der begrenzten Kraft eines Vierjährigen ausgeführte Schlag tatsächlich der Grund war, weshalb der Junge zu Boden fiel, oder ob er sich absichtlich hinwarf, damit Ted Ärger bekam. Das Blut, die Tränen und der Rotz waren auf jeden Fall echt.

Ted ignorierte das Plärren und Heulen zu unseren Füßen. Er tippte mit dem Finger meine Hand an und sagte: »Du musst das nicht zuhalten.«

Wenige Sekunden später war eine Erzieherin zur Stelle. Sie hob den gemeinen Jungen vom Boden auf und schleifte ihn zusammen mit Ted zum Schulleiter. Im Davoneilen reckte Ted den Hals und suchte meinen Blick, und ich nahm kaum wahr, dass Sadie inzwischen an meine Seite zurückgekehrt war und den Arm um mich legte. Alles, was für mich zählte, waren Ted und meine Freude darüber, dass er noch sehen konnte, wie ich die Hand von meinem Kinn nahm.

Als du mich am selben Abend gefragt hast, wie mein erster Vorschultag gewesen sei, habe ich dir von Ted und dem Jungen und meinem Feuermal erzählt.

»Da stecken deine Zauberkräfte drin«, hast du gesagt und es geküsst.

Mittlerweile ist das Mal nahezu unsichtbar geworden. Es ist nur noch ein rosa Fleck von der Größe und Form einer kleinen Erdbeere.

Als es kurz nach Teds Prügelei mit dem Jungen zu verblassen begann, war ich in Sorge, mit ihm könnten auch meine Zauberkräfte schwinden.

»Deine Magie sitzt tiefer«, hast du mich beruhigt. »Jetzt wird sie nur noch stärker, weil sie in deinem Innern verborgen ist und niemand weiß, dass es sie gibt. Sie ist deine Geheimwaffe.«

Gleichzeitig mit dieser Erinnerung kommt mir der Gedanke, dass Ted bereits länger ein Teil meines Lebens ist, als du es je warst. Und Sadie auch.

Ich versuche ihm seine Ängste zu nehmen. »In der Klinik gibt es überall Wärter, Ted. Pfleger. Spritzen mit Beruhigungsmitteln. Ich wette, Thorne wird sowieso jeden Tag mit Drogen vollgepumpt, damit er träge und ruhig und harmlos ist.«

»Nichts könnte Jason Thorne jemals harmlos machen. Ich habe dich wirklich für klüger gehalten.«

»Wenn sie ihn für gefährlich hielten, dann dürfte er doch gar keine Besucher empfangen. Sein Zustand wird sicher laufend evaluiert.«

»Zwischen dem, was bei Thorne als ungefährlich gilt, und dem, was normale Menschen als ungefährlich betrachten, liegen Welten.«

»Ich meine damit, dass er sich über einen längeren Zeitraum hinweg gut betragen haben muss, bevor man irgendjemanden in seine Nähe lässt. Ich rede hier von jahrelanger Beobachtung und Therapie, nicht nur von ein paar Stunden oder Tagen. Die Leute in der Klinik werden schon beurteilen können, ob er dazu in der Lage ist, halbwegs zivil mit anderen Menschen zu interagieren. Die wissen, was sie tun.«

»Wie schön, dass du ein so unerschütterliches Vertrauen in offizielle Stellen hast – wenn es dir gerade in den Kram passt.« Er schwingt sich seine Tasche über die Schulter. »Du tust Luke am Ende nur weh, wenn du ihm immer wieder neue Hoffnungen machst.« Er will losgehen, bleibt dann aber noch einmal stehen und dreht sich zu mir um. »Hast du schon mal darüber nachgedacht, was aus ihm werden soll, falls dir etwas zustößt? Das ist eine reelle Gefahr.« Er kneift die Augen zu, dann öffnet er sie wieder mit einer zuckenden Bewegung des Kopfes, als koste es ihn große Überwindung. »Die Frauen warten. Diese Unterhaltung ist beendet.«

»Diese Unterhaltung hat gerade erst angefangen.«

»Du musst endlich damit aufhören, immer wieder für neue Unruhe zu sorgen.«

»Für neue Unruhe zu sorgen ist genau das, was ich tun werde. Was ich schon längst hätte tun sollen. Es ist jetzt fast zehn Jahre her. Die Zeit ist reif.« Ich drängle mich an ihm vorbei, fest entschlossen, das letzte Wort zu behalten. Falls er noch etwas hinzuzufügen hat, muss er es meinem Rücken sagen.

Süßes oder Saures

Die Frauen rücken näher zusammen, um den Kreis zu vergrößern und auf dem Rasen neben meinem Handtuch Platz für Ted zu machen. Ted bedankt sich mit einem Nicken, setzt sich hin und sagt Hallo in die Runde.

Dies ist das zweite Mal, dass er mich bei meinem Kurs unterstützt – vor einem Monat war er zum ersten Mal da. Bei der Polizei wird es gern gesehen, wenn die Polizisten sich in ihrer Freizeit ehrenamtlich engagieren, und ich habe mich zuvor vergewissert, dass meine Frauen kein Problem mit seiner Anwesenheit haben.

»Ich möchte mich bei Ted dafür bedanken, dass er heute

wieder bei uns ist. Er hat extra seinen freien Tag geopfert, um sich von uns schlagen und treten zu lassen, das ist sehr nett von ihm.« Zu meiner Erleichterung lachen alle, selbst Ted, dem es ziemlich gut gelingt, so zu tun, als wären wir nicht stinkwütend aufeinander.

Ich bin mir nie ganz sicher, ob es angebracht ist, Scherze zu machen, obwohl die Frauen und ich uns eigentlich darüber einig sind, dass Humor hilft. Für sie ist er eine Art, gegen das, was ihnen angetan wurde, aufzubegehren. Jede Einzelne von ihnen ist hier, weil sie Opfer sexueller Gewalt wurde und beschlossen hat, sich trotz des Erlittenen nicht bis in alle Ewigkeit vor der Welt zu verkriechen.

»Ella verprügelt mich, seit ich vier bin«, sagt Ted und erntet ebenfalls Gelächter, auch wenn mein eigenes nicht viel mehr ist als ein halbherziger Versuch, die Traurigkeit und Schuldgefühle, die Wut und das Misstrauen zu überspielen, die ich gerade empfinde. Unsere komplexe Geschichte, die sich hinter seiner Bemerkung verbirgt und zu der auch unser jüngster Streit zählt, hören zum Glück nur wir beide heraus.

Ted bückt sich, um seine Tasche zu öffnen, und zieht etwas heraus, das wie ein aufgeplusterter Raumanzug aussieht. Seine Gewalttäter-Rüstung. Sie ist dunkelblau, eine ziemlich klägliche Nachahmung von Jeans und T-Shirt, und bedeckt den gesamten Körper bis auf Unterarme und Hände. Seine Hände wird er nämlich brauchen. Er steht auf und erklärt, was er vorhat, während er in den Anzug steigt. Die Frauen erheben sich ebenfalls.

»Eins vorweg«, sagt er. »Es geht hier nicht um Körpergröße. Ella wiegt kaum fünfzig Kilogramm, aber sie kann einen Mann, der mehr als doppelt so schwer ist wie sie, auf die Matte schicken. Schlagen Sie einem Angreifer mit der flachen Hand ins Gesicht, und er grinst bloß. Rammen Sie ihm die Faust in den Magen, und er lacht Sie aus. Aber versetzen Sie ihm einen gezielten Schlag gegen den Kehlkopf, und er fasst sich mit beiden Händen an den Hals, während er vor lauter Tränen nichts mehr sieht. Greifen Sie ihm mit dem Daumen in Nase oder Mund, und er bewegt sich nicht mehr, aus Angst, Sie könnten ihm eine Wunde reißen. Also zögern Sie nicht. Kämpfen Sie so hart, wie Sie können. Zeigen Sie mir alles, was Ella Ihnen beigebracht hat. In diesem Anzug hier können Sie mir nicht wehtun, außerdem trage ich Spezialschuhe und einen Helm. Also treten Sie ruhig fest zu – ich sehe, Sie haben sich alle an Ellas Rat gehalten und Turnschuhe angezogen, es besteht also keine Verletzungsgefahr für mich. Schlagen Sie. Stoßen Sie. Schreien Sie. Treten Sie. Lassen Sie nicht locker. Machen Sie Lärm. Ich werde mich nicht zurückhalten, wenn ich Sie angreife, Sie müssen sich also ordentlich anstrengen. Wenn Ihre Manöver bei mir funktionieren, können Sie sicher sein, dass sie auch bei einem echten Angreifer funktionieren würden. Das Stichwort lautet motorisches Gedächtnis. Wenn Sie wissen, dass Sie die Techniken beherrschen, dass Sie kämpfen *können*, dann haben Sie das Selbstbewusstsein, es im Notfall auch zu tun. Ihr Körper wird sich daran erinnern, was er tun muss. Ich will, dass Sie wach sind«, fährt er fort. »Nicht verängstigt, sondern wach. Das ist der Zweck dieser Übung. Die Sache mit Polizisten ist die: Wir wissen, wie solche Drecksäcke ticken. Und heute bin ich der Drecksack. Ella wird die einzelnen Übungen vorher mit Ihnen durchsprechen. Aber zuerst spielen wir für Sie ein neues Bedrohungs-und-Reaktions-Szenario nach, damit Sie sehen, worauf Sie hinarbeiten sollen.«

Vor lauter Überraschung entschlüpft mir sein Name. Das

haben wir so nicht vereinbart. Als er vergangenen Monat hier war, haben wir nichts dergleichen gemacht. Doch er wirft mir lediglich einen harten, bösen Blick zu, bei dem ein Stich der Angst durch meinen Körper geht.

Währenddessen spricht er weiter zu den Frauen. Ganz offensichtlich will er nicht unterbrochen werden. »Sie müssen mir versprechen, nicht zu lachen, sobald ich den hier angezogen habe. Ich weiß, es ist Halloween, aber das ist nicht mein Kostüm.«

Und natürlich lachen sie auch darüber, denn Ted ist mittlerweile komplett im Anzug verschwunden. Nur sein Kopf – dieser ernste Mund, die grünen Augen, die zerzausten Haare – ist noch sichtbar. In seinen großen Händen hält er den riesigen silbernen Helm. Er sieht aus wie eine ausgestopfte Puppe, ein Ungeheuer aus Teig. Wenn er sich bewegt, muss ich unwillkürlich an einen lebensgroßen Spielzeug-Weltraumabenteurer denken, der durch die Schwerelosigkeit des Alls treibt.

»Ich werde der Gewalttäter sein«, sagt er. »Und ich werde Sie auf ganz unterschiedliche Weisen attackieren, sodass jede von Ihnen Gelegenheit bekommt, mich abzuwehren. Das Beste ist es natürlich, gefährlichen Situationen von vornherein aus dem Weg zu gehen. Erst gar nicht in eine Lage zu geraten, in der man kämpfen muss. Ich möchte, dass Sie das während unseres Trainings immer im Hinterkopf behalten. Auch wenn alle hier wissen, dass man manchmal keine andere Wahl hat. Bereit, Ella?«

Ich gehe auf Ted zu, weil ich mir vor den Frauen keine Blöße geben will. Trotzdem fühlen sich die paar Schritte an, als würde ich durch zähen Schlamm waten.

»Du liegst in deinem Bett und schläfst«, instruiert Ted

mich. »Mitten in der Nacht wirst du plötzlich von einem Eindringling geweckt.«

Eine der Frauen stößt ein leises Keuchen aus. »So ein Szenario haben wir noch nicht behandelt«, zische ich leise, damit die Frauen es nicht hören. »Du weißt doch, wie sensibel einige von ihnen sind. Normalerweise machen wir zu Anfang immer erst ein Rollenspiel und sprechen dann alles ganz genau durch, damit sie vorbereitet sind. Ich ... sie mögen keine Überraschungen.«

»Es ist besser für sie, wenn sie gleich erleben, wie es ist, wenn ich das Training leite.« Ted nimmt mich bei der Hand und zieht mich in die Mitte des Kreises, während die anderen zuschauen. »Ich hasse verpasste Gelegenheiten.«

Seine Stimme hat einen harten Unterton, den die anderen Frauen jedoch nicht bemerken. Sie müssen denken, dass wir alles geplant und geprobt haben. »Praxis ist immer besser als bloße Theorie.« Er zeigt auf den Rasen.

»Von mir aus.« Ich lege mich hin, drehe mich auf die linke Seite und rolle mich zusammen.

»Mach die Augen zu«, sagt er. »Ich setze jetzt den Helm auf, den will ich nicht länger als unbedingt nötig tragen müssen.«

»Führ mich bloß nicht in Versuchung.« Das Gras kitzelt an meiner linken Wange, und ich muss mich zusammenreißen, um mich nicht zu kratzen. Direkt unter meiner Hüfte liegt ein kleiner Stein, und ich weiß nicht, wie lange ich den noch ignorieren kann.

Ted stülpt sich den riesigen, innen mit einem schockabsorbierenden Material gepolsterten Silberhelm über den Kopf und schließt den Reißverschluss seines Anzugs. Seine Augen sind nicht grün wie Smaragde. Sie sind erdig grün wie

Moos, eine meiner Lieblingsfarben, und ich wünschte, ich könnte sie sehen, aber das kann ich nicht. Sie sind hinter zwei schwarzen Quadraten aus verstärktem Kunststoff verborgen.

Ted schlägt wenige Zentimeter von meinem Kopf entfernt heftig mit der flachen Hand auf den Boden. »Wach auf!«, brüllt er. Seine Stimme klingt dumpf und furchterregend. Er packt meine rechte Schulter, dreht mich grob auf den Rücken und drückt mich mit seinem vollen Körpergewicht nieder. Alles verlangsamt sich, in meinen Ohren beginnt es zu summen, die Sonne blendet meine Augen. Eine der Frauen schreit auf.

Ich bin wie versteinert. Jeder antrainierte Reflex ist ausgeschaltet. Alles, was ich je gelernt habe – weg. Wollte er das bezwecken? Will er genau das erreichen?

Der Park um mich herum ist verschwunden. Auf einmal bin ich woanders, in einer Stadt am Meer, an einem Tag, der annähernd zehn Jahre zurückliegt. Es ist der Tag, an dem Ted und ich das letzte Mal in dieser Position zusammengelegen haben.

Aber an diesem Tag will ich es. Ich will ihn auf mir spüren, in meinem schmalen Bett in diesem großen alten Haus, das aus einem Traum zu stammen scheint, weil es voller gewundener Flure, versteckter Badezimmer sowie scheinbar verschwindender Toiletten ist und von diversen Bewohnern bevölkert wird, die man kaum je zu Gesicht bekommt. Wann immer Ted Gelegenheit hat, mich zu besuchen, verbringen wir unsere Zeit eng umschlungen in meinem Kellerzimmer, das Rauschen des Ozeans in den Ohren. Er sieht so wunderschön aus, wenn wir uns küssen. Sein Gesicht wird dann ganz weich und verschwommen, als gäbe es nichts anderes mehr als unsere Küsse, als würde er sich darin auflösen. Er hat die Augen geschlossen, aber meine sind offen. Ich will ihn sehen, kann den Blick nicht von seinem Gesicht abwenden. Es ist ein Gesicht, das ich liebe, seit ich es vor sechzehn Jahren zum allerersten Mal auf dem Spielplatz gesehen habe. Er wirkt halb verschlafen, halb in Trance. Während wir uns lieben, sehe ich ihn die ganze Zeit an, nicht ahnend, dass dies hier unser letztes Mal sein wird. Nicht ahnend, dass du genau in dem Augenblick, in dem wir uns küssen und ich ihn ansehe, spurlos verschwindest.

Es ist das Zischen in meinem Ohr, das mich in die Wirklichkeit zurückholt. Unter mir ist das Gras, über mir der Himmel, und der Duft von Geißblatt umgibt mich, auch wenn ich mir nicht erklären kann, wieso. Alles, woran ich denke, ist, dass du Geißblatt immer geliebt hast.

Jemand schleudert mir Fragen und Befehle ins Gesicht. *Na, hast du Angst? Los, mach die Beine breit.* Waren das die letzten widerlichen Worte, die du in deinem Leben hören musstest? Ein Mann zwängt seine Füße zwischen meine und versucht mit dem Knie meine Schenkel auseinanderzudrücken. Ein Kieselstein bohrt sich schmerzhaft in meinen Rücken, und endlich fällt mir wieder ein, wo ich bin.

Doch bewegen kann ich mich immer noch nicht. Frauenstimmen rufen wieder und wieder meinen Namen, als wollten sie mich dazu animieren, etwas zu tun. Ich weiß nur nicht, was. Ich habe keine Ahnung, wer diese Frauen sind.

Über mir schwebt ein Gesicht wie aus einem Horrorfilm. Ich weiß nicht, zu wem dieses Gesicht gehört. Wieder höre ich meinen Namen, und obwohl es die dumpfe, fremd klingende Stimme ist, die ihn ruft, liegt diesmal kein Hass darin, sondern ein deutlich wahrnehmbarer Anflug von Besorgnis, der mich vollends in die Realität zurückkehren lässt. Ich erinnere mich wieder, dass das Gesicht in Wahrheit ein Helm ist und dass es Ted ist, der diesen Helm trägt. Ich bin unendlich froh, dass ich seine Miene nicht sehen kann, dass der Helm seine Haare verdeckt und seine dunkelgrünen Augen hinter dem getönten Visier verborgen sind. Sonst müsste ich die ganze Zeit nur daran denken, wie es vor zehn Jahren war, als ich zuletzt sein Gesicht in meine Hände genommen und es zu meinem herabgezogen habe.

Er schiebt meine Schenkel noch weiter auseinander, und ich versuche, die Beine steif zu machen. Es funktioniert nicht. Immer lauter ruft jemand meinen Namen, aber jetzt ist es nicht mehr Ted, sondern wieder der Chor von Frauenstimmen. Er fährt mir in die Knochen wie ein elektrischer Schlag und rüttelt mich endgültig wach.

Mit einem Stöhnen rolle ich mich zurück auf die linke Seite, wobei ich Ted mitnehme. Mit dem Manöver überrumple ich ihn, und noch in der Bewegung ramme ich ihm einmal, zweimal, dreimal das Knie gegen den Oberschenkel. Er lässt von mir ab, kommt in die Hocke und will mich erneut angreifen, aber es gelingt mir, ihn abzuwehren und die Beine anzuwinkeln. Ich hebe den Fuß und trete ihm wieder und wieder mit aller Kraft ins Gesicht, bis er hintenüberfällt. Ich krieche hinterher und hämmere mit der Ferse auf seinen Helm ein, genau dort, wo Mund und Nase sitzen. Auch diesmal trete ich einmal, zweimal, dreimal zu. Immer die magische Zahl drei. Meine Bewegungen sind kontrolliert und präzise, und ihre Wirkung ist genauso, wie ich sie mir ausgerechnet habe.

Reglos liegt er am Boden. Alles ist still. Ich komme langsam auf die Beine und sehe mich um, die Knie leicht gebeugt, die Hände schützend vor dem Gesicht, für den Fall, dass er noch einmal aufsteht.

»Ted?«, frage ich.

Er rappelt sich hoch, nimmt den Helm ab und schüttelt den Kopf. Als er spricht, ist auch die letzte Spur des maskierten Angreifers aus seinem Ton verschwunden. »Jede Einzelne von Ihnen wird so gut sein, wenn Ella erst mal mit Ihnen fertig ist«, richtet er sich an die Frauen.

Ich strecke ihm die Hand hin, und er ergreift sie, um sich daran hochzuziehen. »Dann belohn mich«, sage ich so leise, dass nur er mich hören kann. »Verrat mir, was auf ihrem Laptop war.«

»Worin Sie sich ein Beispiel an Ella nehmen müssen«, sagt er laut, »ist, dass sie niemals aufgibt.«

Ich angle mein Handtuch vom Boden und werfe es ihm zu, damit er sich den Schweiß abwischen kann. »Ganz genau.«

Das lenkt seine Aufmerksamkeit erneut auf mich. Er tritt zu mir. Sein Mund ist ganz dicht an meiner Wange, sodass ich seine gewisperten Worte direkt in meiner Ohrmuschel spüre. »Bevor du dich mit Thorne triffst, wirst du jede Abwehrtechnik trainieren müssen, die es gibt. Und nicht nur die körperlichen. Er ist ein Meister der emotionalen Vergewaltigung.« Dann wendet er sich, nun wieder ganz freundlich und entspannt, den Frauen zu. »Also. Wer will mir als Nächste den Hintern versohlen?«

Freitag, 4. November

Kleine Explosionen

Ich verlasse Bath, die Stadt, in der ich lebe und in der auch du früher gelebt hast. Ich verlasse die Stadt, die wir beide lieben, und fahre hinaus aufs Land zum Haus unserer Eltern, in dem wir gelebt haben, seit wir zwei als Neugeborene aus dem Krankenhaus gekommen sind. Mum und Dad werden dort niemals ausziehen. Sie wollen, dass du sie finden kannst. Wir alle wollen das.

Es ist erst Mittag, aber die Zweige der Bäume zu beiden Seiten der Landstraße bilden über mir ein dichtes Dach, sodass ich eine gefühlte Ewigkeit lang nahezu im Dunkeln fahre. Ich lege viele Meilen zurück, ohne einem anderen Auto zu begegnen. Noch immer gibt es keine Verkehrskameras entlang dieser gewundenen Strecke. Noch immer wurden hier keine Mobilfunkmasten aufgestellt. Dies ist die Straße, auf der du zuletzt unterwegs warst. Hier jemandem aufzulauern ist denkbar einfach.

Er hätte dich auf einem der zahlreichen Trampelpfade durch den Wald oder in einem landwirtschaftlichen Fahrzeug quer über den Acker wegbringen können. Er hätte dich in ein leer stehendes Gebäude zerren und dort verstecken können. Er hätte diese schmale Straße bis zur nächstgrößeren Verbindungsstraße weiterfahren und von dort aus mit dir ins angrenzende County fliehen können.

Ich bin so sehr damit beschäftigt, mir auszumalen, auf welche Weise du verschwunden sein könntest, dass ich um ein Haar den Abzweig zum Dorf unserer Eltern verpasse – einen Abzweig, den du und ich unzählige Male genommen haben und den ich normalerweise mit geschlossenen Augen finden würde. Ich zwinge mich, wieder mehr auf die Straße zu achten, selbst wenn ich die Umgebung so gut kenne, dass ich sie sogar oft in meinen Träumen besuche. Die alte Kirche und den Friedhof. Den Pub. Das ehemalige Schulhaus, das Dad vor vielen Jahrzehnten umgebaut hat und in dem jetzt die nächsten Nachbarn unserer Eltern wohnen.

Fünf Minuten später sitze ich mit meinem Vater am blank geschrubbten Küchentisch, wo wir beide früher immer unsere Hausaufgaben gemacht haben. Dein Sohn macht seine ebenfalls hier, allerdings nicht jetzt, weil er noch in der Schule ist und vermutlich gerade die Brote verspeist, die Mum für ihn geschmiert hat. Unsere Eltern und ich wollen ein wenig Familienzeit bei einem gemeinsamen Mittagessen verbringen, das Mum für uns gekocht hat und an das sie in diesem Augenblick letzte Hand anlegt.

Ich beginne mit dem weniger heiklen Anliegen. »Luke hätte gerne, dass ich das Puppenhaus mitnehme«, sage ich. »Er möchte etwas haben, was Miranda geliebt hat, wenn er bei mir ist.«

»Ich weiß nicht, ob Miranda es so sehr geliebt hat wie du«, sagt unser Vater. »Obwohl sie natürlich wusste, wie viel es dir bedeutet.«

»Wirklich?« Ich bin ehrlich erstaunt.

»Ob Miranda es so sehr *liebt* wie du«, erfolgt die altbekannte Tempus-Korrektur durch unsere Mutter. »Und sie *weiß*, wie viel es dir bedeutet … Aber ansonsten hat dein Vater recht.« Sie stellt eine Schüssel mit Brokkoli auf den Tisch. »Krebszellen hassen Brokkoli«, sagt sie.

»Ja, das tun sie«, stimme ich ihr zu. »Und? Darf ich das Puppenhaus mitnehmen?«, frage ich. »Da ihr euch ja einig darüber seid, dass ich es von uns beiden am meisten liebe.«

»Warum nicht?« Sie berührt das struppige rote Haar meines Vaters und kommt auf ein anderes Thema zu sprechen. »Nur dein Vater hat in dem Alter noch so volles Haar. Und keine Spur von Grau. Du müsstest mal seine Freunde sehen. Dein Vater ist immer noch ein sehr attraktiver Mann. Weil ich so gut für ihn sorge.«

Dad lacht. »Du sorgst auf jeden Fall gut für mich, Rosamund.«

Tatsächlich sieht unser Vater immer noch so aus, als hätte er einen verrosteten Topfschrubber auf dem Kopf, der mit der Zeit die Farbe stumpfen Kupfers angenommen hat. Als Luke sechs Jahre alt war, hat er ein Bild von seinem Grandpa gemalt, auf dem er ihn als eins der Monster aus *Wo die wilden Kerle wohnen* darstellte, mit großen abstehenden Hauern und Glubschaugen. Wie konnte ich das vergessen? Ich lege die Erinnerung sorgsam in meinem Gedächtnis ab, damit ich Luke später sagen kann, dass es doch eine Geschichte über eine Schwester gibt, die ihre verloren gegangene Schwester sucht – und sie am Ende auch findet. Früher musste ich ihm diese beiden wundervollen Bücher so oft vorlesen, dass ich sie immer noch auswendig kenne.

»Da bin ich ganz Mums Meinung«, sage ich.

»Deine Mutter ist diejenige, die sich seit dem Tag, als ich sie zum ersten Mal gesehen habe, kein Stück verändert hat.«

»Genau. Als du während der Proben zu *Giselle* so lange mit diesem armen Mann getanzt hast, bis er tot umgefallen ist. Sag nicht, du wärst nicht gewarnt gewesen, Dad.«

»Sehr witzig, Ella.« Aber sie lächelt trotzdem. »Deine Schwester erzählt immer die gleiche Geschichte.«

»Eigentlich sollte ich arbeiten«, berichtet Dad, »in letzter Minute noch irgendwas für das Bühnenbild zusammenzimmern. Aber ich hatte nur Augen für eure Mutter. Sie ist mir in der Masse der Wilas sofort aufgefallen. Ich bin fast von der Leiter gestürzt, solche Verrenkungen habe ich gemacht, um ihr zuschauen zu können.«

Wie oft hat unser Vater diese romantische Geschichte schon zum Besten gegeben? Es ist einer seiner Tricks, um Mum glücklich zu machen, denn sie wird nie müde, sie zu hören. Wenn er früher damit angefangen hat, hast du dir immer mit Daumen und Zeigefinger an die Gurgel gegriffen und so getan, als würdest du dich erdrosseln.

»Ich liebe die Geschichte«, sage ich. »Und zehn Monate später kam Miranda auf die Welt.«

»Ja«, sagt Mum. »Genau so war es.« Sie schließt die Augen und hält Dad ihre Hand hin. Er ergreift sie.

»Deine Mutter hat mich vom ersten Augenblick an verhext, Ella«, sagt Dad.

Mum wischt das Kompliment beiseite. »Dein Vater war derjenige, der mich verhext hat«, widerspricht sie. »Wir haben zu dritt inmitten von Staub und Schutt gelebt, während er aus einer baufälligen Ruine dieses wunderschöne Heim gezaubert hat.« Sie macht eine ausladende Geste mit dem Arm – eine Ballerina auf der Bühne, die uns ihre Welt präsentiert. »Das alles hier hat er für seine Familie geschaffen.«

»Ihr habt beide Zauberkräfte«, sage ich und stelle mir vor,

wie du die Augen schließt, herzhaft gähnst und dann in einem gespielten Ohnmachtsanfall den Kopf mit einem lauten Klatschen in deine offene Hand fallen lässt.

»Was die Polizei wohl die letzten zehn Jahre mit Mirandas Sachen gemacht hat?« Trotz des abrupten Themenwechsels bemühe ich mich, beiläufig zu klingen. Ich nehme mein Wasserglas in die Hand und hebe es an die Lippen, bevor ich merke, dass es leer ist.

»Wahrscheinlich haben sie auf irgendeinem Regal Staub angesetzt«, sagt unsere Mutter und sieht mich scharf an, als sie sich zu uns setzt. Sie weiß genau, worauf ich hinauswill. Mit wohlstudierter Eleganz löffelt sie Fischpastete aus der Auflaufform auf unsere Teller. »Esst euer Mittagessen«, befiehlt sie.

»Aber warum haben sie sie ausgerechnet jetzt zurückgegeben?«, hake ich nach.

Dad gießt mir Wasser ein.

»Wahrscheinlich brauchten sie den Platz für aktuelle Fälle.«

Mum kann sich ein Lachen nicht verkneifen, als Dad mit einem Stirnrunzeln signalisiert, dass sie ihm nicht genug Fischpastete aufgetan hat. Dabei ist seine Portion ungefähr viermal so groß wie die Spatzenmahlzeit auf ihrem Teller.

»Als sie uns den Karton gegeben haben, war viel von angeblichen Opferrechten die Rede und davon, wie wichtig es sei, dass die Angehörigen die persönlichen Gegenstände ihrer Liebsten so schnell wie möglich zurückerhielten«, meint Dad.

»Bei zehn Jahren kann man ja wohl kaum von schnell sprechen«, halte ich dagegen. »Glaubst du, dass der Zeitpunkt etwas zu bedeuten hat? So kurz vor dem zehnten Jahrestag ihres Verschwindens und unmittelbar nach den neuen Artikeln über Jason Thorne?«

»Ich will nicht, dass du auch nur einen Gedanken an Jason Thorne verschwendest, Ella. Es bedeutet nichts weiter, als dass sie Mirandas Sachen bis jetzt vergessen haben.« Unsere Mutter tut Dad mehr Essen auf. »Es ist ein Fehler, ihnen dabei irgendwelche Hintergedanken zu unterstellen. Das ist alles bloß Zufall.«

Dad macht große Augen. »Es ist der Beweis, dass ihr Fall sie nicht länger interessiert. Sie jagen irgendwelche Daten durch ihre schicken, teuren Predictive-Analytics-Programme, und der Computer sagt ihnen dann, wo sie ihre Ressourcen und Gelder einsetzen sollen. Wo künftige Gefahren und Risiken liegen. Miranda zum jetzigen Zeitpunkt zu finden wird höchstwahrscheinlich keine Menschenleben retten. Sie steht ganz unten auf der Prioritätenliste.«

»Wo hast du denn den Ausdruck her, Dad? Predictive Analytics?«

»Von Ted. Er hält auch nicht viel davon.«

»Es ist nur ... Ich habe mich gefragt, ob einer von euch um ihre Sachen gebeten hat?« Ich beobachte die Reaktion der beiden. »Habt ihr vielleicht der Polizei geschrieben? Ich verstehe einfach nicht, was sie sonst dazu veranlasst haben könnte, die Sachen ausgerechnet jetzt zurückzugeben.«

»Ich war es ganz sicher nicht«, sagt unsere Mutter. Sie steht von ihrem Stuhl auf und kehrt uns den Rücken zu, um etwas in einem Schrank zu suchen.

Dad blickt auf die Tischplatte und verrückt sein Glas um wenige Zentimeter. Er wird rot. Dann hebt er den Kopf und fängt meinen Blick ein, ehe er sich hastig eine Gabel Pastete in den Mund schiebt.

Mum steht immer noch mit dem Rücken zu uns und murmelt: »Wo ist es denn? Niemand in dieser Familie legt die Sachen dahin zurück, wo sie hingehören.«

Ich forme stumm das Wort »Warum?« mit den Lippen, aber Dad schüttelt lediglich warnend den Kopf, eine langsame Bewegung von links nach rechts und wieder zurück. Sobald wir allein sind, wird er es mir sagen.

Obwohl die Bonfire Night erst morgen ist, zündet im Dorf bereits jemand Böller. Ein plötzlicher Knall lässt unsere Mutter herumwirbeln. Sie hält eine Mühle mit schwarzem Pfeffer in der Hand. Mit einem verärgerten Schnauben setzt sie sich wieder an den Tisch. »Wahrscheinlich irgendwelche Schulschwänzer.«

»Ja. Wahrscheinlich.« Dad sieht mir dabei zu, wie ich mein Glas erhebe, um auf die Familienmitglieder anzustoßen, die nicht mehr unter uns sind. So machen wir es immer. Währenddessen geht mein Blick zu deinem leeren Stuhl. Der Einzige, der manchmal dort sitzt, ist Luke. Mum, Dad und ich haben immer noch dieselben Plätze wie früher.

»Du kannst den Karton nicht haben, Ella«, sagt unsere Mutter. »Wie oft muss ich dir das noch sagen?«

»Wieso kann sie ihn nicht haben?« Unser Vater will ihre Hand nehmen, aber sie zieht sich vor seiner Berührung zurück. »Rosamund?« Er streckt sich, bis seine Finger ihre streifen.

»Es geht mir nicht um den Karton«, sagt sie. »Ella verliert den Blick fürs Wesentliche.«

»Entschuldigung? Ich befinde mich im Raum, es besteht also kein Grund, in der dritten Person über mich zu sprechen. Und ich brauche auch keine Predictive Analytics, um zu wissen, was für uns das Wesentliche sein sollte.«

»Das alles wieder hervorzukramen führt doch zu nichts.« Sie drückt nur flüchtig die Hand unseres Vaters, bevor sie sich schon wieder von ihrem Stuhl erhebt. Sie hat ihr Mittagessen kaum angerührt.

»Könntest du ausnahmsweise einfach mal klar und deutlich sagen, was du meinst, Mum? Jeder sieht doch, dass dich irgendwas stört, und es ist nicht fair, wenn du mir nicht sagst, was es ist.«

»Das ist nicht gut für Luke.«

»Was ist nicht gut für Luke?«

»Das ganze Gerede über seine Mutter wirft ihn völlig aus der Bahn. Er ist erst zehn, vergiss das nicht. Mir ist klar, dass er sehr reif ist für sein Alter, aber du darfst ihn nicht wie einen Erwachsenen behandeln.«

»Vielleicht solltest *du* ihn nicht wie ein Kleinkind behandeln.«

»Was fällt dir ein, so mit mir zu sprechen, junges Fräulein?«

»Ich bin nicht jung, und ein Fräulein bin ich schon gar nicht, daran wird's wohl liegen.«

Von draußen ist eine weitere Explosion zu hören. Unserer Mutter fällt ein Teller aus der Hand. Er landet unter lautem Geschepper in der Spülmaschine, zerbricht aber nicht. »Verdammt noch mal«, flucht sie. Du würdest vor Staunen den Mund nicht mehr zukriegen. Wenn du jetzt hier wärst, würden wir beide in Gelächter ausbrechen, mit ihr schimpfen und spaßeshalber drohen, ihr den Mund mit Seife auszuwaschen, so wie sie es immer zu uns gesagt hat, auch wenn sie ihre Drohung am Ende nie wahr machte.

Dad streckt uns beiden die Hände hin. »Können wir bitte noch mal von vorn anfangen? Es kommt nicht so oft vor, dass ich meine zwei Lieblingsmädchen um mich habe.«

Unsere Mutter macht ein Gesicht, als wolle sie ihm eine Ohrfeige geben. Oder anfangen zu weinen. »*Drei* Lieblingsmädchen. Du hast drei.«

»Natürlich«, sagt er. »Entschuldige, das war gedankenlos von mir. Du weißt, dass ich sie niemals vergessen werde.«

Sie wischt sich die Augen. »Ja, das weiß ich, Jacob. Natürlich weiß ich das.«

»Wir sitzen doch alle im selben Boot«, sagt er.

Ich nicke zustimmend und sage: »Ja.« Dann füge ich noch hinzu: »Es tut mir wirklich leid, Mum. Ich hätte nicht so mit dir reden dürfen. Ich sollte verständnisvoller und vorsichtiger sein.«

»Sei vorsichtiger mit dir selbst und mit meinem Enkel.«

»Ich bin immer vorsichtig mit deinem Enkel.« Ich will ihr Dads leeren Teller reichen, aber sie reißt ihn mir aus den Händen. »Ich dachte, wir hätten uns gegenseitig versprochen, immer ehrlich zueinander zu sein. Alles, was wir wissen oder was uns Sorgen macht, offen anzusprechen. Wir sind doch übereingekommen, dass es so das Beste ist. Wir sind übereingekommen, dass es gefährlich ist, die Dinge zu verdrängen. Gefährlich für unser seelisches und vielleicht auch für unser körperliches Wohlbefinden.«

»Jede Entwicklung muss neu bewertet werden. Es gibt nicht die eine Regel, die man immer auf alles anwenden kann, Ella«, sagt Mum.

»Ich dachte, es geht hier bloß um einen Karton mit Sachen, die die Polizei für wertlos hält.«

Draußen folgt die nächste Explosion, was meine Mutter dazu veranlasst, das Fenster mit einem tödlichen Blick zu strafen. »Wieso können die nicht bis morgen Abend warten?« Sie hat immer noch schreckliche Angst vor Knallern. Früher hat sie uns nicht einmal in die Nähe eines Böllers gelassen, und auch Luke will sie um jeden Preis davon fernhalten. Ich weiß, dass es dich rasend machen würde. Ich weiß auch, dass ich an der Situation etwas ändern muss. *Lass nicht zu, dass sie ihn zu sehr verhätschelt, Melanie. Sie soll ihn bloß nicht verderben.* Das würdest du sagen.

Ich suche Dads Blick. »Fürchtest du dich davor, was ich möglicherweise in dem Karton finden könnte, Mum?«

»Nein. Weil es darin nichts Besonderes zu finden gibt. Wovor ich mich fürchte, ist, dass du in Luke falsche Erwartungen weckst. Dass du seine Gefühle durcheinanderbringst. Dass du ihm Angst machst.«

»Da hat deine Mutter nicht ganz unrecht.«

»Er ist jetzt zehn Jahre alt. Es war seine Idee. Wir können ihn nicht einfach ignorieren.«

»Du hast auch nicht ganz unrecht«, sagt er. Unser Vater ist immer noch der Friedensstifter der Familie.

»Diplomatisch wie eh und je«, sage ich.

»Ich gebe mein Bestes. Du und deine Mutter, ihr macht es mir nicht immer leicht.« Aber er lächelt dabei, als wollte er es gar nicht anders haben.

Unsere Mutter steht hinter ihrem Stuhl. »Das ist nicht gut für deine Seele, Ella. Du hast auch so schon Probleme genug. Vergiss nicht, wie schlecht es dir damals ging. Ich möchte nicht, dass du noch einmal einen Zusammenbruch erleidest.«

»Das werde ich nicht. Die Gefahr besteht schon seit mehr als sieben Jahren nicht mehr.«

»Eher sechs«, wirft sie ein.

»Ich bin viel, viel stärker geworden. Ich bin nicht mehr dieselbe Person wie damals.«

»Ich mochte die Person«, sagt sie.

»Man muss sich verändern.«

»Aber nicht so sehr, wie du dich verändert hast«, sagt sie.

»Ich erzähle euch alles, was ich rausfinde. Das haben wir abgemacht, und daran werde ich mich auch halten. Ich teile alles mit euch, egal, was es ist. Auch wenn es gefährlich ist.«

»Besonders wenn es gefährlich ist«, sagt Dad.

»Was ist mit Samstagmorgen?« Mum nimmt meinen Teller und stellt ihn in den Geschirrspüler. »Denkst du wirklich, jemand hat euch beide beobachtet?«

»Kann schon sein. Aber siehst du jetzt, dass ich dir wirklich alles sage? Wahrscheinlich war es bloß ein Spaziergänger, der früh unterwegs war. Ich glaube nicht, dass er uns durch die Bäume überhaupt gesehen hat.«

»Was immer du an dem Morgen zu Luke gesagt hast, hat ihn ganz offensichtlich sehr aufgewühlt.«

»Ich glaube nicht, dass das stimmt. Und fair ist es auch nicht. Er hat sich so über das Reh gefreut. Er redet die ganze Zeit davon, dass es ein magischer Moment war.«

Dad macht ein sehr ernstes Gesicht, was untypisch ist für ihn. »Ella hat sich die Aufzeichnungen der Außenkameras angesehen, bevor sie zu Sadies Party gefahren ist. Da war nichts, Rosamund. Ich habe es trotzdem der Polizei gemeldet.«

»Das hat uns bestimmt ganz nach oben auf ihre Liste der Predictive Analytics katapultiert«, sagt sie.

»Ich finde, wir haben jetzt genug darüber gesprochen«, meint Dad. Mum sieht ihn finster an. Es kommt nicht oft vor, dass er Diskussionen mit ihr abwürgt. »Luke und ich bringen morgen Abend das Puppenhaus und den Karton vorbei«, wendet er sich an mich. »Als Trost dafür, dass er schon wieder die Bonfire Night versäumt.«

Ich hätte nicht gedacht, dass irgendetwas Mums Miene noch finsterer machen könnte, aber mit dieser Bemerkung hat Dad es tatsächlich geschafft.

Ich mache mir Sorgen, dass er und Luke versuchen könnten, das Puppenhaus ganz allein zu transportieren. Es ist viel zu groß und zu schwer. Ich denke an den winzigen bösartigen Knoten in Dads Rückgrat, der nur durch monatliche Injektionen, welche die von Prostatakrebszellen so geliebten männlichen Hormone hemmen, am Wachstum gehindert wird. Die Knochen unseres Vaters haben Schwachstellen, aber er weigert sich, sich dementsprechend zu verhalten.

»Lass das Puppenhaus fürs Erste, wo es ist«, sage ich. »Ich kann es ein andermal abholen. Bring morgen einfach nur Luke und den Karton mit.«

»Nicht nötig«, widerspricht er. »Luke und ich werden doch wohl mit einem Puppenhaus fertig.«

Ohne dass er es mitbekommt, wirft unsere Mutter mir einen scharfen Blick zu.

»Danke, aber lass das mal lieber.« Endlich bringe ich eine konkretere Ausrede zustande. »Ich muss erst einen Platz dafür freiräumen.«

Was unsere Mutter als Nächstes sagt, passt überhaupt nicht zu dem emporgereckten Daumen, den sie mir hinter Dads Rücken zeigt. »Ich komme morgen nicht mit.«

»Das ist aber wirklich schade. Wir könnten Pizza bestellen, das fände Luke bestimmt toll. Könnte doch lustig werden.«

»Ich esse gern Pizza.« Unser Vater dreht sich hastig zu ihr um. »Wenn deine Mutter nichts dagegen hat.«

»Du kannst tun und lassen, was du willst, Jacob.« Es ist ihre Märtyrerinnenstimme, bei der du früher am liebsten immer laut geschrien hättest. Dann wendet sie sich an mich. »Du gehst auch nicht heimlich mit Luke zu irgendeinem Feuerwerk?«

»So was würde ich nie machen.«

»Ich habe dir erlaubt, mit ihm am Montag Halloween zu feiern, obwohl es ein Schultag war.« Aus ihrem Mund klingt das, als wäre es ein absolut unerhörtes Zugeständnis gewesen. »Luke sagte, du hättest eine hervorragende Cat Woman abgegeben. Er war mächtig stolz.«

»Meine Alltagsklamotten«, sage ich.

»Stimmt.« Sie kann sich ein kleines Schmunzeln nicht verkneifen. Dann wirft sie mir *den Blick* zu. »Er hat erwähnt, dass Ted auch mit von der Partie war. Als Joker verkleidet.«

»Er gibt einen ausgezeichneten Superschurken ab«, erkläre ich.

Ted und ich waren an dem Abend immer noch ziemlich wütend aufeinander. Die Ereignisse vom Vormittag waren noch zu frisch. Wenn wir uns unterhielten, dann ausschließlich mit Luke, der sich als Polizist verkleidet hatte und sich zu sehr über die eingeheimsten Süßigkeiten freute, als dass er die Anspannung bemerkt hätte, die zwischen uns herrschte, während wir ihm von Haustür zu Haustür folgten.

»Ich habe Luke versprochen, dass ich ihn nächstes Jahr mit zum Feuerwerk nehme.« Vor Nervosität wippt mein linker Fuß auf und ab. »Halloween und Bonfire Night sind nicht dasselbe. Er möchte beides mitmachen.«

»Ausgeschlossen. Das habe ich dir schon so oft gesagt. Bonfire Night ist gefährlich.«

»Er ist ein Junge, Mum. Er ist nicht aus Porzellan. Wenn du ihn nie was Neues ausprobieren lässt, wird er irgendwann wütend werden.«

»Und wenn du ihn zu viel ausprobieren lässt, bringst du

ihn in Gefahr. Vielleicht sollten dein Vater und ich noch mal über die Umgangsregelung nachdenken.«

»Das ist doch wohl ein bisschen voreilig, Rosamund«, sagt unser Vater.

Das bringt ihm weitere finstere Blicke von unserer Mutter ein. »Überspann den Bogen nicht, Ella«, sagt sie zu mir. »Du bekommst doch schon den Karton und das Puppenhaus.«

In meinen Augen brennen Tränen. Ich kenne mich gut genug, um zu wissen, dass es nicht nur Tränen der Trauer sind, sondern auch Tränen der Wut. »Warum bist du so gemein? Du hast immer noch mich. Ich bin hier, weißt du?«

»Und ich möchte, dass das auch so bleibt. Denkst du eigentlich irgendwann mal darüber nach, wie es für uns wäre, wenn wir dich auch noch verlieren würden? Kannst du nachvollziehen, was für Ängste ich ausstehe?« Ihre Stimme bricht. »Stell dir nur vor, wie es dir gehen würde, wenn Luke etwas zustieße.«

Mit einer Handbewegung versuche ich sie sie zum Schweigen zu bringen. Ich schüttle den Kopf, damit sie kein weiteres Wort mehr sagt, und halte mir die Ohren zu wie ein abergläubisches Kleinkind. So etwas über Luke zu hören ist mehr, als ich ertragen kann.

»Ja. Eben. Das ist der beste Vergleich, der mir einfällt.« Sie holt den Nachtisch aus dem Ofen. »Ich mache mir Sorgen, wie weit du zu gehen bereit wärst, um die Wahrheit herauszufinden. Ich glaube, du würdest vor nichts haltmachen.« Mit einem lauten Knall schlägt sie die Ofentür zu. »Du bist wie deine Schwester.«

»Bin ich nicht.« Ich weiß genau, dass du mir zustimmen würdest.

Sie stellt mit selbst für ihre Verhältnisse außergewöhnlicher Vorsicht und Akkuratesse ein Schälchen vor mich hin. »Du hast ihre Hartnäckigkeit.«

»Sie war die Hübschere von uns beiden.« Ich will unsere Mutter von einem Thema ablenken, das zu wahr und zu schmerzhaft ist, um darüber nachzudenken.

»Du siehst aus wie ihre Zwillingsschwester. Du bist genauso hübsch wie sie.« Dad scheint für immer und ewig auf die Rolle des gerechten, ausgleichenden Vaters abonniert zu sein.

»Das ist mir gar nicht wichtig.«

»Darin liegt der wahre Unterschied zwischen euch beiden«, sagt er. »Miranda hat bei sich immer die Wattzahl bis zum Anschlag hochgedreht. Sie hat gestrahlt, weil sie alle Blicke auf sich ziehen wollte.«

»Jacob.« Der Tonfall unserer Mutter ist Warnung und Befehl zugleich. Er bedeutet: Bis hierher und nicht weiter. Er bedeutet: Sag niemals etwas Kritisches über Miranda.

Er unternimmt einen Beschwichtigungsversuch. »Ihr kommt beide nach eurer Mutter. Ihr habt ihre Schönheit geerbt. Aber du hast den Dimmer an, Ella. Wenn du ihn ausschalten würdest, würdest du genauso viel Aufmerksamkeit bekommen.«

»Ich fühle mich bei gedämpftem Licht wohler.«

»Das weiß ich«, sagt er. »Aber du strahlst trotzdem. Ihr beide wart euch sehr ähnlich, aber zugleich auch sehr verschieden.«

»Nicht *wart*.« Unsere Mutter setzt sich hin und beginnt uns den Apfel-Brombeer-Crumble aufzutun. *»Seid.«* Sie ringt sich ein mattes Lächeln ab und beugt sich zu mir, um mich auf die Wange zu küssen. Von dem Servierlöffel mit Crumble, den sie noch in der Hand hält, tropft dunkelroter Sirup.

Unsere Mutter kleckert normalerweise nie. Sie ist einfach kein Mensch, der kleckert. Nach dem Kuss muss ich meine Tränen wegblinzeln. Ich küsse sie zurück.

»Richtig«, lenkt mein Vater ein. »Ihr *seid* euch ähnlich.«

»Er ist mit Apfeldicksaft gesüßt«, teilt unsere Mutter uns mit. »Euer Vater darf keinen Zucker essen. Krebszellen lieben Zucker.«

»Das hast du bereits das eine oder andere Mal erwähnt, Mum.«

»Ich sorge dafür, dass euer Vater weiterlebt, Ella.«

»Das weiß ich doch.«

»Man schmeckt sowieso keinen Unterschied«, sagt sie.

Unser Vater signalisiert seinen Widerspruch durch ein fast unmerkliches Zucken und zwinkert mir zu.

»Das habe ich gesehen, Jacob«, sagt unsere Mutter. Sie wendet sich ab und tritt zur Wand, wo ein Foto hängt. Es ist die letzte Aufnahme von dir, mir und Mum zusammen. Dad hat sie auf einer Hochzeit gemacht. Mum und ich sitzen nebeneinander, und du stehst hinter uns, hoch aufgerichtet und elegant, die Haare vorn mit einer strassbesetzten Spange zurückgehalten.

Das Foto ist verblasst, obwohl Mum es an einer Stelle aufgehängt hat, wo kein direktes Sonnenlicht hinfällt. Dein Kleid sitzt perfekt. Es ist aus Organza, der inzwischen zu einem hellen Cremeton verblichen ist, und die einstmals hellblauen Streublümchen darauf sind nur noch als fahles Grau erkennbar. Auch dein geschminktes Gesicht ist blass geworden, der tiefrote Lippenstift zum hellsten aller Rosétöne verblichen. Oder ist das Ausbleichen vielleicht nur eine optische Täuschung? Ich möchte kein Omen darin sehen.

Mum verleiht meinen Gedanken Worte. »Wenn ich mir das

Foto anschaue, kommt sie mir darauf wie ein Geist vor.« Sie legt sich die Hand an die Wange, den Kopf leicht zur Seite geneigt. »Ich stelle mir immer vor, wie sie hinter uns steht und über uns wacht.« Dann schlägt sie die Hand vor den Mund und hebt ruckartig den Kopf. Ihr ist klar geworden, dass sie, obwohl sie die Gegenwartsform benutzt hat, ihre eigene Regel gebrochen und von dir gesprochen hat, als wärst du tot.

Das Foto

Die E-Mail ist anonym, und ich wette, es wäre schwer, herauszufinden, von wem sie kommt. Gerade vor fünf Minuten ist sie in der Inbox der Stiftung gelandet. Der Name des Absenders lautet lediglich »Eine interessierte Person«, in der Betreffzeile steht: »Turteltäubchen im Café«. Die Mail enthält keinen Text, nur ein Foto, das, so vermute ich, mit einem Smartphone aufgenommen wurde, bei dem ortsbezogene Dienste und Zeitstempel aktiviert waren, denn am unteren Bildrand kann ich lesen, dass das Bild sechs Minuten alt ist. Daneben steht der Name des Cafés.

Weil ich nicht möchte, dass unsere Mutter die Mail sieht, leite ich sie, noch während ich vor dem Haus unserer Eltern im Auto sitze, an meinen persönlichen Account weiter und lösche sie danach aus dem Mail-Account der Stiftung. Ich will gerade das Handy zurück in meine Tasche werfen, als es klingelt. Vor lauter Schreck zucke ich zusammen. Die Nummer des Anrufers ist unterdrückt. Normalerweise nehme ich in solchen Fällen gar nicht ab, aber diesmal mache ich eine Ausnahme.

»Hallo?« Meine Stimme klingt dünn. »Hallo«, sage ich ein zweites Mal energischer, obwohl mir nicht danach zumute ist. Doch am anderen Ende der Leitung herrscht Stille – eine Stille, die so absolut ist, dass der Anruf nur stummgeschaltet worden sein kann. »Sadie?«

Immer noch keine Reaktion. Ich habe das Gefühl, dass sie es ist, will ihr aber nicht die Genugtuung gönnen, sich weiter an meiner Unsicherheit zu weiden. Also tippe ich auf das kreisrunde rote Feld und beende die Verbindung. Gleich darauf klingelt es erneut, und wieder ist die Nummer blockiert. Ich drücke auf »Ablehnen«, ehe ich den Klingelton an meinem Handy ausschalte.

Ich zwinge mich dazu, das Foto zu betrachten. Ich muss es mit eigenen Augen sehen und mich davon überzeugen, dass es kein Trick ist. Wütend werfe ich das Handy in meine Tasche und setze mit Vollgas rückwärts aus der Einfahrt meiner Eltern. Noch nie bin ich auf der gewundenen Landstraße so schnell gefahren – gefährlich schnell. Meine Scheibenwischer laufen auf Hochtouren, doch selbst das reicht nicht aus, um die Windschutzscheibe im strömenden Regen freizuhalten.

Eine halbe Stunde später parke ich meinen Wagen an einer Straßenecke, wobei ich auf der Fahrerseite mit beiden Reifen über einer durchgezogenen gelben Linie stehe. Aber es interessiert mich nicht, ob ich einen Strafzettel bekomme. Es interessiert mich nicht einmal, ob mein Wagen vielleicht abgeschleppt wird, hier auf diesem georgianischen Platz, über den Jane Austens Figuren abfällig die Nase gerümpft hätten, den ich aber wunderhübsch finde.

Ich spioniere ihm nicht nach. Falls er überhaupt noch da

ist, schert es mich nämlich nicht im Geringsten, ob er merkt, dass ich ihn sehe. Dass ich *sie beide* sehe. Das ist der Gedanke, der mir im Kopf herumspukt, als ich durch die Glastür in das Café trete, von dem er genau weiß, dass ich es nicht ausstehen kann. Hat er es deshalb als Treffpunkt gewählt? Weil das Risiko, mir hier zu begegnen, gleich null ist?

Der Laden wird wegen seines Kaffees aus eigener Röstung gerühmt. Meine Geschmacksknospen scheinen auf dem gesamten Planeten Erde die einzigen zu sein, die ihn bitter finden.

Es ist noch voller als sonst, weil viele hereingekommen sind, um vor dem Regen Schutz zu suchen, und ich bin trotz meiner anfänglichen Scheißegal-Haltung froh, mich in der langen Schlange von Wartenden verstecken zu können.

Wie konnten sich seine Gefühle für mich so schnell wandeln? Hat er endlich beschlossen, dass zehn Jahre genug sind und er nicht länger warten will? Ist es beruflicher Ehrgeiz? Irgendeine neue, streng geheime Information über dich, von der er Angst hat, er könne sie mir verraten? Blanker Zorn, weil ich seinen Rat, mir die Idee eines Besuchs bei Thorne aus dem Kopf zu schlagen, ignoriert habe?

Einen Sekundenbruchteil bevor mein Blick ihn streift, rinnt mir ein Tropfen Schweiß den Rücken hinab, und ein Gefühl nahender Panik überkommt mich. Irgendein verborgener Sinn in mir spürt es, ehe mein Verstand es begreift: eine plötzliche atmosphärische Veränderung im Café, die seine Stimme oder seinen Geruch zu mir hinträgt. Ein Blick aus dem Augenwinkel. Oder einfach nur die Schwingungen seiner Anwesenheit. Mein Herz gefriert zu Eis. In meinem Magen breitet sich ein dumpfes, hohles Gefühl aus.

Lügner, will ich ihm ins Gesicht schreien. Aber ich tue es nicht. Ich schlucke das Wort herunter, auch wenn ich fast daran ersticke.

Ted sitzt zusammen mit einer Frau an einem kleinen Ecktisch. Ihr Gesicht kann ich nicht sehen, nur ihren Hinterkopf. Ihr dunkles, seidiges Haar ist meinem so ähnlich, dass mein Magen unwillkürlich einen Satz in meinen Hals macht und sich unter meiner Schädeldecke eine Hitze ausbreitet, die mir das Rückgrat hinunter bis in die Zehen schießt.

Bist du das? Ich muss mich am Arm des Mannes neben mir festhalten, um nicht das Gleichgewicht zu verlieren. Der Mann sieht mich an und erkundigt sich, ob es mir gut gehe. Das vertreibt den verrückten Gedanken, du könntest hier im Café sitzen, aus meinem Kopf. Ich murmle, dass alles in Ordnung sei und es mir schrecklich leidtue. Ich sei einfach nur gestolpert, Entschuldigung vielmals.

Die beiden haben sich nicht von der Stelle bewegt, seit das Foto aufgenommen wurde. Ted sitzt mit dem Rücken zur zugigen Fensterscheibe, damit er den Raum im Blick behalten kann. Aber das tut er gar nicht. Er sieht auch mich nicht, weil er die ganze Zeit nur Augen für sie hat.

Ich denke an Sadie und daran, wie wir vor einem Jahr zufällig ihrem damals aktuellen Ex-Freund begegnet sind. Er saß in einem Restaurant und hielt Händchen mit seiner Neuen. Sadie marschierte schnurstracks zu den beiden und legte einen Auftritt hin, den die beiden in fassungslosem Schweigen über sich ergehen ließen. Es war definitiv ein denkwürdiges Ereignis. Ich habe es bis heute nicht vergessen, und auch ihr Publikum wird es vermutlich für alle Ewigkeit in Erinnerung behalten.

Hi, ich bin seine Ex. Ist seine Mutter schon bei euch eingezogen, um dir Ratschläge zu geben, wie du am besten für ihn kochen und sauber machen sollst? Bevor ich Donald kannte, dachte ich immer, es wäre ein Mythos, dass alle Männer auf Analsex stehen. Falls du es noch nicht rausgefunden hast: Bei ihm ist es kein Mythos. Und findest du es eigentlich angenehm, wenn sein Rotzblag von Sohn seinen Schnodder an dir abwischt und so lange brüllt, bis er seinen Willen kriegt? Ich hoffe, ihr zwei werdet so glücklich miteinander, wie ihr es verdient habt.

Ich bin nicht Sadie. Ich will auch gar nicht so sein wie sie. Ich werde mich Ted und dieser Frau nicht nähern. Ich schmecke die bittere Galle, die mir aus dem Magen in die Kehle hinaufgestiegen ist. Hat Sadie das Foto gemacht, mir die anonyme E-Mail geschickt und mich dann mit unterdrückter Nummer angerufen? Wollte sie mir eins auswischen? Wer sonst sollte es gewesen sein?

Ich denke an Teds Ex-Frau. Ich habe sie nie richtig kennengelernt und sie auch nie gegoogelt, weil ich Angst hatte, dass wie bei Medusa bereits ein kurzer Blick auf ihr Gesicht ausreichen würde, um mich zu Stein erstarren zu lassen. Aber noch mehr Angst hatte ich davor, dass ich dann vielleicht gar nicht mehr aufhören könnte, sie anzusehen.

Womöglich glaubt seine Ex-Frau ja, dass ich ihr Ted ausgespannt habe. Dass ich mit ihm Sex hatte, als sie noch zusammen waren. Vielleicht macht sie mich für ihre gescheiterte Ehe verantwortlich. Sie ist Fotografin. Vielleicht hat sie mir diese mit Bedacht ausgewählte Aufnahme zugeschickt.

Ich fühle mich schwach und durcheinander, während ich die Frau, die Ted gegenübersitzt, weiter beobachte. Ihre Schulterpartie ist schmal, die Haltung aufrecht. Der Stoff ihres Kleides oder ihrer Bluse ist marineblau mit schwarzen Streifen, die eine Art Zebramuster bilden. Aus irgendeinem Grund weiß ich, dass ihr Gesicht genauso wunderschön und faszinierend ist wie ihr langes, langes Haar und dass das der

Grund ist, weshalb Ted sie so unverwandt anblickt. Darum kann ich auch absolut sicher sein, dass er mich nicht bemerken wird, während ich die beiden durch die Lücken zwischen den Kaffeesüchtigen hindurch und über regenfeuchte Handtaschen hinweg beobachte. Geschlossene Regenschirme tropfen auf meine Stiefel und streifen meinen Pullover, und schon bald dringt mir die Nässe bis auf die Haut – ich habe nicht daran gedacht, eine Jacke überzuziehen, bevor ich aus meinem widerrechtlich geparkten Auto gesprungen bin.

Ted ist nicht im Dienst und trägt ausgerechnet den Weihnachtspulli, den ich ihm mal geschenkt habe. Ein Fair-Isle-Muster mit kleinen Rentieren, die über in verschiedenen Grauschattierungen gehaltene Querstreifen springen. Warum trägt Ted zu einem Date einen Pullover, den ich ihm geschenkt habe? Bei dem Gedanken entkrampft sich mein Magen ein wenig.

Manchmal, wenn ich Dinge erspüren will, noch bevor sie wirklich in meinem Bewusstsein angekommen sind, öffne ich meinen Verstand ganz weit. Genau das mache ich auch jetzt – und prompt kommt mir Ruby aus meinem Selbstverteidigungskurs in den Sinn. Sie war am Montag nicht beim Training und hat auch nicht auf die Nachricht reagiert, die ich ihr am nächsten Tag geschickt habe. Jetzt wird mir klar, wer die Frau ist, und zu meiner Eifersucht gesellt sich Besorgnis. Diese Besorgnis wächst, als sie das Gesicht zur Seite dreht und ich die Tränen auf ihren Wangen sehe. Hat Ted sie zum Weinen gebracht? Oder weint sie aus einem anderen Grund und lässt sich von ihm trösten? Vor sechs Monaten wurde sie von einem Mann vergewaltigt, der sich als Stromableser ausgegeben und sich so Zutritt zu ihrem Haus verschafft hat. Ted legt sacht seine Hand auf ihre, allerdings nur ganz kurz. Gleich darauf nimmt er sie wieder weg und runzelt die Stirn.

Was macht er hier mit ihr? Kann es sein, dass sie sich schon vor seinem Besuch im Kurs letzten Monat gekannt haben? Oder hängt das Treffen irgendwie mit den Ermittlungen gegen ihren Vergewaltiger zusammen? Nein – dann hätte er sich doch nicht mit ihr in einem Café verabredet.

Ich frage mich, was mich am meisten beunruhigen sollte: dass Ted hier mit einer Frau sitzt, obwohl er mir gegenüber geschworen hat, keine andere zu haben? Dass Ruby seelisch labil ist und er ihr womöglich wehtun könnte? Oder dass jemand sich die Mühe gemacht hat, die beiden zu beobachten und sie dabei auch noch zu fotografieren?

Wer auch immer diese Person ist, sie kennt mich und Ted. Sie weiß, was wir einander bedeuten. Und sie weiß, wie man mich über die Website der Stiftung erreichen kann. Ob es sich um Freund oder Feind handelt, ist momentan noch schwer einzuschätzen, aber falls Sadie oder Teds Ex-Frau hinter der Aktion steckt, wäre die Antwort eindeutig.

Wer auch immer mir das Foto geschickt hat, und was auch immer der Beweggrund dafür war, letztendlich bin ich froh darüber, denn derjenige hat mir, ohne es zu wollen, einen Gefallen getan. Es ist immer besser, die Wahrheit zu kennen. Das ist meine Haltung in allen Dingen. Denn dass Ted mit Ruby in diesem Café sitzt, spricht für sich. Es spricht so laut, dass es alles andere übertönt. Und selbst wenn mein Verstand zu Recht den Umständen misstraut, unter denen das Foto in meine Hände gelangt ist, so werden doch meine Gefühle einzig und allein von dem beherrscht, was auf dem Foto zu sehen ist.

Samstag, 5. November

Bonfire Night

Es ist schon nach sieben, als ich mit meiner abendlichen Joggingrunde, gefolgt von Sit-ups, Hanteltraining, Klimmzügen und Dehnübungen, fertig bin. Ich habe kaum die Dusche abgedreht, da höre ich Lukes Schlüssel im Schloss knirschen. Im nächsten Moment wird die Tür zu meinem kleinen viktorianischen Haus aufgestoßen, und er ruft: »Nicht im Weg stehen, Tante Ella! Wir sind gleich wieder da!«

Ich lege den Frotteebademantel ab, den Ted mir kurz vor deinem Verschwinden überlassen hat. Er ist dunkelblau und so riesig, dass ich Luke, als er noch ein Baby war, immer mit darin eingewickelt habe, wenn ich nachts mit ihm durchs Haus gewandert bin, weil er wieder einmal weinte und nicht einschlafen wollte. Nach unzähligen Wäschen ist der Stoff voller Löcher und gezogener Fäden, trotzdem spendet das alte Ding mir immer noch Trost.

Ich ziehe mir rasch Pullover und Jeans über, binde mir die nassen Haare zu einem Pferdeschwanz zusammen und eile die Treppe hinunter. Unten sehe ich Luke und unseren Vater, die gerade seitwärts in den Eingangsflur gewankt kommen. Zwischen sich tragen sie das Puppenhaus, das in etwa die Maße einer mittelgroßen Kommode hat. Den Großteil des

Gewichts allerdings hält Ted, der als Letzter hereinkommt. Hinter seinem Kopf am schwarzen Abendhimmel, der nach dem Gewitter am Nachmittag wieder aufgeklart ist, sehe ich eine Explosion silberner Sterne. Sie regnen herab, als wollten sie sein Kommen ankündigen.

Luke reckt den Hals. »Cool«, sagt er.

»Luke hat mich gebeten zu helfen«, sagt Ted entschuldigend. Beim Sprechen sieht er Luke an, nicht mich, und eine Welle der Übelkeit schwappt in mir hoch.

Irgendjemand in meiner Straße hat ein Feuer angezündet. Die Luft ist voller Rauch. Asche schwebt ins Haus. Meine Augen fangen an zu brennen. Ich blinzle und reibe sie. Ich denke an meine Verlegenheit und Enttäuschung beim Abschied von Ted am Montagabend nach unserer Halloweenfeier und einem Abendessen, von dem ich jetzt begreife, dass er es nur Luke zuliebe ausgehalten hat.

»Ted ist heute Abend bei Granny und Grandpa vorbeigekommen«, erklärt Luke. »Er hat uns geholfen, das Puppenhaus vom Dachboden zu holen und in Grandpas Lieferwagen zu laden. Er ist uns hinterhergefahren.«

»Das war aber nett von ihm.« Ich gehe rückwärts die Treppe hoch, um ihnen nicht im Weg zu stehen.

»Das hätten Luke und ich schon auch allein geschafft«, meldet sich unser Vater zu Wort. Ich zwinkere Luke hinter seinem Rücken zu.

Als das Puppenhaus endlich in Lukes Zimmer steht, feiern sich unser Vater, dein Sohn und mein heimlicher Ex-Freund durch Jubelrufe und gegenseitiges Abklatschen.

»Und was hast du mit deiner Tante für morgen geplant?« Offenbar fällt es Ted sehr viel leichter, mit Luke zu reden als mit mir.

»Wir könnten in den Zoo gehen, wie wäre das?«, schlage ich vor.

»Jaaaaa!«, sagt Luke. Abermals hält er Ted die Hand hin, damit dieser einschlägt.

»Luke und ich laufen noch mal schnell runter zum Lieferwagen und holen den Karton.« Unser Vater versucht, die Kupplerrolle unserer Mutter zu übernehmen – allerdings ohne die ihr eigene Raffinesse. Nachdem sie weg sind, stehen Ted und ich beklommen in Lukes Zimmer herum und starren auf unsere Füße.

Mein Herz krampft sich zusammen, als wäre ich ein junges Mädchen, das einen Jungen zu einer Party einladen will. Nur dass das, was ich ihm zu sagen habe, alles andere als romantisch ist, aber das spielt sowieso keine Rolle, weil Ted ohnehin schon so wütend auf mich ist, dass ich ihn unmöglich noch mehr verärgern kann. Außerdem ist es nicht so, dass ich ihn deswegen verlieren könnte – an dem Punkt waren wir in der Vergangenheit schon häufiger, da macht ein weiteres Mal auch nichts mehr aus. Wenn es dazu käme, wäre meine Chance, das zu erfahren, was ich wissen muss, endgültig vertan.

»Erzähl mir von ihrem Laptop«, sage ich. »Sag mir, was sie darauf gefunden haben.«

Er seufzt. »Du lässt nie locker, oder?«

»Nein. Aber ich bin bereit, ›bitte‹ zu sagen, wenn das hilft.«

»So was Unnatürliches würde ich niemals von dir verlangen.« Er schüttelt langsam den Kopf. »Du würdest es mir eh nicht glauben.«

»Lass es darauf ankommen.«

»Sie haben gar nichts gefunden. Der Laptop ist leer.«

»Warum haben sie ihn dann behalten? Wozu brauchen sie ihn noch?«

»Ich habe dir gesagt, du würdest es mir nicht glauben. Bei dir kann man nur verlieren.«

»Das liegt wohl kaum an mir.« Meine Finger sind nervös und zittrig und streichen Haare aus meinen Augen, die gar nicht da sind, weil ich mir vorhin einen Pferdeschwanz gebunden habe.

»Was zum Teufel soll das denn wieder heißen?«

»Das weißt du genau.«

»Möchtest du irgendwas loswerden, Ella?«

»Nein.« Für den Moment reicht mir das Machtgefühl, etwas über ihn zu wissen, ohne dass er weiß, dass ich es weiß. »Und was sollte dann der ganze Zirkus, dass du mir angeblich nichts über den Laptop sagen kannst? Brauchst du solche Machtspielchen?«

»Das ist unter der Gürtellinie. Und unter deinem Niveau. Wenn ich sage, dass der Laptop leer ist, dann meine ich damit, dass man an das, was sich darauf befindet, nicht rankommt. Die Kollegen von der EDV haben ihn behalten in der Hoffnung, dass es vielleicht irgendwann mal ein Tool geben wird, mit dessen Hilfe man den Inhalt sichtbar machen kann.«

»Du willst mir weismachen, dass sie den Laptop benutzt hat, aber dass alles, was sie darauf getan oder gespeichert hat, unsichtbar ist?«

»Soweit ich es verstanden habe, ja. Ich glaube, sie hat unter anderem Onion-Routing benutzt, um ihre Online-Aktivitäten zu verschleiern.«

Meine Verblüffung ist so groß, dass ich für einen Moment lang sogar das Foto, das Café und Ruby vergesse. »Das ist vollkommen absurd. Sie wusste doch gar nicht, was das ist – Onion-Routing.« Mein Kopf schnellt ruckartig in die Höhe. »Was ist Onion-Routing?«

»Wir reden hier vom Deep Web. Dem Darknet. Der Internetwelt, in der nichts Spuren hinterlässt. Das sind keine der gängigen Browser, die jeder kennt.«

»Aber sie hatte keine Ahnung von Technik.«

»Offenbar schon.«

»Sie kann so was nicht gemacht haben. Wenn der MI5 ihr ein Spionagegerät in die Hand drücken würde, dann wüsste sie nicht mal, wie man es einschaltet.«

»Sie hat es aber gemacht. Und zwar mit Technologien, zu denen die meisten normalen Menschen gar keinen Zugang haben.«

»Das muss jemand anders für sie eingerichtet haben. Wir müssen rausfinden, wer. Und warum.«

Ich verbringe mein Leben damit, Frauen zu erklären, wie wichtig es ist, die eigene Privatsphäre zu schützen. Aber nun frage ich mich, ob dich womöglich genau das – deine Neigung zur Heimlichkeit – überhaupt erst in Gefahr gebracht hat. Hast du nach den Telefonaten, von denen die Boulevardblätter schreiben, etwa auf diesem Weg weiter mit Jason Thorne kommuniziert?

Ted runzelt die Stirn. »Du bist gefährlich still.«

»Ich denke bloß nach. Danke, dass du es mir gesagt hast. Ganz im Ernst.«

»Sag bloß niemandem, dass ich dir das erzählt habe.«

»Natürlich nicht. So was würde ich niemals tun, und das weißt du auch.«

»Ich weiß, dass du es nicht *absichtlich* tun würdest. Aber vielleicht bliebe dir keine andere Wahl.«

»Für dich werde ich mich in Acht nehmen. Für dich nehme ich mich immer in Acht.«

Und vor dir auch, ergänze ich im Stillen.

Ted wirkt nicht restlos überzeugt. »Das war das letzte Mal. Ab jetzt keine weiteren Fragen mehr.«

Weil ich ihm das nicht garantieren kann, wechsle ich auf die denkbar plumpste Art und Weise das Thema. »Bleibst du noch zum Pizzaessen?«, frage ich – hauptsächlich wegen Luke, aber ein bisschen auch mir selbst zuliebe.

»Ich würde gern, aber ich habe noch was vor.« Er wirft einen Blick auf seine Armbanduhr, und ich stelle mir vor, wie Ruby in einem französischen Restaurant auf ihn wartet. Oder in ihrem kleinen Haus, wo sie für ihn gekocht und Kerzen angezündet hat. »Eigentlich hätte ich schon vor einer Stunde weggemusst.«

Ted trägt schwarze Jeans und ein schwarzes Hemd und hat einen holzigen Duft aufgelegt. Gestern hätte ich vielleicht noch insgeheim gehofft, er könnte all das für mich getan haben. Heute weiß ich es besser.

»Dann eben beim nächsten Mal«, sage ich.

»Ja«, sagt Ted.

»Mein Vater ... vielen Dank ...«

»Ich weiß, Ella. Das musst du nicht sagen.«

Die Büchse der Pandora

Als Dad geht, hat er das Handy am Ohr und telefoniert halblaut mit Mum. Luke will sich sofort den Karton vornehmen, aber er ist noch ganz verschwitzt von seiner Karatestunde, deshalb schicke ich ihn erst einmal unter die Dusche.

»Die schnellste Dusche aller Zeiten«, sage ich, als ich wenig später in sein Zimmer komme und er dort bereits auf mich wartet. Er trägt den Fußball-Schlafanzug, den ich ihm vor ein paar Wochen gekauft habe. Darin sieht er so herzzerreißend jung und süß aus. Er sitzt im Schneidersitz auf dem Teppich vor dem wuchtigen Kleiderschrank aus Eiche. Beides, Teppich und Schrank, haben früher dir gehört. Vor drei Jahren, nachdem unsere Eltern sich endlich dazu durchgerungen hatten, deine alte Wohnung zu verkaufen, dein Bankkonto aufzulösen und das Geld für Luke anzulegen, habe ich die Sachen in mein Haus schaffen lassen.

Der Teppich ist hellbeige mit einem weißen Gittermuster, und wie alles, was du ausgesucht hast, ist er wunderschön. Luke gefällt die Vorstellung, dass er früher in der Altbauwohnung lag, in der ihr beide, wenngleich nur wenige Wochen, zusammengelebt habt.

Ich setze mich Luke gegenüber, sodass der Pappkarton zwischen uns steht, und hebe den Deckel ab. »Sollen wir anfangen?«

»Hab ich dir eigentlich in letzter Zeit gesagt, dass du genial bist, Tante Ella?«

Ich breite die Arme aus und mache eine kleine Verbeugung, wobei ich achtgebe, nichts von dem mexikanischen Bier zu verschütten, das ich in der rechten Hand halte. Ich trinke einen Schluck.

»Granny hat mal gesagt, dass Damen nicht aus der Flasche trinken.«

Sogar im nassen Zustand ist Lukes Wirbel so widerspenstig wie eh und je. Ein kleiner lustiger Haarkringel über seiner linken Schläfe. Ich gehe mit dem Finger in die Mitte des Kringels und zwirble ihn, bis er lachen muss. »Ich bin keine Dame.«

»Bevor wir losgefahren sind, hat Granny gesagt, dass Grandpa nichts trinken darf.«

»Sie macht sich Sorgen um seine Gesundheit, Luke. Und sie wusste ja, dass er noch fahren muss.«

»Bier besteht aus Zucker. Krebszellen lieben Zucker.« Dein Sohn kann unsere Mutter beängstigend gut nachahmen. Ich versuche mir das Lachen zu verkneifen, aber es gelingt mir nicht. Fast besprühe ich Luke mit einem Mundvoll flüssigem Tod.

»Krieg ich auch einen Schluck?«, fragt er.

»Nein! Aber netter Versuch. Sehr geschmeidig.«

Er hält inne, um zuzuschauen, wie draußen ein überwältigend schöner Wasserfall aus Blau die Nacht erhellt, gefolgt von einem roten Feuerschweif, der unter lautem Kreischen einem umgekehrten Kometen gleich himmelwärts schießt. »Kannst du nächstes Jahr bitte mit mir hingehen?« Er sieht noch immer aus dem Fenster.

»Hoffentlich. Ich bearbeite Granny auf jeden Fall weiter.«

Luke verdreht die Augen und wendet sich dann wieder dem Karton zu. An einigen Stellen, wo mehrere Schichten Klebeband abgerissen wurden, ist die Pappe dünn geworden. »Glaubst du, Granny hat schon reingeschaut?«

»Nein, ich habe sie gefragt. Sie sagt, sie hätte ihn nicht angerührt.« Ich bin mir sicher, dass das nicht der Wahrheit entspricht. Es würde mich nicht einmal wundern, wenn sie den einen oder anderen Gegenstand herausgenommen hätte. Ich habe sie sogar angerufen, um ihr genau diese Frage zu stellen, aber sie ist keinen Millimeter von ihrer Lüge abgerückt.

Ich weiß nicht, was wir uns eigentlich von dem Karton erhoffen. Einen Hinweis, den die Polizei die ganze Zeit übersehen hat? Bestimmt wurde doch alles nach DNA-Spuren untersucht?

»Was ist denn das?« Luke hält ein Stück weichen weißen

Wollstoff hoch, fadenscheinig und an den Rändern in Seide eingefasst.

Ich streiche lächelnd mit dem Finger darüber. »Das ist der letzte Rest von Mummys alter Babydecke. Sie hat ihn dir immer ins Bettchen gelegt.«

Er vergräbt das Gesicht in dem winzigen Stück Stoff, dann springt er auf und schiebt es unter sein Kopfkissen. »Nur damit du's weißt: Wenn du jemandem davon erzählst, bist du tot.«

»Das würde ich nie tun.« Ich werfe einen Blick zum Puppenhaus und rechne halb damit, einen geisterhaften Lichtschein hinter den Fensterchen zu sehen. »Macht es dir nichts aus, dass es in deinem Zimmer steht? Was ist, wenn deine Freunde vorbeikommen? Ist dir das nicht peinlich?«

»Nee. Ich sag einfach, es gehört dir und dass du darauf bestanden hast, es bei mir unterzustellen.«

»Das ist ja auch die Wahrheit.«

»Nur ein Teil davon. Nicht die ganze.« Er sieht mich scharf an. »Das hab ich von dir gelernt. Und von Granny. Von Grandpa wohl eher nicht.«

Ich denke daran, dass unsere Vater heimlich bei der Polizei um die Rückgabe deiner Sachen gebeten hat. Wenn er nicht wäre, hätten Luke und ich diesen Karton jetzt nicht. »Dein Grandpa steckt voller Überraschungen. Ich glaube, er ist ein Visionär.«

»Er zieht hinter den Kulissen die Strippen.«

Ich sehe Luke verdutzt an. »Das stimmt. Obwohl das nur den wenigsten Menschen bewusst ist. Gerade deshalb ist er ja so effektiv.«

Luke nimmt ein flaches pinkfarbenes Döschen aus dem Karton. »Und was ist das hier?«

»Ein Taschenspiegel? Gesichtspuder oder Rouge, vielleicht?« Auf all deinen Make-up-Produkten prangten Designer-Logos. Auf diesem Döschen nicht. »Wollen wir mal nachschauen?«

»Jep.« Er findet den Schnappverschluss, und das Döschen öffnet sich wie eine Muschel. Im Innern befindet sich eine kreisrunde Blisterpackung mit winzigen verblassten Tabletten. Jede einzelne ist einem Tag im Monatszyklus zugeordnet. Tabletten Nummer eins bis einundzwanzig sind hellgelb, Tabletten Nummer zweiundzwanzig bis achtundzwanzig hellblau. Wir betrachten sie mit zusammengekniffenen Augen.

»Tante Ella, was ist das?«

Ich trinke erstmal einen Schluck Bier, und zwar einen so großen, dass der Pegel in der Flasche auf einen Schlag um gut fünf Zentimeter sinkt.

»Das sind Antibabypillen. Die nehmen Frauen, damit sie Sex haben können, ohne schwanger zu werden.«

Er schneidet eine Grimasse und hält mir das Döschen hin, als würden wir »Heiße Kartoffel« spielen. »Glaubst du, Mummy hat die genommen?«

»Wahrscheinlich, aber irgendwann muss sie sie abgesetzt haben. Und das war für uns alle ein riesengroßes Glück. Weil sie dich bekommen wollte.«

Auf einmal wird er rot. Seine Nase beginnt zu laufen, und er starrt zu Boden.

Mein Herz schlägt schneller. »Luke, was ist denn?«

Aber er kann nicht sprechen. Ich rutsche zu ihm hin, er klettert auf meinen Schoß, und ich wiege ihn in meinen Armen wie ein kleines Baby, obwohl er knochig und schlaksig ist. Er schnieft an meiner Schulter, während ich ihn noch fester an mich drücke, mit ihm vor- und zurückschaukle und sein Haar küsse. Es riecht nach dem Duschgel, das Ted immer benutzt – er muss ihn dazu überredet haben, ihm eine Flasche mitzubringen.

Irgendwann löst er sich von mir und sieht mich an. Seine Augen sind gerötet. »Du hörst jetzt aber nicht auf, mit mir die Sachen anzuschauen, nur weil ich geweint hab?« Er wischt sich die Nase am Ärmel seines Schlafanzugs ab.

»Nein, tue ich nicht.«

Er rutscht von meinem Schoß und setzt sich auf die andere Seite, sodass der Karton wieder zwischen uns steht. Er schluckt. »Vielleicht hat *sie* mich gewollt, aber mein Vater wollte mich nicht. Am meisten Angst hab ich davor, dass ich vielleicht der Grund bin, weshalb er ihr wehgetan hat.« Er schüttelt den Kopf. »Aber du würdest es nicht zugeben, stimmt's? Wenn du derselben Meinung wärst?«

Was soll ich tun? Wie würdest du mit diesem tränenüberströmten Jungen reden, der so schonungslose Fragen stellt? Mein Instinkt rät mir, möglichst ehrlich zu ihm zu sein, aber zugleich ist da die Sorge, dass ich die Situation falsch einschätzen könnte. Behandle ich ihn zu sehr wie einen Erwachsenen, so wie unsere Mutter es behauptet hat? Erneut muss ich daran denken, dass du möglicherweise Kontakt zu Jason Thorne hattest. Es gibt keinen Erziehungsratgeber, in dem steht, wie man mit Kindern über ein solches Grauen spricht.

Ich sage: »Ich werde immer versuchen, dir ehrlich zu sagen, was ich denke, Luke.«

»Ich wünschte, ich könnte mich an sie erinnern.«

»Das wünsche ich dir auch.« Ich hole tief Luft. »Wenn sie im Zimmer ist, kann man nirgendwo anders hinschauen. Sie hat eine unglaublich starke Ausstrahlung.«

»Ich weiß«, sagt er.

»Warum gehst du dir nicht mal das Gesicht waschen, mein Süßer? Ich glaube, wir brauchen eine Pause. Wir können ein andermal weitermachen.«

»Ich will aber jetzt weitermachen. Sonst kann ich nicht schlafen. Ich hab so lange darauf gewartet.«

Vor lauter Nervosität flattert mir der Magen. Das muss auch der Grund sein, weshalb ich auf einmal einen schmerzhaften Krampf dort unten verspüre, der mich scharf Atem holen lässt. »Also gut.« Ich lange in den Karton und hole ein Heft mit einem Umschlag aus Plastik heraus. Ich habe ihn damals ausgesucht, er ist kornblumenblau und mit winzigen Blümchen bedruckt. Als ich ihn mit der Fingerspitze berühre, versetzt es mir einen kleinen elektrischen Schlag. Ich nehme das Heft heraus und halte es vor mir wie ein heiliges Dokument. Dann rutsche ich ein Stück zurück und lege es in meinen Schoß. »Ich glaube, das hier wird uns weiterhelfen.«

Meine Hand geht zu meinem Unterleib. Unten auf der linken Seite spüre ich einen stechenden Schmerz. Als ich dieses Heft zuletzt in der Hand hatte, war ich zwanzig. Du warst dreißig und hast mit Luke im Bauch neben mir gesessen.

»Was auch immer das für ein Teil ist, es sieht ziemlich nach Mädchen aus«, meint Luke.

»Als ich es gekauft habe, wusste ich noch nicht, dass du ein Junge wirst. Du bist erst ein paar Tage später auf die Welt gekommen.« Ich ringe mir ein Lächeln ab. »Deine Mummy hat mir immer die angenehmen Aufgaben zugeteilt.«

»Und was ist das?«

»Ihr Mutterpass und die Unterlagen von der Schwangerschaftsvorsorge. Die musste ich nach ihrem letzten Termin bei der Hebamme für sie kopieren. Ich habe Ewigkeiten in der Bücherei am Fotokopierer gestanden. Ich musste ständig Münzen nachwerfen.«

»Und warum musstest du das machen?«

»Zur Erinnerung. Sie wusste, dass das Krankenhaus die Unterlagen einbehalten würde, sobald sie auf die Entbindungsstation kam, und sie wollte einen Satz für sich haben.« Mit dem Finger fahre ich gedankenverloren die Öffnung meiner Bierflasche nach, dann setze ich sie an die Lippen und trinke einige Schlucke. »Warte mal kurz, ich muss was nachschauen.«

Er rutscht neben mich, um mitlesen zu können. Auf dem ersten Blatt steht oben in der Mitte deine Patientennummer. Als nächste Angehörige hast du Mum und Dad eingetragen – natürlich warst du nicht so leichtsinnig, uns zu verraten, wer Lukes Vater ist.

Ich blättere weiter und stoße auf deine Blutgruppe. AB+, dieselbe wie meine. Wir haben uns immer darüber gefreut, weil sie so selten ist. Luke hat auch AB+, was bedeutet, dass sein Vater entweder A, B oder AB haben könnte. Zusammengenommen machen diese drei Blutgruppen ungefähr fünfundfünfzig Prozent der Bevölkerung aus. Die Information hilft also nicht wirklich dabei, den Kreis möglicher Erzeuger einzugrenzen.

»Was bedeutet das da?« Er tippt mit dem Finger auf das Wort *Chlamydien*. Ich fand immer, dass es ein sehr schönes Wort für eine ziemlich unschöne Sache ist. Es ist das erste Wort in einem Kasten, in dem noch weitere unschöne Wörter stehen. *Gonorrhö, Herpes. HIV.*

»Es gibt bestimmte Krankheiten, die dem Baby im Mutterleib oder bei der Geburt schaden können, deswegen werden alle Schwangeren darauf getestet. Hier wurde vermerkt, dass deine Mummy keine dieser Krankheiten hatte.«

Luke berührt mich an der Hand. »Wonach suchen wir eigentlich?«

Ich überfliege hastig die Liste der Voruntersuchungen. Bei jeder wurden Datum, Schwangerschaftswoche, Fundusstand, Blutdruck und das negative Testergebnis für Eiweiß im Urin vermerkt.

»Ich will mich vergewissern, dass etwas ganz Bestimmtes nicht hier drinsteht. Dann geht es dir besser, glaub mir.«

Ich weiß bereits mehr über Gewalt und Tötungsdelikte in Partnerschaften, als ich jemals wissen wollte. Auf die Frage allerdings, ob das Risiko während der Schwangerschaft und kurz nach der Entbindung steigt, gibt es keine eindeutige Antwort.

»Es ist so, wie ich dachte.« Ich hebe den Kopf und suche Lukes Blick. »Hier steht nirgendwo, dass die Leute, bei denen deine Mummy während der Schwangerschaft zur Untersuchung war, irgendwelche Hinweise auf Gewalt oder Misshandlung festgestellt haben.«

»Aber das würden sie doch sowieso nicht da reinschreiben, weil sie Angst hätten, dass derjenige, der sie misshandelt, heimlich in das Heft schaut und merkt, dass man ihm auf die Schliche gekommen ist.«

»Mein Gott, bist du schlau.«

»Das sagst du andauernd.«

»Weil es wahr ist. Und natürlich hast du recht, sie hätten ihren Verdacht nicht ausdrücklich formuliert – aber sie hätten Vorwände gefunden, um deine Mummy besonders im Auge zu behalten. Und davon ist hier nichts zu erkennen. Siehst du, wie der Arzt nach jedem Termin die Kästchen angekreuzt hat? Da gibt es nichts, was irgendwie aus der Reihe fällt. Eine ganz normale Schwangerschaft mit ganz normalen Vorsorgeuntersuchungen. Keine zusätzlichen Ultraschalltermine, besonderen Tests oder Blutbilder.«

Noch einmal blättere ich durch das Heft. Es ist nur ein Sekundenbruchteil, ein kurzer Blick aus dem Augenwinkel. Ein einzelnes Wort in einer Reihe ansonsten leerer Felder. Mein Gehirn registriert es erst, als ich schon auf der nächsten Seite angekommen bin. Ich sehe den kurzen Eintrag wie in einer Art Wiederholung vor meinem inneren Auge.

Amniozentese. Das Wort. Und das Datum: sechzehnte Schwangerschaftswoche. Aus meiner Genetikvorlesung im dritten Semester weiß ich noch, dass dies der früheste Zeitpunkt für eine Fruchtwasseruntersuchung ist. Offenbar hattest du es sehr eilig.

Manche Frauen möchten sichergehen, dass mit ihrem Baby alles in Ordnung ist, ehe sie jemandem von ihrer Schwangerschaft erzählen. Du allerdings hast deutlich länger gewartet als die klassischen drei Monate. Du hast dir bis zur zwanzigsten Woche Zeit gelassen, ehe du uns eröffnet hast, dass du ein Kind bekommst. Einen Monat vorher hast du die Fruchtwasseruntersuchung machen lassen. Du wolltest also erst das Ergebnis abwarten, bevor du uns die frohe Botschaft überbringst. *Bis zur zwanzigsten Woche hatte ich keine Ahnung*, hast du lachend gesagt und behauptet, du hättest es gerade erst gemerkt. Ich weiß noch, wie ich dich misstrauisch angesehen habe. Du hattest deinen Zyklus so sehr verinnerlicht, dass du eine Stunde vor Beginn deiner Regelblutung den Tampon gezückt hast. Damals bist du meinen kritischen Blicken ausgewichen. War es ein Missgeschick, dass du den Eintrag über die Amniozentese in diesem dicken

Stapel von Unterlagen übersehen hast? So muss es wohl sein, denn ganz offensichtlich wolltest du nicht, dass wir davon erfahren.

Während meines Studiums der Humanbiologie habe ich sehr viel über Vorgänge gelernt, die ich selbst nie erleben werde. Meine Lieblingsveranstaltung war eine Vorlesung über menschliche Fortpflanzungsbiologie im dritten Studienjahr. Die Ironie dabei war mir durchaus bewusst. Den Großteil der Arbeit für die Veranstaltung habe ich erledigt, während ich mich um den neugeborenen Luke kümmerte.

Ich weiß, dass Fruchtwasseruntersuchungen nicht Teil der normalen Schwangerschaftsvorsorge sind. Einen solchen Test lassen Frauen nur auf Anraten des Arztes machen – oder weil sie ihre eigenen Gründe dafür haben. Welcher war es bei dir? Du warst erst dreißig, wohl kaum ein Alter, in dem man sich über Gendefekte Gedanken machen muss.

Luke berührt mich am Arm. »Woran denkst du gerade?«

»Ich hoffe, dass die Unterlagen dir einen Teil deiner Ängste genommen haben.«

»Ein bisschen. Aber ich wünschte, es stünde drin, wer mein Vater ist.«

Ich merke, wie ich mir auf die Lippe beiße, und zwinge mich, damit aufzuhören. »Ich auch.«

»Ich dachte, du wüsstest es vielleicht.«

»Ach, Luke. Glaubst du etwa, so was hätte ich dir verheimlicht?« Ich pflücke einen Fussel von seinem Schlafanzugoberteil. »Aber ich kenne deine Mummy sehr gut. Es muss ein anständiger Mann gewesen sein. Sie muss ihn sehr geliebt haben, und bestimmt hätte er ihr niemals wehgetan.«

»Vielleicht ist er ja gestorben oder weggegangen, bevor sie ihm von mir erzählen konnte.«

»Möglich. Darüber habe ich mir auch schon Gedanken gemacht.« Ich stülpe den Deckel wieder auf den Pappkarton. »Gehst du jetzt und putzt dir die Nase?«

»Okay.« Er springt auf und läuft nach nebenan ins Bad. Schon nach wenigen Sekunden ist er wieder da, allerdings bleibt er im Türrahmen stehen und hängt sich an die Klimmstange, die ich dort für ihn montiert habe. Er schafft zwei Klimmzüge. Noch vor drei Monaten hätte er nicht mal einen einzigen zustande gebracht. Um ein Haar fange ich vor lauter Stolz und Glück an zu heulen. Ich kann mich gerade noch am Riemen reißen. »Wenn du es machst, sieht es ganz einfach aus«, sage ich.

Er hängt noch ein paar Sekunden da, ehe er sich lässig fallen lässt, um zu betonen, dass die Übung für ihn ein Klacks war. Dann setzt er sich wieder zu mir und nimmt erneut den Deckel vom Pappkarton, wobei er mir einen Blick zuwirft, als wollte er sagen: *Versuch doch, mich aufzuhalten, wenn du dich traust.* Er schaut hinein. Aufregung und Erstaunen spiegeln sich in seinem Gesicht. »Wir haben was übersehen.« Er greift in den Karton und holt ein Büchlein heraus.

Der gesteppte Textileinband ist staubig und verblichen. Er hat ein Jugendstilmuster, cremefarbene Schneeglöckchen mit hängenden Köpfchen und kleine cremeweiße Punkte auf schwarzem Hintergrund. Der Rücken des Büchleins ist ausgefranst, oben und unten löst sich der Stoff ab.

»Oh«, sage ich, und ein kleiner Schauer durchläuft mich.

Luke legt das Buch in meine Hände. »Was ist das?«

»Mummys altes Adressbuch.« Ich drehe es um, erst einmal, dann noch einmal. Ein kostbarer Gegenstand. »Das hat Grandpa ihr zu ihrem sechzehnten Geburtstag geschenkt. Sie hat es geliebt. Sie hat nie ein anderes benutzt.«

In meinem Kopf jagt eine Schlagzeile die nächste. Bei fast jeder finde ich Argumente, um sie zu widerlegen, trotzdem hören sie nicht auf.

Vermisste Krankenschwester womöglich durchgebrannt.

Du bist nicht durchgebrannt. Deine Sachen waren alle noch da. Dein Reisepass lag in deinem Schreibtisch. Und du hattest dein Adressbuch nicht mitgenommen, das für dich wie eine Art Bibel war. Niemals wärst du ohne dein Adressbuch irgendwohin gegangen.

Luke drückt mit dem Finger auf den Einband, um die Weichheit der Wattierung zu testen. Er macht es mehrmals hintereinander, die Textur scheint ihm zu gefallen. »Glaubst du, da drinnen sind irgendwelche Hinweise?«

Wieder ist eine Explosion zu hören. Am Himmel erscheinen gigantische Pusteblumen in Smaragdgrün und Fuchsia, Violett und Saphirblau. »Vielleicht.« Jede einzelne der Blumen funkelt auf und erlischt. »Vor allem glaube ich, dass wir jetzt eine Pause machen sollten. Einverstanden?«

Er zieht ein enttäuschtes Gesicht, nickt aber. »Ja. Okay. Aber du darfst dein Versprechen nicht vergessen. Du musst weiter nach ihr suchen.«

»Ich gebe mir Mühe.«

»Warum grinst du so, Tante Ella?«

»Ich habe das Gefühl, das sage ich ziemlich oft.«

»Dass du dir Mühe gibst?«

»Manchmal, wenn Ted mich dabei erwischt, antwortet er: ›Ja, du bist wirklich sehr mühsam‹.«

»Er will dich bloß ärgern.«

Ich lege Luke einen Finger unter das Kinn, was ihm ein Kichern entlockt, das er aber nicht zulassen will. Stattdessen protestiert er, ich würde ihn kitzeln.

»Ja, das kann er gut«, sage ich.

»Du kannst aber auch gut mit ihm«, meint mein Neffe weise.

Montag, 7. November

Das Puppenhaus

Auf Lukes Nachtschränkchen steht ein Foto von dir und mir, wie wir zusammen in unserem Garten auf einer Patchwork-Decke sitzen. Du bist elf, und ich bin ein Jahr alt. Auf all unseren Kinderfotos blickst du in die Kamera und lächelst geheimnisvoll mit geschlossenem Mund, während ich dich anschaue wie eine Blume, die sich der Sonne entgegenreckt. Deine Hände ruhen entspannt in deinem Schoß, und ich umklammere mit meinen speckigen kleinen Fingerchen deinen Arm. Deine Haltung ist aufrecht, und dein Kleid sitzt perfekt, während ich mich mit meinem ganzen Babygewicht an dich lehne und auf einem pinkfarbenen Plastikteller herumkaue.

Ich betrachte das Foto, während ich auf Lukes Bett sitze und unsere Mutter anrufe, um sie zu fragen, ob sie über deine Fruchtwasseruntersuchung Bescheid wusste.

»Du musst dich irren, Ella«, sagt sie. »Wenn Miranda einen solchen Test hätte machen lassen, dann hätte sie es mir gesagt. Wie kommst du überhaupt darauf?«

»Es steht in ihren Unterlagen zur Schwangerschaftsvorsorge. Vielleicht erinnerst du dich nicht mehr – ich habe damals Kopien für sie gemacht. Sie lagen in dem Pappkarton.« *Als ob du das nicht wüsstest.*

»Ich muss jetzt Schluss machen. Dein Vater und Luke kommen gerade von der Schule zurück.«

»Dir fällt also kein Grund ein, weshalb sie eine Fruchtwasseruntersuchung machen lassen wollte?«

»Nein, keiner.« Sie ist froh, den Anruf beenden und die Frage fallen lassen zu können. Im ersten Moment irritiert mich ihr Desinteresse, doch dann fällt mir ein, dass meine Mutter in Sachen Miranda immer die unangefochtene Expertin sein möchte. Sie befasst sich nicht gern mit Dingen, die diesen Expertenstatus in Frage stellen könnten.

Aber unsere Mutter ist nicht die einzige mögliche Informationsquelle, was deine Fruchtwasseruntersuchung angeht. Ich hebe meinen Laptop von Lukes Fußboden auf und schreibe rasch eine E-Mail an das Krankenhaus, in der ich um Einsicht in sämtliche Unterlagen im Zusammenhang mit deiner Amniozentese bitte. Mein Anrecht darauf begründe ich damit, dass du vor drei Jahren für tot erklärt wurdest und ich als eine deiner Nachlassverwalterinnen fungiere. Zum Beweis hänge ich die entsprechenden Dokumente an.

Dann widme ich mich endlich dem Puppenhaus. Die Außenwände sind in der honiggoldenen Farbe von Bath-Stein gestrichen. Damit man an die einzelnen Zimmer gelangen kann, lässt sich die Front wie zwei Schranktüren nach beiden Seiten hin aufklappen. Früher hat das Puppenhaus unserer Großmutter gehört.

Ich komme mir vor wie eine Riesin, die in ein Menschenhaus blickt. Mit zusammengekniffenen Augen spähe ich durch die gerafften Vorhänge eines Sprossenfensters mit zwölf kleinen Scheiben.

Die Kinderzimmer sind im ersten Stock, rechts und links

neben der Treppe. In einem von ihnen schlafen eine jugendliche Miranda und eine kleine Melanie Hand in Hand auf einer Federmatratze. Ich habe Luke erzählt, dass wir früher oft so geschlafen haben. Ich bin nachts aus meinem Zimmer geschlichen und zu dir ins Bett gekrochen. Du hast gemurrt, mich aber nie weggeschickt.

Er muss das alles am Sonntagmorgen so arrangiert haben.

Dein Puppenhauszimmer ist mit Tapetenschnipseln aus deinem echten Zimmer tapeziert: Blumen in verschiedenen Formen und Farben, umgeben von Beerenranken auf einem cremeweißen Hintergrund. Ich wollte auch immer so eine Tapete haben. Ich wollte immer alles haben, was du hast.

Im Wohnzimmer, auf einem blaugrünen Sofa mit Muster aus kleinen goldenen Medaillons, sitzen die Puppenversionen unserer Eltern, und im perfekten Nachbau einer Wiege aus Rosenholz liegt jetzt ein winziger Luke und schläft unter seinem Spitzendeckchen. Ich lasse mich im Schneidersitz auf dem Boden nieder und öffne das Haus, in dem wir alle noch glücklich vereint sind – etwas, das Luke in Wirklichkeit nie erleben durfte.

Ich schiebe die Fingerspitzen unter die Matratze, auf der wir beide liegen, und taste mich vom Kopf- bis zum Fußende vor. Ich suche nach einer winzigen Erhebung. Da ist sie. Eine kleine getrocknete Erbse. Luke muss sie extra für mich dorthin gelegt haben, so wie du früher. Ich habe ihm erzählt, wie ich als Kind oft gespielt habe, dass die Ella-Puppe schrecklich empfindlich ist und sogar eine Erbse unter der Matratze spürt. Ich strecke die Hand nach der Miranda-Puppe aus. Eine Zeit lang schwebt sie über ihr, dann senkt sie sich auf das glänzende schwarze Haar. Meine Finger erinnern sich noch daran, wie sie sich einmal in die Haare der echten

Miranda verkrallt haben und partout nicht mehr loslassen wollten. Eine geschlagene Minute lang musstest du mit mir im Schlepptau herumlaufen, erst als du im Flüsterton damit gedroht hast, mir nachts, während ich schlafe, eine Glatze zu schneiden, hat mich das dazu bewogen, von dir abzulassen. Danach hatte ich noch wochenlang Angst, du könntest deine Drohung trotzdem wahr machen.

»Sprich mit mir, Miranda«, sage ich laut und erschrecke mich selbst damit – ein Zauberspruch, an dessen Macht ich nicht glaube. »Sag mir, wo du steckst.« Die Augen der Miniatur-Miranda sind geschlossen. Sie schläft. »Sag mir, was passiert ist.« Ich könnte die Puppe hinstellen, dann würden die Augenlider aufklappen, aber ich tue es nicht. Ihre gemalten Puppenaugen würden mir ohnehin nichts verraten. »Es tut mir leid, dass ich dich an den Haaren gezogen habe«, sage ich. »Es tut mir leid, dass ich dich angelogen habe.«

Es sind nicht nur die neuen Schlagzeilen, die mir manchmal aus heiterem Himmel in den Kopf kommen, sondern auch Sätze aus den Info-Broschüren, die ich vor zehn Jahren gelesen habe.

Wenn jemand verschwindet, behalten Sie die Hoffnung.

Unsere Eltern sagen immer noch, dass du am Leben sein musst, weil es keine eindeutigen Beweise für deinen Tod gibt. Ich protestiere dann zwar leise murmelnd, weise sie aber nicht auf den Widerspruch in ihrer Argumentation hin. Wie können sie so etwas behaupten, wenn du doch offiziell für tot erklärt wurdest? Wenn sie doch selbst, gegen all meinen Widerstand, darauf gedrängt haben?

Dies ist das zweierlei Maß, mit dem diejenigen messen, die einen geliebten Menschen verloren haben. Wir können nicht anders. Solange es keine Leiche gibt, klammern wir uns an die Hoffnung. Aber diese Hoffnung steht zugleich in einem Spannungsverhältnis zu der praktischen Notwendigkeit, den Nachlass zu regeln, Besitzverhältnisse zu ordnen und die Interessen der Hinterbliebenen wahrzunehmen.

Meine letzten fünf Wörter an sie sind nicht lauter als ein Flüstern. »Ich vermisse dich jeden Tag.« Es ist das Aufrichtigste und zugleich Selbstverständlichste, was ich sagen kann.

Was als Nächstes passiert, ist mir unerklärlich. Ich kann nicht sagen, wie es dazu kommt, aber eine Puppenhaus-Katastrophe folgt auf die andere, in einer Art Dominoeffekt, der fast etwas Komisches hätte, wenn die Situation nicht so ernst wäre.

Meine Finger haben die Haare der Miranda-Puppe durcheinandergebracht. Als ich sie wieder glattstreichen will, mache ich es nur noch schlimmer, also nehme ich die Puppe aus dem Bett, eine zierliche Elfe in der Pranke eines Ungeheuers. Doch meine Hand zittert so stark, dass ich sie fallen lasse, und als ich sie aufheben will, stoße ich mit der Hand gegen das Bett, was dazu führt, dass die Melanie-Puppe herausfällt, über den bestickten Teppich kullert und schließlich auf dem gebohnerten Holzboden liegen bleibt. Das Bett in der Hand haltend, lege ich zuerst die Mini-Miranda zurück, dann platziere ich die Mini-Ella daneben. Mein Daumen ruht auf der fransenbesetzten Tagesdecke, die eine wässrig braune Farbe hat, weil du wolltest, dass sie antik aussieht, und sie deshalb in Tee getaucht hast. Meine Fingerkuppen berühren die hölzerne Unterseite des Bettrahmens und ertasten dort eine Unebenheit, wo eigentlich keine sein sollte. Ich drehe das Bett um, woraufhin beide Puppen, gefolgt von der Tagesdecke, erneut herausfallen.

Das Papier hat eine vertraute cremeweiße Farbe. Es ist zu

einem winzigen Quadrat zusammengefaltet und mit Klebeband, das früher einmal durchsichtig war, inzwischen aber gelb geworden ist, unter dem Bett befestigt.

Ich rede weiterhin mit dir, als wärst du im Zimmer. »Ich habe gesagt, du sollst mit mir sprechen. Tust du das wirklich? Seit wann hörst du auf mich?«

Du kannst nicht wissen, dass Mum, Dad und ich jeden Tag nach der Post Ausschau halten. Wir ertappen uns oft gegenseitig dabei. Vielleicht rechnen wir mit einem Brief von demjenigen, der dich uns weggenommen hat. Wir leben in beständiger Hoffnung auf einen Hinweis, womöglich sogar eine Karte von dir. Nur hier, in diesem von dir geschaffenen Geheimbriefkasten, habe ich bisher noch nie nachgeschaut.

Das Klebeband ist höchst akkurat und mit der Fingerfertigkeit einer Krankenschwester an allen vier Seiten des Papierquadrats angebracht. Ganz behutsam löse ich eine Ecke ab, wobei mein Herz so laut klopft, dass es sich anhört, als säße es direkt zwischen meinen Ohren. Das Papier klebt schon so lange unter dem Bettgestell, dass die Haftkraft des Tesafilms nachgelassen hat und er sich sauber abziehen lässt.

Ich höre deine Stimme in meinem Kopf. *Wieso hat das so lange gedauert, Melanie?* Dann ein Anflug spöttischen Gelächters. *Ich habe auf dich gezählt, Melanie.*

Aber es schwingen auch Gekränktsein und Enttäuschung mit. *Ist das dein Ernst? Selbstmord? Weglaufen? Ich? Du weißt, dass ich gern geheime Pläne schmiede, aber weglaufen war noch nie mein Ding. Und mein Selbsterhaltungstrieb ist viel zu stark ausgeprägt.*

Ich glätte das von dir gefaltete winzige Quadrat. Die blauen Vergissmeinnichte leuchten zwar nicht mehr, aber ich erkenne das Papier. Es stammt von dem kleinen Notizblock, den ich dir während deiner Schwangerschaft geschenkt habe. Ich bin gerührt, dass du es überhaupt benutzt hast, mein billiges kleines Präsent, gekauft von meinem knappen Studentenbudget. Du musstest dich redlich bemühen, so zu tun, als würde es dir gefallen, und ganz überzeugend warst du dabei nicht. Normalerweise bevorzugtest du dickes, handgeschöpftes Büttenpapier.

Es ist, als hätte dein Geist mich hierhergeführt. Der Gedanke hat nichts Übersinnliches, sondern ist rein poetischer Natur. Ich glaube nicht an Geister. Aber ich glaube an unsere Mutter, die mir, Luke und unserem Vater immer wieder einschärft, dass die Liebe niemals stirbt.

Wie praktisch, sagst du.

Und ich sage Folgendes: Du wolltest dich nicht unsichtbar machen. Es war nicht deine Absicht, ohne jede Spur zu verschwinden. Und selbst wenn du es auf Geheiß einer anderen Person hin bereitwillig getan hast, so hättest du immer noch gewollt, dass etwas Materielles von dir zurückbleibt.

Ich studiere deine wundervolle Handschrift, von deiner wundervollen Hand zu Papier gebracht. Sie ist perfekt und zierlich und formschön. Sie sieht meiner seltsam ähnlich. Mein Atem beschleunigt sich, als ich lese, was auf dem Zettel steht.

M+N+??

Mehr nicht. Eingerahmt von einem Herzen.

Was habe ich erwartet? Eine Warnung, dass ich, sollte dir etwas zustoßen, davon ausgehen könne, dass es Professor Bloom mit dem Kerzenhalter im Salon war?

Sei nicht so faul, sagst du. *Mach dich an die Arbeit und entschlüssle die Botschaft. So was kannst du doch.*

Das M steht aller Wahrscheinlichkeit nach für Miranda. Es könnte auch Melanie bedeuten, aber das glaube ich nicht. Die Fragezeichen grenzen den Zeitrahmen relativ genau ein. Du musst die Botschaft während deiner Schwangerschaft verfasst haben, denn in jedem Brief und auf jeder Karte, die wir in der Zeit von dir bekommen haben, hast du anstelle des Babynamens immer zwei Fragezeichen gemalt. *Ganz liebe Grüße von Miranda und ??*, hast du voller Freude und Stolz geschrieben.

Aber wenn diese Schlussfolgerungen zutreffen, wer ist dann N? Lukes Vater? Der Mann, der dich entführt hat? Aber selbst wenn – es gibt unzählige Männernamen, die mit dem Buchstaben N beginnen.

Diese kleine Liebesbotschaft unter das Bett unseres Puppenhauses zu kleben muss für dich die Bedeutung eines Zaubers gehabt haben, eines Segensspruchs oder geheimen Wunsches. Vielleicht auch beides zusammen. In jedem Fall wolltest du mit dem Zettel irgendeine verborgene Macht beschwören.

Soll ich den Zettel unseren Eltern zeigen? Der Polizei? Mein allererster Impuls hat seinen Ursprung in unserer alten Gewohnheit, Geheimnisse unter Schwestern auszutauschen. Dieser Impuls sagt mir, dass die Nachricht für mich allein bestimmt ist. Du hast sie an einem Ort versteckt, von dem du wusstest, dass ich früher oder später dort nachschauen würde.

Ich weiß noch, was Dad über das Puppenhaus gesagt hat. *Sie wusste, wie viel es dir bedeutet hat.*

Bevor ich es mir anders überlegen kann, springe ich auf und mache mit der Handykamera mehrere Fotos von dem Zettel. Dann lege ich ihn in eine durchsichtige Ziploc-Tüte, die ich wiederum in ein Seitenfach meiner Handtasche stecke. Am Freitag, sobald Luke im Bett ist, werde ich ihn Mum und Dad zeigen und mit ihnen darüber sprechen. Wenn sie wollen, können sie ihn der Polizei geben – falls sie überhaupt glauben, dass sich die Polizei dafür interessieren würde.

M+N+?? Obwohl ich den Zettel weggelegt habe, sehe ich ihn noch vor mir. *Wer war N? Wer war N? Wer war N?* Das ist eine Frage, von der ich weiß, dass ich sie mir in nächster Zeit noch oft stellen werde.

Dienstag, 8. November

Das Adressbuch

Kaum sehe ich den Namen des Absenders in meinem Mail-Postfach, weiß ich, dass er nichts Gutes verheißt: *Hüter der Gerechtigkeit.* Die Mail selbst besteht lediglich aus einem einzigen Satz. *Du wirst bezahlen für das, was du getan hast.* Ich denke nur: *Sadie* und stelle mir gleich darauf Teds Ermahnung vor: *Zieh keine voreiligen Schlüsse.*

Teds Meinung zu der Sache hin oder her: Sadies neu erwachter, glühender Hass sollte mich beunruhigen, mir Angst machen. Aber in Wahrheit berührt er mich kaum, so sehr schmerzt es mich, ohne dich zu sein. So unerträglich ist für mich die Vorstellung, Ted schon wieder zu verlieren. Nicht jede Liebe ist gleich wichtig.

Sadie war von Anfang an eifersüchtig auf dich, sagst du. *Ich habe ihr nie über den Weg getraut*, sagst du.

Was hat sie dazu gebracht, sich so plötzlich und mit solcher Heftigkeit gegen mich zu stellen? Wie kommt sie darauf, ich könnte mich hinter ihrem Rücken mit ihrem Freund treffen, den ich vor dieser albtraumhaften Party nur ein einziges Mal gesehen habe, und zwar auf ihr Betreiben hin und in ihrer Gegenwart?

Ich weiß, dass eine Anzeige wegen Belästigung nur dann

Aussicht auf Erfolg hat, wenn es nachweislich mehrere Vorfälle gegeben hat. Damit die Polizei tätig werden kann, bräuchte ich also mindestens zwei Nachrichten von *Hüter der Gerechtigkeit*. Und selbst das wäre keine Garantie, schließlich könnte die Polizei ja auch zu der Einschätzung gelangen, dass ein rational denkender Mensch die Nachrichten gar nicht als bedrohlich empfinden würde, und aus diesem Grund ein Einschreiten ablehnen. Nichtsdestotrotz ertappe ich mich bei dem Wunsch, ich möge noch eine zweite Nachricht von *Hüter der Gerechtigkeit* erhalten.

Ich tue drei Dinge. Erstens mache ich einen Screenshot von der E-Mail. Zweitens drucke ich sie aus. Drittens leite ich sie an die spezielle Mail-Adresse weiter, die mein Provider eigens zu diesem Zweck eingerichtet hat, obwohl mir natürlich bewusst ist, dass dort jeden Tag zahllose Beschwerden eingehen und höchstwahrscheinlich niemand darauf reagieren wird.

Dann kommt mir der Gedanke, dass die E-Mail möglicherweise den Straftatbestand einer Hassbotschaft erfüllen könnte. In dem Fall würde eine einzige Nachricht für eine Anzeige ausreichen. Also fülle ich viertens, nur zur Sicherheit, auf der Website der Polizei auch noch ein Online-Formular zum Melden von Straftaten aus. Ich mache mir keine großen Hoffnungen, aber wenigstens haben sie den Vorfall jetzt in den Akten.

Ich ärgere mich maßlos, als mir klar wird, wie viel Zeit meines Vormittags ich mit dieser E-Mail verplempert habe. Ich klicke sie weg, fest entschlossen, mir davon nicht den Tag vermiesen zu lassen. Dann werfe ich einen Blick auf Lukes Karate-Wanduhr, um zu sehen, wie viel Zeit ich habe, bevor meine Sprechstunde anfängt. Mir bleiben noch volle sechzig Minuten, um in dem zu stöbern, was Ted bitter als »Miranda-Museum« bezeichnet.

Vorsichtig bahne ich mir einen Weg durch die Ansammlung von Zauberwürmern, Leuchtschleim und Safari-Tieren auf Lukes Fußboden, die er allesamt von Ted geschenkt bekommen hat. Um nicht mit dem Flügel eines Modellflugzeugs in Berührung zu kommen, an dem Luke gerade bastelt, trete ich in einen Klumpen Scherzknete, die daraufhin ein obszönes Schmatzgeräusch von sich gibt. Ted hätte sicher seinen Spaß daran, und auch ich kann mir ein Lachen nicht verkneifen.

Der Kleiderschrank hat drei Türen, und unter jeder Tür befindet sich eine Schublade. Bis zum späten Samstagabend war die mittlere Schublade leer, aber nachdem Luke eingeschlafen war, habe ich im Schein der Flurlampe deine Sachen aus dem Karton dort hineingeräumt. Auf dem Boden vor der Schublade liegt ein weiteres Mitbringsel von Ted, ein Set zum Verfassen und Entschlüsseln von Geheimbotschaften.

Wieder einmal neckst du mich. *Das ist ein Zeichen*, sagst du auf eine komödiantisch zugespitzte, übertrieben theatralische Art. Unwillkürlich kommt mir der Gedanke, dass du gemeinsam mit mir älter wirst. Auch ohne dass du hier bist, bin ich dir immer noch ganz nah, und unsere Beziehung steht nicht still. Auf eine seltsame Weise, die ich noch nicht ganz begreifen kann, ist sie einem dauernden Wandel unterworfen und entwickelt sich immer weiter. Mit einem Lächeln im Gesicht öffne ich die Schublade.

Das Adressbuch liegt ganz oben. Als ich es in die Hand nehme, steigt aus dem Textileinband eine kleine Stauwolke auf.

Ich suche mir zwischen Lukes Spielsachen ein freies Fleckchen und lasse mich, die Beine seitlich untergeschlagen, in deiner besten Meerjungfrauen-Pose auf dem Teppich nieder. Doch statt mir wie Arielle die Haare zu kämmen und mich im Spiegel zu bewundern, schlage ich das Adressbuch auf und beginne darin zu blättern.

Der erste Eintrag, der mir ins Auge springt, steht unter dem Buchstaben H. Streng genommen ist es gar kein Eintrag, sondern eine mit dickem schwarzem Filzstift ausgemalte Fläche. Du hast jeden Quadratmillimeter des Adresskästchens geschwärzt. Ich bin mir nicht sicher, ob ein forensisches Röntgengerät in der Lage wäre, die Anschrift darunter sichtbar zu machen. Ob die Polizei es versucht hat?

Die Person, deren Namen und Kontaktdaten du hier aufgeschrieben hast, muss dir einmal wichtig gewesen sein. Warum also hast du dir später so viel Mühe gemacht, sie auszulöschen? Hast du deine Meinung über sie geändert? Hast du irgendwann angefangen, sie zu hassen? Wolltest du nicht länger an ihre Existenz erinnert werden? Vielleicht wolltest du den Namen auch vor jemand anderem geheim halten?

Hat der Mann, der dich uns weggenommen hat, den Eintrag unkenntlich gemacht? Aber nein, diese These verwerfe ich sofort wieder, dafür ist das Übermalen einfach zu typisch für dich.

Ich studiere die übrigen Einträge unter H. Normalerweise hast du immer nur mit Bleistift geschrieben, damit du, falls du eine Person aus deinem Leben tilgen wolltest, den entsprechenden Eintrag mühelos wegradieren konntest. Was an dem Eintrag N. *Henrickson* meine Aufmerksamkeit erregt, ist, dass du Tinte benutzt hast. Es handelte sich also um jemanden, von dem du definitiv wusstest, dass deine Bekanntschaft mit ihm von Dauer sein würde. Die zweite Auffälligkeit ist, dass du statt des vollständigen Vornamens nur den Anfangsbuchstaben notiert hast. Bei den anderen Einträgen bis hierhin ist mir das nicht aufgefallen.

Rasch blättere ich das Buch bis zum Ende durch. Mein Blick streift Teds Namen und sogar Sadies, obwohl du sie nicht ausstehen konntest. Aber all das überrascht mich nur wenig und interessiert mich im Grunde auch nicht. Ich will überprüfen, ob du bei irgendeinem der späteren Einträge ebenfalls nur Initialen statt des vollen Namens benutzt hast. Hast du nicht, wie sich herausstellt.

M+N+??

Sollte dies hier etwa der geheimnisvolle N sein? Stellt der Eintrag eine Art Code dar? Wolltest du dir seinen Namen notieren, aber zugleich sichergehen, dass niemand ihn erkennen oder zumindest mit einer realen Person in Verbindung bringen würde?

Ich erinnere mich an ein Spiel, das du oft mit Mum gespielt hast. Wenn ihr zwei euch in meiner Gegenwart über jemanden unterhalten wolltet und ich nicht mitbekommen durfte, um wen es sich dabei handelte, habt ihr der betreffenden Person einen Phantasienamen gegeben. Dieser Phantasiename war immer furchtbar albern, hatte aber dieselbe Anzahl von Silben und denselben Anfangsbuchstaben wie der echte Name. Die Person mit diesem Namen lebte stets an irgendeinem abgelegenen, unaussprechlichen Ort und war ein weit entfernter Verwandter, von dem ich noch nie gehört hatte.

Ich bin vier Jahre alt und sitze auf der Rückbank des Autos in meinem Kindersitz. Unsere Mutter fährt. Du bist vierzehn und sitzt neben ihr, und aus Wut darüber, dass ich nicht vorne sitzen darf, bohre ich meine Füße von hinten in deine Rückenlehne.

»Hör auf, mich zu treten, Melanie«, sagst du.

»'tschuldigung«, sage ich und trete gleich noch einmal zu.

»Hör jetzt sofort auf«, warnst du mich. »Sonst *sorge* ich dafür, dass du aufhörst.« Du drehst dich nach hinten um und versuchst, meinen Fuß zu fassen zu kriegen, aber ich weiche dir aus und lache, während du in deinem Sicherheitsgurt Verrenkungen machst. »Mann, was bis du für eine Landplage«, sagst du.

Ich bohre den Schuh in den Teil des Vordersitzes, wo ich deinen Hintern vermute.

Du fixierst mich. Deine blauen Augen sind finster. »Also schön. Wie du willst, du kleine Kröte. Dann backen wir heute Nachmittag eben keine Kekse zusammen.«

»Bitte, Miranda«, sage ich. »Bitte, back Kekse mit mir. Es tut mir auch leid.«

»O nein. Dafür ist es jetzt zu spät. Du hast es nicht verdient, dass ich mit dir backe.«

»Ich bin jetzt lieb, versprochen.«

Du ignorierst mich. Mums Knöchel werden weiß, so fest umklammert sie das Lenkrad.

»Bitte überleg es dir noch mal«, flehe ich sie an. »Ich hab aufgehört. Bitte.«

»Nein.«

»Bitte. Bitte, bitte, bitte.«

»Nur wenn du versprichst, die nächsten fünf Minuten nicht zu sprechen. Du darfst nicht mal flüstern. Fünf Minuten ohne einen einzigen Mucks von dir – was für ein Traum. Das ist der Preis, den du zahlen musst. Wenn du auch nur einmal den Mund aufmachst, kannst du die Kekse vergessen.«

Ich nicke stumm, aus Angst, dass es eine Falle sein könnte. Vielleicht läuft die Zeit ja schon, und wenn ich »Ja« sage, habe ich verloren. Ich bin still, deine und Mums Stimme lullen mich ein. Erst als ihr plötzlich laut lachen müsst, werde ich hellhörig. Ihr unterhaltet euch gerade über jemanden, der eine unmögliche Frisur hat.

»Wer hat eine unmögliche Frisur?«, will ich wissen.

»Die fünf Minuten sind noch nicht um«, sagst du.

»Doch, sind sie wohl. Ich hab auf die Uhr geschaut. Der Zeiger hat sich bewegt, und eine Sekunde danach hab ich was gesagt.«

»Ich hätte zehn Minuten draus machen sollen«, sagst du. »Oder besser noch: eine Ewigkeit.«

Ich hasse es, wenn ihr mich außen vor lasst. »Sagt schon«, bettle ich. »Wer?«

»Cousine Petunia aus Cucamonga.« Ich kann hören, dass du dir mühsam das Lachen verkneifst. »Über die haben wir gerade geredet. Sie hat richtig, richtig furchtbare Haare.«

Mum presst die Lippen aufeinander.

»Haben wir in echt eine Cousine, die Petunia heißt? Und gibt es in echt einen Ort, der Cucamonga heißt, und hat die Cousine, die da wohnt, in echt furchtbare Haare?«

»Ja, ja und noch mal ja«, antwortest du. Aber ich merke genau, dass von den drei Ja mindestens eins gelogen ist.

»Deine Freundin Pamela hat auch furchtbare Haare, genau wie Cousine Petunia, Mami. Ist Pamela in Wahrheit Petunia?«

»Natürlich nicht.« Mummy kräuselt die Lippen, als wolle sie ihr Gesicht daran hindern, das zu tun, was es eigentlich tun will, indem sie es zu seltsamen Grimassen zwingt.

Du schnaubst und beschwerst dich dann, dass du durch das Schnauben Wasser in die Nase bekommen hast.

»Warum sieht Pamelas Haar immer so strohig aus? Ist das Absicht? Und ist es Absicht, dass ihre Haare grün sind? Aber nicht *schön* grün, wie bei einer Meeresprinzessin.«

Du erstickst fast vor Lachen. »Wir müssen uns ein anderes Spiel ausdenken«, sagst du.

Ich lache auch, um zu beweisen, dass ich den Witz verstanden habe, auch wenn das nicht der Fall ist. »Kann ich Cousine Petunia kennenlernen? Ich möchte auch mal nach Cucamonga fahren.«

Ist N. *Henrickson* eine Version eures alten Spiels, das es euch ermöglichte, in meiner Gegenwart über Dinge zu sprechen, von denen ich nichts wissen sollte? Mir kommt der Gedanke, dass »Henrickson« gut zu dem Nachnamen des Psychiaters passt, den ich auf Sadies Horrorparty kennengelernt habe. Holderness und Henrickson. Beine Namen haben zehn Buchstaben und beginnen mit einem H. Ist Henrickson also eine Variation dieses albernen Namentricks, nur dass du diesmal statt des Vornamens den Nachnamen genommen hast? Doch gleich darauf komme ich zu dem Schluss, dass Henrickson keine geheime Chiffre für Adam Holderness sein kann, weil sein Vorname mit einem N und nicht mit einem A beginnt.

Ich mache mit meinem Handy ein Foto von der Doppelseite mit den H-Einträgen. Jetzt habe ich sowohl N. Henricksons Adresse als auch ein Bild des übermalten Kästchens.

Als Nächstes rufe ich unsere Mutter an, die mich auf Lautsprecher stellt, damit sie in der Küche weiter mit Töpfen und Tellern hantieren kann.

»Bist du allein?«, frage ich sie.

»Dein Neffe muss gleich zur Schule. Er sitzt am Tisch und

macht auf den letzten Drücker Hausaufgaben – das hat er am Wochenende vergessen. Du hättest ihn am Sonntag früher bringen sollen.«

»Das stimmt nicht, Granny«, meldet sich Luke zu Wort. »Sie hat extra darauf geachtet, dass ich alles erledige. Die hier sind von gestern.«

Ich lächle, weil er mich in Schutz nimmt, sage aber nichts. An mich gewandt, fährt Luke fort: »Tante Ella? Granny hat gesagt, du sollst am Freitag Chips mitbringen.«

»Ich habe nichts dergleichen gesagt.«

»Tut mir leid, Mum«, sage ich. »Ich habe sie schon gekauft – dein Enkel ist dir zuvorgekommen. Luke, ich muss mal kurz allein mit Granny sprechen.«

»Manno.« Er tut so, als würde er weinen.

»Lauf und sag Grandpa, dass es Zeit ist zu gehen, sonst kommst du noch zu spät«, sagt Mum.

Ich warte, bis ich die Tür zuschlagen höre. »Mach den Lautsprecher aus, Mum, bitte.« Ich komme gleich zur Sache. »Kennst du Mirandas Adressbuch?«

Sie überlegt ein paar Sekunden. »Das mit dem Stoffeinband?«

»Das, das Dad ihr geschenkt hat. Es war zusammen mit den anderen Sachen in dem Karton von der Polizei.«

»Ach ja?«

»Ja.« Von allen Menschen, die ich kenne, steht die Maske zerstreuter Beiläufigkeit unserer Mutter am wenigsten. »Hat euch die Polizei jemals Fragen dazu gestellt?«

»Nur um ein paar der Namen zu überprüfen. Das war kurz nachdem sie verschwunden ist.«

»Ich habe es mir angesehen. Hat sie irgendwann mal jemanden namens N. Henrickson erwähnt?«

»Sie hat nur den Anfangsbuchstaben notiert?«

»Ja.«

»Ich erinnere mich, dass die Polizei auch danach gefragt hat. Aber ich hatte keine Ahnung, wer das sein sollte.«

»Da ist noch ein anderer merkwürdiger Eintrag unter H. Er ist komplett übermalt, man kann nicht mehr lesen, was ursprünglich mal dastand. Hat die Polizei davon was erwähnt?«

»Nicht, dass ich wüsste.«

»Fällt dir jemand ein, den sie vielleicht aus ihrem Leben tilgen wollte?«

»Viele. Wenn Miranda mit einem fertig ist, dann ist sie mit einem fertig. Sie legt einen Schalter um, und das war's mit der Freundschaft. So ist sie eben.«

Du bist wie einer dieser kleinen, scheinbar harmlosen und zutraulichen Dinosaurier, die ich mal in einem Film gesehen habe. Sie sehen so unheimlich putzig aus und geben lustige Quietschlaute von sich, um ihr Opfer anzulocken und es mit ihrer Niedlichkeit und ihrem zuckersüßen Aussehen in Sicherheit zu wiegen, und dann reißen sie es in Stücke. Nur wenige Menschen haben es überlebt, in deine Nähe gekommen zu sein. Ich bin mir nicht sicher, ob ich es überlebt habe.

»Aber nicht bei dir«, sagt Mum. »Niemals bei dir.«

»Na ja.«

»Du bist genauso. Jemand kann dich eine Ewigkeit lang schlecht behandeln, ohne dass du was dagegen tust, aber irgendwann läuft das Fass über, und die Person ist für dich gestorben.«

Ich denke an Sadie, und mir wird klar, wie recht unsere Mutter hat. Nur Ted scheint bei mir immerwährende Immunität zu genießen. »Kann schon sein«, erwidere ich.

»Das ist alles, was du dazu zu sagen hast?«

»Definitiv.«

Damit komme ich bei unserer Mutter natürlich nicht durch. »Das ist definitiv alles, was du dazu zu sagen hast, oder ich habe definitiv recht?«

»Du hast definitiv recht, Mum.«

»Gut. Und jetzt muss ich auflegen.« So ist sie, unsere Mutter: Sie hat etwas gehört, das ihr gefällt, und beschließt kurzerhand, den Schlusspunkt zu setzen. Sie ist dir ähnlicher, als sie denkt. Und ich auch.

Mittwoch, 9. November

Der Katalysator

Der rationale Teil meiner selbst raunt mir zu, dass die Polizei der Spur wahrscheinlich schon vor zehn Jahren nachgegangen ist. Aber der zweifelnde Teil in mir ist lauter. Und der Teil, der die Dinge nicht ruhen lassen kann; der Teil, der bereit ist, jedem auf die Zehen zu treten, der mich vielleicht zu dir führen könnte; der Teil, der eine Antwort auf die Frage nach deinem Schicksal finden will, die nichts mit Jason Thorne zu tun hat – dieser Teil brüllt geradezu.

Ich denke an das, was Mum gesagt hat. *Ich mache mir Sorgen, wie weit du zu gehen bereit wärst.*

Wie weit wäre das? Würde ich mein Leben aufs Spiel setzen? Vermutlich nicht. Sex haben? Schon eher. Luke in Gefahr bringen? Nie und nimmer. Allerdings ist es ohnehin sehr unwahrscheinlich, dass ich jemals mit einer dieser Möglichkeiten konfrontiert werde.

Als ich die fünfminütige Autofahrt von meinem kleinen Haus am Rande von Bath bis zu der georgianischen Reihenhaussiedlung im Stadtzentrum zurückgelegt habe, wird es bereits dunkel. Die Anordnung der Straßen und Gebäude aus dem achtzehnten Jahrhundert erinnert an ein riesiges Rad, bei dem die Häuser gewissermaßen den Reifen bilden und die Parkplätze wie Speichen von außen nach innen gehend angelegt sind. In der Mitte, dort, wo sich die Radnabe befände, steht ein Brunnen.

Deine alte Wohnung lag in einer Seitenstraße, die von dieser Straße abzweigt. Von hier bis zu dir wäre es nur ein Katzensprung gewesen. War die Nähe beabsichtigt? Du hast die letzten zweieinhalb Jahre vor deinem Verschwinden dort gewohnt.

Ich drehe eine Runde um den Brunnen in der Hoffnung, dass ein Parkplatz frei wird. Das Wasser im Brunnen ist voller Blasen. Studenten schütten andauernd Flüssigseife hinein. Diesmal muss es eine extra starke Seife gewesen sein, denn die Blasen haben sich zu einem steifen weißen Schaum aufgetürmt, von dem der Wind kleine Flocken abreißt, die durch die Luft wirbeln wie im Innern einer Schneekugel.

Ich habe Glück. Jemand steigt in seinen Wagen und fährt davon. Die Parklücke ist direkt vor der Adresse, die du unter dem Namen N. Henrickson in dein Büchlein geschrieben hast. Während ich auf das Haus zugehe, zieht über mir am düster grauen Himmel ein Schwarm Dohlen langsam und kreischend seine Kreise. Auf den Dächern wimmelt es nur so von ihnen.

Vier Marmorstufen führen hinauf zu einem Portal mit einer grünen Doppeltür. Rechts neben der Tür ist ein goldenes Schild mit der Aufschrift *Henrietta Mansions* angebracht. Links befindet sich eine quadratische Metallplatte mit einer Kamera, einer Gegensprechanlage und nummerierten Klingelknöpfen für die einzelnen Wohnungen. Ich betätige den Knopf für Wohnung Nummer 7 und warte. Nichts tut sich. Ich drücke noch einmal und frage mich, ob der Bewohner mich wohl gerade beobachtet. Immer noch keine Reaktion.

Ich lehne mich gegen die Hauswand, den Hinterkopf am goldenen Schild. Eine große Schaumflocke schwebt zu Boden und tanzt vor meinen Füßen herum. Ich zücke mein Handy und wähle die Telefonnummer, die unter N. Henrickson in deinem Adressbuch stand, erreiche jedoch nur die automatische Ansage eines mir unbekannten Mobilfunkunternehmens. Eine Computerstimme lädt mich dazu ein, eine Nachricht zu hinterlassen.

Ich muss an einen chemischen Fachbegriff denken, den ich immer schon sehr gemocht habe: Katalysator.

Genau das will ich sein: der Energieimpuls, der die Dinge in Bewegung bringt. Die Frage ist nur, ob ich selbst dabei unbewegt bleiben kann?

Ich hinterlasse eine Nachricht, in der ich – ganz untypisch für mich – konkrete persönliche Informationen preisgebe. »Hallo, hier spricht Ella Brooke. Ich glaube, Sie sind mit Miranda bekannt. Könnten Sie mich bitte zurückrufen? Ich hoffe, meine Nummer wird auf Ihrem Telefon angezeigt, aber nur für den Fall ...«

Über Nacht schalte ich mein Handy immer aus. Nachdem ich aufgelegt habe, stelle ich fest, dass ich heute Morgen vergessen habe, den Klingelton wieder anzustellen, und ein Blick in die Liste verpasster Anrufe offenbart mir, dass Mum vor zehn Minuten versucht hat, mich zu erreichen. Sie lässt mir ausrichten, ich solle am Freitag auf gar keinen Fall zu spät kommen. Auch Ted hat vor einer halben Stunde angerufen und mir eine Sprachnachricht hinterlassen, in der er mich um Rückruf bittet. Mit einem Mal rast mein Herz, als wäre ich ein junges Mädchen, dessen Schwarm sich unerwartet gemeldet hat.

Ich habe noch vier weitere Anrufe bekommen, alle spätabends, alle von einer unterdrückten Rufnummer. Die harmlose Erklärung dafür wäre vermutlich, dass mir irgendjemand etwas verkaufen wollte, doch mein Instinkt sagt, dass es sich um etwas Persönliches handelt. Wieder muss ich an Sadie denken und an den seltsamen Schweigeanruf vor fünf Tagen. Aber im Moment habe ich Wichtigeres zu tun, als mir über Sadie den Kopf zu zerbrechen.

Zum dritten Mal drücke ich die Klingel zu Nummer 7. Während ich warte, recherchiere ich schnell ein paar Dinge im Internet. Als Erstes versuche ich es mit dem unbekannten Mobilfunkunternehmen, erziele aber keine Treffer. Gibt es die Firma nicht mehr? Oder will sie nur nicht von jedermann gefunden werden? Ich probiere es mit einer anderen Suchmaschine, doch auch das beschert mir keinen Erfolg. Als Nächstes gebe ich den Namen »Henrickson« in die Suchmaske ein. Mir werden mehrere Personen angezeigt, allerdings hat keine einen Vornamen, der mit dem Buchstaben N beginnt, und keiner lebt in Großbritannien.

Der Himmel wird immer dunkler. Ich starte noch eine allerletzte Suche. Diesmal interessiere ich mich für die Eigentümerhistorie von Wohnung Nummer 7. Ich rechne nicht damit, etwas Nennenswertes zu finden, stoße dann aber recht schnell auf die Information, dass die Wohnung seit einundzwanzig Jahren nicht den Besitzer gewechselt hat. Damals wurde sie von einer Firma namens E. B. Property Services erworben. Auch nach dieser Firma suche ich, gerate aber erneut in eine Sackgasse. Ist sie zwischenzeitlich pleitegegangen? Warum fehlt von ihr, abgesehen von diesem einen Kauf, im Netz jede Spur?

In deinem Adressbuch ist unter N. Henrickson auch eine E-Mail-Adresse angegeben, und zwar bei einem Provider, von dem ich noch nie gehört habe. Nach kurzer Recherche stellt sich heraus, dass er sehr hohe Gebühren nimmt, weil er eine End-to-end-Verschlüsselung anbietet, damit Dritte den Mailverkehr nicht überwachen können. Die Server der Firma stehen in der Schweiz, was bedeutet, dass keine Regierung sie abschalten oder die Herausgabe von Daten fordern kann.

Wer sucht sich so einen E-Mail-Provider aus, und woher kanntest du diese Person? Die Antwort liegt nahe: Es muss jemand sein, der weiß, wie man sich unsichtbar macht. Jemand, der wollte, dass auch du unsichtbar bleibst – zumindest in deiner Beziehung zu ihm. Und du musst davon gewusst und es akzeptiert haben. Das passt zu deinem angeblich leeren Computer.

Ich schreibe eine Mail, die vom Wortlaut her ähnlich ist wie meine Nachricht auf dem Anrufbeantworter. Ich rechne halb damit, dass sie nicht zugestellt werden kann, aber als ich kurz darauf in meine Inbox schaue, finde ich dort keine Fehlermeldung.

Während ich darüber nachgrüble, was ich sonst noch tun könnte, nähert sich eine Frau dem Gebäude. Sie ist schätzungsweise Ende achtzig und trägt unter ihrem lavendelfarbenen Tweedmantel eine zartrosa Hose mit einer zartrosa Bluse sowie einem taillierten zartrosa Sakko, die alle aus demselben Material sind. Sie zieht einen dunkelblauen Einkaufstrolley hinter sich her. Praktisch jede alte Dame, die ich jemals gesehen habe, besitzt einen solchen Trolley, nur unsere Mutter beschwört mich immer wieder, dass ich sie umbringen müsse, sollte sie je beschließen, sich eins dieser Dinger anzuschaffen. Ich eile die Stufen hinunter, um die Dame zu fragen, ob ich ihr den Trolley die Treppe hinauftragen soll. Als sie mich sieht, schrickt sie zusammen und blinzelt mehrmals, als traue sie ihren Augen nicht.

»Ich fürchte, er ist sehr schwer«, antwortet sie. Sie ist kreidebleich im Gesicht, doch ihre Stimme klingt gefasst.

Ich hebe den Trolley hoch und stelle fest, dass sie nicht gelogen hat. Er ist wirklich schwer. Oben vor der Eingangstür angekommen, zieht sie eine Schlüsselkarte aus einer Seitentasche des Trolleys und hält sie vor ein elektronisches Lesegerät. Ein grünes Licht leuchtet auf, und das Schloss des rechten Türflügels öffnet sich mit einem Klicken.

»Soll ich Ihnen die Sachen noch bis vor die Wohnung tragen?« Ich bin kein guter Samariter, ich will einfach nur ins Haus – auch wenn die Sicherheitsexpertin in mir hofft, dass die Dame genug gesunden Menschenverstand besitzt, um mein Angebot abzulehnen.

Sie wirkt verunsichert, und einen Sekundenbruchteil lang glaube ich, dass sie mich tatsächlich hereinbitten wird. Aber dann sagt sie: »Leider sind wir angehalten, keine Fremden ins Haus zu lassen, selbst wenn sie noch so hilfsbereit sind. Das sind die Regeln der Eigentümergemeinschaft.«

»Sehr vernünftig.« Ich halte ihr die Tür auf und versuche dabei einen Blick ins Innere zu werfen.

Ich sehe ein elegantes, mit Teppichboden ausgelegtes Foyer. An der Decke hängt ein Kronleuchter, weiter hinten stehen mehrere Sessel im Stil des achtzehnten Jahrhunderts um einen niedrigen Tisch aus dunklem Holz herum, auf dem Magazine liegen, wie sie von Leuten gelesen werden, die sowohl eine Stadtwohnung als auch ein Landhaus besitzen. Das Haus, in dem du gewohnt hast, war ähnlich pompös.

Der Geruch von Möbelpolitur weht mir entgegen. »Dürfte ich Ihnen ganz kurz ein paar Fragen stellen?«, bitte ich die

Frau. Sie geht an mir vorbei und stellt sich so in den Türrahmen, dass mir der Blick ins Haus verwehrt wird. Immerhin bejaht sie meine Frage mit einem kleinen Lächeln.

»Wohnen Sie schon lange hier?«

Sie mustert mich mit derselben Eindringlichkeit wie ich zuvor das Gebäude. »Einundzwanzig Jahre. Seit dem Tod meines Mannes.«

Sie ist einsam, diese Frau. Sie ist stahlhart und von Natur aus vorsichtig, aber ihr Bedürfnis nach Kommunikation und menschlichem Kontakt arbeitet gegen sie. Wie schwer wird es sein, sie zu überreden, mich doch ins Haus zu lassen?

Ich beschließe, nicht lange um den heißen Brei herumzureden, und stelle mir vor, wie Ted mich auslacht, weil ich bei einem Problem, das er sicher mit allergrößter Geschmeidigkeit lösen würde, so plump zu Werke gehe. »Ich bin auf der Suche nach Mr Henrickson aus Wohnung Nummer 7. Kennen Sie ihn?«

Sie stutzt ganz kurz, dann tritt etwas Berechnendes in ihre Augen, auch wenn sie versucht, ihre Reaktion zu überspielen. »Ich respektiere die Privatsphäre meiner Nachbarn.«

»Ich möchte nur wissen, ob Sie ihn in letzter Zeit gesehen haben.«

Sie winkt ab und schüttelt den Kopf, eine hilflose, nichtssagende Geste.

Ich schreibe meinen Namen und meine Telefonnummer auf ein Stück Papier und reiche es ihr. »Wenn er zurückkommt, würden Sie mich bitte anrufen? Ich klingle dann bei ihm, und er kann selbst entscheiden, ob er mir aufmachen will oder nicht. Das wäre doch bestimmt kein Problem, oder?«

»Doch, wäre es.« Sie gibt mir den Zettel zurück.

Ich beschließe, ihr etwas anzuvertrauen, was ich normalerweise niemandem leichtfertig anvertraue. »Vor zehn Jahren ist meine Schwester spurlos verschwunden. Das hier ist sie.« Ich schreibe deinen Namen unter meinen auf den Zettel und unterstreiche ihn mit dem Finger.

»Das tut mir sehr leid.«

Ich hole ein Foto von dir aus meiner Tasche, das die Presse nie in die Finger bekommen hat. Es wurde wenige Monate vor deiner Schwangerschaft aufgenommen. Darauf sitzen wir beide, je ein Glas Rotwein in der Hand, im Wohnzimmer unserer Eltern nebeneinander auf dem Sofa. Wir müssen so heftig über irgendetwas lachen, dass unsere Gesichter ganz verzerrt sind, wir uns aneinander festhalten und beinahe unseren Wein verschütten. Wenn wir damals gelacht haben, ging es fast immer auf Kosten unserer Mutter. Aber sie behauptet, das habe ihr nichts ausgemacht. Im Gegenteil: Sie erwähnt sogar oft, wie sehr sie unsere kleinen Verschwörungen gegen sie vermisst.

Die Frau betrachtet erst mich aufmerksam, dann das Foto.

»Sie ist wirklich wunderschön, Ihre Schwester. Wie ähnlich sie Ihnen sieht.«

Ich studiere gemeinsam mit ihr das Foto und frage mich, welche geheimen Pläne möglicherweise schon damals in deinem Kopf herumschwirrten.

Die Frau berührt mich am Arm. »Taschentuch?«

»Danke.« Ich nehme es und schnäuze mir mit einem extrem unfeinen Geräusch die Nase. »Ihr Verschwinden ist jetzt bald zehn Jahre her. Der Jahrestag ist für unsere Familie immer eine schwere Zeit.« Die Tränen in meinen Augen sind echt, allerdings weiß ich, dass ich sie zurückhalten könnte, wenn ich wollte. Mir ist vollkommen klar, dass ich sie bewusst einsetze, um diese Frau zu manipulieren.

Was auch tatsächlich funktioniert. »Kommen Sie doch kurz herein.«

Ich folge ihr ins Foyer und setze mich neben sie auf ein elfenbeinfarbenes Sofa. Meine Stiefel versinken im dicken goldenen Teppich.

Sie tätschelt mir das Knie. »Besser?«

»Ja. Sie haben mir noch gar nicht gesagt, wie Sie heißen«, sage ich.

»Ich bin Mrs Buenrostro.«

»Was für ein klangvoller Name.«

»Mein Ehemann war Spanier. Der Name bedeutet ›gutes oder hübsches Gesicht‹.« Sie lächelt. »Das passte zu ihm.«

»Haben Sie Kinder?«

Dafür, dass eine solche Frage eigentlich leicht zu beantworten sein sollte, denkt sie sehr lange nach.

»Nein.« Sie versteift sich, als bereite es ihr Schmerzen, das Wort auszusprechen, und ich frage mich, was für eine Geschichte wohl dahintersteckt. Hat sie lange vergeblich versucht, ein Kind zu bekommen? Ist ihr Kind gestorben? Irgendetwas ist da, aber ich scheue mich, weiter nachzuhaken.

Nach einer Weile atmet sie tief durch und sagt: »Ich weiß nicht viel über den Mann aus Wohnung Nummer 7.« Sie nestelt an ihren Haaren herum, die sie zu einem langen grauen Zopf geflochten und dann im Nacken zu einer Schnecke gedreht hat.

»Hat – seit Sie hier im Haus wohnen – noch jemand anders die Wohnung gemietet?«

»Nein.«

»Können Sie Mr Henrickson beschreiben?«

»Groß, würde ich sagen; dunkles Haar. Man würde ihn wohl als attraktiv bezeichnen.« Sie klingt stolz, als sie das sagt – als könne sie nicht anders, als mir von diesem Mann zu erzählen, obwohl sie eigentlich weiß, dass sie es lieber nicht tun sollte. Als gönne sie sich ein verbotenes Vergnügen.

»Bekommt er hin und wieder Besuch?«

Sie wägt ab, ob sie mir noch mehr verraten soll. Als sie es schließlich tut, suggeriert ihre Art auch diesmal, dass es wider besseres Wissen geschieht, weil sie sich einfach nicht bremsen kann. »Einmal habe ich eine Frau mit einem Baby zu ihm reingehen sehen.«

Wann ist dieses Gespräch gekippt? Seit wann ist Mrs Buenrostro diejenige, die bei mir nach Informationen fischt, nicht umgekehrt? Wann hat sie angefangen, meine Reaktion ebenso aufmerksam zu verfolgen wie ich ihre? War das schon von Anfang an so?

»Wie lange ist das her?« Mein Tonfall ist schärfer als beabsichtigt.

Sie schüttelt den Kopf, als wäre das eine zu schwierige Frage.

»Könnte das vor zehn Jahren gewesen sein?«

»Das kann ich nicht sagen.« Wieder streicht sie über ihren grauen Zopf. »Sie müssen verstehen, die Wohnungen hier gehören sehr reichen Leuten. Viele dienen als Investitionsobjekte. Den Besitzern macht es nichts aus, wenn sie lange leer stehen.«

»Wissen Sie noch, ob das Baby ein Junge oder ein Mädchen war?«

»Es war dick eingemummelt und hatte nichts Rosafarbenes oder Hellblaues an, anhand dessen man es hätte erkennen können. Das fand ich gut. Meiner Meinung nach ist es affig, Kinder je nach Geschlecht in bestimmte Farben zu kleiden. Finden Sie nicht auch?«

Ich stelle mir Lukes Entsetzen vor, wenn ich ihm ein pinkfarbenes Kleidungsstück kaufen würde. Trotzdem sage ich: »Ja, das finde ich auch.«

»Die Frau hatte es sehr eilig, daran erinnere ich mich noch, weil ich nämlich gehofft hatte, vielleicht einen Blick auf das Baby werfen zu können. Aber das wollte sie ganz offensichtlich nicht. Ich mag Babys. Mögen Sie Babys?«

»Sehr sogar.«

»Haben Sie Kinder?«

»Einen Neffen. Er ist der Sohn meiner Schwester.«

»Haben Sie ein Foto von ihm?«

Bei dieser Frage beginnt meine Kopfhaut zu prickeln. »Nicht bei mir, nein.« Mein Handy ist voll mit Fotos von Luke, aber die werde ich bestimmt nicht einer Fremden zeigen. Liege ich richtig mit meinem Bauchgefühl, dass ihr Interesse an ihm über reine Höflichkeit hinausgeht? Ich frage weiter: »Können Sie sich sonst noch an etwas erinnern, was das Baby angeht? Wie alt es war, zum Beispiel?«

»Es war noch sehr klein. Erst wenige Wochen alt.«

»Wissen Sie, welcher Monat es war oder welche Jahreszeit?«

»Spätsommer. Vielleicht Frühherbst? Ich weiß noch, dass ich mir Sorgen gemacht habe, das Baby könnte zu warm angezogen sein.«

»Und die Frau? Wie sah sie aus?«

»Ich habe sie wirklich nur ganz kurz gesehen. Allerdings erinnere ich mich, dass sie lange dunkle Haare hatte, so ähnlich wie Ihre, nur noch ein bisschen länger.« Sie legt eine Hand auf meine. »Sie sind ja auf einmal ganz blass geworden.«

»Wissen Sie noch, was sie anhatte?«

»Nur, dass es etwas Hübsches war. So hübsch wie sie

selbst. Ein Kleid, irgendwas Fließendes, glaube ich. Zeigen Sie mir noch mal das Bild von Ihrer Schwester.«

Ich halte es ihr hin. Im Gegensatz zu Lukes Fotos kann man deine sowieso überall im Internet finden.

»Glauben Sie, das war die Frau, die Sie vor Wohnung Nummer 7 gesehen haben?«

Diesmal betrachtet sie das Foto eingehender. Sie dreht es ein wenig hin und her und lässt sich Zeit. »Möglich wäre es.«

Ich stecke das Foto zurück in meine Tasche und halte ihr erneut den Zettel hin. Mein Blick streift deinen Namen, der direkt unter meinem steht. »Bitte rufen Sie mich an, wenn der Mann aus Nummer 7 zurückkommt – oder die Frau. Vielleicht können sie mir helfen, meine Schwester zu finden.«

»Wäre das nicht eigentlich Aufgabe der Polizei?«

Ich zögere mit einer Erwiderung. »Hat die Polizei je mit Ihnen gesprochen?«

»Nein.«

»Haben Sie mitbekommen, dass die Polizei mit anderen Bewohnern aus dem Haus über Mr Henrickson gesprochen hat? Oder vielleicht mit ihm selbst?«

»Nicht, dass ich wüsste. Was aber nicht heißt, dass es nicht passiert ist. Haben Sie keinen – wie heißen die noch gleich – Opferschutzbeauftragten? Jemanden, der Sie über den Stand der Ermittlungen auf dem Laufenden hält und Ihnen erklärt, was die Polizei im Einzelnen tut?«

»Die Polizei hat nichts Nennenswertes rausgefunden, und einen Opferschutzbeauftragten hat man uns nie zugeteilt. Nicht jede Familie bekommt einen. Aber haben Sie denn nichts von dem Fall gehört?«

Ihre Mundwinkel verziehen sich nach unten, als wäre sie drauf und dran zu lügen. »Nein, tut mir leid.« Ich halte ihr immer noch den Zettel hin, und endlich nimmt sie ihn. »Ich rufe Sie an, wenn der Mann aus Nummer 7 zurückkommt.«

»Danke.« Dann fällt mir noch etwas ein. »Gibt es hier im Gebäude Überwachungskameras?«

»Ich fürchte, nicht.«

»Was ist, wenn jemand klingelt? Ich weiß, es gibt eine Kamera an der Tür, damit man sehen kann, wer draußen steht. Aber ich gehe mal davon aus, dass diese Aufnahmen nicht gespeichert werden?«

»Das ist richtig. Dem Großteil der Bewohner hier ist Privatsphäre wichtiger als Sicherheit.«

»Verstehe.« Ich erhebe mich. »Sie waren wirklich sehr freundlich und großzügig mit Ihrer Zeit, Mrs Buenrostro. Jetzt lasse ich Sie aber auch wirklich in Ruhe.«

Sie blickt mir nach, während ich zur Tür gehe. Als ich nach draußen trete, kann ich sie durch das schmale Buntglasfenster sehen. Sie wartet noch, bis die hölzerne Eingangstür vollständig hinter mir ins Schloss gefallen ist, erst dann wendet sie sich ab und geht davon.

Donnerstag, 10. November

Die Frau auf dem Stuhl

Die erste Klientin meiner morgendlichen Notfallsprechstunde sitzt auf einem rissigen Vinylstuhl und schluchzt so heftig, dass sie kaum ein Wort herausbringt. Eins ihrer Augen ist rot und geschwollen – in ein paar Tagen wird es sich violett verfärben. Unmittelbar darunter hat sie eine große Prellung, und über ihrem Wangenknochen ist durch die Wucht des Schlages die Haut aufgeplatzt wie die Schale einer reifen Frucht.

Ich habe ihr schreiendes Baby auf dem Arm, gehe mit ihm im Zimmer auf und ab und versuche es zu trösten, um seiner Mutter Gelegenheit zu geben, sich ein wenig zu beruhigen. Diese Frau hat mich dazu gebracht, erneut darüber nachzugrübeln, wovon nichts in deinen Vorsorgeunterlagen stand. Kann es sein, dass ich die Anzeichen auf Misshandlung bei dir übersehen habe? Aber du hast ständig dein Kleid oder deinen Pulli hochgehoben, damit ich sehen konnte, wie dein Bauch wuchs. Du hast meine Hand genommen und mir gezeigt, wie Luke trat, oder mich mit dem Ohr gegen deinen Bauch gedrückt, damit ich mit ein bisschen Glück seinen Herzschlag hören konnte. Und ich musste auf dein Geheiß hin jeden Zentimeter deines Körpers genauestens inspizieren und dann einen feierlichen Eid schwören, dass du ausschließlich am Bauch zunahmst, nirgendwo sonst. Ich weiß, dass es die richtige Entscheidung war zu lügen.

Deine Haut war makellos bis auf ein paar Dehnungsstreifen, die in der siebenunddreißigsten Woche oben an deinem linken Oberschenkel auftauchten und dich dazu veranlassten, über dein grausames Schicksal zu klagen.

Aber ich darf jetzt nicht über dich nachdenken, sondern muss mich auf das schreiende Baby konzentrieren. Ich wippe es sanft an meiner Schulter und schaffe es gleichzeitig, eine ungeöffnete Wasserflasche zu greifen und sie neben seiner Mutter abzustellen. Dann schiebe ich ihr auch noch die Schachtel mit den Papiertaschentüchern hin – eine Bewegung, bei der sie merklich erschrickt.

Auf dem Fußboden steht die riesige Einkaufstüte, die sie mitgebracht hat. Als ich den Erste-Hilfe-Kasten holen will, stoße ich versehentlich mit dem Fuß dagegen. Das blaue Plastik raschelt, und Babykleider und Windeln purzeln auf den fleckigen Teppichboden, der mit seinem hässlichen Beigeton perfekt zu den hässlichen Stühlen und den hässlichen Wänden dieses möblierten Büros passt, dessen einzige Vorteile darin bestehen, dass es nicht viel kostet und ich es für einen einzigen Tag in der Woche mieten kann.

Endlich ist das Baby still. Auch seine Mutter hat sich wieder gefangen. Als ich ihr das Kind zurückgeben will und sie zusammenzuckt, sehe ich, dass auch ihr Handgelenk geschwollen ist.

Auge, Wange, Handgelenk – und das sind nur die sichtbaren Verletzungen.

Ich würde sie gerne fotografieren. Wenn sie sich schon nicht dazu überreden lässt, zur Polizei zu gehen, könnte ich immerhin Beweise für eine mögliche Anzeige wegen einfacher Körperverletzung sammeln.

Mit monotoner Stimme willigt sie ein, als ich sie frage, ob ich Bilder von ihr machen darf, und setzt sich zurecht, während ich mit meinem Smartphone drauflosknipse. Dabei verzieht sie immer wieder das Gesicht, sodass in mir der Verdacht aufkeimt, dass sie auch Schläge oder Tritte gegen die Rippen abbekommen haben muss. Das würde auch ihre flache, schnelle Atmung erklären. Ich frage sie, ob sie sich darauf konzentrieren kann, ein wenig langsamer und gleichmäßiger zu atmen, und wir beide arbeiten einige Minuten lang gemeinsam daran, bis ihr Atemrhythmus ruhiger geworden ist. Danach erlaubt sie mir, die Wunde an ihrer Wange mit Kochsalzlösung zu säubern und zu kleben, damit sie sich nicht entzündet.

»Sie machen das gut«, sagt die Frau.

»Meine Schwester war Krankenschwester.«

War. Wie immer höre ich im Kopf die leise Empörung unserer Mutter.

Ich aktiviere ein Kühlkissen durch Knicken, schlage es in ein Tuch ein und bitte die Frau, es sich ans Auge zu halten. Sie gehorcht teilnahmslos.

Warst du in einer ähnlichen Situation? War ich einfach nur zu jung, um es zu erkennen, weil ich damals noch nicht die Tätigkeit ausgeübt habe, die seit deinem Verschwinden mein Leben bestimmt? Wäre es Mum oder Dad denn nicht aufgefallen? Als Orthopädieschwester wusstest du eine Menge über die äußerlichen Anzeichen körperlicher Misshandlung. Du hast mehr als genug absichtlich unabsichtlich herbeigeführte Knochenbrüche gesehen.

Ich beschließe, ihr etwas Persönliches von mir zu verraten

in der Hoffnung, dass sie dann Vertrauen zu mir schöpft. Und weil ich so gerne über dich rede. »Unser Vater hatte Prostatakrebs«, sage ich. »Das hat meine Schwester dazu bewogen, Krankenschwester zu werden.«

Das ist deine offizielle Version der Geschichte – und eine, die mir zumindest teilweise Rätsel aufgegeben hat. Zum ersten Mal kommt mir die Idee, dass du vielleicht noch ganz andere Motive gehabt haben könntest, dich für die Laufbahn einer Florence Nightingale zu entscheiden. Dass du es nicht getan hast, um Menschen wie Dad zu helfen, sondern dass es Teil deiner Tarnung war: der Grund, weshalb andere Menschen dir so leicht vertraut und sich dir geöffnet haben.

Aber vor allem hat der Beruf der Krankenschwester dich mit vielen verschiedenen Männern in Kontakt gebracht. Wohlhabende Ärzte, denen du bei ihren orthopädischen Heldentaten zur Hand gehen durftest. Männliche Patienten mit überaus männlichen Sportverletzungen, bei denen du die Rolle des rettenden Engels spielen konntest. Du wusstest auch genau, weshalb du dich für eine Stelle in einer Privatklinik entschieden hast, wo mehr Geld im Spiel und die Arbeit nicht ganz so anstrengend war.

»Und arbeitet sie immer noch als Krankenschwester?« Die Frau hört besser zu, als ich anfangs dachte.

»Nein, nicht mehr.« An dieser Stelle muss ich aufhören, von dir zu erzählen. »Denken Sie, Sie können mir jetzt erzählen, was Ihnen passiert ist?« Mein Tonfall ist ganz sanft.

Wie erwartet, hat sie nach langer Zeit endlich genug von den Misshandlungen durch ihren Ehemann und ist geflohen – eine Geschichte, die ich schon viel zu oft gehört habe. Deshalb habe ich auch eine Personen-Notsignal-Anlage für Alleinarbeiter an meiner Armbanduhr, inklusive GPS-Funktion und Notrufknopf, der direkt mit dem Alarmempfangszentrum des Anbieters verbunden ist. Wenn ich arbeite, trage ich das Gerät immer am Körper. Falls ihr Ehemann ihr also bis hierher gefolgt sein sollte, hätte ich die Möglichkeit, uns beide vor ihm zu schützen.

Mit ihrem Einverständnis mache ich einige Anrufe und beginne alles Nötige zu organisieren. »Es gibt viele Menschen, die Ihnen gerne helfen wollen. Die dafür sorgen, dass Sie nicht allein dastehen. Und es gibt ganz unterschiedliche Stellen, die Ihnen jederzeit Unterstützung gewähren. Sie müssen nur darum bitten.«

»Ich hab gesagt, keine Polizei.«

»Die Polizei hat häusliche Gewalt zu einer ihrer Prioritäten erklärt. Sie wurde in Bezug auf ihr Vorgehen scharf kritisiert, und seitdem versucht sie, besser auf solche Fälle einzugehen.« Wenn Ted mich hören könnte, würde er in Ohnmacht fallen.

»Wenn ich ihn verlasse, nimmt er mir das Baby weg. Er sagt, ich bin eine schlechte Mutter. Die Polizei sieht das bestimmt auch so. Die merken doch sofort, dass es mir nicht gut geht und dass ich depressiv bin – ich hab früher auch Tabletten genommen. Die sehen doch, dass ich nicht in der Lage bin, mich alleine um ein Kind zu kümmern.«

»Depressionen können auch situationsbedingte Ursachen haben.« Ich staune selbst, wie ruhig mein Tonfall ist. Als spräche nicht ich, sondern jemand ganz anderes. »Dass Sie depressiv sind, heißt noch lange nicht, dass Sie Ihrem Kind keine gute Mutter sein können.« Ich muss neutral bleiben, mache mir allerdings Sorgen, dass mir das deinetwegen vielleicht nicht gelingt. In Wahrheit kann von Neutralität bei mir keine Rede sein. »Haben Sie schon mal darüber nachgedacht, dass es Ihnen im Falle einer rechtlichen Auseinandersetzung nur helfen kann, wenn die Polizei über die Misshandlungen Ihres Mannes Bescheid weiß?«

»Sie hatten schon eine Voicemail von ihm. Letztes Jahr bin ich zu meiner Mutter gefahren, und er hat bei ihr angerufen. Er hat auf Band gesprochen, dass er weiß, wo ich bin und dass er mich fertigmacht. Aber am Ende hab ich meine Aussage zurückgezogen und gesagt, es wären nicht seine Stimme und seine Telefonnummer gewesen. Ich glaube, die bei der Polizei waren ziemlich wütend, weil sie meinetwegen nichts gegen ihn tun konnten. Und weil ich zu ihm zurückgegangen bin.«

»Wieso sind Sie denn zu ihm zurückgegangen?«

»Ich hab ihn immer noch geliebt. Er war betrunken, als er die Nachricht hinterlassen hat. Er hat es nicht so gemeint.« Sie wechselt das Thema. »Das Haus gehört ihm. Er sagt, wenn ich ihn noch mal verlasse, nimmt er mir das Haus und das Baby weg.«

»Sie haben auch Rechte. Es gibt einige sehr gute Hotlines, die eine kostenlose Rechtsberatung anbieten. Ich habe Ihnen hier ein paar notiert.« Ich lege meine Hand auf ihre und drücke sie leicht, dann schließe ich ihre Finger um den Zettel, den ich geschrieben habe. »Ich rufe Ihnen jetzt ein Taxi. Sie müssen zum Arzt. Wenn Sie dort fertig sind, bringt der Fahrer Sie weiter ins Frauenhaus.«

Sie betrachtet das Baby, das endlich auf ihrem Schoß eingeschlafen ist. Tränen laufen über ihre Wangen und fallen auf sein Bäuchlein.

Als ihr der Zettel aus der Hand fällt, hebe ich ihn auf, beuge mich vor und lege ihn in ihre große zerknitterte Einkaufstasche. Sie beobachtet mich dabei. Hoffentlich ist das ein Zeichen für einen ausgeprägten Selbsterhaltungstrieb, für den inneren Kämpfer, der in uns allen schlummert. Dann blickt sie auf ihre Füße. »Sie halten mich bestimmt für total erbärmlich.«

»Ich halte Sie für ungeheuer stark und mutig, weil Sie hergekommen sind. Es war klug von Ihnen, gleich zu gehen, als er heute Morgen zur Arbeit gefahren ist. Sie haben das größte Zeitfenster genutzt, das Ihnen zur Verfügung steht. Ihr Sohn kann sich wirklich glücklich schätzen, dass er eine Mutter hat, die ihn so aufopferungsvoll liebt.«

Sie schüttelt den Kopf. Sie glaubt mir kein Wort.

»Ich hab kein Geld für das Taxi. Er gibt mir nie was.«

»Das bezahlt die Stiftung. Ich gebe dem Fahrer das nötige Bargeld.«

Ich bestelle ein Taxi per SMS. Unmittelbar nachdem ich auf »Senden« gedrückt habe, fasst sie mich an der Hand.

»Nein«, sagt sie. »Stornieren Sie das.«

»Wieso?«

»Ich kann nicht. Ich kann ihm das doch nicht antun. Es ist ja auch nicht alles seine Schuld.«

»Von meinem Standpunkt aus ist das schwer nachzuvollziehen.«

»Aber ich provoziere ihn.«

Ich kann nicht anders, ich muss nachhaken. »Was war heute Morgen anders als sonst? Irgendetwas an seinem Verhalten muss Sie doch dazu bewogen haben, endlich zu handeln.«

Ich höre ein kleines Geräusch tief in ihrer Kehle. »Es war vor dem Baby. Das hat er bisher noch nie gemacht.«

Meine Wangen beginnen zu glühen. »Sie sind hierhergekommen, damit ich Ihnen sage, ob Sie einem unmittelbaren

Risiko ausgesetzt sind. Meiner Einschätzung nach ist das Risiko für Sie sehr hoch, und Sie sollten sich in Sicherheit bringen. Umgehend. Auch Ihr Baby ist in Gefahr.«

»Er hat eben viel um die Ohren, er muss Geld für die Familie verdienen. Ich verlange zu viel von ihm.«

Mein Herz schlägt immer schneller.

»Was ist mit der Verletzung an Ihrem Handgelenk? Ihrem Auge, Ihrer Wange? Dafür gibt es keine Rechtfertigung. Wenn er sich nicht scheut, Sie an Stellen zu schlagen, wo es jeder sehen kann, ist die Wahrscheinlichkeit hoch, dass Sie auch unter Ihren Kleidern Verletzungen haben. Er hat Sie am Oberkörper geschlagen, stimmt's? Habe ich recht?«

»Wenn er nach Hause kommt und wir nicht mehr da sind, bringt er sich womöglich um. Ich kann nicht gehen.«

Ein brennendes Gefühl auf meiner Haut und mein rasender Herzschlag sind eindeutige Signale dafür, dass es klüger wäre, den Mund zu halten. Und dennoch kann ich mich nicht bremsen. Ich sehe ihr Baby an und muss an deinen Sohn denken.

Ich muss daran denken, was es für einen Säugling bedeutet, seine Mutter zu verlieren. Ich erinnere mich daran, was dein Verlust für mich bedeutet hat. Wie ich mit Luke auf dem Arm durchs Haus gegangen bin. Wie ich ihn geschaukelt und ihm vorgesungen habe. Wie ich versucht habe, ihn dazu zu bringen, aus der Flasche zu trinken, die er so gehasst hat. Wie ich Sauger in jeder nur erdenklichen Größe, Form und Materialbeschaffenheit gekauft habe. Wie ich ihn mit zu mir ins Bett genommen habe. Wie hilflos ich war, wenn er jede Nacht stundenlang geschrien hat. Wie ich um drei Uhr morgens mit dem Auto durch die Gegend gefahren bin, damit er endlich einschlief, obwohl ich selbst so müde war, dass ich mich niemals hinters Steuer hätte setzen dürfen.

Auf einer dieser nächtlichen Irrfahrten hat ein Kollege von Ted mich wegen Gefährdung des Straßenverkehrs angehalten. Wer hat damals lauter geweint, ich oder Luke?

»Ich verspreche Ihnen, wenn Sie mir keinen Strafzettel verpassen, fahre ich direkt nach Hause und mache so was nie wieder. Ich schwöre es hoch und heilig. Und ich absolviere ein Fahrtraining.« Wie habe ich diese Worte überhaupt über die Lippen gebracht? Wie konnte er mich vor lauter Schluchzen verstehen?

Er hat mir keinen Strafzettel verpasst. Er ist mir bis zum Haus unserer Eltern hinterhergefahren und hat gewartet, bis ich mit deinem Baby im Haus verschwunden war. Luke wollte einfach nur deinen Geruch, deine Milch, deine Stimme. Er wollte von dir gehalten werden. Trotzdem sind wir beide irgendwann, er auf meinem Bauch, überhitzt und klebrig und mit tränennassen Wangen, in einen Schlaf der Erschöpfung gesunken.

Der Kollege hat Ted alles erzählt, und am nächsten Morgen ist er in aller Frühe vorbeigekommen, um nach uns zu sehen. Welche Rolle hätte er in dieser Konstellation einnehmen sollen? Er war immer verständnisvoll, wurde nie müde zu betonen, dass Luke das Allerwichtigste sei.

»Du machst genau das, was sie sich wünschen würde. Du tust dein Möglichstes.« Das hat er zu mir gesagt, immer und immer wieder. Wenigstens zu Beginn. Bevor wir anfingen uns zu streiten. Deinetwegen. Immer drehte sich alles nur um dich. Das ist heute noch so. Wen wundert es da, dass er sich Ruby gesucht hat? Meine Botschaft an ihn hat sich in all der Zeit nie geändert. Du und Luke, ihr steht für mich an erster und an letzter Stelle und an jeder einzelnen Stelle dazwischen.

Schon während ich die Worte ausspreche, wird mir klar, dass es die falschen sind und dass ich sie mir lieber verkneifen sollte. »Meinetwegen. Dann fahren Sie eben nach Hause. Und wenn ich das nächste Mal irgendwo Ihren Namen lese, dann weil Sie ermordet wurden oder spurlos verschwunden sind.«

Ihr Mund öffnet sich, und ihre Lippen formen sich zu einem perfekten kreisrunden O.

Ich möchte mich bei ihr entschuldigen, möchte ihr sagen, dass ich eine Grenze überschritten habe und es mir leidtut.

Doch sie kommt mir zuvor. »Sie haben recht«, sagt sie. »In Wahrheit hasse ich ihn. Ich *hasse* ihn.«

Also schweige ich und beschließe, mir zu verzeihen, dass ich das Falsche gesagt habe und nicht vollkommen bin. Mein Handy summt. Eine SMS, das Taxi ist da. Ich blicke aus dem schmutzigen Fenster des Büros und sehe den Fahrer neben seinem Wagen stehen.

Als die Frau und ich aufstehen, registriere ich zum ersten Mal ihr sackartiges geblümtes Kleid. Der dünne Stoff ist verblichen, weil er so oft gewaschen wurde. Sie zittert vor Kälte, sie hat nicht mal eine Jacke dabei. Also lege ich ihr meine um die Schultern, und wir beide wechseln uns mit dem Baby ab, während ich ihr helfe, in die Ärmel zu schlüpfen. Dann hebe ich ihre riesige Tragetasche auf, die ausschließlich Babysachen enthält. »Im Frauenhaus wird man Ihnen alles geben, was Sie brauchen«, sage ich, bevor ich ihr die Tür öffne und wir auf den Gang treten. Sie humpelt. Er muss sie auch am Bein oder an der Hüfte verletzt haben.

Die überwiegende Mehrheit der Menschen, die zu mir in die Sprechstunde kommen, sind Frauen. Doch an diesem Morgen sitzt auf einem der fleckigen Polsterstühle draußen vor dem Büro ein Mann, der mir vage bekannt vorkommt. Er ist so diskret, sich mit seinem Handy zu beschäftigen, als ich mit der Frau an ihm vorbeigehe.

Ich begleite sie nach draußen und helfe ihr und ihrem kleinen Sohn beim Einsteigen in das Taxi. Zum Abschied streckt sie mir die Hand entgegen, sie ist rot und rau und schuppig.

Ich drücke dem Fahrer ein paar Scheine in die Hand, und er schließt die Wagentür. Ich bleibe auf dem Gehweg stehen und kümmere mich nicht darum, dass ich nass werde, während ich zusehe, wie die Frau sich über ihr Baby beugt.

Der Mann auf dem Gang

Als ich zurück ins Gebäude trete, steht der Mann von seinem Platz auf, um mich zu begrüßen. Dabei spricht er mich mit Namen an und streckt mir die Hand hin.

Abgesehen von seinen Haaren hat Adam Holderness absolut nichts Graues an sich. Sein Pullover ist schwarz, genau wie seine Jeans und seine Augen. Seine Haut ist so hell wie meine, nur an den Wangen sieht man einen leichten Bartschatten.

Du hast mich früher immer Schneewittchen genannt – wobei ich dasselbe über dich hätte sagen können. *Weiß wie Schnee, rot wie Blut und schwarz wie Ebenholz.*

Dieser Mann könnte Schneewittchens männliches Gegenstück sein.

Wobei ich finde, dass »Vampir und Gentleman« der treffendere Beiname wäre. Ted ist kompakt und muskulös, weil er im Fitnessraum der Polizei Gewichte stemmt und am Wochenende, wann immer es seine Zeit erlaubt, Rugby spielt. Adam Holderness ist ein paar Zentimeter größer und bestimmt sechs Kilo leichter, scheint aber unter seinen edlen Kleidern dieselbe Kraft zu verbergen. Ich frage mich, ob es jemals einen Mann geben wird, den ich nicht mit Ted vergleiche.

Erneut muss ich daran denken, dass Adam Holderness wirklich genau dein Typ Mann wäre. In meinem Bauch zieht sich etwas zusammen, und ich weiß nicht genau, ob es freudige Erregung ist oder Furcht. Vielleicht auch beides.

Ich halte noch immer die Eingangstür auf. »Schön, Sie wiederzusehen«, sage ich, ergreife etwas unbeholfen seine Hand und schüttle sie flüchtig. Der Regen ist stärker geworden, und der Wind treibt ihn vor sich her, sodass ich weiterhin nass werde. »Ich habe heute Vormittag Sprechstunde.« Ich schaue demonstrativ nach draußen, um ihm nahezulegen, sich genau dorthin zu verabschieden.

Was er allerdings nicht tut. »Deshalb bin ich hier.«

Ich rufe mir ins Gedächtnis, dass jeder Mensch Opfer von Gewalt werden kann. Vielleicht kennt er jemanden, der von Gewalt betroffen ist oder das Gefühl hat, in Gefahr zu sein.

Also frage ich so offen wie möglich: »Brauchen Sie meine Hilfe?«

»Nicht ich persönlich. Ich bin aus beruflichen Gründen hier. Darf ich mit ins Büro kommen und kurz mit Ihnen sprechen?« Er neigt den Kopf leicht zur Seite, in den leeren Flur hinein. »Wenn jemand hier wäre, würde ich selbstverständlich warten. Es dauert nicht lange.« So spricht er vermutlich auch zu seinen Patienten. Freundlich, aber bestimmt. »Sie werden ja ganz nass, Ella.« Er klingt aufrichtig besorgt. Eine weitere Dosis seiner routinierten Höflichkeit.

Ich lasse die Eingangstür ins Schloss fallen und bedeute ihm mit einer Handbewegung, mitzukommen und auf dem Stuhl Platz zu nehmen, auf dem eben noch die Mutter mit ihrem Baby saß.

»Ich würde Sie gerne bei Ihrer Arbeit unterstützen«, sagt er.

»Woher wussten Sie, dass ich heute Morgen hier bin, Mr Holderness?« Auch diesmal scheitert mein Versuch, durch den Gebrauch seines Nachnamens eine gewisse Förmlichkeit zu wahren. Stattdessen klinge ich wie eine Frau, die im Bett Rollenspiele mit ihrem Partner macht und dafür eine Distanz vorgibt, die gar nicht da ist.

»Sie haben mir von Ihrer Stiftung erzählt.« Sein Tonfall ist milde, und ich begreife, dass diesen Mann so schnell nichts aus der Fassung bringt. Offenbar mache ich ein verwirrtes Gesicht, denn er setzt hinzu: »Auf Brians Party.«

»Ach ja – das hatte ich ganz vergessen.«

»Ich habe ein paarmal die Nummer auf der Website angerufen, aber es war immer nur der Anrufbeantworter dran.«

Ich erkläre ihm nicht, dass wir Anrufe fast nie persönlich entgegennehmen. Unsere Mutter hört die Nachrichten auf der Mailbox ab, wann immer sie Zeit dazu hat. Manchmal leitet sie sie auch direkt an mein Handy weiter.

Er fährt fort: »Ich dachte, da wäre es das Einfachste, gleich herzukommen, statt Ihnen erst eine Nachricht zu hinterlassen.«

»Ist es denn nicht deutlich umständlicher, irgendwo hinzufahren, als ein paar Sekunden lang etwas auf Band zu sprechen?«

»Ich wollte Sie sehen.« Er macht eine Pause. »Sadie und Brian haben mir von Ihrer Schwester erzählt.«

Die Aussage klingt so neutral, dass ich nicht heraushören kann, in welchem Ton Sadie von mir gesprochen und welche Schmähungen sie dabei höchstwahrscheinlich über mich zum Besten gegeben hat. Sie hat die Grenze von der Freundin zur Feindin überschritten, und jetzt gibt es kein Zurück mehr. Unsere Mutter hatte recht: Wenn ich mit jemandem fertig bin, ist diese Entscheidung unwiderruflich. Genau wie bei dir.

»Als sie den Fall Ihrer Schwester erwähnten, ist mir eingefallen, dass ich schon davon gehört hatte.«

»So geht es den meisten.« Ich habe schon vermutet, dass Sadie und Brian es ihm erzählt haben, trotzdem muss ich mich erst daran gewöhnen. Mit der Zeit wird es zwar etwas leichter, damit umzugehen, dass andere Bescheid wissen, aber wirklich normal fühlt es sich nie an.

Ich lehne mich zurück und schlage die Beine übereinander. »Wann haben Sie sich denn das letzte Mal mit Sadie unterhalten?«

»Ich war am Sonntag bei ihnen. Eigentlich wollte ich mich mit Brian treffen.« Er sieht mich an. Seine Augen sind zusammengekniffen – nur ganz leicht, trotzdem sieht er so aus, als glaube er, in meinen Kopf schauen zu können, wenn er sich nur genug anstrengt. »Er war gar nicht da. Sadie war allein.«

»Ach«, sage ich.

»Sie wissen es noch gar nicht, oder?«

Ich zucke verständnislos mit den Schultern.

»Er hat ihre Sachen vor die Tür gestellt und die Schlösser auswechseln lassen. Er hat versucht, auf nette Art Schluss zu machen, aber so wie es aussieht, funktioniert die nette Art bei Sadie nicht. Er hält sie für geistesgestört – sein Wort, nicht meins – und ist der Meinung, dass sie diesen Umstand bis zu ihrem Einzug absichtlich vor ihm verheimlicht hat. Sie war gerade dabei, ihre Sachen ins Auto zu laden, als ich kam.«

Mir wird bewusst, dass ich jetzt nur noch mehr Gründe habe, vor Hurrikan Sadie auf der Hut zu sein.

»Sind Sie deshalb gekommen? Um mich vor ihr zu warnen?«

Ich denke an die Mail von *Hüter der Gerechtigkeit.* Gut möglich, dass Sadie nach der Trennung von Brian endgültig durchgedreht ist.

»Ihre Aggressionen sind ... Wie soll ich es vorsichtig ausdrücken? Verstörend. Und Sie scheinen die Zielscheibe dieser Aggressionen zu sein.«

»Hat sie erwähnt, wo sie jetzt hinwill?«

»Zu ihrer Mutter, sagte sie.«

»Dann werde ich die Gegend künftig meiden.«

»Ich habe mir Sorgen um Sie gemacht. Aber ich stelle fest, dass Sie genug Erfahrung haben, um mit jemandem wie Sadie fertig zu werden.« Er überlegt kurz. »Warum machen Sie eigentlich diese Arbeit?«

Durch dein Verschwinden wurde alles anders. Unsere Mutter und Ted haben recht, wenn sie behaupten, dass ich seitdem nicht mehr dieselbe bin. Doch Adam Holderness bekommt von mir nur die öffentliche Version der Geschichte zu hören. Die, die er garantiert bereits auf unserer Website gelesen hat. »In London gibt es viele Anlaufstellen für Menschen, die Hilfe brauchen, aber in kleineren Städten wie Bath findet man kaum Angebote – es sei denn, man kann Unsummen für einen Anwalt oder Personenschutz auf den Tisch legen.«

»Auf Ihrer Website steht, dass Sie auch einen Gesprächskreis für Angehörige von Gewaltbetroffenen leiten. Ich würde gerne mal zu einem der Termine kommen und helfen.« Er zückt seine Brieftasche und zieht eine laminierte Karte heraus. Es ist ein Ausweis aus seiner Klinik mit Foto, Name und Titel. »Nur für den Fall, dass Sie nicht glauben, dass ich wirklich der bin, für den ich mich ausgebe.«

Auf dem Foto ist sein Gesicht ausdruckslos: der Mund gerade, er Blick ernst, die Haare militärisch kurz, noch kürzer als jetzt. Nach Sadies Party habe ich im Internet recherchiert, daher weiß ich, dass er bei der Armee war. Ich habe online ein Foto von ihm gefunden, das vor fünfzehn Jahren während seiner letzten Monate als Militärarzt im Irak aufgenommen wurde. Es zeigte eindeutig Adam, allerdings sah er ganz anders aus als heute. Seine helle Haut war damals braungebrannt und sein Haar noch rabenschwarz.

Ist in seinem Leben etwas passiert, das es über Nacht hat grau werden lassen? Ich weiß, dass er nach der Mindestdauer von vier Dienstjahren aus der Armee ausgeschieden ist, um sich als Arzt niederzulassen. Ich weiß auch, dass er auf der psychiatrischen Station desselben Krankenhauses gearbeitet hat, wo du in der Orthopädie tätig warst. Ich komme zu dem Schluss, dass es nicht schaden kann, ihn ganz unverblümt danach zu fragen.

»Kannten Sie meine Schwester?« Ich hoffe ihn mit der Frage zu überrumpeln, auch wenn mein Tonfall bewusst beiläufig gehalten ist.

Er jedoch bleibt gelassen wie immer. »Ich verstehe, dass Sie guten Grund haben, unbekannten Menschen gegenüber misstrauisch zu sein.« Er sieht mir geradewegs in die Augen. »Sogar, wenn Sie sie mögen.«

»Stimmt«, sage ich, ohne zu spezifizieren, auf welche seiner beiden Feststellungen sich diese Antwort bezieht.

»Verdächtigen Sie jeden Mann, den Sie kennenlernen, etwas mit dem Verschwinden Ihrer Schwester zu tun zu haben?«

»So ziemlich.«

»*Wenn* ich etwas damit zu tun hätte, glauben Sie, ich würde dann herkommen und mich Ihnen vorstellen?«

»Genau das tun solche Individuen doch. Sie müssten das am allerbesten wissen.«

»Nur in Filmen und Romanen. Nicht im wahren Leben.«

Ich erinnere mich, wie Ted neulich etwas ganz Ähnliches über Thorne gesagt hat. »Ich glaube, Sie und meine Schwester haben im selben Krankenhaus gearbeitet.«

»Auf unterschiedlichen Stationen.« Er klingt, als wäre er enttäuscht, nicht mit schlagkräftigeren Beweisen dafür aufwarten zu können, dass es keine Verbindung zwischen euch gab. »Viele Menschen arbeiten am selben Ort, ohne sich je zu begegnen.«

»Ich habe mich gefragt, ob Sie ihr sonst irgendwo über den Weg gelaufen sein könnten?«

»Nur, wenn sie eine gewisse Zeit in Lazaretten im Irak verbracht hat.«

Ich überlege, was dieser Mann während seiner militärischen Ausbildung alles gelernt hat. Führungsqualitäten. Umgang mit Schusswaffen. Knoten knüpfen. Überlebenstechniken. Und im Einsatz kam sicher noch viel mehr dazu. Alles Fähigkeiten, die sich auch auf andere Lebensbereiche übertragen lassen. Bestimmt weiß er, wie man sich versteckt, wie man andere beobachtet, was man tun muss, um seine Spuren zu verwischen. Wahrscheinlich weiß er sogar, wie man einen Menschen verschwinden lässt.

»Wo wohnen Sie?« Ich denke an die nähere Umgebung der

gewundenen Landstraße, die du zuletzt entlanggefahren bist.

Meine Fragen und Richtungswechsel bringen ihn kein bisschen aus dem Takt.

»In der Nähe von Brian«, antwortet er. »Viele Ärzte haben ein Haus draußen auf einem der Dörfer.« Erklärt er zu viel? »Ich meine gesehen zu haben, wie Sie sich mit Jonathan Blossom, dem Gynäkologen, unterhalten haben, kann das sein?«, sagt er.

»Ja«, sage ich.

»Er lebt auch dort in der Nähe. Genau wie Brians Bruder.«

Bei dem letzten Satz sehe ich ein Funkeln in seinen Augen. »Sie dürfen mich gerne mal besuchen kommen.«

Das Foto von Ted und Ruby wurde an die Kontaktadresse der Stiftung gemailt, und Adam hat mir eben mitgeteilt, dass er mich über die Stiftungs-Website ausfindig gemacht hat. »Wissen Sie noch, was Sie letzte Woche am Freitagabend gemacht haben?«

Er schenkt mir ein leicht verdutztes und zugleich nachsichtiges Lächeln. »Nur, weil ich so lange in der Klinik war, dass ich kaum Tageslicht gesehen habe. Warum fragen Sie?«

Wenn das stimmt, kann er das Foto nicht gemacht haben.

Ich antworte mit einer wohlkalkulierten Unwahrheit. »Mir war, als hätte ich Sie in einem Café gesehen.«

»Das kann nicht sein«, sagt er. »Aber ich wäre Ihnen gerne über den Weg gelaufen.« Ich entdecke keinen Tick. Kein verräterisches Zucken. Nicht den kleinsten Hinweis darauf, dass er lügt.

Ich muss an Teds Hass auf Psychiater denken. Er ist der Meinung, dass sie den Gang der Gerechtigkeit verhindern, indem sie Richtern gegenüber gefährliche Mörder und Gewaltverbrecher als unzurechnungsfähig darstellen. Er verachtet ihre forensischen Kliniken, die für ihn im Wesentlichen Hotels für Straftäter sind. Ted würde Adam Holderness nicht mögen.

Mir wird bewusst, dass ich immer noch seinen Ausweis in der Hand halte, und gebe ihn zurück. Dann versuche ich die scharfen Worte, die ich mir zurechtgelegt habe, in einen möglichst leidenschaftslosen Ton zu verpacken. »Wenn man daran denkt, dass Sie den Großteil Ihrer Zeit damit verbringen, Männern zu helfen, die ihren Liebsten Schreckliches angetan haben – warum sollte meine Selbsthilfegruppe etwas mit Ihnen zu tun haben wollen?«

»Einblicke.«

»Sie wollen mir Einblicke in Jason Thornes Seelenleben geben?«

Seine Stimme ist sehr sanft, als er sagt: »Ich denke, Sie wissen, dass ich mit Ihnen nicht über meine Patienten reden kann. Aber lassen Sie mich wenigstens da helfen, wo es mir möglich ist. In Ihrer Gesprächsgruppe.«

»Vielleicht.«

»Wenn auch nur einer aus der Gruppe dadurch zu einem neuen Verständnis gelangt, hätte es sich dann nicht schon gelohnt? Ihre Arbeit und meine liegen auf demselben Spektrum. Wir sind uns näher, als Sie wahrhaben wollen. Ich habe übrigens online gespendet.« Nach dieser kleinen Ansprache wirkt er beinahe erschöpft und auch ein wenig beschämt, weil er sich nicht zu schade war, mir zu sagen, dass er Geld für die Stiftung überwiesen hat. Es ist die Art schamhaften Verhaltens, das extrem kultivierte Menschen an den Tag legen, wenn man sie für eine außergewöhnliche Leistung gelobt hat.

Wahrscheinlich ist er eher daran gewöhnt, von anderen

beschwatzt zu werden. Er kennt die Situation, dass seine Patienten ihn davon überzeugen wollen, wie harmlos sie sind oder dass ihre Taten gerechtfertigt waren. Sie wollen ihn überreden, ihnen keine Medikamente mehr zu geben oder ihnen bloß nicht die Privilegien zu entziehen. Und vor allem diskutieren sie wahrscheinlich mit ihm darüber, weshalb man sie entlassen sollte. Oder wer weiß, vielleicht ist es manchmal auch umgekehrt, und sie wollen ihn mit aller Macht davon überzeugen, sie *nicht* zu entlassen, weil die forensische Psychiatrie immer noch besser ist als ein echtes Gefängnis.

Wie dem auch sei: Andersherum kennt er es nicht. Dass er sich verkaufen muss, ist eine ungewohnte Situation für diesen dominanten Mann, der sich alle Mühe gibt, sanft und freundlich, aber zugleich auch stark und vernünftig zu erscheinen. Er trägt die Verantwortung für einige der gefährlichsten Menschen der Welt. Thorne ist nur einer von vielen.

Die Eingangstür des Gebäudes knarrt, als sie geöffnet und wieder geschlossen wird. Kurz darauf hört man ein Seufzen und Rascheln aus dem Flur.

Er erhebt sich. »Ich will ganz offen sein. Wenn Sie sich fragen, ob ich an Ihnen persönlich oder an Ihrer Stiftung interessiert bin, dann lautet die Antwort: an beidem.«

Mein Gesicht wird ganz warm. *Es ist zehn Jahre her*, sage ich mir. Zehn Jahre, seit Ted und ich zusammen waren. Zehn Jahre, seit du verschwunden bist. Zehn Jahre, seit ich mit einem Mann geschlafen habe. Mir das einzugestehen ist schon peinlich genug, auch ohne dass jemand anders davon weiß. Ich bin dreißig Jahre alt, und der einzige Mann, mit dem ich je Sex hatte, ist meine Jugendliebe.

Aber jetzt will Ted die Vergangenheit endgültig hinter sich lassen. Er wird mich höchstwahrscheinlich aus seinem Leben streichen, und ich weiß nicht, ob ich das noch einmal ertragen kann. Da ist es wohl kein Verbrechen, sich darüber zu freuen, wenn ein gutaussehender, intelligenter Mann Interesse an mir zeigt, nicht wahr? Derselbe Typ Mann, den du gemocht hättest, mag mich. Und ich mag ihn auch. Dieses stille Eingeständnis versetzt mir einen Stich in der Brust.

»Übrigens«, sagt er. »Sie haben da was an der Schulter.«

Ich drehe den Kopf zur Seite und entdecke einen kleinen weißlichen Klumpen, der aussieht wie geronnene Sahne. Aus meiner Erfahrung mit Luke weiß ich, dass es sich dabei um Babyspucke handelt. Adam reicht mir die Schachtel mit den Papiertaschentüchern, und ich versuche den Fleck notdürftig wegzuwischen. Dann gehe ich zur Tür und öffne sie weit. Keiner von uns beiden sagt ein Wort.

Ich warte, bis er das Gebäude verlassen hat, erst dann wende ich mich den zwei Personen zu, die in der Zwischenzeit hereingekommen sind. Da ist zum einen eine schlanke Frau, bürotauglich gekleidet in dunkelblauem Rock und weißer Bluse. Neben ihr sitzt ein Mann, dessen Gesicht vollständig hinter einer aufgeschlagenen Zeitung verborgen ist. Lediglich seine langen, in einer Anzughose steckenden Beine und die teuren Lederschuhe sind sichtbar.

Ich frage die beiden, ob sie sich noch ein paar Minuten gedulden können. Die Frau nickt steif. Der Mann lässt die Zeitung nicht sinken.

»Sir?«, hake ich nach. »Wäre das in Ordnung für Sie?«

Er legt die Zeitung auf den Schoß. Er hat dunkles, zurückgekämmtes Haar, einen ernsten Mund und eine Nase, die so aussieht, als wäre sie ihm in der Vergangenheit schon einmal gebrochen worden. Sie lässt sein Gesicht etwas weniger perfekt erscheinen, was ihm guttut. Seine modischen Bartstoppeln müssten nur noch ein oder zwei Millimeter wachsen, um ein richtiger Bart zu sein. Das Hemd unter seinem Jackett ist schwarz. Er trägt keine Krawatte.

»Kein Problem«, sagt er. Seine braunen Augen fangen meinen Blick ein.

Ich verschwinde im Büro, um etwas auf dem Stiftungskonto nachzuschauen. Adam Holderness' Spende steht ganz oben in der Liste der Ein- und Abgänge. Eintausend Pfund. Ein großzügiger, aber kein übertrieben hoher Betrag. Das passt zu ihm.

Als ich auf den Gang zurückkehre, um die Frau ins Büro zu bitten, sehe ich, dass sich zwei weitere Leute dazugesellt haben, die rechts und links von ihr sitzen. Dafür ist der Mann mit der Zeitung verschwunden.

Während die Frau auf dem Stuhl Platz nimmt, auf dem vor fünf Minuten noch Adam Holderness gesessen hat, werfe ich erneut einen Blick aus dem schmutzigen Fenster und staune über das, was ich dort draußen sehe. Etwas, das weder in diesen Raum noch in diesen Monat passt. Es ist nur ein winziger Strahl, aber es besteht kein Zweifel: Sonne.

Die Briefe

Es ist das Ende eines langen und anstrengenden Tages, und ich sitze in Lukes Zimmer. Der Gedanke an dich hat mich hierhergeführt. Morgen werden die Menschen, die dich am meisten lieben, zusammenkommen, um sich gegenseitig zu trösten und deiner zu gedenken. Das hättest du uns doch niemals absichtlich zugemutet. Oder?

Ich sitze auf der Bettkante, starre unser Puppenhaus an und sinniere über geheime Botschaften. Obwohl uns ein Altersunterschied von zehn Jahren trennte, wurde uns nie langweilig, wenn wir zusammen mit dem Puppenhaus gespielt haben. Wenigstens dachte ich das bis vor Kurzem – bis Mum zugab, dich mit Geld bestochen zu haben, damit du dich mit mir beschäftigst.

Mein Handy liegt auf dem Bett, halb in Lukes blau gestreifter Decke versunken. Ein Signalton verrät, dass jemand auf der Mailbox der Stiftungs-Hotline eine Sprachnachricht hinterlassen hat. Ich denke an Sadie mit ihrer Riesenwut im Bauch, an der sie mir die Schuld gibt, und mich beschleicht das ungute Gefühl, dass die Nachricht von ihr sein könnte. Vielleicht rechnet sie sich bessere Chancen aus, wenn sie statt meiner Privatnummer die Nummer der Stiftung wählt.

Doch die Nachricht ist nicht von Sadie. Sie ist von einem Journalisten, der wissen möchte, ob die Stiftung tatsächlich von Miranda Brookes Familie geleitet werde, ob es sich bei der Ella Brooke aus dem jüngst erschienenen Zeitungsartikel um Mirandas Schwester handle und ob sie gegebenenfalls bereit sei, ihm anlässlich des zehnten Jahrestags von Mirandas Verschwinden ein Interview zu geben.

Ich überlege, ob dieser Mann in Wahrheit vielleicht gar kein Journalist ist, sondern in irgendeiner Verbindung zu dir steht und versucht, Kontakt zu mir aufzunehmen, ohne dabei seine wahre Identität preiszugeben. Vielleicht ist der Anruf auch eine Reaktion auf meine Nachrichten an N. Henrickson oder meinen Besuch bei Mrs Buenrostro. Ich wollte ein Katalysator sein. Vielleicht ist mein Wunsch in Erfüllung gegangen.

Ich schließe das Voicemail-Fenster und öffne meinen privaten E-Mail-Account. Ich bin dermaßen mit meinen mordlüsternen Gedanken in Bezug auf den Journalisten beschäftigt, dass ich einmal, zweimal, sogar dreimal hinsehen muss, ehe ich die beiden Mails ganz oben wahrnehme.

Wie die meisten sehnsüchtig erwarteten Briefe, so kommen auch diese, sobald ich aufgehört habe, mir Hoffnungen zu machen. Was mich anfangs verwirrt, ist der Umstand, dass beide Mails von Krankenhäusern kommen. Es dauert mehrere Sekunden, bis ich begriffen habe, dass es sich dabei um zwei unterschiedliche Krankenhäuser handelt. Eine Mail ist die Antwort der Klinik, in der du deine Fruchtwasseruntersuchung hast vornehmen lassen und in der auch Luke geboren wurde. Die andere kommt aus dem psychiatrischen Krankenhaus, in dem Jason Thorne einsitzt.

Die Wahl, welche der beiden Mails ich zuerst öffnen soll, ist schnell getroffen. Die Mail aus der Psychiatrie kann nur eine eindeutige Zu- oder Absage auf meinen Besuchsantrag enthalten und bedarf folglich keiner komplexen Analyse. Also fange ich mit ihr an. Mein Herz klopft schneller, als die Nachricht auf dem Display erscheint, und im ersten Moment kneife ich die Augen zu, weil ich Angst habe, sie zu lesen.

Ich weiß nicht genau, wovor ich mich mehr fürchte: davor, Thorne von Angesicht zu Angesicht gegenüberzutreten, oder davor, dass mir genau das verwehrt wird. Letzteres halte ich für wahrscheinlicher, zumal Ted gesagt hat, dass Thorne sich konsequent weigere, die Besuchswünsche derjenigen, die kommen und das Monster in Menschengestalt begaffen wollen, zu erfüllen.

Ich zwinge mich dazu, die Mail zu lesen. Sie ist kurz und bündig. Jason Thorne hat meinem Besuchsantrag entsprochen. Ich schnappe mehrmals nach Luft.

Es gibt noch einen Anhang, den ich ausdrucken und mitbringen muss. Der Termin ist für Dienstag, den fünfzehnten November, angesetzt – in fünf Tagen. Seit Adam Holderness' Besuch heute Morgen sind sieben Stunden vergangen. Das Timing der Mail ist mit Sicherheit kein Zufall. Er konnte mit mir zwar nicht über Thorne sprechen, aber immerhin scheint er mir diese kleine Gefälligkeit erwiesen zu haben.

Ich überfliege ein weiteres beigefügtes Dokument, das seitenweise Verhaltensregeln, Verbote und Vorschriften enthält. Dann schließe ich die Nachricht und öffne die zweite aus dem Krankenhaus, in dem du deine gynäkologischen Voruntersuchungen hast machen lassen.

Der Text der eigentlichen E-Mail besteht nur aus einem Satz:

Beachten Sie bitte beiliegendes Schreiben. Sofort klicke ich auf das kleine graue Icon und warte, bis sich das Dokument geöffnet hat. Ich lese es wieder und wieder, als könnte ich dadurch ein verschlüsseltes Geheimnis entdecken, das sich irgendwo zwischen den förmlichen Worten verbirgt. Ich muss die Augen zusammenkneifen, so winzig ist die Schrift

Sehr geehrte Miss Brooke,

vielen Dank für Ihren Antrag auf Einsicht in die Patientenakten Ihrer Schwester MIRANDA CHARLOTTE BROOKE. *Ihre Anfrage auf Herausgabe der Ergebnisse ihrer Amniozentese wurde vom Unterzeichner dieses Schreibens geprüft. Bestehen triftige Gründe, kann die Weitergabe von Informationen verweigert werden. Ihr Ersuchen wird daher in Übereinstimmung mit folgendem Sachverhalt abgelehnt:*
Die von Ihnen angefragten Informationen stehen im Zusammenhang mit einer dritten Person, die keine Zustimmung zu deren

Weitergabe erteilt hat (wobei o. g. dritte Person kein behandelnder Mediziner der Patientin oder Pflegemitarbeiter ist).
Da wir den Datenschutz und die Sicherheit von Patienteninformationen sehr ernst nehmen, bitten wir um Ihr Verständnis, dass wir Ihnen in diesem Fall nicht behilflich sein konnten.

Mit freundlichen Grüßen,
Miss M. J. Atworth
(Sachbearbeiterin Patientenakten)

Ich lege mein Handy auf Lukes Nachttisch. Mein Herz schlägt schneller.

Diese E-Mail enthält eine überaus wichtige Information, die Miss M. J. Atworth nicht einmal ansatzweise zu verschleiern versucht hat. Insofern ist Miss M. J. Atworths Bedauern unnötig, denn sie war mir in diesem Fall sehr wohl behilflich.

Die von Ihnen angefragten Informationen stehen im Zusammenhang mit einer dritten Person, die keine Zustimmung zu deren Weitergabe erteilt hat.

Das Offensichtlichste zuerst: Besagte dritte Person kann nicht Luke sein. Lukes Identität ist allgemein bekannt, und rein rechtlich betrachtet war er in der sechzehnten Schwangerschaftswoche noch keine Person, sondern ein Teil von dir.

Auch ohne deine Patientenakten eingesehen zu haben, begreife ich jetzt, was passiert ist. Deine Verzweiflung muss wirklich groß gewesen sein, denn ich weiß noch, wie viel Angst du vor allem hattest, was eine Fehlgeburt auslösen konnte, und dazu zählt auch eine Amniozentese-Nadel. Aber sie war eben auch die einzige Möglichkeit, schon so früh in der Schwangerschaft einen Vaterschaftstest durchführen zu lassen.

Natürlich hätte das Krankenhaus auch eine DNA-Probe von einem der beiden in Frage kommenden Erzeuger gebraucht, um sie mit der deines ungeborenen Kindes zu vergleichen. Derjenige, von dem die DNA-Probe stammte – wer auch immer es war –, hätte schriftlich in den Vaterschaftstest einwilligen müssen und in dem Zusammenhang darauf bestehen können, dass seine Anonymität gewahrt bleibt. Das wiederum bedeutet, dass mindestens einer der möglichen Väter von dem Test gewusst haben muss.

Ich schätze mal, es war der Mann, den du *nicht* wolltest. Die Vorstellung, der Mann, den du liebst, könnte erfahren, dass du mit einem anderen geschlafen hast, wäre sicher unerträglich für dich gewesen. Ganz bestimmt hättest du nicht gewollt, dass er von deinen Zweifeln in Bezug auf die Vaterschaft deines Kindes erfährt. Jeder dieser beiden Männer hätte dir aus Wut oder Eifersucht etwas antun können.

Wie hast du es nur geschafft, mir all das zu verheimlichen? Ich stelle mir deine Panik vor, spüre in meinem Innern, wie es für dich gewesen sein muss, dieses Geheimnis so lange mit dir herumzutragen. Jetzt verstehe ich auch, warum du uns erst nach der zwanzigsten Woche von deiner Schwangerschaft erzählt hast – nachdem der Test das sehnsüchtig erhoffte Ergebnis geliefert hatte.

Wenn es anders ausgefallen wäre, hättest du die Schwangerschaft vermutlich abgebrochen. Du hattest ja mehrere Monate Zeit gehabt, dich mental dafür zu wappnen. Du wärst bereit gewesen, deiner Sammlung ein weiteres Geheimnis hinzuzufügen.

Du hättest das Kind auch einfach sicherheitshalber abtreiben und danach mit dem Richtigen einen zweiten Versuch starten können. Aber das hast du nicht getan. Lag es daran, dass die Gelegenheiten, von dem betreffenden Mann schwanger zu werden, begrenzt waren? M+N+??

Nein. Ich glaube, du hättest es schlichtweg nicht ertragen, das Kind zu verlieren, wenn auch nur die geringste Möglichkeit bestand, dass es von dem Mann war, den du liebtest. Du wolltest dem Baby jede Chance geben.

Du hast so oft davon gesprochen, die große Liebe finden zu wollen. Genau das muss Lukes Vater für dich gewesen sein. Aber warum hast du dann überhaupt mit einem anderen geschlafen? Bei diesem Gedanken rutscht mir das Herz in die Hose. Vielleicht wurdest du ja gezwungen.

Und dann ist da noch eine andere, viel wichtigere Frage.

Warum um alles in der Welt hast du uns diesen Mann, der die Liebe deines Lebens gewesen sein muss, nicht vorgestellt? Du hättest dir doch bestimmt gewünscht, dass deine Familie ihn kennenlernt? Doch jede Frage, auf die ich eine Antwort finde, führt nur zu zahllosen neuen Fragen, die ich nicht beantworten kann.

Freitag, 11. November

Der Jahrestag

Ich stehe an meinem Schlafzimmerfenster und blicke im schwindenden Tageslicht angestrengt auf den regennassen Friedhof hinaus. In Gedanken lasse ich Revue passieren, was ich am Tag deines Verschwindens gemacht habe. Ich versuche, jede einzelne meiner Minuten mit deinen abzugleichen. Wird mir vielleicht etwas Neues auffallen, etwas Wichtiges, das ich bislang übersehen habe? Macht der Mann, der dich entführt hat, womöglich gerade dasselbe?

Vor genau zehn Jahren, als ich zwanzig war und mich im letzten Jahr meines Biologiestudiums befand, hast du deinen zehn Wochen alten Sohn bei unserer Mutter abgegeben. Es war acht Uhr dreißig an einem Freitagmorgen. An *dem Morgen.*

Ursprünglich hattest du mit Luke für ein langes Wochenende zu mir kommen wollen. Du wolltest dir ein Zimmer in einem noblen Seehotel in der Nähe meiner Studentenbude nehmen. Es sollte deine erste Reise mit Luke werden. Aber dann habe ich dich einige Tage vorher angerufen und die Sache abgesagt. Ted hatte nämlich festgestellt, dass er an besagtem Wochenende wider Erwarten doch dienstfrei haben würde.

»Aha. Dein Freund ist dir also wichtiger als deine Schwester und dein Neffe?«, hast du gesagt.

Und ich habe dich angelogen. Ich habe behauptet, es hätte nichts mit Ted zu tun. Ich sei mit dem Lernen im Rückstand und müsse die Nacht durchmachen, sonst würde ich bei der Prüfung durchrasseln und von der Uni fliegen.

»Dann kommt Ted also nicht zu dir nach Brighton?«

»Nein.«

»Belüg niemals einen Lügner, Melanie. Du kannst jeden täuschen, aber mich nicht. Ich bin der eine Mensch, der immer die Wahrheit wissen wird.«

Ich lüge so gut wie nie. Der Himmel weiß, warum ich damals gelogen habe. »Ich lüge nicht«, beteuerte ich, was eine faustdicke Lüge war.

»Sag einfach die Wahrheit. Ich bin es doch.«

»Das weiß ich.«

»Ich kann nachvollziehen, wie es ist, wenn man jemanden liebt und ihn nicht annähernd so oft sehen kann, wie man gerne möchte. Ich würde das doch verstehen. Aber du musst es auch zugeben. Ich hasse es, wenn du mich anlügst.«

Damals habe ich etwas gelernt, was du bereits wusstest: dass es, wenn man einmal mit dem Lügen begonnen hat, schwer werden kann, damit aufzuhören. Und noch schwerer ist es, sich nicht ertappen zu lassen. Also wandte ich eine bewährte Miranda-Technik an. »Ich finde es echt traurig, dass du mir nicht glaubst.«

»Nicht schlecht. Du hast bei einer Meisterin gelernt. Aber vergiss eins nicht: Welche Fehler ich auch immer gemacht habe, mir war nie jemand wichtiger als meine Familie. Mir war nie jemand wichtiger als du.«

»Im Ernst?«

»Wenn es hart auf hart kommt, stehst du für mich immer an erster Stelle.«

»Miranda –«

»Lüg nicht, wenn es um Männer geht. So was darfst du niemals tun. Ich schwöre dir, es lohnt sich nicht.«

Ich dachte an etwas, das unsere Mutter einmal gesagt hatte. *Wenn du lügst, dann mach es nicht zu kompliziert, sonst verwickelst du dich in Widersprüche oder vergisst, was du gesagt hast.* Aber ich befand mich schon so fest im Klammergriff meiner Lüge, dass ich meine Situation nur immer weiter verschlimmerte. »Ich lüge nicht –«

»Ted ist es doch gar nicht wert. Du bist viel zu gut für ihn. Außerdem habe ich keine Zeit für so einen Mist, Melanie.«

»Bitte –«

»Das Baby schreit.«

»Jetzt gib mir doch Gelegenheit, es dir zu erklären –«

»Ich pack das einfach nicht.« Dann hast du den Hörer aufgeknallt. Das war das Letzte, was du je zu mir gesagt hast. Unser letztes Gespräch war eines der schlimmsten, die wir je hatten.

Geht niemals im Streit auseinander. Dazu hat uns unsere Mutter immer wieder angehalten. Meine letzte Erinnerung an dich ist, wie unfassbar wütend du auf mich warst. Ich bin auch wütend auf mich, und ich werde vermutlich nie damit aufhören, wütend auf mich zu sein. Ich habe dich und Luke für Ted versetzt. Hätte ich das nicht getan, wäre alles anders gekommen.

An *dem Morgen* – diese zwei Worte schleichen sich immer wieder in meine Gedanken – hast du deinen metallicschwarzen

BMW in der Einfahrt unserer Eltern geparkt und Luke ins Haus getragen.

Das Luxusleben der verschwundenen Krankenschwester.

Das ist eine der wenigen Schlagzeilen, in denen tatsächlich ein Körnchen Wahrheit steckte. Wie konntest du dir von deinem Schwesterngehalt einen nagelneuen BMW leisten? Die Frage haben wir dir natürlich auch gestellt, allerdings habe ich dir von dem, was du zum Thema Geld gesagt hast, grundsätzlich nichts geglaubt. Selbst Dad hat oft Witze darüber gemacht, dass man dir niemals die Schlüssel zum Familientresor anvertrauen dürfe.

Du hast behauptet, der Wagen sei eine gute »Mamikutsche«, und man hätte dir im Autohaus ein »Superangebot« gemacht, weil sofort klar gewesen sei, dass jemand wie du weitere Kunden ins Geschäft locken würde, denn jeder, der dich in dem Auto sähe, würde sofort ein ähnliches Modell haben wollen.

Wenn du so geredet hast, wusste man nie, was man dagegen sagen sollte, vor allem wenn deine Lügen von der besonders haarsträubenden Sorte waren. Unsere Mutter hat es jedenfalls nie gewagt, dir zu widersprechen. Fürchtete sie, du könntest, sollte deine Scharade auffliegen, beleidigt abrauschen und nie mehr wiederkommen? Oder einen Nervenzusammenbruch erleiden? Andererseits bestand grundsätzlich auch die Möglichkeit, dass du die Wahrheit sagst, denn wenn irgendjemand einen Autohändler dazu bringen konnte, ihm ein Luxusauto für einen Spottpreis zu verkaufen, dann du.

Nachdem die Polizei herausgefunden hatte, dass dein Wagen ein Barkauf gewesen war, hat sie uns eingehend zu deinen Finanzen befragt. Aber wir konnten uns die Sache auch nicht erklären. Anders als heute gab es damals noch nicht so viele Maßnahmen zu Verhinderung von Geldwäsche, und es war noch relativ einfach, größere Summen in bar zu bezahlen oder Überweisungen zu tätigen, die nicht zurückverfolgt werden konnten. Anfangs haben sich die Ermittler sehr für deine finanzielle Situation interessiert, doch dann ließ ihr Interesse schlagartig nach. Ich frage mich, ob sie womöglich auf etwas gestoßen sind, das sie ganz bewusst unter den Teppich gekehrt haben.

An *dem Morgen* stand unsere Mutter mit Luke im Arm am Wohnzimmerfenster und winkte mit seinem kleinen Händchen, während du zurück zu deinem glänzenden Neuwagen gingst. Die Entscheidung, Luke bei Mum zu lassen, war ganz kurzfristig gefallen, du hattest sie erst am Abend zuvor deswegen angerufen. Selbstverständlich hast du ihr nicht gesagt, wo du hinwolltest. Und selbstverständlich hat sie sich nicht getraut, dich danach zu fragen.

Während ich auf den Friedhof hinausblicke und zu rekonstruieren versuche, wo du als Letztes gewesen bist, muss ich an die Ratschläge aus den Broschüren denken, die ich nach deinem Verschwinden gelesen habe.

Wenn jemand vermisst wird, überlegen Sie genau, welche Kleider er oder sie am Tag des Verschwindens anhatte.

Du trugst ein rauchblaues, knapp knielanges Hemdblusenkleid.

»Hatte sie eine Mohnblume angesteckt?«, wollte die Polizei wissen.

»Nein.« Unsere Mutter machte sich Gedanken, dass die Beamten unseren Mangel an Patriotismus negativ bewerten könnten. Sie befürchtete, sie würden sich bei der Suche nach dir weniger Mühe geben, wenn du ihnen nicht sympathisch warst.

Dein Kleid war aus Seide, du hattest es am Nachmittag vor deinem Verschwinden gekauft und bar bezahlt. Die Verkäuferin erinnerte sich noch daran, dass du das Kleid in beiden verfügbaren Farben genommen hast, und zwar ohne es vorher anprobiert zu haben.

Ich stelle mir vor, wie die bezogenen Knöpfe abspringen, als der Mann, der dich entführt hat, dir das Kleid vom Leib reißt. Ich stelle mir den Gürtel vor, der statt um deine Taille um deine Handgelenke gewickelt ist. Oder um deinen Hals. Ich versuche den Gerüchten darüber, was Jason Thorne seinen Opfern angetan hat, keinen Raum zu geben, aber es gelingt mir nicht.

Das zweite Kleid war braun, eine Farbe, die du nur selten trägst. Es hängt noch mitsamt Etikett in deinem Schrank. Über der Kleiderstange befindet sich ein Regalbord, auf dem du einige Designer-Handtaschen aufbewahrt hast, die zusammen mehrere zehntausend Pfund wert waren. Unten im Schrank standen Schuhe, die eines Filmstars würdig gewesen wären. Für all diese Sachen gibt es keine Kaufbelege. Wahrscheinlich handelte es sich um Geschenke von Lukes Vater.

All diese schicken Dinge hast du mir hinterlassen. Vor drei Jahren, nachdem du für tot erklärt wurdest, habe ich die Taschen versteigern lassen und das Geld der Stiftung zukommen lassen. Die petrolfarbene Birkin Bag war aus echtem Krokodilleder, und ich brachte es kaum über mich, sie anzufassen. Trotzdem zwang ich mich, sie gründlich in Augenschein zu nehmen, so wie jeden Gegenstand aus deinem Besitz, für den Fall, dass du eine Botschaft in einer der Taschen versteckt oder ein kleines Geheimnis in ein Futter eingenäht hattest.

»Wo hast du das her?«, habe ich dich bei einigen Sachen gefragt, was zugleich bedeutete: *Wie kannst du dir so was leisten?*

Deine Erklärung begann jedes Mal mit den Worten: »Pass auf, das glaubst du nicht …«, gefolgt von einem Lachen und der Floskel: »Also, um es kurz zu machen …« Doch was dann kam, war immer alles andere als kurz. Vielmehr handelte es sich um eine Abfolge von Ereignissen, die derart verworren und abstrus war, dass du dich, am Ende angekommen, kaum noch an den Anfang erinnern konntest.

»Du grinst schon wieder so komisch«, sagte ich dann. »So guckst du immer, wenn du lügst. Ich weiß genau, dass du lügst. Wenn du lügst, machst du immer diesen albernen Fischmund.«

Du hast dann gelacht und dich damit endgültig verraten. »Du musst mir beibringen, wie man richtig lügt, Melanie«, hast du gesagt. »Du bist die beste Lügnerin, die ich kenne. Nur bei mir gelingt es dir nicht.« Und dann hast du noch gesagt: »Du würdest mich doch nicht verpetzen, oder? Du würdest es doch niemandem verraten, wenn du mich beim Lügen erwischst?«

An *dem Morgen* trugst du ein Medaillon aus Platin an einer Platinkette um den Hals. Dieses Medaillon hattest du immer bei dir, darin befand sich auf der einen Seite ein Porträtfoto von mir und auf der anderen eins von Luke. Du hast mir genau das gleiche Medaillon geschenkt. Sogar unsere Mutter hat die Stirn gerunzelt, weil sie sich fragte, wie viel so ein Schmuckstück gekostet haben musste.

In meinem Medaillon habe ich neben Lukes Foto ein Foto von dir. Ich lege es niemals ab. Die Existenz des Medaillons ist etwas, wovon die Öffentlichkeit nichts weiß. Die Polizei hat die Information ganz bewusst zurückgehalten.

Da es keine Spuren gab, die auf eine Entführung hindeuteten, teilte uns die Polizei mit, wir müssten auch die Möglichkeit in Betracht ziehen, dass du entweder Selbstmord begangen hättest oder mit einem reichen Liebhaber durchgebrannt wärst.

Wenn jemand vermisst wird, vertrauen Sie auf Ihre Intuition.

Meine Intuition sagt mir, dass du nicht depressiv warst. Ausgeschlossen. Das passte einfach nicht zu dir. Du hättest dich niemals umgebracht. Und du hättest Luke niemals im Stich gelassen, nicht für alles Geld der Welt. Er ist das Einzige, wofür du auf ein Vermögen verzichtet hättest.

Sofort höre ich wieder Teds Stimme im Kopf, die dort neuerdings in Endlosschleife zu laufen scheint. *Bist du dir da sicher? Bist du sicher, dass du sie wirklich kanntest?*

Meine Antwort auf beide Fragen ist nur ein Wort – ein wütend gefauchtes *Ja*.

Ich habe Angst, dass derjenige, der dich entführt hat, dich eine Zeit lang gefangen gehalten haben könnte. So hat Jason Thorne es mit seinen Opfern gemacht.

Wie muss es für dich gewesen sein, als deine Brüste immer voller und schwerer wurden, eine schmerzhafte Erinnerung daran, wie sehr Luke dich brauchte? Vielleicht hast du vom Milchstau sogar Fieber bekommen. Du hattest gerade eine Mastitis gehabt und die Antibiotika erst wenige Tage zuvor abgesetzt. Du hättest einen Rückfall erleiden können. Durch dein Verschwinden hast du deinen Arzttermin am späten Nachmittag versäumt. Wundert es da jemanden, dass das Blut in meinem Körper einfach zum Stillstand kam? Ich habe noch im Ohr, wie Dr. Blossom mir die Diagnose verkündete, als würde er ein Gedicht rezitieren. *Temporäre Schwankung in der Hypothalamus-Funktion. Stressbedingte Amenorrhoe.*

Obwohl das »temporär« mittlerweile schon zehn Jahre andauert, teilte Dr. Blossom mir fröhlich mit, dass es sich nicht um eine verfrühte Menopause handle. Die Anzahl an Eizellen sei für mein Alter im absoluten Normbereich. Aber es ist egal, wie viele Eizellen ich habe, solange sie einfach nur untätig herumliegen und sich nicht von der Stelle bewegen. Monat um Monat um Monat.

Ted will Kinder. Er will viele Kinder, weil er selbst keine Geschwister hatte, sondern als Einzelkind bei seiner Mutter aufgewachsen ist, die er, so kam es mir jedenfalls immer vor, weitestgehend von mir fernhalten wollte. Früher habe ich oft zu ihm gesagt, dass er mich nur meines Vaters wegen lieben würde. Das war natürlich als Scherz gemeint, aber trotzdem nicht ganz unwahr. Mein Vater bedeutet ihm immer noch viel.

Ted meinte einmal, wir würden sicher mindestens ein Dutzend Kinder bekommen, weil wir die Finger nicht voneinander lassen könnten. Wie hätte ich guten Gewissens zulassen können, dass er sich an jemanden wie mich bindet, wo doch sein sehnlichster Wunsch der nach einer großen Familie ist?

Obwohl seine alten Phantasien in Bezug auf ihn und mich kurzzeitig wieder aufgeflammt sind, wünscht er sich letzten Endes eine Frau, mit der er Kinder bekommen kann, und da ist es natürlich eine leichte Ausstiegsstrategie für ihn, die alte Klage anzustimmen, ich sei von deinem Schicksal besessen.

Hör auf, im Reich der Toten zu leben, hat er einmal gesagt. Und genau wie unsere Mutter habe ich zurückgefeuert: *Sag ja nicht, dass sie tot ist.*

Wie sollte der Leben spendende Teil in mir nicht verdorren bei dem schrecklichen Gedanken, was dir zugestoßen sein könnte?

Wie auch immer Dr. Blossoms offizielle Diagnose lautete, ich glaube, die Bilder, die ich in den ersten Jahren deiner Abwesenheit permanent im Kopf hatte, sind schuld daran, dass etwas in meinem Körper zum Stillstand gekommen ist. Sie waren wie eine Diashow. Es machte keinen Unterschied, ob ich die Augen offen oder geschlossen hatte oder wie sehr ich mich bemühte, an etwas anderes zu denken.

Nachdem Ted und ich an deinem letzten Vormittag aufgewacht waren, badeten wir zusammen in einer großen alten Eisenbadewanne und seiften uns lachend gegenseitig ein. Hinterher tupfte Ted mir lauter winzige Küsse auf die Brust. Er fuhr mit dem Finger meine Schulter entlang und meinen Arm hinunter.

Wenn jemand vermisst wird, verlieren Sie keine Zeit, sondern beginnen Sie umgehend mit der Suche.

Um vierzehn Uhr warst du noch nicht wiederaufgetaucht, obwohl du Luke eigentlich schon eine Stunde zuvor hattest abholen wollen. Pünktlichkeit war nicht gerade deine Stärke, aber wenn es um Luke ging, warst du ungewohnt verlässlich. Erst recht, wenn deine Brüste wehtaten, weil es Zeit zum Stillen war.

Wenn jemand vermisst wird, kontaktieren Sie Freunde und Verwandte, um festzustellen, ob sie etwas über den Verbleib der betreffenden Person wissen.

Als unsere Eltern um fünfzehn Uhr versuchten, erst dich und dann mich telefonisch zu erreichen, nahm niemand ab. Dein Akku war schon leer, und mein Handy war ausgeschaltet.

Unsere Eltern standen vor einem großen Problem: Du warst unauffindbar. Und vor einem kleineren: Dein Sohn hatte Hunger. Der Muttermilchvorrat, den du in ihrem Gefrierfach gebunkert hattest, ließ sich zwar problemlos auftauen und erwärmen, aber der Plan hatte einen Haken: Nachdem Luke drei Stunden ununterbrochen geweint hatte, war er durch nichts dazu zu bewegen, aus dem Fläschchen zu trinken.

Um siebzehn Uhr klopfte jemand an die Tür meines Kellerzimmers. Später erfuhr ich, dass es ein Mitarbeiter der Hausverwaltung war, den meine Eltern gebeten hatten, nach mir zu suchen. Sie hofften, dass ich wissen würde, wo du steckst.

Als das Klopfen nicht aufhörte, zogen Ted und ich uns die Decke über den Kopf und taten so, als wären wir nicht da, bis der Besucher wieder verschwand.

Wenn jemand vermisst wird, ist es nie zu früh, die Polizei einzuschalten, vor allem, wenn ein solches Verhalten für die betreffende Person untypisch ist.

Um achtzehn Uhr alarmierten unsere Eltern die Polizei.

Wenn jemand vermisst wird, geraten Sie nicht in Panik.

Um zwanzig Uhr wurde dein Auto gefunden.

Wenn jemand vermisst wird, geben Sie auf keinen Fall sich selbst die Schuld.

Um zweiundzwanzig Uhr klopfte es erneut an meiner Tür. Ted kitzelte mich und hielt mir gleichzeitig den Mund zu, damit man mein Lachen draußen nicht hörte. Dann rief eine strenge Männerstimme mehrmals meinen Namen. Ted hat genau denselben Tonfall, wenn er im Dienst ist und schlechte Nachrichten überbringen muss. Als Nächstes rief die Stimme, die Polizei sei da, und das Klopfen wurde zu einem lauten Hämmern, das gar nicht mehr aufhören wollte. Endlich lösten Ted und ich uns voneinander, und von dem Augenblick an, als er sich ein Handtuch um die Hüften schlang, um die Tür zu öffnen, und wir erfuhren, dass es *der Tag* war, lief alles wie in Zeitlupe ab.

Ich war mir sicher – und bin es immer noch –, dass ein böser Zauberer dich hat verschwinden lassen. Ich verbringe mein Leben damit, darüber nachzudenken, welche Tricks er angewandt haben könnte, damit ich andere Menschen davor bewahren kann, auf sie hereinzufallen. Und damit ich mich selbst gegen sie wehren kann, sollte ich jemals einem solchen Zauberer begegnen.

Inzwischen ist es fast vollständig dunkel. Wenn ich zum Abendessen mit Mum und Dad und Luke nicht zu spät kommen will, muss ich bald aufbrechen. Doch ich kann mich nicht losreißen. Ich spiele Schattenspiele mit mir selber, während ich aus dem Schlafzimmerfenster spähe.

Wenn ich ganz schnell bin, gelingt es mir, einen Blick auf dich zu erhaschen, wie du mit deinem rabenschwarzen Haar und deinem bleichen Gesicht über den Friedhof gehst. Giselles Geist, der zwischen den geborstenen Grabsteinen umherschwebt. Du suchst mich, so wie du es immer getan hast, als ich noch klein war. *Du suchst mich.* Es scheint kaum vorstellbar, dass es jemals so gewesen ist.

Doch dann lässt mich etwas innehalten. Ein Mann, ganz in Schwarz gekleidet, drückt sich seitlich gegen ein kleines Mausoleum von der Größe und Gestalt eines Pfefferkuchenhäuschens. Im nächsten Moment ist er dahinter verschwunden. Ich überlege, ob ich nach draußen laufen und nach ihm suchen soll. Dein warnender Schrei klingt in meinen Ohren. *Tu es nicht!* Doch am Ende ist es nicht die Gefahr, die mich abhält, sondern die Vergeblichkeit des Unterfangens. Wenn ich auf dem Friedhof ankäme, wäre er längst über alle Berge. Außerdem ist es schon zu dunkel.

Ich stelle mir vor, was Ted dazu sagen würde. *Ein Spaziergänger. Das hat nicht das Geringste mit dir zu tun.* Aber ich werde das Gefühl nicht los, dass die Anwesenheit dieses Mannes sehr wohl etwas mit mir zu tun hat und dass er sich in voller Absicht an einer Stelle positioniert hat, von der aus er ungehindert in mein Schlafzimmer blicken kann.

Ignoriert niemals eure Instinkte. Das ist eine der Regeln, die ich den Frauen in meinen Selbstverteidigungskursen wieder und wieder einschärfe. Und ich werde bestimmt nicht meinen eigenen Rat missachten. Es besteht keine Notwendigkeit, den Mann jetzt suchen zu gehen. Denn wenn mich mein Instinkt nicht trügt, wird er wiederkommen.

Samstag, 12. November

Gelbe Rosen

Ich stapfe lachend und plaudernd hinter Luke durch den Wald, obwohl mir von dem vielen Wein, den ich gestern Abend getrunken habe, der Schädel brummt.

Nachdem Luke ins Bett gegangen war, habe ich in deinem kleinen Holzstuhl am Kamin gesessen, als wollte ich ihn für dich warm halten. Ich konnte nicht aufhören, an den gelben Rosen herumzuspielen, die neben mir auf einem niedrigen Tischchen standen. Ich hatte sie für Mum mitgebracht, weil gelbe Rosen deine Lieblingsblumen sind.

Ich versuchte es nicht als Fluch zu betrachten, als ich mir den Finger an einem der Dornen stach. Und ich versuchte, kein böses Omen darin zu sehen, dass die Rosen ungewöhnlich schnell welkten und die Blütenblätter an den Rändern bereits braun wurden. Ich war traurig, weil immer wieder welche herunterfielen. Ich hatte extra ein Beutelchen Flüssignahrung ins Wasser geschüttet, aber danach schienen die Rosen ihre Blätter nur noch schneller abzuwerfen, und wie oft ich die Stiele auch richtete und zurechtrückte, sie wollten einfach nicht in der Vase stehen bleiben. Immer wieder kippte einer zur Seite, so dass irgendwo eine Lücke klaffte.

Als du dich in gelbe Rosen verliebt hast, wusstest du noch nicht, dass Gelb die Farbe der Vermissten ist. Du konntest nicht ahnen, dass Gelb einmal zu deiner Farbe werden würde. Die meisten Familien, in denen ein Mitglied vermisst wird oder verschwunden ist, binden gelbe Bänder an Bäume oder Zäune. Wir tun das auch, und darüber hinaus füllen wir das Haus mit gelben Rosen.

Ich mühte mich also mit deinen Rosen ab, lutschte an meinem blutenden Finger und schenkte mir ein Glas Wein nach dem anderen ein, um nur ja nicht an Jason Thorne denken und mich fragen zu müssen, welche Rosen er möglicherweise bevorzugt. Doch es half nichts, meine Gedanken kreisten die ganze Zeit um meinen bevorstehenden Besuchstermin. Mum quittierte meinen Alkoholkonsum und den offenkundigen Anlass dafür mit düsteren Blicken. Ihre Blicke wurden noch düsterer, als ich ihr deine versteckte Vergissmeinnicht-Botschaft überreichte und unseren Eltern von Mrs Buenrostro erzählte.

Dad ist gleich heute früh losgefahren, um den Zettel auf die Wache zu bringen. Wahrscheinlich wird er dort stundenlang warten müssen, während sie beratschlagen, was sie damit anfangen sollen. Meine Vermutung ist, dass sie ihn auf die eine oder andere Weise »verlieren« werden.

Wie immer zieht es Luke zu der gespaltenen Eiche, die du so geliebt hast. Neben seinem Bett steht ein Foto, das wenige Tage nach seiner Geburt aufgenommen wurde. Darauf sitzt du in dem hohlen Stamm, hältst Luke im Arm und lässt dich von der Spätsommersonne des beginnenden Septembers bescheinen. Du siehst so unvergleichlich schön aus, wie du auf das kleine Bündel in deinen Armen herabblickst und lächelst.

Als Luke und ich uns deinem Baum nähern, lege ich ihm eine Hand auf die Schulter, damit er dicht bei mir bleibt. Im weichen Erdreich am Fuß des Stamms ist der Abdruck eines Männerschuhs zu sehen. Man erkennt nur den vorderen Teil der Sohle, trotzdem besteht kein Zweifel daran, worum es sich handelt.

Ich denke an den Mann gestern auf dem Friedhof und blicke mich suchend um, während ich gleichzeitig zu ergründen versuche, was genau mich an diesem Schuhabdruck so stört. Dann fällt es mir ein: Es hat damit zu tun, dass es nur dieser eine Abdruck ist, noch dazu ein unvollständiger. Die Person, von der er stammt, muss bemüht gewesen sein, nicht noch weitere zu hinterlassen. Keine Fußspur führt zu dem Abdruck hin oder von ihm weg.

Wie hat er das geschafft? Hat er bei jedem Schritt etwas untergelegt? Dann muss er unachtsam geworden sein. Wurde er gestört oder durch irgendetwas aufgeschreckt, sodass er seine Vorsicht vergaß? Ich lasse meine Hand leicht auf Lukes Schulter liegen und sehe mich nochmals gründlich um, bis ich absolut sicher bin, dass derjenige, von dem dieser Abdruck stammt, nicht mehr in der Nähe ist.

Dann blicke ich hinauf in den Himmel. Rauchschwarze Wolken jagen auf uns zu. Aus der Erde steigt der feuchte Geruch alter Zeitungen auf. Jede Minute wird die Sonne hinter den Wolken verschwinden. Bald darauf wird der Regen einsetzen und den Schuhabdruck auslöschen. Ich kann wohl kaum erwarten, dass die Polizei ein Team der Spurensicherung herschickt, um ihn zu sichern – schon gar nicht vor dem Regen.

Ich lasse die Hand sinken. »Kannst du schnell ins Haus laufen und mein Handy holen, Luke?«

»Klar, klar.«

Ich liebe seine Angewohnheit, das Wort immer zweimal zu sagen. Er ist bereits losgestiefelt, als mir noch eine Idee kommt. »Warte kurz.«

Mir ist soeben wieder eingefallen, wie ich mit Luke, als er noch kleiner war, Gipstiere gegossen und angemalt habe. Wir haben damals ganze Herden phantastischer Kreaturen produziert – genug, um einen Zoo zu bevölkern. »Kannst du auch noch das Lineal aus deinem Ranzen mitbringen? Und Grannys Haarspray? Das ist die mattgoldene Spraydose auf ihrer Frisierkommode.«

Er zieht eine Augenbraue hoch. »Seit wann benutzt du Haarspray? Ich dachte, du magst das Zeug nicht.«

»Ich dachte, wir könnten es mal einem Gebrauchstest unterziehen. Wie stark haftet Marke A an Erde ...«

»Faszinierend«, sagt er wie der Meisterspion, der er gerne wäre, und bringt mich damit zum Lachen. »Keine Angst. Ich bin ultraschnell.«

Ich mag es, dass er trotz seiner außergewöhnlichen Reife immer wieder in das typische Verhalten eines Zehnjährigen zurückfällt. Im Moment freut er sich zu sehr auf das abenteuerliche Experiment mit mir, um sich zu fürchten. Er läuft los, und ich bin erleichtert. Ich muss mir keine Sorgen machen, dass ich ihm Angst eingejagt haben könnte. Wenigstens nicht fürs Erste.

Ich sehe ihm nach, wie er zum Haus rennt. Er hat einen etwas unbeholfenen Laufstil, den ich einfach hinreißend finde. Luke ist nicht gerade der geborene Athlet. Bis er in die Schule kam, hat er beim Rennen immer laut gelacht – sein Glückslachen nannten wir es. Es kam ganz von selbst beim Atmen. Aber weil er deswegen gehänselt wurde, ist das Glückslachen irgendwann verschwunden. Ich weiß gar nicht mehr genau, wann ich es zum letzten Mal gehört habe. Ich hoffe immer noch, dass es eines Tages vielleicht wiederkommt.

Ich umrunde deinen Baum und gehe auf der anderen Seite, in sicherer Entfernung zum Schuhabdruck, in die Hocke. Ich betrachte die Steine, aus denen Luke und ich nach seiner Geburtstagsfeier am letzten Tag im August ein großes M gelegt haben. M wie Miranda. M wie Mummy. M wie Melanie.

Anfang August war ich mit Luke zu einem Kurzurlaub in Norfolk, dort haben wir die Kiesel am Strand gesammelt. Sie liegen nicht mehr so, wie wir sie hingelegt haben. Der linke Schenkel des M ist kürzer als der rechte. Damals haben wir sehr genau darauf geachtet, dass beide die gleiche Länge haben, und dafür Lukes Arm als Maßstab benutzt. Wir haben unten links begonnen. Zuerst kamen die rosafarbenen Kiesel, dann die violetten, dann die blauen und schließlich die grauen – bis wir am unteren Ende des rechten Schenkels angelangt waren. Jetzt sind die rosafarbenen Kiesel verschwunden. Der Wind kann sie nicht weggeweht haben, dazu sind sie zu schwer. Der Boden ist zwar feucht, aber fest, versunken sind sie also auch nicht, und weil die übrigen Steine nicht durcheinandergebracht wurden, ist ebenfalls auszuschließen, dass ein Tier an der Stelle gewühlt hat – ganz abgesehen davon, dass ein Tier die Steine wohl kaum mitgenommen hätte. Nein, die rosafarbenen Kiesel wurden fein säuberlich entfernt, ohne den Rest des M anzutasten. Das kann nur ein Mensch gewesen sein. Aber es sind nirgendwo in der Nähe Fußspuren zu sehen.

Mein Blick geht zu der benachbarten Eiche. Die Pflanzen in der Nähe sind abgeknickt. Ist er dort stehen geblieben, nachdem er durch den Wald eine Runde um das Haus gemacht hatte? Nachdem er zu dem Schluss gekommen war, dass die Kameras, die ich an allen vier Hausseiten habe installieren lassen, nicht bis zwischen die dichten Bäume reichen?

Hat er uns beobachtet wie lebensgroße Puppen in ihrem Puppenhaus? Hat er gehört, wie unsere Mutter Klavier spielte und unser Vater den Kontrabass zupfte, während Luke und ich johlten und lachten und trompeteten? Hat er durch die dünne Gardine unsere Silhouetten gesehen, während wir zwei, mal ganz nah, mal weiter weg, am Fenster vorbeisprangen und einen wilden Tanz aufführten, der nur das Getrampel einer Herde Elefanten darstellen konnte?

Mir scheint, als wäre kaum Zeit vergangen, da ist Luke bereits wieder zurück. »Du bist ja voller Matsch, Tante Ella. Granny wird dich umbringen.«

Ich betrachte meine Jeans und stelle fest, dass er recht hat. Sogar am Saum meines Pullovers klebt Erde. »Ich werde gleich noch matschiger werden. Und du auch.«

»Cool.«

Ich nehme Luke die Sachen ab. »Kannst du noch mal laufen und eins von deinen alten Gipssets holen?«

Luke verdreht die Augen. Genau so hat er reagiert, als unsere Mutter ihm zuletzt ein solches Set geschenkt hat.

»Ich weiß, wir vergessen alle manchmal, dass du schon groß bist. Aber vertrau mir, was wir vorhaben, wird dir gefallen. Du wirst Granny noch dankbar sein. Und rühr schon mal das Pulver mit Wasser an, du kannst das besser als ich.«

»Wenn du es machst, härtet der Gips nie richtig aus. Entweder er bleibt weich, oder er bricht, sobald man ihn aus der Form nimmt.«

»Ich weiß. Und das als Tochter eines Bauhandwerkers. Ich sollte mich schämen. Nimm Grannys Glaskanne.«

»Die dreht durch, wenn wir da Gips reintun.«

»Ich mache sie hinterher sauber – bring die Mischung her, sobald du sie fertig hast.«

»Geht klar.« Wieder rennt er auf seine unnachahmliche Art los.

Ein Tropfen platscht mir auf die Nase. Ich gehe neben dem Schuhabdruck in die Hocke und drücke nicht nur die Daumen, sondern auch die großen Zehen, dass er uns noch eine Weile erhalten bleibt. Mit der Spraydose ziele ich auf den Abdruck und gebe einen Sprühstoß ab. Ich halte den Atem an und sprühe ein zweites Mal. Wenn meine Theorie stimmt, wird das Haarspray den Boden festigen und dafür sorgen, dass der Abdruck in der feuchten Erde dem einsetzenden Regen ein wenig länger standhält.

Ich lege das Lineal erst neben, dann über und schließlich unter den Abdruck und mache Fotos mit meinem Handy. Dann stehe ich auf und wiederhole denselben Vorgang mit dem beschädigten M. Während ich das Handy über die kaum sichtbaren Stellen halte, wo einst die Kiesel gelegen haben, höre ich Luke durchs Laub rascheln. Seine Schritte sind ungewohnt langsam und vorsichtig. Als ich den Kopf hebe, ist er nur noch wenige Meter von mir entfernt. Er trägt einen mit einer grauen Masse gefüllten Krug in der Hand.

»Lecker«, sage ich. »Ich hab Hunger.«

Er lacht.

»Hierher.« Ich winke ihn zu mir. Ein weiterer Regentropfen trifft mich, diesmal ins Auge. »Mist.«

»Granny sagt, eine Dame flucht nicht.«

»Du weißt, wo bei dieser Benimmregel der Haken ist.«

»Du bist keine Dame?« Er grinst. Das alte Spiel zwischen uns wird ihm nie langweilig.

»Volltreffer.« Ich deute auf die kleine Vertiefung im Waldboden. »Hier. Davon machen wir einen Abguss.«

Luke hockt sich neben mich, und wir gießen den flüssigen Gips in den Schuhabdruck. Nachdem wir den Krug zur Seite gestellt haben, gibt Luke mir seine Regenjacke. Sie ist dunkelblau und Teil seiner Schuluniform. »Ich dachte, die könnten wir vielleicht gebrauchen.«

Wir legen uns auf den Bauch. Die feuchte Kälte des Bodens dringt uns durch die Kleider bis auf die Haut. Auf die Ellbogen gestützt, halten wir gemeinsam die Jacke über den Schuhabdruck, um ihn vor dem Regen zu schützen, der inzwischen stetig vom bleigrauen Himmel rauscht.

»Ich kann die Jacke auch alleine halten, wenn dir die Arme lahm werden«, sagt Luke, heldenhaft wie immer. »Dann kannst du eine Pause machen.«

»Ich finde es schön, wenn wir es zusammen machen.«

»Ich auch.« Er wischt sich mit einem schlammigen Finger die Nase.

»Das hab ich ganz vergessen: In der Anleitung steht, es dauert eine halbe Stunde, bis der Gips abgebunden hat, aber erst nach zwei Tagen ist er richtig fest.«

»Das ist sehr hilfreich.«

Er sieht mich scharf an. »Hat das hier mit dem Versprechen zu tun, das du mir gegeben hast? Wegen Mum?«

Mum. Das Wort trifft mich wie ein Schlag in die Magengrube und nimmt mir eine Sekunde lang die Luft zum Atmen.

So hat er dich noch nie genannt. Es ist ein Schritt weg von dem kindlichen »Mummy«, an dem wir ihm zuliebe so lange festgehalten haben – wahrscheinlich zu lange. Ist ihm bewusst, was er gerade gesagt hat? Will er sich selbst und mir damit beweisen, dass er älter wird? Ich erinnere mich daran, wie er am Abend der Bonfire Night in meinen Armen geweint hat, weil er dachte, was dir passiert ist, hätte womöglich mit ihm zu tun. Ein weiteres Anzeichen dafür, dass er Stück für Stück seine Unschuld verliert.

Was soll ich auf diese unverblümte Frage antworten? Für Lügen oder Ausreden ist er zu klug, denn wie er selbst mir erst vor zwei Wochen gesagt hat: Er ist zehn, nicht zwei. *Aber auch mit zehn*, höre ich dich entgegnen, *ist man immer noch ein Kind.* Bei mir hast du das mitunter gerne vergessen.

»Erinnerst du dich noch an die Sendung über Ermittlungsmethoden, die du neulich im Fernsehen gesehen hast?«, frage ich ihn. »Da ging es unter anderem doch auch um die Vergänglichkeit von Tatorten.«

»Ja. Darum, dass man nie weiß, wie lange Spuren erhalten bleiben, erst recht im Freien. Weil die Witterung sie zerstören kann.«

»Ganz genau. Und du willst ja später mal zur Polizei. Also dachte ich mir, es könnte vielleicht interessant sein, wenn wir versuchen, diesen Schuhabdruck hier zu konservieren.« Im Stillen füge ich hinzu: *Zumal ich mir relativ sicher bin, dass die Polizei selbst weder Geld noch Zeit für eine solche Aktion verplempern möchte.* Und selbst wenn: Der Regen hätte den Abdruck längst weggewaschen, ehe sie einträfen.

»Cool«, sagt er.

»Jep.«

Er lacht, weil ich ihn nachgemacht habe, und ich lache mit, obwohl meine Stimmung eher düster ist. Ich denke darüber nach, was dieser Jahrestag bedeutet. So vieles hat sich verändert. Jason Thorne eröffnet neue, erschreckende Möglichkeiten. Aber er ist nicht die einzige Informationsquelle. Es könnte sich auch jemand anders melden. Vielleicht ein alter Freund deines Entführers, der ihm gegenüber jahrelang loyal war, ihn aber mittlerweile hasst.

Menschen zerstreiten sich, hast du oft in Erwartung eines baldigen Endes meiner Freundschaft mit Sadie gesagt.

»Kannst du mir nachher mit Mathe helfen?«, fragt Luke. »Ich möchte in der Klassenarbeit am Montag eine richtig gute Note schreiben. Mum hat dir früher auch immer geholfen, stimmt's?«

Mum. Schon wieder dieses ungewohnte Wort. Aber es ist das gute Recht deines Sohnes zu entscheiden, wie er dich nennen will. Und ich werde mich selbstverständlich an seine Entscheidung halten. »Glaubst du, Granny bezahlt mich dafür? Mum hat früher immer Geld von ihr bekommen.«

»Sehr witzig.«

»Das ist kein Witz.«

»Tante Ella.« Er klingt schwer genervt.

»Klar helfe ich dir.«

Er bewegt die Arme, um eine bequemere Liegeposition zu finden, während wir weiterhin die Jacke über den Schuhabdruck halten. »Was willst du eigentlich mit dem Abguss anfangen?«

»Wenn er nicht kaputtgeht, stelle ich ihn mir ins Wohnzimmer, als Andenken an unsere gemeinsame Unternehmung.« Ich habe mir bereits vorgenommen, Luke später zu erzählen, dass mir der Gipsabdruck durch ein tragisches Missgeschick heruntergefallen und wie Humpty Dumpty in Stücke zerbrochen sei. In Wahrheit werde ich ihn Ted übergeben, auch wenn ich befürchte, dass der ihn auf den Müll werfen wird, um nicht dem Hohn und Spott seines Kollegen aus der Asservatenkammer ausgesetzt zu sein.

»Bleibst du bis heute Abend?«

»Ich esse noch mit euch zu Mittag und helfe dir bei Mathe, aber dann muss ich los. Ich habe noch ein paar Sachen zu erledigen.« Dass ich mich vor Einbruch der Dunkelheit noch einmal auf dem Friedhof umschauen will, braucht er nicht zu wissen.

»Ich mag diese Samstagvormittage mit dir, Tante Ella.«

»Ich auch, Luke.«

Sonntag, 13. November

Versteckspiel

Nebel hängt über dem Friedhof. Die Sonne ist noch nicht aufgegangen. Zwar hat es in der Nacht keinen Frost gegeben, aber es ist so kalt, dass Ted seine schwarze Strickmütze trägt und ich mir deine alte Kappe aus cremeweißer Wolle bis über die Ohren gezogen habe.

Ted wirft einen Blick auf seine Armbanduhr. Die großen weißen Zahlen und Striche auf dem Zifferblatt leuchten so hell, dass ich sie dort, wo ich stehe, auch noch lesen kann: fünf nach sechs. Um sieben muss er auf der Wache sein.

Das Moos federt unter meinen Gummistiefeln und unter Teds festen schwarzen Schuhen. Ich registriere das weiße Hemd mit den Schulterklappen, das er unter seiner normalen Jacke trägt. »Du hast Teile deiner Uniform an, obwohl du nicht im Dienst bist«, sage ich. »Das ist gefährlich.«

»Sonst hätte ich keine Zeit gehabt, mich mit dir zu treffen.«

Vor meinem geistigen Auge sehe ich, wie Ted den Platz auf der Ehrentafel im Dienst ums Leben gekommener Polizisten einnimmt. Sein Bild wäre der Schnappschuss, den ich vor elf Jahren nach einem Rugbyspiel von ihm gemacht habe. Ich fühle mich elend und schuldbewusst, weil ich die Szene so deutlich vor mir sehe.

Wie aus dem Nichts taucht ein Kreuz vor uns aus dem Nebel auf. Es thront auf einem Sockel aus mehreren, wie überdimensionale Bauklötze aufeinandergestapelten Granitwürfeln, mit denen ich um ein Haar zusammenstoße. Gerade noch rechtzeitig bleibe ich stehen.

Mein abruptes Anhalten führt dazu, dass Ted von hinten in mich hineinläuft. Instinktiv schlingt er mir die Arme um die Taille, damit ich nicht umfalle. Über uns erhebt sich eine Reihe geflügelter Engel. In ihren wallenden Gewändern, eine Lilie zwischen den über dem Herzen gefalteten Händen, scheinen sie uns durch halb geschlossene Lider zu beobachten.

Einen Moment lang treffen sich unsere Blicke. Teds Gesicht ist meinem so nahe, dass ich den Kaffee in seinem Atem riechen kann. Ich wünschte, ich hätte jetzt auch einen Kaffee. Ich wünschte, ich könnte ihm den Kaffee von seinen Lippen küssen.

Aber ich tue nichts dergleichen. Stattdessen rücken wir hastig voneinander ab. Ich bin mir nicht ganz sicher, aber ich glaube, dass er einen Sekundenbruchteil früher zurückweicht als ich.

Ich schiebe mir eine Haarsträhne hinters Ohr und ziehe deine Mütze tiefer herunter. »Weißt du, dass Luke immer noch diese Stoffpuppe hat, die du ihm als Baby geschenkt hast – den kleinen Polizisten? Er nimmt sie jeden Abend heimlich mit ins Bett, und wir tun so, als wüssten wir nichts davon.«

Ted lächelt. Es ist sein erstes von Herzen kommendes Lächeln an diesem Morgen. »Er ist ein toller Junge.« Sein Lächeln verfliegt, und er wird nachdenklich. »Wie ist es am Freitag gelaufen?«

»Er war großartig«, sage ich. »Er hilft uns allen, stark zu bleiben.«

Ted hat sich beim Rasieren an der Wange geschnitten. Ein Blutstropfen ist aus der kleinen Wunde getreten, und ich ziehe ein Taschentuch aus meiner Jacke, um ihn wegzutupfen. Dann küsse ich die mittleren drei Finger meiner rechten Hand und berühre mit einem kleinen Lächeln ganz sacht, ganz kurz sein Gesicht.

Teds Miene wird ein wenig weicher. Seine Augen verschleiern sich. »Danke.«

»Ich verarzte immer gern deine Wunden.«

»Du weißt ja auch am besten, wo sie sind – die meisten hast du mir selbst zugefügt.«

Ich zerknülle das Taschentuch und lasse es wieder in meiner Jacke verschwinden. »Luke ist nächstes Wochenende eine Zeit lang bei mir. Hast du Lust, am Sonntag zum Mittagessen vorbeizukommen und hinterher vielleicht ein bisschen Fußball mit ihm zu spielen?«

Er zögert mit einer Antwort. Es ist nur ein kurzes Zögern, aber es fällt mir trotzdem auf. »Ich kann leider nicht.«

Prompt muss ich an ihn und Ruby im Café denken. Auf einmal fühle ich mich ganz schwach und krank, als wäre mein Blutzuckerspiegel gesunken. Aber natürlich weiß ich, dass das nicht der Fall ist.

»Dann ein andermal.« Ich bemühe mich, unbekümmert zu klingen, fürchte aber, dass es mir nicht gelingt.

»Wo bist du um elf?«, fragt er.

»Im Gottesdienst zum Remembrance Day. Als ich gestern losfahren wollte, hat Luke versucht, sich als blinder Passagier in mein Auto zu schmuggeln. Ich musste ihm versprechen, dass wir uns in der Kirche treffen.«

Ted lacht nicht in liebevoller Anteilnahme, so wie ich es mir erhofft habe. »Sie war nicht perfekt, weißt du.«

»Wie bitte?«

»Deine Schwester. Sie war nicht perfekt. Hör auf, sie zu idealisieren.«

»Sie musste doch auch gar nicht perfekt sein. Man kann auch Unperfektes lieben.«

»Ich weiß besser als jeder andere, wie wahr das ist.« Er sieht mich durchdringend an.

»Man kann Fehler machen und alle möglichen Macken haben, und trotzdem hat man es verdient, geliebt und vermisst zu werden.«

Während ich das sage, tritt ein angespannter Zug in sein Gesicht. »Wir müssen mit Luke sehr vorsichtig sein, Ella. Er ist jetzt in einem Alter, wo man viel falsch machen kann.«

»Du hast das Interesse an mir verloren und benutzt Luke als Ausrede, um mich auf Abstand zu halten. Genau davor hat Sadie mich gewarnt.«

»Sadie ist ...« Er unterbricht sich. »Warum hörst du überhaupt auf sie? Sie hasst dich. Sie hat dich immer schon gehasst. Ihr größter Wunsch ist es, dir das Leben zur Hölle zu machen.«

»Das bedeutet nicht, dass alles, was sie jemals zu mir gesagt hat, falsch war.«

»Ich habe nicht das Interesse an dir verloren. Das scheint eine biologische Unmöglichkeit zu sein.«

»Ich dachte, du bist jetzt mit Ruby zusammen.«

»Aus deinem Selbstverteidigungskurs? Wie kommst du denn darauf?«

Ich zucke mit den Schultern. »Was glaubst du, wie ich darauf komme?«

»Hör auf mit den Spielchen, Ella.«

»Du willst also behaupten, dass du dich nicht mit ihr getroffen hast? Außerhalb des Kurses?«

Er wartet eine Idee zu lang, ehe er antwortet. »Ja, genau das will ich behaupten. Können wir jetzt bitte über was anderes reden? Wieso bin ich eigentlich hier?«

»Wirst du schon noch sehen.«

Wenig später erreichen wir das Grabmal, wo ich den Mann gesehen habe. Es hat ein schräges Dach und ist in etwa so groß wie ein Spielhaus für Kinder. Ich deute in die Richtung, aus der wir gekommen sind, und leicht nach oben. »Der Nebel stört jetzt natürlich, aber von hier aus kann man direkt in mein Schlafzimmerfenster schauen.«

Ted runzelt die Stirn. »Hast du dir die Überwachungsaufnahmen von den Kameras am Haus und vorne in deinem Wagen angesehen?«

»Nichts. Aber es gibt tote Winkel – die könnte er bewusst ausgenutzt haben.« Ich wende mich dem Grabmal zu und gehe davor in die Knie. »Schau mal hier.«

Doch er schaut nicht. Er verschränkt die Arme vor der Brust und schweigt.

»Ich habe wirklich einen Mann hier gesehen, Ted.«

»Wann?«

»Am Freitag. Die Sonne ging gerade unter. Und ich bin mir ziemlich sicher, dass er mich beobachtet hat.«

»Ziemlich sicher? Hörst du dir eigentlich selber zu, Ella? Du hast einen Mann auf dem Friedhof gesehen. Männer laufen über Friedhöfe. So was soll vorkommen. Du hast einen Schuhabdruck im Wald gefunden. Auch in Wäldern gehen die Leute spazieren, es führt ein öffentlicher Weg durch den Wald.«

Ich wirble zu ihm herum. »Warum kanzelst du mich so ab? Warum versuchst du jedes Mal, mich daran zu hindern, den Dingen auf den Grund zu gehen?« Er wird rot. »Gibt es da vielleicht etwas, was ich nicht wissen soll, Ted?« Der Gedanke ist mir bisher noch nie gekommen, aber jetzt überlagert er alle anderen. »Etwas über dich, das ans Licht kommen könnte, wenn ich genauer hinschaue?«

Die Röte in seinen Wangen vertieft sich. »Muss ich dich daran erinnern, wo ich war, als sie verschwunden ist, Ella? Merkst du denn nicht, dass all das hier deine Fähigkeit zum rationalen Denken und Handeln aushebelt?«

»Nein, das merke ich nicht. Und da ist noch was: Ich habe einen Mann kennengelernt. Adam Holderness. Er arbeitet in der psychiatrischen Klinik, in der Jason Thorne einsitzt –«

»Versuchst du etwa, mich eifersüchtig zu machen?« Sein Gesicht ist wutverzerrt. »Indem du mir unter die Nase reibst, dass ein anderer Mann an dir interessiert ist?«

Ich bin dermaßen entsetzt und betroffen, dass er so etwas überhaupt denken kann, und so empört über seine Scheinheiligkeit, dass ich hilflos den Mund auf- und zumache, ohne dass ein Laut über meine Lippen kommt.

Er knurrt mich förmlich an. »Nur für den Fall, dass du irgendwelche Zweifel hast: Es bräuchte nicht viel, um das zu erreichen. Zufrieden?«

»Du solltest mich wirklich besser kennen.« Ich denke an seine dreiste Lüge im Zusammenhang mit Ruby. Du und ich sind von unserer Mutter ausführlich in den Grundsätzen erfolgreichen Lügens geschult worden – was Ted ganz offensichtlich nicht von sich behaupten kann. »Wie kannst du nur so selbstgerecht sein?«

»Seit zehn Jahren zerstört diese Sache dein Leben. Sie hätte fast auch meins zerstört. Sie hat *uns* zerstört. Ich dachte, ich könnte dem Ganzen entkommen, indem ich heirate, aber sogar das ist deswegen in die Hose gegangen.«

»Gibst du allen Ernstes mir die Schuld an deiner verkorksten Ehe?« Mein Herz hämmert wie rasend. Das Blut tost in meinen Ohren. »Nach allem, was du getan hast?«

Sein Gesicht verliert jede Farbe. »Wie meinst du das?«

»Du bist ein Lügner, Ted. Du hast mir ins Gesicht gelogen. Ich habe dich mit Ruby gesehen.« Ich sage jedes dieser sechs Wörter mit leiser, tödlicher Präzision, trotzdem klingen sie für mich aus irgendeinem Grund laut wie Schreie.

Ein Zittern geht durch seine Lippen und seinen Kiefer. »Du hast was?«

»Du hast mich schon verstanden. Ich habe euch beide zusammen im Café gesehen.«

»Was zum Geier hattest du da zu suchen?« Er ist nur deshalb so wütend, weil ich ihn heimlich beobachtet habe. Er selbst nimmt sich das Recht heraus, sich anderen gegenüber so zu verhalten – aber wehe, jemand dreht den Spieß um.

Ich funkle ihn an und schüttle verächtlich den Kopf. Dann erkläre ich, dass ich dort war, um mir einen Kaffee zu holen.

Er packt mich bei den Armen. »Bist du mir etwa gefolgt?«

Ich schlage seine Hände beiseite. »Jemand hat mir ein Bild von euch geschickt, mit Orts- und Zeitangabe.« Ich zücke mein Handy und zeige ihm die Mail samt Foto.

»So ein Arschloch. Leite das an mich weiter. Und falls du noch mal so was bekommst, gib mir sofort Bescheid.«

»Wenn du meinst.«

»Das mit Ruby ist nicht so, wie du denkst, Ella. Es war rein beruflich.«

»Wie praktisch. Soll das etwa deine Lügen entschuldigen?«

Die Nadeln einer alten Zeder bewegen sich sacht in der stillen Luft, als wäre ein Geist vorbeigeschwebt. »Ich vertraue dir nicht, Ted.«

»Das ist ein Fehler. Ich hoffe, du änderst deine Meinung noch.« Sein Tonfall ist jetzt wieder ganz normal – im Gegensatz zu seinem Blutdruck.

»Kann ich dich was fragen?«

»Was?«, sagt er.

»Wenn ich spurlos verschwände, würdest du dann irgendwann aufhören, nach mir zu suchen?«

Seine Stimme klingt erstickt. »Du weißt genau, dass ich das nicht tun würde. Ich würde niemals aufhören, nach dir zu suchen.«

»Und ich kann niemals aufhören, nach *ihr* zu suchen. Ich kann sie nicht aufgeben. Sie würde für mich dasselbe tun. Zehn Jahre lang hatten wir nicht die geringste Spur. Und jetzt kommt auf einmal so viel Neues ans Licht.«

»Zehn Jahre – das bedeutet nicht, dass es Zeit wird, den Fall noch mal neu aufzurollen, Ella. Es bedeutet, dass es Zeit wird, nach vorne zu schauen. Mit der Sache abzuschließen. Ich habe das getan, und du solltest es auch tun. Die Polizei hat wirklich alles in ihrer Macht Stehende unternommen.«

Kann ich einen Mann lieben, der Geheimnisse vor mir hat? Der mich anlügt? Was für ein Leben wäre das? Ich vermute stark, dass du mir dazu so manchen Expertentipp geben könntest.

»Du redest die ganze Zeit davon, dass die Polizei wie eine große Familie ist.« Ich erschrecke über die Bitterkeit in meinem Tonfall. »Aber es ist deine Familie, nicht meine. Meine Loyalitäten liegen woanders.«

»Und genau deshalb muss ich mich aus der Sache raushalten. Genau deshalb ist es so wichtig, dass ich objektiv bleibe und dich auf den Boden der Tatsachen zurückhole.« Seine grünen Augen fixieren das Gras zu unseren Füßen.

»Siehst du, dass die Zweige da zerbrochen sind, als wäre jemand draufgetreten?«, frage ich ihn.

»Das könnte wer weiß wer gewesen sein. Und selbst wenn dich tatsächlich irgendein Widerling beobachtet hat, heißt das noch lange nicht, dass er in irgendeinem Zusammenhang mit Miranda steht.«

Ich erschrecke, als ich Ted deinen Namen sagen höre. Zum allerersten Mal wird mir bewusst, wie selten er das tut. Ich speichere diese Information ab.

»Schau mal. Die Staubschicht ist hier etwas dünner.« Ich deute auf eine Stelle an der opulent verzierten Doppeltür des Grabmals ein Stück unterhalb des Dachgiebels. »Als wäre jemand mit Schultern und Kopf dagegengekommen. Er muss längere Zeit hier gesessen und sich dabei angelehnt haben.« Ich gehe in die Hocke. »Das Moos ist plattgedrückt, siehst du? Von seinem Körpergewicht, weil er hier gewartet hat.«

»Warum gehst du wie selbstverständlich davon aus, dass es ein Mann war? Es hätte doch auch Sadie sein können. Genau wie das mit dem Foto.«

»Die Person war ganz in Schwarz gekleidet, aber sie war ziemlich groß.« Ich zeige dorthin, wo die Fersen des Unbekannten Abdrücke im Boden hinterlassen haben. »Wenn es kein Mann war, muss es eine sehr große, sehr kräftige Frau gewesen sein. Also, ja – grundsätzlich käme auch Sadie in Frage.«

Er kniet sich neben mich. »Du bist ganz alleine hierhergekommen?«

»Ja, bin ich. Es ist meine Nachbarschaft, Ted, kein Kriegsgebiet.«

»Die Grabsteine sind alle krumm und schief. Keins dieser Gebäude ist einsturzsicher.«

»Die stehen seit Hunderten von Jahren hier. Ich glaube kaum, dass sie ausgerechnet heute zu Staub zerfallen werden.« Ich richte mich wieder auf. »Ich will mich mal drinnen umsehen.«

Auch Ted erhebt sich. Wieder verschränkt er die Arme vor der Brust. »Warum hast du mich überhaupt hergebeten, wenn du nicht bereit bist, mir zuzuhören?«

»Weil ich wissen wollte, was es für Gegenargumente gibt.« Ich sehe ihm geradewegs in die Augen. »Und weil ich dich sehen wollte.« Heute Morgen bringe ich seinen Blutkreislauf wirklich völlig durcheinander. Ob die Röte, die ihm bei meinen Worten ins Gesicht steigt, eher der Freude oder dem Schock zuzuschreiben ist, kann ich nicht sagen. Ich stoße einen der eisernen Türflügel auf, der daraufhin ein gruselfilmreifes Quietschen von sich gibt. »Ich gehe jetzt rein, ob du mitkommst oder nicht. Ich habe keine Angst, dass mir das Dach auf den Kopf fallen könnte.« Mit diesen Worten zwänge ich mich durch die schmale Öffnung.

Viel ist drinnen nicht zu sehen, weil nur durch den Türspalt ein Streifen dunstiges Licht hereinfällt. Ted kommt mir nach. Er muss sich bücken, um nicht mit dem Kopf anzustoßen. »Hier«, sagt er und leuchtet mit einer Taschenlampe, die er offenbar in der Jackentasche hatte, den kleinen Raum ab. »Ich hoffe wirklich, dass wir nicht lebendig begraben werden.«

Ich taste nach seiner Hand. Als meine Finger seine Haut streifen, durchrieselt mich wie immer ein kleiner Schauer.

Obwohl ich Angst habe, dass er nicht mehr dasselbe empfindet wie ich, kann ich dem Drang nicht widerstehen, ihm kleine Signale zu senden – nur für den Fall, dass sie etwas in ihm auslösen. »Danke«, sage ich. Er verschränkt die Finger mit meinen, und unwillkürlich muss ich an Hänsel und Gretel denken, wie sie sich im Hexenhäuschen furchtsam aneinanderklammern. Doch seine Berührung währt nur kurz.

Rechts und links an der Wand stehen zwei riesige Sarkophage, die etwa halb so hoch sind wie Ted. Systematisch lässt Ted den Schein der Taschenlampe über jeden Quadratzentimeter der steinernen Bodenplatten gleiten, dann nimmt er sich die Sarkophage vor.

Ich kann nichts erkennen, was darauf hindeuten würde, dass jemand hier war. Es gibt absolut keine Auffälligkeiten. Keine wie auch immer gearteten Spuren. Es ist feucht und staubig und riecht nach Erde, aber nicht so, als ob sich jemand über einen längeren Zeitraum hinweg hier drinnen aufgehalten hat. Kein alter Rauch von einem tragbaren Ofen hängt in der Luft. Kein Geruch von Urin oder Fäkalien. Campiert hat hier also definitiv niemand.

»Ted, warte mal kurz. Direkt hinter der Tür. Da hast du noch nicht hingeleuchtet.«

Er stöhnt, richtet aber den Strahl seiner Taschenlampe auf die Stelle, die ich ihm zeige.

Und da sehe ich es. Etwas Schwarzes, Rundes. Einen Knopf. So klein und flach und unscheinbar und so perfekt in der Dunkelheit verborgen, dass es an ein Wunder grenzt, dass wir ihn überhaupt entdeckt haben. Ich lass mich auf die Knie nieder, um ihn eingehender zu betrachten.

Ted hat ihn ebenfalls bemerkt und errät blitzschnell meine Gedanken, damit er sie ebenso blitzschnell entkräften kann.

»Der könnte von jeder beliebigen Person stammen, die irgendwann mal hier war.«

»Ja, aber die meisten Friedhofsbesucher gehen doch nicht ins Innere der Grabmäler.«

»Wir haben keinerlei Möglichkeiten festzustellen, wie lange er schon hier liegt. Plastik verrottet nicht, es rostet nicht und bildet keine Patina.«

»Mag schon sein.« Ich schalte das Blitzlicht an meinem Handy ein und mache rasch einige Fotos von dem Knopf. »Gib mir einen Asservatenbeutel.« Ich weiß, dass Ted immer welche bei sich trägt.

»Hast du gehört, was ich gerade gesagt habe, Ella? Wegen so was lohnt es sich nicht, die Spurensicherung auf den Plan zu rufen.«

»Ja, ich habe dich gehört. Aber es könnte DNA daran haften. Oder wenn die Polizei endlich einen Verdächtigen identifiziert, findet man bei ihm vielleicht das Hemd, von dem der Knopf stammt. Das würde dann zumindest beweisen, dass er hier war.«

»Von Jason Thorne kann der Knopf auf keinen Fall stammen, siehst du das wenigstens ein?«

»Ja.« Ich strecke die Hand aus. »Asservatenbeutel, bitte.«

»Ich sollte mich da lieber raushalten.«

»Dann würdest du aber deine Pflicht vernachlässigen, die darin besteht, der Öffentlichkeit zu dienen. Ich bin auch ein Teil der Öffentlichkeit, und ich brauche deine Dienste.«

Er brummelt vor sich hin, dass er, seit er denken kann, nichts anderes getan habe, als mir zu Diensten zu sein, fischt aber nichtsdestotrotz einen kleinen Plastikbeutel aus einer seiner geräumigen Jackentaschen. Er ignoriert meine ausgestreckte Hand und hebt den Knopf direkt mit dem Beutel auf, wobei er jeden Kontakt zwischen dem Knopf und seiner Haut vermeidet. Dann zwängt er sich durch die schmale Türöffnung ins Freie. Ich folge ihm.

»Kann ich den mal kurz haben?«, bitte ich ihn, sobald wir wieder draußen stehen. »Du bekommst ihn auch gleich wieder.«

Er legt ihn mir in die offene Handfläche, wobei er darauf achtet, dass sich die transparente Seite des Beutels oben befindet und diejenige mit dem weißen Feld sowie der blauen Beschriftung unten. Ich mache weitere Aufnahmen mit meinem Handy, um die Größe des Knopfs zu dokumentieren, dann gebe ich Ted den Beutel zurück und richte mich auf. »Du nimmst ihn auch wirklich mit?«

»Jep.«

Jep. Jetzt wird mir klar, wo Luke das Wort herhat. Er ahmt sein Idol nach. »Sobald ich außer Sichtweite bin, wirfst du ihn in die nächste Mülltonne, stimmt's?«

»Nein.«

»Machst du dir Gedanken, was dein Kollege in der Asservatenkammer dazu sagen könnte?«

»Willst du wissen, was er dazu sagen wird? Er wird sagen: ›Ich soll einen *Knopf* aufnehmen? Du willst, dass ich einen verfickten *Knopf* als Beweisstück aufnehme?‹ Dieses eine Mal tue ich dir noch den Gefallen, aber dann ist Schluss. Wenn du danach noch irgendwas findest, bring es selbst auf die Wache oder bitte deinen Vater, es zu tun.«

Er geht los, ohne sich nach mir umzuschauen. Es interessiert ihn nicht, ob ich ihm folge oder zurückbleibe. Er strebt mit festen Schritten durch den Nebel auf den steinernen Torbogen zu, durch den alle Toten auf diesen Friedhof getragen wurden. Kurz darauf ist er nicht mehr zu sehen.

Das Atmen fällt mir schwer, und ich habe das Gefühl, mich übergeben zu müssen – als hätte ich all die Verachtung, die er für mich empfindet, heruntergeschluckt, und jetzt käme sie mir wieder hoch. Ich stehe neben dem makabren Spielhaus-Grabmal und hoffe darauf, dass er mir noch etwas über die Schulter zuruft. In all den zahllosen Auseinandersetzungen, die wir seit deinem Verschwinden hatten, ist er noch nie so wütend gewesen, dass er mich einfach hat stehen lassen – wenigstens nicht, ohne es innerhalb der nächsten Minuten zu bereuen. Aber falls er tatsächlich etwas ruft, gehen seine Worte im Nebel unter.

Montag, 14. November

Niemals nachgeben

Ich schlendere durch die kopfsteingepflasterten Gassen der Stadt auf der Suche nach etwas zum Anziehen für meinen morgigen Termin bei Jason Thorne. Ich habe die Richtlinien der Klinik in puncto angemessene Kleidung an meine Mutter weitergeleitet, weil ich zu dem Schluss gekommen bin, dass ich sie am besten kontrollieren kann, indem ich sie in die Vorbereitungen mit einbeziehe. Doch wie immer kam es genau andersherum: Sie kontrolliert mich. So hat sie bei diesem Shoppingtrip sofort die Führung an sich gerissen, um sicherzustellen, dass ich auch ja alles richtig mache. Jetzt geht sie neben mir und liest mir Passagen aus dem Merkblatt von ihrem Handy vor.

»Diese Regeln existieren aus einem ganz bestimmten Grund, Ella«, sagt sie und hebt neugierig den Kopf, als wir an den Schaufenstern einer dieser kleinen, extrem teuren Boutiquen vorbeikommen, die ihr beide so liebt.

Meine Aufmerksamkeit hingegen gilt der gigantischen Platane, die in der Mitte des Platzes steht. »Weißt du noch, wie ich mal wollte, dass wir vier uns um den Baumstamm herum aufstellen und uns an den Händen fassen?«, frage ich unsere Mutter.

»Da musst du ungefähr vier gewesen sein.« Sie lächelt. »Wir mussten uns ziemlich strecken, aber am Ende konnten wir den Kreis schließen. Gut, dass Dad dabei war, sonst hätten wir es nicht geschafft.«

»Miranda hat nur unter Zwang mitgemacht«, sage ich.

»Du hast dir immer vorgestellt, wie es gewesen sein muss, als der Baum noch klein war. Einmal hast du ein Bild von einem Mädchen aus dem achtzehnten Jahrhundert gemalt. Sie hatte ein wunderhübsches georgianisches Kleidchen an. Auf dem Bild war der Baum ungefähr so groß wie sie.«

»Ich habe diesen Baum einfach immer schon geliebt.« Ich ziehe Mum unter seine Krone.

»Komm weiter«, sagt sie und lotst mich um eine Ecke herum in die nächste Kopfsteinpflasterstraße. Jedes Mal, wenn meine Mutter auf einen Laden zeigt, schüttle ich den Kopf, nehme sie beim Arm und gehe weiter.

»Auf dem Weg hierher bin ich an Sadies Salon vorbeigekommen«, sagt sie. »Er war geschlossen. Ist das um diese Jahreszeit nicht merkwürdig? Kein Licht, nirgendwo ein Hinweisschild. Dabei ist doch jetzt die Jahreszeit, wo viele Frauen eine Maniküre oder Gesichtsbehandlung oder ein Waxing haben wollen.«

»Stimmt«, sage ich. »Die vielen Partys.«

»Eben. Ich habe durch den Briefschlitz geschaut, auf dem Boden lag ein ganzer Berg Post. Vielleicht ist sie mit ihrem neuen Freund verreist? Aber hat der um diese Zeit nicht auch viel zu tun?«

»Wahrscheinlich«, sage ich.

»Aber da sieht man mal wieder, was für ein höflicher Mensch sie ist«, meint Mum.

Ich hebe ruckartig den Kopf. »Was?«

»Na ja, sie ist weggefahren, hat sich aber trotzdem noch die Mühe gemacht, uns Pralinen und eine Karte zu schicken.«

Meine Wangen fangen an zu glühen, und in meinen Fingerspitzen spüre ich ein stechendes Kribbeln. »Wann genau hat sie euch das geschickt?«

Mum denkt nach. »Am Donnerstag, wenn mich nicht alles täuscht. Zum Jahrestag. Sie wollte uns wissen lassen, dass sie an uns denkt. Das war sehr freundlich von ihr.«

»Erzähl mir genau, was sie geschrieben hat.«

»Es war einfach eine Karte mit einem Strauß roter Chrysanthemen und dem Satz *Ich denke an euch* vornedrauf. Innen hat sie unterschrieben, weiter nichts.«

»Also eine Art Kondolenzkarte?«

»Wenn man so will, ja.«

Ich stelle mir vor, wie wütend und verletzt Sadie sein muss, nachdem Brian mit ihr Schluss gemacht hat. Wie sie mir die Schuld an allem gibt, was schiefgelaufen ist. Und trotz alledem macht sie sich die Mühe, unserer Mutter eine Karte und Pralinen zu schicken? Diese Vorstellung hat etwas zutiefst Verstörendes. »Sadie« und »freundlich« sind zwei Worte, die man nicht in ein und demselben Satz verwenden sollte.

Ich denke an euch auf einer Karte, die Sadie ausgesucht hat – das ist keine Geste der Zuneigung. Das ist eine Drohung.

»Du darfst die Sachen nicht behalten, Mum.«

»Was?«

»Sadie ist …« Ich weiß selbst nicht, was Sadie ist oder warum. Eine verkappte Psychopathin? Adam wäre vermutlich in der Lage, die korrekte Diagnose zu stellen. »Miranda sagt immer, sie ist innerlich vergiftet. Sie mag uns nicht. Sie hat dir die Sachen nicht aus Freundlichkeit geschickt.«

»Du musst dich schon ein bisschen präziser ausdrücken, Ella.«

»Ich will dich nicht mit weiteren Einzelheiten belasten, aber ich möchte nicht, dass sie in deine oder Lukes oder Dads Nähe kommt.«

»Du tust ja gerade so, als müsste man befürchten, dass sie die Pralinen vergiftet hat.«

»Wahrscheinlich nicht. Aber ein gewisses Risiko besteht.«

»Die Schachtel ist in Plastikfolie eingeschweißt.« Mum seufzt. Du kennst diese Seufzer. Ich scheine ein besonderes Talent dafür zu haben, sie ihr zu entlocken. »Könnte es sein, dass du ein bisschen paranoid bist? Dass es dich einfach zu sehr aufwühlt, wenn du immer und immer wieder darüber nachgrübelst, was deiner Schwester zugestoßen sein könnte?«

»Nein.« Ich gebe mir Mühe, das Wort nicht zu fauchen.

»Also schön.« Ein neuerlicher Seufzer. »Ich werfe die Pralinen weg.«

»Entschuldige, da habe ich mich wohl nicht klar ausgedrückt. Ich meinte nicht, dass du sie wegwerfen sollst. Du sollst sie mir geben für den Fall, dass ich zur Polizei gehen muss. Ich kann sie mitnehmen, wenn ich am Donnerstag vorbeikomme.«

»Ist das wirklich nötig?«

»Ich hoffe, nicht. Ich will einfach auf Nummer sicher gehen.« Ich nehme sie bei der Hand. »Wenn du noch mal von ihr hörst, sag mir bitte Bescheid. Und bewahr alles auf, was sie euch schickt. Das machst du doch, oder?«

»Ja«, sagt sie.

Ich habe den Verdacht, dass sie nur eingewilligt hat, weil ich sie zuvor darauf hingewiesen habe, dass du Sadie nie leiden konntest. Auf mich würde sie in der Sache wohl kaum hören, aber wir beide hören immer noch auf dich. Und sie hat eingewilligt, um mich zum Schweigen zu bringen. Aber das wird nicht passieren.

»Gut«, sage ich. »Genug von Sadie. Wollen wir weitergehen? Uns nach anderen Läden umsehen?« Der letzte Satz soll sie besänftigen.

Ich kann den Blick nicht von den blinkenden Lichterbögen der Weihnachtsbeleuchtung losreißen. Es ist erst Mitte November, und sie hängen jetzt schon.

Mum hat schon wieder ihr Handy gezückt und zitiert etwas über »züchtige Kleidung«.

»Das haben sie geschrieben?«, frage ich. »Züchtig?«

»Züchtig ist doch kein schmutziges Wort.« Sie sieht mich an. »Dein Vater und ich sind wirklich nicht glücklich darüber, dass du Thorne besuchen willst.«

»Ich selbst bin auch nicht glücklich. Aber wir wollten uns bemühen, deswegen nicht zu streiten, stimmt's? Das haben wir uns gegenseitig versprochen.«

»Ja. Ja, das haben wir.« Sie deutet nach oben auf die langen Schnüre der Wasserfalllichter. »Die sind wie Sternschnuppen.«

»Warum sehen die Glocken und Schneeflocken so aus, als bestünden sie aus vereistem Stacheldraht?«

»Keine Ahnung«, antwortet sie. »Vielleicht weil sie tatsächlich daraus bestehen.« Und dann versetzt sie mir einen Schock, was sie sehr gerne tut. Auch darin seid ihr beide euch ähnlich. »Es gibt da ein paar Dinge, über die wir uns unterhalten müssen. Das erste ist, dass ich mehr über Mr Henrickson herausgefunden habe.«

Ich bleibe so abrupt stehen, dass ein anderer Passant mir ausweichen muss. »Was hast du?«

»Ich denke, ich habe mich klar ausgedrückt, Ella.« Sie sieht aus wie ein riesengroßes Schneeglöckchen in ihrem weißen Mantel und der weißen Mütze, die sie nun sorgfältig zurechtzieht, wobei sie ein Schaufenster als Spiegel benutzt. Nur du und Mum können solche hellen Farben tragen, ohne sich Gedanken darüber machen zu müssen, dass sie schmutzig werden.

»Du sagst doch die ganze Zeit, du willst nicht, dass ich mich damit beschäftige.«

»Will ich auch nicht. Aber ich gestehe, dass ich neugierig war.

»›Ich gestehe‹ ist normalerweise gar nicht Teil deines Vokabulars.«

»Soll ich es dir nun erzählen oder nicht?«

»Doch, sollst du.« Ich führe sie von der Straße weg auf den Platz neben der Abteikirche und schaue mich nach einer freien Bank um. Hier stehen schon ein paar mit Girlanden aus Tannengrün geschmückte Buden, in denen allerlei Weihnachtliches verkauft wird. In einer sind es Bausätze für Pfefferkuchenhäuschen, eine andere bietet Säckchen mit Glühweingewürz an.

»Bitte sag mir, was du rausgefunden hast.« Ich versuche sie neben mich auf die Bank zu ziehen, doch sie lässt es erst zu, nachdem sie eine Packung Taschentücher hervorgeholt und die Bank abgewischt hat.

»Du bist genauso ungeduldig wie deine Schwester.« Sie schüttelt den Kopf, als wäre ich unsagbar anstrengend. »Ich habe die Firma angerufen, die die Henrietta Mansions verwaltet, und habe gesagt: ›Hallo, hier ist Mrs Buenrostro aus Wohnung Nummer 6.‹«

»Du hast … was?!«

»Bitte unterbrich mich nicht. Die Frau am anderen Ende hat mit ›Hallo, Mrs Buenrostro‹ geantwortet, und dann habe ich aufgelegt. Jetzt wissen wir, in welcher Wohnung sie lebt. Die Frau hat meine Vermutung bestätigt. Nummer 6 liegt nämlich direkt neben Nummer 7 – ich habe mir im Internet den Gebäudeplan angeschaut.«

»Beeindruckend«, staune ich.

»Nicht wahr?« Unsere Mutter ist zu Recht stolz auf sich.

Mrs Buenrostro und N. Henrickson sind also Nachbarn. Sie trennt nur eine Wand.

»Hast du auch deine Rufnummer unterdrückt?«

»Natürlich. Aber jetzt kommt erst das eigentlich Wichtige. Als E. B. Property Services vor einundzwanzig Jahren Wohnung Nummer 7 gekauft haben, da haben sie auch Wohnung Nummer 6 gekauft.«

Diese Information erfreut und verwirrt mich gleichermaßen. Darunter mischt sich Bewunderung für die Findigkeit unserer Mutter.

»Du hast im Katasteramt recherchiert?«

»Ja.« Sie hält kurz inne. »Die Wahrscheinlichkeit ist groß, dass beide Wohnungen Investitionsobjekte derselben Firma sind.«

»Mrs Buenrostro meinte, sie selbst hätte die Wohnung gekauft.« Ich denke laut. »Vielleicht steht sie ja hinter E. B. Property Services? Das B. könnte für Buenrostro stehen. Aber wie seltsam, dass sie mir nichts über ihre Verbindung zu der Nachbarwohnung gesagt hat. Ich habe sie ein paarmal nach dem Bewohner gefragt.«

»Da ist noch was. Das Allerwichtigste, wie mir scheint.«

»Du bist darin besser als ich, Mum.«

»Natürlich.« Wir beide müssen schmunzeln.

»Wann hast du denn das alles gemacht?«

»Am Freitagmorgen. Ich wollte am Jahrestag nicht darüber sprechen. Du hattest so viel zu sagen – da habe ich bereut, mich überhaupt eingemischt zu haben. Ich habe sogar mit dem Gedanken gespielt, es dir gar nicht zu verraten.«

»Nein, es war gut, dass du es mir gesagt hast. Und es ist nur fair. Ich sage dir ja auch alles. Was hast du sonst noch in Erfahrung gebracht?«

»Es hat mit Mirandas Wohnung zu tun.« Sie berührt leicht meine Finger und versetzt mir einen elektrischen Schlag. »Irgendetwas hat mich dazu bewogen, die alten Verträge hervorzukramen. Sie hat ihre Wohnung von E. B. Property Services gekauft.«

Ursprünglich gingen wir davon aus, dass du deine Wohnung nur gemietet hattest, und du hast nie die Notwendigkeit gesehen, uns über unseren Irrtum aufzuklären. Erst nach deinem Verschwinden stellte sich heraus, dass du in Wahrheit die Eigentümerin warst. *Das* hättest du uns definitiv nicht mehr erklären können. Nicht einmal Mum hätte ruhig dagesessen und sich von dir den Bären aufbinden lassen, dass du den Kauf von deinem Krankenschwesterngehalt finanziert hättest – eine Erdgeschosswohnung in einem georgianischen Altbau, ohne Hypothek. So etwas macht kein normaler Mensch. Der Zahlungsverkehr war nicht dokumentiert, aber alle Unterlagen waren auf deinen Namen ausgestellt.

Jetzt haben wir eine mögliche Erklärung dafür. »Oh«, sage ich. »Wow. Dann besteht wohl endgültig kein Zweifel mehr daran, dass es eine Verbindung zwischen Miranda und Henrickson gab, die sie uns verheimlich hat. Es sieht ja fast so aus, als hätten E. B. Property Services ihr die Wohnung einfach überschrieben.«

»Warum hätten sie das tun sollen?«

Ich sehe unsere Mutter scharf an. »Als Bezahlung. Oder aus Liebe. Ein Geschenk, vielleicht von Lukes Vater.«

»Nein.« Sie schüttelt zur Bekräftigung den Kopf. »Nein. Ich will nicht, dass wir irgendetwas tun, was ihn auf den Plan rufen könnte.«

»Hast du die Möglichkeit nicht in Betracht gezogen, nachdem du all diese Dinge herausgefunden hast?«

»Nein, habe ich nicht. Und du wirst dich unterstehen, weiter nachzuforschen, Ella.«

»Du hast doch angefangen.«

»Es reicht.«

»Schon gut.«

Sie legt mir ihre eiskalte Hand an die Wange, und ich drehe den Kopf zur Seite, um sie zu küssen. »Sollen wir weitergehen?«, schlägt sie vor. »Es fängt an zu nieseln.«

»Gute Idee«, stimme ich ihr zu, und wir stehen wieder auf. Die grauen Pflastersteine sind bereits mit kleinen dunklen Punkten übersät. »Warum hast du mir geholfen, Mum? Das kann doch nicht bloße Neugier gewesen sein.«

»Wenn man erst mal etwas weiß, kann man dieses Wissen nicht mehr rückgängig machen. Man kann nicht *nicht* handeln. Man kann dieses Wissen nicht *nicht* teilen. Aber ich habe mehr und mehr den Eindruck, Ella, dass die Sache dich in den Abgrund reißt. Vor allem nach gestern Nacht.« Unsere Mutter, die ehemalige Ballerina, strauchelt kurz, was so gut wie nie vorkommt. Ich stütze sie.

»Was war denn gestern Nacht?«

»Genau darüber muss ich mit dir sprechen.« Sie beißt sich auf die Lippe, so wie immer, wenn es schlechte Nachrichten zu verkünden gibt. Genau dasselbe hat sie gemacht, als sie uns eröffnete, dass Großmutter gestorben war.

»Muss ich jetzt Angst haben?«

Sie antwortet nicht.

»Lass uns was zu Mittag essen«, schlage ich vor. »Es ist schon später als gedacht, und du hattest recht – der Regen nimmt zu. Wir sollten besser irgendwo reingehen.«

»Ich habe keinen Hunger. Nur eine Tasse Tee.«

Normalerweise haben die Steine der Abteikirche die Farbe von Honig, aber heute sind sie grau. Wir gehen unter einer Reihe gotischer Buntglasfenster an der Außenwand entlang, und Mum lässt sich von mir in eine weitere Kopfsteinpflastergasse lotsen, wo es ein nettes altmodisches Café gibt, das ihr gut gefällt. Ich halte ihr die Tür auf, und sie schreitet wie eine Königin hinein.

Die Möbel sind aus dunklem Holz, auf den Tischen liegen weiße Decken. Nachdrucke von Porträts aus dem achtzehnten Jahrhundert hängen an den mit blauem Damast bespannten Wänden. In den Vitrinen sind auf durchbrochenen Papierdeckchen kleine süße Köstlichkeiten ausgestellt, die du allesamt verschmähen würdest. Kaffee-Walnuss-Schnitten und Schokoladenfudge und Zitronencremetörtchen. Scones und Florentiner und Karamellküchlein.

Wir setzen uns in eine Ecke, und Mum zögert den Beginn des Gesprächs hinaus, indem sie mir zunächst von den kleinen Mädchen in ihrem Ballettkurs erzählt, den sie einmal die Woche gibt. Endlich sagt sie: »Irgendwas stimmt nicht mit dir, Ella. Du siehst müde aus. Ist es Ted?«

Das soll die große, wichtige Angelegenheit sein, über die sie mit mir reden wollte? »Nein.«

Die Kellnerin stellt einen Pfefferminztee vor Mum und einen schwarzen Kaffee vor mich hin. Als ich daran nippe, wird mir schlecht.

Sie mustert mich scharf. »Ich wusste, dass du es dir selbst schwer machen würdest. Was auch immer zwischen dir und Ted gerade falsch läuft, du solltest ihm vertrauen.«

»Ich dachte, du magst ihn nicht besonders.«

»Die Menschen ändern sich, Ella. Die Dinge sind nicht immer so, wie sie scheinen. Du musst den Leuten ihre Fehler verzeihen.«

Ich strecke die Hand über den Tisch und drücke sanft ihren Arm. »Ich bin einfach nur schlecht drauf, das geht wieder vorbei. Ich werde mir ab jetzt Mühe geben, nicht mehr so negativ zu sein.«

»Du bist doch vorsichtig mit Thorne, nicht wahr?«

»Natürlich. Und ich rufe dich sofort an, wenn ich wieder zu Hause bin. Aber kannst du mir jetzt bitte sagen, was gestern Nacht passiert ist? Du machst mir Angst.«

Sie überlegt mehrere Sekunden lang. »Vielleicht ist jetzt nicht der richtige Zeitpunkt.«

»Wenn ich als Erste ein heikles Thema anspreche, fällt es dir dann vielleicht leichter, darüber zu reden?«

Sie neigt leicht den Kopf, sagt jedoch nichts.

»Du hast immer gesagt, wie fröhlich und aufgeräumt Miranda an ihrem letzten Morgen war. Aber ich habe ihre Stimmung zu der Zeit eher« – ich ringe nach den passenden Worten – »als stark schwankend erlebt. Deshalb frage ich mich ... Ist dir vielleicht doch noch etwas anderes an ihr aufgefallen?«

Sie runzelt die Stirn. »Natürlich nicht. Wie kannst du mich das fragen?«

Unsere Mutter ist diejenige, die dich zuletzt lebend gesehen hat, und sie würde niemals von ihrer Aussage abrücken, die sie dazu bei der Polizei gemacht hat. Sie würde niemals zulassen, dass jemand sie bei einer Unwahrheit ertappt – vor allem nicht unser Vater, der es nicht verstehen und ihr womöglich auch nicht verzeihen würde, wenn sie etwas Wichtiges unterschlagen hätte, was uns bei der Suche nach dir hätte helfen können. Natürlich spielt dabei auch ihr Stolz eine Rolle. Es ist ihr sehr wichtig, wie andere Menschen sie sehen. Was immer sie also an jenem Morgen wirklich bei dir wahrgenommen hat, sie wird es mit ins Grab nehmen.

Trotzdem musste ich sie fragen, selbst wenn es vergeblich war. »Mit der Erinnerung ist es so eine Sache. Manchmal kommen einem gewisse Dinge erst später wieder in den Sinn. Wir standen damals alle unter Schock und waren sehr aufgewühlt. Da wäre es absolut verständlich, wenn du die eine oder andere Kleinigkeit vergessen hättest. Und vielleicht ist sie dir inzwischen ja wieder eingefallen?«

»Es gibt nichts, was mir wieder einfallen könnte. Stattdessen solltest du dich lieber fragen, ob du dich nicht vielleicht weigerst, gewissen Tatsachen ins Auge zu blicken.«

Etwas an ihrem Tonfall lässt mein Herz schneller schlagen.

Sie fährt fort. »Dein Vater wollte nicht, dass ich es dir sage, aber Luke hatte gestern Nacht einen Albtraum. Ich finde, du erzählst ihm zu viel.«

Ich trinke meinen Kaffee, der sich in meiner Kehle anfühlt wie ein harter Klumpen. Wenn sie sich in die Ecke gedrängt fühlt, geht unsere Mutter sofort zum Gegenangriff über. »Hat er gesagt, was das für ein Albtraum war?«

»Nur, dass dir darin etwas Schlimmes passiert ist.«

»Ich bin in Zukunft vorsichtiger.«

»Dafür ist es zu spät, Ella. Ich habe dich gewarnt, aber du wolltest ja nicht hören. Dein Vater und ich werden uns überlegen müssen, ob es gut für ihn ist, wenn er dich weiterhin sieht.«

Obwohl ich plötzlich das Gefühl habe, als läge mir ein Felsblock im Magen, bin ich weiterhin um einen freundlichen Tonfall bemüht. »Ist das nicht ein bisschen übertrieben nach einem einzigen schlechten Traum?«

»Sonst hat er nie welche. Deinem Vater und mir bleibt keine andere Wahl.«

»Das kann doch nicht dein Ernst sein. Das kannst du nicht machen.«

»Es ist mein Ernst, und ich werde es machen.«

»Ab dem nächsten Jahr wird er doch ohnehin mindestens die Hälfte der Woche bei mir wohnen. Wir waren uns einig, dass er in Bath zur Schule gehen soll.«

»Eine Schulwahl lässt sich rückgängig machen.« Ihre Stimme klingt kühl und geschäftsmäßig.

»Das ist doch wohl ein verdammter Witz! Oder willst du es mir heimzahlen, weil ich recht hatte und du bloß nicht zugeben willst, was an dem Morgen, als sie verschwunden ist, wirklich passiert ist? Bin ich der Wahrheit darüber, wie und warum sie sich ihre teure Wohnung leisten konnte, vielleicht ein bisschen zu nahe gekommen?«

»Untersteh dich, in diesem Ton mit mir zu sprechen.«

»Genau das hat Miranda so an dir gehasst. Du kannst gemeinsam getroffene Entscheidungen nicht einfach umstoßen. Nicht im nächsten Jahr und auch nicht jetzt. Er will am Samstag bei mir übernachten – es ist alles fest vereinbart. Und ich habe ihm gesagt, dass ich am Donnerstagnachmittag zu seinem Fußballspiel komme.«

»Ich bin der Ansicht, dass es im Moment nicht klug wäre, wenn du Kontakt zu seiner Schule hast. Meine Priorität ist Luke. Ich will nur das Beste für ihn. Du begreifst nicht, wie wichtig mir sein Wohlergehen ist.«

Die Lider ihrer grauen Augen blinzeln so schnell, dass ich an die Flügel eines Kolibris denken muss. Es sieht fast so aus, als schliefe sie und befände sich gerade in der REM-Phase. »Bei dir habe ich keinen Einfluss mehr darauf. Bei ihm schon.«

»Ich würde ihn nie wissentlich einer Gefahr aussetzen. Ich kann einfach nur nicht verstehen, warum es nicht der stärkste Wunsch in deinem Leben ist, endlich herauszufinden, was mit Miranda passiert ist.«

Doch es ist, als würde sie mich gar nicht hören. »Und dein Vater. Du bekommst es ja nicht mit, wenn er ein Ziehen spürt und denkt, der Krebs wäre wieder da. Vor dir hält er es geheim. Du bist nicht diejenige, die ihn dann trösten muss.«

»Das weiß ich doch. Ich kann mir gut vorstellen, wie schwer das für dich sein muss.« Ich nehme ihre Hand. Als sie meine Berührung abschüttelt, verspüre ich einen Stich in der Brust.

»Und du unterstützt mich nie, wenn ich versuche, ihn dazu zu bringen, dass er sich gesund ernährt.«

»O mein Gott. Ist das der Grund, weshalb du mich bestrafst? Weil ich der Meinung bin, dass du in Bezug auf Dads Ernährung ein totaler Kontrollfreak bist? Hast du mir überhaupt zugehört?«

»Ja, das habe ich durchaus. Natürlich möchte ich wissen, was deiner Schwester zugestoßen ist, Ella. Aber ich kann nicht noch einen von euch verlieren. Die Angst davor ist größer als alles andere.«

»Das verstehe ich. Und es tut mir leid, falls ich nicht sensibel genug damit umgehe. Aber ich glaube, wenn du wüsstest, was mit Miranda passiert ist, würde dich das freier machen. Es würde uns alle freier machen.«

»Ich will nicht, dass du weiter nach Lukes Vater suchst. Ich will nicht, dass irgendein Fremder in unser Leben eindringt und versucht, ihn uns wegzunehmen.«

»Aber es ist Luke gegenüber nicht fair, ihn im Ungewissen zu lassen. Wie würde er sich fühlen, wenn er wüsste, dass wir die Möglichkeit gehabt hätten, seinen Vater zu finden, und uns bewusst dagegen entschieden haben?«

»Er wird es nie erfahren.«

»Die Gefahr, dass man ihn uns wegnimmt, ist gleich null. Kein Richter würde einen zehnjährigen Jungen aus seinem vertrauten familiären Umfeld reißen, um ihn in die Obhut eines wildfremden Mannes zu geben.«

»Auch nicht, wenn sie die gleiche DNA haben?«

»Nicht einmal dann. Doch nicht in seinem Alter. Wir müssten uns höchstens mit der Möglichkeit auseinandersetzen, dass das Gericht seinem Vater ein Umgangsrecht zusprechen könnte. Aber dabei stünde Lukes Wohl immer im Vordergrund, genau wie für uns. Und im Übrigen haben wir *auch* die gleiche DNA wie er.«

»Der beste Kompromiss, den ich dir anbieten kann, ist, dass Dad oder ich ab jetzt dabei sind, wenn du dich mit Luke triffst. Und die Besuche werden nur noch bei uns zu Hause stattfinden. Du darfst ihn nicht mit zu dir nehmen und auch nicht in die Nähe seiner Schule kommen.«

Erneut nehme ich ihre Hand, als könnte ich durch eine Berührung den Krieg zwischen uns beenden. Gleichzeitig frage ich mich, ob ich nicht die Klaue eines Monsters halte. »Luke braucht Zeit mit mir allein, so wie mit dir und Dad.«

Abermals entzieht sie sich mir. »Es gibt dazu keine Alternative. Was du tust, beeinträchtigt sein Wohlergehen.«

»Nein. Was ich tue, ist gut für ihn. Ich mache nichts, was

ihm irgendwie schaden könnte. Man kann die Menschen nicht einsperren, nur weil man sie vor jeder Gefahr beschützen möchte.«

»Nun, das sehe ich anders.«

»Ob du es anders siehst oder nicht, ist völlig ohne Belang. Du bestimmst nicht über Luke. Ich bin dreißig Jahre alt. Ich bin kein Kind mehr, sondern eine erwachsene Frau mit Verantwortungsbewusstsein.«

»Was dein Verantwortungsbewusstsein angeht, bin ich mir nicht so sicher.«

»Dann ist es umso besser, dass du hier nicht über mich zu Gericht sitzt. Dad wird das auf gar keinen Fall akzeptieren.«

»Da bist du im Irrtum. Dein Vater sieht die Sache genauso wie ich.«

»Ausgeschlossen. Wusstest du, dass Dad bei der Polizei nach ihren Sachen gefragt hat? Dass sie sie deswegen zurückgegeben haben? Er hat es satt, dass du uns andauernd den Mund verbietest.«

»Glaubst du ernsthaft, du könntest mir irgendetwas über deinen Vater sagen, was ich noch nicht weiß?«

»Ich glaube, das habe ich soeben getan. Du bist einfach nur zu egoistisch und kontrollsüchtig, um es zuzugeben.«

Ihre Augen füllen sich mit Tränen, aber sie laufen nicht über, und ich frage mich unwillkürlich, ob das womöglich ein alter Theatertrick aus ihrer Zeit als Ballerina ist, den sie angewandt hat, um sich besser in ihre Rollen einzufühlen. »Dir das zu sagen fällt mir nicht leicht«, sagt sie.

»Auf mich wirkt es vollkommen mühelos. Ist dir eigentlich bewusst, dass der Richter, falls es jemals so weit käme, auch Luke nach seiner Meinung fragen würde? Er würde dir nicht einfach erlauben, ihn mir zu entziehen.«

Wie soll ich zu ihr durchdringen? Bislang haben weder Beschwichtigungsversuche noch Zorn gefruchtet. Vielleicht muss ich mir noch mehr Mühe geben und versuchen, sie auf einer rein sachlichen Ebene zu erreichen. Mit nüchternen Fakten. »Du überschätzt deine juristische Position. Du scheinst vergessen zu haben, dass wir uns das Sorgerecht teilen.«

»Ja, aber den Großteil seiner Zeit verbringt er bei deinem Vater und mir. Kein Richter der Welt würde das ohne Not ändern. Und wie du selbst gesagt hast: Das Gericht bewertet Sorgerechtsfälle neu, wenn sich die äußeren Umstände ändern. Und genau das tust du – du änderst die äußeren Umstände. Insofern wären die Rechte, die du in Bezug auf den Umgang mit Luke genießt, in den Augen eines Gerichts vielleicht nicht mehr angemessen.«

Am liebsten würde ich sie packen und schütteln, aber ich bin wie gelähmt. Ich kann nichts tun.

»Willst du damit sagen, dass ich nicht dazu tauge, Luke zu erziehen?« Sie antwortet nicht, aber ihr Schweigen ist Antwort genug. »Hast du eigentlich auch schon mal über die moralische Dimension deines Handelns nachgedacht oder bloß über die juristische? Denn mit der scheinst du dich ja eingehend befasst zu haben.«

»Selbstverständlich habe ich das«, sagt sie.

»Miranda fände deinen Vorschlag unerträglich.«

»Maß dir nicht an, meine Tochter besser zu kennen als ich.«

»Maß du dir nicht an, meine Schwester besser zu kennen als ich.« Aus meinem Mund kommt ein Geräusch, das halb Krächzen, halb boshaftes Lachen ist. »Und du fragst dich noch, warum sie dir nie etwas Persönliches von sich erzählt hat? Warum sie immer so heimlichtuerisch war?«

»Deine Schwester hat mir Dinge anvertraut, die du dir nicht einmal vorstellen kannst.« Sie kneift den Mund zu, als hätte ich sie dazu provoziert, mehr zu sagen, als sie eigentlich wollte.

»Jetzt sagt sich so was leicht. Wenn du nicht so wärst, wie du bist, hätte sie uns nicht immer alles verschwiegen und sich damit in Gefahr gebracht.« Ich stehe so hastig auf, dass der Tisch wackelt und mein Kaffee überschwappt. Der Tee unserer Mutter spritzt auf ihre Finger, und als sie das Gesicht verzieht, empfinde ich einen Hauch von Schadenfreude.

»Bitte beruhige dich, Ella.«

»Was erwartest du von mir?« Ich blinzle heftig, weil ich auf keinen Fall weinen will. »Ich habe es ja mit Argumenten versucht, aber du bist einfach unmöglich. Mit dir kann ich nicht reden. Ich kann dich nicht einmal mehr ansehen. Wenn du das wirklich durchziehst, wirst du scheitern, und dein Enkel wird dich hassen. *Ich* werde dich hassen, und dann wirst du das einzige Kind verlieren, das dir noch geblieben ist.«

»Sprich nicht von ihr, als wäre sie tot.«

»Das ist alles, was du dazu zu sagen hast? Das ist dein erster Gedanke? Dir geht es um das Kind, das *nicht* da ist, statt um das Kind, das vor dir sitzt? Spar dir deine Worte, Mutter.«

Noch nie zuvor habe ich sie »Mutter« genannt. Aber wenn Luke seine Bezeichnung für die Frau, die ihn zur Welt gebracht hat, ändern kann, dann kann ich es auch. Das Wort schmeckt kalt auf meiner Zunge. Instinktiv stehe ich aufrechter.

Es gibt noch eine letzte Sache, die ich ihr sagen muss. »Meinst du, es ist gut für Luke, wenn die drei Menschen, die er am meisten liebt und von denen er am meisten abhängig ist, sich seinetwegen streiten?«

»Setz dich wieder hin und sprich leise. Die Leute gucken schon.«

»Glaubst du, das interessiert mich?« Ich schüttle den Kopf. »Als Luke gesagt hat, dass er bei mir wohnen möchte, da habe ich ihm erklärt, dass wir drei ihn uns teilen. Ich habe das nicht eine Sekunde lang ausgenutzt, obwohl ich mir nichts Schöneres vorstellen könnte, als ihn die ganze Zeit um mich zu haben. Ich habe ganz offen und in gutem Willen mit dir und Dad darüber geredet, und wir haben die Sache gemeinsam diskutiert. Wenn du nicht so ein Monster wärst, könntest du einem glatt leidtun. In Wahrheit beschützt du niemanden. Du kannst nicht die ganze verdammte Welt kontrollieren.«

Ich höre das leise Keuchen meiner Mutter, würdige sie jedoch keines Blickes mehr. Ich greife nach meiner Jacke, marschiere aus dem Café, ohne noch einmal zurückzublicken, und knalle die Tür so heftig hinter mir zu, dass es ein Wunder ist, dass die Butzenscheiben nicht in tausend Scherben zerspringen.

Die Maskerade

Ich bin so wütend und verängstigt, und mein Gefühl, von aller Welt verlassen worden zu sein, ist so stark, dass ich kaum darauf achte, wohin ich gehe. Normalerweise habe ich immer ein wachsames Auge auf meine Umgebung, nur jetzt ist dieser Instinkt ausgeschaltet. Es ist erst drei Uhr nachmittags, aber es dämmert bereits, während ich blindlings über eine Brücke eile und dann in die kleine Seitenstraße einbiege, die an den Aromagarten grenzt, in dem Ted mir vor zwei Wochen bei meinem Selbstverteidigungskurs assistiert hat.

Ich weiß nicht genau, wie lange ich schon gegangen bin, als urplötzlich aus dem Halbdunkel ein Polizist auf mich zutritt wie ein Gespenst, das in meinen Albträumen auf mich gelauert hat.

»Entschuldigen Sie, dass ich Sie erschreckt habe.« Er macht einen Schritt nach vorn und verstellt mir den Weg zu meinem kleinen dunkelgrauen Kombi. Mit einem Schlag sind alle Gedanken an meine Mutter aus meinem Kopf verschwunden.

Er deutet auf mein Nummernschild. »Ist das Ihr Fahrzeug?« Er hat dicke Arme, so wie Männer, die zu oft ins Fitnessstudio gehen und Anabolika nehmen. Er sieht aus wie der Türsteher eines Nachtclubs. Auf der Wange direkt unter dem linken Auge hat er einen Leberfleck von der Größe einer Blaubeere.

Ich antworte nicht, sondern stelle mich breitbeinig hin. Kampfbereit.

»Mein Name ist PC Finn«, sagt er. PC Finn trägt keine Kopfbedeckung. Weder eine Schirmmütze noch einen Helm. Seine dunkelbraunen Haare sind lockig und kurz geschnitten. Es ist kalt draußen. Köpfe sind empfindlich. Wieso schützt PC Finn seinen nicht?

»Sind Sie Miss Ella Brooke?« An den Wangen sind seine Haare zu kleinen, akkuraten Koteletten rasiert, die ein Stück oberhalb der Ohrläppchen in feinen Spitzen auslaufen.

»Woher kennen Sie meinen Namen?«

»Ich habe eine Halterabfrage Ihres Kennzeichens durchgeführt.«

Hätte er mich dann nicht fragen sollen, ob ich Melanie

Brooke bin? Ich bin mir ziemlich sicher, dass der Wagen auf meinen richtigen Namen zugelassen ist.

An der Brust seiner schwarzen Weste sitzt das Funkgerät wie eine dicke, hässliche Brosche. Es macht einen authentischen Eindruck. Wieso werde ich trotzdem das Gefühl nicht los, dass irgendetwas mit diesem Funkgerät nicht stimmt?

»Jemand hat versucht, in Ihr Fahrzeug einzubrechen. Wir wollen nur sichergehen, dass Sie wohlauf sind.«

Ich kann keinerlei Anzeichen dafür erkennen, dass sich jemand an meinem Wagen zu schaffen gemacht hat. Ich grüble noch ein wenig über PC Finns Funkgerät nach. Es gibt keinen Ton von sich. Ted dreht seins zwar immer leise, wenn er mit Leuten spricht, aber er schaltet es im Dienst nie ganz aus, weil er dann nicht auf Notfälle reagieren könnte.

»Warum ist Ihr Funkgerät ausgeschaltet?«, will ich wissen.

PC Finn hebt den Kopf und blickt die Straße hinunter. »Eigentlich stelle ich die Fragen.«

»Nur bei Verdächtigen und Kriminellen. Ich würde mich wirklich sehr über eine Antwort freuen.«

Er antwortet: »Damit ich höre, was Sie sagen.« Ich jedoch verstehe: *Damit ich dich besser hören kann.*

»Sind Sie ein echter Polizist?«, bohre ich weiter.

»Das hat mich definitiv noch niemand gefragt. Aber wir heißen es gut, wenn die Bürger wachsam sind. Würden Sie mich jetzt bitte in Ihrem Wagen zur Wache begleiten?«

Er will mich beim Arm nehmen, aber ich weiche der Berührung aus. »Nein, das würde ich nicht. Und ich weiß, dass ich auch nicht dazu verpflichtet bin.«

»Sie müssen aber auf die Wache mitkommen. Wir haben den Mann, der den Einbruchsversuch unternommen hat, dort in Gewahrsam.«

Die Uniform sieht echt aus. Schwarze Hose, weißes Hemd mit dunkler Krawatte und die obligatorische fluoreszierende Jacke. »Wenn Sie den Mann haben, besteht für mich ja keine weitere Gefahr. Ich fahre allein zur Wache. Wir können uns dort treffen.« Etwas an seinem Rangabzeichen hat mich stutzig gemacht. Er trägt keine Dienstnummer am Kragen. Natürlich bedeutet das nicht zwangsläufig, dass etwas an ihm faul ist.

»Ich möchte bitte Ihren Dienstausweis sehen«, sage ich dennoch.

»Den darf ich Ihnen nicht geben. Kein Polizist würde einem Zivilisten jemals seinen Dienstausweis aushändigen.«

»Ich will ihn ja auch gar nicht anfassen. Halten Sie ihn mir hin, dann kann ich auf der Wache anrufen und überprüfen, ob Sie wirklich der sind, für den Sie sich ausgeben.«

Ich komme mir vor, als würde ich das Gespräch zwischen uns von außen betrachten. Sämtliche meiner antrainierten Reaktionsmuster werden aktiviert: Ich wahre ausreichend Abstand, um im Zweifelsfall rasch fliehen zu können. Ich öffne meine Tasche und ordne den Inhalt so, dass meine extra helle LED-Lampe oben liegt. Mit jeder Sekunde komme ich mir ein wenig mehr wie Rotkäppchen vor, das versucht, den großen, bösen Wolf zu überlisten.

PC Finn steckt eine Hand in seine Jackentasche, um nach seinem Dienstausweis zu suchen. Durch die Bewegung gelingt es mir, einen Blick auf eine seiner Schulterklappen zu erhaschen, und im nächsten Moment wird mir klar, weshalb ich vorhin gestutzt habe. Er hat zwei silberne Sterne an der einen Schulterklappe – aber keine an der anderen. Der Mann hat behauptet, ein Police Constable zu sein, trägt aber die Rangabzeichen eines Inspectors, und das auch nur auf einer

Seite. Ein Inspector würde niemals zu Fuß Streife gehen. Die Uniform ist also echt, aber es ist nicht seine. Er konnte sich lediglich einige Teile beschaffen. Daher auch die fehlende Kopfbedeckung und das einzelne, falsche Rangabzeichen.

Ich zücke mein Handy, warte darauf, dass er mir seine Dienstnummer nennt, und frage mich unterdessen, wie er sich aus dieser Sache wieder herauswinden will. Mithilfe des Auslösers an der Seite mache ich unbemerkt einige Fotos von seinem Gesicht, dem Leberfleck unter seinem Auge, den spitzen Koteletten, der Uniform sowie den Schulterabzeichen.

»Irgendwie kann ich meinen Ausweis gerade nicht finden.«

Mein Adrenalinspiegel muss so hoch sein wie an dem Morgen, als Ted mich nur wenige Meter entfernt im Park dazu genötigt hat, mit ihm das Szenario eines nächtlichen Überfalls nachzustellen.

»Dann nennen Sie mir eben Ihre Dienstnummer. Ich kann auf der Wache anrufen und sie überprüfen lassen.«

»Ich muss wirklich dringend mit Ihnen sprechen. Es ist sehr wichtig.«

»Das sagten Sie bereits.«

Er macht einen Schritt auf mich zu, und noch während ich vor ihm zurückweiche, ziehe ich die Taschenlampe hervor und schalte sie auf Blitz-Funktion, sodass er kurzzeitig geblendet ist. Er erschrickt und gerät ein wenig ins Taumeln. Dass er sich schützend die Hand vor die Augen hält, nützt jetzt auch nichts mehr. Die weißen Flecken auf seiner Netzhaut werden so schnell nicht wieder verschwinden. Ich brauche nur den Bruchteil einer Sekunde, um mich in Bewegung zu setzen. Als ich lossprinte, zurück in Richtung Stadt, stelle ich mir vor, wie Funken aus meinen Hacken sprühen. Falls er mich einholt, werde ich ihm eins mit der Taschenlampe überziehen. Allerdings bezweifle ich, dass es dazu kommen wird.

Weil ich hinter mir nichts höre, riskiere ich einen kurzen Blick über die Schulter. Der falsche Constable hat sich von seinem Schock erholt und verschwindet eilig im Park. Hat er auch nur den Schimmer einer Ahnung, dass ich ihn fotografiert habe? Egal. Ich weiß jedenfalls, was ich jetzt mit diesen Fotos machen werde.

Trotz meiner langjährigen Beziehung zu Ted habe ich bisher nicht viel Zeit auf der Wache verbracht. Mein Vater hat sich bisher meistens mit der Polizei auseinandergesetzt. Das insektenartige Summen der Leuchtröhren im Wartebereich und die halb vollen Snackautomaten wirken daher auf mich nicht weniger ungewohnt und beklemmend als auf andere Menschen.

Ich muss schon seit über einer halben Stunde dringend zur Toilette, also wage ich mich schließlich auf das kleine Besucher-WC. Wände und Decke sind rotzgrün gestrichen. Von Ted weiß ich, dass die Farbe Junkies davon abhalten soll, sich in dem dämmrigen kleinen Raum einen Schuss zu setzen, weil sie ihre Venen nicht richtig erkennen können. Beim Pinkeln – ich hocke über der Brille und denke daran, wie unsere Mutter uns immer wieder eingeschärft hat, uns auf öffentlichen Toiletten niemals hinzusetzen, um den Kontakt mit fremden Keimen zu vermeiden – sehe ich mich nervös nach einer Kamera um. Ich finde zwar keine, allerdings ist es in dem kränklichen fluoreszierenden Licht schwer, überhaupt etwas zu sehen. Hinterher wasche ich mir die Hände und inspiziere meine Haut im trüben Spiegel aus bruchfestem Glas. Dein grünstichiges Gesicht schaut mir entgegen.

Im Wartebereich stehen mehrere kalte, mit dem Boden verschraubte Metallstühle. Ich sitze noch nicht lange, als ein echter Police Constable mich aufruft und durch eine Stahltür begleitet, die vom Empfang aus direkt zu einem kleinen Vernehmungszimmer führt. Ein grünes Licht signalisiert, dass der Raum frei ist.

Drinnen steht ein Computer, um die Vernehmungen aufzuzeichnen und an dem sich der Constable nun zu schaffen macht.

Wieder nehme ich auf einem im Boden verankerten Stuhl Platz, und wieder werde ich von Kameras ins Visier genommen. Allerdings bin ich angenehm überrascht von der Ernsthaftigkeit, mit der sich der Polizist meiner Geschichte sowie den Fotos widmet, und ich staune über die Sorgfalt, mit der er sich trotz des Aufnahmegeräts alles notiert, was ich zu sagen habe.

Sein Hauptanliegen scheint es zu sein, mir möglichst unvoreingenommen und auf Augenhöhe zu begegnen.

Ich schiebe ihm mein Handy hin. »Sie kennen ihn nicht, oder?«, frage ich.

»Nein, der ist mir nicht bekannt. Es war sehr aufmerksam von Ihnen, zu merken, dass er die falsche Version Ihres Namens benutzt hat und dass etwas mit seiner Uniform nicht stimmt.« Bislang ist mir dieser echte Polizist sympathisch. Als er jedoch den Daumen unter sein Kinn legt und sich mit den Fingern über die Lippen zu streichen beginnt, kommen mir erste Zweifel daran, ob ich ihm trauen kann. Er mustert mich die ganze Zeit, als verlange er nach einer Erklärung für meinen Scharfsinn. Als ich ihm keine gebe, fährt er fort: »Das ist vorsätzlicher Betrug. Den meisten Zivilisten wären solche Details gar nicht aufgefallen. Es kann nicht einfach gewesen sein, sich die Sachen zu beschaffen. Ich wüsste zu gern, wie ihm das gelungen ist.«

»Das habe ich mich auch schon gefragt.«

Er wird noch geschäftsmäßiger. »Wir speisen die Bilder in unsere Datenbank ein, vielleicht gelingt es uns, ihn zu identifizieren.« Er schiebt mir ein Blatt Papier mit einer E-Mail-Adresse hin. »Wären Sie so freundlich, die Bilder an unsere EDV-Abteilung zu schicken?«

Ich tue es unverzüglich, dann werfe ich einen Blick in meinen Gesendet-Ordner. »Sie scheinen angekommen zu sein.«

»Gut. Wir posten die Fotos noch heute auf unserer Website und in den sozialen Netzwerken. Hoffen wir mal, dass ihn irgendjemand kennt.«

»Sie geben mir Bescheid, wenn Sie etwas rausfinden?«

»Sofern uns das möglich ist, sicher.« Er spricht schon wieder mit der Hand vor dem Mund. »Natürlich dürfen wir keine laufenden Ermittlungen gefährden.«

Ich muss mich zusammenreißen, um nicht die Augen zu verdrehen, weil ich diesen Satz schon unzählige Male gehört habe, normalerweise aus dem Mund unseres Vaters.

»Haben Sie eine Ahnung, was er von mir gewollt haben könnte?«, will ich wissen.

Er spielt die Frage an mich zurück. »Ich dachte, Sie hätten eventuell eine Idee dazu.«

Ich schüttle den Kopf. »Mein erster Gedanke war, dass er ein Gewaltverbrecher ist, der Frauen auflauert und mich dazu bringen wollte, ihn bei mir ins Auto einsteigen zu lassen. Ich wollte möglichst viele Informationen über ihn sammeln, damit er es nicht noch bei anderen Frauen versucht. Aber dann habe ich mir überlegt, ob es vielleicht auch ein Journalist gewesen sein könnte, der einen Artikel darüber schreiben wollte, wie ich in so einer Situation reagiere.« Ich unterbreche meinen Bericht kurz, um ihm zu erläutern, was dir passiert ist. Ich bin froh, dass er nicht schon vorher gewusst hat, wer ich bin. Ich erzähle ihm auch von meiner Arbeit mit Opfern von Gewalttaten.

»Sie meinen, es könnte sich um eine Art Live-Experiment gehandelt haben, über das er jetzt womöglich eine Story schreibt?«

»Ich merke schon, Sie finden die Idee abwegig. Ich weiß selbst nicht, was ich davon halten soll, aber die Entführung meiner Schwester hat sich am Freitag zum zehnten Mal gejährt, das könnte ein Grund für sein Interesse an mir sein – falls er wirklich Reporter war.«

»Gab es denn Berichte darüber?«

»Nein, aber ein Journalist hat mir eine Nachricht auf die Mailbox gesprochen. Ich habe ihn nicht zurückgerufen. Hier, hören Sie mal rein.« Ich spiele die Nachricht ab, und er macht sich dazu Notizen.

»Jetzt, wo ich sie noch mal angehört habe, glaube ich, es könnte dieselbe Stimme gewesen sein. Ganz sicher bin ich mir allerdings nicht.« Ich würde mir am liebsten vor Wut in den Hintern beißen, weil ich den falschen Polizisten nur fotografiert und nicht auch eine Sprachaufnahme von ihm gemacht habe.

»Ich denke, es wäre hilfreich, wenn Sie uns die Nachricht überlassen könnten. Schicken Sie sie an dieselbe Adresse wie die Fotos.«

Ein paar Wischbewegungen später ist alles erledigt.

»Ich entschuldige mich im Voraus für das, was ich Sie jetzt fragen muss«, sagt er, »aber haben Sie Feinde?«

Ich erzähle ihm von Sadie, den anonymen Anrufen und

der Mail von *Hüter der Gerechtigkeit*, die ich bereits per Online-Formular der Polizei gemeldet habe. Ich erwähne sogar die Pralinen und die Karte, die meine Eltern von Sadie bekommen haben, auch wenn mir bewusst ist, dass ich höchstwahrscheinlich die Einzige bin, die den Satz *Ich denke an euch* als Bedrohung interpretiert. Vermutlich fallen die Sachen ohnehin nicht ins Gewicht, weil sie nicht an mich persönlich adressiert waren.

»Zum jetzigen Zeitpunkt haben wir noch nicht genug in der Hand, um konkrete Schritte zu unternehmen, aber leiten Sie ruhig alles an uns weiter, damit wir es zu den Akten nehmen können. Wir werden auf jeden Fall versuchen, den Absender der Mail ausfindig zu machen, und falls es zu weiteren Vorfällen kommt, statten wir dieser Sadie einen Besuch ab«, sagt er.

Ich öffne den Mund, um ihm auch noch von dem Foto mit Ted und Ruby zu erzählen, bringe jedoch keinen Ton heraus. Will ich wirklich das Risiko eingehen, Ted auf der Arbeit in Schwierigkeiten zu bringen? Oder ihn bloßzustellen? Außerdem hat er die Mail samt Anhang ja bereits von mir bekommen, man könnte also sagen, dass sie der Polizei vorliegt. Und ich möchte diesem Mann gegenüber auf keinen Fall suggerieren, dass ich Ted nicht vertraue. Meine Angewohnheit, ihn beschützen zu wollen, sitzt tief. Also sage ich stattdessen: »Vielleicht ist es besser, wenn Sie sie erst mal nicht besuchen. Am Ende bringt sie das nur noch mehr in Rage – falls sie wirklich dahintersteckt. Sie hat Dampf abgelassen, möglicherweise beruhigt sie sich jetzt wieder.«

»Wenn nicht, wenden Sie sich sofort an uns.«

»Ja.«

»Kommen wir noch mal auf den Mann von eben zu sprechen. Bestimmt wissen Sie, dass es eine Straftat ist, sich als Polizist auszugeben.«

»Ja, das weiß ich«, antworte ich. »Ich bin mir sicher, dass er mich nicht zufällig ausgewählt hat. Er wusste, wer ich bin, und hat mir gezielt aufgelauert. Was mich jetzt wirklich interessiert, ist: wieso?«

Der echte Police Constable nickt. Diesmal bedeckt er beim Sprechen nicht den Mund mit der Hand. »Das wüsste ich auch gern«, sagt er. Und zu meiner großen Verblüffung glaube ich ihm.

Dienstag, 15. November

Der Rundgang

Ich habe den Ort schon oft vom Auto aus gesehen – jedes Mal, wenn ich die Straße entlanggefahren bin, die von den Anwohnern auf den Namen *Lucifer's Lane* getauft wurde. Offiziell heißt sie natürlich nicht so. Im Straßenatlas hat sie überhaupt keinen Namen, sondern lediglich eine Nummer. Sie führt an einem Tal vorbei, und in diesem Tal liegt die Klinik für psychisch kranke Straftäter, in der Jason Thorne einsitzt und die er vermutlich nicht mehr lebend verlassen wird.

Es ist ein imposantes Gebäude aus viktorianischer Zeit, von Weitem gleichermaßen schön und furchteinflößend anzusehen. Es wirkt, als käme es direkt aus einem Schauerroman, daran ändert auch die blumige Propaganda der hauseigenen Info-Broschüre nichts. *Patienten, keine Häftlinge.*

Beim Aussteigen höre ich keine Schreie im Innern des Gebäudes. *Eine Klinik, kein Gefängnis.* Im Ernst? Die Mauerkronen sind mit Klingendraht bewehrt.

Ich finde den Weg zum Empfangsgebäude und murmle meinen Namen in eine Gegensprechanlage. Das Türschloss öffnet sich mit einem Klicken, und die Tür schwingt auf. Ich übertrete die Schwelle und gehe auf die Scheibe aus Sicherheitsglas zu, hinter der die Empfangsdame sitzt.

»Ich bin Ella Brooke.« Ich schiebe meinen Ausweis in den schmalen Metalltunnel unterhalb der Scheibe. Meine Hände zittern sichtlich, und ich hoffe, dass die Frau nichts davon bemerkt. »Ich habe einen Besuchstermin bei Jason Thorne, aber davor bin ich noch mit Adam Holderness verabredet.«

Sie schenkt mir ein schmallippiges, professionelles Lächeln, ehe sie meinen Ausweis aus dem Tunnel fischt und inspiziert.

»Hier steht Melanie.«

»Melanie ist der Name auf meiner Geburtsurkunde, aber alle nennen mich Ella.«

Die Frau betrachtet erneut meinen Ausweis, wobei ihr Blick zwischen meinem Gesicht und dem Passfoto hin- und herpendelt. Sie legt den Ausweis auf das Glas eines Kopierers, dann schiebt sie ihn kommentarlos wieder in den Tunnel. Ich stehe da und frage mich, ob sie mich jetzt hereinlassen wird oder nicht.

»Alles soweit in Ordnung?«, erkundige ich mich.

»Das Foto stimmt mit Ihrem Gesicht überein.«

»Da bin ich aber erleichtert.« Sie lacht nicht. »Hier ist mein Genehmigungsschreiben für meinen Besuch bei Mr Thorne.« Ich schiebe es durch den Tunnel.

Sie spitzt die Lippen wie eine Bankangestellte, die es mit einem gefälschten Geldschein zu tun bekommt. Doch dann händigt sie mir ein Namensschild aus und zeigt mir den Weg zum Sicherheitsbereich.

Die Wachen durchleuchten meine Tasche, dann weisen sie mich an, sie in ein Schließfach einzusperren. Meine Jacke lege ich auch dazu. Dann nimmt eine weibliche Wache meine Fingerabdrücke und scannt meine Iris, ehe sie mich fotografiert. Zu guter Letzt tastet sie meine Arme, Beine und sogar meinen Oberkörper sorgfältig ab und fährt danach zur Sicherheit noch einmal mit einer Handsonde über jeden Zentimeter meines Körpers. Als ich fertig bin, werde ich von zwei anderen Wachen gebeten, durch eine Sicherheitsschleuse zu treten. Auf der anderen Seite stoße ich fast mit Adam zusammen, der dort auf mich wartet.

Die Pupillen seiner schwarzen Augen sind so stark geweitet, dass ich gar nicht erkennen kann, wo sie aufhören und wo die Iris beginnt. Ich frage mich, ob er der Leibesvisitation zugesehen hat. Ich bin im vollen Bewusstsein hierhergekommen, dass dieser Mann Interesse an mir hat. Das an sich ist nichts Neues für mich, allerdings habe ich das Interesse eines Mannes bisher noch nie für meine Zwecke ausgenutzt – was unter anderem auch daran liegt, dass ich meiner alten großen Liebe schon viel zu viele Jahre treu bin.

Hat unsere Mutter am Ende etwa doch recht mit ihrer Befürchtung, ich könnte zu allem bereit sein? Du würdest die Antwort auf diese Frage sicher kennen. Ich kenne sie nicht. Erinnerst du dich noch an den kleinen Zettel, den du mir einmal geschrieben hast? Ich habe ihn aufbewahrt, er klebt am Spiegel über meinem Frisiertisch.

Ich hab's dir gleich gesagt.
Liebe Grüße, Deine Intuition.

Der Spruch war mir damals neu. Ich dachte immer, du hättest ihn erfunden, bis ich im letzten Jahr zufällig jemanden gesehen habe, der ihn auf seinem T-Shirt stehen hatte.

Nach dem katastrophalen Ende meines Shoppingtrips mit unserer Mutter hatte ich eigentlich vor, meinen Kleiderschrank nach einem Outfit zu durchstöbern, das das Kriterium der »Züchtigkeit« annähernd erfüllte. In letzter Minute habe ich meinen Plan geändert. Mein rauchblaues Hemdblusenkleid und die Stiefel mit den Blockabsätzen sehen so ähnlich aus wie die Sachen, die du an deinem letzten Tag getragen hast, auch wenn ich den Stoffgürtel weglassen musste, weil er eine potenzielle Waffe darstellt und somit in der Klinik nicht erlaubt ist.

Auch die Stelle zwischen meinen Brüsten, wo sonst das Medaillon hängt, ist leer. Ich habe schon mehrmals voller Panik hingefasst, weil ich dachte, ich hätte es verloren, bis mir wieder einfiel, dass ich es zu Hause gelassen habe. Genau wie der Stoffgürtel eignet sich auch eine Kette aus Edelmetall gut, um jemanden zu strangulieren.

Ich bin nicht an hohe Absätze gewöhnt. Wie konntest du bloß darin laufen? Ich mache einen wackligen Schritt vorwärts und falle beinahe der Länge nach hin. Nur mit Mühe gelingt es mir, mein Gleichgewicht zu halten. Der peinliche Auftritt treibt mir die Röte ins Gesicht.

Adam tut gnädigerweise so, als wäre nichts passiert. In seinem schwarzen Anzug sieht er selbstbewusst und elegant aus. Aus irgendeinem Grund gefällt mir, dass er ein rosafarbenes Hemd trägt. »Ich kann Ihnen vor Ihrem Termin noch einen Teil des Geländes zeigen, wenn Sie möchten«, schlägt er mir vor. In diesem Moment kommt mir seine routinierte Höflichkeit gerade recht. Allerdings schwingt auch eine unverkennbare Wärme in seinem Tonfall mit.

Ich bringe den Ansatz eines Lächelns zustande. »Gern.« Er weiß, wie neugierig ich auf diesen Ort und seine Insassen bin.

Er bedeutet mir, ihm durch eine Tür in einen luftdicht versiegelten Raum mit metallverkleideten Wänden zu folgen, der mich an eine Raumkapsel erinnert und in dem ich das Gefühl habe, ersticken zu müssen. Als er die nächste Tür öffnet, befinden wir uns auf der anderen Seite der Umgrenzungsmauer. Von hier aus kann man auch die zahlreichen kleineren Nebengebäude sehen, die um das zentrale, hoch aufragende Klinikgebäude herum angeordnet sind. Der Zugang zu diesem Komplex erfolgt über einen Weg, der zu beiden Seiten von bedrohlich wirkenden Stahlzäunen eingegrenzt ist und immer wieder durch verschlossene Tore unterbrochen wird, die Adam einzeln aufsperren muss.

Er sieht, wie ich mit zusammengekniffenen Augen die an den Zäunen angebrachten Kameras beäuge. »An die gewöhnt man sich«, sagt er.

Ich habe noch nie so viele Kameras an einem Ort gesehen, die unsere Bewegungen so ostentativ und so exakt verfolgen. Entweder, sie werden aus irgendeinem Kontrollzentrum heraus von einem Heer unsichtbarer Beobachter gesteuert, oder sie verfügen über Bewegungssensoren.

»Schön, dass Sie gekommen sind.« Sein Tonfall ist freundlich und zwanglos, ganz im Gegensatz zu seinem Blick.

Ich darf nicht vergessen, was sein Spezialgebiet ist. Er liest die Gedanken anderer Menschen und versucht herauszufinden, wie sie ticken, damit er sie besser manipulieren kann.

»Es war nett von Ihnen, mich einzuladen.«

Er quittiert meine Antwort mit einer hochgezogenen Braue. »Sie sind die erste Frau, die sich einer Leibesvisitation und einer biometrischen Personenerfassung unterzogen hat, nur um mit mir einen Kaffee zu trinken.«

»Das ist schwer vorstellbar.« *Siehst du, Ted?*, denke ich. *Ich kann auch flirten.*

Der Blick seiner schwarzen Augen lässt mich nicht los. »Ich möchte zu gern glauben, dass Jason Thorne nicht Ihr einziger Beweggrund war.«

»Ich habe ein allgemeines Interesse am Thema Resozialisierung. Und ich wollte mit Ihnen sprechen.«

»Das freut mich.« Er runzelt die Stirn. »Was ist eigentlich mit Sadie? Haben Sie etwas von ihr gehört?«

»Nicht direkt.« Zutreffend, aber zugleich vage. Einer deiner besten Kunstgriffe.

Wobei ich ihn weniger gut zu beherrschen scheine als du, denn an Adams ernster Miene sehe ich, dass er noch etwas anderes aus meinem Ton herausgehört hat. Er hakt jedoch nicht nach.

»Hier entlang«, sagt er stattdessen und führt mich durch einen Garten, der auffallend gut gepflegt ist, auch wenn er zu dieser Jahreszeit trist und schmucklos wirkt. Er deutet mit einer ausladenden Bewegung um sich. »Das machen alles die Patienten. Sie mähen den Rasen, schneiden die Hecken. Wir haben auch einen Küchengarten, wo sie Gemüse anpflanzen. Das gehört alles zu unserem beschäftigungstherapeutischen Angebot.«

»Sie sind wirklich stolz auf sie, oder?«

»O ja, das bin ich.« Er lenkt meine Aufmerksamkeit auf ein großes eingeschossiges Nebengebäude mit grau verputzten Wänden und einem Flachdach aus schwarzem Eisen.

»Da drinnen ist unsere Holzwerkstatt. Sie ist in erster Linie für Patienten gedacht, die in ihrer Therapie schon relativ weit vorangekommen sind. Wollen Sie einen Blick hineinwerfen?«

»Sehr gern.« Wir beide wissen, dass es kein Zufall ist, dass er mir gerade diese Werkstatt zeigt.

Ich schlinge mir die Arme um den Leib, weil ich eine Gänsehaut habe. Der bleigraue Himmel hat dieselbe Farbe wie die Sicherheitszäune, und ich trage nichts als ein dünnes Kleid am Leib. Hast du auch gefroren, wenn du in solchen Fetzen herumgelaufen bist?

»Ihnen ist kalt«, stellt er fest.

»Überhaupt nicht.« Ich gehe ihm voraus auf die Holzwerkstatt zu, als befänden wir uns hier nicht in seiner, sondern in meiner Welt. Er entriegelt die Tür, indem er seinen Ausweis vor einen kleinen Scanner hält, an dem daraufhin ein grünes Licht aufleuchtet. Das ist alles. Eine weitere Sicherheitsvorrichtung an diesem Gebäude gibt es nicht.

Die Werkstatt besteht aus einem großen, offenen Raum. Dank der vielen Fenster und mehrerer Reihen Leuchtröhren an der Decke ist es sehr hell. Ich sehe große hölzerne Werkbänke und schwere Maschinen. Tischkreissägen und Schleifgeräte und Schraubzwingen und Sandstrahler – alles potenziell tödliche Waffen. In Anbetracht der Tatsache, dass Besucher nicht einmal Plastikbesteck in die Klinik mitbringen dürfen, damit es nicht von den Insassen zweckentfremdet wird, bin ich darüber einigermaßen erstaunt.

»Hier leben Menschen, Ella. Sie haben Begabungen, und wir müssen ihnen dabei helfen, diese Begabungen zu entfalten. Die Klinik versucht auf jede nur erdenkliche Art den Heilungsprozess zu fördern. Und wie gesagt: Sie bekommen nur dann Zugang zur Werkstatt, wenn ihr Zustand es erlaubt.«

Dieser Mann scheint wahrhaftig meine Gedanken lesen zu können. Ich werfe ihm einen Blick zu, der ihm signalisieren soll, dass ich weiterhin skeptisch bin, und habe das Gefühl, dass mein Gesichtsausdruck auch deiner sein könnte. »So gut kann ihr Zustand ja nicht sein, wenn sie im forensischen Maßregelvollzug sitzen, weil sie unaussprechliche Dinge getan haben.«

»Wie Sie gleich sehen werden, wird alles strengstens überwacht. Die Patienten müssen Gelegenheit bekommen, ihre Fähigkeiten zu entwickeln. Sie brauchen Stimulation. Sie müssen das Gefühl haben, dass das, was sie tun, von Bedeutung ist. Dass ihr Leben einen Wert hat.«

Ich denke an Thornes Strafmaß. Lebenslänglich. »Auch diejenigen, die hier sowieso nie wieder rauskommen?«

Er weiß genau, von wem ich rede. »Auch die«, sagt er.

»Es bedarf nur eines kleinen Ausrutschers in seinem guten Benehmen, und Ihr Handgelenk steckt zwischen den Klingen da.«

»Sie gehören zu den Menschen, die manchmal unabsichtlich komisch sind, stimmt's?«

»Ha ha. Sehr witzig. Oder Ihr Hals. Vielleicht schmirgelt er Ihnen auch die Haut am Arm mit dem Sandstrahler ab oder zerquetscht Ihre Finger in der Schraubzwinge.«

»Wir kontrollieren alles sehr sorgfältig. Wir bieten sogar Kurse in Informatik an, aber selbst da wird alles, was die Patienten machen, genauestens überwacht und dokumentiert.«

Ich betrachte fasziniert ein Schaukelpferd, das so exquisit gearbeitet ist, dass es ein Geschenk für einen kleinen Prinzen sein könnte. Aus nächster Nähe zu sehen, wie gut Thorne mit einem Schnitzmesser umgehen kann, treibt mir fast die Tränen in die Augen. Ich besinne mich auf das, was Adam gerade gesagt hat, und wende den Blick vom detailgetreu gestalteten Kopf des Tieres ab. »Wissen die Patienten, dass sie ausspioniert werden?«

Er gibt keine Antwort, aber ich lasse nicht locker. »Kommen Sie dadurch an nützliche Informationen?«

Auch darauf antwortet er nicht.

»Sie müssen doch manchmal was preisgeben«, bohre ich weiter nach. »In Momenten, in denen sie sich unbeobachtet fühlen. Wenn sie ganz in ihre Arbeit vertieft sind. Ist das der wahre Grund für die vielen Kurse?«

»Das Ausbildungsteam erstattet uns Bericht darüber, wie es mit den einzelnen Teilnehmern läuft.«

»Das war nicht meine Frage. Ich wollte wissen, ob Sie dadurch mehr über die Opfer herausfinden – über das, was diese Leute getan haben?«

»Gelegentlich.«

Ich denke an den Onion-Router, durch den dein Laptop so sauber und unbenutzt erschien, als wäre er fabrikneu. Ich denke auch an die jüngsten Schlagzeilen, die dich mit Thorne in Verbindung bringen, und an das Zeitungsinterview, das ich vor einigen Monaten gegeben habe. Könnte Thorne es gelesen und – auf welchem Weg auch immer – selbst für diese Schlagzeilen gesorgt haben?

»Ich wette, einige von denen sind clever genug, um Ihre Spyware auszutricksen. Vielleicht besuchen sie Websites oder kommunizieren über Kanäle, die Ihnen gar nicht bekannt sind.«

»Nein.«

»Ich wäre da nicht ganz so selbstsicher – bestimmt finden sie das eine oder andere Hintertürchen.«

Er nickt zustimmend, allerdings ist es eine reine Höflichkeitsgeste.

Ich streichle mit der Hand über die Lehne eines perfekt gezimmerten Stuhls.

Holzarbeiten eines Mörders erzielen Traumpreise bei Auktion.

»Wer auch immer das Schaukelpferd gemacht hat, hat wirklich Talent. Oder diesen Stuhl hier.«

Mörder spendet Auktionserlös an Kinderhospital.

Kindern hat Thorne nie ein Haar gekrümmt. Nur den drei Frauen, deren tiefgefrorene Leichen man in dem Raum fand, den er unterhalb seines Hauses gegraben und ausgebaut hatte.

Auch Adam legt seine Hand auf die Stuhllehne. Als unsere Finger sich berühren, lasse ich den Kontakt eine Zeit lang zu, ehe ich meine Hand wegziehe, um mir die Haare aus dem Gesicht zu streichen.

Thorne zu verwirrt, um polizeilich vernommen zu werden.

Ich nehme ein Schmuckkästchen in die Hand. Deckel und Seiten sind mit winzigen geschnitzten Sonnenblumen und Blattranken verziert. Hat er dasselbe Muster in die Haut seiner Opfer geschnitten? Ich drehe das Kästchen um. Angeblich hat er die Körper der Frauen, die er folterte, immer mit seinen Initialen signiert.

Die zwei Buchstaben springen mich förmlich an. JT. Ein Mann, der zu den abscheulichsten und grausamsten Taten fähig ist, die man sich überhaupt nur vorstellen kann, hat gleichzeitig dieses atemberaubend schöne Kästchen hergestellt.

Ich kann den Blick nicht davon losreißen, als ich zu Adam sage: »Ich hätte gerne Ihren fachlichen Rat.«

»Den habe ich Ihnen bereits angeboten.«

»Nicht für die Leute in meiner Gesprächsgruppe.« Noch immer starre ich wie gebannt auf das Kästchen, als wäre es mir vollkommen unmöglich, woanders hinzuschauen. »Sondern für mich selbst.«

»Als Patientin?« Er nimmt mir das Kästchen aus den Händen, als handelte es sich dabei um eine gefährliche Waffe. »Sie wissen doch bestimmt, dass das so nicht funktioniert.« Er geht zur Tür, und ich folge ihm.

Als er sie öffnen will, berühre ich ganz kurz seine Hand. »Natürlich nicht als Patientin.«

Er hält inne und sieht mich an. »Man muss kein Psychologe sein, um zu erkennen, dass Sie immer noch unter dem Trauma des Verschwindens Ihrer Schwester leiden. Dass diese Erfahrung Sie zutiefst verstört hat und Sie sich nicht von ihr lösen können. Mir ist noch nie jemand begegnet, der sich so stark an etwas klammert. Sprechen Sie manchmal mit ihr?«

Ich dränge mich an ihm vorbei, öffne eigenhändig die Tür und gehe nach draußen, doch er hat mich rasch eingeholt.

»Bitte warten Sie eine Minute, Ella«, sagt er.

Sein emotionaler Überraschungsangriff trifft mich beinahe so hart wie der meiner Mutter gestern. Meine Hand tastet nach der Wand des Gebäudes, und ich lehne mich dagegen, als könnte ich mich allein nicht aufrecht halten.

»Antwortet sie Ihnen auch?«, fragt er weiter. »Hören Sie sie?«

Ich blinzle ihn an.

»Hören Sie noch andere Stimmen? Ich vermute, ja, aber die Ihrer Schwester ist wahrscheinlich die vorherrschende. Liege ich damit richtig?«

Ich schlucke und versuche die Lippen zu bewegen, bringe jedoch keinen Ton heraus.

»Für solche Symptome würde ich keine spezielle Behandlung empfehlen. Sie sind situationsbedingt. Sie haben ihren Ursprung in einem konkreten Trauma. Sie sind nicht komorbid. Ich nehme an, dass diese Art intimer Kommunikation für Sie gut funktioniert. Dass sie Ihnen im Alltag hilft und Sie sogar gesund erhält. Dass sie in Ihrem Fall eher ein Werkzeug ist, keine pathologische Störung.«

Noch immer kommt mir kein Laut über die Lippen. Woher weiß er das alles? Niemand hat es je zuvor auch nur vermutet.

»Tut mir leid«, sagt er. »Jetzt sind Sie ganz aufgewühlt. Ich habe zu viel gesagt. Ich möchte Sie gerne als Mensch besser kennenlernen, nicht als Patientin, Ella. Also reden wir nicht weiter über das Thema.« Sein Handy klingelt. Er nimmt ab und spricht einige knappe Worte hinein, ehe er wieder auflegt. »Ich muss gehen«, verkündet er. »Ich bringe Sie noch zurück zum Empfang. Dort können Sie bis zu Ihrem Termin bei Jason Thorne warten.«

»Ich finde schon allein zurück.« Meine Stimme ist nur noch ein Krächzen.

Er schüttelt den Kopf. »Besucher müssen sich auf dem Gelände jederzeit in Begleitung befinden.« Er streckt die Hand aus und streicht mir über die Schulter. Trotz des elektrischen Schlags, den mir die Berührung versetzt, und meines kleinen erschrockenen Hüpfers in die Beeteinfassung hinter mir verweilen seine Finger dort, als wollten sie die Seide deines Kleides spüren.

»Was machen Sie da?«, frage ich schrill.

»Eine kleine Spinne.« Seine Stimme ist ruhig und sachlich – die Stimme eines Vaters, der seinem Kleinkind eine unbegründete Angst ausreden will. Er hebt die Hand, und ich sehe das winzige Tierchen an seinem Faden in der Luft baumeln. »Was dachten Sie denn?«

»Nichts«, sage ich wie ein Kind, das jemandem eine vollkommen absurde Lüge auftischt.

Noch immer ist er ganz die ritterliche Geduld. Konzentriert und behutsam bewegt er die Hand bis zu einem Rosenbusch, wo sich der Spinnenfaden an einem der Zweige verfängt. Die kleine Spinne landet zwischen den grünen Blättern und verschwindet.

Die Tür ganz am Ende

In meinen Stiefeln mit den Blockabsätzen stolpere ich einem bulligen Wärter hinterher. Kurz darauf stehe ich wieder vor dem verglasten Empfangstresen. Meine zweite Begegnung mit der mürrischen Frau mit den kaputten Haaren reißt mich aus dem Zustand der Beinahe-Lähmung, in den mich Adams ungebetene Diagnose gestürzt hat.

»Ich habe um vierzehn Uhr einen Besuchstermin bei Jason Thorne«, teile ich ihr mit.

Sie sieht mich verständnislos an.

»Ich habe Ihnen doch vorhin bei meiner Ankunft das Genehmigungsschreiben gegeben«, sage ich.

Hat Ted irgendetwas getan, um den Besuch zu verhindern? Vielleicht wollte er mich nicht nur von Thorne, sondern auch von Adam fernhalten. Ich höre die Stimme unserer Mutter: *Paranoid*. Dann erinnere ich mich an Teds intensiven Blick, als er mit Ruby im Café saß, und daran, mit welcher Verachtung er mich zuletzt angeschaut hat. Ich sollte mir keine Illusionen machen. Er schert sich einen Dreck darum, ob ich hier bin.

Die Frau tippt etwas in ihren Computer.

»Ich habe vor zwei Wochen einen Antrag gestellt, er wurde letzten Donnerstag genehmigt«, erkläre ich. »Mr Thorne hat dem Besuch zugestimmt und mich auf seine Liste gesetzt. Dr. Holderness weiß Bescheid.«

Sie liest etwas auf ihrem Monitor, während sie weiterhin so tut, als wäre ich ein Geist, den sie weder sehen noch hören kann. Irgendwann saugt sie scharf den Atem ein und verzieht das Gesicht, als wäre sie auf etwas zutiefst Beunruhigendes gestoßen. Ich sehe einen Fleck pflaumenblauen Lippenstift an ihren Zähnen.

»So, wie ich es verstanden habe, liegen keine medizinischen Gründe vor, die gegen meinen Besuch sprechen«, sage ich. »Gibt es irgendein Problem?«

»Kein Problem.« Sie schiebt sich die Brille auf der Nase nach unten, um mir über deren Rand hinweg einen strengen Blick zuwerfen zu können. »Bitte gedulden Sie sich.«

Manche Menschen haben nicht viel Macht, Melanie. Deshalb kosten sie das Wenige, was sie haben, auf die mieseste Art und Weise aus.

Hast du dabei an eine ganz bestimmte Person gedacht? Ich weiß noch, wie du an dem Tag besonders schlecht gelaunt aus dem Krankenhaus gekommen bist.

Endlich sagt die Frau: »Diesmal wird Dr. Holderness Sie nicht begleiten. So was macht er für gewöhnlich nicht.«

Vielleicht ist sie in Adam verliebt und kann mich deshalb nicht ausstehen. »Alles klar«, sage ich. »Mir ist egal, wer mich begleitet.« Ich lächle zuckersüß, und sie tut so, als würde sie es nicht bemerken.

Jason Thorne lebt im Haupttrakt der Klinik auf einer Station für Patienten mit schwerwiegenden und gefährlichen Persönlichkeitsstörungen. Ich nehme auf einem roten Polsterstuhl Platz. Er gehört zu einer Reihe aus insgesamt sechs Stühlen, die wie die Bauteile eines Spielzeugs an den Seiten ineinandergesteckt sind. Ein Wachmann hat mich in diesem gesicherten Bereich abgeliefert, nachdem ich zum nunmehr zweiten Mal den Gang der verschlossenen Tore sowie eine weitere Sicherheitsschleuse durchquert habe.

Die Tür schwingt auf, und Adam kommt herein – trotz der Behauptung der miesepetrigen Empfangsdame, dass er sich diesmal nicht persönlich um mich kümmern könne.

»Entschuldigen Sie, ich wurde weggerufen«, sagt er. »Ein Notfall bei einem Patienten. Ich schulde Ihnen einen Kaffee.«

»Kein Problem. Das verstehe ich.«

»Ich bringe Sie rein«, sagt er. »Ich bin für ihn zuständig.«

Meine Knie zittern so stark, dass ich sie mit den Händen festhalte. »Sind Sie sicher, dass es nicht gefährlich ist, ihn mit jemandem zu konfrontieren, bei dem Sie eine multiple Persönlichkeitsstörung diagnostiziert haben?«

»Ich habe gar nichts bei Ihnen diagnostiziert. Ich habe gesagt, dass Sie gut damit zurechtkommen.«

Ich werde nicht aufhören, mich mit dir zu unterhalten, auch wenn dieser Mann hinter mein Geheimnis gekommen ist. Und mir ist auch völlig egal, ob das, was ich tue, vielleicht einen Namen hat. Selbst wenn es der Name einer Krankheit ist.

Er räuspert sich, als wäre das Thema damit vom Tisch.

»Haben Sie meinen Antrag auf einen Besuch bei Jason Thorne eigentlich persönlich genehmigt?«

»Es kann sein, dass ich ihn, nachdem ich Ihren Namen gelesen hatte, ein wenig schneller bearbeitet habe. Dass der Vorgang dadurch etwas beschleunigt wurde. Ich wollte Ihnen helfen.« Er fängt meinen Blick ein. »Ohne mich hätten Sie die Genehmigung auch bekommen, es hätte bloß ein wenig länger gedauert.«

Ich erhebe mich, um ihm zu folgen. »Danke, Adam.«

Dass ich ihn zum ersten Mal mit seinem Vornamen anspreche, überrascht ihn sichtlich. Trotzdem lächelt er nicht. »Er nimmt regelmäßig seine Medikamente und ist stabil. Sein Verhalten war in den letzten Jahren durchgängig zufriedenstellend.«

»Ist er irgendwie fixiert?« Meine Stimme bebt, obwohl ich mich bemühe, mir nichts anmerken zu lassen.

»Er wurde als wenig gefährlich eingestuft. Seit er zu uns gekommen ist, hat er gute Fortschritte gemacht, und natürlich wird der Besuch genauestens überwacht. Es gibt diverse Sicherheitsvorkehrungen, aber wenn er fixiert werden müsste, dürften Sie ihn erst gar nicht sehen.«

Jetzt versuche ich nicht länger, meine Angst und Nervosität zu verbergen. »Ist denn eine Wand zwischen uns?«

Er schüttelt den Kopf. »Dies hier ist kein Gefängnis, Ella. Wir möchten den Patienten eine weitestgehend natürliche Interaktion mit ihren Gästen ermöglichen. Der Besuchsraum ist eher wie ein Wohnzimmer gestaltet. So wenig klinisch wie möglich. Aber es werden die ganze Zeit Mitarbeiter in unmittelbarer Nähe sein, die ein Auge auf ihn haben und im Notfall sofort eingreifen können. Fühlen Sie sich jetzt besser?«

»Ein bisschen.«

»Er hat laut Gesetz und auch aus menschlicher Sicht das Recht, Besuch zu empfangen, aber ob er dieses Recht tatsächlich ausüben darf, hängt von sehr strikten medizinischen Kriterien ab. In seinem Fall bestehen aus ärztlicher Sicht keine Bedenken, und zwar schon seit längerer Zeit nicht.«

Adam hält seine Karte vor ein elektronisches Lesegerät, tippt einen Zugangscode ein und öffnet die Tür. »Es war ganz allein seine Entscheidung, Sie zu empfangen. Wenn er Ihre

Anfrage abgelehnt hätte, hätte ich ihn nicht zwingen können – und auch nicht wollen.«

Beim Anblick des langen, mit verschlossenen Stahltüren gesäumten Gangs rutscht mir der Magen bis in die Kniekehlen.

»Bereit?«, fragt Adam.

Ich will Ja sagen, aber das Wort bleibt mir im Halse stecken. Ich schlucke und bringe immerhin ein Nicken zustande.

»Gut. Es ist die Tür ganz am Ende. Er wartet schon.«

Juwelen

Das Zimmer hat eher Ähnlichkeiten mit einem viktorianischen Salon als mit einem Besucherbereich in der Psychiatrie. Es ist geräumig, aber aufgrund seiner unglaublich massigen Gestalt ist Jason Thorne zunächst das Einzige, was man sieht. Und auch das Einzige, was man hört. Aus seinem Unterleib dringt ein donnerndes Geräusch, und ich begreife, wo die Geruchsnote von Kohl und Fäkalien herkommt, die sich unter den Zitronenduft des Desinfektionsmittels gemischt hat, das man hier auf jede Oberfläche aufbringt und großzügig in der Luft versprüht, um den allgegenwärtigen Dunst von Männerschweiß zu überdecken.

Meine ganze Wahrnehmung konzentriert sich allein auf ihn. Das Sofa, auf dem er sitzt und über dessen Polsterkissen sein Körper seitlich hinwegquillt, ist in einem goldfarbenen, Ton in Ton mit Blumen und Ranken gemusterten Stoff bezogen. Adam hat mir erklärt, dass das Besuchszimmer ganz bewusst so gestaltet wurde, dass es möglichst wenig steril wirkt, trotzdem kommt mir dieses Sofa innerhalb einer geschlossenen psychiatrischen Anstalt absolut fehl am Platz vor.

Auf den Fotos, die nach seiner Verhaftung in den Zeitungen abgedruckt wurden, war Thorne groß und dünn. Jetzt ist er regelrecht fett. Das Sofa ist annähernd halbkreisförmig und erinnert mich an ein Möbelstück aus einem Puppenhaus. Thorne sitzt da wie ein Riese auf einem zierlichen Spielzeug, das so aussieht, als könne es jeden Augenblick unter der enormen Last zusammenbrechen.

Zur Begrüßung erhebt er sich und richtet sich zu seiner vollen Größe von einem Meter fünfundneunzig auf. Ich stelle fest, dass er nicht sehr hoch springen müsste, um mit seinem kahlen Schädel an die Zimmerdecke zu stoßen.

»Wie schön, Sie zu sehen.« Er spricht wie ein Politiker, der einen Ehrengast begrüßt, allerdings klingt seine Stimme so laut und dröhnend, dass ich mich zwingen muss, mir nicht die Ohren zuzuhalten. Allein mit dieser Stimme könnte er mich schon außer Gefecht setzen. Mehrere Minuten davon, und ich müsste zur Erholung in eine Dekompressionskammer.

Als er sich bewegt, entfährt ihm ein weiteres unüberhörbares Knattern, und der Gestank wird noch stärker. Er ist so widerlich, dass es mich große Überwindung kostet, nicht die Nase in meinen Haaren zu vergraben, damit ich mein seifigfrisches Shampoo riechen kann. Es ist das gleiche Shampoo, das du früher benutzt hast, und ich mag es, weil der Duft mich immer an dich erinnert. Mir kommt der Gedanke, dass dasselbe auch auf Jason Thorne zutreffen könnte.

Er strahlt mich an und streckt mir seine riesigen Pranken

entgegen. Abgesehen von ihrer Größe sehen sie wie ganz normale Hände aus. Wie können zwei Hände so schreckliche Dinge getan haben, ohne dass man ihnen etwas ansieht? Ich starre sie an, als könnte ich irgendwo ein Anzeichen für das Grauen entdecken, das mit ihnen verübt wurde. Natürlich finde ich nichts dergleichen.

Eine beklemmende Ewigkeit lang bin ich unfähig, mich zu rühren, zu sprechen oder zu atmen. Ich lasse die Arme hängen. Meine Füße sind an dem lächerlich dicken grünen Teppich wie festgeklebt. Mein Herz hämmert so laut, dass ich glaube, Thorne kann es hören. Er lächelt die ganze Zeit über nachsichtig und leicht belustigt wie ein Filmstar, der einem in Ehrfurcht erstarrten Fan gegenübersteht. Sein Magen gibt einen Ton von sich, der einem Wolfsheulen täuschend ähnlich ist. Er zuckt mit den Schultern, dann lässt er langsam die Arme sinken.

»Danke, dass Sie sie hergebracht haben«, sagt er zu Adam, als würde er einen Bediensteten entlassen. »Sie können dann gehen. Meine Besucherin und ich würden uns gerne unter vier Augen unterhalten.«

Normalerweise würde ich dagegen protestieren, dass ein Wildfremder sich mit mir gegen jemanden verbünden will, aber irgendwie ist diese Fähigkeit gerade außer Kraft gesetzt. Ich möchte auf gar keinen Fall mit Jason Thorne allein gelassen werden. Ich suche fieberhaft nach den richtigen Worten, um dies zu kommunizieren, als Adam mich erlöst.

»Sie kennen die Regeln, Jason. Es muss während der gesamten Besuchsdauer immer eine Aufsichtsperson im Raum sein. Und heute bin ich eine dieser Aufsichtspersonen.«

»Interessant. Eine niedere Tätigkeit im Vergleich zu Ihren sonstigen Aktivitäten, Dr. Düsternis.«

»Wenn Ihnen das Arrangement nicht passt, muss Miss Brooke gehen.«

Noch immer habe ich mich nicht von der Stelle bewegt oder auch nur ein einziges Wort über die Lippen gebracht. Das Zimmer beginnt sich um mich zu drehen, und ich spüre, dass meine Knie kurz davor sind, unter mir nachzugeben.

Zwei muskelbepackte Pfleger, die eher wie Leibwächter aussehen als wie medizinische Fachangestellte, sitzen anderthalb Meter von Thornes Sofa entfernt an einem blankpolierten Tisch aus Holzfurnier. Ist das überhaupt nah genug? Sie scheinen in irgendwelche Unterlagen vertieft zu sein, aber ich bin mir sicher, dass sie jedes Wort hören, das gesprochen wird. Bestimmt beherrschen sie die Kunst, unbeteiligt zu wirken, während sie uns in Wahrheit mit Argusaugen beobachten, damit sie, sollte Jason Thorne auch nur eine falsche Bewegung machen, sofort zur Stelle sind, um ihm Spritzen mit Beruhigungsmittel in die baumstammdicken Arme zu jagen. Ich hoffe, dieser Eindruck täuscht nicht. Adam hat mir versichert, dass speziell ausgebildete Wärter in der Nähe sein würden. Ich wünschte nur, sie wären ein wenig präsenter.

Thornes Jeans muss eine Maßanfertigung sein. Ich vermute, dass sich die Klinikküche Mühe gibt, sein Gewicht zu kontrollieren, trotzdem schleppt er gut und gerne einhundert zusätzliche Kilo mit sich herum. Wie ist das passiert? Liegt es an den Medikamenten? Am Trostfressen? Wenn er tot ist, wird man ihn in einer Riesenkiste aus dem Gebäude rollen müssen. Unter seinem roten Holzfällerhemd zeichnen sich Speckrollen ab, aber sein enormes Körpergewicht macht ihn zugleich auch gefährlich stark.

Thorne tätschelt den schmalen Streifen Sofa neben sich.

Er scheint ganz in der Rolle des höflichen Gastgebers aufzugehen. »Bitte setzen Sie sich hierher und machen Sie es sich bequem, Melanie.«

Als ich das höre, schnellt mein Kopf ruckartig in die Höhe. Woher weiß er meinen wahren Namen? Von dir?

Gleich darauf erinnere ich mich daran, dass er auf meinem Ausweis steht, den ich der Frau mit den kaputten Haaren am Eingang vorgelegt habe. Wahrscheinlich wurde mein Name seitdem in der ganzen Klinik verbreitet. Vielleicht hat man ihn auch Thorne gegenüber erwähnt. Ich stelle mir vor, wie ein Pfleger zu ihm kommt und sagt: »Melanie Brooke ist jetzt da, Jason.«

Thorne muss meine Gedanken gelesen haben, denn sein Blick wandert zu meiner linken Brust. Als ich nach unten schaue, sehe ich das Namensschild, das die Frau am Empfang mir ausgehändigt hat. Darauf steht es schwarz auf weiß: *Melanie Brooke.* Das hatte ich ganz vergessen.

Endlich finde ich meine Sprache wieder. »Ein Sessel wäre mir lieber, danke.« Ich suche mir einen aus, der eine kleinere Version des Sofas ist und mit selbigem offenbar zu einer Sitzgruppe gehört. Ich ziehe ihn quer durchs Zimmer und stelle ihn Thorne gegenüber auf, froh über den niedrigen Couchtisch zwischen uns, der aus demselben undefinierbaren hellen Holzfurnier besteht, das überall im Zimmer eingesetzt wurde, um ihm die Anmutung eines Wohnzimmers zu geben.

Adam nimmt sich einen identisch aussehenden Sessel und stellt ihn neben meinen.

»Gut zu wissen, dass Sie sprechen können«, sagt Thorne.

Wie würde ich mich gegen einen Mann wie ihn verteidigen? Wie schnell könnte er bei mir sein? Könnte er mich packen, ehe einer der Muskelmänner mit Betäubungsmittel und Fesseln zur Stelle wäre? Auf alle Fälle müsste ich verhindern, dass er mich zu Boden ringt, denn wenn ich erst mal unter ihm läge, hätte ich kaum noch Möglichkeiten zur Gegenwehr.

Der Raum ist gespickt mit Kameras. Vermutlich gibt es auch versteckte Mikrofone. Ich bin mir sicher, dass Adam unser Gespräch aufmerksam verfolgt, auch wenn er im Moment den Eindruck erweckt, als säße er in seinem eigenen Wohnzimmer und wolle gleich in aller Ruhe mit einem alten Freund ein Bier trinken. Er hat die Beine lang ausgestreckt und fläzt sich, ein Klemmbrett in der Hand, mit beinahe aufreizender Lässigkeit in seinem Sessel. Ist das ein Trick, um sich unsichtbar zu machen? Will er so auf Thorne weniger bedrohlich wirken?

Mir wird klar, dass es nur einen einzigen Weg gibt, dieses Treffen durchzustehen: Ich muss so tun, als wäre Thorne ein ganz normaler Mensch und dies hier eine Begegnung wie jede andere. Wenigstens soweit mir das möglich ist. Denn die Alternative wäre ein totaler Systemausfall.

»Ich habe eins Ihrer Werkstücke gesehen, Mr Thorne«, sage ich. »Das Schaukelpferd ist wunderschön.« Meine Stimme klingt fester, als ich erwartet hätte.

Er übergeht das Kompliment mit einstudierter Höflichkeit, aber sein Gesicht beginnt zu leuchten. »Ich baue gerne Sachen für Kinder«, sagt er. »Ich mag Kinder. Sie auch?«

»Ja.«

»Was ich nicht mag, sind Leute, die Kindern wehtun«, sagt er.

»Die mag ich auch nicht.«

»Nennen Sie mich doch Jason.« Er sagt dies, als würde er mir ein Geschenk überreichen.

Ich nehme sein Angebot mit einem Nicken zur Kenntnis, gehe jedoch nicht darauf ein. Wenn man ihm zu nahe kommt, muss einem das Atmen schwerfallen. Eine Wolke aus saurem Schweißgeruch umgibt ihn. War er das Letzte, was du in deinem Leben gerochen hast? Hat er die Erinnerungen an frische Luft und Regen, an den süßen Milchduft von Babyhaut in deiner Nase ausgelöscht? Mir kommt die Galle hoch, und ich habe größte Mühe, sie wieder hinunterzuschlucken.

»Ich habe mir gedacht, dass Sie kommen.« Wenn er lächelt, wirkt sein Gesicht aufgedunsen und fleischig. Ich mag sein Politikerlächeln nicht. »Ich habe schon die ganze Zeit damit gerechnet. Ich habe auf Sie gewartet.«

Adam blickt kaum von seinem Klemmbrett hoch. »Wie lange ist ›die ganze Zeit‹?«

Thorne ignoriert ihn, und Adam stellt die nächste Frage. »Wieso haben Sie sich gedacht, dass sie kommt?«

»Das hier ist meine Party. Wenn Sie immer wieder stören, dürfen Sie ab jetzt nur noch ein stiller Gast sein.« Thorne spricht, als wäre er der Chef und Adam der Insasse eines Krankenhauses für kriminelle Psychopathen. Ist dies wirklich das »zufriedenstellende Verhalten«, von dem Adam gesprochen hat? Wenn ja, herrschen hier eindeutig andere Standards als draußen.

Adam sitzt weiterhin entspannt in seinem Sessel, während Thorne sich wieder mir zuwendet. In seiner Miene spiegelt sich Bedauern, aber zugleich ist ihm anzusehen, wie sehr er es genießt, mich und Adam so unterschiedlich zu behandeln.

»Die Unterbrechung tut mir entsetzlich leid, liebe Melanie.«

»Wie und wann haben Sie von meiner Existenz erfahren, Mr Thorne?«

»Unsere Beziehung ist noch zu frisch, um derart persönliche Dinge zu erörtern.«

»Wissen Sie etwas, das für mich von Interesse sein könnte? Etwas, das Sie zu der Annahme geführt hat, ich würde den Kontakt zu Ihnen suchen?«

»Wie gesagt, für solche Vertraulichkeiten ist es noch zu früh. Sie werden sich schon ein bisschen gedulden müssen. Warum beginnen wir nicht, indem Sie mir sagen, weshalb Sie herkommen wollten?«

»Ich denke, das wissen Sie.«

Er nickt, als wäre er stolz, weil ich seinen Erwartungen gerecht geworden bin.

»Finden Sie mich abstoßend?«

Auf diese Frage antworte ich nicht. Ich habe auch nicht die Absicht, darauf zu antworten. Meine Weigerung ist Antwort genug.

Er hebt die Hände, zuckt mit den Achseln und betrachtet seinen Körper – eine Aufeinanderfolge von Gesten, die so übertrieben theatralisch ist, dass sie schon ans Komödiantische grenzt. »Ich spreche von meiner fleischlichen Hülle, falls Sie nicht wissen, was ich meine.«

Fleischliche Hülle? Wo hat er gelernt, sich so auszudrücken? Was liest er?

Ich reagiere weder auf seine Worte noch auf seine Bewegungen. Er betrachtet forschend mein Gesicht, und ich zwinge mich, nicht zurückzuzucken und mich nicht zu rühren, sondern seinem Blick ruhig standzuhalten.

»Sie sind keine Lügnerin«, sagt er.

Einen Scheiß weißt du, denke ich.

»Ich habe Ihre Schwester nicht entführt«, sagt er. »Hatten Sie Albträume, Melanie, in denen Sie davon geträumt haben?«

Ich werde diesem Mann ganz sicher nichts über meine Träume verraten. Oder über meine Albträume.

»War sie Ihnen sehr ähnlich?«, will er wissen.

»Viele Menschen sind der Ansicht, ja.«

»Tee, Melanie. Lassen Sie mich Ihnen eine Tasse einschenken.« Das Angebot ist nicht als Frage gemeint.

Es gelingt mir nicht, mein Erstaunen zu verbergen. »Lässt man Sie hier mit heißem Wasser hantieren?«

»Sie haben Humor. Ich mag Leute, die Humor haben. Aber machen Sie sich keine Sorgen. Es gibt eine zulässige Höchsttemperatur, und die ist nicht heiß genug, um Schaden anzurichten. Hier ist alles kindersicher. Deshalb wird der Tee leider auch nicht so gut schmecken, wie ich es mir für Sie wünschen würde.«

»Nein, danke.« Er muss sich doch denken können, dass ich nichts trinken werde, was er angefasst hat.

»Dann eben ein Fruchtsaft. Ich bestehe darauf.« Er gießt eine orangefarbene Flüssigkeit aus einem durchsichtigen Krug, der so aussieht, als wäre er aus Glas, in Wahrheit aber aus irgendeinem unzerbrechlichen Material bestehen muss. Seine Wurstfinger sind dabei erstaunlich geschickt. Als er den blauen Becher vor mich hinstellt, löst sich etwas von seinem Handgelenk und fällt hinein.

Erst in dem Moment bemerke ich sein Armband. Eine kurze Schnur, auf der tote blauschillernde Schmeißfliegen aufgefädelt sind. In der Mitte befindet sich, eingerahmt von zwei Wespen, eine vertrocknete Motte, von deren Flügeln der Staub rieselt.

Er hält mir sein Handgelenk hin und lächelt. »Gefällt es Ihnen?«

»Waren die schon tot, oder haben Sie sie getötet?«

Er wirft einen Blick zu Adam, der leicht den Kopf hebt, um Thorne bei seiner Antwort zu beobachten. »Natürlich waren sie schon tot.« Er kann sich angesichts dieser Lüge kaum das Lachen verkneifen. »Wenn ich Lebewesen töte, verliere ich meine Privilegien. Als Nächstes würde ich gerne eine Halskette machen, aber die Stückchen Schnur, die man mir gibt, sind zu kurz dafür. Frustrierend.«

Und gleichzeitig erlaubt man euch den Umgang mit Sägen und Schleifgeräten. Ich deute auf eine verschrumpelte, schwarz marmorierte Nacktschnecke, die in einem seiner Knopflöcher steckt. »Das da auch?«

»Alles Kunst aus Fundstücken.« Er reißt in gespieltem Bedauern die Augen auf.

»Wie praktisch, dass sie gerade da gestorben ist. Sie passt perfekt in das Loch.«

»Bevor ich geläutert wurde, habe ich ganz ausgezeichnete Ergebnisse erzielt, indem ich sie bei lebendigem Leib in den Ofen gelegt und bei kleiner Hitze gebacken habe.« Seine Miene ist ganz die entrüstete Unschuld. »Ein anderer Patient, dem es sehr viel schlechter geht als mir, setzt sie manchmal unter einen Becher auf seine Fensterbank, wenn es heiß ist. So was ist nicht nach Ihrem Geschmack, schade«, setzt er hinzu. »Sie wissen sich sehr gut zu beherrschen, Melanie, aber ich habe es trotzdem gesehen.« Er deutet auf das mit einem seiner Opfer garnierte Getränk. »Sie haben doch bestimmt Durst.«

»Im Moment nicht.« Ich glaube zu spüren, wie Adam ein Schmunzeln unterdrückt. »Warum sollte ich Ihnen glauben, wenn Sie behaupten, dass Sie ihr nichts getan haben?«

»Einen Keks, Melanie?« Ich schüttle ablehnend den Kopf. »Bitte, probieren Sie doch einen.« Er nimmt einen Teller mit

Keksen und reicht ihn mir über den niedrigen Couchtisch hinweg, der – von den winzigen toten Gästen einmal abgesehen – wie für eine Teeparty von Kleinkindern gedeckt ist. Der Flügel einer Wespe fällt auf die weiße Glasur. »Die wurden von Patienten gebacken. Ein Teil der Beschäftigungstherapie, die unser gemeinsamer Freund, der Doktor, für so wichtig hält. Was für ein guter Mann er doch ist, unser Dr. Holderness.«

Ich nehme mir einen wespenfreien Keks in Form eines Sterns, und Thorne lächelt schon wieder sein ekelhaftes Lächeln. »Vielleicht bekomme ich später noch Hunger«, sage ich, nehme die Serviette, die er mir großzügigerweise hinhält, platziere den Keks darauf und lege beides neben meinen Becher. Jede Bewegung des Mannes, jedes einzelne Wort aus seinem Mund ist ein Machtspiel. »Sie haben meine Frage nicht beantwortet, Mr Thorne.«

Er zuckt abermals mit den Schultern, seufzt und schüttelt dann fassungslos den Kopf, als wären er und ich die Opfer einer großen Ungerechtigkeit. »Ich würde Ihnen wirklich sehr gerne helfen«, sagt er.

»Wieso denn? Schlägt Dr. Holderness' Behandlung so gut an, dass Sie davon ganz selbstlos geworden sind?«

Er lacht. »Keine Komplimente für unseren Gutmenschen-Doktor. Finden Sie Gutmenschen auch so ermüdend wie ich? Es ist so: Ich langweile mich, Melanie. Ich suche nach Amüsement, wo ich nur kann.«

»Ich kann mir nicht vorstellen, wie Sie mir helfen wollen«, sage ich.

»Mit Einblicken – wenigstens für den Anfang. Denken Sie jemals darüber nach, was er mit ihrer Leiche gemacht haben könnte?«

Ich sage nichts.

»Ich glaube, schon«, sagt er. »Ich glaube, Sie haben sogar schlaflose Nächte, weil Sie so oft darüber nachdenken. Aber ich sehe, dass das Thema sehr schmerzhaft für Sie ist. Mögen Sie Schweine?«

Auch darauf gebe ich keine Antwort.

»Ah. Sie sind bestimmt Vegetarierin – Sie haben mir ja bereits zu verstehen gegeben, dass Sie Gewalt ablehnen. Gut zu wissen, falls ich Sie jemals zu Gast habe.«

»Noch so ein Satz, und Miss Brooke geht«, schaltet Adam sich ein.

»Eine vollkommen harmlose Bemerkung, Dr. Drohgebärde. Bitte akzeptieren Sie meine Entschuldigung, Melanie. Ich wollte Sie nicht verletzen. Ganz im Gegenteil.«

Er verschlingt mich förmlich mit seinen Blicken, doch es gelingt mir, mich nicht angewidert zu schütteln.

»Ich bin ein durch und durch kreativer Mensch, müssen Sie wissen«, sagt er. »Alles, was ich tue, tue ich um der Kunst willen. Ich glaube, in Ihnen habe ich meine neue Muse gefunden.«

»Sie sprachen gerade über Schweine, Mr Thorne.«

Er gibt mir durch seine Gestik und Mimik zu verstehen, was für eine Engelsgeduld er mit mir hat. »Sie fressen alles. Lassen nichts übrig.«

»Ich habe kürzlich einen Roman gelesen, in dem der Täter genau das macht.« Ich schüttle verächtlich den Kopf. »So was kommt nur in Büchern vor, und ich finde es jedes Mal albern. Soll das etwa mit dem Leichnam meiner Schwester passiert sein?« Meine Wut kommt mir zu Hilfe. Sie ist zu groß, als dass ich mir einen solchen Akt der Schändung bildlich vorstellen könnte. »Was Besseres haben Sie nicht auf Lager?

Sagen Sie mir ehrlich, warum Sie mir helfen wollen, statt mir die Zeit zu stehlen.«

»Ich mag Gesellschaft. Vor allem mag ich Ihre Gesellschaft. Ich mag schöne Dinge, schöne Frauen. Früher wollte ich sie noch schöner machen, damit sie ein Teil meiner Vision werden. Aber sie wollten oft nicht. Das war sehr traurig. Es sei denn, ich habe sie dazu überredet. Selbstverständlich will ich so was jetzt nicht mehr.« Den letzten Satz äußert er mit einer vor Ironie triefenden Unaufrichtigkeit, die komisch wäre, wäre sie nicht so ekelhaft.

»Wie haben Sie sie denn überredet?«

»Durch meine Arbeit. Geschenke aus Holz. Einen Besuch in meiner Werkstatt. Hier drinnen kann ich nur mit Informationen punkten. Mit Einblicken.«

»Und über diese Informationen und Einblicke verfügen Sie aufgrund der Dinge, die Sie selbst getan haben?«

»Nicht mit Ihrer Schwester. Aber ja.« Er wirft einen Blick zu Adam und schiebt rasch ein offenkundig nicht ernst gemeintes »Was ich sehr bereue« hinterher.

»Sind Sie ihr jemals begegnet?«

»Nicht persönlich. Aber ich habe mit ihr gesprochen. Sie hat mich angerufen.« Seine Augen werden schmal. »Das wussten Sie nicht, stimmt's? Sagen Sie mir die Wahrheit, Melanie.«

»Seit einiger Zeit hatte ich den Verdacht.«

Er wird rot. »Die Schlagzeilen in den Boulevardblättern vor ein paar Wochen?«, fragt er.

»Ja.«

»Aber die Polizei hat es Ihnen doch bestimmt schon vorher gesagt?«

»Nein.«

»Es muss doch in ihren Gesprächsnachweisen aufgetaucht sein«, sagt er. »Die Polizei hat alle ihre Telefonate überprüft, kurz nachdem man mich verhaftet hat. In den Vernehmungen haben sie mich ständig dazu gelöchert. Haben Sie nach mir gefragt?«

»Meine Familie, ja, aber man wollte uns nicht bestätigen, dass sie Kontakt zu Ihnen gehabt hat. Nicht damals, gleich nach Ihrer Verhaftung, und auch nicht, als wir letzten Monat noch einmal nachgehakt haben.«

Er nickt und seufzt. »Ich kann Ihnen versichern, dass die Polizei von Anfang an Bescheid wusste. Dreckskerle, was? Entschuldigen Sie meine Ausdrucksweise. Aber da erfährt man ja aus der Presse mehr. Wir haben in vielen Dingen die gleichen Ansichten, Sie und ich, Melanie.«

»Wie oft haben Sie mit meiner Schwester gesprochen?«

»Wir haben nur ein einziges längeres Telefonat geführt. Anfangs wollte sie es noch, aber am Ende hat sie sich dann doch dagegen entschieden.« Er lacht. »Das passiert mir häufig.«

»Wogegen hat sie sich entschieden?«

»Dagegen, dass ich die Tischlerarbeiten für sie übernehme.«

»Sie haben ausschließlich telefonisch miteinander kommuniziert?«

»Interessante Frage.«

»Das ist keine Antwort.«

»Mit mir hat sie ausschließlich telefonisch kommuniziert, ja.«

»Auf welche Weise könnte sie denn sonst noch kommuniziert haben, Mr Thorne? Und mit wem?«

»Gute Frage. Ich würde sie Ihnen zu gerne beantworten,

Melanie. Wenn ich nicht hier eingesperrt wäre, würde ich noch weitere Antworten für Sie finden – ich würde alles für Sie tun. Leider werden Sie es unter den gegebenen Umständen wohl selbst tun müssen.« Er zieht angesichts dieser Tragik die Schultern hoch und fährt fort: »Da ist noch etwas, worüber Sie nachdenken sollten: Sie hat immer in bar bezahlt, Ihre Schwester, nicht wahr?«

»Manchmal. Aber damit sagen Sie mir nichts, was die Polizei nicht längst wüsste. Wenn Ihnen meine Gesellschaft so sehr am Herzen liegt, müssen Sie mir schon mehr liefern. Sie sagten gerade, Sie würden weitere Antworten für mich finden. ›Weitere‹ bedeutet, dass Sie bereits einige Antworten haben.«

Ich kann mich nicht recht entscheiden, ob seine bernsteinfarbenen Augen wirklich klein sind oder ob sie nur klein erscheinen, weil der Rest von ihm so groß ist. In einem seiner Augen liegt jedenfalls ein kleines Funkeln, und er zuckt mit den Achseln, wie um zu sagen: *Wer? Ich?* Die Geste ist komödiantisch und obszön zugleich. »In meinem Betrieb lief alles streng nach Vorschrift. Tadellose Buchführung, habe immer meine Steuern bezahlt. Sie begreifen, warum, nicht wahr?«

»Weil Sie nicht wollten, dass jemand Sie genauer unter die Lupe nimmt und vielleicht dahinterkommt, wie gefährlich Sie wirklich sind.«

»Ganz genau. Ihre Schwester wollte nicht, dass es irgendwelche Zahlungsbelege gibt, deshalb hat sie sich am Ende gegen mich entschieden. Nach ihrem Verschwinden habe ich mich gefragt, wer wohl wirklich für den Auftrag bezahlt hätte, den sie vergeben wollte.« Er lächelt. »Sie haben sich dasselbe gefragt. Sie schützen sich gut, Melanie, aber Ihre Rüstung hat Risse.«

Das sagt er jetzt schon zum zweiten Mal. Und genau wie beim ersten Mal hat er auch diesmal ins Schwarze getroffen.

»Ach, übrigens«, sagt er. »Mögen Sie Hecken?«

»Was?«

»Alte englische Hecken. Mögen Sie die?«

Ich denke an die zahllosen Familienspaziergänge meiner Kindheit zurück, auch an die, bei denen du noch mit von der Partie warst. An das Blaubeerenpflücken im September und daran, wie wir uns im späten Frühjahr auf die Suche nach den immer seltener werdenden Nachtigallen gemacht haben – eine Tradition, die ich mit Luke fortführe. »Ja.«

»Sind Sie gut in Geometrie?«

»Ganz passabel.«

»Fünfundvierzig-Grad-Winkel. Ich möchte, dass Sie sich einen Fünfundvierzig-Grad-Winkel vorstellen.«

»Verzeihung?« Im nächsten Moment ärgere ich mich darüber, dass mir ihm gegenüber ein solches Wort herausgerutscht ist.

»Ich bitte Sie, es besteht doch kein Grund, sich zu entschuldigen.« Er lacht über seinen eigenen Scherz. Dann senkt er die Stimme auf Schlafzimmerlautstärke, was ein sehr, sehr unangenehmes Gefühl in mir auslöst. »Bei mir braucht Ihnen nie etwas leidzutun.« Thorne nimmt den Keks mit dem Wespenflügel auf der Glasur, leckt einmal am Rand entlang, beißt dann ein großes Stück ab und kaut langsam. Adam setzt sich ein wenig aufrechter hin, doch sein neutraler Gesichtsausdruck bleibt. Er macht weiterhin Notizen auf seinem Klemmbrett. Seine Handschrift ist so klein, dass ich Mühe habe, von meinem Platz aus auch nur ein Wort zu lesen. Als ich angestrengt die Augen zusammenkneife, gelingt es mir immerhin, meinen Namen zu entziffern.

Thorne stürzt einen Becher mit Orangenfruchtsaftgetränk in einem einzigen Zug hinunter.

»Jetzt bin ich bereit, mit Ihrer Geometriestunde fortzufahren. Schritt eins: Graben Sie ein Loch, das in einem Fünfundvierzig-Grad-Winkel in die Erde reicht, und zwar so, dass es direkt unter der Hecke endet. Natürlich müssen Sie darauf achten, dass das Loch lang genug ist für die Leiche, die Sie entsorgen wollen. Schritt zwei: Rollen Sie die Leiche hinein. Kein Detektor wird sie je finden. Nicht, wenn die Hecke darüber wächst. Meine Vermutung ist, dass die Hecken danach sogar noch besser gedeihen, wegen der Düngung. Manche dieser Hecken sind Hunderte von Jahren alt. Einige stehen unter Naturschutz.«

Er leckt sich die Lippen. Selbst seine Zunge ist fett. Dann seufzt er. »Ich vermisse die freie Natur. Da draußen gibt es eine solche Vielfalt von Pflanzen. Brombeeren, natürlich. Weißdorn. Efeu. Ein undurchdringliches Gestrüpp. Komplex. Noch besser wäre eine Hecke auf einem Privatgrundstück, vielleicht auf einem Stück Farmland. Dann hätte er sie immer in seiner Nähe.«

»Theorie oder Erfahrung, Mr Thorne?«

»Selbstverständlich bloße Theorie, Melanie. Aber meines Erachtens die bestmögliche Erklärung, was den gegenwärtigen Aufenthaltsort Ihrer Schwester angeht. Ich habe in einem kleinen Haus ohne Hecke gewohnt. Die Polizei hat es sehr gründlich durchsucht, sie haben praktisch keinen Stein auf dem anderen gelassen. Ich versichere Ihnen, dass Sie sie dort nicht finden werden.«

»Warum sollte mich das überhaupt interessieren?«

»Ihre Schwester wäre jemand gewesen, von dem er sich nicht endgültig hätte trennen wollen. Er hätte wissen wollen, wo sie ist, hätte den Ort immer vor Augen haben wollen. Ich kann Ihnen nicht sagen, ob sie seine Erste war, aber bestimmt war sie nicht seine Letzte. Sie wird ihm nicht gereicht haben. Er wird eine Zweite gewollt haben, die so ist wie sie.«

»Warum reden Sie so, als wüssten Sie, dass sie tot ist?«

»Es fällt doch schwer, sich etwas anderes vorzustellen, finden Sie nicht? Sie belügen andere nicht, warum also sollten Sie sich selbst belügen?«

»Was übersehe ich hier, Mr Thorne? Was hat die Polizei übersehen?«

»Sie denken zu sehr in Typen. Daran, was für eine Frau er auswählen würde. Sie zum Beispiel. Oder eben Ihre Schwester. Mein Typ wären Sie jedenfalls. Wobei Sie beide in vielerlei Hinsicht auch sehr unterschiedlich sind, nicht wahr? Aber Sie würde ich so lange wie möglich behalten wollen. Ich würde mir wünschen, dass wir unsere gemeinsame Zeit wirklich genießen.«

Adam rutscht auf seinem Sessel hin und her. Er will erneut Einwände erheben, doch Thorne hält ihn mit einer ungehaltenen Geste davon ab.

»Stattdessen sollten Sie lieber darüber nachdenken, welchen Typ *sie* ausgewählt hätte. Das ist der bessere Ansatzpunkt. Andersherum würde man praktisch nach der Nadel im Heuhaufen suchen.«

»Irgendwelche Ideen dazu?«

»O ja, wie es der Zufall will.« Er richtet den Blick seiner bernsteinfarbenen Augen auf Adam. »Jemanden wie unseren guten Doktor hier.«

Adam reagiert nicht, sondern macht sich lediglich eine weitere Notiz.

»Gebildet. Höflich. Dominant. Jemand, der mit Worten umzugehen weiß. Er würde Ihre Schwester bestimmt auch anziehend finden. Er findet *Sie* anziehend.« Erneut schaut Thorne zu Adam hinüber und lacht. »Jetzt ist unser Anstandswauwau rot geworden. Das Problem ist nur, dass wohl nicht einmal jemand wie Dr. Dummkopf ihr auf Dauer den Lebensstil hätte bieten können, den sie sich gewünscht hat.«

»Warum interessieren Sie sich so sehr für meine Schwester?«

»Verschwundene Frauen sind mein Hobby. Sie sind auch Ihres. Wir haben viel gemeinsam, Sie und ich. Jeder braucht etwas, wofür es sich zu leben lohnt.«

»Wie kommt es, dass Sie so gut über sie Bescheid wissen?«

»Vieles steht in den Zeitungen. Ich habe einen guten Blick dafür, was stimmt und was nicht. Ich sehe die wahre Geschichte hinter den Worten. Das, was sie nicht schreiben. Ich bin wie Sie, Melanie. Ich kann gut interpretieren. Sie finden einen winzigen Hinweis und begreifen sofort seine tiefere Bedeutung, während die meisten anderen ihn einfach nur in einen Aktenorder heften würden, wo er Staub ansetzt. Wir beide hätten Psychiater werden sollen. Oder Ermittler bei der Kriminalpolizei.«

»Hat Ihnen irgendjemand hier drinnen etwas Konkretes gesagt?«

Er wischt die Frage mit einer Handbewegung beiseite, dann beugt er sich über den Teller mit den Keksen, nimmt sich einen weiteren und verschlingt ihn mit einem Happs. »Sie hatte ein Faible für schöne Dinge, habe ich recht? Für teure Dinge. Ich habe der Polizei nie verraten, was sie wollte. Soll ich es Ihnen verraten?«

»Ja.«

»Sie sind so kalt, Melanie. Was könnte Sie aufwärmen?«

Adams Blick streift mich, als würde er sich dieselbe Frage stellen.

Thorne weiß genau, dass ich nicht auf seine letzte Frage eingehen werde. »Regale für ihr Wohnzimmer. Sie wollte geschnitzte Rosen, das ist alles. Ich fand, sie hatte eine wunderschöne Vision, wenngleich ein wenig beschränkt. Ich hatte den Eindruck, dass sie eine Frau ist, die genau weiß, was sie will und sich nicht mit weniger zufriedengibt.«

»Waren Sie in ihrer Wohnung?«

»Das habe ich Ihnen doch schon gesagt – nein.« Er setzt sich auf, wischt sich die Krümel von den Fingern und betrachtet sein Armband. Eine der Fliegen löst sich und fällt in seinen Schoß. »Bedauerlicherweise ist diese Kunst vergänglich. Wie die meisten meiner Schöpfungen.« Er schenkt Adam ein unheimliches Lächeln, das aussieht wie die starre Grimasse einer Leiche aus einem Horrorfilm. Dann schnippt er mit dem Finger die Fliege in die Luft.

Ich zucke merklich zusammen, und Thorne muss sich ein Schmunzeln verkneifen.

Die Fliege landet überraschend schwer auf Adams Klemmbrett. Dessen einzige Reaktion besteht darin, das Klemmbrett zu kippen und die Fliege seelenruhig auf den Fußboden gleiten zu lassen.

»Ich fürchte, wir müssen uns für diesmal verabschieden, Melanie. Es wird Zeit für meinen Mittagsschlaf. Und die Medikamente, die ich nehmen muss. Wenn ich mich weigere – nun ja, dann finden sie Mittel und Wege. Sie schaffen Anreize, damit ich sie nehme, richtig, Doktor? Ist ›Anreize schaffen‹ nicht eine der hässlichen Phrasen, die Sie manchmal benutzen? ›Unterziehen Sie sich Ihrer Behandlung, und

Sie dürfen in die Werkstatt, Jason.‹ Ich hoffe, Sie kommen wieder, Melanie. Ich habe unser Gespräch wirklich sehr genossen.«

Ich erhebe mich. Mir zittern die Knie, und ich halte mich an der Rückenlehne des Sessels fest. »Danke, dass Sie sich Zeit für mich genommen haben, Mr Thorne.«

»Es war mir ein absolutes Vergnügen. Ich werde an Sie denken, Melanie. Ich werde auch an Ihre Schwester denken. Soll ich mich bei Ihnen melden, wenn ich etwas herausfinde? Ist das die einzige Möglichkeit, Sie wiederzusehen?«

»Ja«, sage ich als Antwort auf beide Fragen.

»In dem Fall kann ich Ihnen schon jetzt sagen, dass ich mindestens eine Information anzubieten habe, die Sie gewiss interessieren wird.« Er merkt, wie ich mich versteife. »Aber diese kleine Information hat ihren Preis. Möchten Sie ihn hören?«

»Das wissen Sie doch.«

»Sie müssten ein Spiel mit mir spielen. Nur ein kleines, vollkommen harmloses Spiel, gegen das Dr. Duftkerze absolut keine Einwände erheben kann. Ihr Wunsch nach Antworten wird der Anreiz für Sie sein ... Ach, es fühlt sich wirklich gut an, das auch mal sagen zu können. Sind Sie bereit, mit mir zu spielen, Melanie? Habe ich einen ausreichend großen Anreiz für Sie geschaffen?«

Ich wende mich ab. Adam und die Pflegekräfte beobachten uns.

Als ich gerade durch die Tür gehen will, feuert Thorne seinen letzten Schuss ab. »Hübsches Kleid, Melanie.«

Ich hole tief Luft und strecke den Rücken durch. Als ich stehen bleibe, schwingt der glatte Stoff noch einmal um meine Beine, ehe er zur Ruhe kommt. Ich habe keine Ahnung, wie viel Zeit vergeht, ehe ich mich wieder in Bewegung setze. Ich rufe mir ins Gedächtnis, dass er sich Bilder des rekonstruierten Tathergangs angeschaut haben könnte. Er muss das Kleid nicht zwangsläufig an dir gesehen haben. Ich würdige ihn keines Blickes mehr und gebe ihm auch keine Antwort. Für den Moment habe ich nichts mehr zu sagen.

Mittwoch, 16. November

Der Kuckuck im Nest

Unser Club ist keiner, dem irgendjemand freiwillig beitreten würde. *Selbsthilfegruppe für Familienangehörige von Gewaltbetroffenen.* Es ist noch über einen Monat bis Weihnachten, doch die Tatsache, dass das bevorstehende Fest schon jetzt omnipräsent ist, macht dieses Treffen im Gruppenraum der öffentlichen Bücherei von Bath umso herausfordernder und wichtiger.

Würde man eine gerade Linie quer über den Abc-Teppich ziehen, würden Adam und ich auf gegenüberliegenden Seiten dieser Linie sitzen. Ich stelle ihn den anderen Teilnehmern vor und erkläre, dass er ein Psychiater ist, der im nahe gelegenen forensischen Maßregelvollzug arbeitet und hofft, uns einige Einblicke aus seiner speziellen Perspektive vermitteln zu können.

»Vielen Dank, dass ich kommen durfte«, sagt er.

Er trägt schwarze Jeans und einen dunkelgrauen Pullover, an dessen Halsausschnitt ein Streifen seines anthrazitfarbenen T-Shirts sichtbar ist. Unter dem Saum seiner Hose blitzen hin und wieder orangefarbene Socken hervor. Die Wangen seines Model-Gesichts sind mit dunklen Bartstoppeln übersät. Vielleicht war er heute gar nicht in der Klinik?

Ich stelle fest, dass ich darüber nachsinne, wie es sich wohl anfühlen würde, seine Wange zu küssen. Du könntest solche Entgleisungen bestimmt gut nachvollziehen. Du würdest mir sogar Beifall dafür spenden.

Konzentrier dich, Ella, ermahne ich mich.

Helen nickt Adam zur Begrüßung kaum merklich zu. Sie leidet an einer neurologischen Störung, die ein stark erhöhtes Schmerzempfinden zur Folge hat. Die Freundlichkeit ihrer Geste erinnert mich wieder daran, wo ich bin und was meine Aufgabe ist – etwas, das ich unter normalen Umständen niemals vergessen würde.

Wie ein guter Lehrer spiegelt Adam Helens Geste und nickt ebenfalls. »Möchten Sie mir vielleicht erzählen, warum Sie hier sind?«, fragt er sie.

»Mein Sohn wurde vor einem Club niedergestochen«, antwortet sie. »Anfang des Jahres.«

Adam sieht sie mit sanften, mitfühlenden Augen an. Thorne gegenüber war sein Blick immer starr und ausdruckslos. Er hat ihn überhaupt nur angesehen, wenn es sich gar nicht vermeiden ließ. Seine zusammengesunkene Sitzposition gestern war eindeutig eine Strategie, um ihn besser zu kontrollieren.

»Mir ist nicht nach Reden zumute«, sagt Helen. »Aber danke, dass Sie nachgefragt haben.«

Wir sitzen eine Zeit lang schweigend da und senden Helen in Gedanken all unsere Kraft und Liebe. Dann öffnet sich die Tür, und ein Mann betritt den Raum. Es ist derselbe, der kürzlich vor meiner Notfallsprechstunde auf dem Gang gesessen hat.

»Hallo«, sage ich. »Sind Sie hier, um an unserer Gesprächsgruppe teilzunehmen?«

»Wenn Sie nichts dagegen haben. Es tut mir leid, dass ich letzte Woche nicht warten konnte. Mir ist etwas dazwischengekommen.« Ich bemerke den angespannten Zug um seine Augen.

Ich stehe auf und hole einen weiteren Klappstuhl aus Plastik. Zwei der anderen Teilnehmer, Betty und Patrick, rücken auseinander, und der Mann mit der gebrochenen Nase stellt seinen Stuhl zwischen sie und setzt sich.

Ich nehme mir die Zeit, ihn darüber zu informieren, dass alle Gespräche innerhalb der Gruppe vertraulich sind, und erläutere unsere Regeln und Zielsetzung. Dann frage ich ihn, ob er mit uns teilen möchte, was ihn hierhergeführt hat.

Er zögert. »Meine Freundin wird seit Längerem vermisst.« Er hat seine langen Beine ausgestreckt und die Knöchel überkreuzt, genau wie bei unserer ersten Begegnung. Allerding ist er heute etwas legerer gekleidet, in dunkelblaue Jeans und ein petrolfarbenes Paisleyhemd, das er über der Hose trägt. Sein Kiefer versteift sich. »Vielleicht kann ich später noch mehr dazu sagen und mich richtig vorstellen? Es ist mir unangenehm, dass ich Sie unterbrochen habe.«

Alle murmeln »Kein Problem« oder »Das mit Ihrer Freundin tut mir leid.«

Helen wendet sich an Adam. »Sie wollten wissen, weshalb ich hier bin«, sagt sie. »Es ist wichtig, mit Leuten in Kontakt zu kommen, die verstehen, was man durchmacht. Meine Freunde finden, dass ich ihnen die Laune verderbe. Sie können das alles langsam nicht mehr hören. Sogar Martin langweile ich inzwischen damit. Aber bei euch ist das anders.«

Martin ist Helens Ehemann. Er ergreift bei unseren Treffen nur selten das Wort, aber jetzt sagt er: »Du langweilst mich doch nicht.«

Ich werfe einen Blick auf das neueste Mitglied in unserer Runde, doch er schüttelt den Kopf, wie um zu sagen: *Jetzt noch nicht. Später.* Also wende ich mich stattdessen an den Mann, der zwischen ihm und Adam sitzt. »Patrick?«

Patrick lehnt sich zurück und verschränkt die Arme vor der Brust. Er hat ein Kaugummi im Mund. Kann man aggressiv Kaugummi kauen? Bei ihm scheint das möglich zu sein. Seine roten Haare stehen von seinem Kopf ab, als hätte er in eine Steckdose gefasst.

Patrick ist Rubys Vater. Es ist herzzerreißend, mit anzusehen, wie sehr er unter den Nachwirkungen des Überfalls auf seine Tochter leidet. Ruby selbst hat ihn dazu gedrängt, zu den Treffen zu gehen.

»Wie geht es dir heute?«, erkundige ich mich bei ihm.

Ich frage immer nur nach einem einzigen Tag, nie nach dem allgemeinen Befinden. Was sollten die Menschen in diesem Raum auch darauf antworten?

Patrick schnaubt und wirft Adam einen bitterbösen Blick zu. »Glauben Sie bloß nicht, Sie können einfach hier reinschneien und von uns erwarten, dass alles vergeben ist.«

Der Neue hat bislang einen eher schläfrigen Eindruck gemacht. Das Kinn hängt ihm so tief auf der Brust, dass seine modischen Bartstoppeln an seinem Hemdkragen schaben. Doch nun schnellt sein Kopf in die Höhe, und er mustert Adam aufmerksam.

»Von Vergebung habe ich auch nichts gesagt«, entgegnet Adam leise. »Ich bin Psychiater, kein Priester.«

Patrick lehnt sich nach vorn und schlägt mit einem lauten Klatschen die Hände auf seine Schenkel. Er beugt die Knie so, dass seine Füße flach auf dem Boden stehen, und hebt abwechselnd die Fersen hoch. »Sie behandeln diese Männer, als wären sie Patienten und keine Verbrecher. Von Leuten wie Ihnen wird mir schlecht.«

»Ich kann verstehen, warum Sie so empfinden«, sagt Adam.

»Behandeln Sie mich gefälligst nicht so von oben herab, Sie Arsch. Sie behandeln das sadistische Schwein, das Ellas Schwester auf dem Gewissen hat.« Er dreht sich zu mir um. »Warum gibst du dich überhaupt mit so einem Pisser ab, Ella?«

Blitzartig schießt mir der Gedanke durch den Kopf, dass ich Thorne noch einen zweiten Besuch abstatten muss – eine Erkenntnis, bei der mir das Atmen schwerfällt, als hätte man mich in ein Korsett geschnürt und mit einer Ladung toter Käfer beworfen.

»Du tust Ella weh, wenn du diesen Mist aus der Regenbogenpresse wiederholst.« Martin fixiert Patrick. »Schau dir nur mal ihr Gesicht an. Sieh hin, was du angerichtet hast.«

Meine Stimme ist ruhig, aber mein Herz schlägt zu schnell. »Hier geht es nicht um mich.«

Adam wendet sich von Patrick ab, und seine schwarzen Augen richten sich auf mich. Ich spüre auch die Blicke des Neuen auf mir. Wir alle müssen sehr aufmerksam zuhören, weil draußen vor der Tür Kinder singen. »Wieso kann es eigentlich nicht um Sie gehen?«, will Adam wissen.

»Ich leite diese Gruppe«, erkläre ich. »Ich bin hier, um anderen zu helfen.«

»Du bist eine von uns.« Helen legt mir sacht die Hand auf den Arm. »Sonst könntest du das hier ja auch gar nicht machen. Du hast es genauso verdient wie wir, dass man dir Aufmerksamkeit schenkt.«

»Sie kriegt schon mehr als genug Aufmerksamkeit vom Herrn Doktor«, wirft Patrick ein.

Den nächsten Satz schleudert Martin ihm entgegen, als würde er ein Messer nach ihm werfen. »Wenigstens ist deine Tochter nicht tot.«

Helen erschrickt und umfasst mit gekrümmten Fingern Martins Ellbogen, als könne sie dadurch seine Worte zurücknehmen.

Patrick springt von seinem Stuhl auf, woraufhin der mit lautem Krachen nach hinten kippt. Er steigt betont umständlich über Adams Füße hinweg, marschiert zur Tür, reißt sie auf und hält kurz inne, als überlege er, was er vor seinem Abgang noch sagen soll.

Ein von lieblichen Kinderstimmen gesungenes *Stille Nacht* schwebt zu uns in den Raum.

Aber mich interessiert etwas anderes. Oder vielmehr: *jemand* anders. Eine Person, die neben einem Aufsteller mit Zeitschriften steht, an denen sie eindeutig nicht das geringste Interesse hat. Sie ist etwa drei Meter von der Tür entfernt und sieht, dass ich sie sehe. Ganz bewusst hält sie meinen Blick einige Sekunden lang fest, dann entfernt sie sich so schnell, wie es einer alten Dame eben möglich ist. Mrs Buenrostro. Ich bin versucht, aufzuspringen und ihr nachzulaufen, doch der Sturm, der gerade um mich herum tobt, fordert meine Aufmerksamkeit.

Helen versucht, aufzustehen und zu Patrick zu gehen, aber ihr Körper gehorcht ihr nicht, und bevor sie es geschafft hat, hebt er wie ein Verkehrspolizist die Hand, und sie lässt sich zurück auf ihren Stuhl sinken, wobei sie Martins Versuche, ihr behilflich zu sein, ignoriert.

»Bitte geh nicht, Patrick«, sagt sie. »Du gehörst hierher. Martin hat es nicht so gemeint.«

Etwas Feuchtes läuft mir die Wange hinab. Ich wische eine

Träne weg. »Diese Gruppe ist für jeden, dessen Angehöriger Opfer eines Gewaltverbrechens wurde. Was für eine Art von Gewaltverbrechen es war, spielt keine Rolle.«

Die weihnachtlichen Gesänge sind abrupt verstummt. Ich höre die Stimme einer Frau, die ein Kind dazu ermahnt, leise zu sein. »Sie ist nicht auf die Angehörigen von Mordopfern beschränkt. Wir haben alle das gleiche Recht, hier zu sitzen.«

»Du sagst es, Ella. Alle bis auf ihn.« Patrick deutet mit einer ruckartigen Bewegung seines Daumens auf Adam. Die Trennwände des kleinen Gruppenraums erzittern, als Patrick die Tür hinter sich zuschlägt.

»Willst du ihm nicht nachgehen?« Die Wut und das Leid ihrer Freunde haben Betty dazu genötigt, ihre selbstgewählte Unsichtbarkeit aufzugeben. Sie hat ihre kleinen, zarten Hände so fest zu Fäusten geballt, dass ihre Fingernägel sicher tiefe Abdrücke in der Haut hinterlassen werden.

Ich berühre sie leicht am Ärmel ihres silbernen Seidenkleids, dann pflücke ich eine Staubflocke aus ihren Haaren, die ebenfalls silbern und seidig sind. Langsam entkrampfen sich ihre Finger, und sie schenkt mir ein Beinahe-Lächeln.

Ich sage: »Wenn er möchte, darf er gehen, Betty. So wie jeder von uns. Und er darf auch jederzeit zurückkommen. Ich hoffe sehr, dass wir ihn bald wiedersehen.«

Der Neue erhebt sich. Er geht an Patricks leerem Stuhl vorbei und schafft es irgendwie, Adams Beinen ohne aufgesetzte Dramatik oder Unbeholfenheit auszuweichen. Zum zweiten Mal innerhalb weniger Sekunden wird die Tür geöffnet. »Ich stelle fest ... dass ich ebenfalls gehen muss. Ich hoffe, dass ich bald Gelegenheit haben werde wiederzukommen. Vielen Dank für die freundliche Aufnahme.«

Er ist so schnell verschwunden, dass ich gar keine Chance

habe, meinen Protest zu Ende zu formulieren, dass wir ja nicht einmal seinen Namen wüssten. Am liebsten würde ich vor Frust laut schreien. Der Mann ist bereits zweimal auf mich zugekommen, und beide Male hat er einen Rückzieher gemacht. Es braucht Mut, zu einer Selbsthilfegruppe wie unserer oder in meine Notfallsprechstunde zu kommen. Unser beider Leben wird vom Verschwinden eines geliebten Menschen überschattet. Das macht mein Bedürfnis, ihm zu helfen, nur noch größer.

»Tja, offenbar fand er uns unwiderstehlich«, stellt Betty fest.

»Vielleicht wäre es gut, eine kurze Pause zu machen«, verkünde ich mit glühenden Wangen. »Nehmt euch ein paar Minuten Zeit, um was zu trinken und wieder zu euch zu kommen.« Noch im Sprechen stehe ich auf und steuere die Anrichte aus Buche-Nachbildung weiter hinten im Raum an. Ich nehme fünf knallbunte Plastik-Trinkbecher vom Stapel auf dem Abtropfgitter.

Adam kommt zu mir. Er ist mir so nah, dass ich seine Seife riechen kann, die nach Ginseng, Zitrus und schwarzem Pfeffer duftet. Er nimmt mir die Becher einzeln ab und füllt sie mit Wasser aus dem Wasserhahn. Meine Finger zittern, ein klares Anzeichen dafür, dass ich kurz davor bin, die Fassung zu verlieren.

Hinter mir bringt Adam Helen, Martin und Betty ihr Wasser, als wären sie die Besucher und nicht er.

Als ich wieder an meinen Platz gehe, lächeln mir alle zu. Ich sage: »Tja, das war interessant«, woraufhin die anderen lachen und Helen meint: »Veränderung ist nichts Schlechtes, weißt du, Ella? Du sollst auf keinen Fall heute nach Hause gehen und bereuen, dass du Adam eingeladen hast.«

Habe ich ihn eingeladen? Ich weiß gar nicht mehr, wer von uns beiden den Vorschlag gemacht hat, als wir uns gestern in der Klinik verabschiedet haben. Ich war noch zu benommen von meiner Begegnung mit Thorne.

Helen blickt geradeaus und richtet das Wort an Betty: »Ich wüsste gern, wie es dir im letzten Monat so ergangen ist.«

Betty betrachtet ihre Füße, die in silbernen, mit kleinen Glitzersteinchen verzierten Ballerinas stecken. Ihre Zehen müssen halb erfroren sein.

»Meine Schwester redet nicht mehr mit mir«, sagt sie.

»Warum nicht?«, fragt Adam, der ganz still dasitzt.

»Ich habe ihr gesagt, dass ich nicht zur Hochzeit meiner Nichte kommen kann. Als ich das letzte Mal auf einer Hochzeit war, musste ich mittendrin gehen. Taufen auch. Ich hasse solche Feste, und ich hasse es, sie zu feiern. Überall diese jungen Frauen, die ihr Leben leben und all das haben, was Alice nie haben durfte.«

»Mir geht es genauso«, gesteht Helen.

»Natürlich«, sagt Betty. Ihr Ton ist ruhig und sanft, als spräche sie mit einem Kind, das sie trösten will.

Ich erzähle nie von unserer Familie, aber die Ereignisse der letzten Minuten haben meine gewohnten Regeln und Schutzmechanismen außer Kraft gesetzt. Ich habe noch im Ohr, was unsere Mutter zu mir gesagt hat. Ich denke an all die Dinge, die ihr nicht vergönnt waren, und meine Wut auf sie legt sich ein wenig.

»Meine Mutter empfindet das auch so«, sage ich, und eine Träne läuft mir die Wange hinab.

Betty drückt meine Hand. »Ich wünschte mir einfach, meine Schwester würde mich verstehen. Sie sagt immer: ›Es ist jetzt zwei Jahre her‹ – als müsste ich längst darüber hinweg sein.« Bettys Worte haben überhaupt nichts Aggressives an sich. Sie klingt weder bitter noch wütend, allenfalls ein bisschen müde, auch wenn sie immer noch ihren leichten Singsang in der Stimme hat.

»Nein«, sage ich. »Zwei Jahre sind nicht genug.« Nicht einmal zehn Jahre sind genug. Kann man überhaupt sagen, dass es eine bestimmte Anzahl von Jahren gibt, die *genug* sind?

»Der Mann, der deiner Tochter das angetan hat, ist ein Monster.« Martins Augen treten fast aus ihren Höhlen.

Betty ist so ruhig, so leise und weich. »Man würde ihn nicht richtig verstehen, wenn man ihn als Monster bezeichnet. Man muss seine Menschlichkeit sehen. Die Dinge finden, in denen man ihm ähnlich ist. Nur so kann man Leute wie ihn frühzeitig erkennen und aufhalten. Nur so kann man Frieden finden.«

Ich denke an das groteske Scheusal, dem ich gestern gegenübergesessen habe. Werde ich mehr aus Thorne herausbekommen, wenn ich versuche, den Menschen in ihm zu sehen? Ihm mit mehr Verständnis zu begegnen? Wie gefährlich wäre es, freundlicher zu ihm zu sein? Was wäre gewesen, wenn ich ihn angelogen und ihm gesagt hätte, dass ich ihn nicht abstoßend finde, als er mich direkt danach gefragt hat? Ich erinnere mich an das kurze Aufflackern der Freude bei ihm, als ich sein Schaukelpferd gelobt habe, und verspüre einen plötzlichen Anflug von Mitleid, der mich ziemlich durcheinanderbringt.

»Mit so einem haben wir absolut nichts gemein.« Martin verschränkt abwehrend die Arme vor der Brust.

»Als Kind«, sagt Adam, »haben Sie da manchmal jemanden erschreckt?«

Natürlich, bedeutet Martin ihm mit einer kaum wahrnehmbaren Geste.

»Mit anderen Worten: Sie haben Vergnügen aus der Angst eines anderen gezogen. Sie fanden es aufregend. Meine Vermutung ist, dass Sie es als Kind genauso sehr genossen haben, wenn Sie von einem Ihrer Freunde, Ihrer Schwester oder Ihrem Bruder erschreckt wurden. Finden Sie nicht, dass das ein Beweis für die grundsätzliche Fähigkeit des Menschen ist, sich an Angst – der eigenen oder der von anderen – zu erfreuen?«

Alice und Betty nicken verständnisvoll, wie um zu sagen: *Wir sind derselben Meinung* oder *Wir hören Ihnen zu.*

»Wir haben es hier mit einem sehr breiten Spektrum zu tun«, fährt Adam fort. »Und jeder von uns befindet sich irgendwo darauf.« Dann stellt er die nächste Frage: »Hat sich irgendjemand in diesem Raum schon einmal die E-Mail-Adresse oder Telefonnummer einer Person beschafft, ohne vorher zu fragen, ob Sie sie haben dürfen? Was ist mit Ihnen, Ella? Sind Sie je am Haus eines Mannes vorbeigefahren, der Ihnen gefiel, um zu sehen, ob sein Wagen in der Einfahrt steht? Ob bei ihm Licht brennt?«

Ich weiß, dass er mich das nicht gefragt hat, weil er möchte, dass ich seinen Ausführungen beipflichte. Er will wirklich wissen, ob ich es schon einmal gemacht habe. Und ja, ich habe es gemacht. Erst letzte Woche, bei Ted. Es brannte kein Licht. Wie kann es sein, dass dieser Mann so oft meine geheimsten Gedanken und Verhaltensweisen errät? Er wusste sogar, dass ich mit dir rede. Und dass du mir antwortest.

»Nein«, sage ich. »So was habe ich noch nie gemacht.« Doch mein Gesicht verrät mich, indem es rot anläuft.

Er lässt sich gegen die Lehne seines Stuhls sinken. »Haben Sie schon mal jemanden angerufen, um zu sehen, ob er oder sie abnimmt, und dann einfach aufgelegt?«

»Nein«, behaupte ich. Auch das ist eine Lüge. Ich weiß, wie die Stimme von Teds Ex-Frau klingt. Es war nur ein einziges Mal, danach habe ich es bleiben lassen. Ich wusste, dass ich sonst nie mehr damit aufhören würde.

Ich denke an meine Empörung über Sadies Verhalten, an ihre »anonymen« Anrufe und empfinde eine gewisse Scham – die allerdings bei der Vorstellung, sie könnte meiner Familie zu nahe kommen, augenblicklich wieder verfliegt.

»Wer würde denn so etwas tun?«, will Helen wissen.

Über unseren Köpfen hängt eine grüne Girlande mit weihnachtlich bemalten dreieckigen Wimpeln. Jeder Wimpel wurde von einem anderen Kind gestaltet, und es ist ein Strichmännchen zu sehen, das einer Strichfrau den Kopf abschlägt. Wieso hat man diesen Wimpel überhaupt aufgehängt, mitten zwischen die von Herzchen eingerahmten Elfen, die lachenden Schneemänner, rotnasigen Rentiere, dicken Weihnachtsmänner und funkelnden Sterne? War es ein kleiner Akt der Rebellion einer Bibliothekarin, dieses von einem Psychopathen in spe geschaffene kindliche Kunstwerk nicht wegzuwerfen?

»Jeder.« Adams Augen brennen sich förmlich in meine.

»Jeder könnte so etwas tun.«

Warnsignale

Adam bleibt noch sitzen und liest Mails auf seinem Smartphone, während ich Betty zum Abschied umarme, Helen ganz leicht auf die Lippen küsse und Martin mein wärmstes Lächeln schenke.

Kaum ist die Tür hinter den dreien ins Schloss gefallen, schaltet Adam sein Handy aus. »Haben Sie jetzt Zeit für unseren Kaffee? Gestern wurden wir ja darum betrogen.«

Ich denke an die SMS, die ich um die Mittagszeit von Ted bekommen und noch nicht beantwortet habe. *Wir sollten reden.* Es ist, als hätte sich dieser Satz in meinem Blut gelöst, sodass es in Vorausahnung dessen, was ich gleich tun werde, ein wenig schneller durch meine Adern fließt. Noch schneller wird es, als ich sage: »Das wäre wunderbar, sehr gern«, und Adams Augen daraufhin zu leuchten beginnen. Dann füge ich an: »Aber könnte es auch was Stärkeres sein?«, und das Leuchten wird noch ein wenig intensiver.

Schlagartig kommt mir der Gedanke, dass er vielleicht nervös war, bevor er mich gefragt hat, aus Angst, ich könnte Nein sagen. Er lächelt. Es ist nicht sein übliches gezügeltes Lächeln. Es ist ein Strahlen, durch das seine stets so verhaltene Miene aufbricht und sich um Augen und Mund herum feine Knitterfältchen bilden, was ich bei ihm gar nicht für möglich gehalten hätte. Ich weiß nicht genau, ob es an Ted liegt, dass sich mein Herz schmerzhaft zusammenzieht, oder daran, dass ich drauf und dran bin, Adams Interesse an mir auszunutzen. Ich glaube, es ist eine Mischung aus beidem.

Sein Lächeln verschwindet, als wir die elektronischen Sicherheitsschranken der Bibliothek passieren und jemand deinen Namen ruft.

Ich bleibe stehen und weiß nicht, was ich tun soll. Im ersten Augenblick sehe ich nichts als Warnschilder. *Kein Durchgang* in Rot. *Dieses Gebäude wird videoüberwacht* in Gelb. Erst dann fällt mein Blick auf eine Frau, die, beleuchtet vom Schein der Straßenlaternen, nahe dem Eingang vor der Scheibe steht. Offenbar ist sie die Mutter des kleinen Kindes, das auf dem

Sitz eines elektrischen Postautos auf und ab hüpft und lautstark kundtut, dass es noch eine Runde fahren will.

»Miranda?«, ruft mir die Frau erneut zu.

Ich weiß nicht, wie mir geschieht, aber meine Füße tragen mich langsam durch den Eingangsbereich, der größer ist als der gesamte erste Stock meines Hauses. Während ich auf die Frau zusteuere, streichen meine Finger geistesabwesend über das goldfarbene Geländer. Dass Adam neben mir ist, nehme ich kaum wahr.

Sie schüttelt entgeistert den Kopf. »Du hast dich kein bisschen verändert.« Dann wühlt sie hektisch in ihrer Handtasche, während das Protestgeheul ihres Kindes anschwillt. Sie hält uns ein paar Münzen hin. »Könnte mir das zufällig jemand in eine Ein-Pfund-Münze wechseln?«

Adam reicht ihr das gewünschte Geldstück, und sie schüttet ihm dafür das Kleingeld in die Handfläche, ehe sie die Münze in den Schlitz am Auto steckt, das daraufhin anfängt, hin und her zu wackeln und eine Melodie zu dudeln.

»Hast du ein Porträt auf dem Dachboden hängen, so wie Dorian Gray?«, sagt sie.

»Ich bin nicht –«

Sie wendet sich an Adam. »Und Sie sind Mirandas Freund?« Sie lacht und zwinkert mir verschwörerisch zu. »Dein Männergeschmack ist auch noch derselbe.« Dann geht ihr Blick erneut zu Adam. Seine versteinerte Miene und fehlende Reaktion verunsichern sie.

Irgendwie gelingt es mir, die Worte auszusprechen: »Ich bin nicht Miranda. Ich bin ihre Schwester.«

Die Frau ist ziemlich begriffsstutzig, was sicher auch daran liegt, dass das Kind einen Teil ihrer Aufmerksamkeit beansprucht, während sie versucht, die Contenance wiederzugewinnen. Nach einer Weile hat sie immerhin begriffen, dass irgendetwas nicht stimmt – und dass es nicht allein darum geht, dass sie sich in der Person geirrt hat. »Sie sind ihr wirklich wie aus dem Gesicht geschnitten.« Sie zögert kurz. »Geht es ihr gut?«

Ich bin darauf eingestellt, dass alle Welt die schreckliche Geschichte kennt. Oft ist es das Wichtigste – das Einzige –, was die Leute über mich wissen: dass du verschwunden bist.

»Sie wissen es nicht?«, fragt Adam.

Sie schluckt mehrmals. »Offenbar habe ich etwas Falsches gesagt.«

»Miranda wird seit zehn Jahren vermisst«, kläre ich sie auf. »Wir wissen nicht, was mit ihr passiert ist. Es kam in den Nachrichten. Praktisch jeder weiß darüber Bescheid, sogar Leute, die ich gar nicht kenne.«

Das Postauto ist zum Stillstand gekommen. »Entschuldigen Sie.« Die Frau versucht ihr Kind aus dem Sitz zu heben. Das kleine Mädchen hält sich am Lenkrad fest, aber schließlich gelingt es der Mutter trotzdem, es herauszuziehen. Sie nimmt es auf den Arm, wo es sich sogleich wie ein Koalabär an sie klammert. Die Frau, die dich vor deiner Entführung gekannt hat, streicht ihrer kleinen Tochter übers Haar, das dieselbe flachsblonde Farbe hat wie ihr eigenes.

»Ich kann mir gar nicht vorstellen, wie schrecklich das für Sie sein muss.« Sie hat rote Flecken im Gesicht.

Adam reibt sich den Schädel. Die Geste sehe ich bei ihm zum ersten Mal. Ich glaube, er klaubt die Worte irgendwie aus meinem Kopf und verpflanzt sie in seinen eigenen, damit er sie für mich aussprechen kann. »Wie ist es möglich, dass Sie nichts davon wussten?«

»Mein Mann kommt aus Südafrika. Wir sind vor elf Jahren

dorthin gezogen, wahrscheinlich habe ich deshalb nichts von der Sache gehört. Wir sind erst seit Kurzem wieder in England.«

»Und woher kannten Sie Miranda?«, frage ich.

»Wir haben zusammengearbeitet.«

»Sie sind auch Krankenschwester? Waren Sie mit ihr auf der orthopädischen Station?« Zu meinem anfänglichen Schock gesellt sich der reflexartige Wunsch, ihr möglichst viele Informationen zu entlocken.

Sie ermahnt ihr Kind zur Ruhe. »Ja, war ich. Ihre Schwester war eine richtige Herzensbrecherin, wissen Sie das?«

Natürlich weiß ich das. Aber das werde ich einer Fremden gegenüber sicher nicht zugeben.

»Und Sie sind?« Adam ist höflich, aber kühl.

»Veronica Skelton.« Gleich darauf richtet Veronica das Wort wieder an mich. »Sie war eine richtige Schönheit«, sagt sie. »Genau wie Sie«, fügt sie hinzu.

Es kann kein Zufall sein, dass Mrs Buenrostro heute Abend in der Bibliothek war. Ist es Zufall, dass diese Frau, die dich von früher kennt, ausgerechnet vor dem Gebäude steht, in dem ich eine per Aushang angekündigte Selbsthilfegruppe leite? An einer Stelle, wo ich sie auf dem Weg hinaus unmöglich übersehen kann? Aber wenn sie die Begegnung absichtlich herbeigeführt hat, warum tut sie dann so, als wüsste sie nichts von dir? Weshalb macht sie sich die Mühe, auf so sonderbarem Weg mit mir ein Gespräch anzufangen?

Und wieso bringt sie dabei ihr Kind mit? Diese letzte Überlegung ist es, die mich zu dem Schluss kommen lässt, dass unser Zusammentreffen wohl tatsächlich nur eine Laune des Schicksals ist. Unsere Mutter würde die Tatsache, dass ich mir solche Fragen überhaupt stelle, zweifelsohne als einen weiteren Beweis dafür betrachten, dass ich langsam, aber sicher wahnsinnig werde. Dass ich eine Gefahr für mich und andere bin. Ted würde ihr zustimmen und mich genau wie sie für eine paranoide Verschwörungstheoretikerin halten.

»Sie sagen, meine Schwester war eine Herzensbrecherin. Haben Sie denn einen bestimmten Mann im Sinn, dessen Herz sie gebrochen hat?«

Einige Sekunden vergehen. »Sie hat sich mir nicht anvertraut. Und ich weiß auch nicht, ob sie mit jemand anderem darüber gesprochen hat.«

Klingt ganz nach dir.

»Ich frage mich nämlich gerade, ob es vielleicht ein Arzt gewesen sein könnte?« Ich sehe Adam an, der meinen Blick ungerührt erwidert. »Vielleicht kannten Sie Adam?«, füge ich hinzu und deute mit einer Handbewegung auf ihn. »Er hat damals auch in dem Krankenhaus gearbeitet.«

Ich weiß sehr wohl, dass das ihm gegenüber nicht fair ist. Die meisten Ärzte in Bath waren zu irgendeinem Zeitpunkt in besagtem Krankenhaus beschäftigt, so auch Brian, sein Bruder und Dr. Blossom.

»Ja«, sagt Adam. »In der Psychiatrie.« Sein Gesichtsausdruck bleibt neutral. Er zuckt nicht und wird auch nicht rot. Sein Blick weicht keinen Millimeter nach links oder rechts ab. Er verrät nichts.

Die Frau holt einen Keks aus der Tasche und reicht ihn ihrer kleinen Tochter. Es ist eine Aufeinanderfolge von Bewegungen, die so schnell und automatisiert abläuft, dass sie kaum hinsehen muss.

Sie sieht Adam entschuldigend an. »Es tut mir leid, dass ich mich nicht mehr an Sie erinnere.« Ihre Miene gibt genauso wenig preis wie seine. »Sind wir uns schon mal begegnet?«

»Nicht, dass ich wüsste. Man kann nicht jeden kennen«, gibt Adam zurück.

»War da wirklich niemand?« Ich staune über meinen Tonfall, der beinah hysterisch klingt. »Kein männlicher Bekannter, mit dem Sie Miranda vielleicht irgendwann mal gesehen haben?«

»Doch, natürlich. Aber Sie haben nach Ärzten gefragt, und der Mann, an den ich mich erinnere, war kein Arzt. Er war Patient.«

»Wann? Wann war das?«

»Vielleicht drei Jahre bevor wir umgezogen sind.« Sie hält inne, um nachzurechnen. »Also vor ungefähr vierzehn Jahren.« Sie macht ein Gesicht, als würde sich in ihrem Kopf eine alte Filmrolle abspulen. »Sie hatte es ihm wirklich angetan, das weiß ich noch gut. Das ist uns allen aufgefallen.«

»Weshalb war er im Krankenhaus? Merken Sie sich so was?«

»Wenn es so lange her ist, normalerweise nicht, aber ein Mann wie der bleibt einem im Gedächtnis. Eine unglaubliche Ausstrahlung. Gutaussehend, sehr kultiviert und höflich. Er hatte eine gerissene Achillessehne. Ich weiß nicht mehr, wie es dazu gekommen war, nur, dass er operiert werden musste.«

Ich schließe die Augen und sehe den Schuhabdruck aus dem Wald vor mir, bei dem das Profil an der Außenkante stark abgetreten war. Könnte eine alte Verletzung der Grund dafür sein?

»Erinnern Sie sich noch an seinen Namen?«

»Nicht an seinen Nachnamen. Aber seinen Vornamen weiß ich noch. Noah.« Ein verträumter Ausdruck tritt in ihr Gesicht. »Ich liebe diesen Namen. Ich habe immer davon geträumt, einmal einen kleinen Jungen zu haben und ihn dann

Noah zu nennen.« Erneut streichelt sie ihrer Tochter übers Haar. »Stattdessen habe ich dieses wundervolle kleine Mädchen hier. Na ja, vielleicht klappt's beim nächsten Mal.«

M+N+?? Mein Herz hämmert vor lauter Aufregung.

»Wissen Sie noch, wie er aussah?«

»Dunkle Haare, dunkle Augen. Kurzer Bart. Wie dieser spanische Schauspieler? Gott, der ist doch so berühmt. Das macht mich wahnsinnig ... Jetzt fällt mir sein Name nicht ein ...«

»Das macht nichts. Danke«, sage ich.

»Es tut mir so leid«, entschuldigt sie sich abermals, »dass ich Sie mit ihr verwechselt habe. Das war bestimmt ein ziemlich großer Schreck für Sie.«

»Ich finde es schön, dass mein Anblick sie für andere wieder lebendig macht.« Dabei sehe ich Adam an.

»Sie sind ihr wirklich wie aus dem Gesicht geschnitten«, bekräftigt die Frau.

Warum ich die nächste Frage stelle, weiß ich selbst nicht genau. »War es wirklich Zufall, dass Sie heute hergekommen sind?«

Ihr schießt die Röte ins Gesicht, aber ich kann nicht sagen, ob es daran liegt, dass ich sie vor den Kopf gestoßen habe, oder ob sie sich ertappt fühlt.

»Möchten Sie mir vielleicht verraten, weshalb Sie zu mir wollten?« Sobald die Worte ausgesprochen sind, weiß ich, dass ich einen Fehler gemacht habe.

Die Frau schüttelt energisch den Kopf. »Ich wollte doch überhaupt nicht zu Ihnen.« Ihr Handy klingelt. Nur einmal, dann verstummt es wieder. »Ich muss jetzt los«, sagt sie. »Das ist mein Taxi.«

Als sie davoneilt, laufe ich ihr nach. »Könnten Sie mir Ihre

Nummer geben, damit ich Sie erreichen kann? Ich würde mich gerne länger mit Ihnen unterhalten. Bitte.«

Erneut schüttelt sie den Kopf und drückt ihre Tochter an sich, als wäre ein Ungeheuer hinter ihr her, das kleine Kinder frisst. Ich folge ihr die Stufen hinunter. Als ich mich kurz umdrehe, sehe ich, dass Adam uns auf seine typische nachdenkliche Art hinterherblickt.

Vor den Glastüren am Ausgang bleibt sie stehen. »Ich habe Ihnen alles gesagt, was ich weiß.« Sie stößt die Türen auf. Draußen steht tatsächlich ein Taxi, in das sie hastig einsteigt. Bevor es losfährt, mache ich noch schnell ein Foto vom Leuchtzeichen auf dem Dach, auf dem der Name des Taxiunternehmens sowie die Wagennummer geschrieben stehen. Ich weiß, dass die Taxifirma mir aus datenschutzrechtlichen Gründen niemals verraten würde, wohin der Wagen gefahren ist. Aber es könnte sein, dass ich die Frau irgendwann noch als Zeugin brauchen werde, und wenn ich die Informationen an die Polizei weitergebe, müsste diese in der Lage sein, das Fahrtziel des Taxis zu ermitteln.

Ich beobachte die Rücklichter, bis sie zu kleinen roten Punkte schrumpfen und schließlich von der Dunkelheit verschluckt werden. Adam steht neben mir, seine Hand liegt leicht auf meinem Arm.

»Fahren Sie nach Hause«, rät er mir. »Wir gehen ein andermal was trinken. Das war ein ziemlich turbulenter Abend.«

»Nichts Besonderes.« Ich stelle mich auf die Zehenspitzen, um ihm einen Kuss auf die Wange zu geben, und er strahlt wie ein Honigkuchenpferd.

Donnerstag, 17. November

Rätselraten

Diesmal sehe ich mindestens ein Dutzend freie Parklücken, als ich das Rund aus georgianischen Häusern erreiche, in dem Mrs Buenrostro wohnt. Die Sonne ist gerade erst aufgegangen, aber ich habe noch viel vor, ehe ich Luke heute Nachmittag bei seinem Fußballspiel anfeuere. Denn das werde ich selbstverständlich tun. Ich bin ihm gegenüber noch nie wortbrüchig geworden und habe nicht vor, jetzt damit anzufangen.

Weil ich der Versuchung nicht widerstehen kann, probiere ich zunächst die Klingel zu Nummer 7, der Wohnung von N. Henrickson. Wie erwartet, tut sich nichts, also bewege ich meinen Finger ein paar Zentimeter weiter nach oben und drücke stattdessen auf Klingel Nummer 6.

Es dauert nicht lange, ehe ich erst ein statisches Rauschen und dann ihre Stimme höre.

»Wer ist da?«

Dabei weiß sie es doch längst. Ich habe mich mit ihr über die Kamera unterhalten, die zur Gegensprechanlage des Hauses gehört. Jetzt in diesem Augenblick sieht sie mein körniges Gesicht auf dem kleinen Schwarz-Weiß-Monitor im Eingangsflur ihres Apartments.

»Mrs Buenrostro? Ich bin's, Ella Brooke. Lassen Sie mich rein? Oder lauern Sie mir lieber an meinem Arbeitsplatz auf?«

»Ich habe Ihnen nicht aufgelauert. Ich wollte Sie nach der Sitzung ansprechen, bis ich gesehen habe, was bei Ihnen los war.« Sie macht eine Pause, um Atem zu schöpfen. »Woher kennen Sie meine Wohnung?«

Die Lüge kommt mir leicht über die Lippen. Von der Detektivarbeit meiner Mutter erwähne ich nichts. »Ich hatte vor, einfach überall zu klingeln. Zufällig war gleich der erste Versuch ein Treffer.«

Daraufhin beginnt sie mir umständlich und sehr ausführlich zu beschreiben, wie ich durch die Flure der Henrietta Mansions zu Wohnung Nummer 6 gelange.

Irgendwann falle ich ihr ins Wort. »Ich finde den Weg schon.« Dass ich mir auf der Website des Katasteramtes die Grundrisse des Hauses angesehen habe, verschweige ich. Es folgt ein Summen, dann ein Klicken, als das Haustürschloss entsperrt wird. Nun kann ich mich nach Herzenslust in einem Gebäude umsehen, in das ich noch vor einer Woche nicht einmal hineingekommen wäre.

Als ich die Tür zu Nummer 6 erreiche, steht diese bereits offen, und Mrs Buenrostro erwartet mich im Türrahmen. Sie trägt einen Hosenanzug in Puderblau, auch diesmal haben alle Teile exakt dieselbe Farbe. Sie hat Lippenstift aufgetragen. Genau wie unsere Mutter legt auch sie Wert darauf, sich immer von ihrer besten Seite zu zeigen.

Ich gebe mir keine Mühe, meine Neugier zu verbergen, als ich den L-förmigen Knick im Hausflur studiere, von dem ich weiß, dass er zu Wohnung Nummer 7 führt.

»Möchten Sie nicht hereinkommen?«, fragt sie mich.

Ich habe Übung darin, nicht auf meine Uhr zu schauen,

damit niemand auf die Zusatzfunktionen aufmerksam wird, die ich am Handgelenk trage. So verfügt meine PNA für Alleinarbeiter unter anderem über eine Voralarm-Einstellung, die es mir ermöglicht, eine Sprachnachricht aufzuzeichnen, was ich zur Sicherheit auch getan habe. Darüber hinaus habe ich noch ganz altmodisch einen Zettel mit meinem geplanten Aufenthaltsort bei mir zu Hause auf den Küchentresen gelegt. Ich rechne nicht damit, spurlos zu verschwinden, aber falls doch, so haben diejenigen, die nach mir suchen, immerhin einen Anhaltspunkt. Solange ich das Gerät nicht ablege, kann ich außerdem per GPS geortet werden. Sobald ich wieder wohlbehalten zu Hause bin, werde ich den Zettel in den Müll werfen und die aufgezeichnete Nachricht löschen.

»Warum wollten Sie mich gestern Abend ansprechen, Mrs Buenrostro?«

»Ich muss mit Ihnen reden.«

»Sie haben doch meine Telefonnummer.«

»Von Angesicht zu Angesicht.«

»Ist Mrs Buenrostro eigentlich Ihr richtiger Name? Als ich im Internet nach Ihnen gesucht habe, bin ich nicht fündig geworden.«

Sie blickt an mir vorbei und senkt die Stimme. »Der Name stammt aus meiner Familie. Es war der Mädchenname der Urgroßmutter meines Mannes. Er ist auf keinem offiziellen Dokument von früher zu finden.«

»Haben Sie ihn deshalb ausgesucht?«

Inzwischen flüstert sie nur noch. »Ja. Ich habe mich von jemandem beraten lassen, der sich mit so was gut auskennt.«

Unwillkürlich muss ich an dich und deine geheimen Internet-Aktivitäten denken. Ich bin mir ziemlich sicher, dass du denselben Berater hattest wie Mrs Buenrostro.

»Bitte. Reden wir doch drinnen.« Sie bedeutet mir, ihr zu folgen, und führt mich in ein wunderschön geschnittenes Wohnzimmer mit Friesen und Verzierungen aus Stuck an den Wänden. In der Mitte der Zimmerdecke prangt eine Stuckrosette.

Ich entscheide mich für einen goldenen Sessel mit gerader Rückenlehne, deren Polsterknöpfe sich in meine Wirbelsäule bohren. »Was wollen Sie von mir?«

Ihre Antwort kommt vollkommen unerwartet. »Kennen Sie sich mit verdeckter Ermittlung aus, Ella?«

»Ein bisschen. Ich weiß, dass dafür manchmal die Identitäten verstorbener Kinder gestohlen werden. Dass die Ermittler teilweise mit ihren Zielpersonen sexuelle Verhältnisse eingehen und sie systematisch täuschen, unter Umständen sogar Kinder mit ihnen bekommen.«

Sie dreht sich um und betrachtet ein Foto auf dem Kaminsims. Sie hat behauptet, keine Kinder zu haben, aber soweit ich es aus drei Metern Entfernung erkennen kann, zeigt das Foto einen kleinen Jungen. Sie wischt sich eine Träne aus dem Augenwinkel.

»Ist das Ihr Sohn?«, frage ich sanft. »Ist er tot, Mrs Buenrostro? Hat jemand seine Identität gestohlen? Das tut mir so unendlich leid für Sie.«

»Sie verstehen das falsch.«

»Dann helfen Sie mir, es zu verstehen.«

»Nicht alle verdeckten Ermittler tun die schlimmen Dinge, die Sie eben aufgezählt haben. Sagt Ihnen der Begriff ›deep swimmer‹ etwas?«

Ich schüttle den Kopf.

»Damit sind Polizisten gemeint, die über lange Zeit, mitunter über Jahre hinweg, verdeckt ermitteln. Manchmal müssen diese Leute dafür ihr altes Leben vollständig aufgeben oder kommen zumindest nur noch sehr selten damit in Kontakt.«

»Ich verstehe immer noch nicht«, sage ich, obwohl sich in meinem Kopf allmählich die Teile zu einem Ganzen zusammenfügen.

»Wir fanden, es wäre einfacher, wenn wir so nah wie möglich an der Wahrheit bleiben.«

Sie klingt wie unsere Mutter. Sie klingt wie du. Und wie ich. Sie klingt wie jemand, der in den Methoden und Prinzipien verdeckter Operationen geschult wurde.

Erneut betrachte ich das Foto. Es gibt nur dieses eine, und ich habe keinen Zweifel daran, dass es dort steht, um sie immer daran zu erinnern, wer sie ist, was sie ist und wen sie liebt.

Es bereitet mir beinahe körperliche Schmerzen, sitzen zu bleiben. Ich würde so gerne hingehen und mir das Foto aus der Nähe ansehen, aber ich will nicht, dass sie aufhört zu reden.

»Ich muss möglichst unauffällig leben, wissen Sie? Jemand, der mir sehr nahesteht, ist als verdeckter Ermittler tätig. Er lebt seit Jahren unter einer Scheinidentität. Er erzählt nicht viel von seiner Arbeit. Ich sehe ihn kaum und wenn, dann immer nur im Geheimen. Und immer ganz kurzfristig.« Ihre Stimme zittert ein wenig. »Familienangehörige machen diese Leute verwundbar. Sie erhöhen ihr Risiko, enttarnt zu werden.«

»Warum erzählen Sie mir das alles? Ist das nicht gefährlich für ihn? Oder für Sie?«

»Nur falls Sie sich entscheiden sollten, mit anderen darüber zu sprechen. Aber ich glaube, ich kenne Sie gut genug, um darauf zu vertrauen, dass Sie mich nicht in Gefahr bringen würden. Es ist Ihre Berufung, Menschen, die in Gefahr sind, zu beschützen, Ella. Das sieht doch jeder.«

»Sie kennen mich kein bisschen. Wenn es um das Wohl meiner Familie ginge, würde ich Sie ohne Zögern den Wölfen zum Fraß vorwerfen, Mrs Buenrostro. Ich hoffe natürlich, dass es dazu nie kommen wird, aber bitte betrachten Sie sich als gewarnt.«

Abermals schaut sie zu dem Foto, diesmal ganz bewusst. Ich stehe auf und muss mich kurz an der Rückenlehne des Sessels festhalten, um mein Gleichgewicht zu finden. Meine Beine fühlen sich an, als wären die Knochen aus ihnen entfernt worden. Irgendwie gelingt es mir, mit halbwegs festen Schritten zum Kamin zu gehen. Mrs Buenrostro tritt neben mich. Ich starre das Foto an, während sie mich mustert und auf eine Reaktion von mir wartet. Doch den Gefallen tue ich ihr nicht.

Der Junge auf dem Foto sitzt in der Astgabel eines Olivenbaums. Hinter ihm und zu beiden Seiten ragen die Zweige empor, wodurch es so aussieht, als säße er in einer Hand. Er lacht über seine eigene Kühnheit, weil er so hoch geklettert ist. Das Bild ist eine Nahaufnahme, deshalb sieht man im Hintergrund nicht genug Landschaft, um meine Vermutung, dass es in Spanien oder Griechenland aufgenommen wurde, zu bestätigen. Am Licht sowie am hellen Grün der Blätter und der Oliven erkenne ich aber, dass es Frühsommer sein muss. Das Foto wurde mit einer Sofortbildkamera gemacht, wie sie vor einigen Jahrzehnten populär waren. Der Junge ist darauf vielleicht acht oder neun Jahre alt, nicht ganz so alt wie Luke, aber auch nicht viel jünger. Seine Haare sind so dunkel wie Lukes, aber seine Augen sind braun, während Lukes, genau wie deine und meine, hellblau sind. Doch was mir am meisten an ihm auffällt, sind die vertrauten Konturen seines Kinns, die Grübchen, die ich von einem anderen Gesicht kenne und liebe sowie das Honiggold seiner sonnengebräunten Haut. Von dir hat Luke seinen Teint also nicht. Sogar der Wirbel ist da: Über der linken Schläfe des Jungen ringeln sich seine Haare zu einer widerspenstigen kleinen Locke.

Ich presse die Arme seitlich an meinen Körper, damit Mrs Buenrostro mich nicht zittern sieht. Ich versuche ein unbeteiligtes Gesicht zu machen und zwinge mich, sie anzuschauen und ihrem Blick ruhig zu begegnen.

Sie nimmt das Bild vom Kaminsims und streicht mit dem Finger über das glatte Holz des schlichten, goldlasierten Rahmens. »Können Sie sich den anderen Grund nicht denken, weshalb ich keine Angst habe, mit Ihnen darüber zu reden? Weshalb ich darauf vertraue, dass Sie mich nicht den Wölfen zum Fraß vorwerfen würden, wie Sie es eben so nett formuliert haben? Sollen wir uns wieder hinsetzen, Ella? Ich werde langsam müde.«

»Ich hole Ihnen ein Glas Wasser.« Das Angebot ist eher Eigennutz als Gefälligkeit. Ich brauche einen Moment für mich allein.

Sie sinkt auf das weiche Sofa mit einem Muster aus Landrosen. Das Foto behält sie auf ihrem Schoß. »Das wäre sehr freundlich von Ihnen«, sagt sie. »Ich nehme an, Sie wissen, wo die Küche ist.« In ihrer Stimme schwingt ein Hauch von Belustigung mit, als wäre ihr zwischenzeitlich aufgegangen, dass ich mich mit den Gebäudeplänen vertraut gemacht habe.

Ihre Wohnung hat einen quadratischen Grundriss, bei dem Küche, Wohnzimmer sowie die beiden Schlafzimmer jeweils etwa ein Viertel einnehmen. Der Eingangsflur durchschneidet das Quadrat genau in der Mitte. Von ihm gehen die vier Türen zu den Zimmern ab. Am hinteren Ende befindet sich die Badezimmertür. Die beiden Schlafzimmertüren sind geschlossen. Allerdings kann Mrs Buenrostro sie von ihrem Platz auf dem Sofa aus nicht sehen.

Ganz leise und in der Hoffnung, dass sie nicht quietscht, öffne ich die erste Tür. Was erwarte ich? Dass dahinter ein Mann auf mich lauert? Und was für ein Mann wäre das – ein Krimineller oder ein verdeckter Ermittler? Verlieren solche Leute eigentlich selbst manchmal den Überblick darüber, wer sie in Wahrheit sind? Aber solche Gedanken sind müßig, denn ich sehe nichts als ein sorgsam gemachtes Bett mit einer elfenbeinfarbenen Tagesdecke. Daneben steht ein wunderschöner alter Kleiderschrank aus Holz. Als ich eine der Schranktüren öffne, bleibt mir fast das Herz stehen, doch dahinter kommen lediglich Wintermäntel zum Vorschein. Unwillkürlich muss ich an die *Narnia*-Bücher denken, die ich Luke vorgelesen habe.

Ich versuche mein Glück mit dem nächsten Zimmer, bei dem es sich um Mrs Buenrostros Schlafzimmer handeln muss. Es ist genauso eingerichtet wie das erste, enthält aber außerdem noch eine Kommode, auf der mehrere Tiegel mit Cremes, Parfümflakons sowie ein altmodisches Bürsten-Set aus ziseliertem Silber arrangiert sind. Auch in diesem Zimmer verbirgt sich niemand. Die Tür knarrt, als ich sie schließe, aber mittlerweile ist mir das auch egal. Wahrscheinlich hat Mrs Buenrostro ohnehin ein Gespür dafür, wo ich gerade herumschleiche.

Auch in der Küche gibt es nichts Bemerkenswertes zu sehen. Die Wände sind weiß gekachelt, der Boden aus schwarzem Schiefer, und überall stehen teure Küchengeräte herum, die den Eindruck machen, als würden sie nie benutzt. Wie alles bei Mrs Buenrostro ist auch dieser Raum makellos sauber und aufgeräumt. Nirgendwo findet sich ein persönlicher Gegenstand, ganz so, als wäre sie selbst undercover tätig. Einzige Ausnahme ist der Junge auf dem Kaminsims.

Sie ruft meinen Namen, also hole ich rasch das Wasser und kehre ins Wohnzimmer zurück. Ich reiche ihr das Glas, dann lasse ich mich wieder in dem unbequemen Sessel nieder.

»Es war nicht die Wahrheit«, sagt sie, »als ich behauptet habe, ich hätte kein Kind.«

Ich werfe einen Blick auf das Foto in ihrem Schoß. »Das ist mir inzwischen auch klar geworden.«

»Er war ein absolutes Wunschkind, aber er kam erst sehr spät. Ich war zweiundvierzig, als er geboren wurde. Wir hatten die Hoffnung schon aufgegeben.« Sie hält inne, als ich kurz durchatmen muss, fährt dann aber fort. »Er arbeitet im Ausland. Er ist vielseitig einsetzbar, weil er so viele Sprachen spricht. Seit ich hierhergezogen bin, habe ich ihn kaum gesehen. Ich weiß nie, wo er gerade ist. Er besucht mich, aber nur sehr selten und dann meistens spontan. Er hat ... Mittel und Wege, um mit mir in Kontakt zu treten.«

Ich sehe mich in ihrer unpersönlichen, wenngleich exquisiten Wohnung im Zentrum von Bath um. Ich denke an dein Auto und dein Apartment, an deine Designerklamotten und dein überquellendes Sparkonto. »Sind die meisten verdeckten Ermittler so reich wie Ihr Sohn?«

»Es gibt Geld in der Familie. Mein Sohn tut seine Arbeit, weil er sie für wichtig hält. So wie Sie, Ella –«

»Dann haben Sie also in Wahrheit über Ihren Sohn gesprochen, als es um den Mann aus Wohnung Nummer 7 ging? Um Mr Henrickson?«

»Noch nie ist jemand gekommen und hat nach ihm gefragt. Ich kann Ihnen gar nicht sagen, was für einen Schrecken ich bekommen habe.« Fast lächelt sie. »Allerdings sehen Sie nicht wie eine Auftragsmörderin oder Spionin aus.«

»Sie würden sich wundern«, sage ich.

»Als ich Sie gesehen habe, ist mir sofort wieder die Frau eingefallen, die ihn damals besucht hat.«

Ich merke, wie mir am Rücken der Schweiß ausbricht und es in meinen Fingern kribbelt. Doch Mrs Buenrostro merkt nichts davon. Sie ist ganz in ihrer eigenen Geschichte gefangen.

»Das ist der zweite Grund, weshalb ich Sie reingelassen habe. Anfangs dachte ich, Sie wären diese Frau, weil Sie ihr so ähnlich sehen.«

»Und als sie kurz nach dem Besuch bei Ihrem Sohn spurlos verschwand, sind Sie nicht auf die Idee gekommen, zur Polizei zu gehen?«

»Ich wusste ja gar nicht, wer diese Frau war, bis Sie es mir vor ein paar Tagen gesagt und mir ihr Bild gezeigt haben. Sobald Sie wieder weg waren, habe ich im Internet recherchiert. Danach war ich mir sicher, dass es Ihre Schwester gewesen sein muss, der ich damals vor Wohnung Nummer 7 begegnet bin.«

Ich kann meinen Sarkasmus nicht unterdrücken. »Haben Sie jemals eine Zeitung in der Hand gehabt oder Nachrichten geschaut?«

»Irgendwie muss der Fall an mir vorübergegangen sein.«

»Sie hätten sie retten können. Wären Sie mit diesen Informationen vor zehn Jahren zur Polizei gegangen, hätte man vielleicht eine erste Spur gehabt.«

»Ich sage Ihnen die Wahrheit. Ich wusste es damals nicht.«

Ist sie wie unsere Mutter? Ist sie genauso unfähig, von einem Standpunkt abzurücken, den sie einmal eingenommen hat?

»Und Ihr Sohn hat Ihnen nicht erzählt, wer sie war? Er hat mit keinem Wort erwähnt, dass die Frau, mit der Sie ihn gesehen haben, vermisst wird?«

Sie schüttelt den Kopf. »Als er an dem Tag gegangen ist, hat er mir deutlich zu verstehen gegeben, dass er nicht über die Frau oder das Kind reden wollte. Dass es für die beiden gefährlich werden könnte. Er wollte nicht, dass ich das Thema noch einmal anspreche.«

»Hat er meine Schwester belogen? Wusste sie, wer er wirklich ist? Was für eine Arbeit er macht?«

»Er hätte ihr niemals Details über seinen Einsatz verraten, aber genauso wenig hätte er zugelassen, dass es zwischen ihnen ernst wird, ohne dass sie wenigstens einen Teil der Wahrheit kennt. Mein Sohn ist integer.«

»Und sind Sie auf den Gedanken gekommen, dass derjenige, der meine Schwester entführt hat, es wegen ihrer Beziehung zu Ihrem Sohn getan haben könnte? Um über sie an ihn heranzukommen?«

Sie schüttelt den Kopf heftiger, als es für eine Frau ihres Alters gut sein kann. »Das ist unmöglich. Dafür ist er viel zu vorsichtig. Er würde niemals riskieren, dass diese Leute jemanden aus seinem realen Umfeld aufspüren.«

»Wie konnte er überhaupt eine völlig unbeteiligte Person solchen Gefahren aussetzen? Wie konnte er sie bitten, so viel für ihn aufzugeben? Jede Chance auf ein normales Leben?«

»Er hatte eine Regel. Er hat nie Beziehungen angefangen, und zwar aus genau diesen Gründen. Für Ihre Schwester hat er eine Ausnahme gemacht.«

»Das ist ihm doch bestimmt unfassbar schwer gefallen.«

»Sicher, ja. Und für sie kann es auch nicht leicht gewesen sein, ihm zu vertrauen, weil er ihr ja so gut wie nichts über sich erzählen konnte. Er konnte auch nie im Voraus sagen, wann er wieder Zeit für ein Treffen haben würde. Ihr Kontakt muss sehr sporadisch gewesen sein.«

»Wie oft hat er Sie denn besucht?«

»Seit dem Tag, als er mit Ihrer Schwester hier war, habe ich ihn nicht mehr gesehen.«

»Und Sie halten es nicht für verdächtig, dass er zur selben Zeit von der Bildfläche verschwunden ist wie sie?«

»Das bedeutet doch nur, dass er undercover arbeitete. Nicht, dass er ihr etwas angetan hat.«

»Haben Sie Ihren Sohn wirklich seit über zehn Jahren nicht mehr gesehen?«

»Jemandem, der so eine Arbeit macht wie er, stellt man keine Fragen.«

»Meine Schwester hat ihm garantiert Fragen gestellt.«

»Ich weiß nicht, wie er es überhaupt noch schafft, sich immer wieder zu vergegenwärtigen, wer er ist. Sie machen sich ja keine Vorstellung davon, was er mit ansehen oder tun muss, um andere zu schützen. Wie langfristig sein Einsatz angelegt ist und was dabei auf dem Spiel steht. Sie haben keine Ahnung, worauf die Familien von verdeckten Ermittlern alles verzichten müssen.«

»Sie Arme. Ihr armer Sohn.« Ich klinge so bitter wie unsere Mutter. »Glauben Sie, jemand hat dafür gesorgt, dass die Polizei beim Verschwinden meiner Schwester nicht gründlich ermittelt, weil man ihn vor einer Enttarnung bewahren wollte? Weil man sichergehen wollte, dass seine Operation nicht gefährdet wird?«

»Das hätte er niemals zugelassen.«

»Ich bin mir nicht sicher, ob er in der Angelegenheit überhaupt ein Mitspracherecht gehabt hätte.«

Ihre Augen füllen sich mit Tränen, die schließlich überquellen und ihr die Wangen hinablaufen. »Verstehen Sie jetzt, weshalb ich Sie wiedersehen musste? Wieso ich unbedingt mit Ihnen reden wollte?«

»Nein«, sage ich und schüttle den Kopf.

Dabei weiß ich es sehr wohl.

»Ich glaube, Ihr Neffe ist mein Enkelsohn«, sagt sie. »Die Vermutung hatte ich bereits, als Ihre Schwester damals mit dem Baby vorbeikam.«

»Haben Sie sie kennengelernt? Hat Ihr Sohn sie Ihnen vorgestellt?«

»Alles, was ich Ihnen eben über diesen Tag erzählt habe, ist die Wahrheit. Sie hat nicht aufgeschaut, hat keine Notiz von mir genommen. Ich glaube, sie wusste gar nicht, wer ich bin. Bestimmt hat er es ihr nicht gesagt. Das Risiko wäre er niemals eingegangen. Er hätte ihr nur das Allernötigste erzählt. Und nichts von mir. Er hätte sich sehr genau überlegt, was er preisgibt und was nicht.«

»Warum gestehen Sie das alles jetzt?« Meine Stimme ist kalt, so eisig, dass selbst unsere Mutter in ihren sprödesten Momenten dagegen warmherzig klingen würde. Ich bin ihre Tochter. Und deine Schwester. Ich stelle mir vor, wie diese Frau und ihr Sohn bei Nacht und Nebel in unserem Haus auftauchen und sich mit Luke davonmachen. Zum ersten Mal kann ich die schreckliche Angst unserer Mutter nachvollziehen. Ich spüre sie in meinen eigenen Knochen.

»Ich weiß es nicht«, sagt sie. »Ich weiß selbst nicht, was ich will. Jedenfalls nichts, was dem Jungen in irgendeiner

Weise schaden könnte. Ich wünschte ... Ich würde ihn so gern sehen. Bitte, Sie haben doch sicher ein Foto dabei.«

»Nein«, sage ich schneidend.

»Ich weiß, ich habe Sie schon letztes Mal danach gefragt, und ich kann Ihnen nicht verübeln, dass Sie Nein gesagt haben – ich fand es sogar richtig, dass Sie Fremden nicht einfach sein Foto zeigen. Aber jetzt wissen Sie Bescheid, und heutzutage hat doch jeder Bilder auf seinem Handy. Bitte.«

»Mag sein, dass Sie Ihrem Sohn blind vertrauen. Aber als Sie ihn das letzte Mal gesehen haben, war das wenige Wochen vor dem Verschwinden meiner Schwester. Nicht nur Zivilisten, auch verdeckte Ermittler sind fähig, einen Mord zu begehen. Wenn die Frau, die Sie gesehen haben, wirklich meine Schwester war – und Sie sagten ja, das Baby wäre noch sehr klein gewesen, ein oder zwei Monate alt, deshalb kann ich die Möglichkeit nicht ausschließen –, dann steht Ihr Sohn mit dem, was ihr zugestoßen ist, höchstwahrscheinlich in Verbindung. Entweder aufgrund seiner Arbeit oder aber weil er selbst derjenige ist, der ihr etwas angetan hat.«

»Dazu wäre er gar nicht in der Lage gewesen. Er würde niemals einer Frau wehtun.«

»Ich will, dass Sie sich von meinem Neffen fernhalten. Ich will nicht, dass Ihr Sohn sich heimlich ins Land schleicht und auch nur in seine Nähe kommt.«

»Verstehen Sie denn nicht? Sehen Sie nicht, wie sehr mein Sohn Ihre Schwester geliebt haben muss? Er hat sich in unglaubliche Gefahr gebracht, um sie zu sehen. Um ein Kind mit ihr zu haben.«

»Er hat *sie* in unglaubliche Gefahr gebracht«, korrigiere ich sie.

»Wenn ihr etwas zugestoßen ist, dann nicht seinetwegen. Denken Sie doch nur daran, wie vorsichtig er war. Wie viel Selbstbeherrschung er bewiesen hat. Denken Sie an Ihren Neffen. Noah hat ihn bei Ihnen und Ihren Eltern gelassen, weil er wusste, dass es für ihn das Beste ist.«

»Noah?« Ich spreche den Namen aus, als würde ich ihn auf meiner Zunge schmecken. M+N+??

Veronica Skelton hat sich an den Namen erinnert, weil sie ihn so schön fand. Sie hat damals eine gegenseitige Anziehung zwischen dir und einem Patienten beobachtet, die so stark war, dass sie sie bis heute nicht vergessen hat.

»Ja.«

»Ist das sein wahrer Name?«

»Ja. Die meisten verdeckten Ermittler behalten ihren Vornamen bei. Das ist sicherer. Welchen Nachnamen er benutzt, weiß ich nicht. Viele verschiedene, vermute ich.«

»Aber in seinem Privatleben nennt er sich offenbar Henrickson?«

»Ja. Den Namen hat Noah sich selbst ausgedacht. Sein Vater hieß Enrique. Ich nehme an, Sie wissen, dass das die spanische Form von Henry ist? Er hat sich also ›Sohn des Henry‹ genannt.«

Ich hatte mich schon gefragt, ob der Name Henrickson ein Code ist – ein erfundener Name, durch den die wahre Identität der Person verschleiert wird, aber zugleich noch durchschimmert. Der Codename dieses Mannes dient demselben Zweck wie die Namen in eurem alten Spiel, nur dass er nach etwas anderen Regeln konstruiert wurde.

»Auf diese Weise«, fährt Mrs Buenrostro fort, »hat Noah eine Tarnidentität, die er annehmen kann, wenn er nach England zurückkommt.«

»Wie einfach ist es denn für ihn zurückzukommen?«

In ihrem Achselzucken liegt Verachtung. »Denken Sie doch nur mal daran, wie leicht unsere Grenzen zu überwinden sind. Wenn man weiß, wie es geht, ist so was überhaupt kein Problem. Wenn Sie über ausreichend Geld und Unterstützung verfügen. Und Noah verfügt über beides.«

Ich stehe auf, gehe zum Fenster und blicke durch ihre zarten Vorhänge nach draußen. Der Springbrunnen plätschert vor sich hin. Die Motorhaube meines Wagens steht wenige Zentimeter vom Stamm einer Hainbuche entfernt. Alles sieht genauso aus wie gestern und am Tag zuvor und am Tag davor. Dabei ist alles anders.

»Wie alt ist Ihr Sohn, Mrs Buenrostro?«

»Sechsundvierzig.«

Sechs Jahre älter als du. Genau der von dir bevorzugte Altersunterschied. »Und er war die ganze Zeit ein – wie haben Sie es ausgedrückt – ein ›deep swimmer‹?«

»Die letzten fünfzehn Jahre. Mein Mann ist vor einundzwanzig Jahren gestorben. Kurz danach hat Noah mit seiner Arbeit begonnen, aber anfangs waren es nur einzelne, kürzere Aufträge.« Sie hält inne. »Noah liebt Fußball, wie sein Vater. Ihr Neffe auch?«

»Ich verstehe, dass Sie glauben wollen, dass Ihr Sohn ein Held ist, und dass Sie davon überzeugt sind, das Richtige zu tun.« Meine unverblümte Weigerung, mit ihr über Luke zu sprechen, trifft sie sichtlich. »So haben Sie es die ganzen letzten Jahre gemacht. Aber *ich* habe die letzten zehn Jahre mit einem riesigen Loch in meinem Leben verbringen müssen, und dieses Loch hat exakt die Form meiner Schwester. Ich will, dass Sie zur Polizei gehen und dort alles wiederholen, was Sie mir gerade gesagt haben.«

»Das führt doch zu nichts. Es wird keinerlei Beweise dafür geben, dass Noah vor zehn Jahren im Land war. Das ist doch nirgendwo festgehalten worden. Die gewöhnliche Polizei wird sofort in eine Sackgasse geraten, wenn sie irgendwelche Nachforschungen über ihn anstellt.«

»Selbst verdeckte Ermittler dürfen keine Verbrechen begehen. Ich verstehe ja, dass sie mitunter gezwungen sind, sich am Rande der Legalität zu bewegen, wenn es um Drogenbarone oder Mafiabosse geht und sie ihre Rolle überzeugend spielen müssen. Aber doch nicht im echten Leben. Nicht gegenüber unschuldigen Zivilisten. Und es besteht die Möglichkeit, dass Ihr Sohn sich eines Verbrechens schuldig gemacht hat – eines Verbrechens, das für meine Familie das schlimmste ist, das jemals begangen wurde.«

»Ich habe Ihnen doch erklärt, was für eine Art Mensch mein Sohn ist. Dass er so etwas getan haben könnte, ist vollkommen undenkbar.«

»Wenn Sie nicht zur Polizei gehen, tue ich es. Vielleicht hat man Verständnis, wenn Sie erklären, dass Ihnen erst jetzt bewusst geworden ist, wer die Frau war, die Sie damals gesehen haben.« Ich bringe es nicht fertig, ihr gegenüber deinen Namen auszusprechen. »Vielleicht ist die Polizei auch eher bereit, Ihnen zu glauben, als ich es bin. Ich gebe Ihnen noch das Wochenende Zeit.«

»Darf ich nicht einmal ein Foto Ihres Neffen sehen?«

Ich kneife die Augen zusammen. »Ich will Sie nicht verletzen, aber ich fühle mich verpflichtet, Ihnen mitzuteilen, dass ich die Polizei rufen werde, sollten Sie sich meinem Neffen nähern. Die *gewöhnliche* Polizei«, sage ich voller Bitterkeit. »Und ich werde meinen Eltern raten, dasselbe zu tun.«

Ich spüre einen stechenden Schmerz in der Magengegend,

fast als hätte mich jemand geschlagen. Unsere Mutter hat recht: Bis ich das Rätsel entwirrt habe, ist es nicht gut, wenn ich in Lukes Nähe bin.

Sie lächelt. »Ich bin enttäuscht, aber auch froh. Der Junge kann sich wirklich glücklich schätzen. Sie sind vielleicht nicht seine leibliche Mutter, aber Sie verhalten sich so. Sie sind eine Löwin.«

Sagen Sie das mal meiner Mutter, denke ich im Stillen. Zugleich bin ich fassungslos. Noch nie in meinem ganzen Leben hat jemand etwas so Schönes zu mir gesagt.

»Vielleicht haben Sie Ihren Sohn tatsächlich seit zehn Jahren nicht gesehen. Aber Sie müssen doch eine Kommunikationsmöglichkeit für den Notfall eingerichtet haben.«

Sie nickt, allerdings kaum merklich und wie unter großem Widerwillen. Es ist eine Geste, der sich nicht viel entnehmen lässt. Ich bin mir nicht einmal ganz sicher, ob ich sie wirklich gesehen oder sie mir nur eingebildet habe.

»Glauben Sie, die Polizei wusste von seiner Beziehung zu meiner Schwester?«

»Seinem Vorgesetzten wird er es vermutlich gesagt haben.«

»Vermutlich?«

»Ganz sicher bin ich mir nicht. Noah fasst nur schwer Vertrauen zu anderen Menschen. Er hat etwas von einem einsamen Wolf, wie man so schön sagt.« Sie klingt stolz. »Aber ich denke, er hat es getan. Alles andere würde mich wundern.«

»Ich frage Sie noch einmal: Glauben Sie, die Polizei hat das, was sie über das Verschwinden meiner Schwester wusste, absichtlich unter den Teppich gekehrt, um Ihren Sohn zu schützen und seinen Einsatz nicht zu gefährden?«

»Wenn sie von ihr wussten, dann werden sie auch gewusst haben, dass er ihr nichts getan hat.«

»Woher um alles in der Welt hätten sie das denn wissen sollen?«

»Das kann ich Ihnen nicht sagen.«

»Sie können nicht, oder Sie wollen nicht?«

Ihre einzige Antwort darauf ist ein hilfloses Schulterzucken.

»Sehen Sie nicht, worauf ich hinauswill? Dass denen Ihr Sohn wichtiger war als die Ermittlungen im Fall meiner Schwester?«

»Mein Sohn ist ein sehr mutiger Mann. Er ist ein guter Mann.«

»Erzählen Sie das meiner Schwester«, sage ich.

Notlügen

Es ist zehn Uhr dreißig, als ich vor dem Haus unserer Eltern anhalte. Mums Auto ist nirgends zu sehen, aber Dads Lieferwagen steht in der Einfahrt. Ich stecke den Schlüssel ins Schloss und trete ins Haus, bereit, den Zahlencode für die Alarmanlage einzutippen. Doch dann sehe ich, dass sie gar nicht eingeschaltet ist.

»Hallo? Dad?«

Aus dem Werkraum unseres Vaters dringt ein Husten. Ich gehe dem Geräusch nach und sehe ihn auf dem abgewetzten orangefarbenen Plüschsofa liegen, das wir seit unserer Kindheit besitzen und das unsere Mutter nicht wegwerfen darf. Er trägt seine olivgrüne Lieblingshose und einen dicken dunkelblauen Strickpullover. Auf der alten Holzplanke, die er als Beistelltisch benutzt, stehen eine Box mit Papiertaschentüchern und eine halbleere Tasse Tee, die Mum ihm gemacht haben muss, bevor sie losgefahren ist.

Hastig setzt er sich auf. Er ist noch ganz verschlafen und wirkt verlegen.

»Hallo, mein Strahlemädchen.« Er streckt den Arm nach mir aus. Ich durchquere in wenigen Schritten das Zimmer, nehme seine Hand und setze mich neben ihn.

»Hallo, Daddy.«

»So hast du mich schon lange nicht mehr genannt.«

Ich nicke bloß, weil ich einen Kloß im Hals habe. »Warum legst du dich hin, wo du doch gerade erst aufgestanden bist?«

»Ach.« Er schüttelt belustigt den Kopf. »Und da denken deine Mutter und du, dass ihr euch nicht ähnlich seid. Es ist ein Schnupfen, Ella.« Ihm gelingt ein sehr feuchtes und sehr überzeugendes Schniefen, ehe er sich mehrmals hintereinander geräuschvoll die Nase schnäuzt. »Sag deiner Mutter nichts davon. Ich versuche, es vor ihr geheim zu halten, sonst sperrt sie mich noch in Quarantäne.«

»Wirklich?«

»Jeder kriegt mal einen Schnupfen. Nur damit das klar ist: Es ist kein Krebs.«

Hat er abgenommen? Ich bin mir nicht ganz sicher. »Okay«, sage ich. »Ein Schnupfen ist in Ordnung. Ein Schnupfen ist mir lieber als die anderen Möglichkeiten.«

»Und was verschafft mir nun die Ehre eines Überraschungsbesuchs von meiner liebsten jüngsten Tochter?« Er sieht mich auf seine verschmitzte Art an. »Bestimmt hast du vergessen, dass deine Mutter gerade ihren Ballettkurs gibt?«

»Es *könnte* sein, dass ich das nicht vergessen habe.« Ich

nehme eins der Taschentücher aus der Schachtel und putze mir ebenfalls die Nase. »Aber heute ist der dritte Donnerstag im Monat, folglich ist morgen der dritte Freitag. Du weißt, dass wir uns die beiden Tage immer freihalten, also habe ich ein bisschen Zeit übrig.«

»Deine Mutter macht sich Sorgen, dass du zu viel arbeitest. Diese zwei Tage sind ihre Art, dich ein bisschen auszubremsen.«

»Hat sie dir von unserem Streit erzählt?« Die letzten Worte kommen nur noch als ein Krächzen heraus.

Er breitet die Arme aus, und ich lasse mich hineinfallen und vergrabe das Gesicht an seiner Brust. »Ich war abscheulich zu ihr. Und sie hatte recht mit allem, was sie gesagt hat. Ich war nicht nett zu ihr. Ich habe keinen Augenblick lang an ihre Gefühle gedacht.«

Er wartet, bis ich mich ein wenig beruhigt habe. Nach ein paar Minuten reicht er mir wortlos eine Handvoll Taschentücher, und ich putze mir erneut die Nase. Dann versuche ich mich an einem Lächeln. »Jetzt habe ich deinen Pulli ganz nass gemacht.«

»Gut, dass deine Mutter mich heute gezwungen hat, Wolle zu tragen. Sie legt viel Wert darauf, dass ich warm und wasserabweisend angezogen bin.«

»Sie hat behauptet, Luke wäre bei mir nicht gut aufgehoben. Ich würde ihn in Gefahr bringen. Und sie hat vollkommen recht damit.«

»Das denkt deine Mutter doch nicht wirklich. Sie hat sich schrecklich gefühlt nach eurem Treffen. Sie bereut, was sie zu dir gesagt hat.«

»Ich auch. Und wie.«

»Das wussten wir doch.«

»Sagst du ihr bitte, dass es mir leidtut? Sagst du ihr, dass ich sie liebhabe?«

Er streicht mir ein Haar aus der Stirn. »Sag es ihr doch selbst. Kommst du heute Nachmittag zu Lukes Fußballspiel? Wir wollen auch hin – deshalb soll deine Mutter ja auch nichts von meiner Erkältung wissen. Sie würde mich gar nicht mitfahren lassen.«

»Man hört dein Schniefen bis nach Frankreich. Du wirst sie nie im Leben täuschen.«

»Deine Mutter wird sich sehr freuen, dich zu sehen.«

Ich schüttle den Kopf. »Ich wollte erst kommen, habe es mir aber anders überlegt. Ich habe so viele Dinge losgetreten. Einige davon sind ziemlich beängstigend, und ich will auf keinen Fall, dass Luke da mit reingezogen wird. Deshalb halte ich für den Moment lieber Abstand zu ihm.«

»Was denn für Dinge?«

Ich blicke in meinen Schoß und verknote meine Daumen ineinander, als wäre ich fünf Jahre alt.

Dad legt mir einen Finger unter das Kinn und zwingt mich, ihm in die Augen zu sehen. »Wir beide waren doch immer ehrlich zueinander.«

»Immer.« Und dann bricht es alles aus mir heraus: Jason Thorne. Dein Besuch mit Luke bei Mrs Buenrostros Sohn vor zehn Jahren. Der Mann, der mit hoher Wahrscheinlichkeit Lukes Vater ist und möglicherweise bei deinem Verschwinden die Finger im Spiel hatte. Sadies Hass auf mich. Mein Zerwürfnis mit Ted und das Foto von ihm zusammen mit Ruby. Die anonymen Anrufe und die E-Mail von *Hüter der Gerechtigkeit*.

Nur die Fruchtwasseruntersuchung und meine Theorie bezüglich deiner Beweggründe spare ich aus. Ich weiß genau, wann die Vertraulichkeitsklausel greift. Unser Vater braucht nicht zu wissen, dass du innerhalb weniger Wochen mit zwei verschiedenen Männern geschlafen hast.

Auch den falschen Polizisten unterschlage ich. Das wäre ein beunruhigendes Vorkommnis zu viel. Es ist auch gar nicht notwendig, ihn zu erwähnen, schließlich habe ich den Vorfall bereits der Polizei gemeldet. Heute früh habe ich deswegen noch einmal auf der Wache nachgefragt. Bislang habe man nichts über den Mann herausgefunden, aber die Ermittlungen laufen noch – mehr konnte man mir nicht sagen.

»Du hast dir in jungen Jahren schon so viel aufgebürdet, Ella. Ich habe mir weiß Gott etwas anderes für dich gewünscht. Aber du machst mich sehr stolz. Du bist eine bessere Detektivin als alle Polizisten zusammen.«

Ich lache bitter auf. »Dann denk mal daran, wie kompliziert durch mich alles geworden ist. Früher oder später wird Mrs Buenrostro Luke bestimmt sehen wollen. Ich habe Angst vor ihr. Ich habe Angst vor ihrem Sohn und vor dem, was er tut.«

»Weißt du, was genau sein Auftrag ist?«

Ich schüttle den Kopf. »Sie wollte es mir nicht sagen. Ich kann nur spekulieren. Ich glaube, es geht um was Großes, irgendeine Verbrecherorganisation oder ein Drogenkartell auf dem Kontinent, das er infiltriert hat. Sie meinte, es sei eine langfristige Operation, und er spreche mehrere Sprachen. ›Deep swimmer‹ hat sie ihn genannt ... Wenn ich überhaupt davon ausgehen kann, dass sie die Wahrheit gesagt hat.«

»Glaubst du ihr denn?«

»Ja, ich denke schon.«

»Und glaubst du auch, dass sie mehr weiß, als sie preisgibt?«

»Definitiv. Aber ich bin mir nicht sicher, ob ich noch mehr

wissen will. Was, wenn die Leute, auf die er angesetzt ist, seine wahre Identität rausfinden? Wenn sie seine Verbindung zu Luke entdecken?«

»Also, für mich hat es sich so angehört, als gäbe es mehrere Schutzmauern zwischen seiner Tarnidentität und seinem echten Leben. Er scheint sich sehr große Mühe zu geben, seine Familie abzuschirmen.«

»Du willst mich nur trösten.«

»Ich meine es ernst.«

»Er und seine Mutter haben sehr viel Geld, ganz unabhängig von seinem Job. Sie sagt, ihre Familie wäre vermögend.«

Er lächelt schief. »Ganz nach Mirandas Geschmack.«

»Ja«, sage ich. »Aber viel Geld bedeutet auch viel Macht. Wenn sie das, was sie wollen, nicht auf juristischem Wege bekommen können, stehen ihnen auch noch andere Möglichkeiten offen.«

Er denkt eine Zeit lang über alles nach. »Es würde einiges erklären. Mirandas Wohnung. Ihr Auto. Das Geld auf ihrem Konto. Das müssen alles Geschenke von diesem Mann gewesen sein.«

»Dasselbe habe ich auch gedacht.« Fast ist mir nach Lachen zumute. Aber nur fast. »Wie kannst du nur so ruhig bleiben?«

Im Gegensatz zu mir lacht Dad wirklich. »Das ist meine Aufgabe als dein Vater.«

Ich lehne mich zurück und sehe ihn scharf an. »Du hast den Stein ins Rollen gebracht. Ich war so sauer auf Mum. Ich habe ihr gesagt, dass du es warst, der die Polizei nach Mirandas Sachen gefragt hat. Ich wollte sie verletzen. Ich wollte ihr zeigen, dass ich etwas über dich weiß, was sie nicht wusste. Dass sie im Irrtum ist. Dass wir keine Angst haben, nach der Wahrheit zu forschen.«

Er wird noch blasser, als er ohnehin schon ist.

»Sie hat durchblicken lassen, dass sie Bescheid wusste«, sage ich. »Aber ich habe ihr nicht geglaubt.«

»Ich vermute mal, sie hat es geahnt.« Unser Vater würde unserer Mutter niemals in den Rücken fallen, indem er auch nur andeutet, sie könne gelogen haben. »Deine Mutter ist sehr scharfsinnig. Aber gesagt habe ich es ihr nicht, da hast du recht.«

»Und sie hat dich auch nicht darauf angesprochen?«

»Nein.« Er nimmt meine Hände. »Es war falsch von mir, es zu tun.«

»Nein, war es nicht. Es war absolut richtig. Aber warum hast du es getan?«

»Miranda gehört uns allen. Ich dachte mir, wenn es noch irgendetwas gibt, was wir tun können, dann sollten wir es nicht unversucht lassen.« Er schüttelt den Kopf, als wäre er von sich selbst angewidert. »Ein zehnjähriger Junge. Ich wusste, dass er zuhört, als deine Mutter und ich über den Karton gesprochen haben. Ich wusste, dass er es dir sagen würde und dass du die Sache weiterverfolgen würdest. Das war egoistisch von mir.«

»Das stimmt nicht. Du weißt gar nicht, was Egoismus ist.«

»In deinen Augen kann ich nichts falsch machen. Ich bin wirklich ein Glückspilz.«

»Weil du es verdient hast.«

Er schluckt schwer. »Ich will nicht sterben, ohne Bescheid zu wissen.«

Ein Schluchzen dringt aus meiner Kehle, und schon im nächsten Moment weine ich hemmungslos. »Warum sagst du so was? Du stirbst doch nicht.«

»Nein, Ella. Nein, nein, nein, nein, nein. Das sind nur

die Worte und die Weltsicht eines älter werdenden Mannes. Jedem Vater würde es so gehen. Es ist nicht das, was du denkst.«

Ich brauche mehrere Minuten, einen dicken Stapel Taschentücher und ein Glas Wasser, bis ich wieder atmen kann.

»Besser?«

Ich nicke.

»Was ich sagen wollte, war, dass wir schon viel zu lange mit der Ungewissheit leben. Allerdings hätte ich mir niemals träumen lassen, dass du mit den alten Sachen aus ihrem Karton so viel erreichst. Ich hätte mir vorher überlegen sollen, in welche Lage ich dich damit bringe. Dich und Luke. Du gehst doch zur Polizei, oder? Du musst ihnen alles sagen, was du über Mrs Buenrostro und ihren Sohn weißt.«

»Noch nicht. Deshalb erzähle ich es dir ja. Ich habe Mrs Buenrostro versprochen, ihr die Chance zu geben, sich selbst an die Polizei zu wenden. Sie meinte, es würde nichts bringen, aber ich fand trotzdem, dass es das Beste wäre, wenn sie freiwillig ihre Aussage macht. Es passt mir ohnehin ganz gut, noch abzuwarten. Es gibt da etwas, was ich erst noch klären muss, bevor es sinnvoll ist, auf die Wache zu gehen. Die ist sowieso nicht gerade mein Lieblingsort.«

Wie bringt unser Vater es fertig, meine Gedanken zu lesen? »Du willst noch mal zu Jason Thorne.«

»Er sagt, er hat Informationen für mich.«

»Tu es nicht.«

»Ich muss aber. Ich kann das nicht einfach auf sich beruhen lassen. Du weißt doch, wie ich bin – du hast es eben selbst gesagt.«

»Und ich möchte dich auch gar nicht anders haben, egal wie unbequem es manchmal sein mag.«

»Selbst wenn du dir vorher nicht bis in die letzte Konsequenz überlegt hast, was es bedeuten würde, Mirandas Sachen zurückzufordern, dir muss klar gewesen sein, dass es möglicherweise unangenehm werden könnte.« Ich werfe einen Blick auf meine Armbanduhr. »Ich muss jetzt los.«

»Du würdest es sowieso nicht mehr rechtzeitig zum Fußballspiel schaffen, stimmt's?«

»Nein. Außerdem muss ich mir erst über einige Dinge klar werden, bevor ich wieder in Lukes Nähe komme. Mum hatte recht.«

»Erinnerst du dich noch an Frau Peh, Ella?«

Als Luke vier oder fünf Jahre alt war, bekam er einmal zufällig mit, wie eine Polizistin das Kürzel VP benutzte, das polizeiintern für »vermisste Person« steht. Er wusste, dass von dir die Rede war, konnte mit der Bezeichnung aber nichts anfangen.

»Warum hat sie Mummy Frau Peh genannt?«, wollte er wissen. »Kann ich auch Frau Peh zu ihr sagen? Das klingt lustig.«

Mir fällt auch noch etwas anderes ein, was Luke damals oft gesagt hat, normalerweise immer dann, wenn Fremde mich irrtümlicherweise für seine Mutter hielten. »Das hier ist meine Tante Ella. Meine Mummy ist verloren gegangen.« Und dann setzte er immer noch erklärend hinzu: »Meine Mummy ist verloren gegangen, aber manchmal findet man verloren gegangene Sachen auch wieder.«

»Natürlich«, sage ich.

»Ein paar Tage wird Luke schon ohne dich auskommen«, meint Dad. »Aber viel länger nicht. Deine Mutter hat erkannt, wie sehr er dich braucht.«

»Bist du so lieb und erklärst ihm, weshalb ich nicht kommen kann? Ich möchte eigentlich nicht, dass du ihn anlügst, auch wenn es nur eine kleine Notlüge ist – aber kannst du ihm vielleicht einfach sagen, dass es bei mir einen Notfall auf der Arbeit gegeben hat? Richte ihm aus, dass ich ihn so bald wie möglich anrufe, um ihn zu fragen, wie das Spiel gelaufen ist.«

»Wir wissen ja beide, dass Luke nicht der größte Sportler ist.«

»Das stimmt. Aber ich mag ihn so, wie er ist.«

Ich erinnere mich daran, wie es war, als Luke vier war und gerade mit der Vorschule begonnen hatte. Als ich ihn eines Tages von seinem allerersten nachmittäglichen Fußballtraining abholen wollte, war er nicht bei den anderen Jungs, die in einem johlenden Pulk hinter dem Ball herrannten. Stattdessen lag er bäuchlings vor einem kleinen eingezäunten Flecken Erde mit einem Baumsetzling darin, und grub mit den Fingern nach Steinen, um einen Steingarten anzulegen. Er war ganz in seiner eigenen kleinen Welt versunken. Ich habe ihn hochgehoben, ihn im Kreis herumgewirbelt, gekitzelt und geküsst, und er hat gekichert, und es war ihm völlig egal, ob die anderen ihn deswegen für kindisch hielten.

Dad schluckt. »Du weißt, er macht das nur, weil er für dich stark sein möchte, Ella. Eigentlich hasst er Sport. Fußball. Die Karatestunden. Alles.« Er schmunzelt. »Wie ich höre, schafft er jetzt drei Klimmzüge hintereinander?«

»So ungefähr«, sage ich.

»Er möchte in der Lage sein, dich zu beschützen. Weil er seine Mutter nicht beschützen konnte.«

»Oh.« Es ist eher ein unartikulierter Ausruf als ein richtiges Wort. »Hat er dir das gesagt?«

»Das musste er gar nicht.«

»Du kennst uns besser als wir uns selbst.« Ich nehme ihn

in die Arme, und so stehen wir eine ganze Minute lang da. Dann gebe ich ihm einen Kuss auf die Wange. »Kannst du Ted anrufen und ihm erklären, was los ist? Ihn bitten, bei Gelegenheit bei euch vorbeizukommen und sich mal umzuschauen?«

»Das mache ich, sobald du weg bist.«

»Bist du ganz sicher, dass es bloß ein Schnupfen ist?«

»Hundertprozentig.« Er lacht. »Ich kann wirklich froh sein, dass ich eine Frau und eine Tochter habe, die sich solche Sorgen um mich machen.«

»Das kannst du wirklich«, sage ich und spüre einen Stich, weil er von *einer Tochter* gesprochen hat. »Ich mache mich oft über Mum lustig, aber so langsam beginne ich ihre Methoden zu verstehen.«

Als er mich zur Tür begleitet, fällt mir wieder ein, was ich noch erledigen wollte. »Warte eine Minute. Ich brauche noch ein paar Sachen von Miranda.«

Ich renne nach oben in dein altes Kinderzimmer, wo Mum im Schrank einige deiner Lieblingskleider und -schuhe aufbewahrt. Sie will sichergehen, dass alles da ist, falls du eines Tages nach Hause kommst. Ich schnappe mir die benötigten Sachen und verstaue sie in dem Stoffbeutel, den ich eigens zu diesem Zweck mitgebracht habe.

»Das waren zwei Minuten«, sagt mein Vater, als ich die Treppe wieder hinuntergeeilt komme. Das ist so eine Art Ritual zwischen uns: Ich brauche immer länger als versprochen, und er weist mich jedes Mal darauf hin, auch wenn es ihm in Wahrheit gar nichts ausmacht.

»Tut mir leid. Du hättest doch nicht die ganze Zeit da stehen müssen.«

Seine Haut hat einen gräulichen Schimmer, und ihm steht

der Schweiß auf der Stirn. Ich versuche mich daran zu klammern, dass es wirklich eine Erkältung ist.

»Es macht mir immer solche Freude zu sehen, wie du die Treppe runtergerannt kommst. Was glaubst du, wie oft ich dich schon so gesehen habe, seit du laufen gelernt hast?«

»Unzählige Male.« Ich deute auf die Alarmanlage. »Versprichst du mir, die einzuschalten?«

»Du hast mein Ehrenwort.«

Doch am Ende mache ich es selbst. Dann gebe ich ihm noch einen Kuss und unterdrücke einen kleinen Schluchzer, was er hoffentlich nicht hört, ehe ich mich von ihm verabschiede.

Das Mädchen, das niemals weint

Ich drehe mehrere Runden durch das Dorf unserer Eltern und schaue dabei immer wieder in den Rückspiegel. Erst als ich ganz sicher bin, dass mir niemand folgt, halte ich an, wobei ich mir einen Platz suche, den man von der Straße aus nicht einsehen kann. Ich schäle mich aus meiner Jeans, zerre mir den Pulli über den Kopf, streife die Stiefel ab und ziehe mir stattdessen dein Kleid und deine Schuhe an – wir haben sogar dieselbe Schuhgröße. Dann wähle ich Adam Holderness' Handynummer.

Meine Nerven liegen blank. Du hast mich einmal als »das Mädchen, das niemals weint« bezeichnet, aber heute, so scheint mir, komme ich aus dem Weinen gar nicht mehr heraus. Meine Stimme klingt ganz belegt, weil Adam so freundlich und besorgt ist und verspricht, mir einen weiteren

Besuch bei Thorne zu ermöglichen, vorausgesetzt, dass ich sofort in die Klinik komme. Ich wette, er hört mir an, dass ich den Tränen nahe bin.

In der Nacht hat es geregnet, aber jetzt leuchtet die Sonne magisch hell auf den Wiesen und taucht das Gras in ein winterliches Gelbgrün, bei dem man wirklich spürt, dass der Jahreszeitenwechsel kurz bevorsteht.

Es sieht so schön aus, dass ich schon wieder heulen könnte. Liegst du unter diesen Wiesen begraben? Bist du irgendwo da draußen? Im Radio läuft Beethovens Siebte, und ich denke daran, wie sehr du die Symphonie geliebt hast.

Sobald ich auf den Klinikparkplatz eingebogen bin, spule ich mein übliches Programm ab. Ich schaue mich um, ob jemand in der Nähe ist, und lenke meinen Wagen schließlich in eine Lücke zwischen zwei Autos, hinter deren Windschutzscheiben Mitarbeiter-Parkausweise liegen. Ich nehme dein Medaillon sowie meine Uhr ab und verstaue sie zusammen mit dem Handy im Handschuhfach, bevor ich aussteige und die Alarmanlage meines Autos aktiviere.

Eigentlich habe ich gedacht, die Achterbahnfahrt der Gefühle sei für heute beendet – bis ich plötzlich wie angewurzelt stehen bleibe und einen lauten Wutschrei unterdrücken muss, der mir die Kehle hochsteigt.

An der niedrigen Backsteinmauer neben dem Durchgang zum Fußweg, der vom Parkplatz zum Empfangsgebäude der Klinik führt, lehnt Ted. In Uniform.

»Was machst du hier?«

»Ich warte auf dich.«

»Bist du mir gefolgt? Aber nein, du kannst mir nicht gefolgt sein. Ich habe mich die ganze Zeit umgesehen, da war niemand.«

»Dein Vater meinte, du wärst auf dem Weg hierher. Er sagte, du hättest ihn gebeten, mich anzurufen.«

»Ja. Damit du ein Auge auf meine Eltern hast, nicht auf mich. Geh weg.«

»Ich fürchte, das kann ich nicht.«

»Ich will dich aber nicht sehen.«

»Du ignorierst meine SMS. Ich weiß gar nicht mehr, wie viele ich dir schon geschickt habe. Ans Telefon gehst du auch nicht.«

»Ich hatte zu tun.«

Er blickt mir forschend ins Gesicht. »Wie war dein Besuch bei Thorne?«

»Spar dir deine Beschützernummer für Ruby auf.« Ich bin nicht wütend auf sie, allenfalls besorgt. Meine Aggressionen richten sich ausschließlich gegen Ted.

»Ich habe es dir doch erklärt: Es ist nicht das, was du denkst. Es hatte mit der Arbeit zu tun.«

»Erledigt die Polizei ihre Arbeit neuerdings immer in irgendwelchen Cafés statt auf der Wache?«

»Der Mann, der sie überfallen hat, hat noch drei weitere Frauen angegriffen. Und er wird immer weitermachen, wenn wir ihm nicht das Handwerk legen. Wir brauchen sie als Zeugin, und sie zögert noch. Sie kommt nicht gerne auf die Wache.«

»Ist so was denn erlaubt?«

»Wenn es ihr damit bessergeht und wenn es uns hilft, einen weiteren von diesen Drecksäcken wegzusperren, habe ich keine schlaflosen Nächte deswegen.«

»Dann tut es mir leid, dass ich dich so angefaucht habe. Ich war blind vor –« Um ein Haar hätte ich »Eifersucht« gesagt, kann es mir aber gerade noch verkneifen.

»Vor was, Ella?«

»Weiß ich nicht genau.«

Er hakt nicht weiter nach. Wahrscheinlich kann er es sich sowieso denken. »Ich hätte es dir früher erklären sollen. Ich kann nachvollziehen, wie es auf dich gewirkt haben muss und warum du gedacht hast, was du gedacht hast.«

»Es ist traurig, wie leicht wir uns vergessen. Wie schnell wir wütend aufeinander werden. Das ist der Eindruck, der vor allem bei mir hängen bleibt.«

Er berührt mich an der Wange, und ich lege meine Hand auf seine.

»Mit uns ist es nicht so schlimm, wie du denkst«, sagt er.

Eine Bewegung am Ende des Fußwegs lenkt meine Aufmerksamkeit ab. Als ich den Kopf hebe, sehe ich, wie gerade die Tür zum Empfangsgebäude zufällt und Adam Kurs auf uns nimmt.

Diese beiden Männer einander vorzustellen würde mir die letzte Kraft rauben. »Ich muss jetzt gehen, Ted. Ich habe einen Termin.« Ich will mich abwenden, aber Ted hindert mich daran, indem er meine Hand festhält.

»Tu's nicht. Beim ersten Mal ist es noch gut gegangen. Halt dich von ihm fern. Du bringst dich in Gefahr.«

»Er ist eingesperrt, und es sind jederzeit Wärter in der Nähe. Ich bin nicht allein mit ihm.« Ich entziehe mich seinem Griff. Damit Adam nichts mitbekommt, rede ich so leise wie möglich, zugleich will ich aber sichergehen, dass Ted meine Botschaft klar und deutlich versteht. »Warum versuchst du andauernd, mich zu sabotieren? Das geht so nicht weiter, damit kann ich einfach nicht umgehen. Warum begreifst du nicht, wie wichtig das hier für mich ist?«

»Ich will dich retten.«

»Wovor denn genau?«

Doch Ted hat keine Zeit mehr zu antworten, denn Adam tritt zu uns. Er stellt sich neben mich und wirft Ted einen gleichmütigen Blick zu. »Gibt es ein Problem?«

Ted funkelt ihn grimmig an. Er ist mehrere Zentimeter kleiner als Adam.

»Nein, gibt es nicht.«

»Nett, dass Sie vorbeigekommen sind, aber bei uns ist alles in bester Ordnung.« Adam spricht mit Ted, als wäre dieser ein Lakai, dessen Dienste nicht länger benötigt werden. Es ist nur ein leiser Unterton in seiner Stimme, aber trotzdem nicht zu überhören. Auch Ted bemerkt ihn und reagiert gereizt.

Adam berührt mich am Arm – eine eher beiläufige Geste, die jedoch dazu führt, dass Teds Augen schmal werden und seine Nasenflügel zittern.

»Sind Sie dann so weit, Ella? Können wir reingehen?«

Ich nicke erst Adam zu, danach – zum Abschied – auch Ted. Dann gehe ich mit Adam davon. Ich drehe mich nicht noch einmal um, aber Teds Blick bohrt sich mit einer solchen Intensität in meinen Rücken, dass ich das Gefühl habe, davon versengt zu werden.

Wahrheit oder Pflicht

Jason Thorne sitzt auf demselben goldenen Puppensofa in demselben Pseudo-Wohnzimmer und trägt dieselbe Kombination aus Jeans und Holzfällerhemd wie beim letzten Mal. Als ich auf ihn zutrete, stemmt er sich in die Höhe, um mich zu begrüßen. Sein Grinsen ist so breit, dass es sein Gesicht beinahe in zwei Hälften spaltet. Für einen Augenblick sehe ich hinter diesem Gesicht einen verletzlichen kleinen Jungen durchscheinen. Einen Jungen, der sich wünscht, genauso sehr gemocht und bewundert zu werden, wie er andere mag und bewundert, und dem dieser Wunsch immer wieder verwehrt wird.

»Die bezaubernde Melanie Brooke«, sagt er. »Ich kann Ihnen gar nicht sagen, was für ein Vergnügen es mir ist, Sie wiederzusehen.«

Ich habe noch Bettys Worte im Ohr: *Man muss seine Menschlichkeit sehen. Die Dinge finden, in denen man ihm ähnlich ist.*

Ich stelle mir vor, ich würde die Situation, in der ich mich gerade befinde, von außen beobachten, und denke an die Familien der Frauen, die Jason Thorne gefoltert, ermordet und danach in seinem Keller in Tiefkühltruhen eingelagert hat. Was würden sie empfinden, wenn sie mich jetzt sehen könnten, wie ich hier in diesem Pseudo-Wohnzimmer sitze und diesem Mann gegenüber Höflichkeit heuchle? Natürlich ist das unmöglich zu sagen. Ich kann die Frage höchstens aus meiner Sicht beantworten, und was ich dabei empfinden würde, ist vollkommen klar: Ich würde ihnen meinen Segen geben. Wenn sie die Chance hätten, dringend gesuchten Antworten auch nur einen winzigen Schritt näher zu kommen, würde ich praktisch jedes Mittel tolerieren.

Also mache ich meinen ersten Zug in Jason Thornes Spiel und tue das, was ich bei unserer letzten Begegnung niemals über mich gebracht hätte: Ich berühre ihn. Ich schaue ihm in die Augen, strecke ihm lächelnd die Hand hin, sage: »Ich freue mich auch, Sie wiederzusehen«, und registriere das kurze Aufflackern von Verwirrung und Erstaunen in seinem Gesicht, ehe er sich wieder unter Kontrolle hat.

Er ergreift meine dargebotene Hand, und ich merke, wie sich die Pfleger an ihrem angestammten Platz am Tisch nebenan sogleich aufrechter hinsetzen. Auch Adam versteift sich. Jason Thornes Hand fühlt sich ganz normal an. Ja, sie ist ungewöhnlich groß. Und ja, sie ist ungewöhnlich feucht und ungewöhnlich warm. Aber letzten Endes ist es nur Haut. Was habe ich erwartet – dass seine Hand schuppig ist wie die eines Ungeheuers? Als ich Anstalten mache, den Händedruck zu beenden, reagiert Thorne sofort, indem er seinen von vornherein nicht sehr festen Griff lockert. Es ist, als wäre er darauf bedacht, nur ja nicht übergriffig zu erscheinen.

Ich widerstehe dem Drang, mir die Finger an deinem Kleid abzuwischen. Sie werden schon von allein trocknen, sage ich mir. Außerdem kann ich sie hinterher waschen.

»Wollen Sie sich nicht setzen?« Thorne hat sich das von mir bevorzugte Arrangement gemerkt und den Sessel genau an der Stelle platziert, wo ich ihn letztes Mal hingestellt habe.

»Vielen Dank.« Ich lasse mich in dem Sessel nieder und lege meine Hände flach auf das Polsterkissen – eine natürliche Sitzhaltung, die zudem den Vorteil hat, dass ich so wenigstens einen Teil von Thornes Schweiß loswerde.

Für Adam hat Thorne keine Sitzmöglichkeit vorbereitet, also geht er nun in aller Seelenruhe los, holt sich einen Sessel und schiebt ihn neben meinen.

Dann nimmt er wieder seine leicht zusammengesunkene Sitzhaltung ein. Erstaunt nehme ich zur Kenntnis, dass Thorne diesmal keine toten Schmeißfliegen, Motten oder Nacktschnecken an Handgelenk und Knopfloch trägt. »Heute ohne Schmuck?«, frage ich.

»Ich dachte nicht, dass Sie ihn vermissen würden. Vermissen Sie ihn, Melanie?«

»Wenn ich ganz ehrlich bin: nein.«

»Und wenn *ich* ganz ehrlich bin, wollte ich nichts tragen, was Ihnen eine schlechten Eindruck von mir vermitteln könnte.«

Diese Antwort macht mir eine Million Mal mehr Angst als schimmelnde Insektenleichen. »Das war sehr rücksichtsvoll von Ihnen, Jason«, sage ich.

Sein Lächeln wird noch breiter. »Sie haben mich mit meinem Vornamen angesprochen.« Doch gleich darauf wird er wieder ernst. »Warum sind Sie so freundlich zu mir?«

»Sie haben mir nichts getan, weshalb ich unfreundlich zu Ihnen sein sollte, oder?«

»Ich hoffe, nicht.« Er überlegt eine Weile, dann schüttelt er entschieden den Kopf. »Nein, das habe ich nicht.«

»Und ich brauche Ihre Hilfe – ich habe Ihnen geglaubt, als Sie gesagt haben, Sie hätten wichtige Informationen über meine Schwester.«

»Jaaaa.« Er zieht das Wort in die Länge und nickt bedächtig. »Sie sind also nicht hier, weil Sie sich wundersamerweise in mich verliebt haben?«

»Es wäre verlogen und grausam von mir, Ihnen so etwas vorzugaukeln.«

»Ja, man sieht Ihnen an, dass Sie keine Lügnerin sind. Das habe ich Ihnen schon beim letzten Mal gesagt.«

Und ich weiß noch, dass ich gedacht habe, wie sehr er sich damit irrt. Im Übrigen irrt er sich auch diesmal. Ich bin bei Miranda zur Schule gegangen, Hauptfach: vorsätzliches Verschweigen.

Thorne spreizt die Beine. »Ich hoffe, es ist Ihnen nicht unangenehm, wenn ich so sitze? Für einen Mann von meiner Größe ist es schwer, eine bequeme Position zu finden.«

Ohne den Blick zu heben, sagt Adam: »Setzen Sie sich anders hin, oder sie geht, Jason.«

»Gott, wie lästig Sie doch sind. Es war vollkommen harmlos. Sie sind hier derjenige mit den schmutzigen Gedanken, Dr. Drangsal.« Mit einer großen Portion Theatralik presst Thorne seine Oberschenkel zusammen, ehe er sich wieder mir zuwendet. »Es tut mir leid, Melanie, dass Sie mit anhören mussten, auf welch widerwärtige Weise dieser Mann alles verdreht.« Er schüttelt sorgenvoll seinen kahlen Kopf.

Zum ersten Mal frage ich mich, ob seine Glatze nicht eventuell eine natürliche Ursache haben könnte. Auf den Fotos von vor seiner Verhaftung waren seine Haare kurz und gewellt und hatten die Farbe von Löwenfell. Bestimmt wäre selbst ein Einmalrasierer in der Hand dieses Mannes eine tödliche Waffe. Oder vielleicht gestattet man ihm, einen elektrischen Haartrimmer zu benutzen?

»Würden Sie mich bitte Ella nennen?«, sage ich. »Melanie mag ich nicht so gern.«

»Das hätten Sie mir gleich sagen sollen. Mit Vergnügen. Ich weiß Ihre Aufrichtigkeit zu schätzen.« Sein Lächeln ist so offen und aufrichtig, ja, geradezu liebenswürdig, dass ich ganz aus der Fassung gerate. »Woran denken Sie gerade, Ella?«

Ich zucke mit den Schultern, als wäre es eine vollkommen abwegige Idee, ich könnte an irgendetwas denken.

»Ich wünschte, es wäre anders, aber ich kann Ihnen nur helfen, wenn Sie ein kleines Spiel mit mir spielen. Das hatte ich ja bereits bei unserem letzten Rendezvous erwähnt.«

Rendezvous. Leidet dieser Mann an Wahnvorstellungen?

Da fällt mir etwas ein – wahrscheinlich weil ich gerade über Thornes Haare nachgedacht habe: Kennst du noch die

Geschichte, die Mum uns früher manchmal erzählt hat? Sie stammte aus einem Roman des achtzehnten Jahrhunderts, den sie vor langer Zeit gelesen hatte. Ich meine die Geschichte von der sehr vorsichtigen Dame, die einen Löwen geschenkt bekommt.

Diese vorsichtige Dame hat den Löwen schon bald gezähmt. Sie streichelt ihn und herzt ihn und spielt mit ihm und füttert ihn mit Leckerbissen direkt aus ihrer kleinen Hand oder von ihrem kleinen goldenen Teller. Sie lässt ihn aus ihrem kleinen goldenen Becher trinken und erlaubt ihm sogar, am Fuß ihres seidenen Betts zu schlafen. Eines Morgens vor dem Frühstück reißt der Löwe die Dame in Stücke.

Am Ende hat Mum uns immer gefragt: *Und? Wer hatte Schuld daran, die Dame oder der Löwe?* Sobald ich alt genug war, um sprechen zu können, gab ich die Antwort, die ich zuvor schon oft aus deinem Mund gehört hatte. *Die Dame war schuld, weil sie ihren Charakter verändert hat, aber der Löwe seinen nicht.*

»Spielen Sie nun mein Spiel mit mir?«, hakt Jason Thorne nach.

Mein Verhalten diesem Mann gegenüber ist genauso fahrlässig und falsch wie das, was die Dame mit dem Löwen macht. »Kommt darauf an, was für ein Spiel es ist.«

»Es geht ganz einfach. Sie müssen jede Frage, die ich Ihnen stelle, wahrheitsgetreu beantworten. Und Sie müssen jedem Befehl, den ich Ihnen erteile, bedingungslos gehorchen.«

»Die zweite Regel kann ich so nicht akzeptieren. Ich weigere mich, irgendwelche Handlungen vorzunehmen, und ich würde grundsätzlich nie einem Menschen versprechen, ihm bedingungslos zu gehorchen.«

Thorne wackelt mit dem Kopf. »Nein, nein, nein. Das würde ich doch auch gar nicht von Ihnen verlangen. Dafür ist mein Respekt vor Ihnen viel zu groß, Ella. Es geht ausschließlich um verbale Reaktionen auf verbale Befehle.«

»Also gut«, sage ich. »Wenn das so ist, stimme ich beiden Regeln zu.«

»Haben Sie denn gar nicht die Befürchtung, dass ich Sie zu meinem Spiel zwingen und mich hinterher trotzdem weigern könnte, Ihnen die gewünschten Informationen zu geben?«

»Wenn Sie Ihre Regeln in unangemessener Art und Weise auslegen, werde ich sie nicht einhalten. Und Sie *können* mich gar nicht zum Spielen zwingen. Ich mache freiwillig mit. Außerdem vertraue ich Ihrem Wort.« Gegen jede Vernunft tue ich das tatsächlich, auch wenn ich deine Stimme im Ohr habe.

Du verhältst dich haargenau so wie die Dame.

»Sie sind eine der Wenigen, die das mit Fug und Recht tun können«, sagt er. »Übrigens, ich mag Ihr Kleid.« Er bemüht sich – und ich glaube, es ist ein redliches Bemühen –, mich dabei nicht von oben bis unten zu taxieren. Leider ohne Erfolg.

»Danke«, sage ich.

»Obwohl es Ihnen eventuell ein klein wenig zu groß ist?«

Es ist das schwarze Hemdblusenkleid, das du nach Lukes Geburt oft getragen hast. Es ist aus fließendem Stoff und hat vorn eine Knopfleiste. Deshalb mochtest du es so gern: Du konntest es einfach aufknöpfen und Luke ganz bequem stillen. Es muss unzählige Male gewaschen worden sein, denn du hattest es fast immer an, wenn wir uns sahen.

»Es hat meiner Schwester gehört«, sage ich.

»Das ist aber etwas sehr Persönliches, was Sie mir da offenbaren, Ella.«

»Ja, das stimmt.«

»Ich bin ... gerührt, dass Sie sich mir anvertrauen. Also werde ich Ihnen im Gegenzug auch etwas verraten. Ich glaube, ich habe das Kleid schon einmal gesehen.«

Von jetzt auf gleich ist meine Kehle wie ausgedörrt. Ich bemerke Adams Anspannung neben mir, auch wenn er seine Sitzposition nicht verändert. »Aber Sie haben doch gesagt, Sie wären sich nie persönlich begegnet.« Meine Worte klingen heiser.

»Ich besorge Ihnen ein Glas Wasser, Ella.« Thorne schenkt mir ein. Es sind derselbe Krug und derselbe farbige Plastikbecher wie beim letzten Mal. »Ich liebe es, Ihren Namen zu sagen, wissen Sie? Ich persönlich finde Ella auch viel schöner.«

Diesmal trinke ich, während er versucht, sich seine Genugtuung nicht anmerken zu lassen.

»Besser?«

Ich nicke.

»Es ist wahr, dass ich ihr nie persönlich begegnet bin. Die Unterhaltung, die ich mit ihr geführt habe, fand, wie ich schon sagte, am Telefon statt. Aber ich habe nicht behauptet, sie nie *gesehen* zu haben. In der Tat habe ich einige überaus faszinierende ... Beobachtungen gemacht.«

Adams Stift kratzt über das Papier.

Mein Mund geht mehrmals auf und zu, ehe ich einen Ton über die Lippen bringe. »Das haben Sie der Polizei aber nicht gesagt.«

»Ist Ihnen kurzzeitig entfallen, mit wem Sie reden?« Er lacht allen Ernstes. »Meine Beobachtungen in Bezug auf Ihre Schwester wurden gemacht, ehe die Polizei sich überhaupt für mich interessiert hat. Ich wollte doch keine Aufmerksamkeit auf mich lenken, indem ich gestehe, ihr gefolgt zu sein.«

Erneut öffne ich den Mund, um ihm weitere Fragen zu stellen, doch er schneidet mir das Wort ab. »Wenn Sie mehr erfahren wollen, müssen Sie das Spiel mit mir spielen.« Er sieht Adam an. »Von unserem guten Doktor hier habe ich viel zum Thema Anreize gelernt.«

»Ich habe Ihnen doch schon gesagt, dass ich mitspiele«, antworte ich.

»Ah. Aber wenn wir erst einmal angefangen haben, stellen Sie womöglich fest, dass Ihnen das Spiel nicht gefällt. Ich möchte nur sichergehen, dass Ihr Wille zur Kooperation echt ist. Nicht, dass Sie abbrechen, bevor wir zu Ende gespielt haben, Ella.«

Wir. Wie oft hat dieser Mann in den letzten Minuten dieses Wort gebraucht? Mein Instinkt verlangt von mir, mich dagegen zu wehren. Insgeheim wiederhole ich mein Mantra: *Sieh das Menschliche in ihm. Sieh das Menschliche in ihm. Er ist ein Mensch wie ich.*

»Dann achten Sie darauf, dass Sie fair bleiben.« Ich lehne mich zurück, schlage die Beine übereinander und lege die Hände auf meine Knie. »Also. Von mir aus kann es losgehen, Jason.«

Adam blickt von seinem Klemmbrett auf, als wäre er die ganze Zeit mit etwas anderem beschäftigt gewesen und hätte erst jetzt entschieden, uns Beachtung zu schenken. »Mag sein, dass Miss Brooke das Spiel nicht mittendrin abbricht, Jason. Aber ich werde es tun, falls Sie eine Grenze überschreiten.«

»Dabei habe ich fest vor, gleich mehrere Grenzen zu überschreiten, *Adam*.« Thorne genießt es sichtlich, den Vornamen an sich zu reißen. »Ich würde Ihnen raten, gründlich abzuwägen, bevor Sie uns unterbrechen. *Miss Brooke* wird sicher keine hohe Meinung von Ihnen haben, wenn Sie das Spiel vorzeitig beenden. Und selbst ein armer geisteskranker Psychopath wie ich kann sehen, dass Ihnen sehr viel an *Miss Brookes* Meinung liegt.«

Adam reagiert nicht. Stattdessen wendet er seine Aufmerksamkeit wieder dem Klemmbrett zu und macht sich rasch einige Notizen.

»Fangen wir an«, sagt Thorne. »Erste Frage: Was würden Sie Ihrer Schwester sagen, wenn Sie mit ihr sprechen könnten?«

Ich denke daran, wie Ted mit mir im Park den nächtlichen Überfall nachgestellt hat. Wie er auf mir lag und ich mich dabei an unser letztes Mal erinnert habe.

»Ich weiß nicht«, sage ich leise.

»Stellen Sie sich vor, ich wäre sie. Tun Sie so, als könnte sie Sie jetzt hören.«

»Nein.«

»Tun Sie es, sonst verlieren Sie unser Spiel. Dann sage ich Ihnen gar nichts.«

»Gut, ich tue es, aber nur unter der Bedingung, dass ich für jede Ihrer Fragen und jeden Ihrer Befehle selbst auch eine Frage stellen oder einen Befehl geben darf. Immer abwechselnd.«

»Das sind aber nicht die Bedingungen, auf die wir uns geeinigt haben.«

»Jetzt, wo wir angefangen haben, ist mir klar geworden, dass ich nur unter diesen Bedingungen mitmachen kann. Stimmen Sie zu oder lassen Sie es bleiben, ganz wie Sie wollen.«

»Ich stimme zu. Ich würde sagen, es handelt sich um eine faire Ausdehnung der Regeln. Schließlich möchte ich, dass es unser gemeinsames Spiel wird, Ella, nicht nur meins.« Er verschränkt die Finger ineinander und stützt sein Kinn darauf. »Glauben Sie, ich wäre ein anderer Mann geworden, wenn ich Sie kennengelernt hätte, als ich noch jünger war? Ich möchte das nämlich gerne glauben.«

Wieder muss ich an die Geschichte vom Löwen und der Dame denken. »Meine Mutter sagt immer, man könne die Natur eines Menschen nicht ändern.«

»Noch ein intimes Geständnis. Dabei habe ich Sie nicht einmal darum gebeten.«

»Das stimmt wohl.« Ich überlege kurz. »Das gehört jetzt nicht zu unserem Spiel, aber ich kann nicht anders, als mich zu fragen, was Sie zu Ihren Taten getrieben hat.«

»Ich sehe aus wie ein Monster, nicht wahr?«

»Ich habe auch schon einige wunderschöne Monster kennengelernt. Meine Mutter meint, es ist das Handeln eines Menschen, das ihn zum Monster macht, nicht sein Aussehen.«

»Ist das denn alles, was Sie in mir sehen? Meine monströsen Taten?«

»Hauptsächlich. Aber ich sehe auch, dass Sie intelligent und handwerklich geschickt sind. Was Sie mit Holz machen, ist wahre Kunst. Sie mögen die Menschen, habe ich recht?«

Er wird rot. »Nur einige wenige. Und normalerweise mögen sie mich nicht. Es sei denn, ich kann Anreize schaffen. Das ist doch auch der einzige Grund, weshalb Sie hier sind. Weil ich Ihnen einen Anreiz gegeben habe.«

»Stimmt. Trotzdem finde ich Sie heute angenehmer als bei unserer letzten Begegnung. Vielleicht sind Sie im Umgang mit Menschen besser geworden. Vielleicht können Sie sich jetzt besser vorstellen, was sie denken oder fühlen.«

»Empathisch?«, sagt er verächtlich. »Dr. Düsternis liebt dieses Wort.«

»Vielleicht helfen Dr. Holderness und sein Team Ihnen ja wirklich.«

»Genug von diesem leidigen Thema. Falls Sie die traurige Geschichte meiner schweren Kindheit hören möchten, muss ich Sie enttäuschen.«

»Klingt sowieso langweilig«, entgegne ich. »Von mir aus können wir das gerne überspringen.«

»Fangen wir noch mal von vorne an. Zurück zu unserem kleinen Spiel. Was würden Sie zu Ihrer Schwester sagen, wenn sie jetzt da sitzen würde, wo ich sitze? Und keine Ablenkungsmanöver mehr, egal, wie gut Sie darin sind.«

»Ich dachte eigentlich, *Sie* hätten *mich* abgelenkt, aber meinetwegen«, sage ich. »Also. *Warum hast du mich verlassen?*« Ich bin überrascht, dass mir von allen Sätzen, die ich dir sagen könnte, ausgerechnet dieser über die Lippen kommt.

»Das ist zu höflich, zu beherrscht. Sagen Sie es so, als würden Sie es wirklich ernst meinen.«

»Das tue ich – nachdem Sie mir verraten haben, wie oft Sie sie gesehen haben und wo und wann.«

»Das sind zu viele Fragen. Die Antwort, die ich Ihnen geben kann, lautet: einmal. Wenn Sie mehr wissen wollen, sagen Sie es noch mal mit Gefühl. *Warum hast du mich verlassen?*«

»Also gut.« Ich lehne mich zurück, als würde ich mich auf einen Auftritt vorbereiten, aber was ich dann sage, ist nicht gespielt. *»Warum hast du mich verlassen, verfickte Scheiße?«* Das letzte Wort ist eine Explosion, die restlichen sind Pistolenschüsse.

Er nickt anerkennend. »Fühlen Sie sich jetzt besser?«

Als ich Ted von meinem bevorstehenden Besuch bei

Thorne erzählt habe, meinte er, ich würde ihm nur zur Unterhaltung dienen. Ich habe entgegnet, dass ich damit leben könne. Nun stelle ich fest, dass das keine Lüge war. »Verraten Sie mir, wann Sie sie gesehen haben«, sage ich. »Das ist nur eine einzige Frage.«

»Und ich habe eine einzige Antwort für Sie. Aber eine wichtige: Am Tag vor ihrem Verschwinden. Und weil ich Sie so gern mag, lege ich noch einen Bonus obendrauf: Ich habe sie gesehen *und* gehört.«

Ich höre das Rascheln von Papier und einen dumpfen Knall, als Adams Klemmbrett zu Boden fällt. »Es wird Zeit, die Sache abzubrechen. Jetzt sofort.«

»Nein«, sage ich. »Das kommt gar nicht infrage.«

»Ich habe Sie gewarnt, Dr. Dünnpfiff. Sie sammeln keine Pluspunkte bei Ella, wenn Sie sich einmischen.«

Adam ist aufgestanden. »Der Besuch ist hiermit beendet. Das sind Informationen, von denen die Polizei ganz offiziell in einem angemessenen Rahmen in Kenntnis gesetzt werden sollte.« Sein Blick geht zur Tür. »Kommen Sie bitte mit, Ella.«

»Nein. Das hier ist doch kein Verhör. Er hat das Recht, mir zu sagen, was immer er will. Es besteht überhaupt kein Anlass, den Besuch jetzt abzubrechen.« Ich verschränke die Arme vor der Brust. »Dazu haben Sie kein Recht.«

Thorne schenkt Adam ein widerliches Lächeln – ganz anders als sein Lächeln mir gegenüber. »Wenn Sie sie jetzt zwingen zu gehen, wird sie Ihnen das nie verzeihen, Dr. Dröge.« Thorne wendet sich an mich. »Nicht wahr, Ella?« Ich schweige. »Ich sage doch die Wahrheit, oder?«

»Ja«, pflichte ich ihm bei. »Das stimmt.«

Ganz langsam lässt sich Adam zurück in seinen Sessel sinken. Er hebt das Klemmbrett nicht auf und nimmt auch nicht wieder seine krumme Sitzhaltung ein. Seine Wirbelsäule ist jetzt kerzengerade durchgedrückt, und er sieht so aus, als wäre er bereit, jeden Augenblick erneut aufzuspringen. Die Pfleger machen zwar weiterhin den Eindruck, als ginge sie das, was wenige Meter entfernt von ihnen passiert, nichts an, scheinen jedoch ebenfalls ein wenig aufrechter zu sitzen.

»Erzählen Sie mir, was Sie an dem Tag gesehen haben, Jason«, sage ich. »Sie müssen es mir erzählen. Und was Sie gehört haben.«

»Noch nicht. Erst bin ich mit einem Befehl dran, schon vergessen? Sie haben es mir versprochen, stimmt's?«

»Ja.«

»Gut. Ich werde jetzt exakt das wiederholen, was Sie eben gesagt haben, und ich möchte, dass Sie mir antworten, als ob Sie Ihre Schwester wären. Ein Rollenspiel. Das ist ein kleiner Trick, den ich hier gelernt habe. Denken Sie nicht nach, sagen Sie einfach, was Ihnen als Erstes in den Kopf kommt. Auf drei. Eins. Zwei. Drei. *Warum hast du mich verlassen?*«

Mir fällt nichts ein.

Thorne versucht es aufs Neue. »Ich bin Sie. Sie sind Ihre Schwester. *Warum hast du mich verlassen, Miranda?*«

Immer noch nichts. Ich habe das Gefühl, als würde mir gleich der Kopf platzen. Mein Verlangen zu erfahren, was Thorne an dem Tag gesehen hat, ist so übermächtig, dass es keinen Platz für irgendeinen anderen Gedanken zulässt.

»Ein allerletztes Mal. Tun Sie es, sonst werde ich Ihnen nie sagen, was ich gesehen und gehört habe. *Warum hast du mich verlassen?*« Er schlägt mit der Faust so laut auf den Tisch aus Holzfurnier, dass Adam und die Wärter sich ein Stück aus ihren Sesseln erheben und mir vor Schreck ein leises Keuchen entschlüpft.

»Ich hab dich nicht verlassen. Ich hätte dich niemals verlassen.« Ich schlage mir die Hand vor den Mund, dann lasse ich sie in meinen Schoß fallen, hebe den Kopf und sehe Thorne in die Augen. »Das reicht jetzt«, sage ich. »Keine Spiele mehr. Ich habe mitgemacht und getan, was ich konnte. Mehr halte ich nicht aus. Und wenn Sie sich daran aufgeilen, ist mir das auch egal. Jetzt sagen Sie es mir endlich.«

Was dann passiert, geht so schnell, dass ich es kaum mitbekomme. Es ist eine Abfolge von mehreren Bewegungen, die jedoch so nahtlos ineinander übergehen, dass sie mir wie eine einzige Handlung erscheinen. Meine Augen sehen nur einen verschwommenen Wirbel aus Farben, aus dem einzelne Gegenstände nur flüchtig hervortreten. Hast du mir nicht einmal gesagt, dass Schmetterlinge so ihre Umwelt wahrnehmen?

Mit einer Geschwindigkeit, die ich einem Mann seines Umfangs niemals zugetraut hätte, springt Thorne von seinem Puppensofa auf. Er fegt den Tisch beiseite, sodass Plastikkrug und Becher quer durchs Zimmer fliegen. Der Tisch selbst kippt mit lautem Krachen um, eine Barriere zwischen mir und Adam sowie ein Hindernis für die Wärter. Ich habe keinen Platz zum Ausweichen, weil die halbrunde Lehne meines Sessels mich praktisch gefangen hält und Thornes massiger Körper mir den Fluchtweg nach vorn versperrt. Ich kann mir nicht erklären, was er vorhat – bis mir bewusst wird, dass er sich auf mich stürzen will. Doch noch ehe sich dieser Gedanke vollständig in meinem Kopf manifestiert hat – ehe ich Thorne den Finger ins Auge rammen, ihm das Trommelfell durchstechen oder den kleinen Finger brechen kann, ehe sich mein Knie auch nur einen Zentimeter nach oben bewegt hat und ich irgendeins der vielen Manöver anwenden kann, die ich seit Jahren trainiere und lehre –, hat er mich auch schon aus dem Sessel gerissen. Er klemmt mir die Arme seitlich am Körper ein, presst mich an sich und drückt mein Gesicht gegen seine Brust, bis ich kaum noch atmen kann. Er ist dreißig Zentimeter größer als ich. Ich muss aussehen wie eine Stoffpuppe im Griff eines Riesen.

»Wenn Sie uns zu nahe kommen, breche ich ihr das Genick«, sagt er und schleift mich in eine Ecke des Zimmers. Ich mache mich absichtlich schlaff, während ich fieberhaft überlege, was ich jetzt tun soll. Doch mit eingeklemmten Armen und Beinen und seinem schweren Körper, der mich gegen die Wand drückt, bin ich komplett bewegungsunfähig.

Ich höre kein Rufen im Hintergrund. Was immer Adam gerade macht, er macht es lautlos. Auch die Pfleger sind nicht zu hören. In diesen ersten Sekunden nehme ich nur das Keuchen von Thornes Atem in meinen Ohren wahr, den Geruch von seinem Schweiß und das Pochen des Blutes in meinen Adern.

»Es geht nicht anders, Ella«, raunt er dicht an meinem Kopf. Er gibt mir einen Kuss aufs Haar. Ich höre das Schmatzen seiner Lippen und spüre die Feuchtigkeit auf der Kopfhaut. Ich muss würgen und schlucke die aufsteigende Galle herunter. »Aber das ist es mir wert, wenn ich dich dafür wenigstens einmal berühren darf. Sie werden mich sowieso nie wegen guter Führung entlassen. Hast du eine Ahnung, wie viele Jahre ich so tun musste, als wäre ich geläutert, um mir deine Besuche zu verdienen? Wie viel Geduld ich haben musste, um dich herzulocken? Wie viel Mühe ich mir letzten Monat gegeben habe, damit die Presse von meinem Anruf bei deiner Schwester erfährt?« Eine seiner Hände wandert seitlich an meinem Körper entlang, und ich höre den Stoff deines Kleides reißen, bevor ich spüre, wie Thornes Finger meinen nackten Schenkel kneten und er einen genüsslichen Seufzer ausstößt. »Uns bleibt nicht viel Zeit. Ich will, dass du eins weißt: Alles, was ich dir gesagt habe, und alles, was ich dir gleich noch sagen werde, ist wahr. Ich habe nur ein einziges Mal gelogen, und auch nur, um sie uns vom Leib zu halten. Ich würde dir niemals wehtun.«

Er hebt mich hoch, bis mein Gesicht auf der Höhe seines eigenen ist, hält meinen Kopf fest und küsst mich feucht auf den Mund, ehe seine Lippen zu meiner Ohrmuschel weiterwandern. Mein Körper ist wie zu Stein erstarrt. Alles, woran ich denken kann, ist, dass ich jetzt nie mehr erfahren werde, was er gesehen hat. Er wird es mir nicht sagen. Dieser Gedanke ist stärker als meine Angst. Sogar stärker als die Vorstellung, dass ich womöglich gleich sterben werde.

Doch dann nimmt ganz langsam eine andere Idee in meinem Kopf Gestalt an, und der Teil von mir, den ich seit deinem Verschwinden gehegt und gepflegt habe, erwacht wieder zum Leben. Thorne ist abgelenkt, weil er mich in die Ecke gedrängt hat und nun versuchen muss, mich festzuhalten, während er mich gleichzeitig befummelt. Und obwohl sein Körper mir die Sicht in den Raum versperrt, nehme ich hinter ihm heimliche, zaghafte Bewegungen wahr.

Er küsst mich nicht aufs Ohr. Stattdessen atmet er so tief ein, dass es sich wie Donnergrollen anhört. Ich frage mich, ob er gleich ein Stück von meinem Ohr abbeißen wird, und als seine Finger an meinem Schenkel immer höher kriechen, durchzuckt mich der Gedanke, ob er mich hier an der Wand vor aller Augen vergewaltigen will. Doch stattdessen rieche ich lediglich seinen sauren Atem, und dann fängt er an, mir etwas ins Ohr zu murmeln. Er spricht so leise, dass es außer mir niemand hören kann. Wie lange stehen wir so da? Nur eine Minute? Mehrere? Es müssen mehrere sein, aber ich verliere jedes Zeitgefühl, während er immer weiterredet und jeden einzelnen seiner Sätze mit einem Kuss auf meine Schläfe unterstreicht. Es dauert lange. Viel zu lange. Bisher habe ich alles, was er mir angetan hat, schweigend ertragen. Doch das, was er mir jetzt sagt, entlockt mir einen Schrei, woraufhin die Männer im Raum sich dazu veranlasst sehen, lautstarke Warnungen gegen Thorne auszustoßen, die ich nicht verstehe. Und als Thorne endlich fertig ist, als er mir alles gesagt hat, was er zu sagen hatte, brülle ich so laut das Wort *Nein!*, dass er zusammenschrickt. Es ist nur ein kurzer Moment, aber er reicht mir, um mein rechtes Bein zu befreien und das Einzige zu tun, was mir in meiner Lage möglich erscheint. Ich nehme alle Kraft zusammen und ramme ihm den Absatz meines Schuhs mit voller Wucht ins Knie. Der Tritt ist so hart, dass Thorne grunzend gegen mich sackt und mir auch noch den letzten verbliebenen Rest Luft aus den Lungen presst.

Alles um mich herum wird schwarz. Erst als ich unsanft auf dem Boden aufschlage und das Scheppern von Metall sowie lautes Rufen höre, öffne ich wieder die Augen.

Thorne liegt auf dem Rücken. Ein ganzes Heer blau behandschuhter Pfleger hat sich auf ihn gestürzt und hält ihn fest – ein Bild, das mich unwillkürlich an den von lauter Liliputanern umringten Gulliver denken lässt. Sie müssen unbemerkt ins Zimmer gekommen sein, während ich mich in Thornes Gewalt befand. Irgendjemand muss einen Alarm ausgelöst haben, den man hier drinnen nicht hört, der aber außerhalb des Besuchszimmers an entsprechender Stelle schrillt und blinkt.

Thorne schaut mich an, allerdings ohne den Kopf in meine Richtung zu drehen, weil zwei blaue Handschuhe seinen Schädel fixieren. »Das haben wir gut gemacht, stimmt's, Ella? Du hast von mir bekommen, was du brauchtest, und ich von dir. Ein fairer Austausch. Ein gutes Spiel.« Jeder Pfleger hält einen Körperteil von Thorne mit sicherem Griff am Boden fest: seinen Kopf, seinen Ober- oder Unterarm, einen Schenkel, einen Fußknöchel oder die Seite seines Beckens. Thorne ist komplett bewegungsunfähig.

Einer der Pfleger rutscht ein Stück zur Seite, und ich sehe Adam, der mit einer Spritze in der Hand neben Thorne kniet und sich über ihn beugt. Ein weiterer Pfleger schneidet Thornes Jeans auf, und Adam sticht die längste Nadel, die ich jemals gesehen habe, in Thornes Hüfte. Thorne brüllt wie ein wildes Tier. Eine zweite Spritze wird gereicht, und auch diese rammt Adam Thorne ins Fleisch. Dann folgt noch eine dritte, ehe Adam aufsteht und mit schnellen Schritten zu mir tritt.

Ich lehne halb sitzend, halb liegend an der Wand. Ohne mich zu bewegen, inspiziert Adam mich vom Kopf bis zu den Zehenspitzen, während er etwas von Quetschungen und gebrochenen Rippen murmelt. »Schön still bleiben.« Er umfasst meinen Kopf. »Haben Sie Schmerzen beim Atmen?«

Ich schüttle den Kopf in seinen Händen.

»Und wenn Sie den Kopf bewegen, tut das auch nicht weh?« Seine Finger drücken verschiedene Stellen in meinem Nacken. »Hier? Keine Schmerzen? Und hier? Tut es hier weh?«

»Nein, nichts.«

»Das war ein beeindruckender Tritt.« Während er spricht, untersucht er mich weiter und versucht gleichzeitig, mich daran zu hindern, zu Thorne zu schauen. Mit einer kleinen Taschenlampe leuchtet er mir abwechselnd in beide Augen.

Doch ich lasse mich nicht ablenken. Wann immer ich kann, recke ich den Hals, um einen Blick auf Thorne zu werfen.

»Sie haben ihn außer Gefecht gesetzt.«

»Beeindruckender wäre es gewesen, wenn ich mich erst gar nicht von ihm hätte überwältigen lassen.«

Adam nickt, aber ich bin mir nicht sicher, ob er mir seine Zustimmung signalisieren will oder einfach nur froh ist, dass ich vernünftige Sätze zustande bringe. »Keine Ahnung, wie Sie das hätten verhindern sollen. Sie haben ihn ausgeschaltet. Er hat uns alle überrumpelt.«

»Das können Sie laut sagen, Dr. Dämlich.« Thornes Stimme klingt, als käme sie von sehr weit weg.

Adam nimmt mein Handgelenk zwischen seine Finger, um den Puls zu fühlen, setzt mir danach die Metallscheibe eines Stethoskops auf die Brust, um meine Atmung abzuhören, und drückt mit den Fingern sanft die Stelle hinter meinen Ohren. Dann bittet er mich, mich auf den Rücken zu legen, damit er auch Rippen und Bauchraum abtasten kann. Er klopft gegen meine Knie. Noch immer habe ich den Kopf zur Seite gedreht und beobachte Thorne. Unsere Blicke treffen sich. Seit wir beide zu Boden gegangen sind, haben wir kaum die Augen voneinander gelassen.

»Das genießen Sie, was, Dr. Dunghaufen?« Thorne klingt wie ein Kind, das mit aller Macht versucht, wach zu bleiben, obwohl es todmüde ist.

Adam schiebt die Ärmel deines Kleids hoch, um sich meine Arme anzusehen. »Keine Verletzungen erkennbar.« Er schüttelt entgeistert den Kopf. »Überhaupt keine sichtbaren Blessuren.«

»Ich hab doch gesagt, ich tue ihr nichts.« Thornes Stimme wird mit jedem Satz schleppender.

»Entschuldigen Sie, Jason, aber Blutergüsse können auch noch später auftreten. Außerdem habe ich laut und deutlich gehört, wie Sie damit gedroht haben, ihr das Genick zu brechen.«

»Nur damit Sie uns in Ruhe lassen. Hätte ich doch nicht wirklich gemacht. Hab ich ihr auch gesagt. Hab mir extra Mühe gegeben, sie nicht zu zerquetschen. Nicht mal, als sie mich auf die Matte geschickt hat.« Nach jedem Wort folgt eine lange Pause.

Ein weiterer blau behandschuhter Pfleger kommt zur Tür herein. Er rollt eine Trage mit Fixiergurten neben sich her und wird von einem zweiten Arzt begleitet. Dieser geht sofort zu Adam, der nach wie vor bei mir sitzt, meine Atmung abhört und zum wiederholten Mal meinen Puls misst. Er geht neben Adam in die Hocke, und Adam beginnt leise, in einer mir nahezu unverständlichen Sprache auf ihn einzureden. Ich höre nur heraus, wie er seinem Kollegen erklärt, welche Kombination aus angstlösenden, antipsychotischen und anticholinergen Medikamenten er Thorne verabreicht hat, um eine möglichst rasche Sedierung zu erreichen. Aus Adams Mund klingen die Mittel wunderschön, als wären es die Namen seltener Blumen. Lorazepam. Haloperidol. Procyclidin.

»Wir heben Sie jetzt auf die Trage, Jason«, sagt der Pfleger zu Thorne, als würde er ihm großartige Neuigkeiten verkünden.

»Fickt euch alle. Nehmt die Pfoten weg.« Trotzdem leistet er keine Gegenwehr. Die Augen fallen ihm zu, aber er reißt sie wieder auf. Er kämpft mit aller Macht gegen die Wirkung des Medikamentencocktails an, den Adam ihm gespritzt hat.

»Auf drei«, sagt der Pfleger, woraufhin zehn Männer

Thorne vollkommen mühelos und mit der Präzision eines Uhrwerks auf die gepolsterte Trage heben und mir der Gedanke kommt, dass sie dafür vermutlich so hart trainieren wie Synchronschwimmer. Mit raschen, geübten Bewegungen fixieren sie Thorne an Beinen und Armen, allerdings ist die Wirkung der chemischen Fesseln bereits so stark, dass die Gurte kaum noch nötig sind.

Der zweite Arzt steht auf und teilt Adam mit, dass er Thorne begleiten werde, um seinen Zustand zu überwachen.

»Sein Knie muss untersucht werden«, ruft Adam seinem Kollegen noch nach und sieht mich an. Ich kann nicht genau sagen, ob Stolz oder Besorgnis in seinem Blick liegt. »Das ist mit Sicherheit verletzt.«

Als Thorne aus dem Raum geschoben wird, öffnet er ein letztes Mal die Augen. Selbst halb besinnungslos sucht er noch meinen Blick und hält ihn fest. Er kann nur noch lallen, trotzdem verstehe ich jedes seiner Worte. »Wünschte, ich wär mit dir allein in dem Bett hier, Ella«, sagt er.

Was als Nächstes passiert, hat entfernte Ähnlichkeit mit einer Szene aus einem Horrorfilm. Ich will aufstehen, kippe stattdessen aber nach vorn auf alle viere. Durch die Bewegung schießt mir die Galle in den Mund, und ich übergebe mich so heftig, dass es mehr als einen Meter weit spritzt. Adam nimmt meine Haare und hält sie mir aus dem Gesicht, so wie unsere Mutter es früher immer gemacht hat, während ich würge und würge und würge. Als ich endlich fertig bin, den Kopf hebe und die Augen öffne, ist Thorne verschwunden.

Schlaftrunk

Als mehrere Polizisten den Raum betreten, ist mein Schock im ersten Moment so groß, dass es sich anfühlt, als hätte jemand meinen Schädel unter Strom gesetzt. Ich zwinge mich dazu, genau hinzusehen, und stelle fest, dass keiner der Männer auch nur die entfernteste Ähnlichkeit mit Ted hat. Ich bin zu ausgelaugt, um mit ihnen zu reden, also speise ich sie mit dem Versprechen ab, im Laufe des Wochenendes auf die Wache zu kommen und meine Aussage zu machen.

Adam fährt mich nach Hause. Er wollte mir nicht erlauben, mich hinters Steuer zu setzen. Also nenne ich ihm meine Adresse, schließe die Augen und döse ein. Als er vor meinem Haus anhält, fahre ich mit einem kleinen Schrei aus dem Schlaf. Einen Moment lang denke ich, dass ich immer noch im Besucherzentrum bin und Thorne mich gegen die Wand drückt.

»Ich würde gerne noch mit reinkommen und sicherstellen, dass es Ihnen wirklich gut geht. Gibt es vielleicht jemanden, den Sie anrufen können, damit Sie über Nacht nicht allein sind?«

Ich nicke. Von der Bewegung tut mein Nacken weh. Ich sitze im Auto und weiß nicht recht, was ich als Nächstes tun soll, also steigt Adam aus, geht um den Wagen herum, öffnet die Beifahrertür und nimmt sanft meine Hand, um mir hochzuhelfen. Er geht neben mir den Pfad bis zur Haustür entlang, und dann hilft er mir beim Aufsperren, weil meine Hände so stark zittern, dass ich immer wieder den Schlüssel fallen lasse.

Ich habe keine Ahnung, wie wir in meine Küche gelangen, aber als ich wie nach einem langen Schlaf die Augen öffne, stelle ich fest, dass wir genau dort sind. Auf dem Küchentisch liegt mein Festnetztelefon. Adam reicht es mir.

Das Wählen geschieht ganz automatisch. Kaum höre ich ihre Stimme, sage ich: »Mummy, ich brauch dich«, und fange an zu schluchzen. Dass ich von Mum zu Mutter und jetzt zu Mummy übergegangen bin, fällt mir kaum auf.

Sie sagt: »Ich bin schon unterwegs«, und man hört ihr an, wie sehr sie sich zusammenreißen muss, damit ich nicht merke, wie viel Angst sie hat.

Jetzt will ich nur noch duschen. Ich lasse Adam an meinem Küchentisch zurück, damit er dort auf unsere Mutter warten kann, während ich nach oben ins Bad gehe.

Dein Kleid ist voll mit Erbrochenem. Als ich es ausziehe, steigt mir der Geruch in die Nase, und ich hänge mich über die WC-Schüssel und übergebe mich gleich noch einmal. Hinterher wische ich mir mit dem Arm das Gesicht ab, schäle mich aus Slip und BH und werfe beides auf den Boden zu dem Kleid und deinen Schuhen. Dann hole ich eine Plastiktüte aus dem Schrank unter dem Waschbecken und stülpe sie über den ganzen ekelhaften Haufen. Ich will mit diesen Sachen nie wieder in Berührung kommen, wenn auch nur die geringste Möglichkeit besteht, dass Thornes Schweiß und seine Keime daran haften. Erst danach steige ich unter die Dusche.

Ich drehe das Wasser so heiß, wie es nur geht, seife mich ein und wasche mich ab. Einmal, zweimal, dreimal schrubbe ich mir Thorne vom Körper, bis meine Haut rot und wund ist. Auch meine Haare wasche ich dreimal. Währenddessen lasse ich mir das Wasser in den Nacken prasseln und warte darauf, dass der Schmerz nachlässt, aber das tut er nicht. Wieder und wieder und wieder putze ich mir die Zähne und reinige die Zwischenräume mit Zahnseide. Dann werfe ich die Zahnbürste in den Müll.

Ich lasse Teds alten Bademantel hängen und wickle mich stattdessen in meinen lilafarbenen Morgenmantel. Es ist das erste Mal, dass ich ihn trage. Seit ich ihn letzte Weihnachten von Mum geschenkt bekommen habe, hat er die meiste Zeit ganz unten in meinem Kleiderschrank gelegen. Ich habe auch passende Pantoffeln dazu bekommen, die ich nun ebenfalls anziehe.

Ich schlurfe zurück nach unten und stelle fest, dass Adam sich selbst und mir eine Tasse Tee gemacht hat. »Sie sehen schon ein bisschen besser aus«, sagt er.

Vermutlich sehe ich aus wie ein lilafarbener Riesenbovist, aber das ist mir egal. »Ich fühle mich auch besser.« Die Worte klingen hohl. Ich habe mir nicht einmal die Haare abgetrocknet. Aus den Strähnen tropft das Wasser auf die Fliesen wie aus einem lecken Wasserhahn. Ich öffne die Tür, die von der Küche in den Garten führt, und stelle die Plastiktüte mit deinen ruinierten Sachen nach draußen. Keine Sekunde länger will ich sie im Haus haben. Vor dem heutigen Tag hätte ich mir niemals vorstellen können, Kleider wegzuwerfen, die du getragen und geliebt hast und die dich mit Luke verbinden.

Adam deutet auf ein Fläschchen mit Pillen auf dem Tisch. »Das ist Diazepam«, sagt er. »Gegen Angstzustände. Nach dem, was heute Nachmittag passiert ist, sollten Sie die vielleicht nehmen.«

»Ich neige nicht zu Angstzuständen. Und das heute Nachmittag war gar nichts.«

»Ich bin mir nicht sicher, ob die meisten anderen Menschen das auch so sehen würden. Mit Ihrer Erlaubnis würde ich gerne mit Ihrer Mutter sprechen, wenn sie kommt – um ihr zu erklären, was das für Tabletten sind, wie man sie dosieren muss und was mögliche Nebenwirkungen sind. Für den Fall, dass Sie sie später doch noch nehmen möchten – nur kurzfristig, zum Einschlafen. Sie helfen nicht nur gegen Angstzustände.«

»Okay.« Ich lasse mich auf einen Stuhl sinken, nehme meine Teetasse und halte sie eine Zeit lang in den Händen, bevor ich sie wieder hinstelle, ohne daraus getrunken zu haben. Ich registriere kaum, dass ich mit Adam in meiner Küche sitze und dabei nichts außer einem albernen Morgenmantel am Leib trage. Ich strecke die Hand nach dem Pillenfläschchen aus und versuche das Etikett zu entziffern, aber die Worte verschwimmen vor meinen Augen.

»Ich muss das fragen«, sagt Adam. »Es besteht nicht zufällig die Möglichkeit, dass Sie schwanger sind, oder?«

Mir ist nach Lachen zumute, nach einem bitteren Lachen, aber ich verkneife es mir. »Nein. Wieso?«

»Während der Schwangerschaft sollte man Diazepam lieber nicht einnehmen. Sie können auch ruhig zwei nehmen, wenn Sie heute Abend das Gefühl haben, dass es Ihnen guttun würde«, sagt er.

»Wissen Sie was? Ich glaube, ich nehme sie jetzt gleich. Ich muss dringend schlafen. Ich will nur noch ins Bett.«

Er findet ein Glas, füllt es mit Wasser und stellt es vor mich hin. »Ich mache mir Sorgen um Sie, Ella. Nicht als Arzt. Ich persönlich.«

»Es geht schon. Ich habe mir alles abgewaschen.« Aber meine Hand zittert merklich, als ich mir die Tabletten in den Mund stecke und mit dem Wasser hinunterspüle.

»Würde es Ihnen helfen, darüber zu reden?«

Ich schüttle den Kopf.

Er schiebt mir einen Zettel über den Tisch. »Ich glaube, ich habe Ihnen schon beim ersten Mal meine Nummer gegeben. Hier ist sie trotzdem noch mal. Ich habe auch meine Adresse dazugeschrieben. Wenn Sie irgendwas brauchen, rufen Sie mich an.«

»Danke«, sage ich, »für alles.«

Ich höre das Knirschen eines Schlüssels im Schloss. Unsere Mutter ist da.

Ich stehe auf und kuschle mich enger in meinen Morgenmantel. »Jetzt lernen Sie meine Mutter kennen. Die Erfahrung werden Sie bestimmt nie vergessen.«

Aber noch während ich dies sage, füllen sich meine Augen mit Tränen, und bevor ich an die Tür gehen und unsere Mutter begrüßen kann, höre ich das Rascheln ihres Mantels und dann ihre eiligen Schritte. Als sie mich sieht, stößt sie einen kleinen Schrei aus, stürzt quer durch die Küche auf mich zu und wirft mich beinahe um, so stürmisch umarmt sie mich. Sie hat gewusst, wo ich bin, ohne dass ich auch nur nach ihr hätte rufen müssen.

Freitag, 18. November

Der lange Vormittag

Jemand hält meine Hand. Ich öffne die Augen und blicke in das Gesicht unserer Mutter. Ich stelle fest, dass ich in meinem Bett liege. Sie hat sich einen Stuhl geholt, um bei mir sitzen zu können, bis ich aufwache. Die Vorhänge vor den Fenstern sind zugezogen. Das Zimmer wird nur vom Schein der Flurlampe erhellt.

Mit einem Schlag fällt mir alles wieder ein.

Ich setze mich auf, greife jedoch gleich wieder nach ihrer Hand. »Ich freue mich so, dass du da bist. Da fühle ich mich, als wäre ich wieder zehn.«

»Ich freue mich auch.« Sie schnieft und reibt sich ein Auge. »Du hast Lukes Zimmer wirklich wunderhübsch eingerichtet, Ella. Es war schön, darin zu schlafen.« Sie streckt sich und knipst, ein wenig ungelenk, weil ich mich weigere, sie loszulassen, meine kleine Nachttischlampe an.

»Freut mich, dass es dir gefällt.« Ich schiebe die Decke weg – wobei ich nach wie vor ihre Hand halte – und will aus dem Bett aufstehen, doch sie hindert mich daran. Erst jetzt merke ich, dass ich immer noch den violetten Morgenmantel trage. »Ich muss los, Mum. Ich habe was Dringendes zu erledigen.«

Sie drückt meine Hand. »Reicht es nicht langsam? Dein Freund, der Doktor, hat mir alles erzählt, nachdem du eingeschlafen warst. Du warst so furchtbar müde. Dein Kopf hatte kaum das Kissen berührt, da warst du auch schon weg. Willst du dir nicht noch ein bisschen Ruhe gönnen?« Sie schließt einen Moment lang die Augen, öffnet sie dann wieder und schüttelt sich. »Der Mann hätte dir das Genick brechen können. Er hätte ... dir noch viel Schlimmeres antun können.« Jetzt ist sie diejenige, die weinen muss. »Dann hätten wir dich auch noch verloren.«

»Das habt ihr aber nicht. Er ist in wesentlich schlechterer Verfassung als ich.« Ich versuche zu lächeln, aber sie erwidert es nicht, entweder weil sie es nicht über sich bringt oder weil die Grimasse, die ich geschnitten habe, einem Lächeln überhaupt nicht ähnlich sieht.

»Ich habe davon gehört. Ich will nicht schon wieder mit dir schimpfen, Ella. Ich will mich auch nicht mit dir streiten. Ich will versuchen, dich zu unterstützen.«

»Es tut mir leid, dass du meinetwegen solche Ängste ausgestanden hast. Und die schrecklichen Dinge, die ich zu dir gesagt habe, tun mir auch unendlich leid.« Ich nehme sie in die Arme und küsse ihr tränenfeuchtes Gesicht. »Ich habe es nicht so gemeint.«

»Mir tut es auch leid, mein wunderschönes Mädchen.«

»Das muss es nicht.« Ich löse mich von ihr, um sie anzusehen. Wann sind ihre Falten so tief geworden? Ich fürchte, es ist meine Schuld. »Es gibt da etwas, was du tun könntest, um mir zu helfen.«

»Was immer du willst.«

»Könntest du mit Dad zur Klinik fahren und mein Auto abholen?«

»Wo sind die Schlüssel?«

»Adam hat mir gesagt, er würde sie am Empfang hinterlegen. Ich brauche mein Handy und meine Uhr – die liegen im Handschuhfach. Das Medaillon auch.«

»Das machen wir, sobald wir Luke abgeholt haben, in Ordnung?« Dann verzieht sie das Gesicht. Offenbar missfällt ihr etwas. »Andererseits möchte ich nicht, dass Luke auch nur einen Fuß in das Gebäude setzt.«

»Ich auch nicht.«

Sie denkt eine Weile nach. »Luke und ich warten draußen, während euer Vater zum Empfang geht und die Schlüssel holt. Er kann dann mit deinem Wagen zurückfahren, und Luke und ich folgen ihm.«

»Perfekt.«

Dann fällt mir etwas ein. Wieso müssen sie und mein Vater Luke überhaupt mit zur Klinik nehmen? Sollte er nicht eigentlich in der Schule sein?

Ich springe aus dem Bett und ziehe die Vorhänge zur Seite.

Das Licht. Es ist kein Morgenlicht. Die Schatten stimmen nicht. »Wie viel Uhr ist es?« Ich nehme den kleinen Wecker von meinem Nachttisch. »O mein Gott.«

»Missbrauche bitte nicht den Namen des Herrn, Ella.«

»Ach, du Kacke.« Dafür rügt sie mich nicht. »Es ist drei Uhr nachmittags, Mum. Wie kann es sein, dass es schon drei Uhr nachmittags ist?«

»Du hast gestern Schlimmes durchgemacht. Das hat Auswirkungen auf den Körper. Und dieser Arzt, Adam, hat dir Tabletten gegeben. Du brauchtest dringend Ruhe. Er hat mich vorgewarnt, dass so was passieren könnte und ich mir keine Sorgen machen soll, falls du länger schläfst als üblich. Er meinte, es wäre das Beste, dich nicht zu stören.«

»Nein, nein, nein. O nein. Ich habe doch gar keine Zeit.«

»Ella?« In ihrer Stimme schwingt schon wieder dieser Unterton mit, den ich nicht ignorieren kann. »Sieh mich an.«

Ich sehe sie an.

Sie legt mir die Hände an die Wangen und blickt mir forschend ins Gesicht, als gäbe es etwas darin, das sie ausfindig machen und extrahieren kann, ob ich es nun will oder nicht.

»Warum hast du keine Zeit?«

Ich antworte nicht.

»Gestern ist etwas vorgefallen. Jason Thorne hat dir etwas gesagt, stimmt's?«

»Ich kann nicht darüber sprechen.«

»Von mir aus«, sagt sie gedehnt.

»Ich muss mich mit jemandem treffen, Mum.«

»Von mir aus«, wiederholt sie. »Falls du nachher nicht hier bist, legen Dad, Luke und ich deine Sachen auf den Küchentisch. Tu, was immer du tun musst.« Es ist nicht ihre Märtyrerinnenstimme. Es ist die Stimme einer liebenden Mutter. Dass sie so etwas sagt und es tatsächlich ernst meint, muss für sie ein Akt schier übermenschlicher Selbstverleugnung sein, der jedem einzelnen ihrer Instinkte zuwiderläuft. Allerdings ist sie noch nicht ganz fertig. »Aber nur unter einer Bedingung.«

»Welche?«

Ihr gelingt ein halbes Lächeln. »Davor musst du mir noch erlauben, dir die Knoten aus den Haaren zu kämmen.«

Die Eiskönigin

Durch den grauen Sprühregen laufe ich gewundene Gassen und Seitenstraßen entlang in Richtung Stadt, bis ich etwa zwei Minuten vom Fluss entfernt vor einer Reihe edwardianischer Häuser aus rotem Backstein stehen bleibe, die ursprünglich für Eisenbahnarbeiter gebaut wurden. Wie so oft höre ich deine Stimme, die mir ins Ohr wispert.

Zeig ihm, was er verpasst. Was er für den ganzen Rest seines Lebens verpassen wird. Er hat dich weggeworfen. Also zieh ein kleines Schwarzes an. Bestäub dein Dekolleté und deine Augen mit Glitzerpuder. Trag ausnahmsweise mal Schuhe mit Absatz. Leg Parfüm auf. Lass die Haare offen. Ein bisschen Mascara würde auch nicht schaden.

Aber es ist mir noch nie so leichtgefallen wie jetzt, deine Ermahnungen auszublenden und deine Ratschläge zu ignorieren. Mein Outfit ist das totale Gegenteil eines Miranda-Outfits. Ich trage ausgeblichene Jeans. Mein braunes Top im Folklorestil ist weich und weit geschnitten, und du würdest es furchtbar finden. Ich habe mir die Haare zu einem hohen Pferdeschwanz gebunden und trage feste Stiefel, in denen ich gut laufen kann, die du aber als hässlich bezeichnen und für die du mir die Hölle heiß machen würdest. Doch all das interessiert mich nicht. Im Moment bin ich nämlich alles andere als gut auf dich zu sprechen.

Ich hämmere so fest gegen die Tür, dass mir davon die Knöchel wehtun. Er öffnet kurze Zeit später und weicht vor Überraschung einen Schritt zurück, als er mich auf der Schwelle stehen sieht. Doch bevor sich seine Lippen zu einem Lächeln verziehen können, lässt etwas in meiner Miene ihn erstarren.

»Gott, Ella, was ist denn passiert?«

Ich dränge mich an ihm vorbei in den schmalen Flur, den

ich noch nie gesehen habe. Weiter vorn erspähe ich den Eingang zum Wohnzimmer. Ein roter Teppich, hässlich und verschlissen, darauf ein Paar zerknüllte und vermutlich getragene Socken. Alte Möbel, die ich noch aus dem Haus seiner Mutter kenne. Ein paarmal durfte ich ihn dort besuchen, aber immer nur, wenn seine Mutter gerade nicht da war. Er hat weder Familienfotos auf dem Kaminsims noch irgendwelche Bilder an den Wänden.

Die Wohnung wirkt dunkel. Er hat sie sich nach der Scheidung gekauft.

Wir landen in seiner Küche. In der Spüle stapeln sich schmutzige Teller und verkrustete Töpfe. Die durch schwarze Schimmelflecken entstellte hölzerne Arbeitsfläche ist übersät mit unzähligen Tassen, Besteck und leeren Konservendosen, die irgendwann einmal Suppe oder Baked Beans enthalten haben. Wohin man auch blickt, sieht man Essensreste, Kaffeesatz, Teebeutel oder Eierschalen, die er einfach hat liegen lassen, statt sie in den Müll zu werfen. Normalerweise würde ich mir Sorgen um ihn machen, aber damit ist es jetzt vorbei.

Er merkt, wie ich mich umsehe. »Ich bin erst vor einer Stunde aufgestanden. Ich habe bis sieben Uhr früh gearbeitet. Doppelschicht.«

»Dann warst du also im Dienst, als ich dich gestern vor der Klinik in Uniform gesehen habe?«

Er übergeht die Frage. »Magst du eine Tasse Tee?«

Ich werfe einen Blick auf die Uhr an seinem Ofen. Es ist fünf Uhr nachmittags. »Eigentlich wäre mir was Stärkeres lieber. Irgendwas, wo nicht die Gefahr besteht, dass ich mir eine Lebensmittelvergiftung hole.«

Er nimmt zwei Flaschen Bier aus dem Kühlschrank.

»Glas?« Er wirft einen Blick in Richtung Spüle, als wäre das ein Ding der Unmöglichkeit, also verneine ich. Wir setzen uns auf die Metallhocker, die nebeneinander vor dem mit Butter, Krümeln und Marmeladenklecksen verklebten Frühstückstresen stehen.

Ich bücke mich und zwänge eine Hand in meinen Stiefel, um meine Socke hochzuziehen. Als ich mich wieder aufrichte, runzelt Ted die Stirn.

»Du hast einen Bluterguss am Hals.« Er schiebt den Ausschnitt meines Oberteils zur Seite, sodass darunter der Rand meines schwarzen Spitzen-BHs sichtbar wird. Solche intimen Berührungen sind für ihn immer noch selbstverständlich. »Und noch einen auf der Brust«, fügt er hinzu.

Ich dachte, nach dem, was Thorne mir gestern ins Ohr geflüstert hat, wäre mein Herz zu Eis erstarrt, aber jetzt, da ich hier sitze und kurz davor bin, Ted mit meinem neugewonnenen Wissen zu konfrontieren, pocht es wie rasend, und mir wird so heiß, dass meine frischen blauen Flecken bestimmt unter der Röte verschwinden, die sich über jeden Quadratzentimeter meiner Haut ausbreitet.

»Fass mich nicht an.« Ich entziehe mich seiner Berührung. Ted zuckt wie von einer unsichtbaren Faust getroffen zurück, und im ersten Moment befürchte ich, er könnte mitsamt seinem Hocker umfallen.

»Der Mann, dem ich diese Blutergüsse verdanke, hat wenigstens die Entschuldigung, dass er geisteskrank ist. Und er hat mich nie bewusst angelogen. Was man von dir nicht behaupten kann.«

Ted wartet mit einer Entgegnung, bis ich wieder zu Atem gekommen bin. »Vergleichst du mich etwa mit diesem widerwärtigen Psychopathen?«

Ich stürze die Hälfte meines Biers in einem Zug hinunter,

was einen heftigen Hustenanfall zur Folge hat. Ich sehe, wie Ted mit sich ringt. Einerseits möchte er mir auf den Rücken klopfen, damit ich nicht ersticke, andererseits wagt er es nicht, mich noch einmal anzurühren. Und drittens würde er mich wohl am liebsten erwürgen.

Ich spüre, wie der Alkohol mir ins Blut geht, vermutlich beschleunigt durch die Reste des Diazepam, das ich gestern Abend genommen habe. Ich fackle nicht lange, sondern sage es einfach rundheraus: »Ich weiß Bescheid, Ted. Ich weiß die eine Sache, von der du geglaubt hast, ich würde sie niemals rausfinden.«

»Wovon zum Teufel redest du?«

»Ich rede von etwas, das du mir die ganze Zeit verheimlicht hast.«

»Du müsstest dich mal hören. Du redest ja, als würdest du Thorne *mögen*. Glaubst du etwa diesen Wichsern, die behaupten, er wäre geistig unzurechnungsfähig? Nur jemand, der genauso unzurechnungsfähig ist, würde sich überhaupt in seine Nähe trauen.«

»Wenigstens versucht er mir nicht jedes Mal einzureden, dass ich verrückt bin, wenn ich etwas sage, das ihm nicht passt. Ich musste wissen, was für Informationen er für mich hatte. Mir war klar, welches Risiko ich dabei eingehe.«

Ich schüttle den Kopf, als könnte ich dadurch die entscheidenden Worte an die Oberfläche holen, damit ich sie endlich aussprechen kann. »Thorne hat dich gesehen, Ted. Er hat dich mit ihr gesehen, am Tag vor ihrem Verschwinden. Er hat gehört, was ihr miteinander geredet habt. Aus eurer Unterhaltung konnte er schließen, in welchem Verhältnis du zu mir stehst.«

Ich habe schon so oft die Formulierung gelesen, dass

jemandem »schlagartig alles Blut aus dem Gesicht weicht«, und mich dabei immer gefragt, ob so etwas überhaupt möglich ist. Jetzt weiß ich es, weil ich mit ansehen kann, wie genau das bei Ted passiert.

»Ausgeschlossen«, sagt er.

»Dann hast du dich an dem Tag, bevor sie verschwunden ist, also nicht mit ihr im Wald hinter dem Haus meiner Eltern getroffen? Sag mir, dass du dich nicht eine halbe Stunde lang mit ihr unterhalten hast. Na los. Sag mir, dass es nicht stimmt.«

Er schweigt.

»Ich weiß sogar, welches Kleid sie an dem Tag anhatte.« Ausnahmsweise ist Ted sprachlos. »Es war das schwarze mit der Knopfleiste vorn, das sie immer zum Stillen anhatte.«

Endlich sagt er etwas. »Wie?« Mehr als ein einzelnes Wort bringt er offenbar nicht zustande.

»Thorne ist ihr an dem Morgen bis zum Haus unserer Eltern gefolgt. Er war auf sie aufmerksam geworden, weil sie ihn wegen eines Tischlerauftrags angerufen hatte. Du weißt schon: das Telefonat zwischen den beiden, von dem du die ganze Zeit behauptet hast, es hätte nie stattgefunden.«

»Ella –«

»Verschon mich. Er hat sich zu der Zeit nach einem neuen Opfer umgesehen, deshalb wollte er einen Blick auf sie werfen und danach entscheiden, ob sie ein lohnendes Ziel für ihn wäre. Er hat im Unterholz gehockt, und er hatte ein ausgezeichnetes Fernglas dabei. Damals war er noch nicht so übergewichtig wie heute – das kommt von den Medikamenten. Er war noch sehr agil. Er weiß, wie man sich versteckt, das ist eine seiner speziellen Begabungen. Und er kann von den Lippen ablesen.«

»Ella, bitte ...«

Ich hebe die Hand. »Nein, hör dir das ruhig an. Wusstest du, dass die Fähigkeit zum Lippenlesen bei Individuen, die Schwierigkeiten haben, Beziehungen zu anderen Menschen aufzubauen, stärker ausgeprägt ist? Haben sie dir das auf der Polizeiakademie nicht beigebracht? Thorne hat sein kleines Talent ganz gezielt trainiert. Es war ihm überaus nützlich.«

Ted rutscht von seinem Hocker herunter, der zur Seite kippt und mit einem lauten Krachen auf den schmutzigen Linoleumfußboden fällt. Er schlingt die Arme um mich, zieht mich an sich und vergräbt den Kopf an meiner Schulter. Er schluchzt so heftig, dass es nicht nur seinen, sondern auch meinen Körper durchschüttelt. »Ich liebe dich, Ella. Ich habe dich immer geliebt. Es war nur ein einziges Mal. Es hat nichts bedeutet. Es ist Jahre her.«

Ich reiße mich von ihm los. »Ist das der Grund, weshalb du dir das Wochenende damals freigenommen hast? Bist du zu mir nach Brighton gekommen, damit sie es nicht tut? Weil du Angst hattest, sie könnte es mir vielleicht sagen?«

»Nein.« Er schüttelt abwehrend den Kopf, sodass die Tränen, die er sich nicht abgewischt hat, nach allen Seiten fliegen. »Du warst danach oft mit ihr allein. Sie hätte es dir auf gar keinen Fall gesagt. Wir beide wollten die Sache mit ins Grab nehmen. Wir hatten eine Abmachung getroffen – wahrscheinlich das Einzige, worüber sie und ich uns jemals einig waren. Sie hatte noch mehr Angst als ich, dass du es rausfinden könntest, und das will was heißen.«

»Was glaubst du, warum hat sie es gemacht?« Ich hasse es, ihm diese Frage stellen zu müssen. Ich hasse die Tatsache, dass er derjenige ist, der mir am ehesten eine Antwort darauf geben kann, weil du nicht mehr da bist.

»Ich weiß es nicht.«

»Verdammt noch mal, natürlich weißt du es!«

Er schüttelt ratlos den Kopf. »Aus verschiedenen Gründen. Ihr permanentes Bedürfnis nach Aufmerksamkeit. Ich hatte den Eindruck, dass es mit dem Mann in ihrem Leben gerade nicht so lief, wie sie es sich vorgestellt hatte. Ich glaube, die Beziehung zwischen dir und mir erschien ihr so perfekt, so einfach – das genaue Gegenteil von ihrer. Sie wollte sie kaputt machen.«

»Unsere Beziehung *war* perfekt. *Du* hast sie kaputt gemacht.«

»Ja, das habe ich. Und ich kenne mich immer noch nicht gut genug, um zu begreifen, warum ich das getan habe. Aber was sie angeht – ich glaube, sie wollte beweisen, dass du verwundbar bist. Dass sie dir alles wegnehmen konnte, wenn sie nur wollte. Aber das konnte sie eben *nicht*, Ella. Sobald ich wieder nüchtern war, wollte ich nur noch dich.«

»Du hast gedacht, Luke wäre dein Sohn, stimmt's?«

»Nur kurz.«

»Liebst du ihn deshalb so sehr?«

»Er ist einfach ein toller Junge. Ich liebe ihn, weil du ihn liebst. Ich liebe ihn um seiner selbst willen. Miranda hat mir hoch und heilig geschworen, dass er nicht von mir ist. Das war eins der Themen, über die wir an dem Morgen gesprochen haben.«

»Du hast der Polizei nie gesagt, dass du dich am Tag vor ihrem Verschwinden mit ihr getroffen hast. Das wäre ein wichtiger Hinweis gewesen, und du hast es mit keinem Wort erwähnt, weil du nur an dich selbst gedacht hast.« Meine Schläfen pochen. Ich presse die Handflächen dagegen. »Hattest du irgendwas damit zu tun?«

»Ich war mit dir im Bett, als sie verschwunden ist. Das weißt du. Ich bin kein kriminelles Superhirn. Ich bin ein Polizist, der in seiner Vergangenheit einen einzigen, im wahrsten Sinne des Wortes total verfickten Fehler gemacht hat.«

»Wenn das wirklich stimmt, dann wirst du ja wohl nicht versuchen, mich zu überreden, deinen Kumpels auf der Wache nichts von eurem Verhältnis und dem Treffen damals zu erzählen?«

»Es war kein Verhältnis.« Er packt mich und dreht mich zu sich herum. »Bitte, bitte, bitte verzeih mir, Ella. Ich liebe dich. Lass mich dir zeigen, wie sehr ich dich liebe. Bitte. Komm mit mir ins Bett, jetzt gleich.«

Ich schließe die Augen und zähle bis zehn, ehe ich sie wieder aufmache. Ich empfinde nichts. »Willst du mich verarschen? Ich will das nicht. Nie wieder. Lass mich los, sonst muss ich dir wehtun.«

Ich entwinde mich seinem Griff und gehe zum Küchenfenster, um möglichst viel Abstand zwischen uns zu bringen. Ich starre hinaus in seinen kleinen kahlen Garten.

»Bitte, schau mich wenigstens an.«

»Nein. Wie kam es dazu?« Ich richte die Frage an den Mond, dessen Sichel so dünn ist, dass man ihn am schwarzen Himmel kaum wahrnimmt.

Wegen der Dunkelheit draußen und der Helligkeit hier drinnen kann ich Teds Spiegelbild in der Scheibe sehen. Er zuckt mit den Schultern, als gelte es das größte Rätsel der Menschheit zu lösen. Ich schließe die Augen, um ihn nicht mehr sehen zu müssen. Sein Anblick bereitet mir fast körperliche Schmerzen.

»Für dich hatte gerade das neue Semester angefangen. Sie und ich sind uns zufällig nach der Arbeit im Supermarkt begegnet. Wir sind was trinken gegangen und haben uns darüber unterhalten, wie sehr wir dich vermissen.« Er macht ein Geräusch, das beinahe ein Lachen sein könnte, obwohl es bitter und fassungslos klingt. »Wir haben die ganze Zeit nur über dich geredet. Am Ende sind wir dann in meiner Wohnung gelandet. Sie ist nicht mal über Nacht geblieben. Fünf Minuten nachdem wir fertig waren, ist sie gegangen. Wir waren beide total schockiert.«

Ich mache die Augen wieder auf, drehe mich um und lehne mich gegen den Rand der Spüle. »Warum hast du geheiratet? Um mir wehzutun?«

»Bitte, versteh mich jetzt nicht falsch – ich versuche, ehrlich zu sein, das bin ich dir schuldig. Aber nachdem sie verschwunden war, hast du dich so verändert. Ich durfte mich nicht mehr um dich kümmern. Ich habe mich um dich gekümmert, seit wir uns kennen, und dann – zack – war von jetzt auf gleich alles vorbei. Alles, was du jetzt bist, kommt von dem, was damals passiert ist. Wäre sie nicht verschwunden, wärst du heute ein ganz anderer Mensch.«

»Da ist sicher was Wahres dran. Aber du hast meine Frage nicht beantwortet.«

»Ich wollte *einmal* eine ganz normale Beziehung haben. Ich wollte eine Beziehung, über der nicht die ganze Zeit eine dunkle Wolke hängt. Aber du warst wie ein Geist, der meine Ehe heimgesucht hat. Du hast *mich* heimgesucht. Du hast aus meiner Ehe noch so einen verfickten Fehler gemacht.«

»Es ist also alles meine Schuld. Na, das kenne ich ja schon von dir.«

»So war es doch gar nicht gemeint. Ich habe mich falsch ausgedrückt. Ich drücke mich die ganze Zeit falsch aus.«

»Welche Blutgruppe hast du, Ted?«

Er stutzt, antwortet aber trotzdem. »Null.«

»Dann bist du auf keinen Fall Lukes Vater. Er hat AB. Man muss kein Genetiker sein, um das zu kapieren.«

»Bitte verzeih mir.«

»Was denn? Dass du meine Schwester gevögelt hast? Dass du Informationen zurückgehalten hast, die uns bei der Suche nach ihr hätten helfen können? Dass du mir die letzten zehn Jahre lang immer wieder eingeredet hast, ich sei verrückt und labil und paranoid, nur weil ich wissen wollte, was ihr zugestoßen ist?«

»Alles. Ich hatte Angst, dich zu verlieren.«

»Du *hast* mich verloren, und zwar endgültig. Wir hätten deine Ehe überstanden, und wir hätten definitiv auch Ruby überstanden. Aber das hier – das hier überstehen wir nicht.«

»Ich habe es dir doch gesagt. Ruby –«

»Wehe, du tust ihr weh – sie hat schon genug gelitten. Dir glaube ich kein Wort mehr.« Ich schnappe mir meine Tasche und schwinge sie mir über die Schulter.

»Wirst du der Polizei erzählen, dass ich mich damals mit ihr getroffen habe?«

»Nein. Das wirst du gefälligst selbst tun. Du hast bis Sonntagabend Zeit.« Ich stelle mir vor, wie er und Mrs Buenrostro in zwei angrenzenden Vernehmungsräumen sitzen, während die ganze Wache angesichts der neuen Informationen zu deinem Fall in hektische Geschäftigkeit ausbricht. Sollen die beiden mir ruhig einen Teil der Arbeit abnehmen.

»Mein Treffen mit Miranda hat keinerlei Relevanz für den Fall. Es war einfach nur schlechtes Timing, mehr nicht. Du weißt, dass ich nichts mit ihrem Verschwinden zu tun habe. Bestimmt empfindest du noch so viel für mich, dass du so was nicht von mir verlangst.«

»Meine Gefühle für dich sind tot. Du hast sie getötet. Du machst mich krank. Du denkst immer nur an dich.«

»Wenigstens glaubst du mir jetzt endlich, dass sie nicht vollkommen ist. Dass es falsch ist, sie zu idealisieren.«

»Wow, Ted, herzlichen Dank. Da hast du dir aber wirklich viel Mühe gegeben, mir etwas weiszumachen, das ich bereits ganz ohne deine Hilfe herausgefunden habe.«

Ich will die Wohnungstür aufreißen, doch kaum habe ich die Klinke in der Hand, schlägt er sie wieder zu und drückt mich dagegen. Sofort muss ich daran denken, wie Thorne mich gestern an die Wand gedrängt hat.

»Es geht mir nicht um mich. Es geht mir um dich. Nur um dich. Wir lieben uns schon seit sechsundzwanzig Jahren. Du kannst nicht gehen. Das darfst du nicht tun. Du kannst jetzt nicht einfach alles hinschmeißen.«

In meinem Kopf überschlagen sich die Gedanken. Zum allerersten Mal in meinem Leben will ich ihm wirklich wehtun – es ist ein Gefühl, das jedem meiner innersten Instinkte widerspricht.

Ich male mir aus, wie ich das Knie zwischen seine Beine ramme und ihm einen Stoß vor die Schultern gebe. Die Vorstellung ist so bildhaft, dass ich fast vor mir sehe, wie er im Flur zusammenbricht, sich die Hände in den Schritt presst und sich stöhnend am Boden wälzt. Es wäre so einfach.

Trotzdem tue ich es nicht. Stattdessen tue ich etwas anderes – etwas, das rein gar nichts mit meinem Training zu tun hat. Ein Laut dringt aus meiner Kehle, ein Tierlaut irgendwo zwischen Schrei, Jaulen und Grunzen, und ich spüre, wie mir die Tränen über das Gesicht laufen. Ich schubse ihn und trommle wie von Sinnen mit den Fäusten gegen seine Brust. Er lässt mich los, aber nicht, weil ich ihm wehgetan habe, sondern weil mein Ausbruch blinden, nackten Zorns ihn so sehr erschreckt.

»Kann ich wohl, kann ich wohl, kann ich wohl!« Ich gehe, ohne die Tür hinter mir zu schließen.

Die alte Freundin

Auf dem Rückweg gehe ich so schnell, dass ich mich hinterher kaum noch daran erinnern kann, wie ich nach Hause gekommen bin. Mein Wagen parkt an der Straße vor dem Nachbarhaus. Daneben steht Sadie. Sie hat die Hände in die Hüften gestemmt, und der Ausdruck in ihrem rotfleckigen Gesicht ist halb drohend, halb traurig. Seit wir Teenager waren, habe ich sie noch nie ohne Make-up gesehen.

Ich habe jetzt definitiv keine Zeit für Sadie. Sadie kann mich mal. »Hau ab«, sage ich, als wäre sie eine lästige Fliege, die an einem heißen Tag um mich herumschwirrt. Ihre langen Haare sind ungewaschen und verfilzt, die grauen Ansätze scheinen durch. Sonst sind Sadies Haare immer salongestylt.

Ich habe ein Herz aus Eis. Es ist hart, jemand wie Sadie vermag es nicht aus dem Rhythmus bringen. Wie kann mich nach der Sache mit dir noch irgendetwas verletzen? Du und ich – wir bedeuten einander nicht das, was ich dachte. Du bist nicht die, die ich immer gekannt habe. Für mich bist du tot, selbst wenn du noch leben solltest und irgendwo da draußen bist.

Ich biege in meinen Gartenweg ein und merke, wie Sadie sich an meine Fersen heftet.

»Miststück«, sagt sie. »Du hässliches, intrigantes Miststück. Du hättest es auch verdient, spurlos zu verschwinden, so wie deine Schwester, diese eitle Ziege. Sie war eine Schlampe, genau wie du.«

Ich drehe mich zu ihr um und strecke abwehrend die Hand aus, damit sie nicht näher kommt. »Ich habe gesagt, hau ab!«

»Von dir lasse ich mir nichts vorschreiben.« Sadie schleudert mir die Worte zusammen mit einer großen Ladung Speichel entgegen. Sie hat sogar Speichel am Kinn, aber das scheint ihr gar nicht aufzufallen.

»Bist du sicher, Sadie? Die Kamera ist direkt auf den Weg ausgerichtet. Wenn du noch einen Schritt näher kommst, fällt alles, was ich tue, unter Selbstverteidigung. Du lauerst mir auf. Du greifst mich an. Betrittst unerlaubt mein Grundstück.« Die Worte sind dramatisch. Die Situation ist dramatisch. Aber ich spreche und bewege mich wie ein Roboter. Ich sage die richtigen Dinge und mache dazu die richtigen Gesten. Vielleicht bin ich ja auch zu einer Psychopathin geworden, zu einem Menschen ohne jede Empathie. Ich empfinde weder Mitleid noch Furcht.

Sadie schaut nach oben zur Kamera und zieht sich einige Schritte zurück. Dann beäugt sie das Objektiv und versucht zu entscheiden, ob sie sich noch im Bildbereich befindet. Ich beobachte sie dabei, als wäre sie das Objekt eines wissenschaftlichen Experiments, allerdings ohne die tiefsitzende Neugier, die einen Forscher auszeichnet.

»Ich warte schon seit einer Stunde auf dich«, sagt sie. »Ich habe alle fünf Minuten geklingelt. Du kannst dich nicht vor mir verstecken.«

»Sehr gut. Das hat die Kamera alles aufgezeichnet. Alle fünf Minuten bei jemandem zu klingeln ist Belästigung. So was ist strafbar. Und du weißt ja, dass ich keine Scheu davor habe, dich anzuzeigen.« Wie eigenartig: Ich klinge so, als würde mich das, was ich sage, wirklich interessieren. Vielleicht sollte ich Schauspielerin werden.

Sie verzieht den Mund wie ein Kleinkind kurz vor dem Trotzanfall. »Du bist böse. In der Hölle ist ein Platz extra für dich reserviert. Nachdem der Teufel mit dir fertig ist.«

Ich muss lachen.

»Findest du das etwa komisch?«

»Scheint wohl so, oder? Du hast bislang nur einen winzigen Vorgeschmack auf das bekommen, wozu ich fähig bin. Du hast dir wirklich die Falsche zum Tyrannisieren ausgesucht. Ich nehme mal an, die Polizei war bei dir?«

Sie wischt sich mit der Hand die Nase ab. Sie hat Dreck unter den Fingernägeln, die so weit heruntergekaut sind, dass die Haut dort rot und entzündet ist. Bis zum heutigen Tag habe ich ihre Nägel immer nur in perfekt lackiertem Zustand gesehen. Wahrscheinlich sollten mir all diese Anzeichen Sorgen machen, doch in Wahrheit empfinde ich nicht einen Funken Mitleid für sie. Vielleicht ist meine eigene Indifferenz ohnehin noch viel besorgniserregender. Mir egal.

»Ich habe ihnen alles über dich erzählt«, sagt sie. »Sie wissen jetzt Bescheid.«

»Ist mir nur recht. Ich habe nichts zu verbergen. Ich gehe davon aus, dass sie dir geraten haben, dich in Zukunft von mir fernzuhalten. Offenbar gibst du nicht viel auf ihren Rat.«

Sie schluckt schwer. »Du wirst schon noch sehen, was du davon hast.«

»Wunderbar. Jetzt drohst du mir auch noch. Du servierst der Polizei sämtliche Beweise, die sie brauchen, um dich wegen Belästigung und Stalking anzuklagen, auf dem Silbertablett. Und die Hassbotschaften kommen noch dazu. Hast du allen Ernstes geglaubt, ich wüsste nicht, von wem diese kleinen Nachrichten stammen? Hast du geglaubt, ich würde damit nicht zur Polizei gehen?«

Sie beißt sich auf die Lippe und ballt die Hände zu Fäusten. Dann schlingt sie sich die Arme um den Leib und schwankt dabei, als wäre sie betrunken. Ich registriere jede einzelne ihrer Bewegungen mit leidenschaftsloser Distanziertheit.

»Lass es gut sein, Sadie«, sage ich. »Keine Mails oder SMS mehr, weder unter deinem Namen noch als *Hüter der Gerechtigkeit* oder unter sonst einem Alias. Keine Anrufe, ob anonym oder nicht. Keine Fotos.«

»Ich weiß nicht, wovon du redest.«

»Spar dir die Mühe. Lass mich dir nur eins unmissverständlich klarmachen: Ich will dich nicht wiedersehen. Ich will keinerlei Kontakt mehr zu dir haben, in welcher Form auch immer. Wenn du dich mir jemals wieder näherst, bekommst du noch mal Besuch von der Polizei und ein sehr unbequemes Bett für die Nacht – sogar für viele Nächte, falls du mich wiederholt belästigst. Ich werde jetzt gleich auf der Wache anrufen und eine einstweilige Verfügung gegen dich erwirken. Betrachte dies hier als meine allerletzte Warnung. Das ist mehr, als du verdient hast. Also. *Verschwinde. Sofort.*«

Dann gehe ich ruhigen Schrittes ins Haus. Ich muss mich nicht umdrehen, um mich zu vergewissern, dass sie mir nicht folgt. Ich würde es spüren. Ich würde es hören.

Sobald ich drinnen bin, nehme ich das Telefon und trete ans Wohnzimmerfenster. Aber Sadie ist schon in ihren Wagen gestiegen und braust mit quietschenden Reifen die Straße hinunter. Sie ist weg, es gibt also keinen Grund mehr, die Polizei anzurufen. Auf der Wache vorbeifahren und den Vorfall melden kann ich später immer noch. Vor allem aber habe ich heute noch eine Menge zu tun, deshalb will ich keine weitere Zeit verschwenden. Ich verlasse meinen Platz am Fenster und gehe in die Küche, um mich an die Arbeit zu machen.

Verkleidung

Ich lege das Telefon auf den Tisch neben den handgeschriebenen Zettel, den meine Mutter mir dagelassen hat. *Dad und ich kommen morgen vorbei und bringen Luke und was zum Mittagessen mit. Alles Liebe, Mum.* Auf dem Zettel liegen mein Autoschlüssel, mein Handy, meine Uhr und das Medaillon.

Ich werfe alles bis auf das Medaillon in meine Tasche. Zum ersten Mal, seit du es mir geschenkt hast, bringe ich es nicht über mich, es zu tragen. Mein taubes Herz scheint zu erwachen. Es scheint schneller zu schlagen, als ich das kalte Platin in der Hand halte und dabei ein Schluchzen unterdrücke. Doch selbst wenn ich es mir nicht umhänge, zu Hause lassen kann ich es ebenso wenig. Ich muss es immer bei mir haben. Also wandert es schließlich auch in meine Tasche.

Was ich danach tue, tue ich ganz allein für mich, für niemanden sonst. Nicht für Mum und Dad. Nicht für Luke. Verstehst du? Hörst du mir zu? Für *mich.* Für dich jedenfalls nicht. Für dich am allerwenigsten. In diesem Moment zähle nur ich.

Ich laufe nach oben, um zu duschen und mir die Haare zu waschen. Ich nehme ein anderes Shampoo als sonst – nicht das, dessen Duft mich an dich erinnert. Ich putze mir die Zähne. Ich tusche mir sogar die Wimpern. Aber nicht, weil du es mir geraten hast. Sondern weil ich es so will. Ich tupfe mir Chanel No. 5 hinter die Ohren, zwischen die Brüste und auf den Hals. Auch das mache ich nicht dir zuliebe, sondern weil ich mich dazu entschieden habe. Weil ich das Parfüm immer mochte, auch wenn du es nicht leiden kannst. Ich rieche nicht wie du.

Mein BH, mein Höschen und meine Strümpfe sind hautfarben, transparent und seidig glatt. Ich ziehe ein kurzärmeliges Sweaterkleid darüber und begutachte mich im Spiegel. Das Kleid ist kurz und figurbetont, aber nicht zu eng. Es hat horizontale gezackte Streifen in Senfgelb und Marineblau. Ich toupiere mir die Haare, frisiere mir den vorderen Teil mit einer Spange aus dem Gesicht und stelle fest, dass ich aussehe, als wäre ich einer Modestrecke der Sechzigerjahre entstiegen – vor allem, als ich auch noch meine kniehohen schwarzen Stiefel dazu anziehe. Ich betrachte mich noch eine Weile. Ich sehe hart und grausam und wunderschön aus. Ich sehe aus wie du.

Ich steige in mein Auto und sage mir, dass es nur ein einziges Bier war – ein Bier, das ich noch dazu dringend nötig hatte. Ein Bier ist kein Problem. Ich könnte sogar noch ein Glas Wein trinken und wäre trotzdem noch fahrtüchtig. Ich habe ihn nicht angerufen, um mich zu vergewissern, ob er überhaupt zu Hause ist. Aber es ist, als würde mich etwas unaufhaltsam vorwärtstreiben, und so fahre ich kurze Zeit später die kurvenreiche Straße entlang und biege schließlich in seine gekieste Einfahrt ein.

Ich parke vor seinem blau gestrichenen Garagentor und drücke den Klingelknopf an der blau gestrichenen Tür daneben. Garagentor und Tür sind in eine hohe steinerne Mauer eingelassen, die sein Grundstück umschließt. Ich trage keine Jacke, trotzdem ist mir nicht kalt. Mir ist warm, warm, warm.

Die Tür geht auf, Adam erscheint auf der Schwelle. Er blinzelt mehrmals, dann wird er rot. Er sagt: »Ich habe gerade das Gefühl, als wäre einer meiner Tagträume Wirklichkeit geworden«, ehe er mich bei der Hand nimmt, mich an sich zieht und mir einen Kuss gibt. Genau das habe ich mir erhofft.

Er führt mich durch einen Innenhof in sein Haus. Cremefarbene Teppiche auf alten Steinböden, braune Ledersofas, helle Wände – das alles nehme ich nur flüchtig wahr. Er zieht mich neben sich auf eins der Sofas, und ich staune, wie natürlich es sich anfühlt. Wie unkompliziert und selbstverständlich. Ist das normal? Mit Ted war es nie mehr unkompliziert, seit du verschwunden bist, und inzwischen weiß ich ja auch, warum.

Adams Atem beschleunigt sich, genau wie meiner. Eine meiner Hände findet den Weg zum obersten Knopf seines Hemds. Ich öffne ihn und streiche mit den Fingern durch die dunklen Haare auf seiner Brust. Er verströmt denselben frischen Seifengeruch wie in der Bibliothek. Ich möchte ihn ganz tief einatmen. Meine andere Hand wandert unter sein Sakko und erspürt die Muskeln an seinem Rücken.

Erst in dem Moment fallen mir seine Kleider auf. Verwirrt runzle ich die Stirn. »Du trägst einen Anzug. Ich habe dich bei irgendwas unterbrochen. Du willst noch weg.«

»Ich habe heute Abend Rufbereitschaft. Wenn die Klinik anruft, muss ich los.« Er kommt mir mit seinem Gesicht ganz nahe. »Aber du könntest hier auf mich warten. Mir gefällt die Vorstellung, zurückzukommen und du bist noch da. Gefällt sie dir auch?«

Es erwischt mich hinterrücks. Ich weiß genau, dass es Adam ist, der diese Worte sagt, der wissen möchte, ob ich damit einverstanden bin, hier auf ihn zu warten – aber aus unerfindlichen Gründen höre ich nicht seine, sondern Teds Stimme.

Ich weiß auch, dass es Adams Gesicht ist, in das ich gerade blicke, trotzdem sehe ich das von Ted. Es ist wie ein Film. Die Kamera zoomt, der Bildausschnitt vergrößert sich, und gleich darauf sehe ich auch dich.

Du liegst mit Ted im Bett zwischen verschwitzten, zerknäulten Laken. Ihr liebt euch eng umschlungen und flüstert miteinander, während eure Lippen sich berühren. Du sagst meinen Namen, als wäre er ein schlechter Witz, und ihr beide lacht darüber, wie dumm und ahnungslos ich doch bin. *Eigentlich wollte ich immer dich*, sagt er zu dir. *Nur dich, Miranda*, sagt er. *Immer nur dich, nie Ella.*

Ich hole tief Luft. Ich gebe keinen Laut von mir, so krampfhaft versuche ich mich zusammenzureißen. Aber mein Körper kann das Schluchzen nicht unterdrücken. Es fährt mir bis in die Knochen. Es schüttelt mich und schüttelt mich und schüttelt mich immer heftiger, und die Traurigkeit hat mein Gesicht zu einer Fratze verzerrt, gegen die ich nichts tun kann. Alles bricht aus mir hervor. Es ist, wie wenn man sich übergeben muss, obwohl man nichts mehr im Magen hat.

Nach einer Weile kommen keine Tränen mehr, aber irgendwo in mir scheint es noch etwas zu geben, das unbedingt rausmuss. Adam nimmt mich in die Arme. Er sagt nichts. Er hält mich einfach nur und dämpft das schlimmste Zittern mit seinem Körper, aber die Bewegungen sind so unkontrolliert, dass ich immer wieder mit dem Kopf gegen sein Kinn stoße.

Ich weiß nicht, wie lange es dauert, bis ich wieder halbwegs zur Ruhe gekommen bin und er sich von mir löst, um mich anzuschauen. »Nicht ganz die Wirkung, die ich mir erhofft hatte«, sagt er.

Ich muss lachen, auch wenn es ein ziemlich klägliches Lachen ist. »Es tut mir leid«, sage ich. »Es tut mir so leid. Das hat nichts mit dir zu tun. Es hat wirklich überhaupt nichts mit dir zu tun.«

»Du musst dich nicht entschuldigen. Ich mache mir nur Sorgen um dich, Ella. Ich glaube, du willst dir nicht eingestehen, wie schlimm das Erlebnis gestern war.«

»Daran liegt es nicht. Ehrlich nicht.«

Er denkt eine Zeit lang nach. »Schon gut. Ich weiß, dass du es mir sagen wirst, wenn du willst. Falls du es willst.«

»Können wir noch mal von vorne anfangen?«, bitte ich ihn.

Er nickt. Er sieht so ernst und besorgt aus. Langsam ziehe ich seinen Kopf zu mir heran, und diesmal schiebt Ted sich nicht dazwischen. Unmittelbar bevor unsere Lippen sich berühren, klingelt sein Handy. Es ist ein Timing, das einer Komödie würdig wäre. Er flucht.

Statt sich mit »Hallo« zu melden, nuschelt er seinen Vor- und Nachnamen ins Telefon. Wenige Sekunden später springt er vom Sofa auf und geht ans andere Ende des Zimmers. Er tigert auf und ab, lauscht der Stimme in der Leitung und gibt gelegentlich eine einsilbige Antwort. Nach etwa einer Minute sagt er: »Ich komme«, und beendet die Verbindung.

Er kehrt zum Sofa zurück, kniet sich vor mich hin und blickt zu mir hoch. Sein Gesicht hat jede Farbe verloren, und er hat einen verkniffenen Zug um die Lippen.

Ich berühre ihn an der Wange. »Was ist los?«

»Ella –« Er bricht ab. Offenbar weiß er nicht, wie er es sagen soll.

»Geht es um Thorne?«

»Ja.«

Ich lasse die Hand in meinen Schoß sinken. »Sag es mir.«

Wieder folgt eine lange Pause, ehe er sich zum Sprechen durchringt. »Er wurde in die Orthopädie verlegt. Er musste am Knie operiert werden.«

»Ist er gestorben?«

»Nein.« Er schüttelt den Kopf. »Nichts dergleichen. Im Moment weiß bloß niemand, wo er ist. Er wird seit circa einer Stunde vermisst.«

»Scheiße. Das ist doch wohl ein verfickter Scherz.« Besser, er erfährt gleich, wie gern ich fluche.

»Leider nicht«, sagt er. »Aber hier bist du sicher. Das weißt du, oder?«

»Deshalb mache ich mir keine Sorgen. Viel wahrscheinlicher ist, dass er dir etwas antut. Er kann dich wirklich nicht besonders gut leiden.«

»Ist mir auch schon aufgefallen.« Adam erhebt sich von den Knien, setzt sich wieder zu mir aufs Sofa und streicht mir eine Haarsträhne aus den Augen. Er versucht zu lächeln, doch es will ihm nicht recht gelingen. »Dich hingegen scheint er sehr gern zu mögen. Er wäre wie King Kong, der Ann Darrow quer durch New York City verfolgt. Aber er hat keine Ahnung, wo ich wohne oder wo du wohnst oder wo deine Eltern wohnen.«

»Da wäre ich mir nicht so sicher.«

»Das bin ich mir aber. Keine Bange, man wird ihn finden, noch ehe er das Krankenhaus verlassen hat. Auf den Überwachungsbändern ist er bislang nicht aufgetaucht, und soweit ich weiß, gibt es an jedem Ausgang eine Kamera. Wahrscheinlich hat er sich in irgendeine Abstellkammer verkrochen. Mit seinem kaputten Knie kommt er nicht weit, außerdem stand er heute Morgen noch unter Vollnarkose.«

»Na, dann bin ich ja beruhigt. Tut mir leid, der Sarkasmus galt nicht dir.«

»Du musst dich nicht entschuldigen – du bist viel nachsichtiger, als diese Leute es verdient hätten. Die Polizei will einige der anderen Patienten befragen, dabei muss ich anwesend sein. Aber ich möchte nicht, dass du dir Sorgen machst.« Er zieht mich an sich. »Denk lieber an das, was wir machen werden, wenn ich wieder zurück bin.«

»Du vertraust mir genug, um mich in deinem Haus allein zu lassen?« Ich stelle die Frage mit einem neckenden Unterton, achte aber trotzdem sehr genau auf seine Reaktion.

»Du hast mich gestern doch auch in deinem Haus allein gelassen.«

»Da war ich ja bloß unter der Dusche.«

Er fährt mit der Fingerspitze so federleicht über meine Lippen, dass ein Schauer durch meinen Körper rieselt. Ich hatte wirklich befürchtet, die Sache mit Ted könnte mich in Stein verwandelt haben, doch zum Glück stimmt das nicht. Die kleinen Härchen auf meiner Haut richten sich auf. Es ist ein Gefühl, als bestünde ich aus purer Elektrizität.

»Ich finde es schön, dass du hier bist«, sagt er.

»Du liebst weinende Frauen.«

»Ich glaube, bei mir wirst du nicht mehr allzu viel zu weinen haben.« Dann küsst er mich erneut, diesmal härter. Seine Zunge dringt in meinen Mund ein, und er streicht mit den Händen meine Taille entlang. Eine Hand wandert unter mein Kleid und streift meine Seidenunterwäsche. Ich stelle mir vor, wie es wäre, wenn Ted mich jetzt sehen könnte. Der Gedanke löst eine Woge reinster Freude in mir aus.

»Du machst mir den Abschied nicht leicht«, sagt er.

Er schenkt mir Wein aus einer Karaffe ein, die neben einigen umgedrehten Gläsern auf einem silbernen Tablett bereitsteht. Es sieht aus, als hätte er Gäste erwartet, und ich frage mich, wer diese Sachen wohl so sorgfältig arrangiert hat. Dann stelle ich mir vor, er wäre der in ein Biest verwandelte Prinz aus dem Märchen mit seiner unsichtbaren Dienerschaft.

Er reicht mir das Weinglas. »Ich darf heute Abend nichts trinken, aber du schon.« Ich probiere einen Schluck, und er küsst mich erneut, wobei er den Wein aus meinem Mund einatmet.

»Wenn ich mich jetzt nicht auf den Weg mache, werde ich noch betrunken.« Mit diesen Worten geht er.

Die Tochter des Bauhandwerkers

Anfangs sitze ich einfach nur auf dem Sofa, schaue zu, wie das Holz im Kamin knistert, trinke meinen Wein und kitzle mich am Arm, bis ich eine Gänsehaut bekomme. Du hast mich früher auch oft gekitzelt. Aber es ist nicht dasselbe, wenn man es selbst macht, und überhaupt will ich nichts tun, was mich irgendwie an dich erinnern könnte.

Ich bin nicht besonders begabt darin, untätig herumzusitzen und zu warten, außerdem muss ich die ganze Zeit an Thorne denken. Daher vergehen kaum fünf Minuten, ehe ich mein Weinglas auf ein niedriges Tischchen stelle und beschließe, die Räumlichkeiten zu erkunden. Adam hat selbst gesagt, ich solle mich wie zu Hause fühlen.

Dies ist definitiv kein Haus, in dem Luke sich längere Zeit aufhalten könnte. Dafür ist es viel zu aufgeräumt und viel zu sauber. Als ich in der Küche das Licht einschalte, tanzen keine Staubkörnchen in der Luft. Überhaupt sieht die Küche vollkommen unbenutzt aus, so als wäre sie aus den Seiten eines Katalogs für Maßanfertigungen direkt hierher verpflanzt worden. Luke hätte die knochenweiß lackierten Schränke aus massiver Eiche innerhalb von fünf Sekunden vollgeschmiert. Mit diesem Gedanken im Hinterkopf frage ich mich, ob Adam es wohl mögen würde, einen Jungen im Haus zu haben. Ich frage mich, ob Adam es überhaupt mögen würde, einen Jungen zu haben.

Der nächste Raum im Erdgeschoss ist voller Sportgeräte, die ich mir niemals leisten könnte und für die in meinem kleinen Haus auch gar kein Platz wäre. Ich staune, wie wichtig Adam seine körperliche Fitness nimmt. Es gibt ein Fahrradergometer inklusive Trainingscomputer, ein mit diversen elektronischen Zusatzgeräten für Unterhaltung und Überwachung der Vitalfunktionen ausgestattetes Laufband, einen Crosstrainer und eine Rudermaschine. Auf einer dicken Gummimatte steht außerdem eine Hantelbank, und in eigens zu diesem Zweck gebauten Regalen liegen verschiedene Gewichte.

Das Einzige, was ich sonst noch im Erdgeschoss finde, ist eine Abstellkammer unter der Treppe, die Adam zu einem Garderobenschrank umfunktioniert hat. Darin sieht es ordentlicher aus als in jedem anderen Garderobenschrank, den ich in meinem bisherigen Leben gesehen habe. Sogar der Garderobenschrank meiner Mutter wirkt im Vergleich dazu chaotisch. Jacken und Mäntel für jede Jahreszeit und Gelegenheit hängen fein säuberlich auf identischen Kleiderbügeln. Am Boden stehen eine Golftasche mit Schlägern, ein Paar Gummistiefel, mehrere Sportschuhe und ein Paar hellbraune Wanderstiefel aus Leder.

Ich hebe einen der Wanderstiefel hoch und drehe ihn um, weil ich mir die Sohle ansehen will. Das Erste, was mir ins Auge springt, ist, wie makellos sauber der Stiefel ist. Wäscht dieser Mann allen Ernstes nach jedem Tragen seine Schuhe ab? Nirgendwo klebt auch nur das winzigste Klümpchen Erde. Doch dann fällt mein Blick auf das Sohlenprofil, und mein Herz setzt einen Schlag aus. Ich schaue noch einmal genauer hin. Bestimmt ist es nur Einbildung. Das kann gar nicht sein.

Ich laufe zu meiner Tasche, um mein Handy zu holen, damit ich den Stiefel mit den Fotos vom Sohlenabdruck und dem dazugehörigen Gipsabguss vergleichen kann. Doch als ich es einschalten will, stelle ich fest, dass der Akku leer ist. Bevor ich gestern in die Klinik gefahren bin, habe ich lange telefoniert, und die Nacht in meinem Handschuhfach hat sicher auch nicht geholfen.

Abermals hebe ich den Wanderstiefel hoch. Der Gipsabdruck aus dem Wald zeigt lediglich die Schuhspitze, deshalb lege ich eine Hand über den Absatz des Stiefels, sodass nur noch der vordere Teil sichtbar ist. In der Mitte besteht das Profil aus drei Sechsecken, von denen kleine, durch erhabene Linien voneinander getrennt Quadrate bis zum Rand der Sohle gehen. An der Außenkante ist das Profil so stark abgelaufen, dass die Quadrate nicht mehr zu erkennen sind und man nur noch eine glatte Fläche sieht.

Du hast früher immer gesagt, ich hätte ein ausgezeichnetes visuelles Gedächtnis. Also schließe ich die Augen und versuche mir das Foto des Teilabdrucks aus dem Wald zu vergegenwärtigen. Ich sehe dieselben Sechsecke, dieselben Linien, dieselbe abgelaufene Fläche am Rand der Sohle. Profil und Abnutzung sind unverwechselbar. Allerdings bin ich mir auch der Macht der Suggestion bewusst. Es ist nicht auszuschließen, dass ich, statt mich wirklich an das Foto zu erinnern, einfach das Bild des Stiefels, den ich jetzt gerade vor mir sehe, in meinem Kopf reproduziert habe. Noch vor zwei Tagen war ich überzeugt davon, die abgelaufene Außenkante der Sohle könne der Beweis für eine alte Verletzung an der Achillessehne sein. Ich schwanke zwischen Zweifel und Gewissheit. Schließlich stelle ich die Stiefel wieder genau so hin, wie ich sie gefunden habe.

Dann eile ich zu der Treppe aus alten, in der Mitte von unzähligen Füßen glattgeschliffenen Steinplatten, und laufe nach oben, um mich auch dort kurz umzuschauen.

Die erste Tür führt in ein Arbeitszimmer mit Regalen voller medizinischer Fachbücher. Alle Buchrücken stehen in exakt demselben Abstand zur Regalkante. Als ich eins der Bücher anfasse und danach meinen Finger inspiziere, haftet nicht das kleinste bisschen Staub daran. Vor dem ausladenden Mahagonischreibtisch steht ein schwarzer Ledersessel. Auf dem Schreibtisch befinden sich lediglich ein Laptop sowie eine kleine Uhr. Ich schalte den Laptop ein, werde jedoch kurz darauf zur Eingabe eines Passworts aufgefordert, und da ich keine Zeit habe, mir darüber Gedanken zu machen, wie dieses Passwort lauten könnte, schalte ich ihn wieder aus.

Die Schreibtischschubladen enthalten Unterlagen, Rechnungen und Quittungen, allesamt fein säuberlich in beschrifteten Mappen geordnet, sowie ein Buch mit medizinischen

Notizen und ein altes in Leder gebundenes Kassenbuch. Ich finde auch ein Stethoskop, in dessen Bruststück Adams Name eingraviert ist. Es liegt, scheinbar noch unbenutzt, in seiner Schachtel, und ich frage mich, ob es womöglich ein Geschenk war, denn Adam ist kein Kardiologe und scheint mir auch nicht der Typ Mann zu sein, der seinen Namenszug rechts und links mit kleinen Herzchen verzieren lassen würde. So etwas ist eher dein Stil. Eine leichte, verspielte Geste der Zuneigung.

Mein Blick springt zu der Uhr auf dem Schreibtisch. Er ist jetzt seit einer Viertelstunde weg. Für die Fahrt in die Klinik braucht er zwanzig Minuten, für die Rückfahrt noch einmal zwanzig, und er wird bestimmt mindestens eine Stunde dort sein, wahrscheinlich sogar noch deutlich länger. Ich beschließe, mir fünfzig Minuten Zeit zum Schnüffeln zu geben – eine sehr zurückhaltende Kalkulation, bei der keine Gefahr besteht, dass ich erwischt werde.

In sämtlichen Zimmern ist es stockdunkel, bis ich das Licht einschalte. Als Nächstes betrete ich ein Bad mit Fußboden und Wänden aus Marmor. Strahlend weiße Handtücher, mit äußerster Präzision gefaltet, hängen an Haltern aus Edelstahl. Es folgt ein Gästezimmer mit einem hölzernen Bett, auf dem eine weiße Tagesdecke liegt.

Dann kommt Adams Schlafzimmer. Anfangs weiß ich nicht, wie ich die schweren Rollläden öffnen soll, doch dann entdecke ich direkt neben den Fenstern mehrere Schalter. Als ich einen davon betätige, fährt der Rollladen langsam nach oben – genau wie damals in unserem Hotelzimmer, als Mum und Dad mit uns zur Feier deines sechzehnten Geburtstags nach Sevilla gefahren sind. Die Mondsichel draußen spendet so viel Licht, dass ich die Hecke sehen kann, die das Grundstück hinten und zu beiden Seiten umgibt. Die Bäume und Sträucher stehen so dicht, dass es praktisch unmöglich ist, das Gebäude von außen einzusehen.

Die Fenster sind verriegelt. Sie lassen sich mit einem Schlüssel öffnen, allerdings ist weit und breit keiner zu sehen. Ich verdränge meine Angst, dass das Licht im Zimmer mich verraten könnte. Es ist völlig ausgeschlossen, dass Adam so früh zurückkommt. Selbst meiner extrem vorsichtigen Schätzung zufolge bleibt mir immer noch eine Dreiviertelstunde. Mein Herz klopft schnell und laut. Ich beschließe, den Zeitraum noch ein wenig enger zu fassen. Fünfunddreißig Minuten – dann verschwinde ich. Ich lasse den Rollladen herunter, sodass alles wieder genauso aussieht wie zuvor.

Vom Schlafzimmer aus führt eine Tür ins angrenzende Bad. Es ist fast identisch mit dem ersten, nur dass dieses hier alles enthält, was Adam für die tägliche Pflege braucht: Shampoo und Duschgel, Zahnbürste, Zahnpasta und Zahnseide. Ein Rasierpinsel nebst Seife und Rasiermesser erinnert mich daran, wie ich Ted früher rasiert habe. Wie wir uns geküsst haben, während ich mit der potenziell tödlichen Klinge an seinem Hals entlangfuhr. Jetzt würden wir ein solches Experiment sicher nicht mehr wagen. Ich ärgere mich maßlos, weil ich mich von einer glücklichen Erinnerung an ihn habe überrumpeln lassen.

Adams Bett ist schlicht und massiv, ein mattschwarzer Holzrahmen, darauf eine graue Tagesdecke. Die einzigen weiteren Möbelstücke im Raum sind ein großer Lesesessel aus anthrazitfarbenem Leder sowie eine ausladende, aus dem gleichen Holz wie das Bett gefertigte Kommode. Die Kaminöffnung wurde zugemauert und verputzt, die Kommode steht in einer Nische links daneben. In ihren Schubfächern finde ich nichts von Interesse, nur Kleidungsstücke, die mit militärischer Präzision gefaltet und geordnet wurden. Nein, dieser Mann könnte es ganz sicher nicht ertragen, wenn eine andere Person in seinen Lebensbereich eindringen und dort Spuren hinterlassen würde. Ist das der Grund, weshalb er nie eine Freundin oder Ehefrau erwähnt hat? Bislang habe ich jedenfalls keine Hinweise darauf gefunden, dass es irgendwann einmal eine Frau in seinem Leben gegeben hat.

Rechts neben der Kaminumrandung befindet sich eine ganz ähnliche Nische wie links. Diese hier verfügt über kassettierte Doppeltüren, die vermutlich zu einem Einbau-Kleiderschrank gehören. Oberhalb des Schranks befinden sich noch zwei weitere, kleinere Türen, allerdings sind sie so hoch oben, dass ich einen Stuhl oder ein anderes Möbelstück zu Hilfe nehmen müsste, um sie zu erreichen.

Ich betrachte den Schrank eingehend und versuche dahinterzukommen, weshalb mein Gehirn irgendetwas daran sonderbar findet. Liegt es an der Größe? An dem zweiten Schrank oberhalb des Kleiderschranks? An der Breite der Türen im Vergleich zur geschätzten Größe der Nische? Ich kann es nicht sagen. Erst als ich noch einmal genauer hinschaue, fällt es mir auf. Es hat mit den Proportionen zu tun.

Zwischen dem oberen Rand der unteren und dem unteren Rand der oberen Schranktüren ist zu viel Platz. Fünfzehn bis zwanzig Zentimeter wären angemessen, aber es sind mehr als dreißig.

Ich ziehe die Schranktüren auf. Im Innern befindet sich eine Kleiderstange mit Hemden auf der einen und Anzügen auf der anderen Seite, allesamt noch in ihren Plastiksäcken von der Reinigung und nach Farbtönen sortiert. Er besitzt gleich mehrere schwarze Hemden, allerdings bin ich mir sicher, dass er, falls an einem von ihnen jemals ein Knopf gefehlt haben sollte, längst einen neuen angenäht oder das Hemd entsorgt hat. Ted kann sich beglückwünschen: Der Asservatenbeutel nützt uns also tatsächlich nichts.

Auf einem kleinen Bänkchen aus Holzlatten stehen Adams blankpolierte Schuhe. Ich hole das Bänkchen heraus, doch statt darauf zu klettern, um an die Oberschränke zu gelangen, treibt mich irgendetwas dazu, in die Knie zu gehen und das Innere des Kleiderschranks näher in Augenschein zu nehmen. Unten in der Bodenplatte entdecke ich kleine runde Löcher, die im Abstand von jeweils etwa zehn Zentimetern ins Holz gebohrt sind. Die zwei Löcher ganz vorne sind etwas größer als die anderen, also stecke ich meine Finger hinein, ziehe einmal kräftig daran und stoße unwillkürlich einen Schrei aus.

Ich habe die Abdeckung von einer rechteckigen Vertiefung gehoben, die die Größe und Form eines Sargs hat. Der Kleiderschrank ist einen Meter zwanzig breit und sechzig Zentimeter tief. Das Loch im Boden entspricht von der Breite her exakt der Tiefe des Kleiderschranks, ist allerdings einen Meter achtzig lang. Darin befinden sich eine mit einem Laken bezogene Schaumstoffmatte, ein ebenfalls bezogenes Kopfkissen sowie eine Decke, die, wie in Erwartung eines Übernachtungsgastes, gefaltet am Fußende der Matratze liegt.

Das Zimmer um mich herum gerät ins Schwanken, und das Blut pocht so laut in meinen Ohren, dass ich fürchte, Adam könnte es bis in die Klinik hören. *O mein Gott*, entfährt es mir – nicht nur in Gedanken, sondern laut. Mein Atem geht viel zu schnell. *Beruhig dich, Ella.* Auch das sage ich laut. Und dann höre ich deine Stimme. *Du hast jetzt keine Zeit, durchzudrehen. Dies ist nicht der Moment, um auf mich sauer zu sein und so zu tun, als könntest du mich nicht hören. Du hast fünfundzwanzig Minuten, bevor du wegmusst. Also steh verdammt noch mal auf und such weiter. Und dann sieh zu, dass du von hier verschwindest.*

Ich habe Mühe, einen klaren Gedanken zu fassen. Ich schiebe den doppelten Boden des Kleiderschranks zurück an seinen Platz, damit Adam nicht merkt, dass ich ihn entdeckt habe. Dann steige ich auf die Schuhbank und öffne den Oberschrank. Dabei muss ich mich an den Türen festhalten, um nicht das Gleichgewicht zu verlieren. Ich werfe die Kissen, die ich im oberen Fach finde, nach unten auf den lackierten Dielenboden, dann taste ich mit der Hand jeden Zentimeter des Bodens ab, bis ich auch hier zwei Löcher entdecke, die exakt die richtige Größe haben, um mit den Fingern hineinzulangen. Gleich darauf habe ich eine weitere Platte angehoben – einen weiteren doppelten Boden, unter dem ein weiterer Hohlraum zum Vorschein kommt. Er ist der Grund für den zu großen Abstand zwischen den beiden Schränken.

Auch dieser Hohlraum ist nicht leer. Er enthält einen Trinkrucksack in Flecktarn-Optik, den Adam wahrscheinlich aus seiner Zeit beim Militär behalten hat. Als ich ihn herausziehe, fällt er mir fast auf den Kopf, und der Trinkschlauch peitscht mir so heftig gegen die Schläfe, dass ich das Gefühl habe zu bluten. Aber darüber kann ich mir jetzt keine Gedanken machen. Ich setze mich auf die Kissen am Boden, öffne eins der Seitenfächer des Rucksacks und lange mit der Hand hinein.

Woran liegt es eigentlich, dass man, wenn man nach etwas sucht, automatisch davon ausgeht, dass es sich dort befindet, wo man zuletzt nachschaut? In der allerletzten Tasche? In der hintersten Ecke, die man am Anfang übersehen hat?

Jason Thorne hat mir die Wahrheit gesagt, doch der Grund dafür war nicht seine Verbrecherehre, sondern das perverse Ehrgefühl eines psychopathischen Killers, der mich für seine große Liebe hält. Bin ich dumm genug zu glauben, dass Thorne mir niemals etwas antun würde? Nein. Das will er vermutlich sogar mehr als alles andere. Zwischen seinen Vorstellungen von Liebe und meinen liegen Welten. Er kennt nur sexuelle Gewalt als Ausdrucksform, selbst wenn er sich große Mühe gegeben hat, mir das Gegenteil zu beteuern. Und trotzdem haben seine Einblicke, wie abstoßend sie auch sein mögen, durchaus ihren Wert. Seine Worte hallen in meinem Kopf wider. *Dann hätte er sie immer in seiner Nähe.*

Ich weiß, was es ist, noch bevor ich es sehe. Ich weiß, was es ist, kaum dass meine Finger sich in der geschmeidigen Platinkette verfangen haben, die das exakte Gegenstück zu der Kette in meiner Handtasche ist. Dein Medaillon ist noch glatter als die Kiesel, aus denen dein Sohn und ich im Wald hinter dem Haus unserer Eltern das große M gelegt haben. Und dieser Mann hat uns dabei beobachtet. Das weiß ich, weil ich die verschwundenen rosafarbenen Kiesel ebenfalls finde, im anderen Seitenfach des Rucksacks. Ich nehme sie heraus und lege sie auf den Fußboden.

Dann hebe ich das Medaillon an die Lippen und küsse es, bevor ich den Deckel aufschnappen lasse und das Foto betrachte, das du vor über zehn Jahren von mir aufgenommen hast. Neben meinem Bild sollte eigentlich das deines Sohnes zu sehen sein. Ich habe es gemacht, als er gerade erst auf der Welt war und aussah wie ein Wesen aus der Tiefsee, ganz zusammengekauert, als träume er vom Schwimmen. Aber das Bild ist weg – er hat Luke entfernt.

Ich male mir aus, wie du in dem verborgenen Sarg liegst,

schlinge mir ganz fest die Arme um den Leib und wiege mich im Sitzen vor und zurück. Aber du brüllst mich an. *Steh auf. Raus hier*, befiehlst du mir. Zum Weinen und Trauern habe ich später noch genug Zeit. Meinen eigenen Schätzungen zufolge bleiben mir noch zwanzig Minuten, um von hier zu verschwinden.

Ich beschließe, auf dich zu hören und aufzustehen. Doch ich bin erst wenige Zentimeter hochgekommen, da spüre ich einen brennenden Stich im Oberarm, und alles wird schwarz.

Abendsegen

Ich versuche die Augen zu öffnen, aber meine Lider sind zu schwer. Kaum habe ich sie ein winziges Stück hochgehoben, fallen sie gleich wieder zu. Auch meine Arme und Beine sind schwer. Eine Hand schwebt über meiner Stirn und streichelt meine Haare.

Das bist du. Ich weiß, dass du es bist. Ich rieche Geißblatt. Nur du hast so weiche Hände. Du pflegst sie gewissenhaft und gehst jede Woche zur Maniküre, worüber ich mich immer lustig mache. Ich versuche zu lächeln. Dann versuche ich erneut die Augen zu öffnen. Ich muss sehr krank sein, und deshalb bist du endlich zurückgekommen, wo auch immer du die ganzen Jahre gesteckt hast. Du bist zurückgekommen, um dich um mich zu kümmern.

Ich will deinen Namen sagen, bringe aber nicht mehr als ein undeutliches M zustande. Ich will dich bitten, mir dabei zu helfen, die Augen zu öffnen, damit ich dich anschauen kann. Nach all der Zeit möchte ich dich endlich wieder anschauen. Ich höre deine Stimme, die mir den Abendsegen aus der Oper *Hänsel und Gretel* vorsingt, so wie du es immer gemacht hast, als ich noch klein war. *Abends will ich schlafen gehn. Vierzehn Engel um mich stehn.* Du bist einer der beiden Engel, die neben meinem Kopf wachen. Du wisperst mir ins Ohr, dass du mich endlich gefunden hast. Ich möchte so gerne antworten und dir sagen, wie glücklich ich bin, aber es fällt mir unendlich schwer, die Lippen zu bewegen. Sie zittern zu heftig. Mein Kinn zittert auch. Mein ganzes Gesicht zittert.

»Melanie?«

Eins meiner Augenlider hebt sich, allerdings nicht aus eigener Kraft, sondern weil du es hochziehst. Wahrscheinlich möchtest du mir helfen. Ich würde mich gerne dafür entschuldigen, dass ich es nicht von alleine offen halten kann. Ich würde dir gerne sagen, dass das Licht, mit dem du mir ins Auge leuchtest, mich blendet. Aber ich habe keine Kontrolle über meinen Mund.

Du flüsterst: »Bitte, mach die Augen auf, Melanie«, und obwohl du mich bei meinem Namen nennst, bei dem einzigen Namen, der jemals für dich infrage kam, ist es nicht deine Stimme.

Adam Holderness' Gesicht schwebt dicht über meinem. Ich blinzle. Er ist ganz verschwommen. Es gibt ihn zweimal. Schon ein einziger Holderness ist zu viel, zwei will ich erst recht nicht sehen. Ich will nur dich, aber du bist davongeweht, zurück dorthin, wo du hergekommen bist. Es gibt nur noch ihn. Meine Arme zucken. Das Zittern in meinen Beinen ist so stark, als hingen sie an unsichtbaren Marionettenfäden. Ich schaffe es nicht, meinen Kopf stillzuhalten.

»Versuch dich zu entspannen, Melanie.«

Mein Rücken wird steif wie ein Brett. Mein Kopf rollt unkontrolliert hin und her, als wollte ich *Nein* sagen. Nein, nein und nochmals nein. Ich kann die Bewegung nicht stoppen.

Über mir ist die weiße Zimmerdecke. Und unter mir? Was ist unter mir? Meine Beine sind nackt. Wo sind meine Strümpfe geblieben? Ich spüre etwas Glattes, Feuchtes an der Haut. Als ich mich zu bewegen versuche, quietscht es wie ein Saugnapf. Es ist der lederne Lesesessel in seinem Schlafzimmer. Er hat eine Fußstütze davorgestellt, meine Beine hochgelegt und die Lehne nach hinten gekippt, sodass ich mehr liege als sitze.

Mein Becken bewegt sich auf und ab, auf und ab. Mein Körper bäumt sich auf und wird schlaff, wieder und wieder. Das Kleid ist mir hochgerutscht. Ich erhasche einen Blick auf sein Gesicht. Er hat die Stirn gerunzelt und sieht besorgt aus, aber ich habe keine Ahnung, weshalb. Ob er mich töten oder mir helfen will.

Meine Beine zittern noch immer, und als er mit der Hand über die Innenseite meines Schenkels streicht, wird das Zucken so stark, dass er die Hand wegzieht und stattdessen mein Handgelenk nimmt, um meinen Puls zu fühlen.

»Das ist deine Gegenreaktion auf die Medikamente, die ich dir geben musste. Es tut mir leid. Procyclidin hätte das verhindert, aber ich hatte gerade keins da. Antihistamine funktionieren zur Not auch. Am besten, ich gebe dir gleich noch eine Dosis, solange du halbwegs ruhig bist.«

Er versucht mich im Sessel aufzurichten, aber mein Körper ist stocksteif. »Nein«, sage ich, auch wenn es gar nicht wie ein richtiges Wort klingt.

»Wir müssen den Tremor und die Muskelverhärtung in den Griff bekommen.«

Wir. Noch einmal versuche ich Nein zu sagen, doch mein Mund fühlt sich an, als wäre er voller Sand.

»Sonst könnte es gefährlich für dich werden. Bitte, Melanie.«

Ich leiste keine Gegenwehr, als er mir etwas in den Mund steckt und mir eine Wasserflasche an die Lippen hält. Ich spüre, wie mir ein Teil des Wassers über das Kinn läuft.

Er reibt mir den Kehlkopf wie bei einem Haustier, um meinen Schluckreflex auszulösen. Es fühlt sich an, als würde ich einen Stein herunterwürgen, so wund ist meine Kehle.

»Deine Schwester hat genauso reagiert.« Er macht so ein trauriges Gesicht, dass ich fast geneigt bin, ihm zu glauben. »Nur war es bei ihr aufgrund ihrer Infektion noch schwerer, die Symptome zu kontrollieren.« Er schüttelt den Kopf. »Hätte sie zuvor nicht das Baby bekommen, wäre alles gut ausgegangen.«

Es wäre *nicht* alles gut ausgegangen. Er hätte niemals zugelassen, dass alles gut ausgeht, und er wird es auch bei mir nicht zulassen. Mein Gehirn weiß das, aber die Angst, die mich dazu motivieren könnte, aufzuspringen und zu fliehen, will einfach nicht kommen. Mein Verstand begreift, in welcher Lage ich mich befinde und was dies für mich bedeutet, aber ich *fühle* es nicht. Ich weigere mich noch, es zu akzeptieren.

Er langt mit einer Hand in den Halsausschnitt meines Kleides, während er mit der anderen von irgendwoher ein Stethoskop holt.

»Darf ich?«

Wie von einem Motor angetrieben, schüttle ich unaufhörlich den Kopf, aber diesmal sind es nicht die Medikamente, die mich im Griff haben. Du bist es.

Gegen meinen Willen zieht er den elastischen Stoff meines Ausschnitts nach unten und entblößt meine Brust, bevor er mir die kalte Metallscheibe auf die Haut setzt. »Dein Herz ist stark, Melanie«, sagt er. »Dein Körper und deine Seele auch. Viel stärker als die deiner Schwester.«

»Hat sie?« Ich muss an Thornes träges Lallen denken, nachdem Adam ihm die Beruhigungsmittel injiziert hatte. Genauso klinge ich jetzt.

Er runzelt die Stirn, weil er erst überlegen muss, was ich damit sagen will. »Ach. Das Stethoskop.« Er nickt zur Bestätigung, als hätte er eine gemeinsame Leidenschaft mit seinem Boss entdeckt, den er beeindrucken möchte. »Ja. Es war ein Geschenk von ihr. Sie würde sich bestimmt freuen, wenn sie wüsste, dass ich es jetzt verwende, um für dich zu sorgen.«

Einen Scheiß würde ich, sagst du in meinem Kopf. Seit deinem Verschwinden sagst du ziemlich oft *Scheiße.* Genau wie ich. Obwohl ich gar nicht mehr weiß, ob du das auch schon getan hast, als du noch bei uns warst. Ich will dir nicht meine eigenen Fehler in die Schuhe schieben. Das wäre zu einfach.

Er nimmt das Stethoskop weg, doch seine linke Hand liegt weiterhin auf meinem Oberkörper, und zwar so, dass seine Finger meine Brust streifen.

»Nicht.« Ich versuche ihn wegzuschieben, aber mein Arm, eben noch steif wie ein Brett, ist auf einmal schlaff wie eine zu lange gekochte Nudel. Ich kann ihn nur wenige Zentimeter anheben, ehe er wieder herunterfällt. Ich bin eine lebensgroße Puppe.

»Bist du sicher? Du bist zu mir gekommen. Deine Stimme sagt Nein, aber dein Körper spricht eine andere Sprache. Weißt du, was ›Enthemmung‹ ist?«

Ja, das weiß ich. Aber ich werde mein klägliches bisschen Stimme garantiert nicht darauf verschwenden, ihm eine Antwort zu geben.

»Das ist eine Nebenwirkung des Medikaments, das ich dir gerade verabreicht habe – genau wie das wohlige Gefühl, das du spürst. Du siehst entspannt aus, Melanie. Seit ich dich kennengelernt habe, hast du noch kein einziges Mal entspannt ausgesehen. Die Antihistamine fangen langsam an zu wirken, es war eine ziemlich hohe Dosis. Du hast diesen Schlafzimmerblick. Den hast du immer, aber ganz besonders jetzt, wo wir zwei allein sind.«

Ich denke nach. Ich denke sehr angestrengt nach. Warum fällt mir das Nachdenken so schwer? Was soll ich jetzt tun? Die Antwort kommt mir, kaum dass ich im Kopf die Frage formuliert habe: Ich muss dafür sorgen, dass er weiterredet, bis ich wieder Herr über meinen Körper bin. Ja, genau das muss ich tun. Was immer auch geschieht, ich darf auf keinen Fall zulassen, dass er mich in den Sarg sperrt. Ich versuche den Kopf zu schütteln, um wach zu werden, doch das hat lediglich zur Folge, dass mein Gehirn wie Wackelpudding in meiner Schädelhöhle hin- und herschwappt.

»Wieso?«

»Wieso was?«

»Wieso Melanie?« Ich weiß nicht genau, wie verständlich ich den Namen ausspreche, aber irgendwie scheint er darauf geeicht zu sein, ihn zu hören.

»Sie hat so oft von dir gesprochen. Sie hat dich immer Melanie genannt. Schon lange bevor wir uns begegnet sind, hatte ich das Gefühl, dich zu kennen, weil sie dich so verehrt hat.«

Ich schüttle den Kopf, um meinen Widerspruch zu signalisieren. Von uns beiden war stets ich die Verehrerin und du die Verehrte. Außerdem will ich nicht, dass dieser Mensch mir etwas von dir erzählt. Nicht er. Da würde ich mich ja noch lieber von Ted über dich belehren lassen.

»Doch, das hat sie, Melanie. Was immer ihre Fehler waren – und sie hatte viele –, sie hat dich verehrt. Es ist das Einzige, wofür ich ihr nach wie vor dankbar bin. Aber um deine Frage zu beantworten: Es ist dein wahrer Name – und der, der mir am besten gefällt. Unter diesem Namen habe ich dich kennengelernt.«

Du hättest niemals gewollt, dass er mich Melanie nennt. Du hättest meinen Namen mit keinem anderen Menschen teilen wollen, schon gar nicht mit ihm. Aber das sage ich nicht. Stattdessen fällt mir etwas anderes ein, um ihn am Reden zu halten.

»Sadie«, sage ich.

»Sadie? Warum willst du über Sadie reden?« Er verzieht seine Lippen missmutig nach unten. »Sie ist keine echte Freundin. Sie vertraut dir nicht so, wie du es verdient hättest.« Er zögert, als wäre er unsicher, ob er fortfahren soll. »Hast du dich eigentlich schon mal gefragt, wodurch ich auf dich aufmerksam geworden bin, Melanie?«

»Ja.«

»Es war das Interview, das du in der Zeitung gegeben hast, und das Foto von dir. Du siehst deiner Schwester so ähnlich. Nachdem ich es gesehen hatte, habe ich es mir zur Aufgabe gemacht, alles über dich in Erfahrung zu bringen. Das schloss Sadie mit ein. Ich habe ihr und Brian sogar geholfen, zueinanderzufinden. Brian wollte sich etwas dazuverdienen, und das mit der Arbeit im Kosmetikstudio war meine Idee. Ich habe ihm eine Liste mit Salons gegeben, auf der auch

Sadies Name auftauchte – es war der einzige, bei dem überhaupt Erfolgsaussichten bestanden.«

Er geht mit Menschen um, als wären sie Figuren auf einem Spielbrett. »Wieso?«

»Damit wir zwei uns begegnen können. Durch sie. Allerdings hätte ich nie damit gerechnet, dass aus ihnen gleich ein Paar wird. Sie scheinen nicht besonders gut zusammenzupassen, oder? Aber es kam mir ganz gelegen. Und du glaubst gar nicht, wie einfach es war, Sadie so weit zu bringen, dass sie dich hasst. Es fehlte ohnehin nicht mehr viel, ich habe die Sache nur ein wenig beschleunigt.«

»Wie?«

»Brian hat auf der Arbeit erwähnt, dass sie eine Party geben wollten, und ich habe gesagt, dass ich Lust hätte zu kommen. Als er mich dann anrief, um mir die Einzelheiten durchzugeben, hat er mir erzählt, dass Sadie eine Freundin habe, die sehr hübsch sei und eine ganz außergewöhnliche Persönlichkeit – womit er selbstverständlich recht hatte, Melanie. Er dachte, ich könnte vielleicht Interesse daran haben, sie kennenzulernen. Sadie war dabei, und irgendwann ist sie ihm ins Wort gefallen. Kannst du dir den Streit zwischen den beiden vorstellen, Melanie?«

»Ja.«

Die Geschichte, die er mir daraufhin erzählt, ist genauso, wie ich sie mir ausgemalt habe.

»›Nicht Ella‹, hat Sadie gesagt. ›Du willst ihm doch nicht ernsthaft Ella auf den Hals jagen.‹ ›Warum nicht?‹, hat Brian geantwortet. ›Ella ist doch nett.‹ ›Du klingst ja so, als wärst du lieber mit ihr zusammen als mit mir.‹ ›Natürlich nicht‹, hat er gesagt. ›Ich glaube dir kein Wort‹, hat sie erwidert, und darin war ich ausnahmsweise mal ihrer Meinung. ›So geht das schon mein ganzes Leben‹, hat sie gesagt, und auch das habe ich ihr sofort geglaubt. Dann hat sie ihm das Telefon aus der Hand gerissen, um direkt mit mir zu sprechen. Sie meinte, du seist verrückt und ein hoffnungsloser Fall, und niemand, der sich mein Freund schimpfe, könne wollen, dass ich mit dir in Kontakt komme. Du würdest immer noch deinem nichtsnutzigen Ex-Freund hinterherlaufen – wir beide wissen natürlich, dass das nicht stimmt. Brian hat sich bei mir entschuldigt und zu Sadie gesagt, er würde sich jetzt eine Zeitung holen gehen. Sie hat kein gutes Gespür dafür, wann sie anderen Leuten auf die Nerven geht, stimmt's?«

Ich schweige.

»Wir haben uns dann noch eine Weile unterhalten. Sie hat gefragt, ob Brian und ich uns oft im Krankenhaus begegnen würden. Ich habe ihr erklärt, dass wir uns eigentlich kaum sähen. Dann hat sie mir dein Aussehen beschrieben – nicht, dass sie dir gerecht geworden wäre – und wollte von mir wissen, ob ich dich je mit ihm zusammen gesehen hätte.«

»Kann nicht sein.«

»Ich kenne jeden Zug deines Gesichts in- und auswendig, Melanie. Aber ich habe ihr gesagt, es wäre eventuell möglich, dass ich Brian in der Krankenhaus-Cafeteria in Begleitung einer Frau gesehen hätte, die ungefähr so ausgesehen haben könnte wie du. Ich habe noch hinzugefügt, dass ich mir nicht ganz sicher sei und ihr Genaueres sagen würde, sobald ich dich auf der Party gesehen hätte. Dann musste ich ihr nur noch unauffällig zunicken, als ihr beide kurz nach deiner Ankunft an der offenen Wohnzimmertür vorbeigekommen seid, und das war's.«

»Lüge«, sage ich.

»Ja«, sagt er. »Manchmal sind Lügen notwendig.«

Du würdest dieser Aussage sicher zustimmen. »Gemein«, sage ich.

Doch er missversteht mich. »O ja, das ist sie. Sie hätte dich besser kennen müssen. Brian meinte, sie sei krankhaft eifersüchtig. Ich will nicht, dass sie in deine Nähe kommt. Wenn sie die Gelegenheit dazu bekäme, würde sie dir sicher etwas antun. Ich hatte richtig Angst, als ich gesehen habe, wie sie dir vor deinem Haus aufgelauert hat.«

Ich kann diese Information gar nicht richtig verarbeiten. Meine Kehle ist so staubtrocken, dass ich an nichts anderes mehr denken kann. »Wasser«, sage ich.

Er schaut zum Fuß des Betts, und ich folge seinem Blick. Dort steht ein Silbertablett, darauf befinden sich diverse Glasampullen, Spritzen, eine Stiftlampe und eine halb volle Plastikflasche mit Wasser. Er greift nach der Flasche, schraubt den Deckel ab und hebt meinen Kopf an, um mir beim Trinken behilflich zu sein. Ich bin so ausgedörrt, dass die Haut an meinen Lippen aufplatzt. Es schmerzt, als hätte ich ein Pflaster abgerissen.

»Thorne?«

»Immer noch nicht wieder aufgetaucht.«

Wenn Thorne diesen Mann in die Finger kriegt, wird er ihn in Stücke reißen.

»Aber das ist nur eine Frage der Zeit«, sagt er. »Ich mache mir keine Sorgen. Er ist unwichtig.«

Er sieht, wie ich das Tablett beäuge.

»Du warst ganz außer dir. Du hast völlig verstört zwischen all den Sachen auf dem Fußboden gesessen. Mir blieb keine Wahl, ich musste dir etwas zur Beruhigung geben, aber du hast zu heftig auf das Mittel reagiert – die normale Dosis reichte nicht aus, du brauchtest mehr. Der Alkohol, den du getrunken hast, hat die Wirkung der Medikamente verstärkt.«

Er schiebt die Verantwortung für seine Entscheidungen und sein Handeln von sich, als stünden sie in keinerlei Zusammenhang mit ihm.

»Reicht«, sage ich. Das ist meine neue Kunst: Ich versuche, verständliche Sätze aus möglichst wenig Wörtern zu bilden.

Er liebkost mit den Fingern meinen Hals und streichelt mir über das Haar. Er schiebt mir einige Strähnen aus dem Gesicht. Erst jetzt wird mir bewusst, dass meine Haare offen sind. Er muss die Spange herausgenommen haben – vermutlich aus Angst, ich könnte ihm damit ein Auge ausstechen. Nicht ganz unbegründet. Der Gedanke macht mich froh.

»Es wäre am besten, wenn du trotzdem noch etwas spüren könntest«, sagt er. »Nicht zu müde. Nicht zu wach. Genau richtig.«

Chemische Fesseln. Genau das haben sie mit Thorne gemacht, bevor er auf der Liege festgeschnallt wurde. Muss ich benommener oder wacher wirken, damit dieser Mann mir nicht noch weitere Spritzen in den Körper jagt? Die Frage ist zu komplex, als dass ich sie beantworten könnte, und außerdem ist sie rein intellektueller Natur. Ich *spüre* ihre Relevanz nicht, auch wenn ich das zweifellos sollte. Er hatte recht, als er meinte, das Medikament würde ein wohliges Gefühl auslösen. Es spottet jeder Vernunft, aber ich fühle mich tatsächlich wohl.

Er beugt sich über mich, um mir einen Kuss zu geben, und ich mache keine Anstalten, ihn daran zu hindern.

Als er sich von mir löst, ist seine Stirn gerunzelt. »Deine Lippen zittern immer noch.« Er hat meine Tasche mit nach oben gebracht. Sie liegt neben dem Tablett auf dem Bett. Er streckt sich, um meine Uhr herauszuholen. »Die hier funktioniert nicht mehr.« Er muss dahintergekommen sein, was es mit der PNA auf sich hat, und sie deaktiviert haben.

Ich denke an mein totes Handy. Einige Sekunden lang klammere ich mich an die Hoffnung, dass die Funktionen »Mein Telefon suchen« oder »Letzten Standort senden« die Polizei zu meinem Aufenthaltsort führen könnten. Aber wenn der Akku schon auf dem Klinikparkplatz leer war, endet dort auch meine Spur. Mein Handy wird mir aller Wahrscheinlichkeit nach also keine Hilfe sein.

Ich versuche deinen Namen auszusprechen. Es klingt wie »Marmor«.

»Ich will vollkommen ehrlich zu dir sein. Ich möchte dir alles sagen, damit nichts zwischen uns steht. Die Beruhigungsmittel sollen nur dazu dienen, dich ein wenig zu entspannen, damit ich dir alles in Ruhe erklären kann.«

»Muss nicht.«

Er nickt zustimmend. »Als ich dich vorhin mit Ted gehört habe und mir klar geworden ist, was die beiden dir angetan haben, da wusste ich, dass du es verstehen würdest.«

»Wie?« Damit meine ich, wie er mich mit Ted gehört haben will. Und hat er vorhin nicht auch angedeutet, von Sadies Auftritt vor meinem Haus gewusst zu haben? Woher?

Doch auch diesmal übergeht er meine Frage. »Du hast ihr Medaillon gefunden. Hast du eine Ahnung, wie oft ich es hervorgeholt, geöffnet und dein Bild angeschaut habe, bevor wir uns endlich im wahren Leben begegnet sind? Es ist, als würde ich sie anschauen – nur ohne ihre Fehler.«

»Nein.«

Er schüttelt traurig den Kopf. »Damit beweist du nur, dass ich recht habe. Sie hat ein paarmal mit mir geschlafen oder ist zum Abendessen vorbeigekommen, wenn sie gerade mal wieder einsam war. Sie mochte es, wenn ich ihr teure Geschenke mache. Aber ich musste ihr versprechen, niemandem von uns zu erzählen. Es gab da nämlich noch einen anderen – sie hat es nie offen zugegeben, aber die Anzeichen waren eindeutig.«

Ich erinnere mich an den ausgelöschten Namen in deinem Adressbuch. H wie Holderness. Ich habe nicht den geringsten Zweifel daran, dass es Adams Name war, den du übermalt hast, womöglich um seine Identität vor Noah geheim zu halten, oder weil Adam dir irgendwann so verhasst war, dass du es nicht mehr ertragen konntest, daran erinnert zu werden, dass er einmal eine wichtige Rolle in deinem Leben gespielt hatte. Vielleicht trifft auch beides zu.

»Dann wurde sie schwanger.« Er schließt die Augen, als würde ihm das immer noch Schmerzen bereiten. »Sie hatte sich monatelang geweigert, mich zu sehen. Dann stand sie auf einmal wieder bei mir vor der Tür und wollte mit mir schlafen, weil sie bedürftig war oder traurig oder Aufmerksamkeit brauchte. Und zack, war sie schwanger.«

Weißt du noch, wie es für dich war, als du Adam zum ersten Mal begegnet bist? Weißt du noch, wie gut du dich in seiner Gegenwart gefühlt hast, bevor du wusstest, wie er wirklich ist?

Immer wieder habe ich mich gefragt, was dich dazu getrieben haben könnte, in so kurzem Abstand mit zwei Männern zu schlafen. Dabei habe ich mir nicht im Traum vorgestellt, Ted könnte einer von ihnen gewesen sein. Aber gleich drei? Du Arme.

Sei nicht so bigott. Es war großartig. Ich habe mir meine Macht zurückgeholt. Ich hatte die Kontrolle. Und hör bloß auf mit deinem »du Arme«. Ich brauche dein Mitleid nicht. Ich will es auch gar nicht. Untersteh dich, über mich zu urteilen.

Du bist so wild und unerschütterlich wie eh und je. Aber deine Unerschütterlichkeit hilft mir. Du hast dich immer nach einem Leben voller Drama und Abenteuer und Nervenkitzel gesehnt, und genau das hast du bekommen, auch wenn es am Ende völlig aus dem Ruder gelaufen ist.

Dagegen lässt sich wohl nichts sagen.

Es steckt ein Körnchen Wahrheit in dem, was Adam gesagt hat, auch wenn er es selbst gar nicht begreift. Lukes Vater muss dich in irgendeiner Weise tief verletzt oder enttäuscht haben, vermutlich weil er wieder einmal ohne Vorwarnung abtauchen musste. Das ist der Grund, weshalb du Trost in Adams und wohl auch in Teds Armen gesucht hast. Aber dann hast du dich wieder mit deiner großen Liebe versöhnt, und Ted und Adam waren Geschichte.

»Ich dachte, es wäre von mir«, sagt Adam. »Ich war mir sicher, dass es von mir sein muss.«

Es. So redet er über deinen Sohn. Selbst nach all den Jahren kann er immer noch nicht akzeptieren, dass Luke ein Mensch ist.

»Sie hat mir hoch und heilig geschworen, ich sei nicht der Vater. Der Zeitpunkt sei völlig falsch und überhaupt – der Scheiß, den Frauen in solchen Situationen eben vom Stapel lassen.«

Einen Moment lang fällt er aus der Rolle und spricht das aus, was er wirklich denkt. *Frauen. Scheiß* – mit welcher Leichtigkeit er diese zwei Wörter miteinander in Verbindung bringt. Er ist ein vollkommen anderer Mann als der, den ich kennengelernt habe, und es gelingt ihm nicht, seinen Hass und seine widerwärtigen Gedanken vor mir zu verbergen.

»Amnio«, sage ich.

»Du weißt davon?«

»Ja.«

»Das hat sie nur gemacht, damit ich Ruhe gebe. Ich hätte mir gewünscht, dass es meins ist, aber der Vaterschaftstest war eindeutig, da ließ sich nichts machen. Ich habe nie erfahren, wer der wahre Vater ist. Er war zu vorsichtig. Oder sie.«

Er steht auf und lässt sich rittlings auf dem Sessel nieder, sodass sich sein Unterkörper an meinem reibt und meine Hände unter seinen Schenkeln festgeklemmt sind. Mit seinem Gewicht auf mir habe ich das Gefühl, keine Luft mehr zu bekommen. Ich kann meine Arme nicht befreien, ja, ich kann nicht einmal den Kopf bewegen, weil er ihn zwischen seinen Händen gefangen hält. Trotzdem sind meine Bemühungen offenbar eindeutig genug.

»Ich frage mich schon lange, wie es wäre, mit dir zusammen zu sein. Zu spüren, wie du dich unter mir bewegst. Deshalb will ich dich auch nach Möglichkeit nicht fesseln müssen.«

»Nicht nötig.« Meine Stimme ist kaum hörbar.

Er lässt sich meine Haare durch die Finger gleiten. »Als wir uns endlich das erste Mal begegnet sind, wusste ich gleich, dass du dich genauso zu mir hingezogen fühlst wie ich mich zu dir.« Er lacht. »Was du mit Brians Bruder gemacht hast – ich kann dir gar nicht sagen, wie köstlich ich mich amüsiert habe. Du warst alles, was ich mir erhofft hatte. Die Chemie zwischen uns hat von Anfang an gestimmt.«

»Ja«, sage ich.

Er legt die Finger unter mein Kinn und hebt meinen Kopf ein Stück an.

»Das ist mir noch nie aufgefallen. Die letzten Überbleibsel eines Feuermals. Es ist wunderschön.« Seine Lippen berühren die Stelle, und er küsst meine Magie weg. Er saugt sie aus mir heraus wie ein Vampir.

So darfst du nicht denken. Deine Magie sitzt ganz tief in dir drin. Da kommt er nicht heran. Sie ist und bleibt deine Geheimwaffe. Also: Nutze sie.

Meine Atmung wird flacher, aber er missversteht den Grund dafür und löst sich von mir, um mich zu betrachten. »Ich möchte nicht, dass du dich zu sehr aufregst. Erst sollst du dich vollständig erholen. Ich möchte für dich da sein, das ist mir unheimlich wichtig. Du hast sogar Ted, diesem Mistkerl, gesagt, er soll sich zum Teufel scheren.«

Woher weiß er das? Woher? Mühsam bringe ich das Wort über die Lippen.

Ganz plötzlich steht er auf und setzt sich auf einen niedrigen Hocker, den er neben den Sessel gestellt hat.

»Ich habe gesehen, wie du vor ihm zurückgewichen bist, als er dich auf dem Klinikparkplatz angefasst hat. Aber als du zu ihm nach Hause gegangen bist – ich will dir gar nicht sagen, was ich da gedacht habe. Wie wütend ich war. Ich habe mich schon gefragt, ob ich dich vielleicht falsch eingeschätzt habe. Ob du eine Frau bist, die mehrere Männer gleichzeitig hat, weil sie süchtig nach deren Aufmerksamkeit ist. So wie sie. Aber was du dann zu ihm gesagt hast ... Ich war so froh. Und gegen Sadie warst du unglaublich.«

Ich denke an Thorne. Ich denke daran, wie zugänglich er wurde, nachdem ich meine Taktik ihm gegenüber geändert und mich bemüht hatte, besonders nett zu ihm zu sein. Es war ein gefährliches Spiel, aber es hat funktioniert. Mehr oder weniger jedenfalls. Könnte ich mich dazu überwinden, bei diesem Mann dasselbe zu versuchen? Vielleicht kommen mir die Gifte, die er in meinen Körper gespritzt hat, dabei ganz unbeabsichtigt zu Hilfe, denn das durch sie ausgelöste wohlige Gefühl hat meine Wut zu einem winzigen Kern zusammenschrumpfen lassen, der so tief in mir verborgen ist, dass ich ihn im Moment nicht einmal spüren kann.

Ungewollt entschlüpft mir Thornes Name. Adam redet weiterhin mit mir, als wäre ich seine Mitverschwörerin, nicht seine Feindin.

»Ich war kurz davor, sein Spiel abzubrechen, als er sagte, er hätte sie am Tag vor ihrem Verschwinden beobachtet. Ich war an dem Tag nämlich auch in ihrer Nähe. Ich war mir absolut sicher, dass Thorne dir sagen würde, er hätte mich gesehen, und dass er mich deshalb so hasst. Ich war Sekunden davon entfernt, den Besuch zu beenden, als er dich gepackt hat. Es gibt da übrigens noch etwas, wofür ich mich bei dir entschuldigen muss. Ich hoffe, du wirst es verstehen.«

»Natürlich«, sage ich.

Er nimmt meine Hand und küsst sie, und ich zwinge mich zu einem Lächeln. Beruhigungsmittel machen einen tatsächlich ruhig. Das falsche Lächeln ist ganz einfach und fühlt sich vollkommen natürlich an. Fast wie echt.

»Nachdem ich dich aus der Klinik nach Hause gefahren hatte und du unter der Dusche warst, habe ich ein Abhörgerät in deiner Tasche versteckt. Ich musste wissen, was Thorne dir ins Ohr geflüstert hatte. So konnte ich dein Gespräch mit Ted belauschen. Und das mit Sadie. Vergibst du mir?«

»Natürlich«, sage ich abermals.

Er hebt meine Hand, dreht sie um und presste mir weitere Küsse in die Handfläche. »Ich hätte mir niemals träumen lassen, dass sie was mit Ted haben könnte. Das hätte ich ihr wirklich nicht zugetraut. Ich weiß, dass es dir genauso geht. Sie hatte dich gar nicht verdient.«

Ich darf wütend auf dich sein. Ich darf dich anschreien. Ich darf jeden einzelnen deiner Fehler aufzählen und dir alles vorhalten, was du jemals falsch gemacht hast. Aber wehe, jemand anders tut es. Das hast du einmal zu mir gesagt, und ich habe nicht gesagt, dass es mir bei dir genauso geht. Ich hätte es dir sagen sollen.

»Drei verschiedene Männer innerhalb weniger Wochen. Was war sie nur für eine Frau? Das mit Ted wusste ich genauso wenig wie du. Ich habe ihn zum ersten Mal gesehen, als ich euch beiden und dem Jungen an Halloween gefolgt bin.«

Gefolgt. Jetzt wird mir auch klar, wer mir das Foto von Ted und Ruby im Café geschickt hat.

»Foto von Ted?«, sage ich.

»Du musstest die Wahrheit über ihn erfahren.«

Er hat versucht, Ted aus dem Spiel zu nehmen. Wahrscheinlich hätte er mit seinen Intrigen gegen ihn weitergemacht, wenn es Ted nicht auch ganz ohne Hilfe gelungen wäre, mein Herz in Stein zu verwandeln. Obwohl: Ganz ohne Hilfe stimmt nicht. Er hatte ja dich.

Ich schlucke mühsam, und er gibt mir noch etwas Wasser zu trinken.

»Langsam, Melanie«, ermahnt er mich.

»Anonyme Anrufe?«, frage ich.

Er macht ein verdutztes Gesicht. Angesichts der schrecklichen Dinge, die er mir gegenüber ohne jede Scheu zugegeben hat, bin ich geneigt zu glauben, dass sie tatsächlich nicht von ihm kamen.

»Hüter der Gerechtigkeit?«, frage ich.

Wieder sieht er mich verständnislos an, allerdings weiß ich nicht genau, ob es daran liegt, dass ich so undeutlich spreche, oder ob er wirklich keine Ahnung hat, was damit gemeint ist.

»Hasst du Ted jetzt?«, fragt er mich. »Hasst du ihn und deine Schwester?«

»Ja.«

»Wie konnte sie dir nur so etwas antun? Du musst wirklich froh sein über das, was passiert ist.«

Was passiert ist. Nicht: *Was ich getan habe.* Er redet darüber, als wären du, dein Medaillon und die Geburtstagskiesel durch Einwirkung fremder Mächte in sein Haus gelangt.

»Was ist denn passiert, Adam?« Ich versuche die Frage abzumildern, indem ich hinten seinen Namen anhänge.

Ich glaube, er brennt schon lange darauf, mir die Geschichte zu erzählen. Es ist eine Geschichte, die ich nicht hören will. Eine Geschichte, die ich mir so nie gewünscht habe. Ich habe mir immer eine ganz andere Geschichte gewünscht.

»Sie hatte sich mit ihm verabredet – wer auch immer *er* war.«

»Woher wusstest du das?«, frage ich, als wäre ich beeindruckt von seiner Schläue.

»Ich wusste, dass sie über die Landstraße kommen würde, und ich wusste auch, wann.« Das ist keine Antwort auf meine Frage. Er will mir gegenüber nicht eingestehen – wer weiß, vielleicht gesteht er es nicht einmal sich selbst gegenüber ein –, dass er dich systematisch gestalkt hat. So wie mich auch. Er will keine Details über seine Methoden preisgeben. »Ich hatte meinen Wagen so an der Böschung geparkt, dass ich mit der Motorhaube direkt vor einem Baum stand.«

»Warum?«

»Normalerweise bin ich nicht so gedankenlos, aber ich war aufgewühlt und durcheinander. Es war wirklich keine Absicht.«

Lügner.

»Eine Minute bevor sie vorbeikam, habe ich den Kopf aufs Lenkrad gelegt – ich weiß selbst nicht mehr genau, warum. Was dann kam, hatte ich nicht geplant. Ich wollte einfach nur, dass sie für mich anhält. Dass sie mir wenigstens noch diesen einen Gefallen tut. Es war ein kleiner Test, ob ich ihr etwas bedeute – mehr wollte ich gar nicht von ihr. Hast du eine Ahnung, wie es ist, sich so was zu wünschen?«

»Ja.«

»Die ganze Zeit kam kein anderes Auto vorbei. Du weißt ja selbst, dass die Straße nicht sehr stark befahren ist. Als sie mich sah, hat sie eine Vollbremsung gemacht. Ich konnte sogar das Quietschen ihrer Reifen hören. Sie hat ihren Wagen in einen flachen Graben gelenkt und laut meinen Namen gerufen. Wenn ich jetzt darüber nachdenke, könnte es sein, dass es so aussah, als hätte ich einen Unfall gehabt. Aber zu dem Zeitpunkt war mir das gar nicht bewusst. Ich dachte einfach, sie hätte angehalten, weil ich ihr etwas bedeute.«

Er *hat* dir etwas bedeutet. Er konnte dich nur deshalb in eine Falle locken, weil du ein gutes Herz hast. Und er kann behaupten, was er will: Er hat in voller Absicht direkt vor dem Baum geparkt. Du hättest niemals einen Verletzten ignoriert. Vielleicht wärst du danach mit seinem Freund ins Bett gestiegen, aber du hättest niemals jemandem deine Hilfe verweigert – dafür mochtest du es viel zu sehr, wenn jemand kaputt war und du ihn wieder heil machen konntest, und wenn dieser Jemand dich dann hinterher als rettenden Engel bezeichnete und dir Komplimente machte, wie wichtig und einzigartig du doch seist. Wenn er sagte, dass nur du allein in der Lage gewesen wärst, ihn gesund zu machen. Adam kannte dich nicht wirklich, aber diese eine grundlegende Eigenschaft muss er irgendwie bei dir gespürt haben. Und er hat sie eiskalt ausgenutzt.

»Sie hat die Beifahrertür aufgerissen und ist zu mir ins Auto geklettert, um mir zu helfen. Der Wind hat die Tür zugeweht. Als sie sah, dass mir nichts fehlt, hat sie angefangen, mich zu beschimpfen. Sie hat mir Obszönitäten an den Kopf geworfen – Ausdrücke, die du niemals in den Mund nehmen würdest, Melanie. Was mir denn einfiele, sie müsse dringend wohin, es sei sehr wichtig, und sie habe keine Zeit für solche Spielchen. Sie hat gesagt, was ich getan hätte, sei hinterhältig und grausam. Sie war dermaßen außer sich, dass ich Angst um sie hatte – aus medizinischer Sicht. Ich dachte mir, dass es vielleicht mit den Hormonen zu tun hatte. Ich habe ihre Hand genommen, damit sie sich beruhigt, aber ihre Haut war ganz heiß und feucht. Sie hatte eindeutig Fieber. Sie hat nach dem Türgriff gelangt, weil sie aussteigen wollte, aber ich fand, dass sie in ihrem Zustand lieber nicht Auto fahren sollte. Ich musste ihr etwas zur Beruhigung geben – es waren die gleichen Medikamente, die du gestern Abend bekommen hast. Das hat geholfen. Die Rückenlehne des Beifahrersitzes war zufällig heruntergeklappt, also habe ich sie hingelegt, damit sie sich ein bisschen ausruhen konnte.«

Er hat die Schlüssel und die Handtasche aus deinem Wagen geholt, damit es so aussah, als wärst du absichtlich verschwunden. Als hättest du irgendeinen geheimen Plan verfolgt. Nur das kaum benutzte Handy, das deinen Aufenthaltsort hätte verraten können, hat er liegen lassen. Er muss irgendwie dafür gesorgt haben, dass sich der Akku schneller entleert, denn als die Polizei es fand, war es bereits außer Betrieb. Und er hat darauf geachtet, keine Spuren zu hinterlassen. Die DNA in deinem Wagen stammte ausschließlich von dir bekannten Personen, die sämtlich als Verdächtige ausgeschlossen werden konnten.

»Du hast dich um sie gekümmert«, sage ich, um ihn in seiner Version der Ereignisse zu bestätigen.

»Ich wollte sicherstellen, dass sie die Möglichkeit hat, zur Ruhe zu kommen, und sich nicht in Gefahr begibt.« Er redet so, als wäre das Ganze reiner Zufall gewesen. Als hätte er keine Spritze mit Beruhigungsmitteln in der Tasche gehabt; als hätte er den Beifahrersitz nicht schon vorher heruntergekurbelt; als hätte er dich nicht beschattet und dir ganz bewusst eine Falle gestellt. Als hätte er das alles nicht von langer Hand geplant. Als gäbe es den sargähnlichen Hohlraum in seinem Kleiderschrank nicht, in dem er dich eingesperrt hat.

Er legt mir die Hand an die Wange. »Es ist schon erstaunlich: Erst empfindet man so viel für jemanden, und auf einmal ist da gar nichts mehr. Aber selbst wenn du sie jetzt hasst – du darfst dir nicht die Schuld daran geben. Deine Gefühle sind vollkommen nachvollziehbar. Als das alles passiert ist, hatte ich noch gar keine Ahnung, wie sehr sie es wirklich verdient hat.«

»Was ist denn passiert, Adam?«

»Sie hatte einen Krampfanfall.«

»Wann?«

»Es ging ihr sehr schlecht, sie konnte nicht mal aus eigener Kraft laufen. Sie hatte eine Infektion. Hohes Fieber. Die Nebenwirkungen der Medikamente ließen sich nicht eindämmen. Du hast dich schnell davon erholt, weil du ein starkes Herz hast. Aber sie nicht. Sie hat sich gar nicht mehr davon erholt.«

»Wann?«

»Eine Woche nachdem sie zu mir gekommen war.«

»Hat sie …?« Ich muss es fragen. Ich muss es aus seinem Mund hören, auch wenn ich es nicht ertragen kann.

»Man hätte nichts mehr für sie tun können.«

Man hätte nichts mehr für sie tun können. Der Euphemismus eines Arztes.

Als hätte er dich nicht entführt, unter Drogen gesetzt und wahrscheinlich auch vergewaltigt.

Er spricht das Wort nicht aus, aber das muss er auch gar nicht. Es ist da. Es liegt in der Luft.

»Jetzt siehst du ein, dass du ohne sie besser dran bist, nicht wahr? Wir alle sind ohne sie besser dran. Ich werde jetzt eine Zeit lang deine Hand halten, Melanie. Ich merke, du brauchst das gerade.«

Mit dir zu reden war meine Art, dich am Leben zu erhalten, dich immer bei mir zu haben, obwohl du weg warst. Ich habe die ganze Zeit mit einer Toten geredet. Deine Stimme wird dahinschwinden, bis sie irgendwann nur noch so leise ist wie das Summen einer Mücke.

Aber im Moment höre ich dich noch. Du bist keine Mücke. Du brüllst mir mit voller Lautstärke ins Ohr. *Lass ihn deine Trauer nicht sehen. Er muss denken, dass du auf seiner Seite bist. Reiß dich zusammen. JETZT.*

Ich drücke seine Hand. »Ich bin froh, dass du bei mir bist.«

»Du bist treuer, als sie es je war.«

Er weiß gar nicht, wie recht er damit hat.

Er gibt mir einen Kuss auf die Stirn. »Das liebe ich so an dir.«

Ich schlucke die Galle hinunter, die mir in die Kehle steigt, als seine Lippen meine Haut berühren. »Und ich an dir.« Meine Stimme zittert. Es kostet mich enorme Anstrengung, so zu tun, als würde ich seine Gefühle erwidern, aber er scheint das Zittern als Ausdruck meines Verlangens zu deuten.

»Hat sie –?« Ich breche ab.

»Was? Hat sie was?«

»Gelitten?« Meine Stimme versagt. Ich klinge, als wäre ich kurz vor dem Ersticken.

Ich weiß, dass es unklug ist zu fragen. Aber ich kann einfach nicht anders.

»Sie hat jedes Mal tief geschlafen, wenn ich zur Arbeit gefahren bin. Und sie ist nie aufgewacht, ehe ich zurückkam. Sie wusste nicht, dass sie allein war. Ich habe mich gut um sie gekümmert.«

Als wäre das ein natürlicher Schlaf gewesen. Als hätte er dich nicht in ein Loch gepfercht, wann immer er das Haus verließ. Ich kenne die Wahrheit.

»War die Polizei bei dir?«

Er nickt. »Ich will dir wirklich alles sagen. Sie waren zu zweit. Ich kam gerade von der Arbeit, es war zwei Tage nach ihrer Ankunft. Sie sagten, sie würden allen Häusern in der Nachbarschaft einen Besuch abstatten. Ich habe sie ganz freundlich hereingebeten und ihnen Kaffee angeboten. Einer von ihnen hat kurz ins Wohnzimmer geschaut, aber das war es auch schon. Sie haben sich für die Störung entschuldigt und sind wieder gegangen.«

Ich stelle mir vor, wie du währenddessen in dem rechteckigen Hohlraum gelegen hast. Hätten die beiden Polizisten dich finden können, wenn sie sich die Mühe gemacht hätten, gründlicher zu suchen? Deine Retter waren nur wenige Meter entfernt, aber es hat dir nichts genützt. Ich bete, dass du wenigstens nicht bei Bewusstsein warst. Ich bete, dass du nichts von der Anwesenheit dieser zwei Trottel mitbekommen hast, die dir so nah waren und zugleich so fern. Wie hätte es sich angefühlt zu wissen, dass sie im Haus sind, ohne um Hilfe schreien zu können? Zu hören, wie sie sich verabschieden und die Haustür hinter ihnen ins Schloss fällt?

Er ist so wortgewandt, so ruhig und intelligent, dieser Arzt und ehemalige Kriegsheld mit seinem geballten medizinischen Fachwissen. Er sieht wirklich nicht wie ein Kidnapper aus. Hätte er nicht die meisten Polizisten getäuscht? *Ein Typ wie der hat es doch nicht nötig, eine Frau gewaltsam zu verschleppen*, hätten sie sich wahrscheinlich gedacht. Darin unterscheidet er sich von Thorne – wobei Thorne den bloßen Vergleich zwischen ihnen sicher als Beleidigung empfinden würde.

»Ich habe Bedenken, dass du dich mir zuliebe zu sehr darum bemühst, tapfer zu sein. Aber was immer sie getan hat, sie war deine Schwester.«

Ich versuche probehalber den Arm zu heben, bin aber immer noch so benommen, dass ich mich kaum rühren kann. Er beäugt mich, als wäre ich eine Waffe in Menschengestalt, die er entschärft hat, dann wendet er sich ab und macht sich an dem Tablett auf dem Bett zu schaffen.

Während er abgelenkt ist, beobachte ich ihn so unauffällig wie möglich. Er hat irgendetwas in seiner Hosentasche, ein kleines Stück davon ragt hervor. Gleich darauf erkenne ich, was es ist. Eine Spritze. Ich sehe das hintere Ende, der Kolben befindet sich in der obersten Position. Die Spritze ist randvoll, damit er sie mir im Notfall sofort in den Körper rammen kann – falls meine Kräfte früher als gedacht zurückkehren.

Er dreht sich wieder zu mir um. Ich rekle mich scheinbar genüsslich und schenke ihm erneut ein Lächeln. Er setzt sich neben mich in den Sessel, küsst mich aufs Ohr und flüstert mir zu: »Wir reden morgen weiter. Du brauchst dringend Ruhe. Morgen früh geht es dir bestimmt schon wieder besser. Ich kann es gar nicht abwarten, mit dir zusammen im Bett zu liegen und neben dir aufzuwachen.«

»Ich auch nicht.«

Er dreht mich auf die Seite, sodass wir nebeneinanderliegen und uns anschauen. »Wir passen so gut zusammen.« Er schiebt einen Arm unter meinen Körper. Den anderen schlingt er mir um die Taille, während er gleichzeitig ein Bein über meinen Schenkel legt.

»Gute Nacht, meine süße Melanie.« Er küsste mich und zieht mich noch enger an sich. Ich bin von dem Kuss so abgelenkt, dass ich keine Zeit habe zu reagieren, als er mein Kleid hochschiebt und ich im selben Moment ein Brennen tief in der Hüfte spüre, ehe die Welt um mich herum dunkel wird.

Samstag, 19. November

Die Farbe Rot

Ich weiß nicht, worauf ich liege, aber mir ist, als würde es mich verschlucken. Oder versinke ich darin? Ich drehe den Kopf zur Seite. Mein Kopf fühlt sich so an, als hätte jemand meinen Schädel mit einem Vorschlaghammer bearbeitet. Die Wucht des Schlags hallt immer noch nach. Ich kneife die Augen zu und lasse sie mehrere Sekunden lang geschlossen, ehe ich mich überwinden kann, sie wieder zu öffnen. Ich liege im Bett. Laken kleben an meiner Haut.

Ich hebe versuchsweise den Arm, und obwohl es scheint, als würde er von einer unsichtbaren Hand wieder heruntergedrückt, gelingt mir dasselbe schließlich auch mit dem anderen. Langsam. Alles, was ich tue, geschieht langsam. Aber immerhin kann ich mich wieder bewegen. Die Zuckungen sind verschwunden. Mein Körper fühlt sich an, als hätte jemand eine Menge Stahlkugeln in einen Hautsack gestopft.

Er liegt nicht neben mir. Aber irgendwann muss er neben mir gelegen haben, denn im Kissen ist noch die Vertiefung von seinem Kopf zu erkennen. Er hat mit mir zusammen in einem Bett geschlafen. Aber ich kann es mir jetzt nicht leisten, darüber nachzudenken, was er mir womöglich angetan hat, während ich bewusstlos war. Als ich angestrengt lausche, kann ich ihn hören, wahrscheinlich ist er draußen auf dem Flur. Er telefoniert. Ich überlege, ob ich all meine Kraft zusammennehmen und ganz laut schreien soll, um die Aufmerksamkeit der Person am anderen Ende zu erregen. Aber das wäre viel zu riskant. Wahrscheinlich würde er oder sie mich sowieso nicht hören. Außerdem wüsste Adam dann, dass ich gegen ihn bin, und mein größter Trumpf wäre verspielt.

Als ich mich aufrichte und auf die Ellbogen stütze, gerät das Zimmer um mich herum ins Trudeln. Mein Kopf schwankt auf meinem Hals, als hätte ich ein Schleudertrauma.

Er bewegt sich. Ich kann seine Schritte hören, die sich der Tür nähern, dann jedoch innehalten. Mein Bauch zieht sich in einem plötzlichen Krampf zusammen, sodass ich mich beinahe vor Schmerz krümme. Ich zähle im Kopf die Sekunden und warte darauf, dass er hereinkommt, doch er kommt nicht. Stattdessen geht er mit raschen, energiegeladenen Schritten nach unten – ein Mann, der sich auf den neuen Tag freut. Dabei summt er eine Melodie aus *Carmen* vor sich hin, aber der Nebel in meinem Gehirn ist zu dicht, als dass mir einfallen würde, welche es ist.

Die trügerische Ruhe, die ich am Abend zuvor empfunden habe, ist verflogen. Hat er nicht gesagt, die Medikamente könnten gegensätzliche Symptome hervorrufen? Von dem wohligen Gefühl ist jedenfalls nichts mehr übrig. Stattdessen platzt mir fast der Kopf, meine Angst ist übergroß, und mir wird bewusst, dass ich die Frauen, denen ich tagein, tagaus zu helfen versuche, bisher nie wirklich verstanden habe. Ich habe nie wirklich begriffen, wie sehr einen Furcht lähmen kann.

Ich halte Ausschau nach einem Telefon, um die Polizei

zu rufen, aber ich kann mich nicht erinnern, gestern Abend eins im Zimmer gesehen zu haben. Und wenn es eins gab, hat er es sicher mitgenommen. Was sonst? Ich setze mich auf und schaffe es schließlich sogar, meinen Körper in eine annähernd stehende Position zu bringen, indem ich mich am Bett festhalte. Allerdings sind meine Knie so schwach und wacklig, dass ich keinen Fuß vor den anderen setzen kann. Ich versuche es auch erst gar nicht, denn damit würde ich nur riskieren, hinzufallen und Lärm zu machen.

Nicht verängstigt. Wach. Teds Stimme klingt genauso streng wie an jenem Morgen. Sie gibt mir einen Ruck und zwingt mich dann dazu, auf den Fußboden zu sinken, als wäre ich eine Marionette. Sie zwingt mich, langsam in Richtung Tür zu robben, auch wenn sich das Zimmer dabei um mich dreht. Mein Oberarm tut weh, und ich spüre einen pochenden Schmerz in der Hüfte. Ich kann nicht genau sagen, wie lange ich für die kurze Strecke brauche, aber irgendwann bin ich angekommen und schaffe es sogar, mich hinzuknien, sodass ich die Türklinke erreichen kann. Abgeschlossen. Ich hänge mich mit meinem ganzen Gewicht an die metallene Klinke und rüttle daran und ziehe und drücke gleichzeitig, aber nichts passiert, außer dass ich irgendwann Sterne sehe und das Rütteln direkt durch meinen Körper zu gehen scheint, denn im nächsten Moment lässt mich ein neuerlicher Bauchkrampf die Luft anhalten. Er hat mich eingesperrt.

Denk nach. Denk nach. Denk nach. Ich versuche zu entscheiden, wohin ich mich als Nächstes wenden soll, und drehe dabei zu hastig den Kopf. Ist es Einbildung, oder dauert es wirklich mehrere Sekunden, bis mein Gehirn die Bewegung meines Schädels eingeholt hat? Es fühlt sich an, als würde es wie wild in meinem Kopf herumschwimmen. Aber was meine Bewegungsfähigkeit angeht, mache ich Fortschritte. Mittlerweile gelingt es mir sogar, auf allen vieren zu kriechen, statt bäuchlings über den Boden zu robben. So komme ich schneller vorwärts.

Irgendetwas erscheint mir merkwürdig. Zuerst weiß ich nicht, was es ist, aber dann begreife ich es, weil die Arme unter mir einknicken, ich hinfalle und meine nackte Brustwarze über die Holzdielen schrammt. Ich höre das Pochen meines Herzschlags in den Ohren. Meine Kleider sind weg. Ich korrigiere mich: *Er* hat mir meine Kleider ausgezogen.

Nicht jetzt. Nicht jetzt. Nicht jetzt. Du bist es schon wieder. *Nicht jetzt*, beschwörst du mich. *Du hast jetzt keine Zeit, über so was nachzudenken.*

Meine Knie sind rot von den harten Dielen. Ich spüre ein Tröpfeln zwischen den Beinen. Ich muss zwar dringend zur Toilette, glaube aber nicht, dass es damit zusammenhängt. Die Tür zum Badezimmer ist viel zu weit weg. Jeder Zentimeter, der vor mir liegt, kommt mir wie ein unüberwindliches Hindernis vor, trotzdem habe ich es irgendwann geschafft. Ich richte mich auf und drücke die Klinke herunter. Die Tür zum Badezimmer ist nicht abgeschlossen, und ich schleppe mich hinein.

Ganz leise schließe ich die Tür hinter mir. Ich will sie verriegeln und muss mir einen Fluch verkneifen, als ich feststelle, dass sie kein Schloss hat. Unbeholfen taste ich nach dem Lichtschalter. Als ich ihn finde, kommt mir das wie ein Wunder vor, auch wenn ich von der Lampe anfangs so geblendet bin, dass ich mehrmals blinzeln muss.

Ich verrenke mir fast den Hals, um meinen Oberarm zu inspizieren. Ich sehe mehrere rote Flecken wie von einem Sonnenbrand. Das müssen Blutergüsse sein. Ich versuche die dunklen Punkte der Nadeleinstiche zu zählen, aber es fällt mir schwer, mich zu konzentrieren. Ich komme bis zwei, dann muss ich von vorne anfangen. Als Nächstes komme ich bis drei, ehe ich den Faden verliere. Dann bis vier. Zwischendurch vergesse ich immer wieder, welche Punkte ich schon gezählt habe und welche noch nicht. Ich beschließe, mich systematisch von rechts nach links und von oben nach unten vorzuarbeiten. Die darauffolgenden Male zähle ich immer bis vier, also nehme ich mir als Nächstes meine Hüfte vor. Dort entdecke ich zwei weitere rote Punkte.

Macht insgesamt sechs. Ich zähle ein letztes Mal nach und gelange zu demselben Ergebnis. Dann rätsle ich, was das bedeuten könnte. *Es bedeutet, dass er dir während der Nacht, als du geschlafen hast, noch mehr Spritzen verpasst hat.* Ich versuche mich zu erinnern, wie es bei Thorne war. Ich bin mir relativ sicher, dass er drei verschiedene Medikamente bekommen hat, allerdings hat Adam behauptet, meine Gegenreaktion wäre deshalb so stark ausgefallen, weil er eins der Medikamente nicht vorrätig hatte. Ja, ich bin mir sicher, dass es so war, weil ich mich nämlich noch daran erinnern kann, dass der Name des fehlenden Medikaments mit einem P anfing. Vermutlich hat er mir also jedes Mal einen Cocktail aus zwei verschiedenen Mitteln gespritzt, insgesamt dreimal. Ich ziehe mich am Waschbecken hoch und begutachte das Fenster. Es besteht aus strukturiertem Glas, sodass niemand hereinschauen kann. Ich weiß nicht, ob es am Glas liegt, dass draußen alles verschwommen wirkt, oder ob ich nicht scharf sehen kann. Die Hecken und Bäume versperren mir die Sicht auf alles, was jenseits der Gartengrenze liegt – nicht, dass ich glaube, ohne sie dort draußen irgendjemanden sehen zu können. Das Haus liegt so abgeschieden, dass es vollkommen sinnlos wäre, Zeichen zu geben oder um Hilfe zu rufen. Ich frage mich, ob ich eventuell durchs Fenster entkommen könnte, sobald meine Kräfte zurückkehren. Gibt es einen sicheren Weg nach unten?

Aber all diese Überlegungen führen zu nichts. Das Fenster ist abgesperrt und genau wie die Fenster im Schlafzimmer dreifach verglast. Ich könnte die Scheibe zertrümmern, um zu fliehen oder eine Scherbe als Waffe zu haben, doch im Badezimmer gibt es nichts, womit sie sich einschlagen ließe.

Wusstest du das alles? Hast du dieselben Entdeckungen gemacht wie ich, warst du genauso hoffnungslos? Ich versuche diese Fragen zu verdrängen. Denn du bist nicht entkommen. Was immer du versucht hast, war vergebens. Noch dazu warst du krank. Schon bevor er mir erzählt hat, wie fiebrig du warst und dass du eine Infektion hattest, war ich in Sorge gewesen, deine Mastitis könnte wieder ausgebrochen sein. All deine Versuche, eine Fluchtmöglichkeit zu finden, wären angesichts deines schlechten Gesundheitszustands von Anfang an zum Scheitern verurteilt gewesen.

Ich muss an einen Film denken, den ich einmal wider besseres Wissen gesehen habe. Mir war von vornherein klar, dass es dumm war, mir einen Film anzuschauen, in dem es um einen Mann geht, dessen Freundin spurlos verschwindet und der daraufhin alles tut, um herauszufinden, was aus ihr geworden ist. Es beginnt damit, dass die beiden sich während einer Autofahrt streiten. Als sie kurz darauf an einer Tankstelle halten, geht sie zur Toilette und kommt nicht wieder. Am Ende erfährt der Mann tatsächlich, was mit seiner Freundin passiert ist – allerdings nur, indem er genau dasselbe Schicksal erleidet wie sie.

Nein nein nein nein nein, murmle ich vor mich hin. Ganz leise, aber dennoch setzen die Worte etwas in mir frei.

Ich wende mich dem Spiegelschrank zu. Im Glas sehe ich das Gesicht einer völlig zerstörten Frau mit Mascara-Schlieren auf den Wangen, verfilzten Haaren und einer bleichen, fleckigen Haut, die so gelb ist, dass ich mich unwillkürlich frage, ob die Beruhigungsmittel bei mir eine Art spontane Gelbsucht ausgelöst haben. *Du kannst unmöglich meine Schwester sein*, sagst du. *Dafür siehst du viel zu fertig aus.*

Mit angehaltenem Atem öffne ich die Schranktür. Ich träume von dem Rasiermesser, habe bildlich vor Augen, wie es auf dem gläsernen Regal liegt, wo ich es gestern Abend gesehen habe. Aber es ist weg. Natürlich ist es weg. Ich hebe die Hände an den Kopf und presse sie gegen meine Schläfen und würde am liebsten laut schreien, doch gleich darauf lasse ich sie wieder sinken und klammere mich stattdessen am Waschbeckenrand fest, als ein weiterer Krampf durch meinen Unterleib fährt.

Ich denke an Luke und an all die Maßnahmen, die Dad und ich ergriffen haben, um nach deinem Verschwinden das Haus kindersicher zu machen. Keine offenen Feuerquellen, Stolperfallen oder herumliegenden Dinge, an denen ein Kind ersticken konnte. Dieser Mann hat seine ganz eigene, perverse Form der Kindersicherung vorgenommen. Obwohl das bestimmt nicht sein Hauptbeweggrund dafür war, mich nackt auszuziehen.

Seit ich es geschafft habe, mich aufrecht hinzustellen, höre ich ein unregelmäßiges Plitschen und Platschen, als würde etwas auf den Fußboden tropfen. Eine warme Flüssigkeit rinnt mir das Bein hinab, und auf dem cremeweiß geaderten Marmor leuchten rote Spritzer. Dann entdecke ich auch die roten Schlieren an den Innenseiten meiner Schenkel. Blut. Ich berühre es mit den Fingern, die danach ganz klebrig sind. Wie bei einem Kind, das sich vor einer Mutprobe fürchtet, tastet sich meine Hand ganz langsam bis zu der Stelle vor, wo das Blut herkommt.

Ich habe keine Schmerzen. Wenn er mich vergewaltigt hätte, wüsste ich es doch, oder? Dann wäre ich wund. Würde ein Brennen spüren. Nichts davon ist der Fall. Mein Kopf tut weh. Mein Bauch tut weh, weil ich Krämpfe habe. Aber davon abgesehen ist alles wie immer.

Dann fällt es mir wie Schuppen von den Augen. Jetzt weiß ich, was das Blut zu bedeuten hat. Ich wurde davon überrascht wie ein ahnungsloses dreizehnjähriges Mädchen. Das, worauf ich die letzten zehn Jahre vergeblich gewartet habe, passiert ausgerechnet jetzt, in diesem Augenblick. Ich weiß nicht, ob ich lachen oder weinen soll.

In Gedanken fange ich ein Gespräch mit ihm an. *Sieh mal, was für eine Sauerei ich auf deinem Boden angerichtet habe, du krankes Arschloch mit deinem Ordnungsfimmel. Und warte erst mal ab, bis du siehst, was ich mit deinen Handtüchern mache.* Ich greife nach einem riesigen Badetuch und wickle es mir um den Leib. Ich knote es über meinen Brüsten zusammen, sodass es aussieht wie ein trägerloses Kleid. So hast du es mir beigebracht, und so mache ich es seither jeden Tag nach dem Duschen. Die Handgriffe geschehen ganz automatisch, ohne dass ich hinsehen oder darüber nachdenken muss. Mit einem kleineren Handtuch wische ich mir notdürftig das Blut an Händen, Schenkeln und zwischen meinen Beinen weg.

Mir platzt fast die Blase, also lasse ich mich etwas unbeholfen auf der WC-Brille nieder. Mein Urin ist rosa, das Toilettenpapier nach dem Abwischen dunkelrot. Ich staune über die Menge an Blut. Es ist, als würde das, was mein Körper zehn Jahre lang zurückgehalten hat, nun alles auf einmal aus mir herausfließen. Oder ist das normal? Ich habe keine Ahnung. Hast du mir nicht gesagt, dass es in Wahrheit immer viel weniger Blut ist, als man meint? Weil ich nicht will, dass er etwas hört, spüle ich die hellrote Flüssigkeit in der Schüssel nicht hinunter, sondern schließe lediglich ganz leise den Deckel. Dann sehe ich mich erneut im Badezimmer um und überlege, was ich sonst noch tun kann.

Mein Blick fällt auf eine Handtuchstange aus Chrom. Ich ziehe mich daran hoch, wobei ich gleichzeitig hoffe, sie vielleicht mithilfe meines Körpergewichts aus ihrer Verankerung reißen zu können. Dann hätte ich eine Waffe. Ich untersuche sie gerade auf verborgene Schrauben, als ich einen Schlüssel knirschen höre und die Schlafzimmertür aufgeht.

Anfangs sagt er gar nichts. Es ist offenkundig, dass er nach mir sucht und abwägt, ob eventuell die Gefahr besteht, ich könnte mich aus irgendeinem Versteck heraus auf ihn stürzen.

Er nähert sich dem Bad, bleibt jedoch vorsichtshalber vor der Tür stehen.

»Ich bin hier drin«, sage ich, als wollte ich von ihm gefunden werden.

»Geht es dir gut? Da ist Blut auf dem Fußboden.«

»Ich schäme mich so«, sage ich mit kläglicher Stimme und so leise, dass er mich gerade noch verstehen kann. Trotz meiner Lage bin ich mir bewusst, was für ein Wunder es ist, dass ich die nächsten beiden Wörter aussprechen kann.

»Meine Periode«, sage ich, als handle es sich dabei um einen vollkommen alltäglichen Vorgang für mich. Dann frage ich ihn: »Willst du nicht reinkommen?«

Ich hocke zusammengekauert auf dem Fußboden, das

Badelaken um den Leib, unter mir das Handtuch, den Rücken an die Wand gelehnt, die Beine angezogen. »Es tut mir so leid.«

Er kniet sich neben mich. »Du Arme.«

»Ich fühle mich ganz matt. Ich dachte, wenn ich ein paar Minuten hier sitze und mich ausruhe ...« Ich habe wirklich kaum Kraft, und es ist von allergrößter Wichtigkeit, dass er mir das auch glaubt. »Ich sehe furchtbar aus. Wie erträgst du es überhaupt, mich anzuschauen?«

»Am liebsten würde ich gar nichts anderes machen, als dich anzuschauen. Und dich zu berühren. Gott, wenn du wüsstest, wie schwer es mir gestern Abend gefallen ist, mich zurückzuhalten. Aber ich wollte, dass wir beide wach sind, wenn wir es tun. Und du warst viel zu müde.« Er fühlt meinen Puls. »Das Antihistamin hat gut angeschlagen, der Tremor ist verschwunden. Aber du bist immer noch geschwächt.«

Ich höre deine Stimme. *Ach, tatsächlich? Woran das bloß liegt?* Dein Mut und dein Sarkasmus bauen mich auf. Sie sind ein Teil von mir. Sie stecken mir in den Knochen, genau wie du. Du lachst, während du weiterredest. *Du bist wie Superman, umgeben von Kryptonit, kleine Schwester. Zeig ihm das.*

Ich tue so, als wollte ich die Hand nach ihm ausstrecken, lasse sie dann aber fallen, ehe ich es erneut versuche. Er nimmt sie und bedeckt sie mit Küssen.

»Du willst nicht ...«, sage ich.

»Was will ich nicht? Sag es mir, Melanie.«

»Du willst mich so nicht.« Ich mache ein Gesicht, als wäre ich am Boden zerstört. »Diese ganze Sauerei.«

»Das macht mir doch nichts aus. Du bist es wert. Und wir können nicht länger warten, oder?«

»Nein.«

»Wir können hinterher zusammen ein Bad nehmen. Würde dir das gefallen?«

Ich blicke ihm in die Augen und nicke.

»Dann trage ich dich jetzt ins Bett.«

Ich lasse zu, dass er mich mitsamt der Handtücher hochhebt. Wie eine hilflose Jungfrau schlinge ich ihm die Arme um den Hals und vergrabe das Gesicht an seiner Schulter. Seine Atmung beschleunigt sich, als er mich auf dem Bettlaken ablegt, sein schwarzes T-Shirt auszieht und sich neben mich legt. Er schiebt die Handtücher beiseite, streichelt und knetet meinen Rücken, meine Brüste, meine Schenkel. Seine Bewegungen werden immer fordernder. Die ganze Zeit ist sein Mund dicht an meinem.

»Es tut mir leid«, sage ich erneut.

»Wieso denn? Dir braucht doch nichts leidzutun.«

»Ich glaube, ich bin zu schwach, um dich auch zu streicheln.«

»Das musste nur sein, solange unsere Beziehung noch nicht ausreichend gefestigt war.«

Es gelingt mir, einen Arm zu heben und ihn um seine Taille zu legen. »So«, sage ich voller Stolz.

Die andere Hand schiebe ich zwischen seine Beine. »Und so«, sage ich noch stolzer, als er aufstöhnt.

Ich küsse ihn und fange dabei tatsächlich an zu keuchen. Mein Herz schlägt so schnell, dass ich befürchte, es könnte jeden Moment stehenbleiben. Meine Haut ist so heiß, dass ich Angst habe zu verbrennen, und mein Magen zieht sich heftig zusammen. Trotzdem lasse ich meine Hand an seinem Körper bis hinunter zu seiner Hüfte wandern, als wolle ich ihn noch enger an mich ziehen. »Und das Blut stört dich wirklich nicht?«

Er sieht mich nur an und schüttelt den Kopf. Ich wispere »Gut«, schließe die Augen und dränge mich ihm entgegen. Ich stoße einen genüsslichen Seufzer aus, streichle die Wölbung in seiner Hose und höre, wie er nach Luft schnappt. Währenddessen bringe ich die Spritze in Stellung, die ich ihm mit der anderen Hand unbemerkt aus der Tasche gezogen habe. Ich fummle die Kappe von der Nadel, lasse sie unauffällig fallen und bete inständig, dass er nichts merkt. Ich versuche, die Spritze möglichst sicher in die Hand zu nehmen, während ich ihn mit der anderen Hand immer weiter streichle, bis er zu stöhnen beginnt.

Ich erinnere mich noch daran, wie du mir voller Stolz von deiner ersten erfolgreich durchgeführten intramuskulären Injektion erzählt hast. Du meintest, es sei dir überhaupt nicht peinlich gewesen, dass der Patient ein Mann war, der dafür seine Hose herunterlassen musste.

Blitzschnell hebe ich den Arm. Ich kann nicht sehen, wohin ich ziele, weiß aber, dass der Weg zu seinem unteren Rücken frei ist. Ich steche zu, und im ersten Moment reißt er vor Schreck die Augen auf.

Perfekt, sagst du so klar und deutlich, dass ich mich um ein Haar nach dir umdrehe.

Es gelingt mir zwar, den Kolben zu betätigen, aber die Flüssigkeit aus der Spritze zu drücken erweist sich als unerwartet schwierig. Ich habe keine Ahnung, wie viel ich ihm bereits injiziert habe, ich höre nur, wie er brüllt und flucht. Endlich kommen seine wahren Gefühle für mich zum Vorschein.

Er schlägt meine Hand beiseite und wirft mich mit seinem vollen Körpergewicht auf den Rücken. Er drückt mit einem Arm auf meine Kehle, während er mit der anderen Hand nach der Spritze tastet, um sie herauszuziehen. »Das war nicht genug. Du bist genauso wie sie.«

Gut erkannt, denke ich, ohne zu wissen, ob die Worte von dir oder von mir kommen. Gleich darauf schaffe ich es, einen meiner Arme zu befreien und versetze seiner Hand einen kräftigen Schlag, sodass die Spritze quer durchs Zimmer fliegt.

Er nimmt den Arm von meinem Hals, richtet sich auf und zerrt sich die Hose herunter. Hat er Schwierigkeiten dabei? Ich glaube schon. Ja, er hat definitiv Schwierigkeiten. Seine Koordination ist nicht so gut, wie er denkt. Meine auch nicht, trotzdem gelingt es mir, ihm das Knie in die Magengrube zu rammen. Er sackt zur Seite, während er gleichzeitig versucht, meinem zweiten Tritt auszuweichen, der auf die Stelle zwischen seinen Beinen zielt.

Meine Kraft und Treffsicherheit lassen zu wünschen übrig, deshalb erreiche ich nicht viel mehr, als ihn zu reizen. Aber die Halbwertszeit der Medikamente arbeitet zu meinen Gunsten. Bei mir nimmt die Wirkung von Minute zu Minute ab. Bei ihm ist das Gegenteil der Fall: Das Beruhigungsmittel gewinnt immer mehr Kontrolle über sein Nervensystem, je weiter es sich in seiner Blutbahn ausbreitet. Endlich ist das Kräfteverhältnis zwischen uns fast ausgeglichen.

Das war nicht genug, hat er gesagt. Aber nicht genug ist immer noch mehr als gar nichts. Oder?

Ja, sagst du. *Ja, ja, ja.*

Ich hole mit dem ganzen Körper Schwung. Einmal, zweimal, dreimal – bis ich genügend Kraft habe, um mich seitlich vom Bett zu rollen. Ein stechender Schmerz fährt durch mein Rückgrat und meinen Hinterkopf, als ich hart auf dem Boden aufschlage.

Über mir höre ich ihn immer noch fluchen. Kann es sein, dass seine Stimme schon ein klein wenig undeutlicher klingt als eben? Er wälzt sich ebenfalls vom Bett und lässt sich auf mich fallen, als wäre ich ein Kissen. Dabei presst er mir das letzte bisschen Atemluft aus der Lunge. Eine Faust trifft mich mit solcher Wucht seitlich am Kiefer, dass ich Sternchen sehe.

Er versucht gewaltsam meine Beine auseinanderzuzwängen, und ich versuche mich mit aller mir zu Verfügung stehenden Kraft dagegen zu wehren. Endlich sind wir einander ebenbürtig, ich bin mir ganz sicher. Meine Haut ist glitschig von dem vielen Blut, was ihm sein Vorhaben noch erschwert.

Wenn man meine Leiche findet, sollen sie Luke sagen können, dass es eindeutige Beweise dafür gibt, dass ich bis zum Letzten gekämpft habe. Adam Holderness soll hinterher nicht einfach seinen Kollegen gegenübertreten können, als wäre nichts gewesen. Ich will ihn ernsthaft verletzen, damit er wochenlang nicht unter Menschen gehen kann, ohne dass man ihm unangenehme Fragen stellt.

Bald werden meine Eltern mit Luke bei mir zu Hause eintreffen – falls sie nicht schon da sind. Sie werden alles tun, um herauszufinden, wo ich bin. Dieses Schwein wird einiges zu erklären haben. Eine vermisste Frau. Ein männlicher Bekannter mit zahlreichen Blessuren. Anders als bei dir wird er in meinem Fall nicht verheimlichen können, dass wir uns kannten. Mein Körper erinnert sich. Mein Körper erwacht zum Leben. Das Adrenalin jagt durch meine Adern. Motorisches Gedächtnis. Ich weiß wieder, was Ted mir gesagt hat. Wozu er mich genötigt hat. Mit einem lauten Stöhnen rolle ich zur Seite und nehme ihn mit, so wie ich es neulich im Park mit Ted gemacht habe. Es ist genau das Manöver, das ich damals gegen meinen Willen mit ihm trainieren musste, und es gelingt mir, den Mann, der dich uns weggenommen hat, damit zu überrumpeln. Als Nächstes ramme ich ihm einmal, zweimal, dreimal blitzschnell hintereinander das Knie in den Oberschenkel. Er lässt von mir ab und geht in die Hocke, um seinen nächsten Angriff vorzubereiten. Genau wie Ted im Park.

Ich stemme mich in den Sitz, die Beine vor dem Körper, den Rücken gegen den Bettrahmen gestützt. Dann winkle ich ein Bein an und trete zu. Ich trete ihm dreimal ins Gesicht. Als er hintenüberfällt, rutsche ich hinterher und dresche ihm die Ferse gegen die Nase. Ich höre Knochen knacken und Knorpel quietschen. Anders als Ted trägt Adam Holderness keinen Helm. Irgendwann zähle ich gar nicht mehr mit, wie oft sein Gesicht unter meinen Tritten knirscht.

Blut rinnt aus seiner Nase, er hat eine Platzwunde an der Stirn, seine Augen sind geschlossen, etwas Feuchtes sickert aus einer offenen Stelle an seinem Kopf, und von irgendwoher höre ich eine Stimme, die aber so leise ist, dass ich zunächst glaube, sie mir nur einzubilden. Es ist nicht Adams Stimme. Ich bin mir nicht sicher, ob Adam Holderness seine Stimme im Moment überhaupt benutzen könnte.

»Das haben Sie großartig gemacht, Ella«, sagt die Stimme, immer noch leise, zu mir. Es ist eine Männerstimme. Die

Stimme eines Fremden? Oder kommt sie mir nicht entfernt bekannt vor?

»Ich glaube, Sie können jetzt aufhören«, sagt sie.

Ich höre aber nicht auf. Ich trete noch einmal zu. Mit vorgerecktem Kinn, den Blick fest auf Adam Holderness gerichtet, lauere ich auf das kleinste Anzeichen einer Bewegung, auf das winzigste Zucken seiner Glieder.

»Ella.« Ein Mann kniet sich neben mich. »Stopp.« Ich lasse das Bein sinken.

Der Mann zieht die Decke vom Bett, hebt mich ein Stück vom Boden hoch und wickelt mich hinein. Ich habe ganz vergessen, dass ich nackt und blutverschmiert bin.

Der Mann sagt: »Ich dachte, Sie bräuchten vielleicht Hilfe, aber wie ich sehe, haben Sie es sehr gut ohne mich geschafft.«

Falsch. Natürlich brauchte ich Hilfe. Und ich habe sie auch bekommen. Von dir. Von deiner Stimme. In Momenten der größten Not kann ich mich immer auf sie verlassen. Und auch Ted hat mir geholfen. Endlich durfte er das tun, wonach er sich all die Zeit gesehnt hat: mich beschützen. Er hat mich dazu gezwungen, die Techniken zu trainieren, die ich heute angewandt habe, und dadurch hat er mir das Leben gerettet. Was das angeht, muss ich ehrlich zu mir sein.

»Können Sie mich anschauen, Ella?«

Ich schüttle den Kopf. Ich kann unmöglich den Blick von dem Mann losreißen, dessen Schuld es ist, dass du nicht mehr bei uns bist. Sein Gesicht sieht nicht mehr aus wie ein Gesicht, und es ist so blutüberströmt, dass man kaum noch seine Züge erkennen kann, aber er ist es trotz allem.

Der Fremde nimmt meinen Kopf und dreht ihn zu sich herum, weg von der blutigen, breiigen Fratze auf dem Holzfußboden.

Mein Verstand funktioniert nicht so gut wie sonst. Ich sehe nur Bruchstücke: Ein Mann sitzt auf dem Gang, das Gesicht hinter einer Zeitung verborgen. Derselbe Mann kommt in meine Selbsthilfegruppe, nur um Minuten später wieder zu gehen. Er sagte, seine Freundin sei verschwunden – ich bin mir ganz sicher, dass ich mich richtig erinnere.

Ein zweiter Mann betritt das Zimmer. Er trägt Handschuhe – genau wie der erste, was mir jetzt erst auffällt. Und Schuhüberzieher. Der zweite Mann geht neben Adam Holderness in die Hocke.

»Ist er tot?«, frage ich.

Der zweite Mann wirft dem ersten einen Blick zu. Darin liegt eine unausgesprochene Frage, die ich nicht verstehe. Der Mann neben mir scheint kurz zu überlegen, ehe er mir eine Antwort gibt, die aus einem unmerklichen Kopfschütteln besteht, sodass ich gar nicht sicher bin, ob ich es wirklich gesehen habe.

»Nein«, sagt der zweite. »Bewusstlos, aber am Leben. Gerade noch.« Auch seine Stimme löst eine Erinnerung in mir aus. Sie ist verschwommen, aber ich habe ihn auf alle Fälle schon einmal gehört. Wo? Sein Gesicht kommt mir ebenfalls bekannt vor. Einen Moment lang erscheint ein Bild desselben Gesichts vor meinem inneren Auge, als ob mir jemand ein Foto zeigen würde. Der falsche Polizist.

Seine Haare sind jetzt blond statt dunkel, und der blaubeergroße Leberfleck unter seinem Auge ist ebenso verschwunden wie seine spitzen Koteletten. Sein Gesicht wirkt jetzt nackter, und ich erkenne, dass er jünger ist, als ich damals angenommen habe. Vielleicht Ende zwanzig, höchstens Anfang dreißig.

Ich blinzle heftig und frage mich, ob ich womöglich eine

Halluzination habe. Der erste Mann streicht mir das Haar aus dem Gesicht, doch seine Worte richten sich nicht an mich, sondern an seinen Kollegen. »Geh«, sagt er. »Du weißt, was zu tun ist.« Daraufhin verlässt der falsche Polizist rasch den Raum.

»Den habe ich schon mal gesehen«, sage ich.

»Uns bleibt nicht viel Zeit, Ella. Sie sind verletzt. Ich weiß nicht, ob das Ihr Blut ist oder seins, aber Sie sind voll davon.«

»Wer war das? Polizist ist er nicht.«

»Ist er schon, aber die meisten Kollegen würden ihn nicht kennen. Normalerweise trägt er keine Uniform.«

Ich höre ein Summen. Ich presse mir die Hände auf die Ohren, damit es aufhört, aber es hilft nichts. »Noah?« Ich betone es wie eine Frage, auch wenn ich die Antwort längst kenne.

»Ja.«

»Warum haben Sie mir nicht schon viel früher gesagt, wer Sie sind?«

Er schüttelt den Kopf. »Wir können später weiterreden. Sie brauchen ärztliche Hilfe.«

»Nein, jetzt.«

»Dann erlauben Sie mir wenigstens, Sie in die stabile Seitenlage zu bringen. Das wäre wirklich besser für Sie.«

Erneut geht mein Blick zu Adam. Meine Atmung beschleunigt sich. »Nein. Nein, nein, nein, nein, nein. Ich muss sitzen bleiben. Ich muss ihn im Auge behalten.«

»Schon gut, schon gut. Alles klar. Kann ich verstehen. Aber versuchen Sie bitte trotzdem, ruhig zu bleiben – ich denke nicht, dass er so bald wieder zu sich kommen wird.«

»Sagen Sie mir, warum.«

»Ich wollte es Ihnen schon beim ersten Mal sagen, als Sie

Ihre Sprechstunde hatten. Deshalb bin ich überhaupt zu Ihnen gekommen. Aber dann musste ich weg – ich habe einen Anruf bekommen, den konnte ich nicht ignorieren.«

Er nimmt einen Zipfel der Bettdecke und wischt mir damit das Gesicht ab. Als er ihn sinken lässt, ist der graue Stoff voller roter Flecken.

»Ihr Undercover-Freund. Wo habe ich seine Stimme schon mal gehört?«

»Er wusste, wie frustriert ich war, nachdem mein erster Versuch, Kontakt mit Ihnen aufzunehmen, fehlgeschlagen war. Er hat sich als Journalist ausgegeben und Ihnen eine Nachricht auf den Anrufbeantworter gesprochen, daher kennen Sie seine Stimme. Sie haben ihn allerdings nie zurückgerufen.« Er lächelt. Es ist ein trauriges und zugleich beschwichtigendes Lächeln. »Bitte, Ella, versuchen Sie mich zu verstehen.« Selbst in seiner wehmütigen Variante ist mir dieses Lächeln vertraut. Es ist ein Lächeln, das ich mehr liebe als alles andere auf der Welt. Sogar die Grübchen sind die gleichen.

»Ein paar Tage später habe ich ihn dann direkt auf Sie angesetzt. Er dachte, die Uniform würde Sie vielleicht eher dazu bewegen, mitzukommen. Das war seine Idee, er muss noch viel lernen.« Er zieht seine dunklen Augenbrauen zu einer geraden Linie zusammen, genau wie Luke, wenn er sich ärgert. »Als ich gehört habe, was passiert ist, bin ich zurückgekommen und habe einen zweiten Versuch gestartet. Ich hatte nur ein kleines Zeitfenster, und das überschnitt sich zufällig mit Ihrer Gesprächsgruppe. Was meine privaten Umstände angeht, habe ich die Wahrheit gesagt.«

»Nur einen winzigen Bruchteil der Wahrheit.« Ich erkenne, wie viel du mit diesem Mann gemeinsam hast. »Sie wollten mich ausspionieren. Das ist Ihr Spezialgebiet, habe ich mir sagen lassen.«

»Sie zittern.« Er wickelt die Decke fester um mich. »Wir unterhalten uns später weiter.«

Ich versuche den Kopf zu schütteln, aber das tut höllisch weh, und ich verziehe vor Schmerz das Gesicht. »Es ist später. Es ist schon viel später, als es sein dürfte. Jahre zu spät. Sie wollten nur Ihren Vorteil nicht aus der Hand geben. Sie wollten über alles Bescheid wissen und uns gleichzeitig im Dunkeln lassen. Sie wollten uns beobachten, ohne dass wir auch nur was davon ahnen.«

Er nickt langsam. »Das stimmt, ich wollte mir aus nächster Nähe ein Bild von Ihnen machen. Aber es gab auch rein praktische Gründe.«

»Warum haben Sie die Selbsthilfegruppe fluchtartig wieder verlassen? Weil Sie Ihre Mutter draußen im Gang gesehen haben?«

»Ich habe erst hinterher erfahren, dass sie da war. Wir sind getrennt voneinander gekommen. Wir haben uns nur um wenige Minuten verpasst. Ich konnte sie von meinem Platz aus gar nicht sehen.«

»Warum dann?«

»Aus demselben Grund wie der andere Mann, der mittendrin rausgestürmt ist.« Sein Kiefer spannt sich an, als er einen Blick in Adams Richtung wirft. Mir gegenüber hat er sich bislang sehr sanft verhalten, aber dieser neue Gesichtsausdruck verrät mir, dass er auch extrem unsanft sein kann. »Ich wollte nicht mit diesem Drecksack in einem Raum sitzen. Ich habe eine sehr gute Menschenkenntnis, sonst könnte ich meine Arbeit gar nicht machen. Ich habe mir vorgenommen, mehr über ihn rauszufinden. Ich wäre geblieben, wenn die Hoffnung bestanden hätte, Sie danach allein zu erwischen, aber es war offensichtlich, dass er nicht von Ihrer Seite weichen würde.«

»Warum jetzt? Warum wollten Sie sich ausgerechnet jetzt mit mir treffen, nach all der Zeit?«

»Ich will Sie nicht zum Schweigen bringen oder Ihre Fragen abwürgen, aber Sie können kaum aufrecht sitzen, und ich muss jetzt gehen. Ich dürfte eigentlich gar nicht im Land sein.«

»Weiß Ihr Vorgesetzter denn nicht immer darüber Bescheid, wo Sie sich gerade aufhalten?«

Er gibt keine Antwort.

»Oder ist das nur in der Theorie so?«

Wieder keine Antwort, lediglich ein kurzes Aufflackern in seinen Augen, als unsere Blicke sich treffen.

»Sagen Sie mir, was Sie dazu bewogen hat, nach all der Zeit Kontakt zu mir aufzunehmen«, wiederhole ich.

»Die Nachrichten auf dem Henrickson-Account.« Seine Stimme bricht. »Bei der Voicemail ... Im ersten Moment habe ich gedacht, es wäre Miranda. Sie war die Einzige, die die Nummer kannte. Ich habe sie ihr aufgeschrieben, kurz nachdem wir uns kennengelernt hatten, zusammen mit meiner Adresse und E-Mail. Auf dem Weg haben wir kommuniziert, bis ich ihr gesagt habe, was ich wirklich mache.«

»Haben Sie ihr statt Ihres Vornamens nur den Anfangsbuchstaben aufgeschrieben?«

»Ja.«

»Genauso hat sie es in ihr Adressbuch übertragen.«

»Sie hat bereits geahnt, was Sache ist, noch bevor ich es ihr überhaupt erklärt habe. Sie war mir immer einen Schritt voraus. Ihre Stimme hat denselben Klang. Nachdem ich die

Nachricht zu Ende gehört hatte, wusste ich natürlich Bescheid, aber im allerersten Augenblick dachte ich, sie wäre zurückgekommen.«

Auf Noahs Stirn erscheinen die gleichen Falten wie bei Luke, wenn er verwundert ist. »Wie haben Sie die Henrickson-Mail-Adresse und die Telefonnummer überhaupt gefunden? Was hat Sie nach all der Zeit auf meine Spur gebracht?«

»Die Polizei hat uns endlich ihr Adressbuch zurückgegeben. Sie hatte die Informationen so hinterlegt, dass ich sie auf jeden Fall finden würde.«

»Das ist typisch für sie. Sie sind ihr übrigens sehr ähnlich. Sie klingen wie sie. Und Sie haben ihre Augen. Nicht nur buchstäblich. Sie sehen auch die Welt wie sie, stimmt's? Sie haben die gleiche Sichtweise. Sie lassen wirklich nicht locker, Ella Brooke. Bevor ich wusste, wie mir geschieht, bekam ich haufenweise Nachrichten von meiner Mutter. Erst erzählte sie mir, Sie wären bei ihr aufgetaucht, und dann fragte sie mich nach der Frau mit dem Baby, die sie vor zehn Jahren vor meiner Wohnung gesehen hatte.«

Ich lasse den Blick durchs Zimmer schweifen. Durch dieses blutverschmierte, verwüstete Zimmer, das so verstörend sauber war, bis ich es betreten habe.

»Sie haben mir immer noch nicht gesagt, wie Sie mich gefunden haben.«

»Ich habe einen Peilsender an Ihrem Auto angebracht.«

»Das war nicht in Ordnung.«

»Ich wusste, dass Sie gestern Abend hierhergefahren sind. Ich wollte sichergehen, dass es eine ganz harmlose Erklärung dafür gab, weshalb Sie nicht nach Hause gekommen sind.«

Soll ich ihn loben, weil er *ich* gesagt hat? Weil er nicht versucht hat, sich mit einem *wir* oder *man* oder *Sie brauchten* aus der Verantwortung zu stehlen?

»So was dürfen Sie bei Zivilisten nicht machen«, sage ich. »Das ist verboten.«

»Es tut mir leid«, sagt er. »Es gab keine andere Möglichkeit, Sie im Auge zu behalten. Der Sender ist schon wieder abmontiert.«

»Machen Sie so was nie wieder.«

Er antwortet nicht. Er nickt auch nicht. Er tut gar nichts, was mir signalisieren würde, dass er auf meine Forderung eingeht.

»Haben Sie gehört, was ich gesagt habe, Noah? Wenn Sie mir das nicht versprechen, rede ich nie wieder ein Wort mit Ihnen – nie wieder. Keine Überwachung mehr, weder bei Luke noch bei meinen Eltern, egal unter welchen Umständen und in welcher Form.«

»Versprochen.«

Ich reibe mir über die Stirn. Sie ist klebrig wie Sirup. »Seit wann sind Sie hier? Warum sind Sie ins Haus eingebrochen?«

»Wir sind heute Morgen angekommen. Laut Sender stand Ihr Wagen hier, aber ich konnte ihn nirgendwo entdecken, und in meinen Augen machte es keinen Sinn, dass ein Gast sein Auto in der Garage parkt. Dann kam Holderness nach draußen. Er hat eine Runde ums Haus gedreht und ist wieder reingegangen. Ich habe Ihnen ja gesagt, dass ich ihm vom ersten Moment an nicht über den Weg getraut habe.« Er nimmt meine Hand zwischen seine behandschuhten Finger. »Uns läuft die Zeit davon, Ella. Ich muss jetzt wirklich gehen.«

»Noch nicht.« Ich habe einen Zehnjahresvorrat an Fragen für diesen Mann.

Erneut stürzen die Schlagzeilen auf mich ein. Einige von ihnen bewegten sich sehr nah an der Wahrheit. Aber vielleicht war das unvermeidlich, allein schon deshalb, weil es so viele waren. Obwohl Adam vielleicht Mittel und Wege gefunden hat, die Gerüchte weiter anzuheizen. Und Thorne natürlich auch.

Die nächste Frage stelle ich um Lukes willen. Ich weiß, dass er eines Tages die Antwort wird wissen wollen. »Wollte sie mit Ihnen weggehen? Wollte sie Luke zurücklassen?«

»Das hätte sie niemals getan. Natürlich hätte ich sie gerne immer in meiner Nähe gehabt, aber das wäre gar nicht möglich gewesen. Ich hätte niemals für ihre Sicherheit garantieren können und für Lukes auch nicht. Ich kann meine Arbeit nur machen, wenn ich größtmöglichen Abstand zu den Menschen halte, die ich liebe.« Er lächelt. »Aber Ihre Schwester ist keine Frau, die es fraglos akzeptiert, wenn ihr Liebhaber immer wieder für längere Zeit verschwindet und sich weigert, ihr zu sagen, wieso und wohin.«

»Das stimmt. Und recht hat sie.«

»Ja, das hat sie.« Zwischendurch rutschen wir immer wieder ins Präsens, obwohl wir beide jetzt endgültig wissen, dass du nicht mehr da bist.

»Es gab immer Wege für sie, mich zu kontaktieren, allerdings konnte ich nicht regelmäßig kontrollieren, ob ich Nachrichten von ihr bekommen hatte. Eigentlich waren wir am Morgen ihres Verschwindens verabredet. Wir wollten uns voneinander verabschieden, weil ich für lange Zeit wegmusste. Sie ist nicht aufgetaucht. Davor hatte sie mich noch nie versetzt – jedenfalls nicht, wenn wir eine feste Zeit ausgemacht hatten. Ich habe alles getan, um Nachforschungen anzustellen, aber sie war wie vom Erdboden verschluckt.«

Seine Stimme klingt gepresst. »Ich bin so gut darin, Dinge herauszufinden und Geheimnisse aufzudecken – nur bei ihr konnte ich nichts ausrichten.«

Ich stelle ihm dieselbe Frage, die ich zuvor bereits seiner Mutter gestellt habe. »Hat die Polizei nur halbherzig nach ihr gesucht, weil sie Ihre Operation nicht gefährden wollten?«

»Nein. Auf gar keinen Fall.«

Ich sehe ihn scharf an. Er erwidert meinen Blick, muss sich jedoch bemühen, den Augenkontakt aufrechtzuerhalten. Ich werde wohl nie mit absoluter Sicherheit wissen, ob er die Wahrheit sagt, aber wahrscheinlich könnte ich auch nicht mit dem Schmerz leben, ihm *nicht* zu glauben. Vielleicht kann er das genauso wenig.

»Ella?«

»Ja?«

»Ich wusste, dass sie niemals aus freien Stücken weggegangen wäre.«

»Das wusste ich auch.« Gleich darauf sackt mein Oberkörper nach vorn, als hätte mir eine unsichtbare Kraft von hinten einen Stoß versetzt. Vornübergesunken sitze ich da und schnappe nach Luft. Ich versuche zu schlucken und gebe ein Geräusch von mir, das kein Wort ist, sondern eher wie der Laut eines verletzten Tieres klingt. Ich kann nicht genau sagen, wie viel Zeit vergeht, bevor Noah mich sanft wieder aufrichtet. Doch kaum lässt er mich los, sacke ich erneut in mich zusammen und rutsche so weit nach unten, bis nur noch mein Kopf und meine Schultern am Bettrahmen lehnen. Der Rest von mir liegt am Boden, auch wenn ich die Knie angewinkelt habe. Noah hebt meinen Rücken an, damit ich etwas aufrechter sitze, und ich lasse mich kraftlos gegen ihn fallen. »Es wird Zeit, den Krankenwagen zu rufen. Wirklich.«

»Nein.« Ich fasse meine zweite große Befürchtung in Worte. Die Befürchtung, die Mum und ich teilen – und Dad, obwohl er es niemals zugegeben hat, einerseits weil er es nicht ertragen könnte, andererseits weil er um Mums und meinetwillen stark sein möchte. »Ich habe mir immer Sorgen gemacht, dass Sie Luke von uns fordern könnten. Dass Sie eines Tages kommen und ihn mitnehmen würden.«

»Ich würde ihn auch gerne mitnehmen, aber er wäre bei mir nicht sicher. Bei meinem Job könnte ich mich gar nicht richtig um ihn kümmern. Ich wusste die ganze Zeit, wo er ist. Ich weiß, das wird Sie wütend machen, aber ich habe manchmal nach ihm gesehen. Und nach Ihnen. Er ist so glücklich, wird so sehr geliebt und umsorgt – das würde ich niemals kaputt machen. Und ich habe genug von ihm gesehen, um zu wissen, dass er es auch gar nicht erlauben würde, selbst wenn ich dumm genug wäre, es zu versuchen.«

»Norfolk.« Es gelingt mir, mich ihm zu entziehen, obwohl er mich weiterhin stützt. »Wir waren letzten Sommer dort. Ich hatte manchmal das Gefühl, dass uns jemand beobachtet. Waren Sie das?«

»Sie sind wirklich gut. Das hätten sicher nicht viele gemerkt, aber bei Ihnen hatte ich tatsächlich Sorge, ich könnte Ihnen einen Schrecken eingejagt haben. Das war bedauerlich, aber ich fand es so schön, Sie beide zusammen zu sehen.«

Bei seinem letzten Satz krampft sich mein Herz zusammen. Ich kann nicht anders, sondern wiederhole noch einmal, was ich ihm kurz zuvor bereits gesagt habe. »Sie dürfen uns nie wieder beschatten. Sie dürfen uns nicht mehr nachspionieren.«

»Das habe ich Ihnen doch schon versprochen. Ich breche meine Versprechen nicht.«

»Bei Ihrem Job kann ich das nicht ganz glauben.«

»In Ordnung. Ich breche keine Versprechen, die ich Leuten gegeben habe, die mich als Privatperson kennen.«

Mein Blick geht zum Fenster mit den heruntergelassenen Rollläden, als könnte ich durch sie hindurch bis an den Ort schauen, an dem du jetzt bist.

»Nachdem ich Ihre Mutter kennengelernt hatte, dachte ich zuerst, Sie hätten sie entführt.« Wieder muss ich daran denken, was Thorne gesagt hat. »Ich bin mir sicher, dass er sie irgendwo hier begraben hat.«

Voller Abscheu betrachtet er die regungslose Gestalt am Boden. »Sie brauchen einen Arzt, und wir müssen die Polizei rufen, damit sie diesen Drecksack verhaftet.«

Der zweite Mann kommt mit einem Telefon in seinen behandschuhten Händen zurück. Er reicht es Noah und deutet mit einer ruckartigen Kopfbewegung in Richtung Tür, um zu signalisieren, dass es Zeit wird zu verschwinden. Dann verlässt er abermals den Raum.

»Das ist Holderness' Festnetztelefon«, sagt Noah. »Ich möchte, dass Sie jetzt die 999 wählen. Sagen Sie denen alles, was Sie sagen müssen. Schaffen Sie das?«

»Ja.«

»Miranda hat gesagt, im Notfall solle ich Ihnen vertrauen.«

Mir gelingt ein kleines Nicken. Von der Bewegung schmerzt mein Gehirn.

»Ich wollte, dass Miranda stolz auf mich sein kann, und unser Sohn auch.« Er macht eine Pause. »Von Ihnen wünsche ich mir dasselbe. Ich weiß nicht, wie lange ich diesen Job noch machen kann.«

Ich sehe Sterne. Ich presse mir die Handballen auf die Augen, damit sie verschwinden, aber dadurch wird es nur noch schlimmer. »Er hat doch bestimmt Kameras installiert.« Die Worte scheinen wie in Zeitlupe aus meinem Mund zu kommen. Fällt ihm das auch auf? »Wahrscheinlich hat er Sie auf Video.«

»Keine Kameras. Er wollte nicht, dass es Beweise dafür gibt, wer in seinem Haus ein und aus geht. Er wollte nicht, dass irgendwas von dem, was er sagt und tut, aufgezeichnet wird.« Er schließt meine Finger um das Telefon. »Ich darf nicht mehr hier sein, wenn der Notarzt und die Polizei kommen, aber ich muss wissen, dass Sie in Sicherheit sind.«

Noah kriecht zu Adam, wo er eine Zeit lang dessen Atmung beobachtet. Sie ist flach, aber regelmäßig. Er drückt mit der Faust mittig auf Adams Brust und reibt mehrmals schnell auf und ab. Dann sucht er den Muskel, der zwischen Schulterblättern und Nacken verläuft, und drückt und knetet daran herum.

Währenddessen behält er Adam wachsam im Auge. Der lässt keinerlei Reaktion erkennen. Immer noch nicht ganz zufrieden, nimmt er Adams Handgelenk, hebt seinen Arm hoch, hält ihn einige Sekunden lang über sein lädiertes Gesicht und lässt ihn dann fallen. Adam bewegt weder den Arm zur Seite, noch weicht er mit dem Kopf aus.

Noah zieht sich die blutverschmierten Handschuhe aus und wechselt sie gegen ein frisches Paar aus seiner Tasche. »Keine Reflexe«, sagt er wie zu sich selbst. Adam liegt vollkommen reglos da, während Noah ihn forschend betrachtet.

»Ich scheue mich wirklich, Sie allein zu lassen.«

»Mir geht es gut«, beteuere ich. »Ich komme schon klar.« Das Summen in meinen Ohren schwillt zu einem Tosen an.

Noah geht zu der Stelle, wo die Spritze gelandet ist, hebt sie auf, untersucht sie und kommt schließlich zu mir zurück.

»So wie es aussieht, wurden Sie unter starke Medikamente gesetzt. Sie haben überall Prellungen und Schürfwunden, Sie bluten stark, und Sie haben sich den Kopf angeschlagen. Sie brauchen einen Arzt.«

Das Telefon rutscht mir aus der Hand. Ich kann den Blick nicht von dem blutigen Fleischhaufen am Boden losreißen.

»Ich habe die Nase voll von Ärzten.«

»Ihr Zustand ist schlecht – medizinisch betrachtet. In anderer Hinsicht geht es Ihnen ausgezeichnet.« Seine Augen verdunkeln sich. »Sie sind Ihrer Schwester wirklich sehr ähnlich.«

Ich kläre ihn nicht über seinen Irrtum auf. Ich werde ihn niemals darüber aufklären. Du und ich, wir sind uns sehr ähnlich, aber zugleich auch sehr verschieden. Dir und Ted zuliebe werde ich euer Geheimnis bewahren. Es ist für Noah ohnehin nicht von Belang. Du hast damit nur einem einzigen Menschen wehgetan, nämlich mir. Und euch beiden. Ich werde ihm auch nicht sagen, dass du mit Adam geschlafen hast. Das werde ich niemandem sagen. Noah soll in dem Glauben sterben, dass du ihm treu warst. Allerdings wird Luke eines Tages von seinem Vater und seiner Großmutter erfahren müssen – sobald wir gemeinsam überlegt haben, wann und wie.

Siehst du, Miranda? Die Verschwiegenheitsklausel erlischt nie. Nicht, wenn es um die wirklich wichtigen Dinge geht.

Den Menschen, die man liebt, muss man immer vergeben, Melanie.

Was auch immer deine geheimen Gedanken und Motive waren, als du das zu mir gesagt hast – du hattest recht. Ich vergebe dir. Ich wünschte einfach nur, du wärst jetzt bei mir, damit du es aus meinem Mund hören könntest.

Ich bin doch bei dir, erwiderst du.

Noah streift einen Handschuh ab und legt mir die Hand

an die Wange. Seine Haut riecht nach Latex. Ich blicke in seine braunen Augen und denke, dass er ein rezessives Allel für blaue Augen in sich tragen muss, denn Luke hat dieselbe Augenfarbe wie du und ich.

»Was ist Ihre Blutgruppe?«, will ich von ihm wissen.

»A. Wieso?«

Auch ich lege ihm eine Hand an die Wange. Bisher waren die Grübchen immer unter seinem Dreitagebart verborgen, aber heute sind sie klar erkennbar. Einer meiner Finger wandert zu seiner Schläfe und fährt dort den kleinen Wirbel nach. Die letzten beiden Male, als ich ihn gesehen habe, hatte er sich die Haare zurückgegelt, um ihn zu verbergen. Alles ein Teil seiner Tarnung. »Sie sind Luke unglaublich ähnlich«, stelle ich fest.

»Zwischen uns besteht ein Band, Ella. Ein Band der Loyalität, weil wir denjenigen, die wir am meisten lieben, so ähnlich sehen. Weil wir ihnen so nahestehen.« Er zieht sich den Handschuh wieder an, hebt das Telefon auf und drückt es mir abermals in die Hand.

Ich halte es einige Sekunden lang schweigend fest, ehe ich ihm noch eine Frage stelle. »Warum nennen Sie mich Ella und nicht Melanie?«

»Sie hat mir gesagt, dass der Name Melanie ihr allein gehört. Es wäre anmaßend gewesen, ihn zu benutzen.«

Das ist die perfekte, die einzig richtige Antwort. Ich nicke kaum merklich und wische mir die Tränen weg.

Dann wähle ich die 999 und drücke die Lautsprecher-Taste, damit Noah mithören kann. Ich sage, was ich sagen muss. Ich sage, dass ein Mann bewusstlos in seinem Schlafzimmer liegt, nachdem ich ihn in Notwehr verletzt habe. Ich schildere, was er mir angetan hat. Ich schildere auch, was er dir angetan hat. Und ich sage, dass wir höchstwahrscheinlich irgendwo auf seinem Grundstück deine Leiche finden werden.

Noah beobachtet mich. Er ermutigt mich mit Blicken aus seinen wachen braunen Augen und quittiert die Geschichte, die ich erzähle, mit einem zustimmenden Nicken. Er will nicht eher gehen, als bis er zufrieden ist, dass ich alles Notwendige gesagt habe.

Ich werde gebeten, in der Leitung zu bleiben. Ich lehne mich gegen Noah. Mir ist, als befände ich mich in einer Art Wachtraum, obwohl ich immer wieder murmle, dass er ruhig gehen soll, dass die Zeit knapp wird, weil jeden Moment der Krankenwagen kommen kann. Als man mir mitteilt, dass in wenigen Minuten Hilfe da sein werde, reiße ich mich ein letztes Mal aus meinem Dämmerzustand und sage dem Mann, den du mehr als jeden anderen auf der Welt geliebt hast – dem Mann, dem wir Luke verdanken –, dass er jetzt wirklich gehen muss und dass du sehr wütend auf ihn wärst, wenn er sich hier erwischen ließe. Er drückt mir noch einen letzten Kuss aufs Haar, dann steht er schnell und lautlos auf. Er beugt sich noch einmal über Adam, um sich zu vergewissern, dass dieser nach wie vor bewusstlos ist, dann geht er.

Kaum ist er fort, fällt meine Hand kraftlos herab, und mein Griff um das Telefon lockert sich. Ich höre eine weit entfernte blecherne Stimme meinen Namen rufen. Sie fragt mich, was los sei, und bittet mich zu sagen, ob es mir gut gehe. Aber mir fallen die Augen zu, und ich sinke zu Boden. Ich kann nichts mehr tun.

Als ich die Augen öffne, sehe ich ein Gesicht über mir. Das Gesicht ist eine Fratze aus triefendem Blut, roten Flecken und offenen Wunden. Es ist nur wenige Zentimeter von meinem entfernt und spuckt mich an. Unzusammenhängende Worte kommen aus seinem Mund, und mein Schädel pocht so heftig, dass ich mir keinen Reim auf sie machen kann.

Ich liege auf dem Rücken. Über mir kniet ein Monster und hat die Hände um meine Kehle gelegt. Die Hände drücken zu. Das Monster nennt mich bei deinem Namen. Ich glaube, ich bin du. Die Zimmerdecke beginnt sich zu drehen. Bestimmt ist mein Gesicht bereits blau.

Dann kommt mir ein klarer Gedanke: Ich weiß, wer dieses Monster ist. Dann noch einer. Er hat mit Armen zu tun. Der schwächste Punkt eines Arms ist das Handgelenk. Je weiter vom Körper entfernt, desto instabiler sind sie. Schließlich meldet sich auch mein motorisches Gedächtnis zurück, und irgendwie gelingt es mir, meine Unterarme zwischen seine zu schieben, und ich versuche sie auseinanderzuzwängen, aber der Druck auf meine Kehle lässt nur unwesentlich nach. Wenn ich nicht ganz schnell etwas tue, werde ich das Bewusstsein verlieren, voraussichtlich zum allerletzten Mal in meinem Leben.

Er wird mich in einen Sarg legen, und ich werde nie wieder Tageslicht sehen. Genau wie der Mann im Film. Genau wie du. Keine Ahnung, woher ich das weiß, ich weiß es einfach.

Ich will ihn treten, aber er sitzt mit seinem ganzen Gewicht auf mir, und ich kann mich nicht bewegen. Ich muss ihn irgendwie abschütteln, und ich muss dafür sorgen, dass er meinen Hals loslässt. Ich befreie meine Arme und hebe den rechten über seinen linken. Dann stoße ich ihm zwei Finger gegen den Kehlkopf. Es wirkt sofort. Er lässt von mir ab und greift sich an den Hals. Er ringt nach Luft, Tränen schießen ihm in die Augen. Mit dem Handballen der linken Hand versetze ich ihm einen Schlag auf seine bereits gebrochene Nase. Dann hole ich noch einmal mit dem rechten Arm aus, lasse ihn wie eine Feder nach vorn schnellen und ramme ihm den Daumen in die Augenhöhle, während ich gleichzeitig mit meinen gespreizten Fingern so fest ich kann gegen seine Schläfe drücke. Er stößt einen röchelnden Schrei aus und rollt von mir herunter, um sein Gesicht aus der Gefahrenzone zu bringen.

Jetzt liegt er auf dem Rücken, eine Hand an der Kehle, die andere über seinem Auge. Ich rapple mich auf und krieche rückwärts von ihm weg, dorthin, wo ich eine blecherne Stimme höre. Ich erinnere mich an diese Stimme. Ich höre sie sogar über das Röcheln des Monsters hinweg. Sie kommt aus dem Telefon, das neben mir auf dem Boden liegt. Sie ist noch lauter und eindringlicher geworden und bittet mich inständig, etwas zu sagen. Ich hebe das Telefon auf. Einige Sekunden lang starre ich es einfach nur an, dieses seltsame fauchende Ding aus Plastik und Metall, unsicher, was ich damit anstellen soll. Ich glaube, ich muss zuhören, was die Stimme zu mir sagt, und dann meine Antwort hineinsprechen. Ja, genau so ist es.

Aber das tue ich nicht, denn das Monster knurrt und kommt erneut auf mich zu. Ich umfasse das Telefon fester. Dann hole ich zum Schlag gegen die Schläfe des Monsters aus, als wäre das Telefon ein Schläger und sein Kopf ein Ball.

Monster. Mir fällt wieder ein, dass jemand mal gesagt hat, ich müsse versuchen, das Menschliche in ihm zu sehen. Ihn eben *nicht* als Monster zu betrachten. Wer war das noch gleich? Und von wem war dabei die Rede? Ich weiß es nicht mehr, aber es spielt auch keine Rolle, denn ein Monster ist ein Monster, und dass dieser Mann eins ist, daran besteht nicht der geringste Zweifel.

Ich schlage ein zweites Mal zu, so fest, dass mir die Wucht des Schlages in den Körper fährt und das Krachen des Hörers gegen seinen Schädel in meinem eigenen Schädel widerzuhallen scheint. Er schwankt noch einige Sekunden lang, dann kippt er nach vorn.

Das ist der Moment, in dem endlich die Polizei das Zimmer stürmt.

Dienstag, 14. Februar

Valentinstag

Gestern Nacht hat es Frost gegeben. Als wäre ein Zauberer am Werk gewesen, ist die ganze Welt auf einmal mit einer feinen weißen Schicht überzogen. Es sieht aus wie im Feenland hier auf unserer kleinen Lichtung im Wald. Die Sonne ist hell und strahlend, und wenn sie durch die kahlen Zweige unseres Kirschbaums fällt, macht sie alles, was sie berührt, wunderschön.

Das Schönste von allem ist dein Sohn, der neben mir steht und meine Hand so fest umklammert hält, dass es wehtut. Aber ich bitte ihn nicht, seinen Griff zu lockern. Stattdessen ziehe ich ihn über die Lichtung durch den Wald, den Pfad entlang bis zur Dorfkirche.

Die Tage werden bereits wieder länger. Es kommt mir wie ein Wunder vor, dass es so früh am Morgen schon hell ist. Und es gibt noch weitere alltägliche Wunder. Ich habe, seit mein Körper sich innerhalb weniger Stunden des gefühlten Blutvorrats eines ganzen Jahrzehnts entledigt hat, meine mittlerweile vierte Periode bekommen. Der Arzt mit dem Goldhaar hat mich bloß angelächelt, wie um zu sagen: *Ich habe immer gewusst, dass sie eines Tages wiederkommen würde.*

Thorne hatte recht und unrecht zugleich. Das Monster

wollte dich tatsächlich immer in seiner Nähe haben, allerdings lagst du nicht unter einer Hecke. Unter der Hecke hatte er die anderen beiden Frauen vergraben. Sie konnten bislang noch nicht identifiziert werden, allerdings geht die Polizei davon aus, dass er sie nach dir getötet hat, und zwar im Abstand von jeweils mehreren Jahren. Auch das hat Thorne vorausgesagt.

Mir ist bewusst, dass jetzt viele Familien warten und bangen, ob eine der Frauen zu ihnen gehört. Ich habe mir Vorwürfe gemacht, weil ich sie zu dieser Angst verdammt habe, aber unsere Mutter meint, auf Dauer sei nichts schlimmer als die Ungewissheit. Es wäre ein Geschenk – wenn auch ein schreckliches –, endlich Bescheid zu wissen.

Dich hat er unter dem Apfelbaum vergraben, den er von seinem Schlafzimmerfenster aus sehen konnte. Ich habe dich befreit. Ich wünsche mir so sehr, dass ich mehr für dich hätte tun können, aber es ist besser als nichts.

Jetzt können Mum und Dad in wenigen Minuten bei dir sein, und Luke und ich auch. Dein Grab hat noch keinen Stein, aber du liegst auch erst seit Kurzem dort. Wir werden Zeit brauchen, um den richtigen Grabstein auszusuchen und zu beschließen, was darauf stehen soll. Luke möchte einen Phönix. Mum ein Kreuz. Dad wünscht sich einen ganz schlichten Stein, auf dem nur dein Name, dein Geburtstag und dein Sterbedatum stehen. Ich bin Dads Meinung. Kein Bild, keine Form, kein Wort könnte dich jemals fassen. Warum es also versuchen? *Schwester. Mutter. Tochter. Geliebte.* All das ist wahr, aber es ist nicht annähernd genug.

Was ich in Bezug auf Jason Thorne empfinde, kann ich nicht genau sagen; das zu entscheiden, ist Sache der Angehörigen seiner Opfer. Dagegen weiß ich sehr genau, was ich für den Mann empfinde, der dich uns weggenommen hat. Es ist ein so tiefer, so glühender Hass, dass ich ihm mit dem bloßen Finger ein Auge ausgestochen habe. Ich habe ihm die Hälfte seiner Sehkraft genommen.

Er hat dir dein kostbares, wunderschönes, chaotisches Leben geraubt. Er hat dich entführt und unter Drogen gesetzt, dich vergewaltigt und in ein dunkles Loch gesperrt, bevor er dich schließlich ermordet hat. Und danach hat er dich, als wärst du ein totes Haustier, einfach in seinem Garten vergraben.

Ohne Sarg, ohne Kiste. Er hat dich splitternackt in die Erde gelegt, hat dich nicht einmal in eine Decke gehüllt. Deine Kleider muss er verbrannt haben. Er hat dir nichts gelassen. Gar nichts. Nicht einmal deinen Schlüssel, deine Handtasche oder deine Schuhe hat man gefunden.

Er hat gelogen, als er behauptete, du seist an einem Krampfanfall gestorben. Es gibt einen Knochen im Hals, der brechen kann, wenn ein Mensch gewürgt wird. Das Zungenbein. Dein Zungenbein war gebrochen, genau wie bei den anderen beiden Frauen. Die Polizei ist sich sicher, dass er dir die Hände um den Hals gelegt und dir das Leben aus dem Leib gedrückt hat, so wie er es auch bei mir tun wollte.

Ich zwinge mich dazu, über all diese Dinge nachzudenken. Ich zwinge mich dazu, sie in allen Einzelheiten zu betrachten. Mich ihnen wirklich zu stellen. Ich habe mir geschworen, niemals wegzuschauen. Ich habe mir geschworen, dich niemals loszulassen.

Du trägst dein Medaillon nicht um den Hals. Stattdessen habe ich sie gebeten, dir die Kette um die Finger zu legen, sodass das Platinoval in deiner Handfläche ruht und du es immer bei dir hast. Aber vorher habe ich noch Lukes Babyfoto aus meinem Medaillon herausgenommen und es in deins gesteckt.

Ich selbst ertrage das Gefühl nicht mehr, etwas um den Hals zu haben. Mein Medaillon liegt jetzt bei Luke im Zimmer, mit einer Kopie des Babyfotos anstelle des Originals. Er bewahrt es in einem kleinen Schatzkästchen neben seinem Bett auf. Luke und ich haben das M im Wald aufgelöst und mit den Kieseln aus Norfolk dein Grab eingefasst. Die Kiesel, die dieser Mann gestohlen hat, haben wir nicht benutzt. Wir werden bald noch einmal ans Meer fahren und neue rosafarbene Kiesel sammeln, um die alten zu ersetzen. Wir werden auch noch weitere, neue Farben finden, und es wird so schön aussehen, dass du weinen könntest.

Am liebsten würde ich mich auf den kalten Boden legen, in dem du begraben bist. Der Berg von Erde, mit dem sie dich zugedeckt haben, ist wie ein Bett. Aber ich will nicht, dass Luke mich so sieht. Stattdessen gehen wir beide neben dir in die Hocke. Ich nehme eine Handvoll Erde, lasse sie mir durch die Finger rieseln und hebe dann meine schmutzige Hand an den Mund. Nur die Erde zu küssen ist nicht dasselbe, aber mehr geht nicht. Mehr kann ich nicht tun.

»Ich liebe dich, Mummy«, sagt Luke zu dem Erdhaufen. Mein Herz krampft sich zusammen, als ich höre, dass er dich wieder Mummy nennt. Es ist, als hätte die Gewissheit über dein Schicksal seine Beziehung zu dir einfrieren lassen, sodass sie ab jetzt für immer unverändert bleiben wird.

»Tante Ella?«

»Ja, Luke?«

»Mummy möchte nicht, dass du wegen ihr das Gefühl hast, auf was verzichten zu müssen.« Er spricht, als würde er das, was dein Geist zu ihm gesagt hat, für mich übersetzen. Als wäre er der Bote, der deine Worte aus der Unterwelt heraufholt und sie für alle diejenigen verständlich macht, die nicht genügend Zauberkraft besitzen, um sie hören zu können.

»Ich glaube, du hast recht. Das spüre ich auch. Deshalb habe ich auch beschlossen, die Lehrerfortbildung zu machen.«

»Aber Mummy will, dass du weiter für die Stiftung arbeitest.«

»Granny und Grandpa und ich werden die Stiftung auf jeden Fall am Leben erhalten. Wir werden ein paar Experten einstellen, die den Großteil der Arbeit, die ich bislang gemacht habe, übernehmen können.«

Eine Woche nachdem ich dich gefunden hatte, ging auf dem Konto der Stiftung eine anonyme Spende ein. Das Geld reicht aus, um sie mindestens für die nächsten zehn Jahre zu finanzieren. Ich muss nicht erst nachfragen, um zu wissen, dass Noah der Spender war.

»Die sind aber nicht so gut wie du.«

Ich versuche, das Gespräch in eine andere Richtung zu lenken. »Granny und Grandpa möchten Ende des Monats eine kleine Party veranstalten.«

»Zu deinem Geburtstag?«

»Ja. Sie bestehen darauf. Hilfst du ihnen bei der Vorbereitung?«

»Auf jeden Fall. Es ist ja auch mein halber Geburtstag. Kann Ted kommen?«

Ich zögere, ehe ich ihm eine Antwort gebe. »Du kannst ihn ja fragen, Luke.«

»Okay.« Noch immer schaut er die Erde an, in der du liegst. »Wenn du als Lehrerin anfängst, könntest du ja vielleicht eine Selbstverteidigungs-AG gründen?«

»Geniale Idee.«

Er starrt so intensiv auf dein Grab, dass man meinen könnte, er versuche, durchs Erdreich hindurch bis zu dir nach unten zu schauen. »Wir sind uns nämlich nicht so ganz sicher, ob es dir gefällt, den ganzen Tag in einem stickigen Klassenraum zu stehen.«

»Wir? Meinst du dich und Granny und Grandpa?«

»Nein. Mich und Mummy.«

»Verstehe.« Ich strubble ihm durch die Haare, doch er schafft es immer noch nicht, den Blick von dir loszureißen. »Wir müssen noch einen Schreibtisch für dein Zimmer aussuchen, du Ninja Warrior. Nächstes Wochenende könnten wir uns doch mal umschauen.«

»Denkst du, er kommt wirklich, Tante Ella?«

Ich richte mich auf, strecke die Hand aus, ziehe deinen Sohn in die Höhe und zwinge ihn, mich anzusehen. Ich zwinge ihn, den Blick von dir abzuwenden.

Jetzt, da er weiß, wo du bist, muss ich gut aufpassen. Er soll ausreichend Zeit mit dir verbringen, aber auch nicht zu viel. Das wird dich vielleicht traurig machen, aber ich denke, du teilst meine Meinung, dass es nicht gut für ihn wäre, allzu oft unter Toten zu sein. Es fällt mir schwer, das Wort »tot« zu denken, aber manchmal muss ich mich dazu zwingen.

»Er ist längst hier, Luke. Er war schon hier, als wir gekommen sind. Ich glaube, er wollte uns bloß nicht stören.«

Ich blicke über meine Schulter zurück zum Portal der Kirche. Mehr braucht Noah nicht, um aus dem Schatten zu treten, in dem er gewartet hat. Er kommt auf uns zu. Als er die Stelle erreicht hat, wo du begraben liegst, bekreuzigt er sich und neigt den Kopf. Dann fällt er auf die Knie und küsst die Erde. Im ersten Moment wirkt Luke unsicher, aber dann kehrt er an den Platz zurück, von dem ich ihn eben weggezogen habe, und macht es Noah nach. Eine kleine Kopie seines Vaters.

Luke ordnet die gelben Rosen, die Noah für dich mitgebracht hat. Die beiden stecken ihre dunklen Köpfe zusammen. Kannst du hören, was sie sagen?

Leise ziehe ich mich zurück. Ich folge dem schmalen gewundenen Pfad zwischen den Gräbern hindurch bis zum Tor in der Trockensteinmauer, die den Kirchhof umgibt. Ich will den beiden Zeit geben, Zeit mit dir, bevor Luke sich von dir und seinem Vater verabschieden und zur Schule gehen muss.

Hier bei dem Tor werde ich warten, in dem kleinen Flecken Wintersonnenschein, der mir zu folgen scheint. In der Tasche meiner Wachsjacke befinden sich drei Valentinskarten. Ich hole sie heraus, fächere sie auf und halte sie in den Händen. Eine grüne, eine rote und eine blaue.

Der erste Valentinsgruß kam gestern mit der Post an meine Privatadresse. Anfangs hatte ich keine Ahnung, was sich in dem großen braunen Umschlag mit Express-Briefmarke, der im Zentrum von London aufgegeben worden war, verbarg.

Doch sobald ich das hellgrüne Kuvert herauszog, wusste ich, von wem die Post war. Es war mit einer Bordüre aus Rosen verziert, die er selbst gezeichnet hatte. Vielleicht hat er sich an das Muster erinnert, das dir für die Regale vorschwebte, die er nicht für dich gebaut hat, und gedacht, dass es mir gefallen könnte. *Ich mag schöne Dinge.* Das hat er zu mir gesagt. Oder vielleicht ist das Muster auch an die Blumen angelehnt, von denen einige Boulevardblätter behaupteten, er habe sie in die Körper seiner Opfer geritzt. Auf die Rückseite des Kuverts hatte er Ella geschrieben, umrahmt von einem Herzen, und darunter die Worte *Erst am 14. Februar öffnen.*

Ich habe mich nicht daran gehalten, sondern ihn sofort aufgemacht. Halb rechnete ich damit, dass mir ein paar tote Schmeißfliegen entgegenpurzeln würden, aber nichts dergleichen geschah. Stattdessen kam eine handgemachte Karte zum Vorschein. Der Text enthielt weder eine Grußformel noch eine Unterschrift. Er kam direkt zur Sache.

Am liebsten denke ich abends beim Einschlafen an Dich. Wusstest Du, dass Du nach Maiglöckchen duftest und nach Honig schmeckst und dass Deine Haare und Deine Haut sich anfühlen wie Blütenblätter? Ich weiß es. Ich kenne Dich.

Ich musste lächeln, als ich erfahren habe, dass Du Deine Schwester gefunden hast. Ich habe Dir dabei geholfen. Ich hoffe, Du denkst manchmal an mich – wenn nicht auf die Art, die ich mir wünschen würde, so doch hoffentlich wenigstens mit Zuneigung und Dankbarkeit. Fürs Erste. Gefühle können mit der Zeit tiefer werden, Ella. Und deine werden meine schon noch einholen.

Sehr gefreut habe ich mich auch über das Schicksal, das Dr. Diabolus durch Deine Hand erfahren hat. Ich genieße die Vorstellung, dass er nur noch auf hohe Mauern und Stacheldraht blickt. Mir ist zu Ohren gekommen, dass er in der Anklage wegen des Mordes an Deiner Schwester und den anderen Frauen vermutlich auf nichtschuldig plädieren und sich in Deinem Fall auf Notwehr berufen wird. Aber mach Dir keine Sorgen, liebste Ella. Er wird auf ganzer Linie scheitern. Ich habe Dir ja bereits bewiesen, dass Du auf mein Wissen vertrauen kannst.

Dr. Dämon würde bestimmt sehr von einer Beschäftigungstherapie profitieren. Ich finde, die Tischkreissäge würde am besten zu seinen spezifischen Fähigkeiten passen. Was für eine Ehre es mir wäre, ihn selbst unterrichten zu können. Leider bin ich momentan mit einem anderen wichtigen Projekt beschäftigt, dessen Vollendung noch einige Zeit in Anspruch nehmen wird. Aber keine Bange – ich habe diverse Bekannte, die dem Doktor nur zu gern bei seiner persönlichen Weiterentwicklung behilflich wären.

Möchtest Du, dass ich etwas arrangiere? Ach, ich fürchte fast, Du möchtest es nicht. Du hast Macht über mich, Ella. Wirst Du diese Macht ausüben? Du kannst mich dazu inspirieren, das Richtige zu tun. Du kannst mich vor dem Bösen bewahren. Du musst es mir nur sagen.

Aber sagen musst Du es.

Der Mann, von dem wir bei unserem letzten privaten Zusammensein gesprochen haben, ist Deiner nicht würdig. Aber ich werde ihn niemandem gegenüber erwähnen, es sei denn, Du möchtest es irgendwann einmal. Hoffen wir um seinetwillen, dass er Dich nie wieder hintergeht.

Aber nun, Ella, komme ich zu der eigentlichen Absicht dieser Karte: Sie ist ein Valentinsgruß von mir an Dich. Ich glaube, ich weiß schon, was Du dazu sagen wirst. Du wirst gar nichts sagen, wenigstens zunächst nicht. Siehst Du, wie gut ich Dich verstehe? Solange ich kein Nein von Dir höre, werde ich mich ermutigt fühlen. Wie auch immer Deine Antwort ausfällt: Du gehörst mir. Und ich werde zu dem Mann werden, den Du Dir wünschst. Meine äußere Erscheinung ist nicht mehr dieselbe wie bei unserer letzten Begegnung. Mehr kann ich dazu nicht sagen, nur noch das eine: Ich glaube, es würde Dir gefallen.

Sie werden versuchen, Dich dazu zu benutzen, mich zu finden, Ella. Aber dafür sind wir beide zu schlau.

Ich weiß, wo Du bist, wie Du ja aus dieser Karte schließen kannst. Aber sei deswegen nicht beunruhigt. Ich will Dich und die Menschen, die Du liebst, nur beschützen. Ich werde nach Kräften versuchen, mich so zu verhalten, dass Du stolz auf mich sein kannst. Nicht mehr lange, und ich werde eine Möglichkeit finden, mit Dir allein zu sein, damit ich Dir persönlich zeigen kann, was ich für Dich empfinde.

Die Karte und die beiden Umschläge werde ich bei nächster Gelegenheit der Polizei übergeben, obwohl ich mir sicher bin, dass Thorne darauf geachtet hat, keine Spuren zu hinterlassen, aus denen man auf seinen Aufenthaltsort schließen könnte.

Die Polizei wird mich befragen, und ich werde ganz in deinem Sinne antworten, aber zugleich auch so, dass ich es mit meinem Gewissen und meinem Bedürfnis, andere zu schützen, vereinbaren kann. Inzwischen bin ich ziemlich gut darin. Ich hatte viel Übung.

Ich werde mir nicht erlauben, Angst davor zu haben, dass Thorne eines Tages vor meiner Tür stehen könnte. Ich werde weder ihm noch sonst jemandem die Macht einräumen, mein Handeln zu kontrollieren oder mich zu bedrohen. Ich werde mich nicht verkriechen, und ich werde nicht weglaufen. Die letzten zehn Jahre meines Lebens waren geprägt von einem ständigen Gefühl der Furcht und Gefahr. Der Rest soll anders werden. Und falls er tatsächlich irgendwann kommen sollte, werde ich vorbereitet sein.

Die zweite Valentinskarte ist von Ted, den ich zuletzt gesehen habe, als er mich im Krankenhaus besucht hat. Das war am Tag, nachdem ich dich gefunden hatte. Er hat absichtlich bis zum Ende der Besuchszeit gewartet, weil er darauf spekulierte, dann keine Reporter mehr anzutreffen. Außerdem hoffte er, dank seiner Uniform leichter an dem Polizisten vorbeizukommen, der vor meiner Zimmertür Wache hielt. Zu dem Zeitpunkt glaubte man noch, Thorne könne eventuell dumm genug sein, mir im Krankenhaus einen Besuch abzustatten. Als würde er es uns so leicht machen.

Ted starrte mich einfach nur an. Er blinzelte nicht einmal,

so intensiv war sein Starren. Anfangs dachte ich, er wäre schockiert von meiner Erscheinung, meinem bleichen Gesicht voller dunkler Schwellungen und blutiger Platzwunden, die man hatte kleben müssen.

Ich hatte die Krankenschwester gebeten, mir einen Spiegel zu bringen. Sie lachte nicht, als ich sagte, ich würde eine perfekte Braut für Frankensteins Monster abgeben. Aber anders als besagte Braut bin ich wenigstens lebendig. Die Blutergüsse sind verblasst, und meine Wunden sind inzwischen so gut wie verheilt. »Sie haben Glück gehabt«, meinte die Krankenschwester. Meine Reaktion darauf bestand aus einem halbherzigen Lächeln. *Das war kein Glück*, hättest du gesagt, wenn du noch mit mir reden würdest.

Und während Ted starrte und starrte und immer weiter starrte, rätselte ich, weshalb er überhaupt gekommen war, wenn er nicht vorhatte, etwas zu sagen. Also redete ich. Ich sagte ihm, dass ich euer Geheimnis für mich behalten würde. Dann forderte ich ihn zum Gehen auf. Als er sich nicht vom Fleck rührte, drückte ich auf den Notrufknopf, damit jemand kam und ihn nach draußen beförderte.

»Das zwischen uns wird nie vorbei sein. Ich gebe dir Zeit, aber irgendwann komme ich wieder.« Seine Stimme war heiser, als er die Worte hervorpresste. Die einzigen Worte, die er während seines ganzen Besuchs sagte.

Teds Karte war die rote. *Ich werde Dich ewig lieben. Ich werde warten, bis Du mir verziehen hast.* Ich weiß nicht, ob die erste Behauptung überhaupt realistisch ist. Und ob die zweite jemals eintreten wird, ist genauso fraglich – obwohl ich es mir wünsche, weil ich nicht für den Rest meines Lebens einen Eissplitter in dem Teil meines Herzens herumtragen möchte, der einmal Ted gehört hat.

Die dritte Karte trug gar keine Unterschrift. Die dritte Karte war blau. Auf der dritten Karte stand einfach nur *Du und ich*, und darunter war eine Zeichnung eines Jungen mit seiner Tante zu sehen. Kannst du erraten, von wem sie ist? Natürlich kannst du das. Es ist die einzige Karte, die mir wichtig ist und die ich aufbewahren werde. Auch für dich hat er eine gemacht, mit einer Bleistiftskizze von dir, wie du ihn als Baby im Arm hältst. Meine Hand lag auf seiner Schulter, als er sie unter deiner Decke aus Erde vergrub.

Als ich den Kopf hebe, sehe ich, dass dein Sohn und sein Vater dir den Rücken gekehrt haben und auf mich zukommen. Also lasse ich die Karten wieder in meiner Jackentasche verschwinden und knöpfe die Klappe zu, damit sie gut aufgehoben sind, während ich am Ausgang dieses traurigen Ortes auf die beiden warte.

Sie halten einander an den Händen und lächeln ihr identisches Grübchenlächeln, und ich kann nicht anders, ich lächle ebenfalls.

Doch Noahs Lächeln währt nur kurz. Er sieht mich scharf an. Sieht er nur dich? Oder auch mich? Auf seiner Stirn erscheinen Sorgenfalten, vielleicht sucht er mein Gesicht nach Narben ab. Er stößt das Tor auf, und mit Luke zwischen uns verlassen wir den Friedhof.

Ich warte. Ich lausche. Ich stelle mir vor, was du zu mir sagen würdest. Wenn ich jetzt die Augen schließe, sehe ich dich nicht mehr zusammen mit Ted. Ich sehe nur noch dich allein. Aber du sagst nichts. Von dir kommt nicht einmal ein Flüstern. Du schweigst, und das ist das Letzte, was ich mir von dir wünsche.

Du musst doch wissen, dass ich dir vergebe. Du musst

doch wissen, dass ich ein Loch in meiner Seele habe, das sich nie schließen wird. Wie seltsam, dass ich mein ganzes Leben lang immer geglaubt habe, das zu wollen, was du hattest. Ich habe geglaubt, so sein zu wollen wie du, dabei war das Gegenteil genauso richtig. Ted hat einmal gesagt, ich sei die gute Schwester. Aber du bist auch die gute Schwester. Du gehörst zu mir, und ich gehöre zu dir, und dein Sohn ist der einzige Valentinsgruß, den ich haben will. Ich habe ihn dir zu verdanken.

Noch immer horche ich auf deine Stimme, daran hat sich nichts geändert. Deine Stimme war es, die mich an jenem finsteren Wochenende im November gerettet hat. Sie kann mich wieder retten. Es ist immer noch die Stimme, die ich von allen Stimmen auf der Welt am liebsten mag. Und deshalb werde ich auch niemals aufhören, mit dir zu sprechen, meine Süße, mein lieber Schatz Miranda, mein verlorenes Herz. Deshalb werde ich niemals aufhören zu lauschen. Ich bin die Schwester der Schwester. Und ich werde unsere Geheimnisse bewahren.

Flora die Fee
und ihr
magischer Wunsch
W0241772
igloobooks

Flora die Fee war todunglücklich. Ihre große Schwester Narzissa trug stets die tollsten Kleider und ging auf die angesagtesten Partys. Und gerade hatte sie das absolut coolste Geschenk zum Geburtstag bekommen. „Wow! Ein Sternenstrahl-Zauberstab! Wenn ich den erst in der Schule zeige …“

Narzissas Freundinnen kicherten, doch Flora war neidisch auf ihre Schwester. Mit laut summenden Flügeln flog sie wie eine wütende Biene auf und davon, um auf ihrem Lieblingsgiftpilz zu schmollen.

Flora warf einen Blick auf ihren Zauberstab. Doof und langweilig. „Das ist unfair!", murrte sie. „Ich wünschte, der Sternenstrahl-Stab wäre meiner und nicht Narzissas." Da hörte Flora jemanden ihren Namen rufen.

„Ich komme!", rief sie und flog zurück, aber da war niemand mehr. „Seltsam", dachte Flora bei sich. Dann bemerkte sie den Sternenstrahl-Zauberstab auf dem Tisch. Sie konnte nicht anders und nahm ihn. Könnte ich doch nur seine Magie spüren", flüsterte sie.

Der Zauberstab begann zu funkeln und glitzern.
Er zog und zerrte, und Flora wollte ihn loslassen,
doch das konnte sie nicht. Plötzlich ...

... HUIII!

Der Zauberstab hob Flora empor
in die Lüfte, hinaus aus dem Garten,
hinein in den verwunschenen Wald.

Der Sternenstrahl-Zauberstab zitterte und zischte. Er sprühte Funken und Flora flog immer schneller und schneller. „Halt bitte an!", rief Flora laut. Kaum hatte sie das gesagt, ließ sie der Zauberstab auch schon sanft auf einer magischen Wiese landen.

Flora war heilfroh, dass sie nicht mehr durch den Wald sauste. Es war so schön inmitten von hübschen Blumen. Die roten erinnerten sie an Mamas glasierte Törtchen. „Ich wünschte, es wären Törtchen", sagte sie und verspürte plötzlich Hunger.

Eine nach der anderen verwandelten sich die roten Blumen in Erdbeer-Törtchen mit einer dicken Glasur. „Mmmh, lecker!“, rief Flora, während sie sie der Reihe nach kostete.

„Das ist ja ganz einfach“, sagte Flora und schwang den Zauberstab. Sie wünschte sich, die gelben Blumen wären Zitronenbonbons und die rosaroten Zuckerwatte. „**Piff! Päng!**“, machte der Zauberstab, während Flora kicherte und mit den Flügeln flatterte.

Sie bemerkte gar nicht, dass Narzissa sie aus dem Wald beobachtete.

„Das macht Spaß!“, rief Flora, während sie Osterglocken in Eiswaffeln verwandelte.

Je größer Floras Begeisterung wurde, desto schneller sprühte der Zauber hervor.

Und schon bald zischte die Magie wie von selbst aus dem Sternenstrahl-Stab.

Piff! Pong! „Er verwandelt Dinge in Eis!“, rief Flora. „Haaalt!“

Schwupp! Der Zauberstab ließ die Blumen gefrieren. **Huiii!** Er verwandelte Bäume und Vögel in Eis. Der Stab versprühte seine Funken bald nach links, bald nach rechts und ließ magische Eisblitze zum Himmel fahren. Bald darauf zogen sich dort dunkle Wolken zusammen und es begann zu schneien.

Dicke Schneeflocken fielen vom Himmel, während der Zauberstab weiter Funken sprühte. Flora hatte Angst. Bald schon würde das ganze Feenland zu Eis erstarrt sein. Und all das wäre allein ihre Schuld. „Hiiilfeee!“, rief Flora. Plötzlich kam Narzissa angeflattert und entriss ihrer Schwester den Zauberstab.

„Gib her!“, schrie sie, während ein heftiger Schneesturm die Flocken wirbeln und tanzen ließ. Flora klammerte sich fest an ihre Schwester, als Narzissa den Zauberstab emporhielt und sprach:

Sternenstrahl-Stab, du bist nur mein.
Vom Zauber sollst du Flora befrein.
Schneesturm, geh du von dannen nun.
Widerrufe die Zauber, die Böses tun.

Plötzlich wurde es ganz still. Der Zauberstab lag ruhig in Narzissas Hand. Eis und Schnee waren wie weggeblasen, die Wolken verschwunden, und die Sonne kam wieder hervor. Schmetterlinge flatterten an den Feen vorbei und die Vögel zwitscherten fröhlich. Die Wiese war wieder wie zuvor, als Flora hier ankam.

Narzissa sah ihre Schwester finster an. „Ich habe gesehen, wie du meinen Zauberstab genommen hast“, sagte sie. „Ich habe nichts gesagt, weil ich wollte, dass du deine Lektion lernst . Zauberstäbe gehorchen nur ihrer Besitzerin In fremden Händen können sie gefährlich sein.“

„Es tut mir wirklich furchtbar leid", sagte Flora schluchzend.
Narzissa konnte ihrer kleinen Schwester nicht länger böse sein.
„Komm, wir fliegen nach Hause zu Mama", sagte sie. „Ich bitte den Zauberstab, uns superschnell hinzubringen!" Flora deutete mit dem Zauberstab zum Palast.

Zu Hause wartete Mama mit Törtchen und Limonade auf sie. „Flora, ich bin sicher, dass Narzissa dich wieder einmal mit ihrem neuen Zauberstab spielen lässt, wenn du sie nett darum bittest“, sagte sie. Die Schwestern sahen einander an und mussten laut lachen.

An jenem Nachmittag spielten Narzissa und Flora fröhlich miteinander im Garten.
Narzissa schwang den Zauberstab und ließ Schmetterlings-Seifenblasen
durch die Luft fliegen, die Flora zum Platzen brachte.